A Imperatriz solitária

ALLISON PATAKI

Sissi

A Imperatriz solitária

Romance

3ª REIMPRESSÃO

TRADUÇÃO: Antonio Carlos Vilela

G GUTENBERG

Copyright © 2016 Allison Pataki
Map Copyright © Jeffrey L. Ward
Copyright © 2016 Editora Gutenberg

Título original: *Sisi: Empress On Her Own*

Todos os direitos reservados pela Editora Gutenberg. Nenhuma parte desta publicação poderá ser reproduzida, seja por meios mecânicos, eletrônicos, seja via cópia xerográfica, sem a autorização prévia da Editora.

EDITORA
Silvia Tocci Masini

EDITORAS ASSISTENTES
Carol Christo
Nilce Xavier

ASSISTENTE EDITORIAL
Andresa Vidal Branco

PREPARAÇÃO DE TEXTO
Nilce Xavier
Maria Theresa Tavares
Renata Silveira

REVISÃO
Maria Theresa Tavares
Renata Silveira

CAPA
Jacket design and photo-illustration: theBookDesigners (from images © Shutterstock)
Author photograph: Tricia McCormack

ADAPTAÇÃO DE CAPA
Carol Oliveira

DIAGRAMAÇÃO
Larissa Carvalho Mazzoni

Dados Internacionais de Catalogação na Publicação (CIP)
Câmara Brasileira do Livro, SP, Brasil

Pataki, Allison

Sissi: a imperatriz solitária / Allison Pataki; tradução Antonio Carlos Vilela. -- 1. ed. ; 3. reimp. -- Belo Horizonte : Editora Gutenberg, 2022.

Título original: Sisi: Empress On Her Own

ISBN 978-85-8235-408-7

1. Ficção histórica 2. Romance norte-americano I. Título.

16-07662   CDD-813

Índices para catálogo sistemático:
1. Romance histórico : Literatura norte-americana   813

A **GUTENBERG** É UMA EDITORA DO **GRUPO AUTÊNTICA**

São Paulo
Av. Paulista, 2.073, Conjunto Nacional
Horsa I . Sala 309 . Cerqueira César .
01311-940 São Paulo . SP
Tel.: (55 11) 3034 4468

Belo Horizonte
Rua Carlos Turner, 420
Silveira . 31140-520
Belo Horizonte . MG
Tel.: (55 31) 3465 4500

www.editoragutenberg.com.br
SAC: atendimentoleitor@grupoautentica.com.br

Para Dave: é por sua causa que eu sou capaz de escrever sobre amor.

Eu quero estar sempre em movimento; cada navio que vejo zarpar me desperta um desejo intenso de estar nele.

— Imperatriz Elisabeth, "Sissi", da Áustria-Hungria

A imperatriz... me parece uma criança de um conto de fadas. As fadas boas vieram e cada uma lhe agraciou com um dom esplêndido ainda no berço: beleza, delicadeza, elegância... dignidade, inteligência e perspicácia. Mas então veio a fada má e disse: "Vejo que tudo já lhe foi concedido, mas vou virar essas qualidades contra você e elas não lhe trarão felicidade... Até mesmo sua beleza lhe causará angústia e você nunca terá paz".

— Condessa Marie Festetics, dama de companhia da Imperatriz Elisabeth, "Sissi", da Áustria-Hungria

Sumário

13 **Panorama histórico**

17 **Prólogo**
   Genebra, Suíça
   Setembro de 1898

Parte um

21 **Capítulo 1**
   Palácio de Gödöllő, Hungria
   Verão de 1868
51 **Capítulo 2**
   Viena, Áustria
   Verão de 1868
82 **Capítulo 3**
   Palácio de verão de Schönbrunn, Viena
   Verão de 1871
112 **Capítulo 4**
   Palácio de verão de Schönbrunn, Viena
   Outono de 1871
140 **Capítulo 5**
   Palácio de Gödöllő, Hungria
   Outono de 1872
153 **Capítulo 6**
   Viena
   Primavera de 1873

Parte dois

194 **Capítulo 7**
   Casa Easton Neston, Northamptonshire, Inglaterra
   Primavera de 1876
210 **Capítulo 8**
   Casa Easton Neston, Northamptonshire, Inglaterra
   Primavera de 1876

233 **Capítulo 9**
 Palácio de Gödöllő, Hungria
 Outono de 1876
250 **Capítulo 10**
 Casa Summerhill, Meath, Irlanda
 Inverno de 1879
270 **Capítulo 11**
 Combermere Abbey, Inglaterra
 Inverno de 1881
288 **Capítulo 12**
 Palácio de Verão de Schönbrunn, Viena
 Primavera de 1884

306 **Capítulo 13**
 Morávia, Áustria-Hungria
 Verão de 1885
324 **Capítulo 14**
 Palácio de Hofburg, Viena
 Dezembro de 1888
346 **Capítulo 15**
 Viena
 Janeiro de 1889
366 **Capítulo 16**
 Palácio de Gödöllő, Hungria
 Primavera de 1889
375 **Capítulo 17**
 Palácio de Achilleion, Corfu
 Primavera de 1894
395 **Epílogo**
 Viena
 10 de setembro de 1898

398 **Observações da autora sobre a história**

408 **Fontes**

410 **Agradecimentos**

Panorama histórico

A Imperatriz Elisabeth da Áustria-Hungria, conhecida por seu povo apenas como Sissi, acaba de mudar seu império para sempre.

À sua volta, as grandes monarquias dinásticas estão desmoronando enquanto os reinos mais poderosos do mundo enfrentam rebeliões internas e instabilidade externa. Exceto a Áustria-Hungria, o que se deve a Sissi. A amada imperatriz mediou o acordo por meio do qual a Hungria, parte insatisfeita mas crucial do fragmentado Império Austríaco, optou por permanecer no reino, permitindo que os Habsburgo mantenham o domínio sobre boa parte da Europa — sem disparar um único tiro.

Com essa atuação, Sissi reafirmou seu direito não apenas ao trono, mas também ao lugar do lado do marido à frente da corte dos Habsburgo. Ela provou para seus rivais e críticos que já não é a garota ingênua e inocente de 15 anos por quem o Imperador Franz Joseph se apaixonou perdidamente. Ela é mãe do príncipe herdeiro, uma ativista amada pelo povo e pelo imperador e, por fim, ela será a regente da própria vida.

Mas os perigos e as exigências da vida na corte dos Habsburgo só aumentam enquanto Sissi trabalha para ampliar seu papel. E quantos inimigos — conhecidos e desconhecidos — ela fez com o passar do tempo? Na Viena de meados do século XIX, onde os quartos e os salões palacianos fervilhavam não apenas com champanhe e valsas, mas também com tentações, rivais e intrigas impiedosas, Sissi enfrenta uma nova série de adversários e perigos inesperados. Conseguirá a linda, cativante e determinada "Rainha Encantada" suportar esses desafios? Ou estará ela condenada à ruína como o último sacrifício ofertado no altar do império mais poderoso do mundo?

Prólogo

I

Genebra, Suíça
Setembro de 1898

Ela surge e é como todos disseram que seria: uma beldade de outro mundo. Quando ele vê aquela senhora, estreita os olhos claros e se foca nela. A imperatriz. Elisabeth. "Sissi."
 Ela desliza pelos degraus do hotel de luxo, o Beau Rivage, segurando o para-sol sob o sol brilhante, enquanto o início de outono banha o bulevar ao seu redor. Ali perto, uma pequena multidão se formou, e eles começam a se empolgar quando percebem que é a imperatriz.
 — Lá vem ela!
 — Imperatriz Elisabeth!
 — Sissi!
 Ou ela não ouve os gritos ou prefere não respondê-los, e continua a se distanciar do hotel com passos rápidos e elegantes. Ele se afasta daquela multidão, recusando-se a se distrair com o alarido e com os chamados.
 Sissi caminha pelo cais na direção do píer e do barco a vapor que a aguarda, e sua única acompanhante se apressa para conseguir acompanhá-la. Tudo em sua aparência a distingue do comum: a pele luminosa como uma pérola, a silhueta majestosa contida em uma jaqueta de seda com colarinho alto e uma saia preta comprida e um chapéu preto sobre os espessos cabelos castanhos. Aqueles cabelos — tão famosos que até ele já tinha lido a respeito — escuros, ondulados e ornados com alguns fios grisalhos. Ele observa a própria aparência desgrenhada e emite um som de desaprovação ao ver a costura rasgada da calça surrada e a sujeira acumulada sob suas unhas.

De onde está, consegue observar o rosto da imperatriz e notar como ela pisca, com a expressão assustada de um animal caçado. O que ela é, claro: caçada. Não só por ele, mas por todos. Ela, assim como ele, é uma fugitiva. Por toda sua vida, foi perseguida e observada, destruída e recomposta, assumindo qualquer identidade que o povo precisasse lhe impor. Pelo modo como agarra o para-sol, ele suspeita que o objeto sirva mais para proteger a imperatriz dos olhares e das palavras das pessoas que da luz branda. O para-sol pode vir a ser um problema para ele.

Ele segue em seu encalço; o sangue lateja em suas veias, e seu corpo se agita com uma mistura inebriante de expectativa e empolgação. Centenas de metros à frente, o barco a vapor espera, balançando junto ao píer enquanto sopra o fumo preto no céu azul-claro. Ele enfia a mão no bolso e seus dedos encontram a lâmina e a tocam com carinho, como se acariciassem a bochecha de um bebê. Ela é tão pequena, não mais de dez centímetros de comprimento. Ainda assim, ele sabe, com aquela lâmina diminuta seu próprio destino será entrelaçado ao da Imperatriz Elisabeth, a mulher mais linda e amada de todas. Todos aqueles que a amam também serão obrigados a se lembrar dele.

Capítulo 1

Palácio de Gödöllő, Hungria
Verão de 1868

*S*issi poderia explicar de várias formas por que era tão diferente. Se alguém tivesse lhe perguntado, teria sido muito simples para ela dar uma resposta. Ela então se perguntou qual era a verdade. Por que motivo o crepúsculo ali em Gödöllő, sua casa de campo nos arredores de Budapeste, parecia tão diferente do crepúsculo em Viena?

Ela poderia ter dito que era a vista: exuberante, selvagem e muito convidativa. Ali, sob a luz suave da noite que se aproximava, os campos se abriam diante de si, desdobrando-se em ondas de um verde calmante até encontrar-se com milhares de hectares de floresta virgem. Ramalhetes de flores silvestres se espalhavam pelas campinas, tão diferentes dos campos e jardins imperiais, onde tulipas ordenadas e majestosas delimitavam gramados tão simétricos e bem aparados que parecia até que a humanidade havia dominado a natureza por completo. O que, de fato, acontecera em Viena.

Ou seriam os sons de Gödöllő ao anoitecer? As noites ali ecoavam os latidos dos cães pastores; as risadas despreocupadas dos cavalariços húngaros enquanto escovavam os animais; os primeiros acordes de grilos e sapos que saudavam o lusco-fusco em meio aos campos cobertos de vegetação, a incomparável orquestra da natureza afinando seus instrumentos para sua sinfonia noturna. Era uma coletânea de sons completamente diferente da que se tinha em Viena, onde Sissi podia ouvir a cadência das botas lustrosas dos guardas imperiais marchando pelos pátios; a cacofonia das carruagens atravessando os portões do Hofburg; os gritos da incansável multidão vienense reunida do lado de fora do palácio, implorando-lhe uma moeda de florim ao vislumbre de sua célebre silhueta, de seus fabulosos penteados.

Talvez fosse o aroma no ar. Ali, uma mistura de fragrâncias doces se espalhava com a brisa: um leve traço de rosa silvestre e acácia, o almiscarado terroso dos estábulos, o perfume inebriante de grama alta, palha e lama. Era um buquê exuberante de aromas muito naturais e agradáveis, absolutamente diferente do que respirava em Viena, onde inalava o perfume enjoativo das cortesãs bajuladoras, o fedor dos inúmeros corpos e penicos que atulhavam o Palácio de Hofburg e o medo dos homens e das mulheres nobres sempre à espreita, calculando maneiras de melhorar sua condição social ou de derrubar um rival. Sim, medo era algo que se podia cheirar. Depois de todos os seus anos em Viena, Sissi sabia disso.

Mas não, não era a vista, nem os sons, nem o aroma que tornavam o crepúsculo na Hungria tão diferente do crepúsculo na Áustria. Não era nada fora dela ou ao seu redor; era uma sensação totalmente interior. Era como ela se *sentia* a cada crepúsculo que tornava Gödöllő tão diferente de Hofburg.

Em Viena, àquela hora do dia, Sissi estaria se sentindo murcha. Sua cabeça estaria doendo devido aos aborrecimentos decorrentes de uma discussão com seu marido ou com a obstinada mãe dele. Seu estômago estaria embrulhado, uma confusão cheia de nós, seu peito estaria apertado pela ansiedade de um dia inteiro separando fofocas e boatos da verdade, ou observando o olhar crítico e recriminador de cada cortesão que passava por ela enquanto tentava lidar com isso. Sissi estaria se preparando para passar uma noite enfadonha com a corte imperial — uma noite entediante confinada nos salões adamascados e dourados, ao som de violinos abafados pela tagarelice sobre escândalos triviais. Horas desperdiçadas assistindo a mulheres bajular seu marido, forçando um sorriso cansado enquanto homens lhe faziam os mesmos elogios banais que teciam noite após noite. Os dias em Viena eram longos, mas as noites eram intermináveis — e, ao fim delas, Sissi se arrastava para seu quarto sentindo-se exausta, esgotada. Tão fatigada que temia o dia seguinte antes mesmo de a manhã chegar.

Ali, em Gödöllő, ela também se sentia exausta, mas no bom sentido. Como um jarro esvaziado, leve e livre de problemas. Nesse dia, assim como em todos os outros que passava em sua propriedade húngara, ela foi livre. Sissi esteve fora de casa desde as cinco da manhã, após acordar às quatro. Mantendo sua rotina diária, ela cavalgou muito e retornou ao palácio apenas por um breve momento para tomar um caldo leve na hora do almoço. A tarde veio encontrá-la mais uma vez sobre o cavalo, de volta aos campos e florestas onde praticava saltos, galopava até perder o fôlego e se juntava ao seu encantador vizinho, o Príncipe Nikolaus Esterházy, para perseguir raposas e correr pela paisagem selvagem.

Por isso o crepúsculo em Gödöllő era sempre tão diferente. Quando o sol começava a mergulhar nos campos a oeste, na direção de Budapeste, o corpo de Sissi padecia de uma dor agradável, de uma fadiga merecida. Suas faces, iluminadas pelo ar puro do campo e pelo exercício, brilhava um tom profundo de rosa. Seu coração ficava leve, sua disposição, alegre e seu corpo, fortalecido.

E era exatamente assim que Sissi se sentia naquela noite abafada do fim de verão, enquanto entregava o cavalo nos estábulos e agradecia o cavalariço húngaro com um sorriso tranquilo. Ela se virou na direção do palácio, cujo telhado vermelho desenhava um perfil excêntrico contra o céu que escurecia. Até mesmo aquela estrutura, ao mesmo tempo extravagante e despretensiosa, contrastava com o formato severo e majestoso da residência imperial em Viena, o Palácio de Hofburg. Enquanto Sissi contemplava a fachada rosa e creme, seus olhos se deslocaram para o segundo andar, para a janela na ala oriental do palácio. Ela sorriu e apertou o passo. Quase podia enxergar o rostinho angelical olhando de volta para ela do aposento iluminado pela luz de velas; e de repente, Sissi não aguentava mais esperar para estar de volta ao palácio, o lugar do qual ela tinha feito um lar, um abrigo seguro onde tinha liberdade e privacidade, longe do domínio sufocante de Viena e da corte imperial.

— Olá, Shadow! — O cachorro favorito de Sissi, um grande monte de pelos brancos e balouçantes, veio trotando e a cumprimentou com uma lambida babada assim que ela chegou à porta da frente. — Sentiu minha falta?

Ela acariciou o cachorro imenso um instante antes de acenar com a cabeça para um criado e adentrar o hall frontal, com o cachorro em seus calcanhares.

— Imperatriz Elisabeth.

Ida Ferenczy, dama de companhia e velha amiga de Sissi, fez uma mesura quando a imperatriz entrou. Ao lado dela, roncava seu outro cachorro, um são-bernardo chamado Brave. Sua sogra não gostava de cães muito grandes — a Arquiduquesa Sophie só tinha cachorros pequenos, que pudessem se sentar em seu colo. Talvez fosse por isso que ali, em Gödöllő, Sissi se cercava daqueles animais enormes e amorosos.

— Olá, Ida. — Sissi jogou suas luvas de montaria em uma poltrona próxima enquanto cruzava o espaçoso hall frontal, de pé-direito alto, na direção de sua acompanhante. — Vou tirar logo estas roupas de montaria. Estou com saudade da minha pequenina. Está tudo bem no berçário?

— A Arquiduquesa Valerie goza de perfeita saúde esta noite, graças a Deus.

— Ela chorou hoje?

— Só o que qualquer bebezinho chora. Mas a ama contou que a pequena arquiduquesa tomou leite sem qualquer incidente, e que deve estar bem-disposta para a visita de Vossa Majestade ao berçário.

— Ótimo. Vou me trocar e depois irei direto para lá.

— Claro. E a cavalgada de Vossa Majestade hoje foi agradável?

— Foi. — Sissi fez que sim com a cabeça e chegou à escadaria larga e curva que conduzia ao andar de cima, onde ficavam seus aposentos privativos. — Foi um dia maravilhoso. A raposa pensou ter encontrado um abrigo seguro nos bosques ao sul, mas Nicky a fez sair e nós quase... — Sissi parou nos degraus. Seus pensamentos corriam em várias direções ao mesmo tempo. — Isso me lembra, Ida, que seremos quatro, não três, para o jantar esta noite. Nicky, ou melhor, o Príncipe Esterházy praticamente me implorou por um convite, e eu não tive coragem de recusar. Ele vai se juntar a nós duas e à Condessa Marie.

— Nesse caso, Madame, acredito que seremos cinco em vez de quatro. — Os lábios de Ida se curvaram em um sorriso acanhado, mas ela não disse nada que servisse de explicação.

— Quem? — Sissi perguntou, apoiando a mão na balaustrada entalhada da escada. — Quem mais virá? — Teria Franz decidido fazer uma visita de última hora? O estômago de Sissi se contorceu; a presença do imperador, ainda que rara naquele lugar, tinha a capacidade de perturbar a frágil e despreocupada paz que ela cultivara a duras penas naquela casa.

Como resposta, Ida estendeu uma pequena salva dourada com uma pilha de papéis.

— A correspondência pessoal de Vossa Majestade Imperial.

— Obrigada. — Sissi pegou a salva e remexeu nos papéis. — Você já encaminhou todas as petições e cartas oficiais para meu secretário em Viena?

Isa assentiu. Os olhos de Sissi pousaram no único cartão de visita, com letras longas e graciosas — e familiares. Não, aquilo não era um bilhete do imperador. Aquilo era algo tão desejado que Sissi sentiu o coração tropeçar dentro do peito, ardendo com as primeiras faíscas de esperança. *Andrássy!* Seria possível? Andrássy tinha voltado à Hungria? Sissi fixou um olhar inquisitivo em sua dama de companhia, ciente do quanto seu tom ansioso a traiu quando perguntou:

— Ele... o Conde Andrássy veio hoje?

Inclinando-se para frente, com a voz grave, Ida sussurrou:

— O Conde Andrássy veio enquanto a senhora estava cavalgando. Ele disse que voltaria para o jantar.

Sissi agarrou o corrimão, sentindo que seu coração estava prestes a escorregar pelos degraus acarpetados embora ela estivesse congelada no lugar.

— Ora, que surpresa. Uma surpresa muito agradável. Venha, eu preciso me vestir logo.

Enquanto se vestia para a noite, Sissi examinou o restante da pilha de cartas, com o pensamento por vezes se voltando para Andrássy. Será que ele havia sentido sua falta naqueles últimos meses da mesma forma que ela havia sentido a dele? Quanto tempo ele ficaria? Tudo continuaria igual entre eles? Sissi piscou, forçando-se a se concentrar nas notícias de sua família; ela tinha pouco tempo para ler aquelas cartas e visitar o berçário antes do jantar. Antes que ele chegasse.

Havia diversas cartas da Baviera, para onde a querida irmã de Sissi, Helene, tinha retornado recentemente, para morar com os pais na casa da família em Possenhofen.

— Pobre Néné.

Sissi quase podia ver as lágrimas que tinham caído enquanto a irmã viúva lhe escrevia aquela carta. Helene, a irmã mais velha e a única das cinco garotas Wittelsbach a ter um casamento feliz, encontrou o noivo — um amável príncipe da Casa Thurn und Taxis — tarde na vida. Ela só se casou depois dos vinte, e perdeu o marido apenas alguns preciosos anos depois do casamento. Na carta, Helene falava de sua saúde que piorava e de sua tristeza diária, mas também de sua fé crescente. Ela, que já desejara viver em um convento, escreveu para Sissi que orações diárias forneciam "o único bálsamo contra a tristeza no ambiente quase sempre caótico de nosso lar da infância".

Sissi suspirou, com o coração apertado por Helene, e se voltou para a outra carta que vinha da casa dos pais. Essa era de sua querida irmã mais nova, Sophie-Charlotte.

Minha querida Sissi,

Eu vou me casar! Você não imagina como meu coração está alegre. Ou talvez imagine e compreenda minha felicidade; eu era jovem demais para entender tudo isso quando você se apaixonou pelo seu marido e aceitou o pedido de casamento.

Sissi desviou o olhar por um instante, pestanejando enquanto absorvia a notícia surpreendente. Se a carta de Néné transpirava resignação e tristeza, a aceitação contemplativa de uma viúva cujos sonhos nunca se realizariam, a de Sophie-Charlotte borbulhava de alegria juvenil, uma exuberância pura e ingênua, um otimismo ainda inabalado que parecia frágil e destinado a ser estilhaçado como uma tigela de cristal nas mãos de uma criança. Sissi retomou a carta da irmã.

>*Oh, minha querida irmã, você conhece nosso primo Ludwig tão bem quanto eu. Talvez ainda melhor, pois ele sempre me diz que você, dentre todas as irmãs (que não eu, é claro!), é a que mais o conhece e ama. E saiba que ele corresponde a esse amor! Como ele a admira! E como me faz feliz ouvi-lo dizer que, dentre todas as irmãs, eu sou a que mais lembra você em beleza e sensibilidade.*
>
>*Oh, Sissi, estou vivendo em um estado inebriante de encantamento e felicidade. Ludwig, rei da Baviera, será meu marido!*
>
>*Ele é um homem sem igual. Ora, veja seus palácios. Seu bom gosto e sua elegância fazem com que eu me sinta uma provinciana. Isso para não mencionar como ele é belo de se admirar. Eu sei que todas as garotas da Baviera estão verdes de inveja, não sem razão. Eu conquistei o melhor marido do nosso país! Talvez do mundo! (Excetuado seu amado Franz Joseph, é claro.)*
>
>*Você virá para casa, aqui na Baviera, para o casamento, não é? Direi a Ludwig que você virá – a esperança de vê-la o fará escolher uma data para o casamento!*
>
>*Sou agora e continuarei sendo sua irmã mais amorosa e dedicada,*
>*Sophie-Charlotte*

Sissi baixou a carta de Sophie-Charlotte e dobrou-a duas vezes, tomada por uma inexplicável sensação de intranquilidade. Ela ficou surpresa por uma notícia alegre lhe causar tanta apreensão. Sua irmã estava certa: Sissi *realmente* amava Ludwig. Ele era seu primo e — além de Néné — seu mais querido amigo de infância. Ela e Ludwig passaram grande parte da juventude juntos, na Baviera, correndo despreocupadamente pelos campos ao redor de Possenhofen enquanto compartilhavam seus sonhos fantásticos para o presente e para o futuro. Talvez Ludwig até tivesse sido um pouco apaixonado pela jovem Sissi. Ele tinha insinuado isso.

Mas agora Ludwig seria o marido de Sophie-Charlotte? A ideia não despertava em Sissi a felicidade que uma notícia daquelas deveria ter provocado. Ela se perguntou se eles combinavam. Com certeza a mãe delas, a Duquesa Ludovika, estaria exultante com o casamento, empolgada pelo fato de que sua filha mais nova permaneceria tão perto do lar em "Possi". E era evidente que Sophie-Charlotte estava eufórica. Sissi guardou a carta da irmã na escrivaninha, decidida a reler aquela mensagem mais tarde. Ela não desejava roubar da querida irmã mais nova nem uma fração de sua alegria matrimonial, mas Sissi não nutria, naquela época, visão das mais otimistas a respeito do matrimônio. Ela precisaria refletir antes de redigir sua resposta.

Sissi examinou as duas cartas que restavam. A de cima estampava o lacre da ARQUIDUQUESA, PRINCESA IMPERIAL DA ÁUSTRIA-HUNGRIA. Gisela, a filha de 12 anos de Sissi, escrevia-lhe da corte imperial em Viena. Gisela raramente escrevia. Ela e Sissi não eram próximas; nunca tiveram oportunidade de se aproximar. Gisela, desde seus primeiros dias de infância, preferia a avó, a Arquiduquesa Sophie, mulher que de algum modo conseguia ser amorosa e maternal com os netos e fria e autoritária com a nora.

Sissi encarava a carta e remexia-se na cadeira, como se acometida por um repentino desconforto físico. Pensar na filha mais velha a fez sentir uma pontada em um canto vazio, profundo e escondido do seu coração — o lugar que nem o tempo nem a distância conseguiram curar, a ferida que não conseguiram cobrir com a cicatriz da determinação e da resignação. *Não, agora não*, Sissi pensou. Não depois de um dia tão bom. Não quando estava prestes a atravessar o corredor para ir ver sua bebê amada. Não quando ele — Andrássy — estava a poucos minutos de distância, aguardando para o jantar. Sissi não queria chorar naquele momento. Ela se empertigou na cadeira e escondeu a carta de Gisela no bolso interno do penhoar. Leria a missiva mais tarde — mais tarde, quando pudesse saborear aquelas raras palavras de sua filha. Quando as lágrimas pudessem vir e a noite escura a abraçasse em sua privacidade indistinta, em que o choro passaria despercebido, em que ninguém poderia ver o tamanho de sua saudade, ou a extensão de seu desespero pela perda dos dois filhos mais velhos.

Sissi jogou os ombros para trás e pegou a última carta. Ela ostentava uma caligrafia familiar, um lacre carmesim conhecido. E provocou uma sensação familiar de aperto em seu estômago, um desconforto de natureza diferente daquele provocado pelo manuscrito de Gisela — este era um desconforto mais contido, um latejar entorpecido, ao passo que a dor provocada pela carta de Gisela parecia uma punhalada. Ainda assim, Sissi conteve um gemido ao quebrar o lacre. A carta vinha de Franz Joseph. Seu marido, seu imperador. Este era o resumo da união matrimonial dos dois naquele momento: eles se escreviam com regularidade entre a Hungria e a Áustria, mas não se viam havia meses.

As cartas de Franz Joseph eram como ele: francas e diretas, sensatas, destituídas de qualquer coisa que parecesse sonhadora ou sentimental. Descrições frias de sua rotina diária em que ele esboçava as horas intermináveis que passava em sua escrivaninha, rodeado por documentos, petições e ministros, sempre resumindo seu relato com uma declaração resignada: "Mas é assim que tem que ser; um homem deve trabalhar até estar completamente exausto". Ele incluía informações breves sobre Gisela e Rudolf, e Sissi sempre sentia o coração pular quando via o nome deles por escrito. *Gisela. Rudy.* Os dois filhos que ela nunca teve permissão para amar. Os dois filhos que, assim que nasceram, foram arrancados de seus braços e levados, instalados no berçário imperial onde passavam cada minuto sob o olhar vigilante e possessivo da avó paterna, a Arquiduquesa Sophie.

As crianças estavam "em boa forma", Franz lhe assegurou. É claro. Era sempre esperado que todos na família imperial estivessem "em boa forma". Sophie jamais permitiria que alguma mancha aparecesse no esplendor da respeitável e perfeita casa imperial. Não na casa dos Habsburgo, onde os costumes, a ordem e as tradições ditavam a rotina inflexível de todos os dias, o que mantinha a máquina da autoridade imperial funcionando sem contratempos, garantindo que todos soubessem exatamente o que era esperado de si. Sophie assim o afiançava havia muitos anos, pois embora fosse Franz Joseph quem usava a coroa de imperador, era sua mãe que mandava na casa imperial.

Era raro que Sissi falasse diretamente com a sogra, mas Sophie se fazia presente em cada carta enviada por Franz. Ela pairava pesadamente sobre as palavras escritas do filho, assim como pairava pesadamente sobre as idas e vindas da corte. Qualquer menção à vida em Viena incluía Sophie, conselheira mais próxima do imperador e figura dominante na vida dele — e também na dos filhos de Sissi. Ela gemeu, amassou a carta de Franz e a arremessou do outro lado do quarto.

Mas Sissi controlou seus pensamentos antes que disparassem por aquele lado escuro e desolado — o aperto familiar da agonia contra o qual ela lutava com regularidade. *Valerie.* Ela disse o nome em voz alta, como se tentasse exorcizar os demônios que a rodeavam, como se tentasse se acalmar com aquele som sagrado. Sua filha mais nova e querida. A bebê mantida em segurança no berçário de Gödöllő. A bebê cuja concepção havia servido de impulso para Sissi, afinal, deixar para trás Viena, sua sogra e toda a corte imperial. Para que ela fosse para a Hungria, onde poderia afinal ficar livre da autoridade de Sophie para criar pelo menos uma de suas crianças, sobre a qual derramaria todos os seus desejos maternais reprimidos até então e que faziam sua alma latejar.

— Terminamos aqui? Eu quero segurar minha Valerie.

Sissi se remexeu na cadeira e olhou pelo espelho para a cabeleireira imperial, Franziska Feifalik, enquanto a mulher dava os toques finais no penteado trançado de Sissi. Outra coisa que era mais agradável em sua vida ali, longe da corte: Sissi podia usar seu famoso cabelo, que lhe chegava aos tornozelos, em tranças folgadas com arranjos de flores silvestres, em vez dos penteados formais e pesados com diademas incrustrados de pedras preciosas que ostentava na corte e em eventos de Estado. Penteados que provocavam inevitáveis dores de cabeça ao fim da noite.

— Só mais um instante, imperatriz. — Franziska entrelaçou um último arranjo de flores nas mechas castanhas de Sissi com dedos hábeis e rápidos. — *Et voilà*, está pronto! Outra obra-prima, se posso dizê-lo eu mesma.

Sissi levantou-se da cadeira e foi até o guarda-roupa, onde escolheu um vestido justo, de cetim creme adornado com bordado de flores douradas. Ela adornou o pescoço, as orelhas e os pulsos com pérolas, para combinar com o vestido e com as pétalas brancas perfumadas em seu cabelo. Enquanto as mulheres sassaricavam ao seu redor, fechando botões e ajustando as dobras do tecido vistoso, Sissi assentiu, satisfeita, para seu reflexo no espelho.

— Ótimo — ela disse. — Acredito que tenhamos terminado. — Ela só ouviu um suspiro coletivo de alívio de suas três assistentes no quarto: Franziska, a cabeleireira polonesa; Ida, sua ajudante húngara; e Marie Festetics, condessa húngara e antiga participante do cortejo pessoal de Sissi. Nenhuma pessoa do círculo íntimo da imperatriz era austríaca. Era assim qué ela queria.

— Estou elegante demais para o berçário, mas talvez minha querida Valerie goste destas pérolas magníficas.

Sissi sorriu ao virar de um lado para outro, examinando sua aparência uma última vez diante do espelho de corpo inteiro. Ela sempre era exigente quando se tratava da roupa e do cabelo. Afinal, não tinha conquistado a reputação de "a mulher mais bela de todas" — mais linda até do que a sedutora imperatriz francesa, Eugénie — sendo descuidada. Mas aquela noite era ainda mais importante que as outras, pois Andrássy viria jantar com ela.

***

Era a hora do dia favorita de Sissi.

— Está tudo nos conformes?

Sissi adentrou o berçário bem iluminado, cujas paredes tinham sido pintadas de um azul alegre, tom que ela própria havia escolhido, livre das opiniões não solicitadas de sua sogra. Sissi foi diretamente até o berço, pegou a bebê em seus braços e inspirou o aroma de talco e leite de Valerie. Ela cobriu de beijos as bochechas da filha, que respondeu com murmúrios suaves, e Sissi a apertou ainda mais, dominada por um novo surto de amor infinito e inebriante pela garotinha.

— De fato, imperatriz, a arquiduquesa está rosada e alegre, hoje.

A governanta era uma jovem inglesa de fala macia, chamada Mary Throckmorton. Serena e tranquila, a Srta. Throckmorton era o oposto de Sissi, que tendia a reagir a cada gorgolejo e gritinho da bebê com o máximo de ansiedade e preocupação.

— Ela tem chorado muito? E ela comeu o suficiente? — Sissi perguntava, revirando a bebê em seus braços para que seus olhos pudessem verificar cada centímetro da pele rosada e macia de Valerie. Simplesmente perfeita, era sua garotinha. Seu próprio anjinho.

— Eu acredito que o choro se devia a isto — a Srta. Throckmorton disse, inclinando-se para frente. Com mãos hábeis, ela separou os lábios delicados de Valerie e revelou um solitário dente branco.

— O primeiro dentinho! — Sissi exclamou, disparando uma nova rodada de beijos nas bochechas da bebê. — Oh, minha querida! Meu anjo mais precioso! Crescendo tão rápido. Já estão nascendo os dentinhos! Oh, pobrezinha. Srta. Throckmorton, você deve fornecer à arquiduquesa todo o conforto de que ela necessitar durante o tempo em que os dentes estiverem nascendo. Está entendido?

— Claro, imperatriz — a governanta respondeu com o tom de voz sereno.

— Minha garota! — Sissi exclamou, sua voz exultante de orgulho maternal.

Como resposta, Valerie soltou outro murmúrio e esticou a mão roliça para o rosto da mãe. Sissi sentou-se com a bebê no chão do berçário e ali elas brincaram, as duas tão absortas uma na outra que era difícil dizer quem estava mais apaixonada. Valerie parecia encantada pelo espetáculo proporcionado pelas madeixas reluzentes da mãe, pelo brilho das pérolas e pelos largos sorrisos constantes. E Sissi estava deslumbrada, encantando-se com cada detalhe de sua filha querida. Sua "filha única", como Sissi frequentemente descrevia Valerie ao conversar com Ida e Marie Festetics. A única beneficiária da torrente de amor maternal que durante anos havia ficado sufocada dentro dela, secando como o leite que Sissi nunca pôde dar para seus primeiros amores.

Claro que Sissi ainda tinha amor por Gisela e Rudy. E era óbvio que ela tinha amado sua querida primogênita, a Princesa Sophie, morta por uma febre ainda quando criança; uma parte de Sissi nunca se recuperou daquele golpe. Mas, com as outras duas crianças instaladas na residência imperial em Viena, nunca tinha sido permitido a Sissi formar um laço mais substancial com elas. Ela nunca pôde amamentar nem reconfortar em seus braços aqueles filhos, que jamais puderam conhecê-la como mãe. Sissi nunca teve permissão para cuidar deles como gostaria. Suas visitas ao berçário imperial, quando autorizadas pela sogra, sempre eram rápidas e obedeciam ao protocolo. Acompanhadas pelos ministros e pelos ajudantes da arquiduquesa e supervisionadas pela própria Sophie, as visitas eram carregadas de críticas, censuras e lembretes nem tão velados sobre os defeitos de Sissi. E Sissi sabia o que Sophie tinha dito nos partos de seus filhos; ela ouviu os sussurros, as fofocas sobre o desprezo da sogra. *É claro que Sissi não deve criar os filhos — ora, ela própria é uma criança!* E com a predileção das crianças pela avó, os filhos com o passar do tempo preencheram o coração de Sissi com um misto de angústia dolorosa e afeto maternal. Até Valerie. Seu quarto e último bebê. Uma surpresa, uma graça inesperada e a chance de Sissi, afinal, ser *Mamãe*.

Depois de colocar Valerie na cama, com cuidado para que ela não passasse calor nem frio enquanto dormia, Sissi saiu do berçário e se dirigiu com Ida e a Condessa Marie à sala de jantar.

Foi enquanto descia a escadaria, com o coração ainda radiante pela visita a Valerie, que Sissi notou a silhueta alta no hall da frente, uma figura ligeiramente escurecida pela sombra que a luz das velas não conseguia alcançar. Sissi parou onde estava, tirando um instante para se recompor. Era isso ou descer correndo a escada e se jogar nos braços dele — uma reação que não seria nada adequada.

Andrássy deve ter ouvido Sissi descendo, porque se virou no mesmo instante e pousou os olhos escuros sobre ela.

— Minha rainha. — Ele atravessou o hall até o primeiro degrau da escada. Andrássy sempre usava o título húngaro de "rainha", em vez do austríaco "imperatriz". Ela pertencia ao país *dele*, ao povo *dele*. Sissi amava isso.

— Andrássy.

— Sissi.

Ela se obrigou a manter um ritmo regular enquanto descia os últimos degraus e deslizava na direção dele, ainda que não conseguisse reprimir o sorriso que invadiu seu rosto.

— A visão de Vossa Majestade me deslumbra todas as vezes que a vejo. — Ele tomou a mão dela nas suas e levou-a aos lábios. *Tantas quebras de protocolo*, Sissi pensou. Ninguém, com exceção das damas de companhia que a vestiam, tinham permissão para tocá-la. E, com certeza, nenhum outro homem além de Franz poderia ousar dar um beijo em sua mão. E para piorar, ela não usava luvas, então os lábios de Andrássy tocaram sua pele nua, a mais sagrada das superfícies imperiais. Oh, como ela adorava estar na Hungria!

— Como você está? — ele perguntou com a voz baixa, como se apenas eles estivessem no imenso hall. E até parecia que estavam mesmo, pois Marie e Ida, especialistas em discrição, tinham começado uma conversa entre elas.

— Muito bem. E agora estou ainda melhor. — Ela irradiava alegria diante dele. — Como foi sua viagem de Viena?

— Longa. Mas eu tinha algo que me motivava. — Seu olhar sustentou o dela por um momento longo demais antes de descer para o vestido, para a cintura, assimilando toda a aparência dela. Andrássy deu um sorriso de aprovação, e Sissi sentiu uma onda de calor sair da base de sua coluna e viajar até o rosto.

E, então, como ele a conhecia muito bem, a próxima pergunta veio rapidamente:

— E como está Valerie?

Sissi só conseguiu abrir ainda mais o sorriso.

— Acabei de sair do berçário. O primeiro dentinho já nasceu.

— O primeiro dente! Minha nossa, fiquei longe tanto tempo assim?

— Você ficou longe tempo demais — Sissi respondeu mantendo os olhos fixos nos dele. Sua simples existência, sua presença física depois de tanto tempo longe infiltrou-se nela e se espalhou, acalmando-a como os unguentos refrescantes que suas acompanhantes aplicavam em seus músculos doloridos quando ela cavalgava demais, ou o óleo de amêndoas cheiroso com o qual a cabeleireira massageava seu couro cabeludo e domava suas madeixas de cabelo rebelde. Andrássy estava ali, de novo, diante dela; sua inteligência, suas palavras e sua figura alta e imponente, que ela tanto ansiava. Sissi soltou o ar lentamente antes de falar.

— Eu estava tentada a usar de meu poder imperial para convocar sua presença diante de mim; não sei quanto tempo mais eu conseguiria aguentar.

Andrássy abriu um sorriso relaxado.

— Bem, agora estou aqui. E feliz por isso.

Pouco importava que as más-línguas de Viena e de toda Áustria sussurrassem que Valerie era dele, filha de Andrássy. Que afirmassem que ele tinha dado aquela casa em Gödöllő para Sissi como presente do parlamento húngaro somente para que os dois tivessem um esconderijo para seus encontros secretos. Pouco importava que alguns chamassem a princesa mais nova de "a criança húngara" e insinuassem que a mãe tinha escolhido criar a garota na Hungria porque essa era a terra de seu pai. Tanto Sissi quanto Andrássy sabiam que isso não era verdade. O imperador também. Os claros olhos azuis de Valerie e sua pele impecável de marfim — tão diferente da pele morena de Andrássy — atestavam, sem dúvida alguma, a paternidade de Franz. *Mas pouco importa tudo isso*, Sissi pensou. Enquanto Franz Joseph não se incomodasse com os boatos, Sissi não faria outra coisa que não rir da malícia dos outros e dar graças pela distância que havia entre ela e as fofocas.

— A noite está esplêndida, assim como você. Vamos?

Andrássy entrelaçou seu braço ao de Sissi e a acompanhou pela porta dupla até o jardim dos fundos, onde saíram para a luz azulada da noite de Gödöllő. Atrás deles, Marie e Ida os acompanhavam a uma distância discreta.

— Você vai ficar aqui? — Sissi perguntou. Seus passos soavam sincronizados no terraço quando, nos estábulos próximos dali, um dos cavalos soltou um relincho demorado e lânguido.

— Confesso que nada me daria mais gosto do que ficar, mas acho que para evitar qualquer rumor, talvez fosse melhor eu ficar em Budapeste.

— Não — Sissi interveio com o tom decidido. — Diga que ficará em Budapeste, mas na verdade fique aqui. Oh, pelo menos por alguns dias?

Andrássy interrompeu a caminhada e, ainda de braço dado com ela, olhou de lado para Sissi, refletindo. Ele tinha uma aparência alta e bela com seu traje completo de jantar, com casaca e tudo.

Sissi suspirou. — Deixe que falem. Deixe que fofoquem. Eu quero você aqui.

Andrássy continuava a refletir sobre a proposta. Sissi se forçou a manter a respiração controlada, notando como os olhos escuros dele faziam seu interior se agitar.

— Além do mais — ela continuou —, não são as pessoas de Budapeste que começam os boatos, são as de Viena.

— Isso é verdade. — Andrássy retomou a caminhada. — Os húngaros nunca diriam nada contra você, que é a rainha deles. A Sissi deles.

— Ou contra você, o amado primeiro-ministro.

Andrássy inclinou a cabeça, considerando a possibilidade.

— Então você vai ficar.

Os lábios de Andrássy se abriram em um sorriso relutante enquanto ele concordava.

— Se essa é a vontade da minha rainha, quem sou eu para desobedecer?

— Ótimo — Sissi falou, virando seu sorriso para a trilha no jardim diante deles. Ela adorava que Andrássy a deixasse ganhar em questões que lhe eram caras. Adorava que ele levasse em consideração seus sentimentos e os estimulasse com tanta delicadeza. Era algo que Franz não tinha muita disposição para fazer.

— Confesso que estou me arrependendo — Sissi continuou. — Graças ao meu apoio em Viena, você foi nomeado primeiro-ministro aqui na Hungria. E agora, devido a esse posto, é obrigado a ir com frequência para Viena ou a ficar emparedado no parlamento de Budapeste enquanto fico sozinha aqui.

— Nós somos o típico casal desafortunado, não somos? — Andrássy estava encurtando de propósito os passos longos, permitindo que Sissi estabelecesse um ritmo lento, descontraído.

— Eu amo você pelo estadista que é... mas também o odeio por isso. — Sissi suspirou. — Creio que deva lhe perguntar como estava Viena?

Andrássy refletiu por um instante antes de responder. — O Conselho do seu marido foi praticamente todo substituído nos últimos meses, como você já deve estar ciente.

— Você ficaria surpreso com o pouco que sei de Viena.

— Mas você e Franz... digo, o imperador... escrevem com frequência um ao outro, não?

— Oh, ele me mantém informada sobre as crianças e sobre todos os fatos sem importância de sua vida cotidiana... o que comeu no jantar do dia anterior, que espetáculo está sendo apresentado no Teatro da Corte. — Sissi fez uma pausa e observou o terreno cada vez mais escuro, onde grilos invisíveis preenchiam a noite com os acordes suaves de sua música pastoral. — Mas Franz não gosta que eu fale de qualquer coisa que vá além da conversinha da corte, o que com certeza exclui política. Até hoje ele só se dispôs a me ouvir com relação a um assunto político: Hungria.

Andrássy se inclinou e Sissi inspirou sua fragrância: sabão de barbear e fumaça de charuto. Os lábios dele quase tocaram sua orelha quando ele sussurrou: — Hungria. A causa que lhe é mais cara.

— É verdade. — Ela sentiu o braço dele apertar mais o seu; um gesto tão sutil que ela poderia não ter percebido, mas não havia como deixar de notar a descarga que o toque dele provocava em todo seu corpo.

Mas a voz de Andrássy de repente ficou séria. — E é por isso mesmo que o Conselho Consultivo do imperador sofreu tal mudança.

— Devido à disposição dele em conceder autonomia à Hungria? Porque ele assinou a criação da Monarquia Dual da Áustria-Hungria a partir do Império Austríaco?

Andrássy confirmou; Sissi pensou nisso e deu de ombros.

—Fazia tempo que Viena precisava de sangue novo — ela disse. — Franz sabia que o compromisso austro-húngaro era a coisa certa a ser feita, ainda que seus ministros agora protestassem. Era o único modo de preservar as fronteiras do império, evitando que a Hungria se rebelasse abertamente. Ele não queria uma guerra civil em suas mãos, uma guerra que poderia muito bem envolver toda a Europa. Ainda mais logo depois de ter sofrido uma derrota tão decisiva contra a Prússia e a Itália. Não, a Europa não poderia ter mais guerras.

— Ele sabe disso e já o disse. — Andrássy concordou, seu tom ainda tenso e reflexivo.

— Os ministros do meu marido são como pragas — Sissi falou. — Corte um e outros dois surgem no lugar.

Andrássy parou de andar e inclinou o corpo na direção dela. — Ora, ora. Você me tem em tão baixa conta?

Sissi se virou para ele com um sorriso malicioso nos lábios. — Você era meu antes de ser dele. Você é diferente.

— Eu espero que sim.

Quando recomeçaram a andar, Sissi sentiu vontade de perguntar a Andrássy qual cortesã nobre ou atriz vulgar os ministros de seu marido tinham encontrado para aquecer a cama do imperador atualmente, mas engoliu aquele pensamento amargo. Seu tempo com Andrássy era sagrado; ela não permitiria que as cicatrizes de seu casamento frustrado arruinassem aquele momento. Além do mais, os dias em que ela de fato se importava com tudo aquilo ficaram no passado. Ela já não era a garota ingênua com quem Franz Joseph tinha se casado; a menina provinciana e sem maldade de dezesseis anos que confundiu paixão com amor e promessas com atitudes. A garota que não conseguia entender *como as coisas funcionam* na corte imperial e que já estava desanimada quando chegou a hora de aprender.

Franz não podia magoar Sissi agora, não como um dia já havia magoado. Seu coração, abatido pelos golpes esmagadores desferidos primeiro pela sogra, depois pelo marido e então pela morte de uma filha e pela perda emocional dos dois outros filhos, tinha, como por milagre, ressuscitado nos últimos anos. De algum modo, lenta e insistentemente, o coração que Sissi supunha exausto e arruinado continuou a bater. Sua ferida se fechou, deixando apenas uma cicatriz, e se recusou a desistir. E então Sissi decidiu viver novamente — sob suas próprias regras. E com essa decisão veio a aceitação, uma nova força e liberdade. Franz estava longe agora, não só pela distância física que ela tinha colocado entre eles, mas também pelo escudo que Sissi levantou à sua volta; não havia mais nada que Franz pudesse fazer para magoá-la.

Além disso, o casamento deles já não tinha contato físico havia anos — quase uma década, agora que ela pensava nisso. A não ser por uma breve reconciliação, quando Sissi retornou ao leito matrimonial imperial, enquanto trabalhava com Franz Joseph para forjar o compromisso austro-húngaro. Um encontro fugaz que, como por milagre, a presenteou com Valerie — e com o reino da Hungria.

A noite tinha finalmente caído sobre Gödöllő e ela tinha Andrássy diante de si, com aquele olhar escuro e macio como veludo preto. Então Sissi tirou Franz da cabeça e todos os anos que eles passaram magoando um ao outro. Ela tinha lutado contra o fato de Franz permitir que seus três primeiros filhos lhe fossem tirados, fazendo com que ela se sentisse uma égua reprodutora e uma pária em sua própria corte, mas, de certa forma, havia se conformado com isso. A vida com Franz nunca foi de fato deles — sempre organizada demais, com gente demais, ofuscada pelas exigências impostas pela posição dele como imperador. Franz a negligenciara, mantendo suas emoções distantes da compreensão de Sissi e nunca se esforçando para conhecer as dela. Tinha preferido a companhia de seus generais e ministros, de sua mãe e de outras mulheres. E havia se distanciado do casamento — mas de que isso tudo importava? Pois agora era ela que se distanciava, não?

Andrássy interrompeu o devaneio silencioso de Sissi erguendo um dedo para tocar sua testa.

— Você parece estar travando uma batalha.

— Estou mesmo.

— Quem está vencendo?

Ela deu um meio sorriso.

— Eu.

— Ótimo. — Ele se inclinou e lhe beijou a testa; aquela era uma atitude ousada demais para um lugar tão público como o jardim, mas a última luz do dia tinha sumido, e a capa da escuridão se fechava ao redor deles.

Um som escapou para o jardim por uma janela aberta — a risada de uma criada na cozinha. Andrássy tirou os lábios de sua testa. — Creio que esteja na hora de entrarmos para jantar.

— Creio que você esteja certo. — Sissi suspirou, concordando. Os dois se voltaram para o palácio. — Preciso avisá-lo de que seremos acompanhados por Nicky... pelo Príncipe Esterházy no jantar.

Andrássy gemeu e parou de andar.

— Bem, eu não sabia que você viria — Sissi disse, divertindo-se um pouco com o aparente ciúme. — Se tivesse me escrito, eu teria cuidado para que ele...

— Eu gosto de te surpreender, você sabe disso. A expressão de alegria no seu rosto faz a dor da separação valer a pena.

— Ah, mas você veio enquanto eu cavalgava com Nicky, então a surpresa foi anulada.

Andrássy chegou mais perto para sussurrar, e as palavras fizeram cócegas na orelha dela: — Então, acho que terei de encontrar outro modo de provocar a expressão de alegria no seu lindo rosto.

O Príncipe Esterházy os aguardava na sala de jantar, paciente e formal, com a mesma postura impecável com que cavalgava. Esterházy, assim como Andrássy, vestia traje completo com casaca e exibia um aspecto renovado e corado após um dia dedicado à perseguição de raposas.

— Oh, Rainha Elisabeth, não está sozinha. — O rosto de Esterházy murchou, revelando a mesma frustração manifestada por Andrássy poucos instantes atrás. — Andrássy, é bom vê-lo — ele cumprimentou, forçando animação na voz enquanto crispava a mandíbula.

— Digo o mesmo, Esterházy. — Os dois homens apertaram as mãos.

— Faz tempo que voltou de Viena?

— Hoje mesmo — Andrássy respondeu.

Esterházy arqueou uma sobrancelha.

— E já saiu de Budapeste para se sentar à mesa de jantar da rainha? Você não tem assuntos para tratar na cidade?

— Que assunto poderia ser mais importante do que oferecer meus respeitos à nossa soberana e ouvir seus conselhos quanto à minha viagem mais recente?

Esterházy franziu a testa e remexeu nas mangas de sua casaca.

— Mas devo elogiar sua atitude, Esterházy — Andrássy continuou, forçando um tom amigável. — Parece que você cuidou muito bem da nossa rainha; soube que foi um companheiro muito dedicado enquanto estive fora. Com você, ela não sentiu falta da hospitalidade húngara.

Sissi teve que rir consigo mesma enquanto se sentava no lugar ao centro da mesa, orientando os homens para que ficassem um de cada lado. Ela continuou se divertindo com a rivalidade dos dois durante todo o jantar, enquanto eles trocavam farpas verbais. O ciúme de Nicky já era de se esperar: ele era um nobre charmoso, rico e atraente. Por toda Hungria, havia mulheres que corriam atrás de seus sorrisos e da fortuna de sua família. O fato de ele ser dono do maior haras de puros-sangues do país, e ainda de sua propriedade fazer divisa com o Palácio de Gödöllő, tornou o Príncipe Nikolaus Esterházy um companheiro muito agradável para Sissi naqueles últimos meses. Isso para não dizer que ele talvez fosse o único cavaleiro em todo o país capaz de acompanhar Sissi, uma legendária e habilidosa amazona.

Andrássy parecia surpreso com o atrevimento de Nicky, pela intimidade com que ele se dirigia a Ida e Marie, pela quantidade de tempo que seu rival tinha evidentemente passado na mesa de jantar e na companhia de Sissi durante sua mais recente ausência. Era cruel da parte de Sissi fazer isso, e ela sabia. Ainda assim, Sissi assistia a Andrássy fazendo caretas e se remexendo durante o jantar com uma sensação parecida com alívio, para não dizer prazer. O ciúme de Andrássy era o sinal mais garantido de que os sentimentos dele por ela não tinham sido modificados durante o período em que estiveram separados. Que ele ainda ansiava por ela — *precisava* dela — com o mesmo ardor que Sissi sentia por ele. E assim, enquanto o jantar seguia, com os criados trazendo e levando o desfile interminável de pratos, Sissi bebia seu vinho e se permitia ficar embriagada com a refeição e com a companhia.

— Suponho então, Conde Andrássy, que você voltará para Budapeste esta noite, depois do jantar? Para a Condessa Andrássy? — Esterházy fumou durante a sobremesa, dirigindo-se aos criados pelo nome e chamando-os a toda hora para completarem sua taça de vinho.

— Eu pedi ao primeiro-ministro que fique em Gödöllő. — Sissi interveio, sentindo que a tensão à mesa poderia atingir um nível indesejável com esse último comentário. Andrássy baixou os olhos para o prato de sobremesa e soltou um suspiro audível. Detestava qualquer menção à mulher, há tanto tempo afastada dele, mas, ainda assim, legalmente sua esposa. Ele sabia, assim como Sissi, que os dois eram casados. E que o amor que existia entre eles era errado, ainda que não sentissem estar errando. Ele detestou que Sissi fosse lembrada da existência da Condessa Andrássy. Como todos os fardos, aquele era um do qual ele tentava proteger Sissi.

— Eu pedi ao Conde Andrássy que ficasse — Sissi continuou, a voz permanecendo clara e calma. Ela se serviu de mais uma colher de sua sobremesa favorita, um sorvete de violeta feito e transportado especialmente para ela por um dos confeiteiros de Budapeste. — Só por alguns dias. Faz meses que não vou para Viena e quero um relatório completo.

Esterházy então se voltou para Sissi, os lábios torcidos por baixo do bigode farto e escuro. *Esses homens húngaros,* ela pensou. *Será exigência cultural que eles tenham esses bigodes escuros?* Os bigodes os faziam parecer joviais quando sorriam, mas emburrados e assustadores quando estavam de mau humor.

— Muito bem! — Sissi se empertigou, mudando de assunto. — Esta noite vamos jogar cartas ou propor charadas? Ou talvez possamos escutar música ou um pouco de poesia?

Depois do jantar, o grupo se dirigiu à sala de estar para beber e se divertir, e a vida noturna de Gödöllő seguiu seu ritmo tranquilo e conhecido. Ali a noite se passou diante de uma lareira aconchegante, com Ida lendo poesias do poeta húngaro Mihály Vörösmarty e Marie executando uma sonata de Franz Liszt ao piano. Todos tinham liberdade de ir e vir e de propor qualquer diversão que quisessem. Shadow e Brave ocuparam um lugar no carpete aos pés de Sissi. Ida se sentou à esquerda de Sissi, sorridente, prestativa e dócil, sempre disposta a fazer tudo que o grupo — ou melhor, tudo que Sissi — quisesse. Enquanto isso, Marie Festetics, sempre solícita, andava pela sala, angustiada porque Sissi estava sentada muito perto da janela aberta e poderia pegar uma friagem, ou então ansiosa porque, se ficasse muito perto do fogo, Sua Majestade talvez ficasse quente demais. Sissi apenas sorria e garantia à sua dama de companhia que estava "absolutamente satisfeita".

Em Viena, até as reuniões familiares mais íntimas eram ditadas por séculos de rígido protocolo imperial e tradição dos Habsburgo. As interações mais naturais se tornavam tensas e constrangedoras, o que era causado pela necessidade incessante de prestar homenagem àquela divindade real, a etiqueta. Mesmo na sala de estar íntima da família, quando estavam reunidos apenas Sissi, as crianças, Franz e a mãe dele, ninguém podia falar sem que o imperador primeiro lhe dirigisse a palavra. Ninguém podia se sentar à mesa sem estar usando luvas de jantar. Ninguém podia se levantar antes de Sua Majestade. Ninguém podia comer depois que Sua Majestade tivesse terminado de comer. As regras eram infinitas e inflexíveis, de modo que tudo que parecia se passar entre os membros da família eram trechos de conversa sem sentido ou comentários educados a respeito dos acontecimentos do dia.

Em Gödöllő, como anfitriã, Sissi incentivava um ambiente completamente diferente. Aninhada em sua poltrona estofada, uma taça de vinho Tokaji doce nas mãos nuas, ela agradeceu, pela décima vez naquele dia, por estar longe da capital imperial. Por estar ali, onde Valerie dormia em segurança no berçário e as noites eram tranquilas e alegres, cheias de vinho, risos e conversas sinceras.

Ou, pelo menos, onde as noites *normalmente* eram tranquilas e alegres. Naquela noite, contudo, era visível que o clima estava mais tenso. Sentindo a possibilidade de uma discussão se a conversa vertesse para o lado pessoal, Sissi mudou o assunto para a política, um terreno de certa forma mais seguro, se comparado à outra opção. Parecia que, ainda que existisse muita inimizade entre Esterházy e Andrássy, os dois concordavam em pelo menos um aspecto: a aversão ao vizinho do norte. A Prússia sob o comando do Chanceler Bismarck ia ficando assustadoramente mais forte e cada vez mais beligerante. Tendo derrotado a Áustria em uma guerra vários anos antes, Bismarck agora buscava transformar Franz Joseph em seu aliado. E então, depois que tivesse garantido a amizade — ou a submissão — de Viena, parecia que o punho de ferro do Chanceler desceria sobre a França, onde o Imperador Napoleão III era acusado de estar mais preocupado com seus palácios suntuosos e com a bela e atraente Imperatriz Eugénie do que com os assuntos de Estado. Andrássy e Esterházy concordaram: se a Prússia lutasse com a França e a derrotasse, todo o equilíbrio de poder na Europa estaria em jogo.

— Mas creio que a rainha e suas acompanhantes estejam cansadas de nossa conversa política, Andrássy. — Esterházy, parecendo mais relaxado do que durante o jantar, inclinou-se para frente e fixou os olhos em Sissi. — Que tal conversarmos sobre o assunto favorito de Vossa Alteza: montaria. Ora, nós quase pegamos aquela raposa hoje, não foi?

Sissi não pôde evitar de se animar com a lembrança. — É mesmo! Minha nossa, Nicky, quando você saltou aquela cerca viva a todo galope, eu tive certeza de que você iria cair.

Uma gargalhada sonora irrompeu de Esterházy — não como se sentisse uma autêntica alegria interior, mas quase como se estivesse se vangloriando. Como se o indivíduo risonho desejasse que os outros vissem que ele tem motivos para rir.

— Confia tão pouco assim na minha habilidade sobre a sela, Rainha Elisabeth, mesmo depois de todo o tempo que passamos cavalgando?

Sissi passou sua taça para Ida enchê-la, evitando o olhar furioso de Andrássy. Mas então, antes que ela pudesse responder, um criado apareceu e fez uma reverência junto à entrada da sala, trazendo em suas mãos uma salva de prata.

— Sim? — Sissi se endireitou na poltrona, apoiando a taça em uma mesa lateral. — Entre. O que foi?

O criado fez mais uma reverência antes de se aproximar de Sissi, os olhos baixos enquanto estendia a salva que continha um único telegrama. Sissi rapidamente abriu a mensagem. Era de Gisela — que estranho receber duas cartas da filha no mesmo dia. Sissi leu os dizeres rapidamente:

MINHA ESTIMADA SENHORA VG VOSSA ALTEZA IMPERIAL PT VOSSA MAJESTADE RECEBEU MINHA CARTA INT RESPOSTA NECESSÁRIA IMEDIATAMENTE PT ASSUNTO DA MAIS ALTA URGÊNCIA PT HUMILDE E RESPEITOSAMENTE VG VOSSA GISELA PT

Sissi sentiu a coluna vertebral ficar rígida. A carta — a carta de Gisela. Ela a tinha guardado, enfiado em um bolso do seu penhoar para ser lida mais tarde. Estava tão ansiosa para ver Valerie e Andrássy que a deixou para depois.

— Vossa Majestade? — Marie se inclinou para ela.

— O que foi? Está tudo bem? — Andrássy andou na direção de Sissi, franzindo as sobrancelhas escuras.

— Eu sinto muito, mas eu preciso... — Sissi olhou de novo para o telegrama em suas mãos, confusa. Quando afinal voltou a falar, foi com a voz fraca: — ...mas eu preciso me retirar. Eu... Eu... desejo uma boa noite a todos vocês. — Em seguida, Sissi se levantou e saiu da sala, com as damas de companhia e os cachorros logo atrás.

No andar de cima, uma criada havia arrumado o quarto enquanto Sissi jantava, preparando a cama da rainha e guardando o penhoar no armário. Sissi atravessou rapidamente o grande aposento, em direção ao penhoar enquanto Marie e Ida ordenavam que mais velas fossem acesas. Sissi revirou as dobras do tecido até suas mãos tocarem a carta de Gisela, no fundo do bolso onde a tinha deixado.

Sentou-se à escrivaninha, passou o abridor de cartas pela emenda e pousou os olhos na caligrafia elegante e bem treinada da filha.

À minha mui estimada e admirável mãe,
Vossa Abençoada Majestade Imperial, Imperatriz Elisabeth da Áustria,
Rainha Apostólica da Hungria:

Sissi não conseguiu conter um suspiro diante da saudação; Gisela sempre tinha sido igual ao pai — observadora da formalidade, obediente às normas impostas por Sophie e ao protocolo da corte de tal forma que até o cumprimento à mãe se tornava rígido e artificial. Ao contrário de Rudolf, Gisela não tinha nada da sensibilidade ou da imaginação da mãe. Sissi continuou a ler.

Prezada Senhora,

Rogo que esta mensagem vos encontre e à minha irmã, a Arquiduquesa Valerie, em boa saúde. Preciso também iniciar com um pedido de vênia: gostaria que as circunstâncias que me levaram a escrever fossem mais alegres, mas na verdade esta carta carrega uma notícia angustiante.

Sissi ficou tensa. Que notícia angustiante Gisela poderia estar contando? Ela se voltou ao papel.

Como a senhora deve saber, meu irmão Rudolf, príncipe herdeiro da Áustria-Hungria, está há algum tempo sob supervisão e tutela do militar Conde Leopold Gondrecourt. O conde é um homem severo e exigente, mas essas qualidades não são necessariamente negativas por si mesmas. Seja como for, nem tudo está como deveria na relação entre o conde e meu irmão, o príncipe herdeiro.

Tenho observado a situação há meses com o coração pesado, que sofre cada vez mais com o que vejo acontecer, sem ter qualquer meio para lidar com a situação nada favorável que tenho testemunhado. Eu não sabia a quem confessar minha angústia. Papai faz pouco caso das minhas preocupações, e a vovó me repreende sempre que toco no assunto. Mas, cara senhora, o problema é que o Conde Gondrecourt sujeita meu querido irmão a uma série de agonias, todas em nome da "educação".

Eu poderia rotular de tortura o que o Conde Gondrecourt, meu pai e a vovó chamam de "educação". Os danos são evidentes quando observo Rudy, pobre alma que está murchando diante dos meus olhos. (Não que eu o veja tanto assim – raramente ele está livre de suas "lições". Contudo, quando o vejo, fico tão entristecida por sua contínua deterioração que choro durante horas.)

Sei que é um pecado discutir com um pai e não pretendo desrespeitar o meu, Sua Alteza, mais estimada Majestade Imperial e Real. Nem minha amada avó, a admirável senhora Arquiduquesa Sophie, que é um modelo de excelência para todos nós. Mas seja como for, devo confessar minhas preocupações a você. O que eu vejo como sensibilidade e encanto na natureza delicada e compassiva de Rudolf, meu pai, minha avó e o Conde Gondrecourt veem como obstáculos no caminho do garoto para um dia assumir o papel de imperador. O conde acredita que meu irmão, um garoto que mal tem dez anos, deveria ser sujeitado aos treinamentos mais cruéis para se ver livre do que vovó e papai chamam de "constituição delicada".

Eu soube que o conde arrancou meu irmãozinho da cama no meio de uma noite de inverno e o obrigou a marchar descalço pelo terreno congelado do palácio. O conde leva Rudy para o zoológico particular da nossa família, um lugar feito para encantar, tranca-o na jaula dos leões e grita que o garoto deve matar as feras ou ser morto. Ele o arranca da cama todos os dias antes do nascer do sol e o mergulha em tonéis de água gelada, às vezes levando-o a acreditar que será afogado. Ele dispara pistolas na direção do príncipe herdeiro, mirando perto de seu corpinho trêmulo. Se Rudy grita de medo ou foge em pânico, o conde repete a atividade, mirando um tiro ainda mais próximo.

Prezada e estimada senhora, eu sempre procuro obedecer minha abençoada avó e Sua Majestade Imperial, o Imperador meu pai, mas estou agoniada ao ver o que se desenrola. Eu sei que você evita Viena. Não entendo as razões, e papai se fecha toda vez que pergunto por que você fica longe, mas agora escrevo para lhe suplicar: por favor, pelo bem do seu filho, que fica mais pálido e murcho a cada dia, retorne a Viena e veja você mesma. Se a senhora, assim como vovó e papai, chegar à mesma conclusão de que toda essa "educação" é parte essencial do processo para que meu irmão – uma pequena alma sensível e querida – se torne um homem apto a servir como imperador, então não terei outra escolha que não cessar meus protestos. Entenderei que essa é, simplesmente, a forma como as coisas devem ser feitas, e de boa vontade submeter-me-ei à sabedoria superior dos mais velhos.

Mas se você, como eu, vir essas práticas e decidir que são cruéis e desnecessárias, então talvez possa, afinal, pôr um fim a esse sofrimento sem sentido do meu irmãozinho.

Sou e continuarei sendo a mais devota e humilde súdita de Vossa Majestade,
Gisela

Sissi baixou a carta até a escrivaninha, seu corpo tremendo com uma mistura tóxica de fúria e angústia. Cada palavra a atingiu em cheio, uma dor pior do que o estalo de um chicote, mas ainda assim ela se obrigou a ler a mensagem uma segunda vez, depois uma terceira e de novo até conseguir absorver aquelas palavras pavorosas. A mensagem a enchia de horror a cada passagem. Ela dispensou suas damas bruscamente, sem oferecer resposta às suas perguntas e expressões preocupadas, e continuou em sua escrivaninha, chorando com a detestável carta. Sissi ficou tentando encontrar alguma lógica naquilo, alguma explicação para aquelas palavras incompreensíveis — mas não havia nenhuma. Imagine torturar um garotinho com afogamentos, terror e privações físicas!

Sissi se afastou da escrivaninha. Ainda vestindo o traje formal de jantar, saiu do quarto e desceu pela escada particular, a passagem que levava diretamente da suíte até o pátio dos fundos junto aos estábulos.

Sissi sabia que o encontraria ali. Eles nunca se encontravam à noite, sozinhos, dentro de casa. Ele nem pensava em se aproximar do quarto dela. Era arriscado demais naquela casa cheia de criados que poderiam reparar e fofocar. A propriedade de Esterházy era logo depois da fileira de árvores ao longe, seguida por outra propriedade, e depois outra, e assim sucessivamente até Budapeste. Com certeza os criados dessas propriedades rurais conheciam uns aos outros, e suas fofocas e notícias se uniam como os elos de uma corrente, levando até a capital húngara. Dali, era um pulo até Viena.

Mas ali fora, sob o imenso céu escuro, sem postes de iluminação ou luzes de qualquer tipo que não os pontos brilhantes das estrelas acima, Sissi sabia de um lugar secreto, afastado dos olhares e das críticas do palácio. Aparentemente era bem comum: uma alameda de castanheiras vermelhas levava a um bosque de arbustos de corniso, cujos ramos frondosos tremeluziam ao luar. Aquele espaço ficava escondido atrás dos estábulos, perto de onde dormiam os vinte e seis cavalos de caça de Sissi, a uma distância segura do palácio. Tanto ela como ele sabiam que aquele lugar era um refúgio.

E então, naquela noite, ela fugiu para lá, como uma assombração que procura a alma que poderá libertá-la, consolá-la depois da tortura que havia sido ler a mensagem recebida de Viena.

Ela escutou a voz dele antes de detectar a silhueta de seu corpo alto. — Sissi.

Sissi sentiu o corpo inteiro fraquejar quando expirou. — Andrássy. — O som de sua própria voz a surpreendeu, esbaforida e rouca que estava, cheia de desespero e aflição. A figura apareceu diante dela, encontrando-a no escuro. Sissi rendeu-se aos seus braços quando Andrássy se inclinou para beijá-la.

— Oh, minha querida. — Tomando o queixo dela em suas mãos, ele a fez olhar para cima, de modo que o brilho fraco da lua e das estrelas iluminasse seus rostos. — O que a fez sair correndo daquela maneira? Qual é o problema?

Ela não respondeu, apenas colocou a carta nas mãos dele. Andrássy tirou do bolso um fósforo, que costumava usar para acender seus charutos, e leu a carta sob o brilho trêmulo. Sissi ficou em silêncio. Raios de luar banhavam irregularmente o rosto de Andrássy enquanto as folhas acima tremulavam na brisa suave. Sissi viu como a expressão dele ficava sombria à medida que as palavras de Gisela eram assimiladas.

Quando terminou de ler, Andrássy baixou o papel e ficou diante dela, sem saber o que dizer. Além de um gemido abafado no fundo da garganta, ele não emitiu nenhum ruído, apenas começou a andar de um lado para outro, e seus passos longos cobriam rapidamente o pequeno espaço circundado por cornisos e castanheiras vermelhas. O silêncio dele, Sissi suspeitou, indicava uma ira mais vigorosa do que se tivesse gritado ou praguejado. Ele parou, afinal, virou-se para ela e falou com a voz baixa e decidida: — Você precisa voltar.

Sissi sentiu a garganta estreitar e engoliu em vez de responder. Era o que ela esperava que ele diria.

— Você precisa voltar a Viena. — Ele se virou e socou o arbusto mais próximo. Sissi viu que o corpo dele ficou rígido de fúria. — Isso não pode continuar. O príncipe herdeiro recebendo um tratamento desses? Um garotinho? Não!

Sissi pegou a carta, seus olhos recaíram nas palavras pavorosas e novas lágrimas verteram de seus olhos. Ela quase não tinha parado de chorar desde a primeira leitura do relato da filha. Sissi baixou o papel, fechando os olhos para a mensagem horrível. Para o fato de que ela, como mãe, tinha falhado com seu filho. Ela alternava o apoio de um pé para outro, sentindo o corpo quente demais, coberto por uma camada de suor, embora a noite de fim de verão estivesse fria.

— Mas o que poderei fazer quando estiver lá? — Ela olhou para Andrássy. — Eu tentei enfrentar Franz e sua mãe durante anos e falhei. Não tive sucesso nenhuma vez. Eu não tenho influência na corte.

— Isso não é verdade, Sissi. — Andrássy voltou a andar de um lado para outro, seus passos pressionando com força a terra fofa.

O terreno estava carregado dos aromas que Sissi amava: dos cavalos próximos, da terra úmida, da grama e das flores silvestres, mas naquela noite ela achou que esses odores eram enjoativos e repugnantes. Ela piscou forte, tentando colocar um pouco de ordem em seus pensamentos.

— Gisela escreveu que tentou conversar com eles. — Sissi argumentou. — Como posso ter esperança de sucesso quando ela fracassou?

— Você é mais forte do que pensa. Ora, olhe só para você. Se está aqui, é porque os enfrentou. Você conquistou a nação húngara para eles e depois reclamou Valerie para si.

Esse último argumento fez com que ela se sentisse tonta e Sissi se apoiou em um arbusto próximo. *Valerie!*

— E se eu voltar e ela tomar Valerie de mim? — Sua voz tremulou enquanto fazia a pergunta. — Não, não posso arriscar. O único modo de manter minha filha comigo é mantê-la longe de Sophie.

— Você não vai deixar que isso aconteça. — Andrássy sacudiu a cabeça. Você está mais forte agora.

— Mas como posso ter certeza? Como posso me proteger? Eu nunca consegui...

— Porque você está mais forte do que nunca. Não consegue perceber?

— Como pode dizer isso, Andrássy? — Ela só estava forte porque havia se distanciado o suficiente para ficar invulnerável.

— Você está mais forte agora porque tem a única coisa que o imperador quer acima de tudo. — Andrássy parou de andar e passou as mãos pelos cabelos pretos, desarrumando-os ainda mais. — Você possui os meios para lhe conceder ou negar o que ele mais deseja.

Sissi olhou para Andrássy e franziu a testa, confusa.

— A coisa que ele mais quer. — Andrássy insistiu.

— O que... o que seria?

Andrássy cruzou os braços, suspirando alto antes de responder.

— *Você*. — E com isso ele se deixou cair para trás, na árvore de frente para Sissi, e o tronco sustentou o peso de seu corpanzil. — Franz Joseph quer *você*. O imperador quer a esposa de volta. É uma fonte constante de vergonha para ele que você o tenha deixado. Mais do que vergonha, contudo, isso lhe causa dor. Ele sente sua falta, Sissi.

Ela refletiu sobre essas palavras, sem responder.

— É tão claro que todos podem ver. — Andrássy continuou, sua voz no tom de alguém que confessa sob tortura. — Seu retrato está pendurado em todos os aposentos dele. É a primeira coisa que ele vê sobre a cama a cada manhã. E a última que ele fita antes de fechar os olhos à noite. E no escritório tem aquele retrato para o qual você posou... o que Winterhalter pintou alguns anos atrás... — As palavras de Andrássy foram sumindo no meio da frase, como se fosse difícil demais para ele concluir o pensamento.

Sissi sentiu o rosto esquentar; ela sabia de qual retrato Andrássy falava. Era o mais íntimo, sedutor e ousado que ela havia encomendado. Sissi tinha posado para aquela pintura como um presente para o marido havia apenas alguns anos, quando ela e Franz ficaram próximos de novo, por um breve período, enquanto trabalharam juntos pela causa da autonomia húngara. Nele, Sissi estava de perfil, com os cabelos escuros soltos caindo pelos ombros, da maneira que só seu marido tinha o direito de admirar. Seu corpo estava coberto apenas por um delicado penhoar, e o tecido drapeado parecia prestes a escorregar de seus ombros nus de marfim. Aquela era uma visão tão íntima que o imperador ficou sentado, sem fala, quando Sissi apresentou a pintura para ele. Franz então a pendurou em seu escritório particular, bem sobre a escrivaninha, onde só ele poderia vê-la. Bem, aparentemente ele *e também* seus conselheiros mais confiáveis, já que Andrássy parecia tê-la visto.

Andrássy continuou a falar, tirando Sissi das garras de seus pensamentos agitados. — O modo como ele admira sua imagem é como se desejasse que, por meio de seu poder imperial, pudesse substituir o retrato pela retratada. Você é a única, dentre todos os súditos, que ousou desafiar abertamente a vontade real dele... e ainda assim, ele permanece abatido diante de você. Franz Joseph faria qualquer coisa que você lhe pedisse, Sissi, para tê-la de volta. Deus, que homem não faria? — As palavras de Andrássy tinham um tom engasgado, torturado, mas ele continuou: — Ele quer a esposa; ele quer conhecer a filha mais nova.

Sissi pensou nisso por um instante. Franz ainda apaixonado por ela... Será que Andrássy podia estar certo? O que ele dizia naquele instante com certeza não lhe dava nenhum prazer. Ela se inclinou na clareira, as mãos procurando as dele. Ele a deixou pegá-las, mas evitou seu olhar.

— Andrássy... você sabe que meu coração é desesperada e irreversivelmente seu.

Sob o brilho da lua, Sissi viu como as feições de Andrássy ficaram tensas em seu rosto sombrio, preocupado. Ele inspirou fundo, mantendo-a na expectativa por vários minutos antes de responder. Afinal, seus olhos encontraram os dela e ele falou: — Quando penso em todas as razões pelas quais você não deveria me amar... e em todas as razões pelas quais eu não deveria amá-la, Sissi... todas as razões pelas quais é tolice e *perigoso*, eu amá-la. Ora, veja como é óbvio o ciúme de Esterházy. E os boatos estão crescendo... — Ele tirou as mãos das dela, como se mesmo ali não estivessem em segurança.

Sissi se inclinou na direção dele, mas ele negou-lhe o abraço.

— Andrássy, de que adianta você se torturar dessa forma? — ela perguntou, encostando-se nele. — Você sabe que eu te amo. Já tentei não amar. Nós dois tentamos, mas algumas coisas simplesmente são maiores do que nós.

Por fim, Andrássy desistiu, sua determinação fraquejou e ele a puxou para seus braços, enlaçando-a, e Sissi se rendeu com gosto ao beijo. Andrássy correu os dedos por seus cabelos, pressionando o próprio peso contra ela, e os dois recuaram um passo, encontrando apoio em um arbusto próximo. Sissi ouviu sua respiração pesada igualando-se à de Andrássy. Seus corpos, como seus hálitos, misturaram-se, encontrando-se na escuridão e naquela que é a mais natural e necessária das linguagens não verbais. Enquanto Andrássy a abraçava, Sissi olhava para as estrelas, sentindo um fogo ardendo em si para esquentar os dois. Mas tudo acabou tão rápido quanto começou.

— Não... — ele disse, sacudindo a cabeça e recuando. — E se nós fôssemos descobertos? Como iríamos nos explicar? E pensar que eu poderia ser o motivo de sua ruína...! Ora... eu nunca me perdoaria...

— Mas estamos seguros aqui. — Sissi cortou, tentando, sem sucesso, parecer segura de si ao estender as mãos para ele mais uma vez. — Estamos livres aqui.

— *Livres* aqui? Como pode dizer uma coisa dessas? — Andrássy passou as mãos pelo próprio cabelo. — Como podemos nos iludir assim? Será que podemos mesmo nos deixar levar pela sensação, a falsa sensação de que podemos nos safar com... — Ele agitou a mão entre eles.

Sissi sentiu o coração martelar furiosamente dentro do peito ao notar que a convicção por trás das palavras dele se fortalecia. Quando falou, sua voz parecia oca. — Andrássy, você não pode estar querendo dizer que...

— Sissi, tudo que eu sempre quis foi aliviá-la de seus problemas. Ser o seu consolo. Trazer alegria para você, como você fez por mim. Contudo, nós já não sabemos que não somos livres... que não somos livres para amar um ao outro?

— Andrássy, meu querido... — Ela levantou os olhos para o rosto dele, cujas feições estavam distorcidas pela angústia. Ela o beijou, mas sua empolgação foi destruída pelo modo como ele se virou, recusando seu afeto. — O que podemos fazer se nos amamos?

— Sissi, como você acabou de dizer: algumas coisas são maiores do que nós. Nós dois sabemos que seu lugar é em Viena. Com sua família. Com o príncipe herdeiro, que precisa de você.

Ela sentiu o corpo ficar mole e soube que suas palavras passariam a mesma sensação se tentasse protestar, porque Andrássy tinha razão. Sissi sabia disso. Como seria capaz de continuar ali, sabendo que seu filho estava sofrendo? Como poderia escolher a necessidade de seu coração por Andrássy em detrimento da necessidade urgente de seu filho? O plano original não era ir para Gödöllő em busca de paz? Ela nunca teria paz ali, não agora que sabia o que se desenrolava em Viena. Mesmo que pudesse colocar mais mil quilômetros entre si e a corte imperial, o muro frágil de tranquilidade e liberdade que ela havia trabalhado tanto para erguer à sua volta tinha desmoronado. Ela não teria paz; ela não teria distância. O chamado de sua família, de sua capital e de seu dever era forte demais. Mais forte, inclusive, do que seu desejo de amar e de viver em liberdade.

Andrássy olhava de soslaio para ela, e tentou parecer mais animado do que realmente estava quando falou: — Eu vou a Viena com frequência.

Ora, você mesma diz que eu vou *demais* para Viena. Bem, agora terei de ir ainda mais.

Ela balançou a cabeça, lutando para arrumar todas as linhas de seus pensamentos atormentados em algo que pudesse compreender e aceitar. Lutando para encontrar um modo que lhe permitisse salvar Rudy e ainda manter sua liberdade, manter Andrássy.

— Você sabe que não é a mesma coisa. Você e eu... não poderíamos viver lá do modo que vivemos aqui. Lá eu não sou livre.

Ele tomou o rosto de Sissi em uma das mãos. Ela se aconchegou ali, ansiando por seu toque com a certeza de que não conseguiria viver sem ele. A expressão de Andrássy se suavizou, e a tensão de suas feições deu lugar à tristeza. Resignação.

— Minha Sissi, algum de nós foi livre algum dia? — Ele suspirou, seus olhos escuros devassando os dela, refletindo a luz do luar. — Eu não quero desistir de você. Ora, eu preferiria desistir do meu próprio coração, se pudesse. Acredite em mim. Mas essas coisas são mesmo maiores do que nós. Não podemos permitir que nosso amor nos torne egoístas.

Mas isso era tudo o que Sissi queria. Como imperatriz, ela não deveria conseguir o que quisesse?

II

Hoje em dia a razão e o amor quase não andam juntos.

—William Shakespeare, Sonho de uma noite de verão.
A peça favorita de Sissi.

Capítulo 2

Viena, Áustria
Verão de 1868

A reação de Sissi, enquanto a carruagem imperial a conduzia pelas alamedas largas de Viena em direção ao Palácio de Hofburg, foi visceral e involuntária. A cena que ela via pela janela a fez tremer com a mesma intensidade de quando havia estado ali da primeira vez, uma noiva de 16 anos, nova na capital e aterrorizada pela corte — pela vida — que a aguardava.

Sissi reparou o quanto a cidade tinha mudado desde que ela havia partido. Como Franz lhe contou em suas cartas, a muralha medieval de Viena tinha sido completamente demolida, substituída pela Ringstraße, um grande anel viário que circundava o centro da cidade ao mesmo tempo que a preparava para crescimento e expansão. As ruas pareciam mais espaçosas, mais fluidas e modernas. O teatro da ópera na Ringstraße, após anos de trabalho, parecia quase terminado, com sua magnífica fachada branca tão caprichada quanto o bolo de um confeiteiro, tão grandiosa e imponente quanto o império que iria entreter.

As mulheres por toda a cidade, Sissi reparou, também pareciam diferentes. Elas não usavam mais o cabelo *à la* Sissi como faziam antes, com tranças folgadas para emular o estilo de sua amada e jovem imperatriz. Não; depois de terem sido abandonadas por sua imperatriz, as mulheres vienenses pareciam ter desistido do penteado de Sissi, preferindo coques modestos com cachos que emolduravam os dois lados do rosto, pendurados como cachos de uvas maduras. O penteado, Sissi notou, que sua sogra tinha popularizado na corte.

Ainda assim, muita coisa parecia igual dentro da pulsante *Kaiserstadt*, a cidade imperial, com suas ruas barulhentas cheias de gente, seus majestosos edifícios de pedra e o tráfego caótico. Observando a cidade — *sua* cidade —, Sissi ficou espantada, porque o tempo que havia passado ali não serviu para familiarizá-la com a capital. Na verdade, ela ainda se sentia uma estrangeira em Viena, sem saber bem qual era o seu lugar. Ela ainda notava o tremor em suas mãos e o frio na barriga se intensificando ao contemplar a grandiosidade da capital imperial de seu marido.

Vendedores e pedestres curiosos paravam nas calçadas, observando, em meio ao ruído, ao caos e ao tráfego, a carruagem imperial que abria caminho em direção ao Hofburg. Olhando para eles, Sissi entendeu por que os vienenses se imaginavam vivendo no centro do maior império da Europa. O cenário em que habitavam era uma cidade imaculada, formada por edifícios governamentais grandiosos, museus e teatros reluzentes. O imperador deles governava por direito divino, o regente mais recente de uma família que empunhava firmemente as rédeas do poder havia séculos. Poderia haver melhor destino, naquele mundo de países revolucionários e liberalismo incendiário, do que ser um súdito, em perfeita segurança, do estável e sólido Império Habsburgo de Franz Joseph?

Mesmo assim, Sissi ponderou, não estava o *status* dos Habsburgo constantemente em perigo? Eles não sabiam, assim como ela, das forças que se alegrariam por derrubar a Áustria de seu pedestal imperial? Eles não sabiam o perigo de se ter um líder cujo lema era *Ich weiss nicht ändern*? "Eu não mudo." Quantas vezes ela ouviu Franz e sua mãe, Sophie, repetirem esse lema? E quantas vezes ela acreditou que aquilo significava desastre certo em um futuro no qual a mudança seria necessária — ou mesmo inevitável?

A multidão foi ficando mais densa conforme as ruas se estreitavam, serpenteando pelo centro da cidade, em direção ao palácio imperial. Algumas pessoas davam gritos de alegria, saudando a imperatriz há muito ausente. Outros vaiavam e assobiavam. Muitos vienenses não haviam se esquecido de que sua imperatriz os tinha deixado um ano antes para fundar a Monarquia Dual e ser coroada na Hungria, depois de ter deixado muito clara sua preferência por Budapeste, a cidade-irmã que eles consideravam menos importante e menos digna.

Dentro do Hofburg, as vaias e os assobios eram velados e sutis: sussurros por trás de mãos enluvadas e trechos de fofocas compartilhados por trás de portas fechadas.

— É um padrão realmente terrível. — Sissi disse ao se instalar nos seus antigos aposentos na ala Amália do Palácio de Hofburg. Os aposentos em que ela entrou, da primeira vez, como jovem noiva, com tanta cerimônia e esperança. Os aposentos onde ela concebeu e deu à luz seus bebês, para depois planejar como conseguiria mantê-los junto a si. Os aposentos em que ela e Franz enlouqueceram um ao outro, primeiro com o carinho e a paixão de seu amor, e depois com a fúria de suas brigas —mais frequentes nos últimos anos. Ela estava de volta àqueles mesmos aposentos, e olhava para o mesmo ambiente luxuoso de adamascado vermelho, vasos de porcelana e brilhantes lustres folheados a ouro, e revivia as mesmas lembranças de cortar o coração dos anos que havia passado ali.

— É um padrão péssimo — Sissi repetiu, ao pensar na expressão dos cortesãos com os quais cruzou no pátio momentos antes. A expressão pasma e inquisitiva que contorcia os rostos. O modo como eles mal esperaram que ela passasse para começarem os sussurros e as exclamações. Os cortesãos distintos e bem vestidos podiam até ser mais contidos que os plebeus nas ruas, que expressaram aos gritos o que pensavam — mas só um pouco.

— Eles zombam de mim e me insultam, por isso fico longe — Sissi comentou, observando Marie e Ida organizarem as dezenas de baús cheios de roupa da imperatriz. — Mas quanto mais eu fico longe, mais eles zombam e insultam. Não tenho como vencer. E foi por isso mesmo que eu decidi simplesmente desistir.

Ida e Marie trocaram olhares constrangidos. Sissi, sentada no divã de seda com Valerie adormecida nos braços, não percebeu a expressão de preocupação das duas e se voltou para o rosto tranquilo de seu bebê. — Mas agora... não sei por quanto tempo vamos ficar, minha bebê. — Sissi disse, a voz baixa e inexpressiva. Ela segurou a menininha com mais força.

Marie, que sempre tentava criar um ambiente alegre ao redor de Sissi, arriscou uma resposta sem fundamento: — Aposto que são muito mais numerosos os cortesões alegres por ver Vossa Majestade de volta do que os que estão insatisfeitos.

— Oh, de que isso importa, afinal? — Sissi suspirou. — Eu não voltei por causa deles.

E com isso ela se levantou e carregou Valerie até o pequeno berço que tinha mandado instalar ao lado da cama. Vendo a filha adormecida em segurança debaixo de um cobertor, Sissi atravessou o quarto até a escrivaninha e pegou um pequeno retrato do filho, o que ela tinha mandado fazer quando ele estava começando a andar. Ela tirou o pó da moldura e observou o rosto afável de feições delicadas. Rudolf era mesmo seu filho, e de muitas maneiras. Os brilhantes olhos cor de mel, o cabelo castanho. Mas principalmente na sensibilidade tão evidente no modo como ele olhava para seu retratista. Uma expressão sincera que traía o que Franz sempre chamou de *constituição fraca*.

A primeira atitude de Sissi, depois de se instalar com a filha em sua ala, foi visitar os aposentos do filho. Antes de sair de seu quarto, Sissi ordenou severamente que Marie e Ida não perdessem Valerie de vista. Sob hipótese alguma a bebê poderia ser retirada do quarto da imperatriz. Nem a Arquiduquesa Sophie poderia ser recebida.

Sissi chegou ao quarto do príncipe herdeiro pouco antes do jantar, esperando encontrá-lo de volta, descansando após um longo dia. Ela ficou chocada ao ouvir do guarda uniformizado que Rudolf continuava com seu tutor.

— Quando é esperado que ele volte? — Sissi perguntou ao homem, cujo rosto ela nunca tinha visto.

— Eu não sei, Vossa Majestade.

Sissi cruzou os braços sobre o peito, irritada pela forma como aquele guarda lhe omitia informações. — Bem, a que horas ele volta *normalmente*? — ela insistiu.

— O Príncipe Herdeiro Rudolf normalmente volta para seus aposentos às oito horas da noite, Vossa Majestade.

— Oito da noite? — Sissi fez uma careta. — E a que horas ele saiu de manhã?

O homem hesitou, como se não soubesse se poderia divulgar aquela informação. Mas parece que a expressão carrancuda de Sissi o convenceu de que ele teria mais problemas se *não* respondesse. Então ele resolveu falar.

— O Príncipe Herdeiro Rudolf e o Conde Gondrecourt saíram aproximadamente às cinco da manhã, Vossa Majestade.

— *Quinze* horas de estudo? — Sissi entrelaçou os dedos das mãos e começou a andar de um lado para o outro no pequeno vestíbulo, em frente ao guarda. Quinze horas de estudo para um garoto com pouco mais de dez anos? Era loucura.

— Não é só estudo, Madame. Também tem treinamento, marcha e... — Mas o guarda se lembrou de suas ordens e parou de falar, enrijecendo a postura enquanto seu rosto se tornava inexpressivo outra vez.

— Eu sei muito bem — disse Sissi, assentindo. — Vou esperar no quarto dele até os dois voltarem. — Ela fez que entraria na porta que dava acesso ao quarto de Rudy, mas o guarda permaneceu imóvel diante dela. Ele bloqueava seu caminho e olhava para Sissi como se fosse uma invasora.

— Pois não? O que foi? — Ela percebeu a rispidez em sua própria voz.

— É só que... — O homem mudou o peso do corpo de uma bota lustrosa para a outra e seus olhos desceram para o chão de tacos. — Ninguém é recebido nos aposentos do Príncipe Herdeiro Rudolf sem um horário previamente agendado, Vossa Majestade. Ordens do Conde Gondrecourt.

— Eu não dou a mínima para as ordens de Gondrecourt.

A hora do jantar veio e passou, mas Sissi não tinha apetite. A noite se esgueirou pelas janelas do dormitório do príncipe herdeiro e ela olhou ao redor enquanto o espaço sucumbia às sombras. Aquilo não se parecia em nada com o que deveria ser um quarto de criança; não havia tambores, trens de brinquedo, livros ilustrados, lareira acesa nem uma bandeja com o jantar quente esperando o príncipe depois de um longo dia. Nem mesmo soldadinhos de chumbo. Havia um conjunto simples de cama, escrivaninha e cadeira. Algumas cômodas simples. Era um lugar sem conforto, sem alegria.

Finalmente a porta foi aberta e duas figuras apareceram, uma de ombros largos e pés pesados, e outra franzina e débil, com o corpo de um pequeno doente. A primeira visão de seu filho quase fez Sissi gritar de desespero. Ela já esperava, pela carta de Gisela, que a saúde do filho estivesse ruim, mas a realidade diante de si era muito pior do que poderia imaginar. Rudy estava vestindo um uniforme de oficial, o mesmo traje rígido e engomado que seu pai vestia, mas nas proporções do seu corpinho. Ele tinha 10 anos, mas não parecia ser maior que um garoto de 7. O cabelo de Rudy, que antes lembrava as madeixas castanho-avermelhadas de sua mãe, estava sem brilho e escorrido ao redor de um rosto pálido. Mas foi a expressão naquele rostinho que fez Sissi retorcer as mãos no quarto escuro: os olhos de Rudy estavam afundados, com pálpebras pesadas, e sua fronte era uma massa amarrotada que expressava exaustão e ansiedade. O corpo dele era de um garotinho, mas o rosto carregava as preocupações de um homem adulto.

Ao avistar a linda e desconhecida figura feminina em seu quarto, o garoto recuou, temeroso — uma reação instintiva à qual ele havia sido condicionado por meio de táticas assustadoras e chocantes. *Meu Deus, o garoto estremece sempre que entra em um cômodo,* Sissi pensou. Ele nunca sabia que tormento ou surpresa desagradável seu tutor tinha preparado para recebê-lo do outro lado de qualquer porta fechada.

— Rudy — sem querer assustar o filho ainda mais, Sissi falou o nome dele do modo mais suave que conseguiu, caminhou até ele e se ajoelhou. — Rudy. — Ela tomou a mão dele na sua, sentiu os dedinhos frios e notou que ele tremia. Sissi beijou a palma dele. Ainda assim, o menino parecia desconfiar dela. Seus olhos, tão familiares em seu formato e sua cor, poderiam ser os dela, não fosse pela expressão frenética e assustada.

— Rudy, sou eu, sua mamãe. Oh, Rudy, meu querido. — Lágrimas correram pelas faces de Sissi quando ela estendeu os braços para frente e o puxou para si. Ele sempre foi pequeno — Rudy tinha a estrutura pequena e delgada da mãe —, mas, naquele instante, ela sentia como se até o abraço mais gentil pudesse esmagá-lo, tão frágil estava seu corpo. — Meu querido. Está tudo bem, agora. Tudo vai ficar bem. Eu estou aqui.

— Imperatriz Elisabeth. — O Conde Gondrecourt estava diante deles, com uma mão possessiva descansando sobre o ombro fino e uniformizado de Rudy.

— Conde Gondrecourt. — Sissi tirou seus braços de Rudy e se levantou para encarar o rosto largo e severo do tutor. Ela se virou mais uma vez para o filho, reprimindo seu próprio tremor, e usou um tom de voz suave para falar com ele. — Meu querido, vou conversar com seu tutor no quarto ao lado. E então voltarei para jantarmos juntos.

O garotinho negou com a cabeça, lançando um olhar apreensivo na direção de seu tutor, como se para lhe implorar: Por favor, não me castigue pelas infrações desta mulher.

Sissi resistiu ao impulso de gritar. Ela não iria chorar; não daria mais esse desconforto para Rudy — que seria um prazer para o homem sádico parado atrás dele.

— Gondrecourt, quero trocar uma palavra com você lá fora.

Mas o homem permaneceu imóvel, firme como uma árvore. — Eu vou cuidar para que o príncipe herdeiro jante e faça sua higiene noturna e suas orações. Depois que meus deveres diários estiverem completos, poderei conversar com a senhora, se essa for a vontade do imperador. — Depois ele acrescentou, como se só então tivesse lhe ocorrido: — Imperatriz Elisabeth.

Sissi sentiu seu corpo inteiro ficar rígido.

— Não, Gondrecourt, você vai sair para o corredor comigo, e nós iremos conversar agora. — A firmeza e a determinação na voz de Sissi assustou a ela própria, e o tutor assentiu, franzindo a testa para o garotinho enquanto seguia a imperatriz para fora do quarto.

Na antecâmara, Sissi tentou manter a voz baixa. Não queria falar alto para não perturbar Rudy. Além disso, suspeitava que sua antipatia pelo tutor ficaria ainda mais clara na voz calma e comedida do que se começasse a gritar e a bater os pés.

— Conde Gondrecourt, o senhor está dispensado. Não precisamos mais dos seus serviços.

O rosto do militar permaneceu impassível; sua expressão era uma máscara inescrutável.

— Você deve deixar o palácio imediatamente — Sissi continuou. — Se precisar de assistência para providenciar hospedagem, um assistente do palácio irá ajudá-lo a encontrar um local temporário fora das muralhas de Hofburg. Eu não quero saber de você se aproximando dos aposentos do príncipe herdeiro. Você não deve ter mais nenhum contato com ele. Entendido?

Gondrecourt cruzou os braços, ainda sem demonstrar qualquer emoção em seu rosto. Quando falou, foi com a impaciência incontida de alguém que se dirige a uma criança estúpida: — Imperatriz Elisabeth, eu sirvo à vontade de Sua Alteza Imperial, o Imperador Franz Joseph.

— Não mais — Sissi respondeu, sacudindo a cabeça, tentando permanecer calma. — Você está dispensado.

Então o homem sorriu. Não o tipo de sorriso que ela esperaria ver no rosto de alguém que trabalhava com seu filho, mas um sorriso aborrecido e irônico, um modo desdenhoso de comunicar a Sissi que ele não colocava muita fé no que ela dizia.

Ela cerrou os punhos, mas logo os abriu e obrigou sua voz a permanecer baixa. — Você tem alguma dúvida? Ou devo chamar um guarda para escoltá-lo para fora?

Os olhos do homem se desviaram para a porta do quarto, como se estivesse pronto para retomar seus deveres sádicos do outro lado. Ele falou depois de um instante, a voz parecendo desafiar Sissi: — Se eu for embora, quem supervisionará os estudos e a disciplina do príncipe herdeiro?

Sissi não tinha pensado nessa pergunta, mas a resposta lhe veio rapidamente:

— Eu mesma.

※※※

Quando voltou ao quarto de Rudy, ela não o encontrou.

— Rudy, meu querido? — Sissi acendeu várias velas e chamou uma empregada para acender o fogo do aquecedor de porcelana branca. Ela também pediu duas tigelas de caldo, um bule de chocolate quente e que preparassem o banho (quente, ela enfatizou) do filho.

Ela encontrou Rudy escondido atrás de um grande armário no canto do quarto. A visão do corpinho encolhido e a maneira como seu rosto demonstrou pânico quando ele viu que tinha sido descoberto — parecia um animal maltratado — foi suficiente para arrasar Sissi outra vez, mas ela reuniu todas as suas forças. Mais tarde haveria tempo para chorar. Não ali, na frente do seu filho, que precisava mais de sua força do que de suas lágrimas. Além do mais, ela entendia muito bem aquela necessidade de se esconder. Quantas vezes ela havia sentido a mesma coisa? O desejo de fugir daquele palácio?

— Venha, meu querido. — Ela estendeu a mão, mas o garoto não a pegou. — Venha. Você está em segurança, eu prometo. Aquele monstro, quero dizer... aquele homem foi embora.

Ao ouvir isso, Rudy se levantou devagar e a seguiu, pé ante pé, saindo do canto do quarto, ainda sem pegar a mão que a mãe oferecia. Ele passou os olhos pelo lugar iluminado como se verificasse a verdade do que ela tinha lhe dito.

— Já passou bastante da hora do jantar. Você está com fome?

O garoto não respondeu, mas sua fome ficou evidente quando Rudy viu os criados entrando com os pratos de jantar que Sissi tinha pedido.

— Você quer jantar comigo, meu querido Rudy? — Eles se sentaram diante de uma pequena mesa de madeira e Sissi pegou a colher para experimentar o caldo.

— Espere! — Rudolf disse, erguendo a mãozinha enluvada.

— Sim? — Sissi perguntou, parando com a colher próxima dos lábios.

— O Conde Gondrecourt diz que sempre devo rezar antes das refeições.

— Ah, sim, é claro. — Sissi concordou. Ela rezou rapidamente, perguntando-se como aquele homem podia falar de Deus quando tratava a criança diante dele da forma como fazia. — Agora, Rudy, meu querido, coma.

O garoto tomou o caldo de carne com gestos educados e contidos, mas mesmo sua obediência à etiqueta não conseguia esconder sua fome óbvia.

— Quando foi a última vez que você comeu? — Sissi perguntou, observando-o em seu assento do outro lado da mesinha.

Rudy olhou para ela, depois examinou o quarto, como se estivesse certo de que Gondrecourt continuava à espreita em algum lugar, esperando para brigar com ele por falar com aquela estranha recém-chegada, como uma aparição linda, para atrapalhar a importantíssima rotina imperial.

— Meu querido — Sissi disse, empurrando sua tigela de caldo pela metade na direção dele —, você terminou o seu. Tome este.

Ele a encarou, as sobrancelhas subindo em um gesto de incredulidade muda.

— Vá em frente — ela o estimulou. — Não estou com fome. — Era verdade.

Depois que ele engoliu a segunda tigela de sopa e o bule inteiro de chocolate quente, Sissi insistiu: — Rudy, querido, aquele homem mau foi embora.

Rudy olhou incerto para Sissi, ainda em dúvida se ela seria confiável. A quantos testes Gondrecourt o tinha submetido, cada um com alguma lição de moral oculta? Com certeza, ele pensava que aquele era só outro truque. Oh, mas fazer Gondrecourt voltar agora seria o mais cruel de todos!

— Rudy, você pode confiar em mim. Eu sou sua mãe. — Sissi engoliu em seco e pegou algo no bolso de sua saia. — Está vendo? É você quando pequeno. Eu sempre carrego isto comigo. — Ela mostrou o retrato em miniatura para o garoto, que olhou, mas não o pegou nas mãos como ela sugeria. Sissi recolocou o retrato no bolso. — E este? — Ela mostrou outra miniatura. — Eu sempre carrego este também.

— Gisela — Rudy disse, com o mais tênue esboço de sorriso tocando seus lábios quando ele disse o nome da irmã mais velha.

— Rudy, eu fiquei longe por algum tempo, mas agora estou de volta. E prometo que você nunca mais vai ver aquele homem. Você sabe o que é uma promessa?

O garoto não respondeu.

— Uma promessa é quando alguém diz que vai fazer alguma coisa e você sabe que essa pessoa vai mesmo fazer — ela explicou. — Você pode confiar nessa pessoa. — O rosto de Andrássy lhe veio à mente, mas Sissi se forçou a não pensar nele, a não pensar no desejo que sentia por aquele homem. E em como ele mesmo lhe dissera aquilo certa vez, quando ela estava magoada. *Eu quero lhe mostrar que você pode voltar a confiar, Sissi.*

Ela juntou as mãos à sua frente, sobre a mesa, e encarou o filho. — Eu lhe prometo, Rudy, você não terá mais de ver aquele homem.

Depois do jantar, Sissi o convenceu a tirar o uniforme, desviando o olhar diante da vergonha evidente que o menino demonstrou.

— Meu querido, a água do banho está quente, eu prometo. — Rudy caminhou hesitante na direção da banheira. Era óbvio que não acreditava nela. Ele pôs a mão na água e, ao notar que estava de fato quente, olhou para a mãe com certa surpresa.

Ele ficou sentado na banheira, imóvel, por alguns momentos. Sissi se lembrou, enquanto seu coração se debatia, de como o dia do banho era um momento agitado e descontrolado na casa de sua infância em Possenhofen — como ela e Néné brincavam e cantavam e faziam bagunça naquele evento semanal. Uma felicidade que contrastava com a imagem do garotinho que estava diante dela parecendo um bloco de gelo que precisava ser derretido.

Depois que ele vestiu o pijama, Sissi colocou Rudy na cama, cobriu-o, deitou ao lado dele e passou os braços ao seu redor, inspirando o aroma do cabelo recém-lavado.

— Você costuma ver seu pai ou sua avó, à noite?

— Não nas noites em que tenho aula — ele respondeu. O som de sua voz lhe escapou dos lábios com tanta delicadeza que Sissi ficou aturdida por um breve momento. Mas, pelo menos, ele tinha falado com ela!

— Quando você os vê?

— De manhã, Vossa Majestade.

— Por favor, meu querido, pode me chamar de mamãe.

Rudy a fitou com perplexidade, como que se perguntando se tinha ouvido direito. Sissi fez um movimento de cabeça para encorajá-lo, mas o garotou não pareceu convencido.

— Você estava dizendo que os vê pela manhã, então?

— Sim, Vossa Maj... — Rudy se interrompeu. Ele era condicionado a obedecer às ordens dos adultos. — Por uma hora. Quando sou bom.

Sissi balançou a cabeça, mordendo o lábio ao refletir sobre aquilo, que ela já deveria ter previsto. Então ela falou de novo, tentando uma nova estratégia para ganhar a confiança do filho: — Você quer ouvir sobre a fazenda da mamãe na Hungria?

Rudy não respondeu.

— Eu tenho cavalos — ela continuou. — E galinhas. E cachorros. Cachorros muito grandes.

— A vovó tem cachorros, mas os dela são pequenos.

Aqueles ratinhos que ela treinou para rosnarem para mim, Sissi pensou.

— Ela disse que não gosta de cachorros grandes — Rudy acrescentou.

— Isso mesmo — Sissi disse, omitindo o restante de seu pensamento: *Por isso que eu tenho cães grandes.* — E sabe o que mais, Rudy? — Sissi manteve o entusiasmo na voz. — Você tem uma irmã chamada Valerie.

— Eu tenho uma irmã chamada Gisela.

Sissi estremeceu e ficou em silêncio por um instante.

— Isso mesmo, você tem uma irmã mais velha chamada Gisela. E também tem uma irmã mais nova chamada Valerie. Acho que você não se lembra muito bem dela... Valerie é muito mais nova e nasceu na Hungria, mas você vai poder conhecê-la. Ela tem grandes olhos azuis e acabou de ganhar o primeiro dentinho. Você gostaria de ir com a Valerie para a fazenda da mamãe, algum dia?

Ele refletiu sobre a pergunta antes de responder: — Os cachorros são bonzinhos?

Sissi franziu a testa, seu coração mais uma vez sofrendo com o medo que se escondia por trás da pergunta que parecia a dúvida inocente de uma criança.

— Porque o Conde Gondrecourt disse que iria me levar para ver cachorros que pareciam lobos. Cachorros que caçam garotinhos na floresta e... se o garotinho não for forte e corajoso, eles...

— Não, Rudy, meus cachorros não têm nada de lobos. Se eles o assustarem, nem que seja por um instantinho, eu mando prendê-los. Mas eu te prometo... eles são grandes amigos. Tudo o que eles querem é beijar e lamber.

Ela tocou a ponta do nariz dele com o dedo e Rudy sorriu — um sorriso tênue. Uma expressão tão fugaz que ela teria perdido se piscasse, mas Sissi pensou naquele momento que era a expressão mais linda que já tinha visto. A não ser, talvez, pelos sorrisos de bebê de Valerie.

— Ótimo — ela disse, tentando não reagir com muito entusiasmo para não assustar aquele menino tão arredio. — Ótimo, então algum dia vou levar você para a Hungria comigo. Mas primeiro tenho que falar com seu pai.

O imperador saiu naquela noite, pois já tinha se programado para assistir ao espetáculo no Teatro da Corte com uma delegação de ministros da França. E Franz Joseph jamais pensaria em cancelar um compromisso.

No dia seguinte, Sissi chegou cedo à entrada dos aposentos dele, banhada, vestida e com a melhor aparência que conseguiu produzir, dadas as circunstâncias. Ela não pregou os olhos na noite anterior e não conseguiu sequer olhar para a bandeja com o café da manhã. Sissi sabia que não conseguiria comer até que Franz garantisse que Rudy ficaria em segurança.

Sissi conhecia a programação diária de Franz Joseph — e sabia que ele seria a última pessoa a mudar alguma coisa enquanto ela estivera fora. Afinal, o lema pessoal dele era "eu não mudo". Primeiro ele se lavava e fazia suas orações; então passava as manhãs sozinho em sua escrivaninha, com relatórios ministeriais, cartas e uma papelada interminável. Ela também sabia que o imperador não permitia visitantes durante esse período e que ninguém, exceto talvez a mãe dele, ousava se aproximar do escritório sem convite ou uma reunião previamente agendada.

— Eu preciso falar com o imperador — Sissi disse para o guarda impassível diante de si, cujo rosto era tão rígido quanto o uniforme engomado que vestia. — Eu sei que ele está aí. Diga-lhe que a esposa dele quer conversar.

O guarda hesitou por um instante, como se não tivesse certeza se deveria obedecer, mas enfim se virou e saiu para transmitir a mensagem. Alguns minutos depois a pesada porta rangeu ao ser aberta, e Sissi foi levada ao escritório do marido por um pequeno exército de criados que vestiam o uniforme preto e dourado dos Habsburgo. Sua presença foi anunciada e o Imperador Franz Joseph se levantou da cadeira junto à escrivaninha, fazendo um gesto com a cabeça para a esposa curvada diante dele.

— Vossa Majestade — Franz disse, com o tom reservado, e sua voz não deu qualquer sinal de emoção mais forte ao vê-la depois de tanto tempo.

— Vossa Majestade — Sissi respondeu, os olhos baixos fitando a barra do próprio vestido.

— Bem-vinda a Viena. É um prazer revê-la. Por favor, por favor... erga-se.

Sissi endireitou o corpo. Com um aceno de cabeça, Franz dispensou todos os criados, de modo que só os dois permaneceram no ambiente. Marido e mulher, sozinhos. Ele ergueu a mão enluvada e perguntou:

— Alguma bebida? Devo pedir café? Bolo? Você me parece magra.

— Não, obrigada. — Sissi olhou para a pilha de papéis na escrivaninha, depois para o divã e as cadeiras, tudo estofado em adamascado vermelho, a cor intensa combinando com as cortinas e o carpete. "Vermelho Habsburgo" era o nome, por causa da preferência que o marido (ou melhor dizendo, que a *sogra*) tinha pela cor vermelha na decoração. Sissi apontou o divã. — Podemos nos sentar?

Ela não se sentaria em frente à escrivaninha como algum ministro ou burocrata. Ela era sua esposa. Mãe de Rudy. E estava ali para discutir nada mais nada menos que a sobrevivência do filho deles.

— Oh, sim, sim, é claro — Franz respondeu, estendendo a mão para guiá-la.

Eles se sentaram com rigidez no sofá, as pernas viradas na direção um do outro e vários centímetros entre seus corpos. Sissi observou o rosto do marido que há muito não via: o tempo que passaram separados estava evidente em sua aparência. O cabelo estava mais ralo no alto da cabeça, dando a impressão que sua testa tinha crescido. A barba estava grossa, formando com as suíças um emaranhado de fios loiro-avermelhados e prateados — com considerável aumento dos prateados desde a última vez que Sissi o vira. Os olhos azuis eram como ela se lembrava, claros e leves, sempre alertas, mas rodeados por uma teia de rugas suaves. Ele parecia estar lutando contra a fadiga, embora nunca fosse admitir ter uma fraqueza tão humana.

— Você parece ótima, Elisabeth.

— Obrigada, Franz. — Teria ele acabado de ler seus pensamentos quanto ao envelhecimento dele? — Você também.

— Não precisa mentir — ele disse, abrindo um meio sorriso. Franz apoiou as mãos nos joelhos e olhou diretamente para frente. — É bom ver você. Muito bom.

— Também é bom te ver.

— O que eu disse sobre mentir?

Sissi riu, apesar de tudo. Ela ergueu os olhos e notou que seu retrato, a obra-prima pintada por Winterhalter, continuava pendurado sobre a escrivaninha. Uma segunda pintura que Winterhalter fez dela estava ao lado da primeira — igualmente íntima, só que Sissi mostrava um sorriso sedutor em vez de olhar para o infinito. As molduras de imagens menores dela decoravam a escrivaninha de Franz Joseph, acompanhadas de miniaturas de retratos de seus filhos. Então Andrássy estava certo: seu marido *de fato* a admirava todos os dias. Ela se empertigou, cruzando e descruzando as mãos sobre o regaço.

— Como estavam as coisas na Hungria? — Franz perguntou.

— Bem.

— Gödöllő continua a lhe agradar? A casa precisa de alguma coisa?

— Não.

— Você vai me contar se houver qualquer coisa que eu possa fazer para tornar o palácio mais confortável para você?

— Franz, eu sei que uma separação tão longa quanto a nossa precisa de algum tipo de conversa amena. Uma troca de gentilezas. — Ela inclinou o corpo na direção dele, gesticulando com a mão. — Mas eu preciso discutir algo muito importante com você.

Franz olhou para ela e assentiu. O imperador não tinha mudado, e naquele momento percebeu que Sissi também não.

— Eu soube que você tentou dispensar Gondrecourt — ele disse com a voz equilibrada.

— Eu não *tentei* — ela replicou, um nó frio de pânico se formando em seu estômago. Estaria aquele homem terrível de volta ao palácio, atormentando Rudy naquele exato momento? Transformando-a assim em uma traidora cruel, depois de ter prometido ao filho que Gondrecourt não voltaria? — Aquele homem precisa ir embora.

O imperador se remexeu no divã, suspirando enquanto alisava uma ruga inexistente em sua calça engomada com perfeição. Então ele ainda se vestia diariamente com o uniforme militar: casaca creme e calças vermelhas, o mesmo traje do tempo em que era um jovem oficial na cavalaria austríaca. As mesmas roupas que lhe renderam o apelido amigável de "Velhas Calças Vermelhas" por parte de alguns no império.

— Elisabeth, você ficou longe por tanto tempo.

— Eu sei. E voltei agora porque fiquei sabendo do que esse homem pavoroso estava fazendo com nosso filho.

— Não é adequado que você apareça aqui e perturbe o curso...

— É ainda pior do que eu tinha imaginado. Depois de ver Rudy, fiquei convencida de que é essencial para o bem-estar mental, físico e emocional dele, e também para sua própria existência, que nós coloquemos um fim nessa loucura.

— Quem lhe contou? Quem foi até você com esse relato exagerado?

— Não importa quem me contou. — E não importava mesmo. Além do mais, ela nunca trairia a confiança de Gisela. Aquele seria o segredo dela com a filha, seu primeiro segredo com a menina. — O importante é que a situação ficou tão desesperadora que a notícia chegou até mim em Budapeste.

— Elisabeth, você estava fora. Mas precisa tentar entender como as coisas funcionam, você não pode simplesmente aparecer aqui e...

— "Como as coisas funcionam". Sujeitar uma criança pequena a banhos frios e medo constante? Táticas de choque tiradas do próprio campo de batalha? É incompreensível.

— É treinamento militar. Eu passei por isso. Minha mãe me colocou de uniforme quando eu tinha quatro anos.

— Ela não devia ter feito isso, e isso não significa que nós devamos sujeitar Rudy ao mesmo sofrimento. Ora, ele é apenas uma criança. Ele está apavorado! Isso o está deixando doente. — Enquanto sua voz se inflamava, Franz mantinha o tom equilibrado e controlado, como se a própria Sissi fosse uma criança insensata.

— O garoto tem a constituição fraca. — Franz Joseph coçou as suíças, desviando os olhos de Sissi para algum ponto na sala. — Espera-se que algum dia ele assuma seu papel de direito como líder do Império Austro-Húngaro. Ele vai precisar de força, tanto interna quanto externa, para conduzir nossa dinastia. Para liderar nosso exército nas batalhas. O único modo de fortalecer Rudolf é...

— Fortalecer Rudolf? Ora, você tem *olhado* para ele? O garoto é um inválido! Está malnutrido. Treme como um epilético. Acorda no meio da noite com pesadelos.

Franz suspirou. — Então só nos resta redobrar nossos esforços para fortalecer a constituição dele. Gondrecourt sabe o que está fazendo. Gondrecourt garantirá que o príncipe herdeiro...

— Gondrecourt é um tolo sádico, e não vou permitir que ele se aproxime do meu filho outra vez.

— Elisabeth. — Franz fez uma pausa, cansado das interrupções, dos apelos passionais, tão diferentes das colocações ponderadas que ele fazia. — O garoto é sensível demais. Ele não vem do molde adequado para se tornar imperador. Precisamos transformá-lo, através de prática e disciplina, no que ele não está, por natureza, inclinado a ser. Rudolf não é como... ele se parece mais com...

— Se parece mais com a mãe? — Sissi perguntou, as palavras saindo amargas de sua boca. — Não é impassível como o pai? Oh, como sua mãe gosta de dizer isso, não é?

Franz não respondeu, mas seu silêncio foi mais eloquente do que se ele concordasse com entusiasmo.

Sissi suspirou, exasperada. — Franz, eu vi nosso filho. Falei com ele.

— Eu visito o príncipe herdeiro com regularidade. Se a situação fosse tão tenebrosa quanto você afirma, eu saberia. Rudolf teria manifestado seu desconforto para mim. Ou para a avó. Ele é muito próximo à arquiduquesa.

Sissi cerrou os dentes com força, mas se obrigou a manter o foco. — O garoto está apavorado. Ele está praticamente mudo. Acredite em mim, seus esforços para fortalecê-lo por meio desse regime de brutalidade estão surtindo o efeito oposto. Na verdade, ele... — Mas Sissi foi interrompida por uma figura que apareceu à porta naquele instante. Ela engoliu o resto das palavras e seu corpo ficou rígido no sofá, sentindo a necessidade instintiva de formar um casulo protetor. Tanto Sissi quanto Franz se viraram para a entrada.

A Arquiduquesa Sophie parou na passagem e seus olhos encontraram os de Sissi. Nenhuma das duas se moveu, e Sissi pensou naquele momento: *É realmente incrível o quanto pode ser dito entre duas mulheres sem que nenhuma palavra seja pronunciada.*

— Elisabeth.

— Sophie.

— Franzi — a arquiduquesa disse, voltando os olhos claros e inflexíveis para o filho.

Sissi sentia o corpo do marido se retesar conforme ele se levantava do sofá.

— Mamãe, olá.

Não havia nada que Franz detestasse mais do que ser pego entre aquelas duas mulheres. Aquilo tinha acontecido centenas de vezes, e ele ainda não sabia como lidar com a situação. Ele, o homem que comandava um império turbulento, ainda não tinha conseguido trazer paz ao próprio lar. A *não ser*, Sissi pensou, *quando estou a centenas de quilômetros de distância*.

— É bom vê-la, Elisabeth. Você deixou feliz sua velha tia Sophie. — A arquiduquesa entrou na sala e Sissi inclinou a cabeça para o lado, encarando a sogra com um olhar que deixava claro que a arquiduquesa não enganava ninguém. Sophie ignorou o olhar de Sissi e continuou: — Fico aliviada de ver que você finalmente percebeu que seu lugar como esposa e mãe, como imperatriz, é aqui. Não naquele haras húngaro.

Sissi desviou o olhar sem responder. Franz, ainda em pé, se mexeu sem sair do lugar.

— Como está a criança? Valerie? — Sophie perguntou, frisando o nome — o único nome de neto que ela própria não havia escolhido. Sissi sentiu o coração acelerar, o instinto de fugir ou lutar emergindo de dentro dela; ela não gostou nada de ouvir a sogra falando o nome da bebê.

— Está desabrochando — Sissi respondeu, obrigando-se a sustentar o olhar da arquiduquesa.

— Deus é pai — Sophie disse, entrelaçando seus dedos sobre a saia em forma de sino. — Eu rezo por ela... por você... e por todos os meus entes queridos. Todos os dias.

— Na verdade — Sissi redarguiu, mantendo o tom contido —, eu voltei pelo meu outro filho. A saúde de Rudy é uma história bem diferente. Estou aqui para salvar meu filho daquele bárbaro que vocês abrigaram nesta casa.

Sophie se dirigiu ao filho. — Imagino que você tenha tentado explicar a Elisabeth o que é melhor para Rudolf?

Franz Joseph confirmou com a cabeça, olhando da mãe para a esposa com uma expressão severa.

— Eu continuo sem me convencer dos méritos do seu modo de fazer as coisas — Sissi declarou.

Sophie ia responder, mas um acesso de tosse a interrompeu. Franz mandou trazerem água, que Sophie se recusou a tomar, sacudindo a cabeça. — Estou bem, estou bem. — Pigarreando, com lágrimas se acumulando nos olhos, a arquiduquesa inspirou lenta e continuamente, seu peito subindo com a entrada de ar. Ela apoiou a mão na escrivaninha do filho, mas logo a retirou, como se tentasse esconder a necessidade de apoio.

— Mãe. — Franz atravessou o escritório até Sophie e segurou seu braço. — Por favor, pelo menos sente-se.

— Não se preocupe comigo, Franzi. Você já tem muito com que se preocupar, meu garoto querido. — Sophie fez um esforço visível para parecer recuperada, mas sua respiração continuava difícil. Sissi notou e lhe ocorreu, naquele momento, como a arquiduquesa parecia envelhecida. Aquela mulher, antes tão robusta e roliça devido a seus cremes de manteiga, ensopados gordos e cortes de carne de primeira, uma figura que marchava pelos corredores do Palácio de Hofburg dando ordens e tomando a frente dos guardas imperiais, agora tinha dificuldade para permanecer em pé. Aquela mulher que tossia e chiava diante dela estava completamente diferente.

Sissi se permitiu esquecer a antiga força da mulher e a observou com novos olhos, vendo assim que o corpo de Sophie parecia fraco, encolhido, e que seu rosto estava pálido. Sua sogra e tia tinha se transformado em uma velha. A mudança pegou Sissi de surpresa; era como se o deus Chronos, após ter concedido àquela mulher formidável um crédito excepcional por tantos anos, tivesse aparecido para receber seu pagamento todo de uma vez.

Sissi olhou mais uma vez para seu retrato pendurado sobre a escrivaninha do marido e compreendeu, naquele momento, algo que nunca acreditou ser possível: ela era mais forte que Sophie. Claro que isso só era verdade devido à diferença de idade, energia e vigor físico que existia entre ela e a mulher mais velha, mas não importava a razão. Ela, Sissi, estava em vantagem. Sissi duraria mais que aquela mulher. Ela sabia disso e Sophie também. Seu marido também tinha que saber.

Franz fez menção de interromper o silêncio, mas Sissi ergueu a mão, adiantando-se.

— Franz, querido, eu voltei. Estou aqui pelo meu filho. E vou ficar. Serei a mãe dele e a sua esposa — Sissi falou com uma autoridade firme e notou a repentina atenção no rosto do marido quando este se voltou da mãe para a esposa. Antes que Sophie pudesse intervir, ela deixou clara sua vantagem: — Mas não posso ficar aqui se você permitir que aquele homem continue. Não posso ficar assistindo a isso. Você tem uma escolha: Ou Gondrecourt vai embora, ou eu irei.

E certamente todos naquele escritório entenderam que Sissi poderia muito bem ter dito: "É do jeito da sua mãe ou do meu".

As folhas de Viena passaram do verde para um festival de cores — vermelho fogo, mostarda, dourado e ocre — antes de se soltarem dos galhos e acarpetarem as alamedas imperiais com seus restos. Naquele outono e no inverno seguinte, conforme os dias ficavam mais curtos e frios, Sissi estabeleceu uma rotina regular, ainda que não satisfatória, em Viena. Como sempre, ela viu que os dias passavam mais depressa quando se mantinha ocupada, então procurou preencher suas horas com afazeres e preocupações com a família e os filhos.

Sua primeira tarefa foi efetivar a demissão do Conde Gondrecourt. Embora parte da fofoca disseminada pelo militar insultado tivesse chegado aos seus ouvidos ("Tudo que eu fiz foi seguir fielmente as ordens do imperador e de sua mãe, mas a imperatriz nunca soube seu lugar"), Sissi ignorou a polêmica que Gondrecourt tentou gerar, sem sequer tomar conhecimento da calúnia.

No lugar de Gondrecourt, Sissi colocou o Coronel Joseph Latour, um homem de fala mansa com um sorriso gentil e ideais liberais quanto à educação das crianças. Latour, como Gondrecourt, era de formação militar, mas Sissi lhe deu ordens expressas para não se comportar como militar com seu filho.

— Latour, você deve encontrar os melhores professores que existem, sem levar em conta linhagem ou posição social na corte — Sissi instruiu o homem quando ele a visitou em seu escritório para discutir a nova programação do príncipe herdeiro.

— Mas, imperatriz... — Latour hesitou. — Peço humildemente que Vossa Majestade se lembre de que as regras de contratação dos Habsburgo, que existem há séculos, ditam que apenas oficiais militares, membros da aristocracia e clérigos têm permissão para interagir com um príncipe herdeiro e lhe ensinar.

— Você deve ignorar essas regras arcaicas — Sissi respondeu, fazendo um gesto de pouco-caso com a mão. Em resposta à visível incredulidade, ou seria preocupação, do tutor, ela acrescentou: — Essas são suas *novas* ordens. Deixe que eu cuide de qualquer dificuldade que você venha a encontrar. Só me importam o caráter e a qualificação acadêmica dos professores do príncipe herdeiro. Na verdade... — Sissi sussurrou — ...membros da burguesia e das classes comuns seriam muito bem aceitos, até mesmo preferíveis, pois espero dar uma educação liberal para o meu filho. Eu fui educada assim, e esse é o programa que tenho defendido desde o nascimento dele.

Sob o olhar observador da mãe e sob os cuidados do tutor bondoso e do novo médico da corte, um cavalheiro de temperamento ameno chamado Dr. Widerhofer, Rudy foi gradual e cautelosamente apresentado a um novo modo de vida. Ele começou a comer e a ganhar um pouco de peso e perdeu o hábito de começar a tremer ao entrar em um ambiente novo, como se esperasse algum susto horrível. Não era mais estranho ouvir o garoto rir. Ninguém deveria falar o nome Gondrecourt na presença dele, e logo os únicos sintomas que restavam da tortura que havia sofrido eram eventuais pesadelos e dificuldade para dormir. De vez em quando, Sissi o pegava olhando fixamente para o nada, com o rosto crispado em alguma agonia silenciosa, como se relembrando algum suplício passado ou receando um evento futuro. Quando isso acontecia, Sissi sentia o coração pesado de novo e se lembrava por que tinha abandonado a paz e a liberdade de Gödöllő para ficar em Viena com o filho.

Quando não estava acompanhando a evolução de Rudy nem aprovando propostas de aulas do Coronel Latour, Sissi passava o tempo se dedicando a Valerie, certificando-se de que a transição da bebê de Gödöllő para Hofburg se dava com tranquilidade. Sissi guardava a filha como uma mamãe ursa: não permitia que Valerie saísse de seus aposentos sem que estivesse acompanhada pela própria imperatriz. Embora Sophie enviasse convites para Sissi e Valerie tomarem chá com ela na suíte da arquiduquesa, ou para passeios pelos jardins imperiais, Sissi nunca aceitava nem retribuía os convites da sogra.

Valerie era uma garotinha saudável que passava pelos incômodos normais de qualquer bebê: dor quando novos dentes nasciam, eventuais dores de barriga, febres e quedas quando começou a andar. Cada um desses pequenos incidentes, como a Governanta Throckmorton se referia a eles, deixava Sissi apavorada, tamanha era sua preocupação com o bem-estar da filha.

A única filha que parecia não precisar — ou querer — ver Sissi era Gisela. Ela tinha, afinal, chegado à adolescência sem que a mãe desempenhasse um papel importante em sua vida e parecia absolutamente satisfeita em continuar sem ela, levando seus dias com a relativa autonomia de seu mundo particular, sob a supervisão da avó solícita. Pelas interações limitadas que teve com Gisela durante os ocasionais jantares de família e nas reuniões oficiais, Sissi percebeu que Gisela parecia muito à vontade em seu lugar na corte. Fisicamente ela não era nada parecida com a mãe, já possuindo uma figura roliça antes de alcançar a maturidade. Também não era parecida com Sissi no temperamento, herdando — ou adotando — a formalidade reservada do pai, enquanto Sissi mostrava uma alma livre e sensível na juventude. E Gisela estava no ápice da juventude, apenas dois anos mais nova que a mãe quando esta conheceu Franz Joseph. Sissi percebeu que a primogênita logo se casaria e iria embora da corte. Sentindo a distância emocional da filha e observando a proximidade que existia entre ela e a avó, Sissi não conseguiu conter um sentimento de amargura e abriu mão do afeto da garota, entregando à pequena Valerie o que poderia ter dado a Gisela.

Quando o ano chegou ao fim, Sissi celebrou seu trigésimo primeiro aniversário com um pequeno jantar de família em seus aposentos e se preparou para enfrentar, de mau humor, o fim do inverno vienense. Enquanto o resto da corte se animava para antecipar o *Fasching*, período festivo que precede a quaresma e traz uma série de bailes carnavalescos e noites inteiras de festas, Sissi sonhava com Budapeste e sua liberdade. Sonhava com Andrássy, que agora a visitava apenas com suas cartas, enviadas para Ida de modo a evitar censura e fofocas. Ela começou a pensar que talvez Rudy já estivesse forte o suficiente para que ela pudesse escapar em uma rápida viagem para Budapeste com Valerie e suas acompanhantes. Mas então alguma notícia preocupante chegava até ela pelo tutor do príncipe herdeiro — uma recaída: um ataque de ansiedade, um pesadelo que acordou o príncipe, ou a recusa do garoto em se alimentar —, e Sissi se lembrava de que era necessária em Viena.

Assim, o melhor que Sissi podia fazer era criar um pequeno santuário para si naquele ambiente que enxergava como hostil. Ela se mantinha em seus aposentos particulares, evitando a sogra e todos os compromissos que não os obrigatórios. Alegava estar com dor de cabeça ou resfriada como desculpa para faltar à maioria dos jantares, bailes e cerimônias de Estado. Encontrava o marido nos aposentos dele em visitas previamente agendadas e uma vez por semana os dois jantavam juntos na suíte dela, mas, fora isso, ela só se relacionava com Ida Ferenczy e Marie Festetics. Para ajudá-la com o trabalho administrativo que inevitavelmente se acumulava em Viena, Sissi convidou um nobre húngaro, um homem discreto, de óculos, chamado Barão Ferenc Nopcsa, para administrar sua casa. Húngaro, e não alemão, era falado o tempo todo em seus aposentos. E assim, com Valerie no colo e Shadow e Brave aos seus pés, Sissi cultivava o casulo mais aconchegante e seguro possível.

Franz Joseph, acostumado às ausências prolongadas da esposa, já parecia satisfeito por ter aquelas poucas horas com ela algumas vezes por semana. Quando Sissi aparecia ao seu lado em algum compromisso oficial, ele decididamente parecia feliz. O imperador sabia que ela nunca retornaria para sua cama, nem o convidaria para a cama dela — isso tinha ficado claro anos atrás. O que ele mais desejava era o fim dos boatos e uma visita eventual. O retorno de Sissi tinha satisfeito a esses dois desejos, logo, ele parecia satisfeito.

Mas nem todo mundo compartilhava da felicidade do imperador com a volta da imperatriz. Com certeza, o imperador sabia que seu novo ajudante-geral, o oficial austríaco conservador Conde Bellegarde, não gostava de Sua Majestade, a Imperatriz. Todos no palácio sabiam o que Bellegarde sussurrava a seu respeito, criticando "a bávara" por seus pontos de vista liberais, por se intrometer na educação de Rudolf e sua preferência evidente pelos húngaros em detrimento dos austríacos. Ele censurava sua "obediência ofensiva para com Andrássy". Bellegarde comentava todo compromisso de Estado ao qual a imperatriz não comparecia, lamentando a "cruz pesada que nosso imperador é forçado a carregar".

Com a idade de Sophie avançando e sua saúde minguando, parecia que Bellegarde assumia de bom grado a bandeira da arquiduquesa. O general falava de Sissi com tamanha desenvoltura que até ela, quase inteiramente removida dos círculos de fofoca da corte, não conseguia escapar ao alcance das críticas dele. Sissi leu nos jornais que se referiam a ela como "a hóspede residente no Hofburg", que faziam apostas sobre quando ela abandonaria a família de novo, fugindo de seu posto. Ouvia como os cortesãos debochavam, zombando de sua "cabana rústica na Hungria". Até o diplomático Barão Nopcsa, cujos modos discretos e inofensivos convidavam as pessoas a falar demais em sua presença, teve que admitir para Sissi que ela parecia ter diversos detratores na corte.

Era tão raro que o Egito estivesse no centro das notícias. O mundo civilizado acompanhava as novidades de Viena, onde o Maestro Strauss, compositor da corte e absoluto "Rei da Valsa", trabalhava duro em sua nova obra-prima para seus patrões imperiais. Ou então Paris, onde um novo desenho de saia e espartilhos mais apertados desencadeavam uma onda de empolgação feminina e desmaios por toda a Europa. Ou Londres, onde a Rainha Vitória colocou trabalhadores abrindo túneis debaixo das ruas da cidade para criar uma vasta rede de trens que rodavam *sob* o solo. Mas Egito? A glória daquele reino do Nilo pertencia à Antiguidade e aos livros de estudo de Rudy.

Ainda assim, a abertura do Canal de Suez prometia ser uma festa digna da elite mundial, um projeto imenso que fazia até a construção da Ringstraße de Viena e os trens subterrâneos da Rainha Vitória parecerem obras acanhadas. O projeto, empreendido sob a supervisão da França, tinha aberto uma passagem aquática através do Egito, ligando o Mediterrâneo ao Mar Vermelho, prometendo uma nova e lucrativa era de comércio facilitado entre Oriente e Ocidente. O projeto tinha levado dez anos e custado cem milhões de dólares e a vida de milhares de trabalhadores.

Era natural que um projeto daquele porte pedisse uma festa tão suntuosa e esplêndida quanto a construção do canal tinha sido dispendiosa e destrutiva. E ninguém queria perder uma festa oferecida por Napoleão III e sua Imperatriz Eugénie.

Esperava-se que Franz Joseph e Sissi se juntassem à multidão de cabeças coroadas que se preparava para viajar ao litoral do norte da África naquele outono de 1869 para prestigiar a tão aguardada inauguração. Nas semanas que antecederam a partida, Marie e Ida começaram com suas perguntas: "Quando devemos fazer as malas, imperatriz?", "Do que Vossa Majestade vai precisar no Egito?", "Seria do agrado de Vossa Alteza que comecemos a preparar seus baús?".

— Não posso ir. — Sissi deu a notícia a Franz Joseph várias semanas antes da viagem planejada. O imperador ergueu os olhos da carta à sua frente, a caneta parando no meio da frase, o espanto evidente em seu rosto no mesmo instante. — Vou explicar o porquê — Sissi continuou, sentando-se na cadeira em frente à escrivaninha do marido. Aquele era um dos encontros semanais agendados no escritório, que com frequência era a única hora da semana que eles passavam sozinhos como marido e mulher.

Franz se perguntava se teria ouvido Sissi direito. — Não pode ir? Mas você tem que ir; você não vai querer perder a abertura do Canal de Suez.

Sissi teve o cuidado de manter a voz delicada e triste enquanto se explicava. — Valerie tem lutado com um resfriado há mais de uma semana. E Rudy? Bem, ele fez progressos, é verdade, mas ontem mesmo o tutor dele me informou que o garoto acordou no meio da noite tomado de medo e suando frio. Estou relutante em deixar as crianças para trás. Sinto que esse é o meu... — E então, enfatizando a única palavra à qual ela sabia que o marido se renderia, disse: — Esse é o meu *dever*. — Sissi baixou a cabeça, deixando a palavra ecoar nos ouvidos dele em meio ao silêncio do escritório.

Franz baixou a caneta sobre o papel e juntou as mãos diante de si sobre a escrivaninha enquanto refletia a respeito. Como era de praxe, ele levantou os olhos para o imenso retrato de sua mulher, como se a imagem fosse um calmante para os momentos em que se sentia sobrecarregado. Isso fez Sissi pensar em como sua bebê, Valerie, parecia se apegar a um cobertor em especial quando ficava insatisfeita.

Sissi apresentou apenas uma parte dos seus motivos para não querer ir ao Egito, ocultando aquele que era, talvez, o mais importante. Mas Franz — franco, confiante e prático — nunca teria imaginado os pensamentos mais profundos da esposa, nunca teria suposto que um sentimento mais complexo se escondia por trás daquelas palavras simples.

— Tem certeza, Elisabeth? — Franz voltou a olhar para a esposa. — Eugénie vai estar lá. Ela acompanhará o imperador francês.

Sim, Sissi sabia que o imperador francês e a esposa compareceriam. Ela sabia que não deveria deixar sua rival, a única mulher capaz de competir com Sissi em senso de moda ou habilidades de amazona, aparecer sem concorrência e capturar sozinha a glória e as manchetes internacionais.

Mas a Imperatriz Eugénie não era a pessoa cuja presença esperada no Egito a deixava apreensiva. No dia anterior, Franz contou para a esposa que havia convidado Andrássy para se juntar à delegação austríaca na viagem. Seria uma demonstração de unidade, Franz declarou, prova da estabilidade e da harmonia que reinavam em seu império desde o estabelecimento da Monarquia Dual.

Sissi recebeu a notícia com sofrimento silencioso. Ela desejava ver Andrássy mais que tudo, ficar perto dele e com ele. Mas esse desejo era exatamente o motivo pelo qual ela acreditava que não devia ir. Ela sabia que Bellegarde, também selecionado para compor a delegação imperial, ficaria de olho em cada passo que ela desse, atento a cada expressão que surgisse em seu rosto.

O ajudante-geral estava sendo tão cruel em seus últimos ataques à imperatriz, tão crítico a Sissi sempre que ela declinava ou comparecia a um evento de Estado com o imperador, que ela sabia que ele estaria pronto para pegar qualquer erro que ela cometesse durante a viagem, erro que relataria para a Arquiduquesa Sophie e também para a imprensa vienense, garantindo que as falhas e os constrangimentos de Sissi fossem servidos como deliciosos confeitos para todo o império.

Andrássy, modelo de autocontrole, se comportaria de modo impecável durante a viagem. Ele sabia do veneno de Bellegarde e sequer sonharia em colocar Sissi em risco. Mas estar tão perto de Andrássy e ainda assim ser forçada a agir como se ele fosse apenas um conhecido e a esconder o que sentia de verdade por ele seria mais angustiante para Sissi do que estar longe. Ela nunca tinha conseguido desenvolver a essencial habilidade palaciana de reprimir seus verdadeiros sentimentos ou de disfarçar seus pensamentos conflitantes. Andrássy sempre a provocava por isso, dizendo-lhe que ela demonstrava tão claramente os pensamentos e as emoções que sentia que quase não precisava de uma boca para lhes dar voz.

Não, ela não podia embarcar nessa viagem. Pois sabia que, enquanto estivesse de braços dados com o marido, seus olhos correriam para o conde húngaro ao seu lado, e ficaria óbvio para todo mundo que o homem que ela amava e o homem com quem estava casada não eram o mesmo.

Mas ali, no escritório de Franz, Sissi não declarou nada disso, e sabia que desde que se mantivesse fiel ao roteiro que havia preparado, provavelmente conseguiria sua dispensa.

— Além do mais — Sissi falou, sorrindo para o marido que continuava sentado à escrivaninha, rodeado por papéis —, eu sei como você gosta da *belle Eugénie*. Se eu não estiver lá, você ficará à vontade para flertar e declarar sua admiração pela beleza francesa sem ficar com medo de enciumar sua esposa.

Franz baixou os olhos e a pele sob a barba espessa ficou corada, do mesmo tom vermelho de suas calças. De fato, todos sabiam que Franz Joseph admirava muito Eugénie, tendo exaltado os encantos exóticos e abundantes da imperatriz de Napoleão III para seus ministros. Mas, oh, como era irônico que aquilo agora servisse aos propósitos de Sissi!

— Eu compreendo — Franz acabou dizendo, desenlaçando as mãos e espalmando-as sobre a mesa, como um juiz que dá seu veredito. — Você sente que seu lugar é aqui com seus filhos. Embora eu lamente não tê-la ao meu lado, devo elogiá-la por sua dedicação materna e pela disposição em colocar seu dever sagrado e suas preocupações com os filhos à frente de sua diversão. Você pode ficar.

E assim, enquanto o palácio se agitava ao seu redor e os dois homens mais importantes de sua vida se preparavam para partir para a terra exótica e encantadora do Nilo, Sissi via ainda mais tempo em Viena em seu horizonte.

Assim que os jornais vienenses ficaram sabendo que Sissi não pretendia viajar, as críticas recomeçaram a surgir. A teoria mais aceita era de que Sissi, com ciúmes do papel de destaque que Eugénie e os franceses desempenhariam na cerimônia de abertura, declinou devido à vaidade e ao orgulho ferido. Outros jornais publicaram que Sissi tinha medo de um "concurso de beleza" com sua rival esbelta e sedutora. Outros ainda escreveram que ela, "a hóspede", nunca perdia uma oportunidade de demonstrar sua falta de apoio ao marido, o sofrido Imperador Franz Joseph, cuja esposa só ficava na capital quando Sua Majestade precisava estar fora dela. Sissi lia as notícias e os editoriais todas as manhãs, durante o café, e perdia o apetite. Claro que aquelas histórias vendiam jornais — do contrário não seriam publicadas com tanta frequência. E era óbvio que, se essas notícias vendiam jornais, era porque as pessoas queriam ler e discutir isso. Ela jogou os jornais de lado, mas era tarde demais; as palavras já tinham se infiltrado em sua mente e em seu corpo e a inundaram com seus próprios sentimentos de uma autocensura avassaladora, um ódio amargo das fofocas cruéis e implacáveis daquela cidade.

Sissi e as crianças se despediram da delegação imperial acenando para as carruagens que levavam o imperador e seu cortejo pelos portões do palácio até as ruas, onde multidões abanavam a bandeira da Áustria e faziam orações por uma viagem em segurança.

Tanto Franz Joseph quanto Andrássy escreveram para Sissi durante a jornada, cartas que eram tão diferentes quanto eles próprios. Franz Joseph fazia para Sissi relatos detalhados do cotidiano da viagem. Como um burocrata atencioso tomando notas, ele descreveu os detalhes da recepção suntuosa oferecida pelo sultão da Turquia às margens do Estreito de Bósforo, explicou que os turcos tinham construído seus próprios palácios sobre as ruínas da antiga cidade cristã de Constantinopla, descreveu o modo como o sultão colecionava mulheres em seu harém e cavalos em seus estábulos. E Franz também se vangloriou da imensa esmeralda que conseguiu comprar para a esposa do tesouro pessoal de joias do sultão.

Uma vez em segurança no Egito, Franz escreveu contando com orgulho juvenil como escalou a maior das pirâmides de Gizé em apenas dezessete minutos. Relatou em detalhes o banquete de treze pratos que comeu ao lado da Imperatriz Eugénie na grande abertura do Canal de Suez, declarou que milhares de pessoas compareceram à cidade portuária de Suez para a ocasião, mas lamentou o fato de que "os dias da cerimônia estavam muito quentes e não foram bem organizados. Nós, monarcas que comparecemos, tivemos de abrir caminho com os cotovelos pela cidade lotada em meio à multidão selvagem". Depois disso, ele listou tudo que teria feito diferente, de modo mais eficiente, se o evento tivesse acontecido em Viena.

As cartas de Andrássy, por outro lado, eram poesia pura, com suas palavras pintando para Sissi um quadro de terras distantes que a delegação austríaca visitou:

> *Certa noite, durante nossa estadia na antiga cidade de Petra, na Jordânia, depois que todos os outros do nosso cortejo se recolheram, eu saí sozinho dos nossos aposentos para passear. Eu me vi explorando um jardim deserto sob uma lua enorme. A noite estava carregada do aroma doce, quase dolorosamente sedutor, de jasmim, sem qualquer som além do gorgolejo da água para acompanhar meus pensamentos. É claro que estes se voltaram para você. Lancei uma oração na noite, um pedido para que, onde quer que você estivesse, fazendo o que quer*

fosse naquele momento, soubesse que também estava comigo naquele jardim perfumado, olhando para o céu estrelado de Petra. Fiquei com você naquele devaneio hipnótico até que as orações matinais começaram a ecoar da torre de uma mesquita próxima, e eu soube que meus companheiros começariam a se levantar e perceberiam minha ausência. Antes de sair do jardim, eu colhi um ramalhete de jasmins e inspirei aquela fragrância, notando como aquela beleza, ainda que primorosa, não chegava aos pés da sua.

Andrássy também contou para Sissi sobre as ruas tortuosas de Jerusalém:

Ruas tão estreitas que eu podia tocar as paredes dos dois lados apenas esticando os braços. Que segredos obscuros você imagina terem sido sussurrados nesses caminhos antigos e tortuosos? Que corações foram partidos ou iluminados nessas vielas discretas e escuras? Eu imaginei e desejei – talvez pela centésima vez naquele dia – que você estivesse lá comigo para se maravilhar.

Ele relatou sua visita à antiga catedral bizantina de Constantinopla, agora uma mesquita chamada Santa Sofia:

A cúpula atinge tal altura que os pássaros voam acima de nós sob o teto colorido. Essa cena, assim como todas as outras cenas de beleza incomparável, fez com que eu ansiasse por você – pois eu sabia que aquela beleza só poderia ser melhorada, melhor dizendo, aperfeiçoada pela sua presença ao meu lado. Eu não pude deixar de sorrir ao pensar em você e na alegria que teria extraído de cada momento de descoberta e êxtase. Você teria gostado em especial da coleção de animais selvagens do sultão. Acredito que essa coleção exótica a teria agradado muito mais que o tesouro do soberano com as joias da coroa.

Sissi se deliciava com as descrições de Andrássy, imaginando-se na viagem ao lado dele. Ao fechar os olhos, ela conseguia facilmente imaginar as cenas enquanto saboreava as palavras dele. Na Terra Santa, apenas Andrássy nadou no Rio Jordão, enquanto os outros do grupo reclamavam que a água estava fria demais por ser fim de outono. Andrássy nadou porque as águas do rio, por serem um lugar em que o próprio Cristo se banhou, confeririam poderes milagrosos ao banhista. "Milagres, dizem. Algo de que tanto eu quanto meu país precisamos."

— Rudy? — Sissi procurava o filho, uma tarde, após ter acabado de ler as cartas de Franz e Andrássy. — Rudy, espere só até ouvir o que o papai escreveu hoje! Você gostaria de saber o que é a estátua gigante que eles chamam de Esfinge?

Ela tinha ido até o quarto de vestir, em busca de privacidade para ler as cartas, e deixado Rudy brincando na sala de estar e Valerie dormindo no quarto. Ela parecia uma mamãe pássaro — primeiro devorava as notícias dos dois homens para depois digeri-las antes de distribuir os trechos que seriam apropriados para os ouvidos do garoto de onze anos.

— Rudy? — Sissi procurou o filho ao voltar para a sala, mas o garoto não estava lá e sua voz ecoou no espaço vazio. — Rudy? — ela chamou de novo, pensando que talvez o filho estivesse brincando de esconde-esconde.

Então ela ouviu um gritinho agudo vindo do quarto, um som áspero e preocupante que atravessou a porta fechada e o silêncio em que Sissi se encontrava. Um grito de Valerie, mas seu tom era mais urgente, mais perturbado do que os gemidos normais de um bebê que acabou de acordar. O coração de Sissi pulou dentro do peito e ela voou para o quarto.

— Valerie? — Sissi encontrou Rudy parado olhando para o berço. — Valerie! — Sissi exclamou, correndo na direção da bebê, que ainda soltava gritinhos agudos. — Rudy, o que aconteceu com sua irmã? — Em sua pressa para chegar à bebê, Sissi afastou o garoto do berço, acidentalmente derrubando-o no chão.

— Ai, mamãe! — Rudy reclamou, mas Sissi estava tão preocupada estendendo as mãos para o berço, pegando a filha e um punhado de cobertas em seus braços, que não percebeu a queda do filho. Ela segurou Valerie bem perto de si, balançando a bebê para cima e para baixo enquanto se perguntava onde Marie e Ida estavam.

— Tudo bem meu anjo. Pronto, pronto, mamãe está aqui. O que foi, minha querida?

Valerie continuava chorando com uma estridência que Sissi só tinha ouvido uma vez, quando a pequena caiu enquanto aprendia a andar e bateu na quina de uma mesinha lateral.

— Querida, querida, qual é o problema? — Sissi examinou a bebê, tirando as camadas de cobertas e afastando a camisolinha. Ali, na pele nua de uma das perninhas gorduchas de Valerie, Sissi encontrou a origem do sofrimento da criança. — *Não!* — Sissi exclamou, tirando uma das mãos da menina. Ela examinou o próprio palmo, onde se via uma gotícula de sangue saída da pele branca da criança. — Meu Deus, você está sangrando?

Sissi se virou pela primeira vez para Rudy, que continuava caído no chão. Ele olhou para a mãe e para a irmã com olhos apertados e emburrados.

— Rudy, por que sua irmã está machucada? O que aconteceu? — Sissi suspeitou de algum objeto pontiagudo no berço e examinou a quina da cama, mas não encontrou nada. Ela se voltou para o filho. — Rudy? Você estava aqui. Responda-me. Você viu como sua irmã ganhou este corte?

Rudy sacudiu a cabeça uma vez e desviou o olhar. Uma sensação de incômodo foi tomando conta de Sissi enquanto ela sentia, sem conseguir explicar como, que seu filho mentia para ela. Ela olhou do garoto para a bebê em seus braços. Valerie tinha se acalmado; seus lamentos abafados se tornaram meros gemidos enquanto ela se aninhava no colo da mãe.

Sissi examinou com mais atenção a perna da garotinha. O corte não era fundo nem grave. Embora estivesse sangrando, não era nada além de um pequeno arranhão, como se tivesse sido beliscada por uma pinça ou por um par de unhas pequenas. Sissi olhou mais uma vez para seu filho.

— Rudolf? — ela disse com a voz trêmula. Sissi engoliu em seco e segurou a menininha com mais firmeza. — Você está dizendo a verdade para sua mãe? Você não beliscou sua irmã?

O garotinho sacudiu a cabeça de novo, virando o corpo inteiro para o lado, como um ladrão escondendo um punhado de prata roubada. Mas era impossível, Sissi pensou. Aquele garoto doce, sensível, ele próprio vítima de maus-tratos, não iria infligir dor a um bebê inocente. O garoto tinha sido maltratado, mas não era um sádico. Seu filho não seria capaz de maldade contra sua bebê mais preciosa e amada. Seria?

O clima ameno de outono esfriou e o inverno chegou. Franz Joseph retornou à capital e a corte retomou a rotina costumeira. Muitas vezes, durante aquela estação longa e fria, Sissi sentiu como se gastasse mais tempo e esforços se correspondendo com pessoas fora de Viena do que se comunicando com quem estava dentro de seu próprio palácio. Ela escrevia diariamente para Andrássy — por meio de Ida —, implorando-lhe que a visitasse. Escrevia para a casa dos pais na Baviera, contando à mãe como desejava ir embora da corte para Budapeste, "onde tudo era tão mais agradável".

Sissi também recebia notícias de casa. Aparentemente a euforia inicial de Sophie-Charlotte diante do noivado com seu primo Rei Ludwig tinha sido substituída primeiro por uma ansiedade contida e depois por um estado de verdadeiro pânico. Meses se passaram e Ludwig não respondia a seu futuro sogro, Duque Max, quando este lhe pedia para escolher uma data de casamento. Sophie-Charlotte reclamava para Sissi em suas cartas:

As pessoas estão começando a fofocar – eu sei que estão. Acredito que é a inveja que as faz sussurrar a respeito do meu relacionamento com o Rei Ludwig. Oh, as coisas cruéis que elas dizem! Dizem que o rei me pediu em casamento, mas depois se recusou a marcar uma data quando papai o pressionou. Comentam o fato de que nossa proximidade cresceu, a princípio, de nossa admiração e paixão em comum pela música do compositor Richard Wagner. Dizem que Ludwig gastou toda sua fortuna em castelos fantásticos e financiando os empreendimentos musicais do Sr. Wagner. Dizem que Ludwig vai me fazer passar os dias tocando a música de Wagner no piano enquanto ele próprio vai estar no quarto ao lado professando seu amor a Wagner. Você pode imaginar que alguém diga coisas tão vis e maliciosas? E daí se meu noivo tiver uma amizade íntima com o Sr. Wagner? Se eu não tenho ciúmes disso, por que alguém mais teria?

Ludwig tem uma mente brilhante e uma alma profundamente sensível; é claro que ele se cerca de outros indivíduos brilhantes e sensíveis. Não estaria o Sr. Wagner no alto dessa lista? Ainda assim, cá estou eu, de algum modo digna de estar ao lado de Ludwig – meu maravilhoso Ludwig – embora seja muito menos brilhante que ele, e muito menos sofisticada!

Por isso tento ter paciência com ele. Eu escrevo e imploro a Ludwig que termine com meu constrangimento e minha tristeza simplesmente marcando uma data para nosso casamento. Mas minhas cartas para meu noivo ficam sem resposta. Pior ainda, minhas últimas propostas de visitá-lo em seu palácio em Munique ou em sua propriedade perto de Possenhofen foram rejeitadas. Na última vez em que o vi, em um baile recente em Munique, Ludwig fugiu no meio de uma valsa, deixando-me sozinha na pista de dança para que todos testemunhassem minha vergonha e meu total espanto. Sissi, o que devo fazer?

Ludwig escreveu para Viena em vez de para Possenhofen, e Sissi viu como mal sinal o fato de ele não ter mencionado nenhuma vez o nome de sua irmã, noiva dele. Em vez disso, o primo escreveu extensamente a respeito de seu grande amigo Richard Wagner. Sobre a genialidade do compositor, sobre como os dois homens uniram esforços mais uma vez, e para contar que Wagner trabalhava em mais uma ópera. Ludwig não deu detalhes, apenas sugeriu algo extravagante: "Esse projeto, se tivermos sucesso, mudará o rumo da música para sempre. Na verdade, poderá alterar o curso da história".

Esse era Ludwig: sempre passional, sempre com sonhos grandiosos e vertiginosos, linguagem extravagante para expressar suas esperanças. Lisonjeiro e exagerado com as pessoas que amava e com os próprios planos. Exceto, ao que parecia, quando se tratava de sua futura vida doméstica com a noiva.

A outra fonte de alegria para Ludwig, Sissi soube por suas cartas, era seu novo castelo. Seu mais novo empreendimento extravagante era um castelo sobre os penhascos da Baviera. Ludwig planejava chamar o castelo de Neuschwanstein, ou "Novo Cisne de Pedra". Ele escreveu para Sissi: "O lugar é um dos mais lindos que se poderia encontrar. É sagrado e inacessível, tocado apenas por brisas celestiais e pelas alturas íngremes. Vai ser um templo digno dele. Espero que ele fique lá comigo para trabalhar e nunca vá embora". Sissi não precisou perguntar o nome da figura masculina a que Ludwig se referia.

Não era apenas Sophie-Charlotte que passava por dificuldades em Possenhofen. Néné continuava a lutar com a melancolia e a saúde debilitada. A irmã que desde cedo na vida desejava entrar para um convento, agora vivia como uma noviça no ambiente isolado do castelo de seus pais no campo. E a outra irmã de Sissi, Marie, enfrentava problemas ainda piores: ela, que antes parecia tão feliz em seu casamento, agora estava sitiada em Roma com o marido imbecil, o rei deposto de Nápoles. Sissi soube, pelas cartas de Marie, que o casal real tinha sido formalmente exilado de seu reino no sul por revolucionários que queriam uma Itália livre e unificada. Até o próprio Papa parecia sitiado por Vittorio Emanuele, Giuseppe Garibaldi e a turba de bárbaros que tinha se espalhado pela Península Itálica.

Sissi ergueu os olhos das cartas e os percorreu pela sala, suspirando enquanto admirava as pinturas a óleo com molduras douradas dos ancestrais Habsburgo, o mogno encerado que brilhava sob as velas do lustre de cristal e o relógio de porcelana que marcava as horas de seus dias entediantes; ela andava por seus aposentos imperiais, de onde não ousava sair por medo do que teria de enfrentar nos corredores, e refletia sobre como ser da realeza não era o privilégio que outros pensavam ser.

III

Genebra, Suíça
Setembro de 1898

Ele chega em Genebra, as faces marcadas pelo sol do início do outono, os pés doloridos e em carne viva por causa da estrada poeirenta. Como não tem dinheiro para pagar por alojamento, planeja passar a noite no cais do lago. Não é tão ruim, ele diz para si mesmo, enquanto olha para o Lago de Genebra e para os espigões dos Alpes que o abraçam. Ainda é quente à noite nessa época do ano, mas ele puxa o casaco puído enquanto assiste aos barcos de cruzeiro deslizando pelo lago, com seus passageiros ricos abrigados sob o convés, desfrutando de um jantar à luz de velas com champanhe em mesas cobertas de linho, ao som de violinos. Eles nem imaginam o quão faminto está o homem que os observa, sentado na margem escura. Nem sabem que ele existe.

Ele se acomoda no banco de madeira, ouvindo as ondas que banham os ancoradouros a poucos metros de distância. Um ruído repentino, um chape, interrompe o ritmo regular das ondas. Um peixe saltando. Há peixes naquela água — em abundância. Se pelo menos ele conseguisse alcançar um, ele o pegaria com as mãos sujas e o comeria cru em duas mordidas, tamanha era sua fome.

Ele olha para o estrelado céu suíço querendo gritar de frustração e de raiva. De fome. De desespero e capitulação. Mas então seus dedos tocam a borda do bolso do casaco e encontram a lâmina — pequena e escondida. A ferramenta que irá salvá-lo da obscuridade solitária e faminta. A ferramenta que irá ajudá-lo a entender tudo aquilo.

Agora não vai demorar muito, ele procura se lembrar, sentindo a força do propósito invadir mais uma vez sua barriga vazia. Depois que executasse o Grande Feito, não pensaria mais em dinheiro, em comida ou em dormir sob o céu de estrelas suíças. Depois que executasse o Grande Feito, ele se tornaria imortal. E ela, uma mortal, não existiria mais.

Capítulo 3

Palácio de verão de Schönbrunn, Viena
Verão de 1871

— Mas por que eu não posso ir com você? — Rudy fez um beicinho, e embora Sissi não gostasse de ver o filho chateado, era promissor que o garoto se sentisse à vontade para voltar a expressar emoções normais da infância.

— Meu querido, venha cá. — Sissi puxou o filho para seus braços, com sua pesada capa de viagem dificultando que ela se curvasse até ele. Atrás dela, Marie Festetics lutava para evitar que Valerie ficasse agitada, enquanto lá fora Ida supervisionava o carregamento das bagagens nas carruagens imperiais. — Eu não vou ficar fora muito tempo. Mamãe precisa fazer uma viagem rápida até a Baviera para ver a família; é um assunto muito urgente. Vovó Ludovika tem brinquedos para você... quer que eu traga um brinquedo de Possenhofen?

— Mas por que *ela* pode ir com você e eu não? — Rudy olhou acusadoramente para a criança nos braços de Marie, e a tristeza no rosto dele agoniou Sissi; ela sentiu que sua determinação fraquejava.

Ela suspirou, endireitando-se. — Porque, meu querido menino, Valerie ainda é muito pequenina. Você é o príncipe herdeiro e precisa continuar aqui para ter suas aulas com o Coronel Latour. Você gosta do Coronel Latour, não gosta?

— Mas eu quero ficar com *você*, mamãe.

Sissi não podia explicar o resto da verdade para o filho: que Valerie era a única filha sobre a qual ela tinha autoridade direta. Que ela preferiria morrer a se arriscar a sair de Viena sem Valerie, permitindo assim que Sophie assumisse o controle de sua bebê. Que Rudy, herdeiro da Dinastia Habsburgo, sempre teria que aceitar certas obrigações às quais sua irmãzinha não precisava se prender. A vida seria sempre mais difícil para ele, exigindo mais sacrifícios e concedendo-lhe menos liberdades. Em vez disso, Sissi suspirou e se preparou para partir.

— Adeus, meu garoto querido. — Sissi pôs a mão mais uma vez no rostinho macio. — Eu vou escrever para você da Baviera.

— Adeus, mamãe — Rudy respondeu, seus olhos cor de avelã descendo para o chão. E então, enquanto Sissi se virava para deixá-lo, ela teve o movimento interrompido por suas palavras de despedida, pela repentina dureza que surgiu em sua voz quando Rudy falou: — Farei meu melhor para ser corajoso. E para fazer companhia ao papai enquanto você estiver fora. — O garoto estava ereto, com o queixo alto em uma postura de autoconfiança forçada que era totalmente diferente da vulnerabilidade de pouco antes.

Sissi ficou olhando para ele, admirada. *Minha nossa*, ela pensou. Um garotinho que tanto se parecia com a mãe quanto à profundidade das emoções, mas que já estava muito bem treinado em como reprimir seus sentimentos. Como falar como um Habsburgo. Um garoto pequeno, sensível, que sentia uma ligação natural com a mãe, mas que já parecia compreender, e aceitar, *como as coisas funcionam*.

Sissi franziu o cenho ao passar pela porta e deixar o filho para trás. Quer ela concordasse ou não, o herdeiro dos Habsburgo não podia sair com a mamãe quando ela fosse chamada à Baviera em razão de uma crise familiar.

E com certeza era uma crise que a esperava em casa. Toda a Baviera estava alvoroçada com o impasse entre o Duque Max e o Rei Ludwig. O jovem rei, que já tinha sido tão popular e promissor, adiara duas vezes o casamento com a irmã mais nova de Sissi, aumentando a cada vez o constrangimento e o insulto à noiva e à sua família, além de provocar exasperação crescente em seus súditos, que ansiavam por um casamento real, pelas festividades e pelos herdeiros que viriam.

Mas a situação era ainda pior do que adiamentos e postergações. Agora Ludwig se negava terminantemente a indicar uma nova data, alegando a construção de seu castelo e as dívidas contraídas para financiar a obra mais recente de Wagner — algum tipo de trilogia operística, algo a ver com anéis mágicos e uma saga épica alemã — como suas razões.

O Duque Max havia disparado um ultimato severo e atípico: o rei não podia continuar humilhando sua filha daquele modo. Ou Ludwig marcava uma data para o casamento ou o Duque Max retiraria por completo sua aprovação àquela união. Desde o ultimato, os dois lados chegaram a um impasse, e nenhum deles voltou a tentar negociar.

Ludovika e Sophie-Charlotte, em pânico, imploraram a Sissi que voltasse à Baviera e servisse de mediadora — uma terceira parte que talvez conseguisse, em virtude de sua relação próxima com o primo, fazer o rei ser razoável. Franz Joseph, desaprovando a fofoca e o escândalo crescente que a disputa entre primos estava gerando, concordou prontamente que Sissi fosse à Baviera e tentasse ajudar a família a resolver o conflito.

Enquanto Sissi, com Valerie nos braços e Marie e Ida ao seu lado, atravessava o pátio e subia na carruagem imperial que a aguardava, ela analisava a mistura de emoções que levava consigo de Viena. Tinha deixado seu secretário, o Barão Nopcsa, a cargo da família e dos deveres administrativos na sua ausência, e tinha se despedido de Franz, Gisela e Rudy. Normalmente, ela sentiria uma empolgação, uma sensação de liberdade ao deixar a corte para ir a qualquer outro lugar. Mas naquele momento, contudo, Sissi não sentiu o mesmo entusiasmo. Afinal, ela não estava a caminho da Hungria e de Andrássy, da liberdade. Em vez disso, enquanto se dirigia à Baviera, uma sensação cada vez mais intensa de desassossego crescia dentro dela, uma inquietação diante da tarefa que a aguardava.

⁂

A visão de sua terra natal, dos cenários outrora percorridos, em sua infância alegre e despreocupada, melhorou bastante o estado de espírito de Sissi. Ela chegou a Possenhofen em sua hora favorita do dia, pouco antes do crepúsculo. A luz baixa do sol poente riscava a superfície límpida do Lago Starnberg como cordões ofuscantes de diamantes, e uma brisa suave soprava a névoa do lago na direção dos campos recém-semeados, cobrindo a área com uma neblina delicada. Os camponeses e aldeões acenavam à medida que a carruagem de Sissi passava, e gritavam saudações de "Bem-vinda ao lar!" e "Vida longa a Sissi!".

O castelo em si era exatamente como Sissi se lembrava — atarracado e pesado, com pedaços da tinta branca descascados, revelando as pedras antigas e gastas por baixo. "Mal-ajambrado", era como a tia Sophie sempre se referia ao Castelo de Possenhofen. "Uma casa de mendigos em ruínas."

Sissi saiu da carruagem e olhou para os campos selvagens e para o lago cercado por árvores que se descortinava à sua frente, uma beleza que não tinha mudado desde sua última visita. Que Sophie falasse mal daquele lugar o quanto quisesse, mas nem Hofburg nem Schönbrunn se comparavam ao encanto puro e indomado de Possi, Sissi pensou. Naquele momento, em meio à alegria de ver a casa de sua infância mais uma vez, Sissi sentiu uma pontada de saudade, pois não conseguia deixar de pensar em Andrássy. Como ela adoraria mostrar aquele lugar a ele, compartilhá-lo com ele para que o conde pudesse conhecer melhor seu passado. Para que ele pudesse ver onde ela vivia antes daquilo tudo, quando ela era apenas Sissi.

Sua mãe estava diante da casa, o corpo alto e ereto como o de uma sentinela. Conforme Sissi caminhava em sua direção, a rigidez no rosto de Ludovika se abrandou um pouco, e ela cumprimentou a filha com um abraço cansado e um sorriso ansioso.

— Sissi, você chegou. — A Duquesa Ludovika segurou os ombros da filha para avaliar sua aparência. — Ora, você está saudável como sempre. Oh, graças a Deus você está aqui.

Ludovika conduziu Sissi, Valerie e as damas de companhia diretamente para a sala de estar. Ali estava Helene, cuja aparência sugeria o oposto da impressão de saúde e vigor que sua mãe notou em Sissi. Os olhos dela, sempre sérios e escuros, estavam rodeados por olheiras. Seu corpo magro, coberto pelo preto do luto, tinha encolhido ainda mais, e ela parecia décadas mais velha do que era.

— Olá, Néné. — Sissi puxou a irmã favorita para um abraço demorado, desejando poder lhe transferir um pouco de sua própria força.

— Sissi, você chegou. — Néné não enxugou as lágrimas que se juntaram em seus olhos. — Oh, como eu senti a sua falta.

— E eu senti a sua, minha querida irmã. Não, por favor, não se levante. — Sissi estava ajoelhada perto de Helene, feliz por estar ao seu lado outra vez, ainda que a irmã parecesse frágil e infeliz.

— Ela já entrou? Eu vi a carruagem na frente! — Sophie-Charlotte irrompeu na sala, parecendo jovem, linda e vibrante em comparação a Néné. Ela não era mais uma garota, e seu corpo tinha se desenvolvido como os campos férteis do castelo. De todas as irmãs, Sophie-Charlotte, a mais nova, era a mais parecida com Sissi: seu cabelo era só um tom mais claro e ela era um pouco mais baixa, mas era uma garota linda com o vigor da juventude. Só uma pessoa com coração de pedra não acharia atraentes os encantos daquela jovem. Mesmo assim, esse parecia ser o caso do Rei Ludwig.

Depois que a pequena Valerie foi passada de mão em mão, que suas bochechas foram bastante beijadas, e sua perfeição devidamente constatada, Sissi entregou a garotinha para Marie e Ida, para que a levassem ao berçário para passar a noite. A lareira da sala estava acesa e Sissi se acomodou em uma poltrona macia ao lado da mãe e das duas irmãs. Ela sabia que seu irmão Karl estava em serviço militar e morando longe de casa.

— Onde está o papai? — Sissi perguntou, passando os olhos pela sala e notando a poeira acumulada nos suportes da parede e as costuras esgarçadas nos estofados. Exatamente como era durante sua infância. "Uma casa de mendigos." Mesmo assim, os salões brilhantes e dourados do Hofburg nunca seriam tão acolhedores, tão aconchegantes.

— Seu pai... — A duquesa trocou um olhar significativo com Helene antes de continuar. — Só Deus sabe. Ele saiu em um dos... — Ludovika fez uma pausa para pedir chá para as quatro. — Pouco depois que deu aquela declaração dura para Ludwig, ele saiu e não soubemos mais dele desde então.

Sissi aquiesceu, decepcionada mas não surpresa. Ela sabia, pelas cartas da mãe, que o pai continuava com o hábito de beber demais. Ela tinha ouvido falar que as más-línguas da cidade identificaram outra criança camponesa como filha ilegítima dele. Sissi suspirou ao pensar no comportamento mulherengo de seu pai e em tudo que sua mãe precisava suportar em nome do dever ducal e familiar.

— Todos dizendo que Ludwig é excêntrico demais para Sophie-Charlotte... — Ludovika abanou a mão. — Nada é mais excêntrico que seu pai. E seu pai nem tem a desculpa de ser rei.

Sissi olhou da mãe para a irmã mais nova.

— Então, digam-me... o que está acontecendo?

A mãe foi a primeira a responder:

— Eu não faço concessões ao comportamento de Ludwig com relação a Sophie-Charlotte. E não o desculpo. Mas... mas eu não acho que essas diferenças sejam irreparáveis. Eu gostaria muito de salvar o compromisso, se isso for possível. E eu acho que é possível.

— Vocês têm visto Ludwig? — Sissi perguntou, sabendo que o novo castelo do primo, Neuschwanstein, ficava a sudeste de Possi, uma viagem fácil para um rei que tinha as melhores carruagens e os melhores cavalos de toda Baviera à sua disposição.

As três mulheres sacudiram a cabeça. Ludwig não tinha aparecido.

— Mas vocês pelo menos tiveram notícias dele? Ludwig deu alguma resposta à mensagem de papai?

De novo as mulheres responderam com a negativa. Sissi suspirou.

— Contudo, não seria bom que eles desfizessem o noivado — Ludovika continuou, seu tom ligeiramente defensivo. — Os dois têm uma amizade tão bonita. E Ludwig é um garoto amável. Que as más-línguas digam o que quiserem a respeito dele, mas ninguém pode negar seu jeito doce e gentil. E seria muito bom ter Sophie-Charlotte sempre por perto.

Uma criada trouxe o chá para as quatro, e Sissi pegou a xícara quente em suas mãos. Ela sentiu o coração lhe puxar para o berçário, um desejo de conferir se a sua garotinha estava bem, mas ela se obrigou a se concentrar no assunto de que tratavam.

— Bem, e então, Sophie-Charlotte? — Sissi virou-se para a irmã mais nova. — O que *você* acha? Isso é o que importa, afinal.

Sophie-Charlotte não fez menção de pegar o chá que esperava diante dela, mas ponderou a pergunta da irmã. Ela fez uma pausa antes de falar: — Confesso que o comportamento de Ludwig me deixa um pouco confusa.

Sissi assentiu e deixou que a irmã continuasse.

— No começo, ele era tão efusivo e generoso com seus elogios e afeto. Eu nunca teria pensado que ele poderia me abandonar, desaparecer como fez no baile que ele próprio estava oferecendo, sem me dizer aonde iria.

Sissi soprou o chá, escutando a irmã.

— E por que ele fica adiando nosso casamento, eu não sei lhe dizer. Eu acredito que ele não queira me magoar. Eu sei que ele é gentil. E bom. E, é claro, também muito bonito...

— Mas você acha que ele poderia fazê-la feliz como marido? — Sissi perguntou.

— Se ele poderia me fazer feliz? — Sophie-Charlotte inclinou a cabeça para o lado, refletindo sobre a questão por alguns momentos antes de responder. — Sim, eu acredito que ele poderia me fazer feliz. Ou, no mínimo... poderia me deixar satisfeita. Ludwig é inteligente e tem uma alma gentil. Eu acredito que ele seria um marido perfeito, muito amável. — Sophie-Charlotte entrelaçou os dedos e apoiou as mãos sobre as pernas, olhando para baixo ao continuar. — E se eu já não sinto a paixão que eu sentia no começo...

Ela fez uma pausa e Sissi balançou a cabeça, lembrando-se da primeira carta alegre em que sua irmã anunciou o noivado. Sophie-Charlotte abriu um sorriso humilde, como se reconhecesse sua tolice anterior.

— Bem, é isso mesmo, não é? Toda paixão uma hora acaba, não? E então o que se pode esperar? O que precisa permanecer é a amizade e o respeito. Eu acredito que teria esses sentimentos por Ludwig, se ele fosse meu marido.

Muito sensata, Sissi pensou. Exatamente o oposto de como ela própria entrou em seu casamento. No caso de Sissi, a paixão acabou no dia seguinte, fazendo-a se sentir perdida e amargamente decepcionada.

Talvez fosse mesmo melhor assim, Sissi refletiu. Talvez fosse melhor saber os defeitos do cônjuge, entender o que de fato o casamento significa antes de unir sua vida à de uma pessoa imperfeita.

— Bem — Sissi se inclinou para a frente e pegou as mãos da irmã entre as suas —, com certeza você é muito menos ingênua, como noiva, do que eu fui.

— Nós precisamos que alguém converse com Ludwig — Ludovika declarou, voltando-se para Sissi. — Que o faça pensar com clareza! Ele está trancado naquele castelo, sem ninguém para lhe dizer a verdade. Os pais dele estão mortos — a duquesa fez uma pausa para fazer o sinal da cruz — e

Ludwig não tem nenhum ministro ao seu lado. Mas com certeza alguém precisa ser franco e lhe contar que, como rei, ele *precisa* se casar. Ele precisa ter herdeiros. E quem poderia fazê-lo mais feliz que a nossa querida garota?

Sissi observou a mãe e a irmã mais nova, seus rostos pesados de preocupação. Fitando Sophie-Charlotte, ela perguntou: — É isso o que *você* quer? Você vai ficar feliz em ser a esposa de Ludwig?

A jovem fez que sim, mordendo o lábio inferior. Sissi suspirou.

— Se é assim, ficarei feliz em discutir sua situação com Ludwig e tentar descobrir o que o tolo do nosso primo está pensando.

O rosto de Sophie-Charlotte se abriu em um sorriso de alívio. — Você faria isso?

Sissi assentiu e retribuiu o sorriso da irmã, mas pensou que talvez estivessem comemorando antes da hora. — Vou, e ele seria louco se deixasse escapar a chance de se casar com você, Sophie-Charlotte.

— Você vai dizer isso para ele? — A esperança iluminou as feições jovens e delicadas de Sophie-Charlotte. Ela era de fato muito bonita. *Terei eu sido tão bela e vigorosa algum dia?*, Sissi se perguntou. — Oh, obrigada, Sissi! — Sophie-Charlotte se inclinou para frente e apertou as mãos da irmã.

— Vou escrever uma carta para ele esta noite contando que estou em casa na Baviera e que desejo visitá-lo amanhã. Além disso, você não acha que ele gostaria de conhecer a pequena Valerie?

A irmã mais nova sorriu de novo, com sua alegria juvenil, e Ludovika soltou um suspiro de alívio.

Mais tarde naquela noite, depois que os criados se retiraram e a família se recolheu para dormir, Sissi foi até o quarto de quando era criança, onde ela e Néné dividiram uma cama durante toda a infância delas. Não houve discussão nem perguntas; Néné apenas sorriu quando viu Sissi entrar levando sua vela tremulante até a mesa de cabeceira.

— Você vai dormir aqui esta noite? — Ludovika apareceu no corredor ao lado da porta, observando Sissi e Néné enquanto as duas se ajeitavam na cama grande com dossel.

— Vou — Sissi respondeu, afastando o cobertor de penas de ganso e subindo na cama. Valerie dormia tranquilamente no berçário de Possenhofen com Ida ao seu lado, e Sissi não queria nada além de ficar ali, junto de Néné. Naquele quarto em que dormiu o sono dos inocentes, onde ela sonhou sem saber que sonhos não se tornavam realidade.

— É como nos velhos tempos — Ludovika disse, o cabelo grisalho preso em papelotes na hora de dormir. — Como é bom ver minhas duas garotas juntas outra vez. Desconfio que vocês vão ficar acordadas até tarde, cochichando e rindo, como sempre fizeram.

— Boa noite, mamãe — Sissi disse, disfarçando um bocejo.

— E não se esqueçam... — Ludovika disse, parada à porta.

— Nós sabemos — as irmãs responderam em uníssono. — Não vamos nos esquecer de fazer nossas preces.

— Boas meninas. — Com isso, Ludovika fechou a porta, deixando-as em silêncio sob a iluminação fraca de duas velas.

Sissi se afundou na cama. — Néné! Seus pés continuam gelados. — Ela sentiu a forma dos pés da irmã quando Néné os empurrou por baixo das pernas de Sissi, como sempre fazia quando era menina.

Néné riu. — Bem, você vai esquentá-los.

— Como antigamente, é mesmo — Sissi concordou, sem se irritar.

— E eu espero que *você* não ronque mais — Néné retrucou.

— Roncar? — Sissi exclamou. — Eu nunca ronquei! Eu *não* ronco.

Néné levantou uma sobrancelha e um sorriso provocador surgiu em seu rosto sombreado.

— O quê? Não mesmo! — Sissi insistiu. E então, depois de uma pausa, ela perguntou: — Ronco?

— Franz nunca lhe contou que você ronca? — Helene afundou no travesseiro, o rosto voltado para Sissi. Perto o bastante para ver as feições de Sissi ficarem tensas com a pergunta. *Não, Franz não saberia dizer se eu ronco*, Sissi pensou. Não quando eles não se deitavam juntos havia anos.

Sissi olhou ao redor, para a mobília velha e desgastada, confortos tão básicos se comparados ao luxo de Viena. Ali, o pente e o espelho não combinavam, não eram parte de um conjunto impecável de marfim. O espelho estava quebrado e precisava ser limpo, enquanto em Viena os espelhos possuíam molduras folhadas a ouro, e as cornijas eram esculpidas em mármore brilhante.

— Você sabia que no palácio de Viena até nossos penicos são gravados com o selo imperial? — Sissi disse em voz alta. — A águia de duas cabeças da Casa de Habsburgo.

— Ah! — Néné exclamou. — Para o caso de você esquecer sua condição de direito divino diante dos chamados da natureza.

As duas deram risinhos, mas Sissi se perguntou: será que Helene pensava em Franz? Em Sissi e no palácio? Será que Néné pensava, em algum momento, em como sua vida poderia ter sido diferente se *ela* tivesse se casado com Franz, como a Arquiduquesa Sophie pretendia? *Dificilmente*, Sissi pensou. Néné nunca desejou aquela vida ao lado do imperador. Ela jamais quis desempenhar o papel que Sissi aceitou de tão boa vontade — e com muita ingenuidade. E ali estavam as duas, de volta à casa em Possenhofen, vivendo vidas completamente diferentes.

Os olhos de Sissi vagaram pelas janelas que se abriam para os campos escuros pela noite bávara. Ao longe, uma coruja solitária entoava seu pio melancólico em meio aos pinheiros do bosque. Quantas noites ela tinha passado acordada naquele mesmo lugar, incapaz de encontrar o sono, com a mente vagando inquieta. Sua imaginação desejando aventura, viagens para algum lugar distante. Encontrar o amor e sair de casa à procura do que quer que ela pensasse que estava faltando. Por que ela simplesmente não aproveitou estar *ali*? Estar em casa? Estar livre e em segurança.

Ela estava a ponto de confessar esses pensamentos para a irmã quando a voz de Helene interrompeu seus devaneios. — Sissi, eu preciso conversar com você sobre uma coisa.

Sissi voltou-se para a irmã, alarmada ao ver um brilho intenso nos olhos de Néné, cujas íris pretas eram iluminadas pela luz trêmula das velas.

— Você precisa saber de uma coisa... — Néné sussurrou, o tom repentinamente baixo e sério.

— O que foi?

Helene suspirou. — É só que... eu acho que... bem, eu acho que você não deve levar Valerie consigo, amanhã, quando visitar Ludwig.

Sissi se remexeu debaixo das cobertas, ligeiramente aliviada. Não era aquilo que estava esperando ouvir da irmã.

— Para ver Ludwig? Por que não? Eu levo Valerie comigo para todo lugar que eu vou.

— Não. — Helene sacudiu a cabeça, um movimento assertivo, um gesto bastante atípico para a tímida Néné. — Amanhã, não. Não até o alto daquela montanha. Seria assustador demais para uma criança.

— Assustador? — Sissi empurrou o cobertor. — Néné, você está *me* assustando.

Helene mordeu o lábio inferior, seus olhos refletindo o tremor da chama da vela, o que lhe dava um aspecto quase sobrenatural. Como um tipo de feiticeira ao lado de um fogo mágico.

— Você vai encontrar um Ludwig bastante mudado — Helene disse, com a expressão dura.

Em algum lugar além das muralhas do castelo, um lobo uivou, enviando seu lamento misterioso pela escuridão das florestas bávaras. Era um som conhecido das noites de sua infância, mas mesmo assim, ao ouvi-lo, Sissi sentiu que seu corpo começava a tremer.

— Ludwig não é mais como você se lembra — Helene continuou. — Ele não é o garoto brilhante da nossa juventude. Ele se tornou bem...

— Ludwig sempre foi excêntrico. — Sissi sacudiu a cabeça, confiante em suas lembranças do jovem príncipe romântico, obrigando-se a sentir a mesma confiança de então. — Ele sempre foi sonhador. Passional o bastante para me fazer parecer sem graça e sensata. — Sissi tentava parecer despreocupada, mas não tinha como ignorar a expressão sombria e os olhos arregalados com que Helene a encarava.

— Não, Sissi. Existe o excêntrico e existe outra coisa... — Helene sustentou o olhar da irmã por um instante antes de dizer algo mais, como se estivesse escolhendo as palavras com cuidado. Afinal, ela se aproximou e sussurrou: — Eles o chamam de Rei Louco.

Sissi estreitou os olhos, tentando enxergar através da densa floresta de pinheiros e abetos que ladeava a trilha íngreme, como se por meio do esforço sua visão pudesse atravessar a floresta impenetrável. Mas não. Ela não conseguia enxergar além do comprimento de seu braço de nenhum dos lados da estrada, tão juntas eram as árvores.

— Não pode ser muito mais alto que isso — Sissi disse, virando-se para Marie e Ida. As duas mulheres deixaram que suas expressões cansadas servissem de resposta, embora não ousassem externar suas preocupações.

As três viajavam em uma das carruagens cobertas de Ludwig. O primo, ao receber a mensagem de Sissi dizendo que ela gostaria de visitar seu novo castelo no alto da montanha, insistiu em mandar sua própria carruagem para buscá-la. "Ou você nunca irá encontrar o palácio", ele escreveu. "Tenho que insistir; minha noção de cavalheirismo não permite deixar que você se perca no alto dos picos bávaros."

Mas essa mesma noção de cavalheirismo permitia que ele rejeitasse sua irmã daquela forma? De qualquer modo, Sissi aceitou a oferta e entrou na carruagem quando esta chegou a Possenhofen naquela manhã.

Fiel aos gostos de Ludwig, aquele era um veículo extraordinariamente suntuoso, folheado a ouro. Anjos esculpidos iam no alto, com seus perfeitos corpos nus elevando uma coroa imensa em direção ao céu. Os quatro cavalos brancos, adornados elegantemente com borlas douradas, ofegavam enquanto puxavam Sissi e suas acompanhantes pela trilha tortuosa que parecia não ter fim.

A copa dos pinheiros e dos abetos acima da carruagem era espessa e fechada, criando um túnel úmido por todo o caminho. O ar denso e frio carregado do aroma de casca de árvore, seiva e pinho. Conforme elas subiam, as acompanhantes de Sissi começaram a ficar confusas como a imperatriz — e também intranquilas — enquanto a carruagem continuava a descrever a espiral ascendente na floresta escura.

— Talvez Néné tivesse razão, afinal — Sissi admitiu, tentando manter um tom de leveza. — Valerie poderia ter ficado com medo dos lobos nesta floresta. — Ela tentou enxergar em meio à densa muralha de árvores, como se pudesse ficar menos amedrontada caso conseguisse localizar as ameaças escondidas por perto. Fez uma oração silenciosa agradecendo por a carruagem ser fechada.

— Não são os lobos que me preocupam, imperatriz — Marie Festetics disse, com a voz contida. — Estou com mais medo do que nos espera no alto da montanha.

Sissi franziu o rosto para a condessa, surpresa por aquela atípica manifestação de insatisfação, ainda que velada.

— Ah, não me diga que você dá atenção a essas fofocas tolas — Sissi retrucou, apoiando as mãos no regaço. — Ludwig é um doce. Eu, pessoalmente, estou muito ansiosa para reencontrá-lo.

— É claro, Vossa Majestade — Marie consentiu, envergonhada. Ao seu lado, Ida, sempre obediente, evitava os olhos de Sissi e fitava a floresta pela janela.

Mas Néné era o contrário de tola e nem de longe uma fofoqueira — Sissi nunca tinha visto a irmã mais velha, sempre tão sensata e circunspecta, proferir qualquer comentário negativo sobre alguém. Nem mesmo sobre a Arquiduquesa Sophie. O fato de até Néné ter manifestado preocupação quanto ao comportamento recente de Ludwig dizia a Sissi que talvez as coisas não estivessem como deveriam no alto da montanha que elas agora escalavam.

E o que seria melhor para sua irmã mais nova? Sophie-Charlotte ficaria isolada do mundo caso se mudasse para o alto daquela montanha como esposa de Ludwig. Sissi não conseguia deixar de se preocupar; ela não podia negar que seu medo era grande como a floresta à sua volta, e a estrada continuava a serpentear em direção ao céu.

Finalmente, depois do que pareceu uma eternidade para Sissi, a parede de árvores foi ficando mais esparsa e partes do céu azul tornavam-se visíveis mais adiante. Sissi se empertigou, aliviada ao admirar pela janela o cenário que se abria diante de si. Pela primeira vez, ela viu o quão alto estavam. Bem lá embaixo, avistou pastos verdes. E então, bem à frente, no alto do despenhadeiro escarpado diante delas, Sissi viu pela primeira vez o Castelo de Neuschwanstein.

O primeiro pensamento que lhe ocorreu foi que a edificação desafiava a lógica. Era uma estrutura colossal de pedra branca empoleirada em cima do cume; fiel ao seu nome, "Novo Cisne de Pedra", o castelo parecia ser uma criatura titânica descansando no alto da montanha, esperando para abrir as asas e alçar voo para o céu que o rodeava.

— Oh! — Sissi levou a mão à boca quando exclamou. Notou que, à sua frente, as duas acompanhantes estavam tão mudas de espanto quanto ela diante da repentina aparição do castelo.

— É admirável! — Marie balbuciou depois de um instante, boquiaberta.

E era mesmo. Neuschwanstein era a construção mais extraordinária que Sissi já tinha visto. Mesmo em suas viagens pelas ruínas antigas de Corfu, Egito e Roma, ela nunca vira nada igual àquele castelo. Que um lugar daqueles pudesse existir — com detalhes ornamentais tão delicados quanto as brumas etéreas que o envolviam e, ainda assim, com uma estrutura robusta o bastante para se harmonizar com o pico de pedra do qual brotava — era um desafio à lógica. Sissi ficou de boca aberta, literalmente.

A carruagem atravessou uma grande portaria vermelha e Sissi reparou nos empregados uniformizados que acompanhavam sua passagem, ansiosos para ver a imperatriz de famosa beleza. Os cavalos trotaram pelo restante do caminho íngreme e pararam diante da maior porta de entrada que Sissi já tinha visto.

O canto dos pássaros ecoava pelo ar enquanto Sissi era assistida a descer da carruagem. Ela ficou espantada que os pássaros tivessem conseguido subir àquela altura remota; dali de cima, ela parecia poder observar o mundo inteiro, e até os picos vizinhos pareciam terras baixas e distantes. Mesmo assim, embora estivesse muito no alto, o castelo assomava ainda mais diante dela.

Tudo naquela edificação e em seu entorno transmitia uma sensação de verticalidade, de subida vertiginosa aos céus. O castelo era um espetáculo de torres pontudas, arcos e torres abobadadas. Ludwig, o sonhador, o romântico — nem mesmo ele, com sua propensão a declarações ousadas e linguagem fantástica, tinha exagerado na descrição daquela obra-prima alpina. Oh, talvez Sophie-Charlotte não fosse tão azarada quanto Sissi temia!

Diante da porta da frente, havia uma grande placa pendurada, cujas palavras entalhadas eram tão típicas de Ludwig que Sissi praticamente conseguia ouvir o primo bradando a saudação: BEM-VINDOS, VIAJANTES! DAMAS DISTINTAS! DEIXEM AS PREOCUPAÇÕES DE LADO! ENTREGUEM VOSSAS ALMAS AO JÚBILO DA POESIA!

— Ludwig não é louco; é apenas incompreendido — Sissi disse, pensando alto enquanto era conduzida através da porta, seu estado de espírito tão elevado quanto as torres do castelo. Se construir um lugar como aquele tornava uma pessoa louca, ela aceitaria de bom grado um diagnóstico similar. Uma pessoa não *teria* que ser um pouco louca para conceber um lugar tão espetacular como aquele? E mais, para torná-lo realidade? Aquilo a relembrou por que sempre amou tanto Ludwig, por que admirava seu espírito indomável, seus sonhos ilimitados. Tudo era tão romântico; ela até desejava que Franz pudesse ser tocado por um pouco daquela mesma loucura.

Quando passou pela entrada aberta, Sissi ouviu a voz de Ludwig antes mesmo de conseguir vê-lo. — Sissi!

O anfitrião estava diante do saguão do castelo, evidentemente à espera, e seu aparecimento chamou a atenção de Sissi de tal forma que ela fixou os olhos nele antes de poder admirar o ambiente.

— Oh, aqui está ela! Aqui está ela! — Ludwig apressou-se na direção da prima, o corpo alto e espalhafatoso em meio a sedas coloridas e energia contagiante. — A imperatriz está aqui! Que essa notícia feliz seja anunciada do alto da minha montanha! — Ludwig tinha um bom físico, era o homem mais alto que ela conhecia depois de Andrássy. Com bem mais de um metro e oitenta, ele atravessou o salão a passos largos.

— Olá, meu primo querido! — Sissi cumprimentou, sorrindo para ele. As roupas de Ludwig fizeram com que ela, famosa por suas vestes elaboradas, se sentisse sem-sal. Ele usava uma calça bufante de veludo azul com meias finas cor-de-rosa por baixo. Uma capa exagerada cobria seus ombros largos, e seu cabelo parecia ter sido penteado e cacheado com a mesma atenção que Sissi dava à própria aparência.

Sophie-Charlotte dizia que Ludwig era belo. Sim, Sissi pensou, ela concordava que ele era belo. Ele e Sissi tinham a mesma cor de pele e, de fato, quando eram crianças, os aldeões e fazendeiros sempre pensavam que os dois eram irmãos quando passeavam juntos por Possenhofen. Eles tinham os mesmos olhos amendoados e brilhantes cor de avelã, com longos cílios. Tinham o mesmo cabelo, dourado na infância, castanho e espesso agora. Embora ele não fosse exatamente viril ou másculo da forma imponente que Andrássy era, ninguém poderia negar a beleza das feições de Ludwig, ou o modo impecável como ele se arrumava.

— Sissi, oh, estou tonto de prazer por vê-la! — Ludwig a pegou nos braços e a rodopiou enquanto seus risinhos desinibidos ecoavam pelas paredes. Enquanto rodava com ele, os olhos de Sissi observaram os afrescos, os lustres brilhantes e o teto alto e abobadado.

— É maravilhoso te ver também — ela concordou, e Ludwig a colocou no chão. Sissi acenou para que Marie e Ida se adiantassem, para poder apresentar-lhe suas acompanhantes. Enquanto Ludwig cumprimentava as duas, Sissi observou mais uma vez o primo, estudando aquele homem animado que parecia perfeitamente feliz vivendo sozinho no topo do mundo.

— Você está esplêndida, Sissi, como sempre! Eu disse aos criados: "Preparem-se para se apaixonar hoje, pois minha prima é conhecida como a mulher mais linda do mundo".

Com isso, Ludwig riu outra vez e Sissi baixou os olhos para o chão. — Você também está muito bem, meu querido primo. — Ela não pôde deixar de reparar nas calças bufantes dele e nas meias cor-de-rosa.

—Você gosta? — Ludwig abriu os braços. — Hoje estou vestido de trovador.

Sissi assentiu. Talvez Ludwig só precisasse de companhia humana. Talvez aquele cume fosse tão solitário e isolado que ele estivesse entediado, tornando-se mais excêntrico pela falta de estímulo e diversão.

— Enquanto subíamos, Lud — ela comentou —, tivemos a sensação de que ficaríamos subindo...

— Para sempre — ele a interrompeu, balançando-se nos saltos de seus sapatos. — Mais alto, mais alto, mais alto! — Ludwig agitou as mãos, e seus dedos com muitos anéis tremulavam e aumentavam o caos visual que os olhos de Sissi tentavam assimilar. — Então, o que você achou do meu humilde lar?

— O que eu achei? Acho que estou um pouco atordoada. Vou lhe dizer... Ludwig, é magnífico.

Ludwig bateu palmas, encantado por ter a aprovação dela. — E você ainda não viu tudo. Que tal *le grand tour*? — Com isso Ludwig tomou a mão de Sissi e deu um pulo, puxando-a na direção de um salão tão comprido que ela mal podia ver a outra extremidade. Marie e Ida correram atrás, tentando acompanhar o ritmo das passadas longas do monarca.

Eles passaram por uma sala após a outra, todas grandiosas e imponentes, grandes e suntuosas o bastante para servirem de salões de baile, mesmo de acordo com os padrões da corte mais esnobe — a de Viena. Mas Sissi desconfiava que Ludwig não pretendia oferecer muitos bailes em Neuschwanstein. Ninguém construiria um castelo tão afastado da sociedade se desejasse um fluxo constante de convidados e visitantes em seus salões.

Ludwig tinha alegado a necessidade de terminar seu castelo como razão de não estar pronto para casar, mas a estrutura que Sissi estava visitando parecia quase finalizada. Supôs que talvez pudesse enxergar a falta de acabamento se prestasse atenção — figuras sem pintura nos murais coloridos, lustres ainda sem velas, tábuas do chão ainda sendo assentadas e envernizadas — mas com certeza Sophie-Charlotte não ficaria mal acomodada caso se mudasse para lá.

Eles continuaram. Sissi podia ouvir a pobre Marie Festetics ofegando atrás de si. Ludwig, por outro lado, parecia ficar mais entusiasmado a cada instante que os conduzia pelo palácio, sua voz ecoando no corredor interminável enquanto tagarelava. — Eu queria corredores muito compridos, para que pudesse correr neles com meus cavalos. Acho que consegui, não?

Sissi olhou de relance para o primo, certa de que ele estava brincando. Mas embora ele sorrisse, não havia nada em sua expressão que indicasse que tinha sido uma piada.

— E à noite, às vezes, eu visto minha armadura e escolho um criado de sorte para fazer o mesmo. Então nós montamos nossos cavalos e disputamos uma justa nestes corredores. Nós fingimos ser cavaleiros medievais em busca do Santo Graal. Não é maravilhoso? Ah, aqui estamos, a escadaria! Preparem-se para subir. — Ludwig subiu os dois primeiros degraus com um pulo. As mulheres seguiram atrás, Sissi já cansada e sem fôlego, embora se imaginasse em melhor condição física do que a maioria das pessoas de sua idade, graças ao seu hábito de cavalgar vigorosamente. A pobre Marie vinha ofegando atrás da imperatriz.

— Ludwig, espere — Sissi pediu, parando na escadaria interminável. — Talvez Ida e Marie devessem esperar por nós lá embaixo? Nossa viagem foi cansativa. Acho que elas preferem descansar.

— Tudo bem. — Ludwig parecia não se importar e não queria ser detido. Sissi acenou a cabeça e permitiu que suas acompanhantes descessem enquanto ela continuava, relutante, a subir, intensificando o ritmo para tentar acompanhar o primo. No alto da escada, Ludwig ergueu a mão como um maestro. Sua respiração quase não demonstrava o esforço.

— *Après vous*, depois de você, *ma belle cousine*.

No alto, ele a conduziu até um salão, o maior lugar que Sissi já tinha visto.

— O Salão dos Cantores — Ludwig anunciou, olhando ao redor com orgulho. Sissi, ainda ofegante da subida apressada, mais uma vez perdeu o fôlego. Eles estavam no alto de uma das altas torres do castelo, e uma das paredes era toda de janelas, de modo que eles tinham uma vista panorâmica do mundo lá embaixo.

Sissi pode ter pensado que estavam no alto, mas ali a vista era ainda mais incrível. Olhando para o norte, ela viu os picos escarpados, pontilhados de abetos e envoltos por uma bruma tênue que cobria a linha onde as montanhas se encontravam com o céu. Além das montanhas, uma faixa azul cintilante fazia uma curva — o rio manso que abria seu caminho em meio à paisagem rural com pastos verdejantes.

O salão em si era de uma beleza tão extraordinária quanto a vista que proporcionava. O teto era muito alto, coberto de painéis carmesins e dourados que exibiam pinturas de anjos, santos, demônios e dragões, figuras sobrenaturais que travavam uma batalha épica pela Terra. Sissi não conseguia decidir qual lado era mais lindo — os exércitos que lutavam por Deus ou os de Satã.

O espaço na parede que não era vazado por janelas do chão ao teto ostentava uma série de afrescos. Sissi os admirava, intrigada, sem entender seu significado.

— A busca pelo Santo Graal — Ludwig explicou, parado atrás de Sissi para examinar as cenas com ela. — É como Richard...

Sissi se virou e viu o modo como os olhos dourados de Ludwig cintilaram, iluminando-se com uma explosão rápida enquanto ele falava o nome do compositor mundialmente famoso, Richard Wagner.

— Richard escreveu sobre a busca em sua ópera *Lohengrin*. — Com isso, Ludwig ergueu a mão e tocou suavemente a imagem, acariciando a face delicada do cavaleiro pintado.

Pela primeira vez desde que havia chegado, Sissi reparou que o primo não estava pulando, nem se mexendo, nem correndo todo alegre — Ludwig estava completamente imóvel. Petrificado. Olhando fixamente para o mural inspirado por seu amigo compositor. Quando ele falou de novo, a voz antes frenética de Ludwig estava suave, até mesmo carinhosa.

— Eu queria que esta sala fosse um lugar aonde ele pudesse vir para se inspirar.

Sissi engoliu em seco, dando as costas para o mural e olhando outra vez pelas janelas, admirando a vastidão da natureza lá embaixo. Uma ave passou voando abaixo do pico que sustentava o castelo; parecia que o pássaro estava a um mundo de distância, voando tão abaixo deles.

O feito de Ludwig era admirável, Sissi tinha que admitir. Ali, suas fantasias mais extravagantes ganhavam vida. Através de suor, alvenaria e seus milhões, Ludwig transformou seus pensamentos mais fantásticos e seus sonhos mais ilógicos em pedra, mármore e afrescos. O resultado não era nada menos que excepcional. A pessoa tinha que ser um pouco louca para idealizar aquele lugar, Sissi refletiu. E ainda mais para tirar os planos do papel.

— Sissi?

Ela tornou a se voltar para o primo. — Sim?

— Podemos descer?

— Sim, é claro. Está tudo bem?

Ludwig deu de ombros. — Eu não gosto de ficar nesta sala sem o Richard... isso me deixa... bem, eu não sei. Acho que me deixa triste.

Depois que desceram da torre, Sissi e Ludwig seguiram na outra direção pelo corredor interminável.

— Lembra que eu lhe disse que queria os corredores longos o bastante para cavalgar neles?

— Sim — Sissi confirmou, se perguntando como faria para encontrar suas acompanhantes naqueles corredores sem fim.

— Bem, isso estava dificultando que meus criados me servissem uma refeição quente. A comida sempre esfriava durante a longa viagem da cozinha até minha mesa. Então veja só a solução que eu imaginei! — Ludwig, aparentemente recuperando a disposição, conduziu Sissi para um salão de jantar monstruoso, onde a mesa mais comprida que ela já tinha visto estava posta para dois, uma cadeira em cada extremidade. Ela teria que gritar para que ele a ouvisse.

Eles foram para seus lugares nas extremidades opostas e Ludwig ficou de pé, com as mãos erguidas como um regente. Sissi notou que não havia comida na mesa. Então, com um floreio das mãos, ele gritou:

— *Tischlein, deck dich!* Mesinha, ponha-se!

Com esse comando, a mesa desapareceu, afundando no chão sobre o qual estava um instante atrás. Sissi ficou observando em silêncio, de boca aberta, e viu a mesa ressurgir do chão logo depois, com a superfície, antes nua, ostentando pratos fumegantes.

— Não é esplêndido? — Ludwig bateu palmas, sua voz estridente soando distante na outra ponta da mesa. — Essa ideia foi minha!

— Mas... como? — Sissi olhava, pasma, para a mesa que agora estava posta diante de si.

— Eles disseram que não podia ser feito, mas eu mandei que dessem um jeito! A cozinha está logo abaixo de nós, então só é preciso baixar a mesa, eles a servem e *voilà*!

Os criados então apareceram, como se surgissem das paredes, e serviram as comidas das travessas de porcelana em um prato, que colocaram à frente de Sissi.

— Obrigada — ela agradeceu e observou os criados diante de si. Até mesmo os empregados do primo eram lindos, cada um deles mais atraente que o mais asseado dos cortesãos de Viena.

— Você não vai comer comigo? — Sissi perguntou, notando que não tinham colocado um prato diante de Ludwig.

— Não. — Ele sacudiu a cabeça. — Eu almoço à meia-noite.

Sissi inclinou a cabeça para o lado, perguntando-se, mais uma vez, se ele estava brincando.

Ludwig fez um gesto com a mão. — Meus horários estão malucos hoje em dia. Só estou acordado agora porque não queria perder nem um minuto da sua visita!

Um criado apareceu ao lado de Sissi e lhe serviu vinho. Seu rosto talvez fosse o mais lindo que ela já tinha visto. Ela esperou que o criado saísse da sala e então olhou para o primo. — Ora, Ludwig, esses seus criados. Cada um é mais bonito que o outro.

— É claro! Você não ia querer que eu tivesse criados *feios*, não é? — Ludwig pestanejou, exagerando seu horror... ou talvez estivesse falando sério? Sissi não sabia dizer.

— Foi a primeira ordem que dei como rei — ele continuou, olhando despreocupado para suas unhas bem feitas e ajustando os anéis coloridos. — Eu dispensei todos os criados feios de mamãe e papai e os substituí pelos mais belos empregados que a Baviera tinha para oferecer.

Sissi bebeu o vinho.

— Ah, veja isto! — Ludwig fez um movimento com a mão e exclamou: — Flores! —, e um enorme vaso de flores emergiu, como que puxado por cordas e polias, saindo de debaixo da mesa.

— Agora não consigo vê-lo — Sissi disse, mexendo-se na cadeira, tentando enxergar além do arranjo floral.

— Justamente. Eu inventei isto para, no caso de ser *obrigado* a jantar com convidados feios, não precisar olhar no rosto deles. Eu quero estar rodeado apenas por beleza.

Sissi franziu o rosto, aliviada por seu primo não poder ver sua reação àquela declaração bizarra.

— Mas, é claro, tais medidas não são necessárias quando você é minha companhia! — Ludwig bateu palmas e o vaso foi levado por um de seus belos criados. — Ah, seu rosto, Sissi... eu poderia olhar para ele o dia todo. Uma das razões pelas quais eu a amo tanto.

— Obrigada — Sissi disse, ajustando o guardanapo no colo. Ela olhou para a comida diante de si, mas estava sem muito apetite. E aonde teriam ido parar Ida e Marie? Ela esperava que um dos lindos criados de Ludwig servisse almoço às suas acompanhantes.

— Mas chega de falar de mim. — A voz de Ludwig praticamente ecoava, de tão longe que estava. Sissi percebeu que aquela distância, assim como todo o resto do palácio, era proposital. Ele certamente havia pensado nisso quando encomendou a maior mesa de jantar que ela já tinha visto. — Como você está, Sissi? Sua fazenda na Hungria parece encantadora pela forma como você a descreve. Eu gostaria de visitá-la lá algum dia.

— Receio que você vá achar Gödöllő terrivelmente sem graça, se comparado a este lugar.

— Sem graça? Nada que seja seu poderia ser sem graça para mim, Sissi.
— Você é gentil.
— E como está... o *austríaco*? — Ludwig sempre usava esse apelido para Franz. Desde que ouvira falar do desacordo matrimonial entre Sissi e Franz Joseph, ele havia tomado antipatia do imperador.

— Franz está bem. Obrigada por perguntar. Ele é o mesmo de sempre: dedicado aos deveres e sobrecarregado de obrigações.

— Aquele homem precisa aprender a se divertir mais.
Sissi suspirou. Ela poderia dizer a mesma coisa, mas aquilo soava diferente, vindo de Ludwig.

— Minha filhinha, Valerie, é uma grande alegria para mim. Na verdade, eu queria tê-la trazido comigo para que você a conhecesse. Talvez eu a traga da próxima vez.

— Oh, eu preferiria que você não a trouxesse! — Ludwig exclamou, como se perturbado pela ideia. Então, vendo o olhar magoado no rosto de Sissi, ele esclareceu: — Não que eu não fosse amá-la. Tenho certeza de que a amaria, porque ela é uma parte de você. Mas... é só que... bem, crianças me deixam terrivelmente incomodado. Como elas me assustam!

Que curioso, Sissi pensou, considerando a preocupação manifestada por Helene de que Ludwig poderia assustar Valerie. E considerando as meias rosa choque, o cabelo cacheado e os rompantes de risada histérica dele, Sissi desconfiou que Helene tivesse razão.

Mas mesmo quando Ludwig proferia essas declarações bizarras, parecia não haver nada intencionalmente maldoso ou cruel em suas palavras. Ele não pretendia ofender ninguém e parecia alheio ao fato de que pudesse fazê-lo sem querer. Ele tinha a inocência de uma criança, característica que as pessoas geralmente perdem na adolescência, mas que ele, de alguma forma, preservava. Era a franqueza de alguém que nunca foi enfrentado, com quem nunca ousaram discordar ou discutir.

Alguém como Franz, Sissi se deu conta — embora essa fosse a única semelhança existente entre os dois homens. Talvez, ela refletiu, fosse uma característica exclusiva de soberanos. Bebês que, desde o berçário real, só ouviam "sim, Vossa Alteza" e "se for do agrado de Vossa Alteza". Sissi percebeu, de repente, que corria o risco de ficar assim, ao se lembrar de como olhava feio para Marie quando a condessa sequer pensava em manifestar discordância. E Ida nem se arriscava. Sissi decidiu, então, sempre se cercar de pessoas que discordassem dela. Andrássy, ela pensou. Andrássy ousava contestá-la. Mais um motivo pelo qual ela precisava dele em sua vida.

Ludwig tagarelava na outra ponta da mesa, sem perceber seu devaneio. Sissi voltou a prestar atenção no primo, que continuava falando: — Eu me lembro da vez em que papai me chicoteou, quando eu era pequeno. Foi porque eu fui grosseiro. Nós tínhamos um criado *horrendo*; eu morria de medo do rosto bexiguento dele. Sempre que ele aparecia na sala eu me virava, horrorizado, e fechava os olhos. Papai me mandou parar com aquilo e pedir desculpas, mas eu não consegui. Então ele mandou me chicotearem.

Sissi assentiu sem responder, apenas tomando mais um gole de vinho.

— Richard não é bonito... no sentido tradicional — Ludwig disse com a voz mais suave.

— Não? — Sissi pegou o garfo e se obrigou a remexer a salada de repolho diante de si.

— Não, pelo menos o corpo dele não é. Não do modo como você e eu somos — Ludwig continuou, com uma sinceridade inocente na voz. — Ainda assim, nunca conheci alma mais bela. Com Richard... ah, com Richard eu não enxergo um corpo. Com Richard, eu olho e enxergo o divino.

— Com licença, Vossa Majestade? — Um lacaio bateu na porta.

— Eu lhe disse que não queria ser interrompido enquanto estivesse com minha prima. — Ludwig suspirou, lançando um olhar irritado para o criado.

— Sim, ofereço minhas desculpas, Vossa Majestade... — O lacaio baixou os olhos. — Mas, com vosso perdão, Vossa Majestade também disse que deveríamos lhe trazer isto no momento em que chegasse. Um pacote do Sr. Richard Wagner.

— Chegou? — A voz de Ludwig subiu uma oitava e ficou trêmula, palpitante. — Oh, chegou! Notícia gloriosa, gloriosa! — Ludwig saltou de sua cadeira e voou pela sala, correndo até o criado e tomando o pacote de suas mãos estendidas.

— Oh, Sissi, perdoe-me. Preciso ir! — Ludwig disse, as bochechas coradas ganhando um tom mais escuro de vermelho. — Preciso deixá-la agora mesmo. Eu estava esperando estas páginas do Richard. Oh, eu estava esperando há uma *eternidade*. Coma, beba! Aproveite seu banquete! Eu a encontro mais tarde. Mas agora... agora eu preciso... — E sem dizer mais, Ludwig saiu da sala, deixando Sissi sozinha com seu prato de almoço quase intocado. A história que sua irmã contou lhe veio à mente, a de que

Ludwig a abandonara em um baile no meio de uma valsa, sem oferecer qualquer explicação.

As horas passavam e a tarde avançava enquanto Sissi olhava para o mundo abaixo do pico remoto de Ludwig. Do modo como a trilha era escura e inóspita durante o dia, Sissi imaginou que descer por aqueles caminhos desolados e tortuosos à noite era algo a ser evitado a qualquer custo. Mas a ideia de passar a noite ali, sozinha com o primo naquela montanha remota... Sissi sentiu um calafrio só de pensar.

Assim, conforme a tarde passava e o sol ficava cada vez mais perto do horizonte abaixo, Sissi redobrou seus esforços para encontrar o primo e ter a conversa pretendida antes de ir embora e voltar para o mundo acolhedor de Possenhofen.

Sissi sabia que o primo tinha recebido algumas páginas do compositor Wagner e se retirado para lê-las, supostamente em algum lugar particular. Sabendo de sua afinidade por tudo que fosse lindo, ela imaginou que tal lugar deveria ficar do lado de fora, onde ele poderia comungar com a natureza que, Sissi sabia, ele amava. Mas enquanto caminhava pelos arredores do palácio, Sissi não conseguiu encontrar Ludwig em nenhum lugar do terreno ou dos jardins. Frustrada, voltou para dentro.

Ela percorreu os grandes corredores, mas não encontrou Ludwig em nenhuma das salas imensas. Subiu várias escadarias tortuosas, mas não o encontrou em nenhuma de suas torres. Finalmente, voltando ao hall de entrada sem conseguir sequer localizar um criado que pudesse levá-la a Ludwig, Sissi encontrou um corredor estreito que era quase uma passagem secreta. Ela seguiu por ali.

Conforme andava, Sissi teve a sensação de que estava entrando cada vez mais fundo na estrutura de pedra, como se seguisse em direção ao centro do castelo. E então, o corredor iluminado por velas chegou ao fim e ela se viu em um salão imenso, um espaço ao mesmo tempo sinistro e divino.

Sissi soltou uma exclamação ao entrar ali, e então se repreendeu por sempre ficar tão estupefata com os salões de Ludwig. Àquela altura ela já não devia esperar nada menos que fantasia gloriosa e suntuosidade incrível? Mas aquela sala superava todas as outras. O teto era extremamente alto, uma abóbada pintada de azul cintilante com sol e estrelas brilhantes. Sob seus pés, uma pintura no chão representava um gramado com folhas e flores e todos os animais imagináveis pulando e brincando. Sissi se sentiu mal por pisar naquela arte imaculada. As paredes ao seu redor também estavam cobertas de afrescos magníficos: leões, os animais símbolo da

Baviera, rosnando e rugindo, e imagens imensas de Jesus Cristo e da Virgem Maria observando o salão grandioso.

No centro da sala havia um lance de escada de mármore. Os olhos de Sissi acompanharam os degraus até uma plataforma larga instalada em uma alcova. Era quase como um altar ou um palco, Sissi pensou; ali, prostrado, estava seu primo.

— Ludwig? — sua voz reverberou pelas paredes frias e pelo teto abobadado.

Ele não olhou quando Sissi se aproximou com seus passos ecoando no chão. Ele nem mesmo percebeu sua presença quando Sissi subiu os degraus de mármore e se aproximou dele.

— Ludwig? — Ela não sabia dizer se ele estava dormindo, chorando ou apenas ignorando sua aproximação. Sissi ficou com a pele toda arrepiada, o que não foi provocado pelo frio nem pela umidade da sala.

Ludwig se mexeu pela primeira vez quando Sissi chegou ao alto da plataforma e ela viu as lágrimas em seus olhos, a angústia contraindo seu rosto. Ela olhou para os papéis espalhados ao redor do primo, uma confusão de notas musicais e versos de poesia. Teria sido aquele pacote o motivo daquele desolamento?

— Ludwig, qual é o problema? Por que você está chorando? — Ela se ajoelhou ao lado dele.

— Isto! — Ludwig mostrou uma folha de papel e a jogou para cima, deixando a cabeça pender mais uma vez, pesada demais para seu pescoço. Ele cobriu o rosto com as mãos.

Sissi pôs a mão em seu ombro largo, confortando-o da mesma forma que faria com Rudy, mas ele a rejeitou encolhendo o ombro. Então, virou o rosto para ela, seus olhos âmbar queimando como se tocados por chamas sobrenaturais.

— Ele fez de novo! Você consegue acreditar? Ele fez de novo!

Sissi não sabia do que seu primo estava falando, mas resistiu ao impulso de recuar, fugir daquela sala e correr montanha abaixo de volta para Possenhofen, ao encontro de sua mãe e de sua bebê querida, Valerie.

Ludwig pegou a mão dela, puxando-a para si. A força do movimento assustou Sissi; ela teve certeza de que, se precisasse, não conseguiria se livrar do aperto dele. Mas quando Ludwig falou, sua voz foi um sussurro suave: — Isto muda tudo. — Novas lágrimas surgiram em seus olhos lindos e trêmulos.

— Eu sinto muito, Ludwig, eu não... eu não compreendo. — Ela puxou, mas sua mão nem se moveu dentro da dele.

— Isto! — Ludwig a soltou e pegou outra folha de papel da pilha espalhada em volta, arremessando-a no ar. Então ele fez o mesmo com outra, depois com outra, de modo que folhas de papel repletas de notas musicais choveram sobre os dois. — Sissi, ele disse que poderia fazer, e eu acreditei nele. É claro que eu acreditei! Só eu neste mundo acredito nele. E agora ele conseguiu.

Sissi olhou, confusa, para os papéis que caíam no chão. Ela pegou a folha mais próxima e leu as palavras no alto:

— *Der Ring des Nibelungen* — ela disse o nome em voz alta. "O Anel do Nibelungo."

Ouvir aquelas palavras em voz alta fez com que Ludwig estremecesse em um surto de energia, como um religioso em comunhão com sua divindade. Ele ficou de pé em um salto e começou a gesticular diante dela. — Você não vê? Richard e eu... nós estamos para mudar todo o curso da história musical. — Os olhos de Ludwig brilhavam ao olhar para ela, suas íris mais reluzentes que o sol e as estrelas pintadas sobre suas cabeças. — Não, esqueça a história musical... a própria *história*. Nós vamos mudar toda a história!

— É claro. — Sissi se levantou devagar, tendo o cuidado de manter a voz calma e controlada. — Ludwig, você não quer vir comigo? — Ela apontou para os degraus de mármore. — Vamos caminhar. Eu quero conversar com você sobre uma coisa.

Ludwig tinha lhe dito que ela precisava ver mais uma sala, então Sissi sugeriu que fossem até lá. Ele pareceu se acalmar um pouco enquanto caminhavam, e Sissi o seguiu em silêncio. Eles acabaram chegando a um espaço que tinha a aparência de um museu.

— Olá, meus amigos! — Ludwig saudou e Sissi imaginou que haveria uma multidão esperando por eles. Na verdade, o que ela viu foi uma infinidade de bustos de mármore; cabeças humanas em pedestais, encarando-a com olhos sem cor e expressões faciais imóveis.

— Minha coleção de cabeças! — Ludwig anunciou, alegre outra vez após a crise de choro alguns momentos atrás. Como as emoções dele mudavam rápido! Perto dele, Sissi parecia emocionalmente estável.

Sissi observou a coleção e leu as placas abaixo dos bustos. Ela viu o rosto de Luís XIV, monarca francês que se intitulou *le Roi-Soleil*, "O Rei Sol", e deu ao mundo o Palácio de Versalhes. Não era de espantar que Ludwig o admirasse. E então havia o busto de Maria Antonieta, a infame rainha francesa que morou em Versalhes antes de perder a cabeça na guilhotina. Ela era uma princesa Habsburgo antes de tudo isso. *Tia-avó de Franz Joseph,*

Sissi pensou. *Oh, Deus, o que Franz pensaria se visse o primo agora?* Ela estremeceu ao pensar o que o marido racional pensaria daquilo tudo.

— Aqui está ele — Ludwig falou do outro lado da sala, acenando para Sissi se aproximar de um busto masculino. — Eu lhe disse que ele não era lindo. — Ludwig estava diante da imagem com as mãos nas bochechas de mármore como se acariciasse um amante. — Não, Richard, você não é tão lindo, é? — Ludwig falou diretamente para o busto, a voz atingindo uma oitava mais alta do que seu natural. — Tão sério o tempo todo. Essa carranca. Oh, mas eu acho que você é a coisa mais linda que eu já vi!

Ludwig então deu um beijo na testa de Wagner e marchou para o próximo busto.

— Mas onde está? Oh, você tem que ver, Sissi! — Ludwig pulou e rodopiou em meio aos pedestais, parecendo procurar um rosto em particular. — Ah! Sim, aqui está!

Ludwig fez uma pausa. Sissi o seguiu, viu o busto diante do qual ele parou e prendeu a respiração por um instante quando percebeu que estava olhando para o próprio rosto.

— Aqui está *você*. — Ludwig se inclinou na direção da imagem dela em mármore. Ele ria e fazia caretas como se estivesse diante de um bebê que se deseja fazer rir. — Como é bonita a minha Sissi! Isto é para quando eu sinto saudade de você. Quando você está longe, com o *austríaco*.

Sissi, percebendo que com aquilo Ludwig pretendia lhe fazer o maior dos elogios, recuperou sua compostura. — Nossa, Ludwig, obrigada. Mas... como você conseguiu fazer isso?

— Eu fiquei falando sem parar na sua beleza. E mostrei ao escultor o seu retrato. Eu acho que ele lhe fez justiça. Você aprova?

— Se aprovo? Bem, eu acho que você me fez mais do que justiça. Acho que você melhorou a pessoa retratada.

— Bobagem! — Ludwig jogou a cabeça cacheada para trás e soltou uma risadinha.

Sissi olhou mais uma vez para o busto, então olhou para outro logo ao lado. Seria outra escultura dela? Não, aquele era um busto de Sophie-Charlotte. A noiva de Ludwig. E de repente Sissi se lembrou de seu objetivo.

— Ludwig, você tem a minha irmã também! Sophie-Charlotte. Nossa, ela é muito bonita, não é?

— Hum? — Ludwig se virou, relutante, do busto de Sissi para a escultura em mármore de Sophie-Charlotte ao lado. — Ah, sim. Garota linda. — Então ele suspirou, se afastou da fileira de estátuas e caminhou na direção da janela, de onde fitou o mundo, seu bom humor murchando de repente.

Sissi o seguiu, mantendo a voz baixa e calma enquanto falava. — Com certeza você sabe que eu preciso perguntar, Ludwig, o que está acontecendo? Por que você a evita?

Ele se virou para Sissi depois de vários segundos, e seus olhos já não brilhavam. — Ela é uma boa garota. Linda garota.

— Mas?

Ludwig suspirou de novo. — Você sabe como eu conheci o trabalho de Richard?

— Por favor, chega de Richard Wagner. Você não vai fazer o favor de responder à minha pergunta?

— Eu *estou* respondendo! — ele protestou.

Sissi franziu a testa, confusa.

— A primeira vez que eu soube do trabalho de Richard foi na sua casa — Ludwig disse.

— Em Possi?

Ele confirmou com a cabeça. — Seu pai tinha deixado algumas partituras de Richard no piano em Possenhofen. Eu vi quando ainda era garoto... pouco depois de você se mudar para Viena e se casar com o *austríaco*. Eu estava tão triste. Eu sentia muito a sua falta; eu odiava estar em Possenhofen sem você. Mas então... naquele dia... tudo mudou.

— Mas o que isso tem a ver com Sophie-Charlotte?

— Sua irmã é uma linda garota.

— Certo, você fica repetindo isso.

— Bem, é apenas natural, dado o fato de que seu pai, meu querido tio, foi o primeiro a me apresentar o gênio que é Richard, que eu queira uma de suas filhas para ser minha esposa.

Sissi se virou para o lado, engolindo em seco enquanto se apoiava no parapeito da janela diante da qual eles estavam. Ela viu um pássaro distante voando abaixo deles e seus pensamentos descreviam um voo semelhante.

— Sua irmã sempre foi tão encantadora e acolhedora quando eu visitava sua casa. Nós tínhamos conversas tão agradáveis. Mas então... um dia... ela tocou piano para mim. Eu perguntei se ela sabia tocar Wagner e seu rosto se iluminou. Ela amava a música dele tanto quanto eu! Ou... *quase* tanto quanto eu.

Sissi escutava em silêncio. A situação ficava mais clara a cada palavra apaixonada de Ludwig.

— Nós ficávamos sentados ao piano por horas, lado a lado, enquanto ela tocava e cantava para mim. Ela é realmente talentosa, sua irmã. E a música dele? A música dele me deixa em tal estado de embriaguez divina... Eu acho que foi isso. Sophie estava tocando para mim e eu fiquei embriagado... eu confundi o amor provocado por *ele* com amor direcionado para *ela*.

Sissi compreendeu e cruzou os braços diante do peito. Depois de um tempo, ela perguntou: — Mas por que você propôs casamento, Ludwig?

Ele se afastou dela, inclinando-se para frente e apoiando a testa no vidro da janela, enquanto olhava para o despenhadeiro abaixo. — Sua mãe viu o modo como eu gravitava ao redor da sua irmã. O modo como eu a visitava e a procurava. E ela viu como Sophie retribuía meu afeto. Ela me puxou de lado um dia e me contou o que Sophie sentia. Também falou dos meus sentimentos, confundindo-os com amor romântico. Ela me contou que aquilo estava indo longe demais. Que Sophie poderia ter quantos pretendentes quisesse, e que não era justo que eu brincasse com ela. Ou nós ficávamos noivos ou eu deveria cortar todos os laços com ela e permitir que sua irmã encontrasse o amor com outra pessoa.

A cabeça de Sissi rodava enquanto imaginava sua mãe — protetora, prática e bem-intencionada — fazendo exatamente isso que Ludwig lhe contava.

— Eu percebi o quanto tinha me permitido avançar naquela estrada, tão arrebatado que estava por nossa paixão em comum. Sentia uma simpatia genuína por Sophie, que eu sabia que me amava. E eu temia perdê-la. Então... — Ludwig deu de ombros uma vez, um gesto hesitante. — Mas... com minha embriaguez... um sentimento de repugnância vem pela manhã. Arrependimento. E eu me arrependo do que fiz, do que preciso fazer com a pobre Sophie-Charlotte.

Sissi refletiu sobre isso, sua mente tentando compreender todas as reviravoltas daquela história de amor frustrada. Ela deveria ficar triste, sabendo da decepção que sua irmã sentiria e da vergonha que recairia sobre os membros de sua família, que sem dúvida enfrentariam um escândalo público quando o Rei Ludwig rejeitasse a noiva. Ainda assim, tudo que Sissi sentiu naquele momento foi uma avassaladora sensação de alívio — tanto por Sophie-Charlotte quanto por Ludwig. Alívio por saber que eles poderiam evitar um casamento sem amor que aprisionaria os dois, tornando ambos muito infelizes.

— É melhor assim — Sissi concluiu após suspirar alto. E era mesmo, ela tinha certeza disso. — Minha irmã é uma garota forte. Vai se recuperar.

— Você acha? — Ludwig perguntou, virando-se para Sissi com um olhar sofrido.

— Acho. Assim vai ser melhor para vocês dois.

Ludwig concordou, o rosto se suavizando com o alívio. Ele suspirou e levantou as mãos, que colocou sobre o coração. — Com certeza Sophie já deve saber em seu coração... bem, eu nunca fingi que gostava mais dela do que dele. Ela sabe da... amizade... que eu tenho por ele.

— E Wagner... Richard... compartilha do seu sentimento de... amizade? — Sissi perguntou.

— Eu acho que sim... — Ludwig disse, a voz repentinamente fraca. — Pelo menos eu espero que sim, com certeza. Às vezes eu fico louco com o jeito que ele me ignora. Eu construí este lugar para ele. Eu cuidei de todos os detalhes com apenas uma coisa na cabeça: isso vai agradar ao Richard? Eu projetei o palácio exatamente como ele queria, usando suas palavras como referência, tudo para atraí-lo para mim.

Ludwig fazia gestos bruscos, agitando as mãos por toda a sala. Quando voltou a falar, parecia confuso.

— Ainda assim, ele sempre tem algum motivo pelo qual não pode vir até mim. Ele está sempre me lembrando de sua esposa... como se eu não soubesse quem ela é! — A voz de Ludwig ficou azeda de ressentimento. Ele se interrompeu um instante, suspirando ao se voltar para o busto do compositor. Ludwig andou na direção dele e Sissi o seguiu.

Parado diante da imagem de Wagner, Ludwig continuou, com a voz baixa:

— Às vezes, sinto que só tenho notícias de Richard quando ele precisa de mais dinheiro.

Essa confissão abalou Sissi, que pôs as mãos nos ombros do primo. — Então negue. Se ele o ignorar, se for ingrato com você, não continue a gastar sua fortuna na música e nas produções dele.

Ludwig sacudiu a cabeça e um sorriso triste de resignação se espalhou por seu rosto.

— Eu falo sério, Ludwig. Não se apresse a patrocinar uma nova ópera ou a construir um teatro novo toda vez que ele pedir. Não é justo da parte dele...

Mas Ludwig ergueu a mão para que ela se interrompesse. — Não adianta, Sissi. Não fale disso para mim. Não consigo dizer não para Richard. — Ele suspirou de novo, cruzou os braços e seu corpo alto murchou enquanto encarava o rosto de mármore. — Eu daria meus palácios, toda minha fortuna, até minha vida, se isso permitisse que ele continuasse criando tanta beleza. Ele me disse que sou o anjo da guarda dele. Eu lhe disse que ele é mais do que meu anjo da guarda. É meu deus.

Sissi não encontrou palavras para responder. Depois de uma longa pausa, Ludwig se mexeu e caminhou pelo corredor entre as cabeças de mármore. Quando chegou diante da estátua de Maria Antonieta, parou, levantou um dedo e deslizou-o pelo penteado elaborado.

— Sabia que eu estou construindo uma réplica de Versalhes? Em Linderhof.

Sissi negou com a cabeça. Ela tinha ouvido que o primo devia milhões por causa de seus projetos extravagantes de construção e por patrocinar Richard Wagner, mas ela não sabia que ele estava tentando construir um segundo Versalhes.

— Tem certeza disso, Ludwig? Será o momento certo para empreender algo tão caro quanto...

— Será uma imitação perfeita... só que melhor — Ludwig disse, acariciando a face de pedra de Maria Antonieta. — Ela não é linda? Às vezes eu penso que, se pudesse ficar com ela, então talvez eu ficaria feliz de me casar. Ela... ou você. E mais ninguém. Nenhuma outra mulher me despertou a vontade de me casar.

De volta a Possenhofen, Sissi acrescentou sua voz ao crescente coro de pessoas que estimulavam Sophie-Charlotte a romper o noivado. Até a própria duquesa concordou que o rompimento era inevitável depois de ouvir o breve relato de Sissi sobre sua visita a Neuschwanstein. Sissi não entrou em detalhes; não quis contar para Sophie-Charlotte tudo que havia acontecido naquele dia com Ludwig. Talvez ela não quisesse admitir para as outras, ou até para si mesma, o quão perturbador tinha sido o tempo passado com o primo querido. Talvez ela sentisse alguma necessidade de proteger Ludwig, de deixá-lo em paz em sua montanha, onde ele não seria uma ameaça para ninguém além de si mesmo. Mas permaneceu firme em sua crença de que Sophie-Charlotte deveria terminar o noivado.

— Eu realmente acredito, Sophie-Charlotte, que será melhor assim — Sissi declarou naquela noite, abrigada em segurança na casa de sua infância.

— Mas... você não está querendo dizer... — a irmã mais nova começou, inclinando-se na direção de Sissi para protestar.

— Estou sim, minha querida — Sissi continuou. — Depois de visitar Ludwig e o lugar que seria sua casa, eu agora acredito que você encontrará mais felicidade em qualquer outro local. Acredito também que você foi salva, de algum modo, de um destino totalmente indesejável. — Sissi repetiu essa frase e outras do tipo muitas vezes nos dias que se seguiram à visita a Neuschwanstein e ao retorno a Possenhofen.

Ainda assim, sua irmã se agarrava à esperança de que o noivo voltaria atrás. Sissi, Néné e a mãe se revezavam fazendo companhia para a garota aflita que havia se recolhido em seu quarto para chorar pelo noivo perdido. Talvez fosse mais o constrangimento do que a tristeza que fazia Sophie-Charlotte se agarrar à ideia de Ludwig. De qualquer modo, a jovem noiva parecia relutante em desistir de seus sonhos de felicidade como rainha da Baviera.

No fim, Sissi não precisou convencer Sophie-Charlotte a terminar o noivado, pois Ludwig escreveu uma carta para isso. A notícia chegou vários dias após a visita de Sissi ao castelo. A carta era extensa e emocional, como Sissi esperava que seria, por ser de Ludwig, mas ele fez a coisa certa.

Sissi continuou em Possenhofen por mais alguns dias para consolar a irmã, enquanto seu coração voava para Budapeste. Ela tinha saudade do conhecido e amado cenário rural de Gödöllő. Dos seus cavalos e de sua liberdade. Mas, acima de tudo, depois dos meses de formalidades em Viena, dos dias emocionalmente exaustivos em Possenhofen e, principalmente, depois daquele dia bizarro e desanimador na montanha de Ludwig, Sissi sentia saudade de Andrássy. Ela ansiava por sua presença, por suas palavras assertivas, por sua tranquilidade e pelo equilíbrio que ele sempre conseguia restabelecer.

Sissi contou para a mãe que, em vez de voltar diretamente para Viena, ela e Valerie fariam uma breve visita a Gödöllő. Fazia muito tempo que ela não ia até lá, e queria verificar como estavam os estábulos e a casa. É claro que ela também ansiava por voltar a cavalgar.

Mas uma mensagem de Franz Joseph na tarde seguinte estragou os planos de Sissi — um pedido urgente do imperador para que sua esposa voltasse à corte. A saúde da Arquiduquesa Sophie estava ruim e piorando. Rudolf e Gisela estavam muito nervosos em ver a avó confinada à cama, sofrendo. Franz não podia deixar Viena com a mãe naquela situação, mas sentia falta da esposa e implorava que ela voltasse a seu lugar de direito ao lado dele e das crianças. O coração de Sissi se agitou com um emaranhado de desejos e emoções conflitantes enquanto lia a mensagem de Franz. O *postscriptum*, contudo, ainda que acrescentado apenas como uma lembrança sem importância, saltou da página quando Sissi o leu.

"P.S.: Nomeei o Conde Andrássy como ministro das relações exteriores da Coroa e lhe pedi que se mudasse, por algum tempo, para Viena. Ele estará à disposição no palácio para sua recepção oficial — se eu estiver indisponível por estar com minha mãe."

De repente, Viena não parecia mais um lugar tão terrível para se estar.

IV

Onde eu não estou, aí reside a felicidade.

— Heinrich Heine, poeta favorito de Sissi

Capítulo 4

Palácio de verão de Schönbrunn, Viena
Outono de 1871

Mas não foi Andrássy, como Sissi esperava, quem apareceu no pátio para recebê-la. Foi Franz Joseph e seus dois filhos mais velhos.

A corte continuava no palácio de verão, fora da cidade, aproveitando os últimos dias agradáveis. Embora Sissi preferisse esse palácio, com suas paredes amarelo-limão e seus jardins extensos e floridos, a acolhida que recebeu dos membros de sua família não foi nada calorosa.

— Olá, Elisabeth — Franz cumprimentou, com um aceno de cabeça e um beijo formal na face.

— Olá, Franz. Como está sua mãe?

— Ela é uma mulher forte — foi só o que respondeu, e Sissi percebeu que ele estava sufocando suas emoções, e talvez até mesmo algumas lágrimas.

— Rudy, querido. — Sissi se afastou do marido e se inclinou para o filho, observando seu rosto sério, as feições delicadas contorcidas em uma preocupação grande demais para um garoto tão novo.

— Mãe. — Rudy olhou de lado para a irmã, como se buscasse apoio. Então, voltando-se para Sissi, acrescentou: — Bem-vinda. Espero que sua viagem tenha sido tranquila.

Sissi recuou, pega de surpresa pela recepção formal e fria de Rudy. Era como se todo o progresso que haviam feito tivesse sido em vão. Talvez o filho não a tivesse perdoado pela partida repentina, pela decisão de levar apenas Valerie consigo. Ela se endireitou e então se virou para Gisela. — Olá, minha querida.

— Mãe. — A resposta de Gisela foi ainda mais fria. A garota fixou seus olhos, os mesmos azul-claros do pai, emoldurados pelo vermelho devido às lágrimas derramadas por Sophie — a qual, estando em algum lugar do outro lado do pátio, não apareceu para a recepção. Tal aspereza não era de surpreender, mas ainda assim entristeceu Sissi.

— Bem, sinto muito por ter estado fora. Quero cumprimentar sua mãe — Sissi disse, dirigindo-se a Franz, que permanecia ereto em seu uniforme militar.

— Ela está dormindo agora. Acredito que o dia tenha sido movimentado demais para ela, com todos os médicos e enfermeiras à sua volta. Talvez amanhã seja melhor.

— Como quiser — Sissi concordou.

— Muito bem, então — Franz disse, assentindo. — Vou levar as crianças de volta ao quarto dela. Diremos à minha mãe que você irá visitá-la amanhã. — Franz fez uma reverência curta para Sissi. — Pedi que preparassem um jantar familiar esta noite em sua honra. Mamãe não poderá nos acompanhar, é claro, mas ela sabia que você era esperada e ficará feliz em nos ver em família. Nos vemos mais tarde.

Com isso, o imperador se virou e marchou de volta ao palácio, seguido fielmente pelos filhos, de volta para a mulher enferma cuja perda sentiriam com mais intensidade que a de Sissi. Esta permaneceu parada no pátio, observando-os se afastar, perguntando-se por que ele tinha lhe pedido para voltar para casa.

Embora a notícia da recuperação milagrosa da Arquiduquesa Sophie tenha se espalhado pela corte, levantando o astral dos nobres e desencadeando preces de agradecimento, essa comemoração foi logo interrompida. Notícias mais preocupantes vieram em seguida, dessa vez de além das muralhas do palácio, no oeste, onde se formavam as nuvens escuras e tempestuosas da guerra.

Era uma noite úmida e gelada de fim de outono, várias semanas depois que a corte se realocara no Palácio de Hofburg para o inverno. Sissi estava no salão de jantar, convocada para uma reunião à qual não poderia faltar. Embora os músicos da corte tocassem no canto da sala, preenchendo o espaço com a melodia cadenciada de suas valsas, e embora a mesa estivesse servida com a mesma suntuosidade de sempre, com pilhas de confeitos e pratos de bronze cintilantes, o clima da reunião estava visivelmente ruim.

Sissi olhava para o outro lado da mesa, esperando, como todos os outros, que o imperador falasse. Enquanto mastigava sua comida, Franz pausava para limpar a boca ou para tomar um gole rápido de vinho antes de se voltar para seu jantar. Sem suas palavras iniciais, ninguém poderia externar suas inquietações ou dar voz às perguntas difíceis que agitavam os pensamentos dos presentes.

Enfim Franz observou o pequeno grupo à sua volta com seus olhos reservados, enquanto fitava duas fileiras de rostos preocupados. — Não fosse a graça de Deus... — ele disse, e, embora não tivesse terminado a frase, Sissi e todos os outros à mesa sabiam exatamente o que ele queria dizer.

Não fosse a graça de Deus, seriam eles sofrendo em Viena, e não os parisienses. Seriam os Habsburgo os sitiados e destronados pelos prussianos de Otto von Bismarck, e não Napoleão III e Eugénie. Poderia ter sido a queda do Império Austro-Húngaro em vez do Império Francês.

Eles *tinham* sido constrangidos e derrotados, apenas cinco anos antes, pelo poder militar prussiano e pelas artimanhas de Bismarck. Ainda assim, era estarrecedor ler as notícias e ouvir os relatos. Ver como, em alguns poucos anos, as forças de Bismarck ficaram ainda mais fortes, destruindo com facilidade o lendário exército francês, considerado, apenas alguns meses antes, o mais forte da Europa e do mundo. E agora todos podiam ler as notícias de como os prussianos e sua artilharia aniquilaram divisões francesas inteiras, capturaram o Imperador Napoleão em uma batalha e tomaram grandes porções de terra francesa para si.

Mas foram as notícias de Paris que chegaram a Viena — mais do que os relatos dos campos de batalha — que fizeram Sissi estremecer: histórias de assassinatos à luz do dia e de saque de lojas, de como a Imperatriz Eugénie havia sido perseguida pelas ruas da capital por prussianos sanguinários. Histórias de como os cidadãos franceses, cercados e indefesos, sofreram com o cerco prolongado, sendo forçados a queimar os próprios móveis para suportar o clima gelado e comendo ratos e cachorros para combater a fome — isso na cidade que se orgulhava de sua tradição culinária incomparável.

— Isso é o prenúncio de um futuro sombrio — Franz disse em voz alta para ninguém em especial, antes de limpar a barba espessa com seu guardanapo.

Um futuro muito sombrio, talvez, e um presente ameaçador. Sissi passou os olhos pela mesa e observou os rostos mudos e aturdidos reunidos para aquele decadente jantar austríaco. Ninguém das classes dominantes da Europa, incluindo os Habsburgo, tinha entendido muito bem o acontecido. Como Bismarck havia conseguido derrotar definitivamente os franceses de forma tão rápida e, ao fazê-lo, estabelecer o novo e formidável Império

Alemão. Como ele havia varrido o Império Francês, derrubado a Áustria de seu posto de líder dos estados alemães e alterado todo o equilíbrio de forças — não só na Europa, mas no mundo?

Franz Joseph cutucou distraidamente seu prato de comida. Suas mãos subiam a cada poucos minutos para alisar os bigodes grisalhos. A menos que ele falasse, ninguém mais podia, de modo que um silêncio tenso pairava sobre eles.

Rudolf se mexeu na cadeira ao lado do pai, desconfortável com seu novo posto na mesa dos adultos, e seus olhos corriam do pai para a avó e a irmã em busca de dicas sobre como cortar o peixe ou limpar a boca no rosto ainda sem barba. Gisela permanecia sentada em silêncio, obediente e com os olhos baixos, embora Sissi suspeitasse de que a cabeça da garota estivesse em outro lugar, com seu pretendente; o Príncipe Leopold, um parente distante da Baviera, tinha recentemente manifestado sua pretensão de se casar com Gisela para um Franz Joseph muito distraído.

Mais distante na mesa, Andrássy estava quieto, com a expressão séria e os olhos escuros abatidos pelo cansaço. O mais provável era que ele sentisse saudade da Hungria, Sissi imaginou. Como ele podia não estar arrependido de sua decisão de ir para Viena? Como ele podia não sentir falta da liberdade de Budapeste, se comparada à solenidade e à inquietação da corte vienense? A política internacional e as exigências do cargo dado por Franz tinham consumido Andrássy a partir do momento em que ele se mudou para Viena. Ainda assim, Sissi se sentia aliviada por tê-lo em Hofburg, ainda que os dois mal tivessem conseguido passar um momento juntos ou trocar palavras significativas desde então.

Mas Sophie, a arquiduquesa, foi quem mais sofreu com a notícia do novo Império Alemão. Sophie, que tinha feito questão de comparecer àquele jantar com o filho e a família, parecia ansiar voltar para a cama. Para Sophie, o triunfo dos odiados prussianos — primeiro sobre o próprio filho, cinco anos antes, e agora sobre a França — era, talvez, o golpe mais duro em uma série de perdas devastadoras. Por todos os lados, seus inimigos e rivais pareciam estar em ascensão. Sophie ficou estarrecida quando seu próprio filho foi derrotado com tanta rapidez por Bismarck em uma guerra que ela própria queria. Então a arquiduquesa foi desacreditada publicamente pelo compromisso austro-húngaro e pelo estabelecimento da Monarquia Dual, algo que ela considerou liberal demais, um sinal de fraqueza, arquitetado por ninguém menos que sua nora e o antigo revolucionário Conde Julius Andrássy. E depois assistiu, contrariada, a Franz conceder a Sissi as rédeas da educação de Rudy.

E agora Sophie tinha de encarar os golpes simultâneos da supremacia prussiana na Europa e a nomeação de seu rival húngaro, Andrássy, que, sentado à mesa de jantar da família, recentemente nomeado ministro das relações exteriores, havia se tornado o homem mais poderoso do império depois de seu filho. Aquilo tudo era mais do que a velha e enferma matriarca poderia suportar. Sophie pigarreou alto para que seu filho ouvisse.

— Sim, mamãe? — Ele olhou para ela. — Você gostaria de dizer algo? A mulher fez que sim.

— Pois não?

— E pensar... — Sophie se inclinou para a frente, a voz trêmula, seu corpo largado na cadeira, aparentando esgotamento. — E pensar que eu, quando era uma jovem noiva, cheguei a Viena em circunstâncias tão diferentes. Ora, quando o Príncipe Metternich liderava o Ministério das Relações Exteriores — ela lançou um olhar enviesado para Andrássy —, o mundo todo dormia tranquilo à noite. Com a Áustria no comando da Europa, vimos a era dos grandes monarcas. As dinastias eram seguras; tudo estava na mais perfeita ordem. As pessoas sabiam quem eram seus líderes. Não havia nada dessas briguinhas por constituições, revoluções e governos liberais. Havia paz. Havia *ordem*! — Sophie pronunciou a última palavra com a devida ênfase e baixou os olhos para seu prato, parecendo ter ficado exausta por manifestar sua indignação. — Eu receio... oh, meu Franzi, eu receio que a era dos grandes monarcas...

— Muito bem, mamãe... — Franz Joseph disse, suas palavras falhando, talvez por não ter encontrado resposta com a qual reconfortar a mãe angustiada. Talvez ela estivesse certa.

Andrássy se projetou para a frente e Franz se virou para ele. Era admirável, Sissi pensou, que aqueles dois homens, antes inimigos jurados, agora se sentassem juntos diante de uma mesa de jantar em Viena. Franz desviando a atenção da mãe para ouvir o conselho de um antigo rebelde e exilado húngaro. E ela, Sissi, a responsável por aproximar os dois, observava em silêncio.

— Sim, Conde Andrássy, gostaria de falar? — Franz perguntou.

— Se me permitir, Vossa Majestade.

Franz concordou e Andrássy se endireitou e empurrou o prato diante de si, aparentemente satisfeito com o guisado de carne.

— A Prússia quer nossa amizade outra vez — Andrássy começou, pigarreando. — Bismarck sabe que, se puder escolher entre França, Inglaterra e Áustria-Hungria, é da nossa amizade que ele mais precisa.

— Os prussianos... nossos amigos? — O tom de Sophie era ácido.

— É um novo mundo, Arquiduquesa Sophie — Andrássy rebateu, virando-se lentamente para Sophie antes de se voltar outra vez para Franz. — A vitória da Prússia... ou melhor dizendo, da *Alemanha* sobre a França criou esse mundo. Precisamos nos adaptar para não perecer, Vossa Majestade.

— Nós somos os Habsburgo. Nós não mudamos — declarou Sophie, repetindo o lema da família, mas seu filho não expressou a concordância de sempre.

— Ouçam — Franz respondeu para Andrássy, não para a mãe. — Eu me preocupo menos com os prussianos... sim, eu falo sério. Escutem o que digo: não serão os prussianos que causarão o nosso fim, e não serão os húngaros. — Franz inclinou a cabeça para Andrássy, como que para lhe dar crédito. Mas aquilo irritou Sissi. *Ela* também não tinha sido essencial ao acordo de paz entre austríacos e húngaros?

Franz continuou, sem olhar para a esposa nem para a mãe, concentrado apenas no seu ministro do exterior.

— Depois de tudo isso, não serão os prussianos, nem os húngaros, nem os italianos que irão nos arruinar. Eu lhes garanto: se este império desabar — ele ergueu a mão, apontando o dedo para a mesa —, será em decorrência da ameaça que vem dos Bálcãs. Os sérvios podem ser o fim dos Habsburgo.

Andrássy, Sissi e Sophie refletiram em silêncio. Os sérvios que viviam no território dos Habsburgo eram volúveis e pediam independência constantemente, era verdade. Mas formavam um bando desorganizado de anarquistas, fascistas e comunistas; eram pistoleiros solitários, cada qual em busca de sua própria glória. Nenhum sérvio poderia representar uma ameaça séria ao poder austro-húngaro unido e resoluto.

Franz Joseph levou o guardanapo aos lábios e limpou a barba antes de colocá-lo sobre a mesa.

— Eu terminei — ele anunciou, levantando-se. O costume ditava que, com isso, todos os outros também tinham terminado, quer fosse verdade ou não.

Sissi mal tinha tocado em sua comida. Ela compareceu ao jantar com a esperança de manifestar algumas de suas preocupações para o marido e para Andrássy. Sua própria irmã Marie tinha sido expulsa do palácio do marido em Roma e procurado abrigo em Possenhofen como se fosse uma refugiada. Exilada, ela agora morava na casa da família — uma rainha em desgraça, sem coroa nem reino. Não havia nada que a Áustria pudesse fazer para ajudar a irmã de Sissi a expulsar Vittorio Emanuele, aquele criminoso revolucionário, de Roma para que Marie e o marido pudessem recuperar o trono italiano?

Mas Sissi percebeu que não teria a oportunidade de pedir por sua irmã, antiga rainha de Nápoles, quando Franz pigarreou e se levantou à cabeceira da mesa. — Vou até a outra sala para fumar. Andrássy, você me acompanha?

— É claro, Vossa Majestade.

Os dois homens saíram e Sissi ficou para trás. A sogra tossiu ao seu lado. Gisela e Rudolf sussurraram alguma piada entre si, sentindo-se mais à vontade depois que o imperador e o ministro saíram. Sissi baixou os olhos e ajeitou as dobras da seda escarlate e o bordado de seu vestido. *Que engraçado*, ela pensou. Houve um tempo em que ela era a aliada mais próxima de Andrássy, sua única defensora na Corte dos Habsburgo. Ele precisava dela até para fazer chegar uma palavra aos ouvidos de Franz. Mas recentemente os dois homens passavam quase todas as noites juntos, trancados no escritório de Franz, bebendo, fumando charutos e discutindo a interminável lista de crises internacionais que os rodeava e desgastava, como um ataque incessante de tempestades marítimas. Andrássy parecia ter se esquecido completamente de Sissi, substituindo-a pelo marido e pela carga interminável de trabalho. A filosofia pessoal de trabalho de Franz, "um homem deve trabalhar até a completa exaustão", parecia ser o novo lema de Andrássy. Agora os dois eram inseparáveis, unidos pelas preocupações conjuntas do navio imperial que comandavam.

Ela baixou os olhos de novo para o vestido requintado, sentindo-se uma tola. Tinha se vestido esplendorosamente para o jantar — um traje escarlate de gola alta com bordados; o cabelo preso em uma coroa de tranças; e a pele coberta com água de rosas, diamantes e rubis. Tinha ido jantar com a melhor produção possível e, ainda assim, Andrássy mal reparou nela.

Tola!, ela pensou. Esta era uma lição que ela tinha aprendido havia muito tempo, quando ainda era uma jovem esposa: Sissi nunca conseguiria competir com as preocupações de se administrar um império.

— Eu deveria estar extremamente brava com você, Andrássy, pelo modo como tem me ignorado.

Aquele era o primeiro momento que Sissi tinha a sós com Andrássy desde que ele havia voltado à corte. Fazia semanas que ela o convidava para almoçar em seus aposentos formais, e só agora ele tinha aceitado.

Fora do palácio o ar estava gelado e pontilhado por flocos de neve, adoçado pelo aroma das castanhas assadas e da massa frita vendida pelos comerciantes além do portão em Michaelerplatz, a Praça de S. Miguel. A ópera tinha aberto suas portas e encantado as classes altas de Viena com seus lustres folheados a ouro e paredes cobertas de seda violeta, um ambiente cujo interior era tão resplandecente e brilhante quanto o exterior de pedra era grandioso e imponente. O som de sinos soava no ar enquanto trenós deslizavam pela Ringstraße gelada e os pedestres encapotados marchavam pelas alamedas para comprar doces, pães de mel e presentes. Mestre Strauss trabalhava duro em uma valsa dedicada à cidade de Viena, e o imperador tinha acabado de anunciar uma nova e gloriosa aliança com o poderoso Império Alemão. Aquele prometia ser um Natal pacífico. Os austríacos, declarou o imperador, tinham muito a celebrar naquele fim de ano.

Mesmo assim, havia uma tensão oculta pulsando dentro do palácio. A aliança com a Alemanha tinha sido estabelecida mais pela necessidade de apaziguar o mais poderoso vizinho da Áustria do que por um verdadeiro entendimento entre os dois estados. O imperador estava sobrecarregado e era confrontado por um descontentamento efervescente que ia dos Bálcãs, no sul, até a Boêmia, no norte. E a saúde da Arquiduquesa Sophie continuava a se deteriorar. O Conde Bellegarde, por sua vez, odiava Andrássy quase tanto quanto odiava a imperatriz, e via a presença do patriota húngaro na corte, ao lado de Franz, como uma afirmação da influência venenosa de Sissi sobre o imperador. O general redobrou seus esforços para desmerecer e difamar Sissi perante a corte, maldizendo-a para quem quisesse ouvir — e havia muitos ouvidos receptivos.

Sissi, por todos esses motivos, tinha pavor de pensar em um inverno longo em Viena. O período mais intenso viria depois do ano-novo e antes da Quaresma, durante o qual todos esperavam que ela participasse dos festejos ao lado dos cortesãos, valsando, fofocando e jantando tarde da noite. Ela desejava a paz e a liberdade de Gödöllő e, ainda mais que isso, desejava compreender e contornar a distância que parecia estar crescendo entre ela e Andrássy.

— Eu acho que você se esqueceu de mim — ela continuou, sentada para almoçar em sua sala de jantar pessoal. Os dois estavam sozinhos, pois Sissi tinha dispensando seu secretário, o Barão Nopcsa, e também suas damas de companhia. Ela tentava manter o tom despreocupado, mas suas palavras evidenciavam uma mágoa profunda.

— Por favor, não fique brava comigo, imperatriz.

— Imperatriz? Você está tão formal, esses dias. — *Como um experiente burocrata vienense*, ela pensou.

Andrássy mexeu no guardanapo, demorando um longo tempo para desdobrá-lo. — A senhora sabe que tenho de servir a muitos chefes.

Sissi o encarou, reparando o modo como seus olhos escuros, que já tinham sido tão radiantes e matreiros, estavam fixos e sérios. Ela não conseguia se lembrar da última vez em que vira Andrássy sorrir — um sorriso genuíno e espontâneo, não aquelas expressões educadas e premeditadas que ele direcionava a ela e ao seu marido durante as interações e conversas formais.

Sissi não sabia dizer como a distância entre eles tinha crescido tanto. Era como se a distância imposta pelo ambiente austero da corte vienense tivesse se tornado o único modo de interação aceito entre eles; como se a indiferença e o comportamento ditado pelo protocolo tivessem se enraizado, tornando-se uma frieza bastante real e um desinteresse comum. Agora, quando conversavam com tal rigidez, não era mais uma questão de desempenhar um papel — eles haviam mesmo se tornado pouco mais que meros conhecidos.

— Como está sua família? — Andrássy perguntou, mergulhando a colher em sua *Rindsuppe*, um consomê quente de carne com almôndegas e cebolas.

— Rudy está... bem, ele é excelente nos estudos. É inteligente. Mas continua...

Andrássy ergueu os olhos, a colher na mão levantada.

— Ele continua muito nervoso.

Andrássy concordou.

— Eu não sei se algum dia ele vai... — Sissi suspirou e tomou um gole de seu vinho. — Gisela, por outro lado, não poderia ser menos sensível. A garota tem a profundidade emocional do pai, além de ser muito parecida fisicamente com ele. Os dois podem ser... oh, tão interessantes quanto um par de tijolos.

— Sissi! — Andrássy ergueu os olhos para ela e, por um instante, a reprovação dele foi tão familiar, tão descontraída e autêntica, que Sissi quase sorriu de alívio ao ser repreendida por ele. Mas o conde logo se recompôs e pigarreou. Quando Andrássy baixou os olhos para a sopa, Sissi percebeu que a franqueza demonstrada um instante atrás já estava dominada.

Quando voltou a falar, o tom formal já tinha voltado. — A Arquiduquesa Gisela é uma garota muito equilibrada e devota. Ela demonstrou uma resistência admirável face ao estado de saúde da Arquiduquesa Sophie... ao se preparar para a despedida... — Andrássy soltou as palavras e Sissi não pôde deixar de se irritar. *E quanto a mim?*, ela pensou, sentindo um aperto estômago. *Quem me elogiou pela minha admirável resistência quando perdi meus próprios filhos? Quando entreguei os dois e o amor deles a outra pessoa?*

Mas antes que ela pudesse dar voz a esses pensamentos dolorosos, Andrássy continuou: — Você tem muito de que se orgulhar, pois criou uma garota impressionante.

Aquelas palavras perfuraram Sissi como uma flecha, e ela retrucou rapidamente, em tom mordaz:

— Eu tive pouca influência nisso.

— Você é a mãe dela, Sissi.

— Em nome, apenas.

— A Arquiduquesa Gisela a admira muito. Tenho certeza disso — respondeu Andrássy, com os cotovelos apoiados na mesa.

Sissi não sabia se gemia com a resposta ou se esticava as mãos por cima da mesa para pegar as de Andrássy e lhe implorar para deixar de ser tão formal e artificial com ela. Ele sabia como tinha sido difícil para Sissi, como havia pouca intimidade e pouco amor entre ela e Gisela; ele sabia que a garota não tinha puxado a mãe em aparência nem em personalidade. A menina também não parecia querer a mãe por perto. Gisela quase nunca lhe dizia mais de três palavras de uma vez, e ainda assim só quando estavam em um ambiente formal, com outras pessoas.

— E quais são as notícias da Baviera? Como está sua família em Possenhofen? — Andrássy perguntou enquanto tomava rapidamente sua sopa. Era provável que estivesse ansioso para terminar logo o almoço e voltar para seus documentos... voltar para Franz, Sissi pensou com amargura. — Eu vi que sua irmã Sophie-Charlotte se casou com o duque de Alençon.

— É verdade — Sissi confirmou, contornando o desenho de uma flor bordada na toalha de mesa com os dedos.

— Que ótimo — Andrássy comentou, olhando para a sopa. — Fico feliz por ela não ter perdido muito tempo sofrendo por Ludwig. Seria uma história com final muito infeliz.

Ela não soube por quê, mas fez uma careta ao ouvir a observação. Talvez fosse pelo comentário maldoso sobre Ludwig. Ou então pelo modo intrometido e presunçoso com o qual Andrássy criticava os membros da família de Sissi — como se ele tivesse esse direito, mesmo estando tão distante ultimamente.

— E quanto ao resto de sua família? — Andrássy parecia ansioso para preencher o silêncio, direcionando a conversa para um assunto seguro que falasse dos outros, e não deles. — Seus pais? Suas outras irmãs?

Sissi se endireitou na cadeira e pigarreou. — Na verdade, minha irmã Marie...

— Sim, como ela está?

— Nada bem.

— Ela continua na Baviera com seus pais?

Sissi assentiu. Sua irmã continuava vivendo no exílio, ao passo que Vittorio Emanuele se autodeclarava rei da Itália. Para piorar ainda mais a situação, Marie tinha perdido a única filha, doente, durante aquela crise política.

Em meio ao sofrimento de Marie, aos excessos do pai, aos relatos da excentricidade crescente de Ludwig e à saúde delicada de Helene, Sissi não sabia como sua mãe conseguia manter a casa em Possenhofen. Ela se virou para Andrássy. — Nós podemos fazer alguma coisa para apoiar a reivindicação de Marie ao trono italiano? Isso significaria muito para a minha família.

Andrássy suspirou e apoiou os cotovelos na mesa para partir um pedaço de pão. — Você sabe que seu marido perdeu terras italianas há poucos anos, e desde então...

— Eu sei, mas ele continua sendo o imperador da Áustria-Hungria. O apoio dele deve ter alguma serventia, não?

— Ele apoia sua irmã, sem dúvida. Ela faz parte da família. Mas o que pode ser feito? Palavras não vão fazer Vittorio Emanuele abrir mão do trono que conquistou a duras penas.

— Então não podemos fazer algo mais? — Sissi se afastou da mesa, levantou-se e começou a andar pela sala, agora sem apetite.

Andrássy a observou, refletindo por alguns instantes. — O quê? Declarar guerra? Você sabe que essa não é uma opção, não do jeito como as coisas estão. Não enquanto nós tentamos solidificar essa aliança com a Prússia, digo, com o Império Alemão.

— Ah, sim. Bismarck, Bismarck, Bismarck. Outrora nosso inimigo, agora o mais cobiçado — Sissi disse, cansada de ouvir aquele nome. Era estranha a frequência com que aqueles líderes trocavam de inimigos e de amantes. Nada mais era real ou genuíno naquela corte?

— Volte à mesa, imperatriz. Você mal tocou seu almoço. Eu vou lhe explicar por que a amizade com Bismarck é de suma importância.

— Não tenho apetite, nem pela comida, nem pela sua conversa de política. — Ela levou o lenço à boca e tossiu; seu peito chacoalhou e ela precisou de vários instantes para se recompor.

— Esse foi um acesso de tosse e tanto, imperatriz.

— Quer parar de me chamar assim? — Sissi resmungou, erguendo o lenço e tossindo mais uma vez.

— Você precisa mesmo se cuidar — Andrássy disse, observando-a de seu lugar.

— É, eu sei — ela retrucou. *Andrássy*, ela pensou, *levante-se e pegue a minha mão, por favor. O que aconteceu com você? Converse sobre alguma coisa que não política.*

— O império todo precisa de uma imperatriz forte e saudável. — Enquanto falava isso, ele dobrou o guardanapo e o colocou na mesa, e por um instante Sissi pensou que ele de fato planejava se levantar e se aproximar. Mas, em vez disso, ele se empertigou e alisou as dobras da jaqueta, preparando-se para ir embora. — Vou deixá-la à vontade, já que não está se sentindo bem. Obrigado pelo almoço, imperatriz.

O coração de Sissi murchou. Então ele iria abandoná-la assim? Naquela que era a primeira chance de os dois conversarem a sós em meses?

— Você... você só terminou o consomê. Não vai ficar para o resto do almoço? — A argumentação de Sissi parecia frágil, dado que ela própria mal tinha tocado em seu prato. Mas ela não queria que ele fosse embora, ainda não.

— Eu não quero perturbá-la mais. Você não está bem. Por favor, imperatriz, descanse. Cuide dessa tosse. Você precisa recuperar sua força. — Andrássy fez uma reverência e então, antes de sair, acrescentou: — Todos nós dependemos disso.

Foi o modo como ele falou — mais do que a escolha de palavras — que a abalou. Sua saúde era uma questão pública. "Todos nós dependemos disso." Como se ela tivesse se tornado, para ele, nada mais do que uma representação da autoridade imperial. Andrássy não ligava para o bem-estar dela tanto quanto o ministro das relações exteriores reconhecia a necessidade de uma imperatriz forte. Aquilo fez o sangue de Sissi ferver.

— Eu pretendo me recuperar — ela declarou, erguendo o queixo e se empertigando. Foi então que Sissi teve uma ideia: — Valerie está com a mesma tosse persistente. Eu estava pensando em levá-la para o sul, para passarmos o inverno em algum lugar quente, para fazermos uma hidroterapia.

Andrássy não perdeu tempo e fez uma reverência de despedida enquanto respondia: — Se é o que deseja, imperatriz.

Ela ficou aturdida e profundamente magoada pela rapidez da resposta, pela aceitação da ideia de Sissi ir embora, para longe dele. Além disso, também ficou magoada pela máscara calma, sem emoção, que Andrássy exibia no rosto, sem sinais de tristeza diante do pensamento de sua partida.

— Bem, nesse caso... — Ela entrelaçou os dedos das mãos à frente da cintura. — Está decidido; eu planejo partir com Valerie imediatamente. Afinal, não aguento ficar nesta corte nem mais um minuto! De qualquer modo, a única pessoa com que me importo é Valerie.

Ela pensou tê-lo visto estremecer. Ali estava, afinal, um lampejo de emoção daqueles olhos escuros. O vislumbre fugaz de seus sentimentos verdadeiros. Mas Andrássy recuperou a compostura, antes mesmo que Sissi pudesse ter certeza de que ele chegou a perdê-la, e sacudiu a cabeça, mais uma vez o burocrata perfeito — e um completo estranho.

※

— Depois da sebe! Corra! A raposa está ao seu alcance! — Sissi gritou para a filha, que corria por um trecho de grama verde diante de um conjunto de árvores. Valerie, após declarar que seu desejo era ser igual à mãe, fingia estar correndo em um cavalo. A mãe a observava de onde estava sentada, na sombra, folheando seu livro de poemas de Heinrich Heine.

— Peguei a raposa, mamãe! Eu peguei! — A garotinha correu para a mãe, com as faces rosadas e a respiração entrecortada pelos risinhos.

— Pegou, minha querida? Bravo! — Sissi se inclinou para frente e cobriu a filha de beijos. — Logo isso não vai ser apenas um faz de conta, meu amor. Logo nós vamos colocar você em cima de um verdadeiro puro-sangue húngaro.

Aquele dia claro de primavera encontrou Sissi na estância hidromineral de Merano. Ela e Valerie tinham se recuperado da tosse meses antes, mas Sissi resistiu às sugestões delicadas e aos frequentes pedidos de seu marido para que retornasse à corte. Ali, ela passava os dias se divertindo com Valerie, Marie e Ida, lendo poesia, cavalgando e inspirando o ar puro da montanha. A simples ideia de voltar para a corte fazia com que fosse tomada por uma ansiedade tal que suas damas de companhia a alertaram de que ficaria doente outra vez. Sissi permaneceria longe tanto tempo quanto pudesse, ignorando as súplicas de sua mãe e a crueldade dos jornais que acompanhavam cada dia de sua ausência. Até Franz parecia ter aceitado a situação.

Ou era o que Sissi supunha — até receber o seguinte telegrama, que continha uma mensagem para a imperatriz que era mais uma convocação do que um pedido:

SUA MAJESTADE A ARQUIDUQUESA SOPHIE COM SAÚDE CADA VEZ PIOR PT MÉDICOS CONCORDAM BIPT NÃO RESTA MUITO TEMPO PT TODA FAMÍLIA IMPERIAL CONVOCADA PARA DESPEDIDA E RECEBIMENTO DA EXTREMA UNÇÃO PT POR FAVOR RETORNE IMEDIATAMENTE PT

※

A primavera florescia em Viena, com cortinas esvoaçantes nas janelas abertas e floreiras carregadas enfeitando as imponentes fachadas brancas na Ringstraße, mas um clima sombrio pairava como uma névoa densa de inverno dentro de Hofburg. Os cortesãos andavam cobertos de preto pelos corredores compridos, sussurrando em vozes abafadas enquanto Sissi passava segurando a mão de Valerie, que se esforçava para acompanhar o ritmo apressado da mãe.

A antecâmara dos aposentos privados da Arquiduquesa Sophie estava atulhada de embaixadores, cortesãos, ministros e parentes com rostos tristes, todos vestindo preto e segurando livros de orações e rosários. Dezenas de olhos recaíram sobre Sissi quando ela entrou, disparando uma onda de reverências e mesuras.

— Imperatriz Elisabeth.
— Vossa Majestade.
— Deus abençoe e mantenha Vossa Majestade.

Sissi passou os olhos pela sala e tombou a cabeça para o Conde Bellegarde, depois para o Coronel Latour. Meia dúzia de padres e cardeais estavam agrupados em um canto.

— Imperatriz. — Andrássy se adiantou, estendendo a mão, mas a recolheu em seguida ao lembrar-se do protocolo e ofereceu nada além de uma reverência formal.

— Andrássy — Sissi respondeu, aproximando-se dele e dando as costas para os olhos atentos de Bellegarde.

— Graças a Deus a senhora chegou a tempo. O imperador está ansioso para tê-la ao seu lado — Andrássy levou Sissi até a porta do quarto da arquiduquesa. — A senhora deve entrar. Por aqui.

Um criado uniformizado abriu a porta do quarto e Sissi titubeou ao entrar, sua cabeça girando diante do fato de que Andrássy, inimigo jurado de sua sogra, fazia vigília à porta da arquiduquesa. Com o fato de ter sido introduzida naquele quarto com tanta rapidez — aquele quarto que ficou fora de seu alcance durante todos os anos em que seus bebezinhos foram mantidos no berçário da suíte de sua sogra. Várias vezes ela havia assombrado aquela porta, desejando que a deixassem entrar, mas sempre encontrava um guarda ou um ministro que a detinha, dizendo-lhe que a arquiduquesa e as crianças estavam descansando, ou que ela não tinha marcado uma visita e, portanto, não poderia ver seus filhos.

— Fique com a Valerie — Sissi orientou, ignorando os protestos da garotinha quando a Srta. Throckmorton pegou a mão da criança. — Vocês três — Sissi olhou para Ida, Marie e a Srta. Throckmorton —, fiquem aqui.

Não quero que Valerie se assuste nem que se arrisque a pegar uma doença. — A garotinha começou a chorar ao ver que a mãe a deixava para trás, mas Sissi, talvez pela primeira vez na vida, não cedeu à vontade da filha.

Dentro do quarto grande e elegante, um grupo triste estava sentado nas sombras. As cortinas escarlates estavam fechadas, de modo que o quarto inteiro parecia mergulhado nas trevas, ocupado apenas por sussurros débeis. Vários padres e enfermeiras andavam de um lado para o outro, dando ordens relativas ao corpo e à alma da mulher doente, parando apenas para fazer uma reverência apressada diante da entrada da imperatriz. Os membros da família estavam ajoelhados e agrupados perto da cama imensa onde estava o corpo de Sophie, imóvel.

Sissi viu primeiro o filho, reparando que ele pouco tinha crescido durante os meses de sua ausência. — Rudy, meu querido. — Ele parecia só um pouco mais forte do que um garotinho, embora já fosse um adolescente. Talvez fosse o rosto que o fazia parecer tão jovem, Sissi pensou; seus olhos estavam vermelhos e inchados, e seu rosto estava corado de tanto enxugar as lágrimas.

— Mãe — ele respondeu, curvando-se na direção de Sissi, mas mantendo seu lugar ao lado da cama da avó. Talvez ele estivesse magoado pelo fato de ter sido deixado para trás mais uma vez, Sissi pensou. Ou talvez sentisse que a mulher que agonizava sobre aquela cama tinha sido mais sua mãe do que aquela retardatária jamais seria.

— Gisela — Sissi cumprimentou a filha em seguida. Se Rudy ainda parecia um menino, Gisela tinha se tornado uma mulher, mais cheia e curvilínea do que a própria Sissi quando se casou. Então Sissi se lembrou: sua filha estava noiva. Ela soube disso por uma carta, mas ainda não tinha visto a filha desde então. Oh, ela deveria dizer algumas palavras para parabenizar a filha e declarar que desejava que estivessem se reencontrando sob circunstâncias diferentes!

— Mãe, bem-vinda à casa. — Gisela se aproximou de Rudy, pondo seus braços ao redor do irmão em vez de cumprimentar a mãe com alguma demonstração de afeto ou familiaridade.

— Olá, Elisabeth. — Franz Joseph se levantou de seu lugar ao lado da cama da mãe e Sissi cruzou o quarto até ele.

— Franz... — Sissi disse, pondo as mãos nos braços dele. — Oh, Franz, eu sinto tanto. Como ela está? — Sissi olhou para a sogra e mal conseguiu disfarçar seu susto diante do rosto pálido e cadavérico de Sophie. A mulher parecia uma versão murcha, fantasmagórica do que tinha sido: seu cabelo, que já fora escuro e espesso, agora caía ao lado do rosto como os fios de uma teia de aranha; os olhos, fechados pelo sono, estavam por trás de uma rede de veias roxas; seus lábios estavam abertos, como se ela tentasse falar, sem conseguir.

— Faz muitas horas que ela não acorda. — A voz de Franz soou baixa e rouca, e ele pareceu engolir as palavras em um esforço para sufocar a ameaça de lágrimas que as acompanhava. — Esperamos que este sono sirva para fazê-la descansar. E que ela acorde pelo menos mais uma vez para que possamos... — Ele levou a mão enluvada ao rosto, escondendo a emoção e o sofrimento que não se dobravam à sua vontade imperial.

Sissi pôs a mão no ombro de Franz e fitou a figura imóvel de sua tia. Sua sogra. Sua rival mais impiedosa na corte. Naquele momento, Sissi se perguntou como era possível guardar sentimentos tão poderosos de amor e raiva em seu coração.

Afinal, aquela era a mulher que assombrou Sissi desde seus primeiros dias de imperatriz, exercendo domínio completo sobre suas escolhas, seu marido, sua casa, seus filhos. Aquela era a mulher de quem Sissi tinha fugido, viajando para outros países e continentes, mas de cuja interferência e influência nunca escapou por completo.

Ainda assim, aquela era a mulher que acolheu Sissi em Viena quando ela era uma garota, que foi uma constante em sua vida, mais presente do que seu marido sobrecarregado e ausente. A mulher que lhe deu Franz. A mulher que amou os filhos de Sissi e que cuidou dela durante as duas gestações, segurando suas mãos durante os partos dolorosos.

Enquanto Sissi observava em silêncio aquela mulher envelhecida, se perguntou: como ela tinha o poder de aterrorizá-la daquele modo? Sophie parecia tão frágil deitada ali, com o rosto inexpressivo, a pele branca como papel, incapaz de ferir alguém, especialmente uma jovem forte e robusta como Sissi. Teria ela sido injusta com a arquiduquesa?, Sissi se perguntou. Teria ela deixado a tensão inicial entre as duas contaminar todas as ações e palavras posteriores da sogra? Será que Sophie não tinha apenas feito o melhor que podia pelo filho que adorava — o filho que foi forçado a suportar tantos fardos, a ocupar uma função em que um desempenho sobre-humano era esperado dele? Será que ela, Sissi, não faria o mesmo por Valerie, agora que compreendia o que era amar profundamente e se dedicar por completo à sua cria?

E então Sissi se lembrou da frase de Heine que havia circulado naquela manhã, durante sua viagem de volta a Viena: "Diante da morte, tocado em meu coração, perdoarei todo o mal que eles me fizeram durante a vida. Deve-se, é verdade, perdoar os inimigos — mas não antes que sejam enforcados".

Sissi se afastou da cama e caminhou pelo quarto espaçoso e obscuro. Seus olhos pousaram na parede oposta, de onde a grande pintura a óleo de Maria Theresa, com o rosto redondo e altivo, observava o ambiente. Maria Theresa, a governante Habsburgo mais amada a ocupar aquele palácio. A imperatriz forte, prolífica, infalível. Esposa dedicada. Mãe exemplar. Cristã piedosa. Soberana formidável e justa de seu povo. Maria Theresa era o modelo com o qual todo monarca Habsburgo era comparado desde então. A mulher cujo rosto a Arquiduquesa Sophie escolheu para olhar todos os dias. A mulher cujo comportamento pessoal e público servira de guia para Sophie. Será que ela teve sucesso? Sissi cruzou os braços, abraçando-se. *Sim*, ela admitiu, *Sophie teve sucesso*. Ela tinha conquistado um lugar para si na constelação mais brilhante das estrelas Habsburgo. "O Único Homem na Corte" era o apelido de Sophie. Ela tinha sido uma figura forte em uma corte na qual força era a maior virtude e a característica mais necessária.

Sissi deu as costas para o olhar severo e onisciente de Maria Theresa e caminhou até o outro lado do quarto. A escrivaninha de Sophie tinha papéis espalhados e uma caneta largada às pressas, como se a mulher estivesse ocupada trabalhando quando a morte finalmente veio para levá-la. Sissi passou o dedo pelo tampo de pau-rosa da escrivaninha da arquiduquesa — nem um grão de poeira. Ela estremeceu de leve quando percebeu que sobre a mesa havia dois porta-retratos pequenos. Sissi estendeu a mão, pegou-os e encarou um par de rostos jovens e sorridentes — ela mesma e Franz Joseph. Os retratos para os quais posaram pouco antes do casamento. Como aqueles dois indivíduos pareciam alegres, despreocupados e esperançosos — rostos de crianças, de fato. Eram os únicos retratos sobre a escrivaninha de Sophie, onde a mulher trabalhou durante todos os dias de sua vida. Com os dedos trêmulos, Sissi recolocou os retratos no lugar em que ficavam havia vinte anos.

Logo abaixo dos retratos havia um livro de couro aberto. Então Sophie estava mesmo trabalhando quando acometida pela doença. Mas aquele era o diário da arquiduquesa, Sissi percebeu, reconhecendo a caligrafia familiar e elegante da velha senhora. Com a garganta seca, leu apenas as últimas palavras redigidas: "Receio que o liberalismo vá triunfar. Deus nos ajude a todos. Se pelo menos meu filho pudesse...". Essa era a verdadeira Sophie. A mulher que se preocupou com o filho e com o império até suas forças chegarem ao fim.

Sissi olhou por sobre o ombro e viu que o resto de sua família permanecia junto e concentrado na figura inanimada sobre a cama. Então, voltou-se para o diário. Com o coração disparado, ela o pegou e folheou as páginas. Elas abriram naturalmente em uma passagem antiga do livro grosso. Era óbvio que se tratava de um trecho que a própria Sophie revia com frequência, pois as letras estavam desbotadas e as páginas, gastas. Sissi estreitou os olhos e leu as palavras, o diário tremendo em suas mãos: "Alguns agora estão prevendo que meu filho talvez escolha a mais nova, Sissi, em vez da mais velha. Que ideia! Como se ele fosse reparar naquela diabrete!".

Mais abaixo na página: Quando eu tentei elogiar Helene, destacar sua virtude, seu intelecto e seu corpo esguio, ele não me escutou. Apenas me disse: 'Não, mas veja como Sissi é encantadora! Ela é linda como um botão de rosa, e que coroa esplêndida é o cabelo que emoldura seu rosto; ela é uma visão. Como alguém pode não amá-la, com aqueles olhos afetuosos e os lábios doces como morangos?'. Meu filho enfeitiçado não consegue ver que Sissi é apenas uma criança!".

Sissi abafou a exclamação que tentava saltar de sua garganta e olhou na direção de Franz, que não olhava para ela, e então folheou mais algumas páginas. Ela chegou a uma passagem na qual a sogra descrevia a manhã seguinte à noite de núpcias deles: "Encontrei o jovem casal no café da manhã, meu filho radiante, a imagem da felicidade (Graças a Deus). Sissi estava tímida e assustada como um passarinho. Eu queria deixar os dois a sós, mas, me fazendo um convite entusiasmado para que eu me juntasse a eles, meu filho não deixou que eu saísse".

Uma página depois, Sophie — sempre observadora, sempre vigiando, sempre crítica — descreve o comportamento de Sissi durante uma missa: "O jovem casal parecia perfeito, comovente, inspirador. A atitude da imperatriz era encantadora; devota, envolta em sua humilde contemplação". Depois, Sissi se deu conta, vinha uma passagem escrita durante sua primeira gravidez: "Penso que Sissi não deveria passar tanto tempo com seus papagaios. Se uma mulher olha demais para animais nos primeiros meses, a criança tende a se parecer com animais. Seria melhor que ela olhasse para si mesma no espelho, ou para o meu filho. *Isso* teria minha total aprovação".

O coração de Sissi se apertava a cada palavra lida, mas ainda assim ela não conseguia parar. Várias páginas adiante havia uma descrição da ida de Franz às guerras na Itália, o primeiro sofrimento de Sissi como jovem esposa. Ela ainda se lembrava de como tinha implorado a Franz que a levasse junto para a campanha na Itália, em vez de deixá-la sozinha na corte hostil e assustadora. Ele se recusou, e sobre isso sua mãe fez a seguinte anotação: "As cenas e lágrimas da pobre Sissi só servem para tornar ainda mais difícil a vida do meu pobre filho". Mas então, pouco depois disso, mais um elogio da sogra: "Sissi na festa de Natal de seu vigésimo segundo aniversário, linda como uma flor, em um vestido rosa de tafetá".

E o diário seguia — páginas e páginas dos pensamentos mais íntimos e verdadeiros de Sophie. Tanta tinta gasta em suas preocupações constantes com a corte, no cuidado com sua alma e, acima de tudo, em seu amor e sua dedicação para com o filho. Perdendo em número de palavras apenas para as anotações sobre Franz, vinham os escritos sobre a nora, manifestando opiniões sobre Sissi, ora favoráveis, ora não, avaliando o desempenho de seu papel ao lado do marido. "Pobre Sissi, partiu, mas por quanto tempo? Não sabemos. Deixando para trás o infeliz marido, bem como os filhos. Fiquei arrasada ao vê-la partir." O estômago de Sissi se contorceu. Ela olhou para a data: outubro de 1860. Logo depois de sua partida da corte. A primeira vez em que fugiu de Viena, após ter ficado doente. Pouco depois de ouvir os boatos sobre a infidelidade de Franz. A primeira verdadeira ruptura em seu casamento — que se mostrou insuperável. Ela se lembrava de como havia se sentido doente, desesperada para fugir, não só de Franz, mas também da sogra. "Fiquei arrasada ao vê-la partir." Reviver aqueles momentos através dos olhos de Sophie e de suas próprias lembranças era demais para ela. Sissi fechou o livro e o recolocou sobre a escrivaninha.

Ela se virou, com os pensamentos em turbilhão e os olhos se enchendo de lágrimas. Olhou mais uma vez para o corpo inanimado de Sophie, rodeado pelos membros da família que a amavam. Naquele momento, Sissi se deu conta de que não dizia nada agradável para aquela mulher, nem a respeito dela, havia mais de uma década. Ela a evitava e rejeitava, pressupondo que cada uma de suas palavras e que cada um de seus gestos seria malicioso e hostil. Talvez Sophie, em todas as suas tentativas de estar com Sissi nos últimos anos, quisesse apenas se desculpar. Começar um novo relacionamento. Ou, pelo menos, permitir que as duas tivessem a oportunidade de acertar os erros do passado antes que fosse tarde demais... pois com certeza Sophie, sempre pragmática, devia saber que seu fim se aproximava. Talvez *ela*, Sissi, tendo sido a mais antagônica das duas, não tenha permitido que ambas encontrassem a absolvição pelos problemas que criaram uma para a outra. Naquele momento, talvez fosse tarde demais. O peso imenso de todas aquelas repentinas constatações foi demais para Sissi, que correu para o lado da cama e caiu de joelhos, juntando as mãos. Debruçando-se sobre a cama da sogra, ela exclamou: — Oh, tia Sophie, perdoe-me! — E, sem saber se as lágrimas vinham de um acúmulo de tristeza, de culpa, ou dos dois, Sissi chorou.

Ela havia carregado a raiva contra aquela mulher por muito tempo, como uma pedra pesada; havia gastado tanto tempo e energia apenas para não vê-la, e tantas palavras para expressar a injustiça que sofrera nas mãos de Sophie. E agora, apesar de tudo isso — ou talvez por causa disso —, Sophie era a única pessoa que poderia aliviar Sissi do fardo de seu ódio.

Mais tarde naquela noite, depois que Gisela e Rudy foram descansar várias horas a pedido do pai, Sissi e Franz permaneceram no quarto, mantendo vigília atenta e silenciosa ao lado de Sophie. O despertar da arquiduquesa veio de forma silenciosa e inesperada, que eles poderiam ter facilmente ignorado não fosse a própria incapacidade de dormir e as ordens para que as velas em volta da cama permanecessem acesas. Franz foi o primeiro a reparar.

— Mãe, você acordou?

Sophie se mexeu ao som do sussurro do filho.

— Tia Sophie! — Sissi exclamou, e os dois se levantaram, um de cada lado da cama como sentinelas.

Sophie olhou ao redor. — Sissi! — a mulher exclamou ao ver o rosto da sobrinha em meio às sombras. — Sissi, é você?

— Sim, tia Sophie.

— Você veio. — A voz da mulher, embora fraca, carregava o tom de surpresa.

— É claro que eu vim.

— Oh, minha querida sobrinha. Obrigada por estar aqui com Franzi. — A tia estendeu a mão para Sissi, que a apertou e notou como os ossos pareciam frágeis por baixo da pele fria e fina da arquiduquesa. — Sissi, minha garota.

— Sim, tia Sophie?

Sophie então se virou da sobrinha para o filho, antes de se voltar outra vez para Sissi. — Sissi, de agora em diante você será o único consolo do meu pobre Franzi. Por favor, seja boa para ele. Seja boa para as crianças. Seu lugar é... — Mas Sophie parou, fazendo força para respirar. Quando se recuperou, vários momentos depois, Sophie parecia ter perdido o fio de seus pensamentos, pois se virou para o filho. — Franzi?

— Sim, mamãe?

— Você está aqui, Franzi?

Ele segurou a mão dela com força e se aproximou um pouco mais. Sissi nunca tinha percebido qualquer semelhança de seu filho com Franz, mas naquele momento ela percebeu traços do rosto suave de Rudy no rosto emotivo do pai.

— Estou aqui, mamãe — Franz respondeu.

— Franzi, você está pronto. Está pronto há muito tempo. Eu preparei você para isto.

Nem Sissi nem Franz disseram nada. Será que a anciã não se dava conta de que estava falando com seu filho de 41 anos, e não com o garoto de 18 que assumira o trono? O trono que ela tinha conquistado para ele.

— Agora é com você, meu filho. Lembre-se: é seu dever sagrado ser forte. Seja sempre forte. — Sophie fez uma pausa, a respiração arquejante e pesada. — Se você mostrar fraqueza, mesmo que o faça com a melhor das intenções, para ajudar o povo, acabará apenas machucando a todos. Pois qualquer sinal de fraqueza irá apenas encorajar revolução e desordem.

Essa era Sophie, Sissi pensou. Exercendo sua vontade até o último suspiro, sempre pensando no dever, mesmo quando mal se mantinha viva. Sissi sentia um turbilhão de emoções estranhas e indecifráveis enquanto escutava o que imaginava ser o último sermão da sogra.

— Vocês sabem... os dois sabem, não é? — Sophie olhava do filho para a nora e de novo para o filho, com olhos marejados mas vigilantes, como se temesse que nunca conseguiria lhes ensinar o que eles precisavam saber.

— Sabemos o que, mamãe? — Franz se inclinou para frente, a voz afetuosa de um modo que Sissi nunca tinha ouvido.

— Vocês sabem que... — Sophie tossiu e seu esforço pareceu consumir o restante de suas forças. — Vocês sabem que... tudo o que eu sempre quis... foi que vocês dois...

Um último espasmo sacudiu o peito de Sophie, e ela pareceu gastar as últimas reservas de fôlego para sussurrar:

— Por favor, um padre.

— Estou aqui, Vossa Alteza Imperial Arquiduquesa Sophie. — Um padre paramentado se adiantou.

— Está na hora. Meu sacramento. Meu último sacramento. Pois logo... — Sophie se esforçou para respirar —...logo estarei com meu Senhor e Salvador.

Segurando uma cruz e um rosário — a mesma cruz e o mesmo rosário que tinham pertencido à Imperatriz Maria Theresa —, Sophie recebeu seu último sacramento. Ela o escutou com a expressão sombria, olhos abertos e boca fechada, demonstrando a mesma dignidade estoica com que comandou a corte durante muitos e formidáveis anos. Quando o padre terminou, o rosto de Sophie relaxou, adotando uma expressão mais pacífica, como se, afinal, ela pudesse descansar.

A partir daquele momento, Sophie perdia e recuperava a consciência, proferia uma prece curta, inaudível, ou um suspiro. Rudy e Gisela iam e vinham, fazendo a vigília com os pais durante o dia e se retirando para seus quartos à noite, obedecendo às ordens do pai. Apenas Sissi e Franz Joseph permaneciam ali o tempo todo.

Sissi perdeu a noção do tempo, entrando em transe. Ela notava vagamente quando Marie Festetics entrava, pedindo-lhe que saísse para comer e descansar. "Não." Sissi negava com a cabeça, ainda segurando a mão de Sophie, enquanto do outro lado da cama Franz fazia o mesmo. Seu marido parecia não registrar a presença de ninguém, nem ver o quarto ao seu redor. Ainda assim, Sissi sentia que precisava ficar ali com ele. E com Sophie.

— Não, Marie, ficarei aqui até o último suspiro dela.

Nem Sissi nem Franz se levantaram de seus lugares ao lado da cama. Comida era trazida para eles, mas esfriava na bandeja devido ao medo de que, caso se virassem para se servir, pudessem perder o momento final. Mas o último suspiro de Sophie não vinha. Nunca houvera dúvida quanto à força e à vontade de lutar da mulher, e elas eram demonstradas claramente em seus últimos dias. A arquiduquesa, o membro da família real mais aplicado em questões de protocolo e pontualidade, agora mantinha todos esperando por dias. Sua determinação era tão forte que nem mesmo a morte conseguia derrotá-la sem luta.

Sissi encarou como um pequeno milagre quando o momento finalmente chegou e Sophie exalou seu último suspiro, com o peito subindo bastante antes de descer de uma vez, expulsando um sopro rouco. Tanto Rudy quanto Gisela estavam no quarto. Era assim que eles queriam.

Franz se agitou, ainda segurando a mão da mãe. O médico deu um passo à frente e sentiu o coração e o pescoço de Sophie antes de fazer um sinal para o padre.

— A arquiduquesa está com seu Criador — o padre declarou para o quarto escuro, fazendo um sinal da cruz sobre a cama. Com essa proclamação, Franz Joseph e Rudy começaram a chorar, escondendo o rosto nas mãos. Gisela ficou rezando sentada em um canto, enquanto água benta era borrifada sobre o corpo de Sophie.

Ao se dar conta de que a mão que segurava agora pertencia a um cadáver, Sissi desvencilhou seus dedos e se levantou, sentindo a cabeça girar quando ficou de pé, tonta de exaustão, fome e — sim, era o que ela imaginava — tristeza. Ela começou a dar a volta na cama para se aproximar de Franz, mas de repente o quarto começou a girar com tal rapidez que Sissi não conseguiu se manter em pé.

Ela se apoiou na cama, ouviu o filho e o marido chorando enquanto o padre recitava as orações em latim e percebeu que era a primeira vez que via o marido chorar desde a morte da filha. Ela pensou na filha Sophie no céu, e então na sogra se juntando à garotinha. Então elas ficariam juntas de novo, a avó amorosa e a princesa querida. Inseparáveis, como foram durante a vida. Sissi não sabia dizer se sentia alívio por as duas estarem juntas, ou ciúmes, ou alguma outra coisa. Mas antes que pudesse decidir, tudo ficou escuro.

✥

Sissi acordou em sua própria cama com a luz do dia se infiltrando pelas cortinas e anunciando um dia quente de primavera. Desorientada, sentindo a garganta seca, ela olhou em volta antes de apertar a campainha que chamou Ida no quarto ao lado.

— Vossa Majestade! — Ida adentrou no quarto alguns momentos depois, o rosto exibindo sinais de fadiga apesar do sorriso rápido e do vestido impecavelmente passado. — Como Vossa Majestade se sente?

— Eu... estou bem, mas que horas são? Por que estou na cama? — Sissi se mexeu sob as cobertas, sentindo-se fraca ao tentar se levantar.

— Vossa Majestade não come nem dorme há dias; chegou ao máximo da exaustão e da fome ficando ao lado do leito da arquiduquesa.

Foi então que Sissi se lembrou de tudo e as cenas surgiram em sua cabeça como fragmentos de um sonho obscuro e horrível.

— Sophie! — Sissi chutou de lado as cobertas. — Eu tenho que me levantar. Preciso ficar com Franz. E com as crianças.

— Por favor, Imperatriz Elisabeth, não seria do agrado de Vossa Majestade comer algo primeiro?

— Não, preciso ficar com Franz. — Sissi sacudiu a cabeça. — Pegue um vestido preto para mim.

Ida franziu o cenho, deixando clara sua discordância embora obedecesse sem protestar. Sissi se vestiu rapidamente e cobriu as madeixas rebeldes com um chapéu de seda preta com véu.

— Diga para Valerie que mais tarde irei vê-la. A pobrezinha deve estar confusa; deve estar muito chateada porque eu a deixei sozinha — Sissi disse, e saiu de sua suíte marchando rapidamente na direção dos aposentos de Franz, ciente de que Ida e Marie a acompanhavam.

A antecâmara do quarto de Franz estava tão lotada quanto o de Sophie estivera. O espaço recoberto de painéis escuros abrigava ministros, embaixadores, cortesãos e clérigos, todos de preto e ansiosos para oferecer condolências e orações ao imperador enlutado. Todos se viraram quando Sissi entrou, e então parou, como se paralisada pela intensidade do olhar coletivo. Ela devia saber que todos estariam reunidos ali, mas ainda assim não estava preparada para vê-los e não queria dividir aquele momento com tanta gente. Ela permaneceu parada, apertando o véu ao redor do rosto. No mesmo instante, os sussurros começaram.

Sissi adentrou na sala, lutando contra a vontade de fugir daquela multidão que lhe fazia reverências, de escapar dos olhares penetrantes e das expressões de expectativa.

— Fiquem à vontade — ela disse, a voz baixa e sem autoridade. Nossa, como estava com sede; por que ela não tomou ao menos um gole de água antes de sair de seus aposentos?

A multidão se dividia em pequenos grupos conforme Sissi passava. — Com licença, por favor — sussurrava, abrindo caminho até a porta do marido. Ela só queria estar perto dele, oferecer-lhe qualquer apoio que pudesse. *Pobre Franz*, pensou. Ele era tão dedicado à mãe. O modo como se manteve ao lado da cama; o modo como ele, sempre tão forte, desmoronou quando a velha senhora faleceu. O coração de Sissi estava enternecido pelo marido de uma forma que não ficava havia anos, talvez mais de uma década. O último desejo de Sophie era que ela, Sissi, apoiasse Franz. Assim, pela primeira vez em anos, Sissi sentia que seus desejos estavam alinhados com os de sua sogra.

E então ela ouviu a voz de um cortesão se sobressair em meio às outras. Ele falava com alguém ao seu lado, mas precisava saber que todos na sala o escutavam.

— É isso mesmo que eu disse. Você pode ver aqui, palavras do jornal, não minhas: "Com a morte da Arquiduquesa Sophie, a Áustria perde sua verdadeira imperatriz".

Sissi passou os olhos pela sala, tentando localizar a figura que tinha dito aquilo. A voz continuou baixa, seu dono protegido pela multidão:

— E aqui você pode ver que eles continuam: "Ela foi uma mulher respeitável, devota e importante, a mulher mais importante na Áustria desde Maria Theresa. Ela não deixa nenhuma sucessora digna na corte, apenas um vazio maior do que podemos compreender". E não é apenas um vazio no governo; sem sua mãe, o pobre imperador vai sentir o vazio mais do que qualquer outra pessoa. Agora ele está preso à sua esposa egoísta, e não terá mais consolo em casa. Você soube que ela desmaiou no mesmo instante em que Sophie morreu? Ela é assim, sempre quer ser o centro das atenções. Mesmo quando vai para longe, é sempre um artifício para atrair a atenção dele.

Os olhos de Sissi pousaram em um rosto familiar, finalmente encontrando a origem da voz odiosa. O Conde Bellegarde estava no centro de um pequeno círculo de ministros segurando uma pilha grossa de jornais que lia em voz alta.

Sissi engoliu em seco e interrompeu o caminhar. Bellegarde olhou em sua direção, encarando-a no fundo dos olhos, um músculo tremendo em seu maxilar. Então, sem qualquer reverência ou arrependimento, ele inclinou a cabeça só um pouco.

— Imperatriz Elisabeth, meus pêsames — ele disse. — Todos nós sabemos o quanto você *gostava* daquela mulher notável. Deve ser um sofrimento e tanto para a senhora.

Franz estava sentado em seu quarto, imóvel em uma poltrona, olhando pela janela para o terreno ensolarado e bem cuidado do palácio. Não levantou os olhos quando Sissi entrou, nem respondeu com nada mais que um movimento de ombros quando ela perguntou se poderia fazer algo.

Rudy e Gisela se abraçavam, chorando em um sofá próximo enquanto criadas entravam e saíam, oferecendo chá e biscoitos e perguntando se Suas Altezas desejavam que as janelas ou cortinas fossem abertas. Ninguém respondeu com nada além de uma expressão vazia.

Sissi viu Andrássy no canto do quarto. Seu estômago continuava cheio de nós enquanto digeria o veneno das palavras de Bellegarde, mas Bellegarde não estava manifestando somente seu próprio sentimento. Não, ele apenas lia a primeira página de um dos jornais nacionais. Então toda a Áustria pensava daquela forma! E agora o mundo inteiro saberia.

Sissi sempre suspeitou — não, sempre *soube* — que possuía críticos declarados dentro da corte vienense. Eles se ressentiam de suas longas ausências; tomaram partido de Sophie nas últimas disputas familiares; souberam dos períodos de distanciamento conjugal entre ela e Franz; e se ofendiam com a afinidade dela com a Hungria. Mas a hostilidade deles para com ela era tão conhecida e explícita que os jornais a atacavam mesmo em um momento daqueles — aquilo era demais para ela suportar.

— Preciso ir embora, Andrássy — Sissi sussurrou, a voz baixa e oca. Seu coração martelava no peito, e Sissi pensou até em fugir daquele quarto e sair pelos portões do palácio a pé. Quando disse que precisava ir embora, ela queria dizer naquele exato instante. Sissi sabia que era egoísmo, sabia que significava abandonar o marido e os filhos em um momento de dor, mas se todo mundo já acreditava que ela era egoísta, o que Sissi tinha a perder? — Não posso continuar aqui, não quando todos me odeiam. Preciso ir embora.

Andrássy olhou para ela, e a expressão dele demonstrava preocupação. Sissi sabia que sua aparência justificava esse sentimento; ela quase não tinha dormido nos últimos dias, não tinha comido nada, estava pálida e desfigurada, com a tensão certamente afetando suas feições, impressão que lhe foi confirmada quando Andrássy respondeu:

— Talvez tenha razão, imperatriz. Talvez você deva mesmo ir a algum lugar para se recuperar a sós. — Ele fez uma pausa, como se ponderasse suas próximas palavras antes de acrescentar: — A última coisa de que o imperador precisa agora é ter que se preocupar também com a sua saúde. Ele precisa que a senhora seja forte.

Sissi precisou sentar. Ela se apoiou em uma mesa próxima, derrubando seu retrato em miniatura que estava ali. — Sim, você tem razão — ela concordou. — Então é isso que farei. Vou levar Valerie e... — Sissi fez um gesto com a cabeça, lançando um olhar nervoso na direção dos outros dois filhos, preparando-se para a desagradável separação. Mas mais uma vez, o modo como eles se abraçavam em seu sofrimento, ignorando-a para prantear a avó... eles deixavam bem claro que ela não era a mãe deles, não como Sophie tinha sido.

— Eu preciso retornar à Hungria — Andrássy disse. — O parlamento vai se reunir no mês que vem, e eu vou expor o programa do imperador para eles.

— Hungria — Sissi repetiu. — Hungria? Sim. Eu irei para a Hungria.

— É uma boa ideia. — Uma voz frágil, engasgada com sofrimento e à beira das lágrimas falou no canto do quarto. Sissi olhou, surpresa, e viu Franz. Ela não sabia que ele podia ouvi-la. — Hungria... — Franz repetiu, ainda olhando pela janela, de costas para o quarto. — Iremos todos para a Hungria. Acredito que até eu mereço um pequeno descanso.

V

Genebra, Suíça
Setembro de 1898

Ele entra no *Café du Pont*, um bistrô perto da Ponte Mont Blanc. O horário é entre o café da manhã e o almoço, e o lugar está vazio. Um homem de bigode observa de trás do balcão, onde está enxugando copos com seu avental. Ele tem o mesmo aspecto bem cuidado de todos os suíços e examina Luigi por um longo momento. Lá está, Luigi pensa, aquele olhar conhecido, uma mistura visível de desconfiança e desdém. O homem duvida que Luigi poderá pagar e está se perguntando se já o coloca para fora ou se espera até ele admitir que não pode pagar por uma refeição.

— Não fazemos caridade aqui — diz o balconista, aparentemente decidindo-se pela primeira opção.

Luigi abre um sorriso irônico. Ele começa a assobiar enquanto tira um franco suíço do bolso e o esfrega entre o polegar e o indicador. Caridade mesmo, Luigi pensa, mas aquele homem não precisa saber disso. Não precisa saber que uma mulher elegante jogou a moeda para Luigi quando o viu dormindo no cais pela manhã. A moeda reflete a luz do sol e toda a atitude do balconista muda. Ele coloca o copo no balcão. — Desculpe-me, monsieur. Viagem longa? Que tal uma rodada por conta da casa?

Luigi apoia os cotovelos no balcão limpo e aceita com um movimento de cabeça, olhando diretamente nos olhos do suíço. Ele aceita a bebida e então pede mais uma com uma tigela de sopa. Quando ela chega, ele a toma devagar, ainda que seu estômago lhe implore para levantar a tigela e despejar todo seu conteúdo goela abaixo. Para diminuir o ritmo com que come, ele puxa conversa. — O duque de Orléans é esperado aqui, em Genebra.

O balconista, novamente enxugando seus copos, olha para Luigi. Com os lábios comprimidos sob o belo bigode, ele não responde.

— Quanto tempo até o grande homem chegar? — Luigi deixa a colher na tigela e limpa a boca. Só de falar no duque seu coração dispara. O duque de Orléans. O homem que se imagina o próximo na sucessão do trono francês, um dos mais ricos e poderosos do mundo! Luigi pensa de novo na lâmina que traz no bolso, nos seus planos para o Grande Feito. — Ele deve chegar hoje ou amanhã, não é? — Ele consegue parecer indiferente, e até dá de ombros quando faz a pergunta tão importante.

O balconista deixa o copo no balcão e limpa as mãos no avental imaculado. — Você não está sabendo? Não ouviu falar? — A voz do suíço transborda desdém.

Luigi fica irritado. Não gosta que o façam se sentir um imbecil, ainda mais aquele balconista. Leva a mão ao bolso e toca a lâmina, pensando em pegá-la para barbear aquele suíço de bigode fino.

Mas ele mantém a calma, lembrando-se de não desperdiçar o Grande Feito com alguém tão desimportante como aquele reles balconista. Ele tira a mão do bolso e pega mais uma vez a colher de sopa. — Não ouvi o quê? — ele diz, parecendo desinteressado.

— O duque de Orléans não vem mais para Genebra — o balconista responde, e Luigi sente uma pedra cair em seu estômago.

O duque de Orléans não vem? Mas Luigi passou o verão inteiro tentando alcançar o homem. Não virá a Genebra? Bem, então aonde ele vai? E como Luigi executará o Grande Feito? A realeza que Luigi tem caçado com tanto afinco agora escapa de sua armadilha. Então, o que Luigi vai fazer em Genebra?

Capítulo 5

Palácio de Gödöllő, Hungria
Outono de 1872

— Com certeza você é jovem demais para ser avó, Rainha Elisabeth. — Nikolaus Esterházy olhou de relance para Sissi. Seus cabelos morenos escapavam do chapéu de montaria em tufos desobedientes que caíam em seu rosto forte e anguloso. Sissi não pôde deixar de reparar em como ele era atraente. — Mas se você se tornar uma, permita-me dizer que será a avó mais linda que já viveu.

— Você é muito gentil, Nicky. — Sissi se ajeitou na sela, exibindo seu sorriso mais sedutor para o nobre húngaro ao seu lado. Era muito boa a sensação de poder flertar de novo, de receber um elogio masculino com bom humor e risadas.

— Gentil, talvez, mas estou apenas dizendo a verdade — o Príncipe Esterházy insistiu.

— Eu também estou lhe dizendo a verdade, Nicky. Gisela vai se casar com esse Leopold. E preciso aceitar o fato de que estou envelhecendo.

— Está nada. Você parece tão jovem quanto a noiva.

— Ainda assim... — Sissi continuou — quando insisti para que o noivado deles fosse longo, sabe qual foi a resposta da corte?

— Não, qual foi?

— Que eu queria adiar a felicidade da minha filha para satisfazer minha própria vaidade. Que tenho horror a me tornar uma avó e por isso não permito que Gisela se case.

— E isso é verdade?

Sissi negou com a cabeça. — Confesso que não desejo me tornar avó! Mas não, não é nisso que estou pensando. Não sou assim *tão* egoísta. Eu quero que Gisela tenha um noivado longo para que não se case enquanto ainda é uma garota, como eu fiz.

Esterházy se remexeu na sela, sem saber o que responder.

— Mas podemos deixar tudo isso em Viena, por favor? — Sissi suspirou. — Pois eu estou aqui, longe de todas as fofocas.

Eles cavalgaram lentamente até os estábulos de Gödöllő, o sol baixando sobre os campos a oeste. Sissi estava cansada e relaxada como havia semanas não ficava, a pele salgada devido ao suor. O dia tinha sido claro e o ar da noite estava fresco, marcado pelo aroma de fogueiras e folhas secas. Ela e o Príncipe Esterházy estavam cavalgando desde a alvorada, enquanto Franz e Rudolf tiraram o dia de folga para caminhar nos bosques ao redor. Gisela se ocupava de planejar seu enxoval de casamento e escrever cartas de amor para o futuro marido.

Sissi puxou as rédeas para diminuir a velocidade do cavalo quando se aproximaram dos estábulos. Os cavalariços correram para recebê-los, e Shadow se juntou a eles como o membro mais feliz do comitê de boas-vindas. Sissi inclinou a cabeça para o lado enquanto detinha o cavalo e ergueu os olhos para a casa, onde as janelas do quarto de Gisela estavam iluminadas.

— Não consigo entender como as pessoas podem ficar tão ansiosas com o casamento e esperar que ele traga tanta felicidade.

Esterházy desmontou e estendeu a mão para ajudar Sissi a descer de sua sela. Ela continuou falando, mais para si mesma do que para o companheiro.

— Quando eu penso em mim mesma, vendida com quinze anos, uma criança, fazendo um juramento que não compreendia...

Esterházy manteve o tom leve, sem perceber a profundidade das reflexões de Sissi. Ele deu de ombros antes de responder. — Provavelmente é por isso que eu prefiro continuar um solteirão. — Esterházy ofereceu o braço, no qual Sissi entrelaçou o seu para ser acompanhada de volta à casa. A imensa árvore de ginkgo no jardim tinha perdido as folhas, que agora formavam um carpete amarelo no solo, e Shadow rolava na pilha colorida enquanto eles passavam. — Além disso — Esterházy continuou —, eu ainda não encontrei ninguém que pudesse afetar minha fidelidade por você, Rainha Elisabeth.

Sissi riu do comentário, sabendo que aquele malandro ousado também acabaria se casando assim que seu apetite por caçar e flertar estivesse saciado. E ele não enfrentaria a escassez de candidatas quando a hora chegasse. Mas ele era um homem rico e, assim, a liberdade de escolha era sua prerrogativa. Sissi suspirou e recitou um de seus versos favoritos: — "A música tocada nos casamentos sempre me lembra da música tocada para os soldados antes da batalha".

— O que disse? — Esterházy olhou de esguelha para ela.
— É uma citação de Heine — Sissi respondeu.
— De *quem*?
— Meu poeta favorito. — *Andrássy saberia isso,* ela pensou, e sentiu uma pontada de tristeza. Com isso, recolheu o braço e apertou o passo na direção da casa. — Preciso me apressar se desejo ver minha Valerie. Obrigada pela companhia, Nicky. Eu o vejo no jantar.

※※※※

Sissi não sabia — nem Franz nem Andrássy tinham lhe contado — que Andrássy iria jantar com eles aquela noite em Gödöllő. Ela mal conseguiu disfarçar seu prazer ao vê-lo quando entrou na sala de jantar com Marie e Ida.
— Boa noite, imperatriz. — Andrássy estava impecável com sua casaca, mesmo depois da viagem.
— Olá, Conde Andrássy.
— Você está muito bem.
— Obrigada — ela respondeu, o coração saltando no peito. Quando ela o fitou nos olhos, Sissi sentiu o rosto ficar quente. "Seu rosto sempre trai suas emoções", Andrássy tinha lhe dito isso uma vez, e ela se lembrou disso naquele instante. *E daí?,* ela pensou; ninguém ali iria fofocar, informando Bellegarde que a imperatriz tinha sorrido demais durante o jantar.

Várias horas depois, Sissi estava sentada no braço da poltrona de seu marido. O jantar tinha acabado e o grupo se deslocado para a sala de estar. Nicky ocupava uma poltrona à frente deles e bebia um doce vinho Tokaji. Marie e Ida entretinham Gisela e Rudolf com um *jogo de cartas.* Na outra extremidade da sala, Andrássy estava sozinho, fumando no canto enquanto olhava pela janela para a noite fria e escura que tinha caído sobre Gödöllő.
— Franz, precisamos conversar. — Sissi falou.
— Sim? — Franz virou-se para a esposa. — Aceita uma bebida, Elisabeth?
— Não, obrigada — ela recusou, sacudindo a cabeça. — Mas você precisa falar com Nicky... Príncipe Esterházy... sobre os estábulos dele, cheios de puros-sangues. Meu aniversário está se aproximando, e o Natal também, e eu quero muito um cavalo novo. Acho que já esgotei por completo meus pobres e velhos animais.
— É mesmo? — Franz observou a esposa enquanto um criado enchia sua taça de vinho. Sempre parecia haver criados demais em todas as salas

em que Franz estava, Sissi pensou. — Nikolaus, você já esgotou os belos puros-sangues húngaros da minha mulher?

— Por favor, não fique bravo comigo, Vossa Majestade. Além disso, em se tratando dela, acredito que o senhor obedeça a imperatriz com a mesma boa vontade que todos nós. — Esterházy exultava com o vinho, com a comida e com a companhia imperial.

— Não só com boa vontade, mas com rapidez também. — Franz olhou para o príncipe húngaro como se para indicar que tinha aprendido sua lição, e também as consequências, de *não* obedecer à imperatriz. — Conte-me sobre seus cavalos, Príncipe. Elisabeth faz elogios intermináveis aos seus estábulos.

Sissi aproveitou o momento, percebendo que Franz seria arrastado para uma conversa longa, regada a vinho, com Esterházy — o nobre húngaro não conseguia resistir a qualquer oportunidade de se vangloriar de seus incríveis cavalos. Ela se levantou da poltrona e deslizou silenciosamente até a extremidade da sala. No caminho, fez um sinal para Ida.

— Ida, um pouco de música?

A dama de companhia obedeceu, abandonando o jogo de cartas para se sentar ao piano. Em meio ao som do piano, às risadas que emanavam da mesa de carteado e ao monólogo entusiasmado de Esterházy sobre cavalos, havia ruído suficiente para preencher a sala.

— Olá, Andrássy. — Sissi parou ao lado dele.

O conde olhou de lado para ela, como se emergindo de pensamentos profundos e só então reparando que não estava sozinho na sala. — Boa noite, Imperatriz Elisabeth. — Ele se endireitou e lançou um olhar na direção de Franz e Esterházy na outra ponta do salão. Ele e Sissi estavam praticamente escondidos atrás do piano e de uma estante de livros, mas ainda assim sua linguagem corporal era formal, reservada, como o protocolo mandava.

— Como você está? — ela perguntou, virando o corpo para o lado, para que parecesse estar olhando pela janela, quando na verdade olhava para Andrássy.

— Estou bem — ele respondeu. Seu rosto estava caído de cansaço, e sua voz não estava nada animada. — E você?

— Estou muito bem, obrigada. — Ela fez uma pausa, inspirou fundo e então acrescentou: — Estou feliz por ver você. — E ela estava; era verdade.

— Você parece ter recuperado seu antigo esplendor. — Ele se virou e admirou a aparência de Sissi em seu vestido de brocado cor de carvão, com laços nas mangas e contas de vidro na saia e no decote. Já estava quase na hora de a família imperial tirar o luto, e aquele vestido carvão possuía uma quantidade adequada de enfeites discretos. Andrássy se voltou mais uma vez para os jardins escuros.

— Obrigada — ela disse e fez uma pausa. — Acredito que é porque estou de volta ao meu lugar.

Ele assentiu sem olhar para ela.

— E *você* está de volta ao seu lugar. — Sissi acrescentou em voz baixa enquanto estudava o perfil dele. — Aqui. Na Hungria.

— É um alívio ver tanto você quanto o imperador com boa aparência e se sentindo bem, imperatriz.

Sissi desejava que Andrássy parasse de chamá-la assim, mas sabia que ele não o faria. Não na frente de Franz Joseph ou de qualquer outra pessoa.

— Você tem estado muito ocupado com o parlamento em Budapeste? Nós mal o temos visto.

Ele fez que sim.

Ela tentou dar um tom mais leve à conversa. — Imagino que você tenha ouvido a boa notícia? Você sabia que minha filha vai se casar?

— Eu soube — ele confirmou. Os dois olharam para Gisela, cujo rosado rosto redondo brilhava enquanto ela ria com o irmão na mesa de carteado. — Meus votos de felicidade para a Arquiduquesa Gisela.

— Isso faz com que eu me sinta muito velha — Sissi disse, suspirando.

Andrássy olhou para ela, e as feições dele indicavam... o que era? Uma fadiga terrível? Ou seria tristeza?

— Mas nós vamos despachar uma garota e trazer outra — Sissi continuou. — Convidei uma parente minha, uma garota bávara chamada Marie Larisch, para ser minha dama de companhia. Eu disse a Ida e Marie que estamos ficando muito velhas e que o único modo de permanecermos jovens é acrescentar um pouco de sangue novo aos meus aposentos.

— Marie Larisch... — Andrássy repetiu o nome. — Não conheço a jovem.

— Não, não tem como. Ela é filha de uma atriz.

— Parente sua?

— Bem, a mãe dela é atriz e o pai é meu parente pela linha ducal da Baviera. Então ela é meio nobre. Não é o suficiente para os padrões vienenses. E o melhor: ela nunca vai ser aceita pela corte. Logo, não preciso ter medo de que ela se volte contra mim.

Uma grande trovoada de gargalhadas sinalizou o fim do jogo de cartas ao lado, com Marie Festetics levantando as mãos, vitoriosa. Do outro lado da sala, Franz e Esterházy continuavam conversando, enquanto Ida tocava o piano. Gisela começou a tagarelar com Marie, na mesa de carteado, sobre seus planos para o casamento que se aproximava, explicando que ela tinha se decidido por um padrão para sua nova porcelana e contando que partes do seu enxoval nupcial já começavam a chegar de lugares distantes como Londres e Paris.

Rudolf mergulhou em um silêncio amuado enquanto as duas mulheres conversavam sobre o casamento de Gisela. Ele vestia o uniforme militar, e embora isso o forçasse a se sentar ereto, sua expressão facial desfazia uma figura que, de outro modo, seria impressionante. Ele parecia mal-humorado, quase às lágrimas. Sissi deduziu o motivo da tristeza de Rudolf: o garoto temia a iminente partida da irmã. O príncipe herdeiro e seu pai não eram próximos; tinham caráter inteiramente opostos. Com a morte da avó e a mãe quase sempre longe, Gisela era o membro da família mais próximo de Rudolf, e seu único confidente.

— Ora, Andrássy, como você pode ficar com a imperatriz só para você? — Nicky disse de seu lugar perto do imperador. — Isso não é muito elegante!

Tanto Sissi quanto Andrássy se viraram instintivamente e se juntaram aos outros, encerrando seu interlúdio particular.

— Já acabamos de planejar seu presente de aniversário, imperatriz — Esterházy anunciou.

Franz parecia sonolento na poltrona à frente dele. — Rudy. — O imperador se virou para o filho. — O que você está fazendo aí, ouvindo conversa de vestidos de noiva no meio de duas mulheres?

Sissi quase estremeceu com a insensibilidade do comentário.

— Eu estava jogando cartas com elas — Rudy respondeu, a voz baixa.

— Pior ainda, perder para duas mulheres no jogo de cartas. Venha cá, filho, você deveria estar aqui. Bebendo com os homens.

— Estou cansado — Rudy disse, levantando-se de sua cadeira. — Se o senhor não se importa, peço licença para me recolher ao meu quarto. — Sissi observou o filho sair do salão, o corpo uniformizado se movendo em passos duros e frágeis.

Um silêncio pesado pairou no ar por vários minutos antes que Esterházy o preenchesse. — É uma pena que você nunca venha cavalgar conosco, Andrássy. — Esterházy acendeu um charuto e soprou uma nuvem de fumaça que envolveu seu rosto. — Você se nega à diversão.

— Você não faz ideia — Andrássy respondeu, a voz tão baixa que mesmo Sissi, parada ao lado dele, quase não o ouviu. Depois, falando mais alto para que os outros pudessem escutá-lo, Andrássy continuou: — Não posso gastar energia e tempo com esportes e brincadeiras infantis quando tenho sobre minha mesa, todas as manhãs, o importante trabalho de administrar o reino.

Sissi deveria ter se sentido insultada — o comentário, afinal, era tão pertinente ao modo de ela gastar o tempo quanto ao de Esterházy. Mas ela não ficou brava. Não... na verdade, ficou encantada com o comentário, pois viu o ciúme claramente estampado no rosto de Andrássy.

Andrássy não tinha ciúme de Franz; ela agora compreendia isso. Andrássy sabia que a cama de Sissi e Franz estava fria havia muitos anos, e que Sissi não sentia nenhum desejo de voltar para o marido. Mas Nicky Esterházy era ousado, viril e teria a capacidade de chamar sua atenção. De fato, ele *chamava* sua atenção, e Andrássy percebia isso. Do mesmo modo que ele próprio tinha chamado a atenção dela anos atrás, um jovem patriota húngaro impetuoso e perigoso que a tirou para dançar. Ver Sissi divertindo-se com Esterházy deixava Andrássy louco de ciúme, e isso acalentava na imperatriz uma pequena e obstinada chama de esperança.

Mais tarde naquela noite, quando a casa toda dormia, Sissi foi até o local sob os cornisos desfolhados com o corpo trêmulo envolto por uma capa. Eles não haviam planejado nem conversado a respeito, mas lá estavam os dois, iluminados pelo brilho suave da meia-lua.

— Andrássy.

— Sissi. — A voz dele ecoou rouca, torturada. — Você veio.

Ela apressou os últimos passos até ele.

— Eu tenho me esforçado tanto... — ele confessou. — E tive sucesso, ou pelo menos pensei ter tido. Tenho sido leal ao meu rei, tenho servido a ele. Oh, mas Sissi, cada dia que fico longe de você me destrói.

Andrássy a puxou para seus braços, o que Sissi aceitou de bom grado, recebendo aquele abraço como se fosse uma absolvição. Ela poderia ter chorado de alegria. Seus corpos se encontraram no escuro depois de tanto tempo separados, entrelaçando-se desejosamente em uma traição voraz.

Sissi ficou aliviada, na verdade, quando na manhã seguinte a Srta. Throckmorton lhe contou, durante o café da manhã, que Valerie tinha acordado com febre. Sissi convocou o médico ao quarto da filha, ordenou que a menina ficasse em observação constante e cancelou sua cavalgada, informando Nicky que pretendia permanecer no palácio enquanto a filha precisasse dela.

Mas também havia outra coisa a qual não quis revelar a Nicky. Sissi estava aliviada por ter uma desculpa para faltar à excursão de caça do dia porque tinha acordado com outra notícia: Andrássy tinha partido. Foi tão inesperado que ela se perguntava se a noite anterior não tinha sido nada além de um sonho maravilhoso. Mas não; enquanto Sissi se vestia, Marie anunciou que ele tinha partido cedo naquela manhã. Ele devia ter voltado, Sissi imaginou, para o parlamento em Budapeste. Com aquela partida abrupta, a felicidade da noite anterior foi substituída por uma tristeza pungente, e Sissi teve certeza de que Nicky, o solícito e ciumento Nicky, teria percebido que havia algo de errado.

Então ela passou a manhã amuada na cama, dispensando as damas. No meio do dia, ainda infeliz e entediada, Sissi decidiu sair sozinha para uma caminhada. A tarde estava fria, cinzenta e com possibilidade de chuva, de modo que ela logo retornou ao palácio. Sentindo que poderia enlouquecer com a agitação que fervia em seu peito, Sissi dedicou-se a colocar sua correspondência em dia. Ela leu e respondeu cartas de sua mãe, Helene e Sophie-Charlotte, deixando a carta de Ludwig para o final. Se as notícias de Possenhofen melhoraram um pouco seu estado de espírito, a mensagem de Ludwig afundou seu humor mais uma vez.

Minha amada Sissi,

Eu a saúdo com a alma oprimida e desmoralizada, pois hoje mesmo briguei com Richard, e receio que a ruptura não possa ser reparada.

Talvez você se pergunte como duas almas tão próximas como a minha e a de Richard – duas pessoas que compartilham uma ligação tão profunda, tanta intimidade, além de objetivos e sonhos comuns – podem descobrir que exista entre elas discórdia tão vil. Para essa questão, eu ofereço esta defesa: não é minha culpa! É culpa daquele consórcio desprezível de símios em Munique, meu assim chamado governo!

Meus ministros reclamaram recentemente para mim das desastrosas condições financeiras do meu reino, e insistiram que eu contivesse meus projetos até minha situação se tornar mais solvente. Eles dizem que eu afundei a Baviera em dívidas e que o governo em Munique, daqui em diante, precisará aprovar todos os meus novos gastos que excedam dez mil marcos. Imagine que eles têm a ousadia de querer dizer para mim, o REI deles, o que eu posso ou não fazer?

Quando tentei explicar isso para o meu querido Richard, ele não entendeu. Ele é um gênio – Richard não se preocupa (nem deve mesmo) com assuntos tão sujos e mundanos como dinheiro! O que significa dinheiro, afinal, quando falamos de criar uma arte pura e inspirada pelo divino? Richard me incitou a desconsiderar as ordens tirânicas emitidas em Munique por meus próprios ministros. Oh, como eu gostaria de me curvar ao desejo dele!

Ainda assim, tolo como sou, implorei-lhe que me desse algum tempo para refletir. Para ver se existe algum modo de fazer aqueles símios reconsiderarem, fazê-los compreender e reconhecer a suprema importância dos nossos projetos. Richard não gostou disso e proferiu impropérios contra mim, saindo furioso do castelo e dizendo que nunca mais me veria.

Ele é, como você sabe, o deus da minha vida, e eu me pergunto se existe algum motivo para continuar vivendo sem ele.

Com o coração partido e pesado,
eu rezo para que você se lembre de seu leal primo,
Ludwig

Sissi manteve a carta em mãos enquanto andava de um lado para outro em seu quarto, exasperada. Logo o espaço se tornou muito pequeno e ela irrompeu de seus aposentos, atravessou o corredor com passos furiosos, desceu a escada e saiu pela porta dos fundos para o jardim, os pensamentos acelerados.

Coitado do primo! Seu primo tolo, excêntrico e ingênuo! Ludwig estava evidentemente perturbado, enlouquecido por sua paixão, por seus sonhos e por sua incompatibilidade com a dura realidade do mundo. Ludwig tinha problemas, isso era inegável. Embora não fosse louco o suficiente para ser colocado em um hospício, ele já não podia continuar sendo rei.

As histórias do patrocínio de Richard Wagner pelo primo faziam o sangue de Sissi ferver. A devassidão de Wagner era lendária em toda a Europa. O homem podia ser um gênio quando se tratava de compor música, mas suas façanhas com mulheres, bebida, jogatina e brigas eram igualmente épicas. Como alguém podia dizer que o dinheiro de Ludwig estava indo para a arte que ele pensava estar financiando?

Sissi caminhou pelo pátio, ignorando Shadow quando o cachorro a encontrou e passou a trotar ao seu lado. Ela só reconheceu onde estava quando, com uma pontada de saudade, percebeu que se encontrava debaixo da copa de cornisos. Andrássy! Ela teria chorado de saudade dele, mas então reparou no corpo magro e encolhido que se escondia atrás dos arbustos próximos.

— Rudolf? — Ela sabia que era o filho; ela tinha visto uma parte do uniforme militar do garoto. Sissi sentiu um aperto no coração; será que o garoto tinha descoberto a respeito dela e Andrássy? Por que ele tinha ido parar naquele lugar em particular?

— Oh, olá, mamãe. — O garoto saiu de trás dos arbustos, agindo como se estivesse surpreso por vê-la ali, embora, era evidente, ele tivesse percebido a aproximação dela e se escondido.

— O que você está fazendo aqui? — Sua voz soou severa, surpreendo a si própria.

— Nada. — Seu rosto ficou vermelho na hora, dando-lhe um aspecto quase febril. Ela percebeu que ele mentia. O garoto olhou furtivamente para os arbustos e Sissi foi na direção que seu olhar indicava. E ali, no meio das plantas, ela encontrou um monte nojento, pútrido, de pequenas carcaças. Passarinhos mortos e ensanguentados. A pior parte de sua descoberta, contudo, foi que nem todas as aves estavam mortas. Algumas continuavam se contorcendo e piando, agarradas à vida em meio à sua agonia. Sissi gritou e recuou um passo.

— O que é isto? Rudolf, o que significa isto? Por que tantos pássaros mortos e machucados?

Então ela reparou no pequeno rifle ao lado da pilha. Sissi ficou boquiaberta. — Rudolf? Você... você que... abateu todos esses pobres animais?

— Não! — Rudolf disse, afastando-se dos arbustos. — Não — ele repetiu, mudando o apoio do corpo de um pé para o outro. — Eu os encontrei — ele acrescentou, sem ser convincente. E então o garoto reparou no cachorro ao lado de Sissi, abanando a cauda peluda em sua alegria inocente e pateta. — Shadow deve ter matado os passarinhos — Rudolf disse. — Eu... eu os trouxe até aqui para enterrá-los.

Sissi quase chorou de alívio. Como ela poderia se recuperar do choque de descobrir que tinha um filho sádico e torturador de animais? Mas então um pensamento preocupante lhe ocorreu: — Então... então por que o seu rifle está bem ali?

Rudolf demorou a responder, engolindo em seco e baixando os olhos. — Eu... eu trouxe os passarinhos até aqui para enterrá-los. Achei que era um bom lugar.

— Mas por que a arma? — Sissi perguntou, a voz baixa e sem expressão.

— Eu estava com a minha arma. Sempre estou com ela quando saio para a floresta. Papai me disse que existem lobos por aí. Eu estava com ela, mas a deixei no chão para enterrar os passarinhos.

Sissi pensou naquilo por um instante, o coração martelando dentro do peito. Nada podia desmentir aquela história, ainda que lhe parecesse estranha. Ela nunca soube que seu cachorro caçava pássaros, mas ela também nunca soube que seu filho matava animais. Ela assentiu, escolhendo acreditar no garoto. A outra alternativa era horrível demais.

De volta à casa, Sissi admitiu para si mesma que desejava que sua família voltasse para Viena. Ela e Franz haviam tido um bom outono juntos, era verdade. Ele tinha se recuperado da tristeza pela morte da mãe com seu estoicismo habitual e até se tornado uma companhia agradável. Eles cavalgaram juntos algumas vezes e apreciaram frequentes jantares em família naquele ambiente descontraído que a Hungria lhes propiciava. Como sempre, Franz, assim como ela, ficava mais relaxado à medida que os dias longe da corte se passavam. Embora não dormissem juntos, eles eram amigos, e Sissi já não tinha horror à companhia dele como tivera no passado.

Mas agora que o outono chegava ao fim, Sissi não podia negar que queria a casa apenas para si outra vez. Ela queria que o fluxo de criados, servos e ministros de Franz acabasse. Queria de volta suas noites sossegadas apenas com ela, Valerie, Ida e Marie diante do fogo acolhedor. Ela queria estar lá, sem mais ninguém, para o caso de Andrássy retornar. E, embora não quisesse admitir, Sissi tinha se cansado da tagarelice constante de Gisela sobre o casamento que se aproximava.

Contudo, mais importante que isso, Sissi estava ficando cada vez menos à vontade perto de Rudolf. Ela se incomodava com as rápidas alterações de humor dele — doce e sensível em um instante, distante e melancólico no outro. Ela ficava nervosa pela clara tensão entre pai e filho; Franz Joseph tentava atrair Rudolf para alguma conversa sobre o exército ou o governo, e o jovem respondia com poesia ou com algum fato que tinha lido em um de seus livros de botânica. Os dois homens não tinham nada em comum, a não ser o fato de que Rudolf estava destinado ao mesmo trono que Franz ora ocupava, e eles dependiam sempre de Gisela ou Sissi como intermediárias. Mas, acima de tudo isso, Sissi ficava nervosa com o fato de que, ultimamente, ela não sabia dizer quando Rudolf falava a verdade ao conversar com ela.

Assim, quando Franz anunciou, no jantar daquela noite, que tinha dado ordens para que a bagagem de todos fosse arrumada, Sissi teve de se esforçar para esconder o alívio.

— Sim — ela disse, concordando com a cabeça. — Imagino que você precise voltar para Viena.

Franz assentiu, cortando seu *schnitzel* com movimentos rápidos e controlados.

— Vamos partir na próxima semana — o imperador declarou.

— Eu vou ficar mais um pouco — Sissi disse, a voz tênue a princípio, mas então ela inspirou profundamente. — Valerie e eu vamos ficar.

Rudolf e Gisela trocaram um olhar significativo, que Sissi escolheu ignorar. Ela ficou mais preocupada com o fato de Franz parar de cortar sua carne, largando garfo e faca e apoiando os cotovelos na mesa. Ele olhou para a esposa. — Elisabeth, você sabe como eu admiro sua independência. E eu satisfaço seus desejos sempre que possível, mesmo em detrimento dos meus próprios desejos e do bem-estar de nossos dois filhos mais velhos... — Ele olhou para Rudolf e Gisela, que inclinaram a cabeça, como se aquilo fosse algo que a família discutia com regularidade. — Mas nesta ocasião não posso conceder seu pedido.

— Mas... não foi um pedido. — Sissi ficou irritada, tanto ofendida quanto frustrada. — Eu vou voltar, mais tarde. É só que, no momento...

Franz levantou a mão enluvada, silenciando-a. — Nós *precisamos* voltar. Todos nós.

— Por quê? — ela perguntou, em um tom desafiador. Ele tinha lhe concedido liberdade anos atrás. Liberdade de viver onde quisesse, de viajar para o lugar que desejasse. Os dois tinham chegado a esse acordo após muitos anos de infelicidade conjunta; por que ele voltava atrás naquele momento?

— Porque, minha querida esposa, o mundo inteiro está para desembarcar em Viena. Eu já mandei Andrássy na frente; é por isso que ele saiu tão cedo esta manhã. Eu e você vamos receber a Exposição Universal.

A Exposição Universal? O evento internacional que levou Londres a construir o Palácio de Cristal e que trouxe milhões de visitantes e francos até Paris? Estaria ela tão afastada de Viena e das notícias de sua capital que nem mesmo sabia que sua família seria a próxima a receber o espetáculo?

— Esse evento promete ressaltar os méritos de diversas maravilhas e de lugares empolgantes... — Franz alisava os bigodes grisalhos, balançando a cabeça para a esposa como se lhe dissesse que ela não tinha escolha. — Mas ver a insuperavelmente linda Imperatriz Elisabeth é o que as pessoas mais querem.

VI

Isto não é vida, é uma fantasia! A Exposição Universal... devora tudo. Todos os outros interesses parecem ter desaparecido, e a vontade de se divertir o máximo possível prevalece sobre todo o resto, como se, na verdade, toda seriedade tivesse desaparecido. É quase assustador.

— Condessa Marie Festetics, dama de companhia de Sissi

Capítulo 6

Viena
Primavera de 1873

Até os estoicos e sensatos vienenses, cidadãos que se orgulhavam de não serem facilmente impressionáveis, não conseguiam parar de admirar, alguns boquiabertos, a colossal rotunda que parecia ficar mais alta a cada dia, subindo no Parque Prater da capital. Espalhando-se por um imenso labirinto de ruas e arcadas, estandes e pavilhões imponentes, a Exposição Universal de Viena prometia abrigar o maior espetáculo que o mundo já tinha visto. Esperava-se que milhões de espectadores de todo o mundo chegassem à cidade, pessoas vorazes para admirar as invenções e as maravilhas apresentadas por dezenas de milhares de expositores que tiveram a sorte de garantir espaço para seu estande dentro da feira. Vendedores e visitantes viriam de lugares distantes como América, Japão e norte da África.

Se as vistas, os sons e os cenários da Exposição Universal serviam de isca para milhões de pessoas até a cidade, era esperado que os anfitriões da festa, Franz Joseph e sua linda Imperatriz Elisabeth, deslumbrassem os visitantes, afinal se havia um assunto sobre o qual a imprensa vienense amava escrever — além dos contratempos da imperatriz na corte — era o gosto de Sissi por vestidos elaborados e sua beleza transcendental, a riqueza natural que tornava o casal de monarcas motivo de inveja para todos os outros soberanos do mundo.

A primeira semana em que a exposição foi aberta ao público começou em uma clara manhã do início de maio. Sissi estava em seu quarto bebendo chá e estudando diferentes opções de vestidos com Marie e Ida. Valerie brincava com uma boneca sobre o carpete enquanto a cabeleireira Franziska aguardava ao lado, preparando com zelo os pentes de marfim e os enfeites de cristal, como um soldado que prepara espadas e adagas antes da batalha.

— Que tal este aqui? — Sissi apontou para um magnífico vestido índigo de seda brilhante, de saia ampla e cintura bem justa, decorado com safiras brilhantes. — Será que vai impressionar aqueles alemães sisudos?

— Escolha maravilhosa, Vossa Majestade. — Marie fez um gesto de aprovação com a cabeça, aliviada por Sissi ter terminado de escolher. Ida foi até o guarda-roupa selecionar sapatos que combinassem e o espartilho adequado. — Nós não temos muito tempo, imperatriz, pois devemos encontrar o imperador lá embaixo dentro de poucas horas — Marie a lembrou com delicadeza. — Seria do agrado de Vossa Majestade terminar o desjejum para começar a se vestir?

— E eu vou precisar de umas duas horas para o cabelo — Franziska interveio.

Marie lançou um olhar irritado para a mulher, e Sissi reprimiu a vontade de rir diante da rivalidade diária entre elas. Marie se ressentia do tempo que a cabeleireira demorava para pentear, trançar e montar os cabelos espessos e compridos da imperatriz — horas todos os dias. Mas Marie não protestou naquela manhã, pois sabia que os elaborados penteados feitos pela estilista, cuja técnica fora originalmente treinada e aperfeiçoada em complexos penteados nos bastidores da ópera de Viena, eram uma parte importante da aparência deslumbrante de Sissi.

Lá fora o clima primaveril era ameno e claro, uma trégua bem-vinda depois de um período de chuvas frias. Dias como aquele sempre faziam Sissi pensar nos campos nos arredores de Viena e nas florestas em torno de Gödöllő, e ela desejava estar fora da cidade em cima de seu cavalo novo. Mas isso não iria acontecer tão breve, não enquanto a Exposição Universal estivesse acontecendo.

Sissi suspirou. — Vocês não acham que a nossa nova rotunda na feira se parece com um bolo de casamento gigante coberto com creme *Schlag*? — Ela se ajeitou em uma poltrona e Franziska começou a mexer nas espessas madeixas castanhas. Enquanto a cabeleireira trabalhava, Sissi folheou os jornais matutinos. — Nossos chefes confeiteiros de Viena, famosos em todo mundo, se superaram mais uma vez. — Ela continuou virando as páginas. — Ah, e aqui estou eu, parecendo uma planta dentro de um vaso em uma das intermináveis cerimônias de abertura. Meu Deus, minha sobrancelha fica assim enrugada quando eu tento parecer séria?

Horas mais tarde, depois que o cabelo tinha sido preso e trançado o bastante, com cada madeixa enfeitada com tiras de safiras, cristais e diamantes, Sissi se levantou.

— Agora vamos colocar o arreio. — Ela suspirou, olhando para o espartilho que Ida segurava.

— Vamos ter de costurá-la em seu vestido, Vossa Majestade — Ida disse. — É muito apertado, não tem outro jeito.

Sissi assentiu, apoiando-se na estrutura da cama enquanto prendia a respiração. — Todos disseram que queriam me ver em carne e osso... então é o que verão. — Enquanto sua cintura era apertada até chegar aos famosos 45 centímetros, Sissi pensou em voz alta: — Se pelo menos todo mundo viesse ao mesmo tempo, para apenas uma semana de sofrimento... Mas não, isso precisa consumir a primavera e o verão inteiros.

A primavera já vinha sendo uma estação agitada, com o casamento de Gisela no mês anterior e todas as festas e banquetes que um evento desses inclui. Depois Johann Strauss estreou sua nova valsa, "Sangue Vienense", dedicando-a como presente de casamento à jovem noiva. Em seguida, o Teatro da Corte encenou *Sonho de uma noite de verão* especialmente para a imperatriz, pois era sua peça favorita, e Sissi não ousou declinar do convite para a apresentação. Ela já estava exausta com a agenda da corte e o caos da cidade populosa, mas ainda tinha que se preparar para os meses mais agitados de sua vida com a exposição.

Andrássy tinha preenchido a agenda dela e a de Franz Joseph com um fluxo incessante de dignitários e monarcas estrangeiros que viajariam para Viena. Todos, é claro, viriam em caráter social esperando se divertir, mas Sissi não tinha ilusão de que essas visitas seriam agradáveis para ela ou Franz. Andrássy esperava que Sissi trabalhasse para fortalecer e solidificar os laços com novos aliados, como a Alemanha e a Rússia; para mostrar gratidão a amigos leais, como a Saxônia e a Bélgica; para tranquilizar satélites céticos como os estados dos Bálcãs e a Boêmia, e para encantar ou neutralizar inimigos em potencial como a Inglaterra e a Espanha. E então, inexplicavelmente, no fim do verão eles receberiam a visita do xá da Pérsia, aquele homem bizarro que tingia de rosa a crina de seus cavalos e viajava acompanhado de seus astrólogos, suas "damas de prazer" e seu rebanho de cabras e carneiros.

Apenas alguns dias antes, no Dia de Maio, Sissi e Franz Joseph participaram da cerimônia e do banquete de abertura da feira, declarando a Exposição Universal de Viena oficialmente aberta ao público. Foi uma provação exaustiva desde o momento em que a carruagem imperial foi rodeada pela multidão na entrada do Parque Prater. A aglomeração, uma mistura de vienenses e visitantes estrangeiros, tinha esperado durante horas sob a chuva gelada. Ao verem a carruagem de Sissi, uma visão rara dadas as suas recentes viagens, eles correram em sua direção, paralisando seus cavalos de medo enquanto subiam nas rodas da carruagem, lutando para espiar através das janelas e conseguir ver o rosto atônito da imperatriz.

Dentro da rotunda, havia uma explosão de cores, tecidos e riqueza ostentativa quase ofuscante — o oposto do dia cinzento e chuvoso que fazia lá fora. Os vienenses que tiveram a sorte de conseguir um lugar nas cerimônias de abertura foram em suas melhores roupas, e Sissi olhava para um mar de chapéus emplumados, vestidos de todas as cores adornados com pérolas, buquês de flores frescas e homens com bigodes e cartolas.

Sissi estava sentada ao lado de Rudolf no palco enquanto Franz dava as boas-vindas à multidão alvoroçada e declarava a feira mais aguardada — e cara — aberta. Em seguida, eles compareceram a um concerto no qual o Maestro Strauss conduziu a orquestra em várias de suas valsas e uma marcha de Händel. Rudolf permaneceu emburrado e distante durante todo o banquete que foi servido em seguida, com sua profunda melancolia ainda mais evidente em meio ao clima festivo ao redor deles. Sissi não o via sorrir desde a despedida de Gisela.

E hoje Sissi e o Imperador Franz Joseph estavam preparados para recepcionar sua primeira e mais importante visita oficial: o Príncipe Herdeiro Friedrich, da Alemanha. A condição da Alemanha de nação favorecida ficou clara com a colocação de Friedrich em primeiro lugar no rol de visitantes reais.

— O príncipe herdeiro virá com a esposa e a mãe? — Sissi perguntou, confirmando com Marie o que ela tinha passado a noite anterior estudando.

A dama de companhia consultou o programa detalhado, um panfleto com a programação semanal que os assistentes do palácio distribuíram. — É isso mesmo, Madame — Marie confirmou. — A esposa dele, Princesa Herdeira Victoria, bem como a mãe de Sua Alteza, Augusta, Imperatriz da Alemanha.

— Pobre Franz — Sissi comentou virando-se diante do espelho para admirar diferentes ângulos de seu penteado complexo. Ela ficou encantada com o modo como Franziska colocou as safiras e os diamantes em seu cabelo, para que captassem os raios do sol da primavera. Enquanto calçava um par de luvas brancas, ela acrescentou: — Se eu acho que o *meu* traje é um fardo, como ele deve estar se sentindo?

Conforme ditava o costume, Franz Joseph não apareceria vestindo seu tradicional uniforme da cavalaria austríaca, mas sim o uniforme militar da nação visitante, para homenagear o convidado estrangeiro. Vestir o branco e dourado dos granadeiros prussianos seria uma experiência cruel para Franz, visto que esse era o uniforme das forças que haviam derrotado seus exércitos apenas alguns anos antes, durante a Guerra Austro-Prussiana. "Sinto como se estivesse entrando em combate contra meu próprio eu quando visto isso", Franz tinha confessado para Sissi na noite anterior.

Apesar de tudo, quando saiu para o pátio, seguida por Rudolf, Marie, Ida e pelo Barão Nopcsa, Sissi encontrou o marido vestindo, como era sua obrigação, a casaca e a calça em branco e dourado. Um capacete ridículo de tão brilhante cobria sua cabeça, com penas que balançavam enquanto ele andava, virando a cabeça de lado a lado para inspecionar os membros de seu cortejo. Ele parou onde estava quando a entrada de sua esposa foi anunciada.

Enquanto todos se curvavam, Franz caminhou na direção de Sissi e estendeu a mão, observando sua aparência com um sorriso de admiração. — Aí está minha arma secreta — ele disse. Sissi divertiu-se ao vê-lo boquiaberto; todos os membros do cortejo ficaram assim. Ela sabia que estava linda e encantadora com seu vestido azul-índigo de seda e gazar, com as joias de diamantes e safiras acentuando suas tranças grossas, enquanto o vestido justo destacava seu corpo delgado e sua fina cintura.

— Você conseguiu dormir essa noite? — ela perguntou, aproximando-se dele.

— Não preguei os olhos.

— Então somos dois.

Andrássy estava atrás de Franz e evitou olhar Sissi nos olhos. Franz examinou o pátio. — Todos aqui? — ele perguntou. — Então estamos prontos para ir. Vamos logo; não queremos deixar nosso precioso *irmão*, o Príncipe Friedrich, esperando.

Durante a visita, Friedrich e a esposa, uma jovem princesa inglesa chamada Victoria em homenagem à mãe, a Rainha Victoria da Inglaterra, ficariam hospedados com seu cortejo no Castelo de Hetzendorf, propriedade dos Habsburgo. Como aquela era a Viena imperial, tudo tinha sido minimamente programado. Sissi e Franz partiriam pouco antes de seus pares alemães para que pudessem estar a postos na feira e oferecer uma recepção oficial e formal quando seus convidados mais estimados chegassem.

Quando os criados abriram as portas da carruagem imperial, um dos generais de Franz Joseph, o Conde Grünne, deu um passo à frente. — Se me permite, Vossa Majestade?

— Sim, o que foi, Grünne?

O general parecia nervoso e hesitou um instante antes de responder: — Recebemos a informação de que o príncipe herdeiro e a princesa estavam prontos... e em vez de esperarem, foi desejo de Suas Altezas ir para a feira.

Franz ficou imóvel e em silêncio, olhando para seu general. — E eles foram? Para a feira?

Grünne fez que sim. Seu queixo tremeu e seu olhar desceu para o chão.

Sissi sentiu Franz ficar rígido ao seu lado e se virou para ver o rosto dele ficar vermelho por baixo da barba espessa. Suas palavras, embora ditas em tom baixo, continham uma fúria assustadora. — Então eles vão chegar antes de nós? E não estaremos lá para recebê-los?

Mais uma vez, Grünne confirmou.

— Isso é totalmente inaceitável! — Franz disparou. O protocolo não tinha sido obedecido. Seus planos orquestrados com cuidado não foram seguidos; Sissi sabia que isso era um pecado capital para Franz Joseph. Todos os olhos no pátio pousavam, nervosos, no imperador, cujo bigode começou a tremer. — Isso nos faz parecer desorganizados e terrivelmente *grosseiros* por não estarmos lá para recepcionar nossos convidados!

O pátio pulsava com um silêncio agitado. Rudolf se afastou do pai, como se para procurar refúgio atrás da saia ampla da mãe. Andrássy e Grünne ficaram agitados, trocando um olhar rápido. Franz permaneceu imóvel, congelado em sua raiva silenciosa, o rosto parecendo escuro contra o branco imaculado da túnica prussiana. Então ele vociferou uma pergunta, para ninguém em especial: — Quem permitiu que isso acontecesse?

Todos no pátio começaram a se inquietar. A fúria do imperador era ainda mais desconcertante porque Franz Joseph raramente demonstrava qualquer alteração em sua compostura bem treinada. Era tão raro que ele demonstrasse irritação. Mas sua raiva continuou a crescer porque ninguém lhe respondeu.

— E contra as minhas ordens? — ele gritou. — Uma quebra grosseira de protocolo! Isso é uma vergonha! Alguém será punido por esse erro!

Agora até os guardas imperiais, normalmente tão impassíveis que até pareciam estátuas, pareciam tremer enquanto as palavras de Franz tomavam o pátio. Vendo que ninguém mais ousaria fazê-lo e sentindo que aquela explosão se devia mais ao nervosismo e à exaustão do que a uma fúria propriamente dita, Sissi deu um passo adiante, falando em voz baixa e conciliatória: — Franz, meu querido. — Ela pôs a mão no braço do marido e ele se virou para ela, as faces escarlates por baixo do emaranhado de suas suíças.

Sissi lhe ofereceu um sorriso suplicante, e falou de modo tão suave que parecia estar sussurrando apenas para ele.

— Por favor, meu querido, não vamos perder mais tempo. Se Friedrich e Victoria saíram na nossa frente, então vamos logo. Talvez nós consigamos alcançá-los. — Então, procurando as palavras que ela sabia que o marido entenderia, acrescentou: — Vamos ficar calmos, você e eu, pelos outros.

Franz refletiu sobre o pedido, inspirando longa e lentamente. Quando exalou, ele balançou a cabeça, os lábios apertados em uma linha rígida. Ele conseguiu controlar o temperamento.

— Sim — ele disse, afinal. — Peço desculpas por me esquecer de mim mesmo. — Ele ofereceu a mão para ajudá-la a subir na carruagem, e Sissi a aceitou. — Vamos logo — Franz ordenou para a multidão no pátio, e todos pareceram soltar um suspiro coletivo de alívio.

Um grupo pequeno foi enviado para interceptar e desviar a carruagem de Friedrich para um passeio ao longo do Danúbio, de modo que Franz e Sissi conseguiram chegar antes do cortejo alemão e se preparar para recepcionar oficialmente os convidados quando estes chegaram.

O Príncipe Herdeiro Friedrich desceu de sua carruagem para a manhã quente de maio. Ele era um homem sisudo e severo. Sissi estudou a aparência dele com interesse: era uma figura imponente; embora não fosse alto, seus ombros pareciam largos e sua estrutura tinha um aspecto imponente dentro do traje militar idêntico ao que Franz usava.

Enquanto Franz e Rudolf conduziam as formalidades nos cumprimentos ao herdeiro do Império Alemão, Sissi se adiantou para conhecer a esposa, uma jovem de olhos claros, cabelo escuro e pele pálida.

— Princesa Victoria, é um prazer conhecê-la. Bem-vinda a Viena.

— Imperatriz Elisabeth, o prazer é meu. Você é famosa desde meu lar na Inglaterra até minha nova casa em Berlim!

Victoria não era exatamente bela — ela tinha muito da estrutura quadrada da mãe —, mas era calorosa e agradável, e falava alemão com um encantador sotaque inglês.

— Espero que sua viagem de Berlim até aqui não tenha sido muito cansativa, princesa.

— Não foi, obrigada, Imperatriz Elisabeth. E valeu a pena. Olhe à nossa volta! Viena é tão magnífica quanto eu sempre ouvi que era. Mas por favor, Imperatriz Elisabeth, conheça minha sogra, Sua Majestade Imperial, a Imperatriz Augusta da Alemanha.

A Princesa Herdeira Victoria deslizou graciosamente para o lado e uma giganta se adiantou. A Imperatriz Augusta era ainda mais imponente que seu filho carrancudo, com mais de 1,80 m de altura e ombros tão largos que Sissi entendeu, naquele instante, por que os homens prussianos resultavam em guerreiros tão formidáveis — afinal, suas mulheres tinham a constituição de Golias.

— Bem-vinda a Viena, Imperatriz Augusta — Sissi disse, sorrindo para a mulher.

— Imperatriz Elisabeth! — Quando Augusta falou, foi com uma voz tão grave e trovejante, um som que parecia se originar em algum lugar no fundo de seu peito cavernoso, que Sissi teve de segurar o instinto de irromper em um acesso de riso.

— Meu Deus... — Sissi sussurrou para Franz quando o grupo começou a andar, abrindo caminho na direção da imensa rotunda. — Vou ter que chamá-la de Madame Trombeta.

— Sissi! — Franz lançou um olhar de reprovação para a esposa, mas ela percebeu um indício de sorriso em seus lábios.

Franz e Sissi deviam bancar os anfitriões, mostrando os milhões de maravilhas expostas no parque imenso que faziam daquela a maior Exposição Universal já planejada. Mas primeiro, como aquela era uma festa Habsburgo, era necessário seguir o protocolo adequado e a tradição. O grupo imperial aguardou solenemente enquanto os dois hinos nacionais eram tocados — primeiro o da Áustria, depois o da Alemanha.

Após as formalidades, Franz liderou o grupo em um trajeto que ele e seus ministros já tinham traçado, e a multidão se abria com delicadeza e eficiência, como um mar se dividindo, ao ser empurrada por uma corrente de guardas imperiais.

— O lema que adotamos é *Kultur und Erziehung*, "Cultura e Educação" — Franz explicou, gesticulando da esquerda para a direita. — Todo expositor aceito para se apresentar aqui, e tivemos *centenas de milhares* de candidatos, teve que mostrar como está promovendo uma ou outra causa. Na Áustria-Hungria nós queremos alcançar a grandeza nessas áreas.

Friedrich seguia ao lado de Franz, ouvindo atentamente, enquanto Rudolf se mantinha do outro lado do pai. Sissi vinha logo atrás com Victoria e Augusta, observando os homens. As três silhuetas não poderiam ser mais diferentes, ela pensou. No centro ia Franz, o anfitrião cordial e atencioso, de idade avançada e imponência transmitida por sua postura correta, por seus cabelos grisalhos e por seu posto de patriarca de seu povo. De um dos lados, ele tinha o oficial alemão sisudo e robusto, um homem que se tornou adulto travando batalhas e construindo um novo império à base de sangue, ferro e determinação obstinada. Do outro lado, seguia Rudolf — o mais jovem dos três, tímido, de corpo franzino e fala mansa, seus olhos agitados vagando pelo espaço como se procurasse um caminho pelo qual pudesse escapar.

Os dois homens mais jovens se tornariam soberanos ao mesmo tempo; aliados, até, se os planos de Franz Joseph e Andrássy se concretizassem. Será que Rudolf conseguiria ocupar esse posto?, Sissi se perguntou. Será que algum dia ele se conduziria com a mesma autoridade e segurança que Friedrich exibia com tanta evidência, mesmo naquele momento em que era convidado em um país estrangeiro?

Quando entraram na rotunda, todos na multidão olharam para eles, e Sissi sentiu como se ela estivesse sendo exposta, mais até que os itens nos estandes. Enquanto os guardas mantinham a multidão distante, Franz ignorava as exclamações de espanto e abria caminho à frente, marchando determinado pelos longos corredores. Andrássy, o ministro de patente mais alta presente ali, mantinha uma distância respeitosa, acompanhando os membros do cortejo que não eram da realeza, ao lado de Marie e Ida.

Quatro pavilhões imensos que saíam da rotunda compreendiam o núcleo da exposição: os pavilhões de agricultura, arte, maquinário e indústria. Franz não pulou nem um corredor, cumprimentando cada expositor com um aceno formal de cabeça ao passar. O estande favorito de Sissi era a Vila Etnográfica, um grande lote cheio de casas rurais europeias que estavam mesmo ocupadas, por camponeses e fazendeiros de diferentes nacionalidades. Ela procurou o enclave húngaro e cumprimentou os camponeses em sua língua nativa.

Mais adiante, Victoria ficou maravilhada com a reprodução de um porto marítimo croata e disse ao marido que gostaria muito de visitar a Croácia. Augusta ficou especialmente encantada com a coleção de mobília e roupas japonesas — mais de seis mil peças —, e manifestou sua admiração em sua voz grave de barítono, o que pareceu assustar os artesãos japoneses.

Quando o cortejo imperial chegou à maquete da cidade de Jerusalém, Sissi trocou um olhar com Andrássy, lembrando-se das cartas que ele lhe enviara dessa cidade, mensagens nas quais ele descrevia em detalhes as ruas antigas e os jardins escondidos. E contava que havia se banhado no Rio Jordão, na esperança de que isso trouxesse boa sorte para seu país. Ela se esforçou para desviar o olhar. — Venha, Victoria, vamos encontrar aquele novo aparelho de comunicação que inventaram, o "telefone"; não é assim que o chamam? Ouvi dizer que algum dia vou poder conversar com minha família na distante Baviera.

Embora Friedrich tenha permanecido calado e inexpressivo enquanto o grupo passava pelos estandes, Sissi reparou como seus olhos admiravam os restaurantes e cafés, os jardins bem cuidados em que as flores pareciam tão saudáveis quanto em seu ambiente natural, os navios de tamanho natural que pareciam ter sido abandonados em solo vienense depois do dilúvio de Noé.

Tão deslumbrantes quanto as novidades e invenções eram os visitantes vienenses, boquiabertos diante dos estandes, enchendo os corredores com seus "ahs" e "ohs" de admiração. As mulheres tinham comparecido na esperança óbvia de ver os anfitriões imperiais, e todas estavam cobertas de diamantes, pérolas, penas e sedas. As jovens donzelas davam risinhos e sorriam para Rudolf quando ele passava, virando-se a tempo para ver Sissi. Quando elas identificavam a imperatriz, estudavam sua aparência como alunas dedicadas, analisando seu penteado e suas joias, para que pudessem voltar para a mansão de suas famílias na Ringstraße e encontrar o melhor jeito de imitá-la.

— As mulheres vienenses se vestem com mais elegância do que nós em Berlim — Victoria observou, olhando para uma mulher que vestia um elaborado vestido de cetim brilhante e tinha mais penas no cabelo do que um faisão selvagem.

— Ah, sim — Sissi concordou. — Em Viena as pessoas sempre se preocupam com a aparência das coisas.

Os estandes deleitavam os visitantes, e os cafés os agradavam, atraindo-os com aromas tentadores de café turco e de massa doce frita. Mais impressionante que tudo, no entanto, eram as dimensões exageradas da rotunda central. Até Friedrich, que nunca se impressionava, perguntou se eles poderiam voltar para observar por dentro, mais uma vez, o salão com cúpula. Franz concordou com um sorriso prestativo.

— Isso nos custou bastante! Duas vezes o valor original que meus engenheiros projetaram. — Franz deu de ombros com uma exasperação paternal e indulgente. Sissi imaginou que, se tivesse que fazer tudo de novo, Franz gastaria a mesma quantia, nem que fosse apenas pela satisfação daquele momento, quando claramente deslumbrou o antes rival alemão difícil de impressionar. — É maior que a Basílica de São Pedro no Vaticano — Franz explicou, admirando o teto altíssimo, talvez esperando que seus convidados fizessem o mesmo. — E mais de duas vezes o tamanho do seu Palácio de Cristal em Londres, Princesa Victoria. O que a poderosa Rainha Victoria pensaria disso? Depois de toda aquela ostentação britânica, hein?

Franz fez o comentário sem nenhuma intenção de zombar da Inglaterra, apenas para exaltar a Áustria, Sissi sabia disso. Mas os alemães, tão literais, pareceram se ofender, porque se viraram para Franz com as bocas ligeiramente abertas. Até a Madame Trombeta ficou sem palavras.

Vangloriar-se com discrição era uma coisa; já uma declaração de que seu próprio reino tinha feito algo melhor do que outro... ora, guerras eram iniciadas por muito menos. A pele clara de Victoria ficou um tom mais pálido e ela não respondeu.

Franz, percebendo tarde demais a grosseria de seu comentário, olhou para a esposa, ele próprio também boquiaberto, mas sem encontrar palavras com as quais se desculpar. O anfitrião mais maduro, mais disciplinado do mundo, tinha se esquecido de seus princípios, cometendo um erro estúpido.

— Victoria? — Sissi interveio, passando seu braço pelo da princesa, como se fossem amigas de longa data sussurrando no pátio da escola. Ela iniciou uma caminhada lenta, na qual conduziu Victoria na direção de um estande de vasos gregos pintados à mão. — Você tem que me contar como é cavalgar no interior da Inglaterra. Ouvi coisas tão fantásticas.

— Oh? — Victoria se voltou para ela, um pouco surpresa, mas lisonjeada com o inesperado gesto de intimidade por parte de Sissi.

Sissi se aproximou mais, sorrindo para a jovem inglesa. — Acredito que sua família conheça o Príncipe Nikolaus Esterházy?

Então a princesa sorriu, uma expressão acanhada, e baixou os olhos; Nicky parecia ter esse efeito na maioria das mulheres.

— Eu cavalgo com ele na Hungria — Sissi continuou —, e ele está sempre me dizendo que eu *tenho* que ir para a Inglaterra se desejo saber o que é uma verdadeira estação de caça.

— Se Vossa Majestade gosta de cavalgar acompanhada de cachorros em uma caça à raposa, então é verdade, não existe lugar melhor que a Inglaterra — Victoria concordou, evidentemente esquecendo a ofensa de Franz. Assim, o que começou como uma tentativa de Sissi para distrair a jovem princesa se tornou uma conversa genuína a respeito de interesses em comum. A Princesa Victoria era inteligente e falante, e ficou feliz de entreter Sissi com histórias de sua infância na propriedade rural de sua mãe, a Casa Osborne, onde membros da família real cavalgavam em caçadas.

— E você vai conhecer meu irmão Edward em breve, não vai? — Victoria perguntou.

— Vou — Sissi confirmou. — Acredito que a delegação inglesa deva chegar logo depois que vocês partirem. Estou ansiosa para conhecer o príncipe herdeiro.

— Oh, eu gostaria que minha estadia tivesse coincidido com a de Edward... nem que fosse só um dia.

Sissi não pôde deixar de reparar na saudade que a voz da princesa carregava. — Você sente falta de casa? — Sissi pegou um dos vasos gregos diante delas e o admirou. Ela sabia que devia agir com cuidado ao mudar o assunto de caça à raposa para algo pessoal.

Victoria lançou um olhar fugaz para o corpo robusto e rígido do marido e seu sorriso falhou por um momento, como uma vela que tremula na brisa gelada. Mas então ela se lembrou de quem era e endireitou a postura. Ela era, afinal, filha da Rainha Victoria. Ela entendia — fizeram com que entendesse desde cedo — seu papel no mundo.

— Berlim é minha casa — Victoria respondeu de modo natural, voltando-se para Sissi, o rosto impassível. Ela pegou uma ânfora de cerâmica e de repente pareceu muito interessada na pintura bronze na borda. E então, como se temesse não ter feito o suficiente para convencer Sissi, ou talvez a si própria, Victoria acrescentou: — Eu me senti honrada em deixar a Inglaterra pela Alemanha. Fui abençoada com minha posição de esposa do Príncipe Friedrich.

Falou como verdadeira realeza, Sissi pensou. Mas baixou a voz e sussurrou: — Eu sinto falta da minha casa na Baviera o tempo todo.

Victoria lançou um olhar surpreso para sua anfitriã, os olhos claros repentinamente arregalados e indagadores, como que se perguntando se teria ouvido direito. Teria ela acabado de ouvir a imperatriz da Áustria-Hungria, anfitriã de todo o esplendor que a rodeava, confessar que às vezes não achava a função imperial tão maravilhosa?

Mas Victoria era obviamente mais disciplinada que Sissi, ou mais satisfeita, porque não concordou com ela. Pelo menos não em voz alta. Recolocou o vaso onde o encontrou e endireitou os ombros para que sua postura ficasse impecável de novo. — Mas se gosta de caçar, Imperatriz Elisabeth — Victoria continuou —, então deve visitar minha família na Inglaterra durante a temporada de caça.

— Isso seria ótimo — Sissi admitiu, suspirando ao se virar para admirar a fileira de estandes à frente.

— Minha mãe ficaria encantada de recebê-la como hóspede. Lorde Spencer é o nobre que você precisa conhecer; ele organiza os melhores grupos de caça de todo o país perto da propriedade dele, em Althorp.

— Você me convenceu, Victoria! — Sissi consentiu.

— Nossa, olhe só tudo isso! — Victoria exclamou, olhando para uma longa fileira de estandes com temperos do Marrocos, selas de couro da Espanha, joias feitas à mão do Tirol e chapéus emplumados, véus e boinas de Paris. — Qualquer coisa que se possa querer... está aqui. Nosso Império

Alemão é jovem. Mas aqui, vocês austríacos... ora, seu povo desfruta de tal satisfação, tal contentamento, tal orgulho em saber que pertence a uma sociedade tão avançada e produtiva!

Sissi avaliou a cena à sua frente, seu olhar caindo no marido, o corpo rígido coberto pelo odiado uniforme prussiano para agradar Friedrich. Depois ela fitou Andrássy, cujos olhos procuravam os dela a toda hora, e logo se desviavam. E então olhou para Rudolf, que assistia nervosamente ao pai contar para Friedrich sobre as inovações arquitetônicas que seus engenheiros desenvolveram para sustentar o teto abobadado sobre eles. Então Sissi olhou para o povo à sua volta. Para as mulheres vestindo suas sedas mais vistosas, encarando Rudolf, Sissi e Franz Joseph, dentro de um edifício imenso que tinha custado milhões à sua família, construído de modo tão apressado e precário que provavelmente começaria a desmoronar assim que a feira terminasse. Ora, as pessoas não sabiam disso, mas Franz havia confessado para Sissi que até o solo sob seus pés era encharcado e instável, o que poderia fazer as construções afundarem e desabarem. Mas nenhuma dessas fraquezas ou fissuras importava desde que ninguém soubesse de sua existência, não é mesmo?

Então, voltando-se para Victoria, Sissi se aproximou para falar. — É como nosso compositor da corte me falou, certa vez. Você conhece o Maestro Strauss?

— Mas é claro, toda a Europa já dançou ao som da música de Johann Strauss II. Ele é outra razão pela qual a corte de Viena é motivo de inveja, digo, admiração do mundo.

Sissi assentiu antes de continuar: — Bem, uma vez eu perguntei ao Maestro Strauss por que ele achava que suas valsas eram tão populares.

— E o que ele respondeu?

— Ele riu e me falou: "A ilusão nos deixa felizes".

Mais tarde naquela noite, depois de um longo jantar e de um baile interminável em homenagem ao Príncipe Herdeiro Friedrich e sua esposa, Sissi se sentou de frente para Franz na carruagem que os levaria de volta ao Hofburg.

— Será que lhe causaria muito sofrimento sorrir ao menos uma vez? — Sissi comentou, lembrando-se da careta implacável do príncipe herdeiro durante todo o baile. — Victoria é tão encantadora e calorosa. E a mãe dele... a trombeta... até ela é agradável, embora exagere um pouco ao falar de Berlim. Mas Friedrich...

— Ele é prussiano. O que você esperava? — Franz bocejou e rapidamente ergueu a mão enluvada para esconder aquela demonstração de fraqueza.

— Está tudo bem, sabe — Sissi disse, sorrindo para o marido.

— Perdão?

— Você pode bocejar na minha frente. Você está cansado. — Sissi deu de ombros. — Isso é crime?

Franz deixou o comentário sem resposta e olhou pela janela, seu rosto recebendo a iluminação dos postes a intervalos regulares, conforme a carruagem passava por eles em rápida sucessão. Sissi fechou os olhos e recostou a cabeça no assento da carruagem. Depois de um instante, com a voz tão baixa que era quase inaudível, Franz falou: — Obrigado, Sissi.

Ela abriu os olhos e olhou para a sombra à sua frente. — Por quê?

O rosto de Franz estava contraído de exaustão, seus lábios curvados para baixo como se derrotados pelo esforço de terem sustentado um sorriso o dia todo.

— Por tudo — ele respondeu. — Por estar aqui. Pela manhã de hoje. E por esta noite. Você é a razão de o dia ter sido um sucesso. — Franz se voltou para a janela da carruagem, suspirando como se pudesse adormecer antes mesmo de chegar aos portões do palácio.

Por causa da escuridão e do barulho provocado pelos cascos dos cavalos e pelas rodas da carruagem do lado de fora, Sissi não teve convicção de ter ouvido corretamente o que veio a seguir. De onde estava, de frente para Franz Joseph, ela pensou — mas não teve certeza — que o ouviu dizer: — Você nunca vai saber o quanto eu preciso de você.

⁂

A realeza alemã mal tinha partido quando o herdeiro e representante da Rainha Victoria, seu filho mais velho, o príncipe de Gales, chegou da Inglaterra. Se Friedrich era frio e sisudo, com o semblante de um soldado que declarou guerra à toda alegria e diversão, o Príncipe Edward mostrou ser o total oposto. Um jovem atraente que não usava uniforme militar, mas um terno leve de verão e um chapéu jovialmente inclinado para o lado. Ele se comportava mais como um solteiro elegante querendo se divertir do que como um dignitário real em visita oficial de Estado.

Em seu primeiro dia em Viena, Edward chegou atrasado ao local da exposição, deixando Franz, Sissi e Rudolf esperando por quase uma hora. Andando calmamente, com um sorriso no rosto, passos longos e relaxados como se já tivesse apreciado uma garrafa inteira de vinho — o que Sissi desconfiava que ele tinha mesmo feito —, o príncipe herdeiro não se desculpou pelo atraso.

— Muito bem, então vamos até a rotunda? — Franz perguntou, forçando um tom de jovialidade na voz enquanto examinava aquele violador de protocolos. Era um dia quente e úmido no começo do verão, e os austríacos em seus trajes formais já tinham enfrentado bastante calor e irritação enquanto esperavam pelo convidado inglês.

— Sim, meu querido, vamos entrar — Sissi respondeu, levando o marido consigo.

Edward tinha idade mais próxima da de Rudolf que da de Friedrich, e ele parecia querer fazer do príncipe herdeiro austríaco um aliado, ou um companheiro de bebida. Enquanto aquele pequeno grupo caminhava na direção do edifício, Sissi ouviu o jovem príncipe sussurrar, enquanto dava um tapinha no ombro de Rudolf, como se fossem velhos colegas de universidade: — Muito bem, vamos acabar logo com isto para podermos ir direto para a festa, que tal? Como são as mulheres vienenses, hein, Rudy? Quentes e recheadas como seu famoso *strudel*? As poucas que eu vi até aqui com certeza estimularam meu apetite.

Edward tinha a mesma simpatia calorosa da irmã, bem como as mesmas cores — pele clara e cabelo escuro —, mas ele parecia não compartilhar da noção de compostura da princesa Victoria, tão necessária ao seu posto. No baile dado em sua homenagem, Edward flertou abertamente com Sissi e com diversas das belas debutantes vienenses, tirando várias garotas para dançar e deixando descaradamente a mão na cintura delas muito tempo depois de a música parar.

Mais tarde naquela noite, o príncipe herdeiro se aproximou de Sissi com um par de taças de champanhe. — Acompanha-me em um brinde, imperatriz?

— É claro, Príncipe Edward. — Sissi pegou a taça de cristal que ele lhe estendia e retribuiu com um sorriso comedido.

As feições dele estavam relaxadas e alegres; o cabelo escuro caía casualmente no rosto corado e o colarinho da camisa estava desabotoado. — A você, Madame. — Edward levantou o cálice, derramando champanhe na camisa quando suas mãos trêmulas balançaram. Ele ignorou, ou não percebeu, e continuou: — Esta cidade é repleta de muitas belezas. Olhe só para este salão! Mas permita-me dizer que você... Imperatriz Sissi... se destaca. E não tem nada de que eu gostaria mais do que entrar... na sua rotunda.

— Um brinde à saúde de Vossa Majestade — Sissi atalhou, levando a taça aos lábios e se virando para o marido. Era evidente que Franz estava horrorizado, e ele murmurou para a esposa que nunca tinha visto um comportamento tão constrangedor, mas Sissi apenas riu, perplexa. Conforme a noite avançava, ficou claro que não se podia negar que Edward dançava bem e que possuía certo charme rústico. Ele podia até ser um libertino, mas era jovem e inofensivo, além de ser muito mais agradável que Friedrich da Alemanha tinha sido, e despertou o interesse de muitas das jovens de Viena. Sissi ficou grata porque ao menos Rudolf parecia estar se divertindo. Seu filho tinha relaxado um pouco a carranca costumeira ao lado do sociável e atrevido príncipe inglês. Sissi até mesmo o viu dançar com o passar da noite.

Aparentando não compartilhar da escola de pensamento de sua mãe com relação à sobriedade e austeridade, Edward continuou a ingerir vinho e champanhe à vontade enquanto a festa continuava. A certa altura, reclamando que o pavilhão em que dançavam estava quente demais, ele tentou abrir uma vidraça. Quando não conseguiu, Edward simplesmente pegou uma cadeira e a arremessou pela janela, provocando uma chuva de cacos de vidro e de gritinhos femininos pelo salão. As exclamações horrorizadas de Franz e do restante dos cortesãos presentes foram encobertas apenas pelo som da gargalhada estrondosa de Edward.

※※※

— Acho que várias jovens vienenses devem estar sentindo que seus corações são levados nesse trem que volta para Londres — Sissi comentou ao lado de Franz Joseph ao acenar para o príncipe de Gales que partia. Um Rudolf silencioso os acompanhava, emburrado como se desejasse poder ir embora com seu novo amigo inglês.

— Ele está levando o coração de algumas moças... — Franz concordou, acenando um último adeus para o trem que se distanciava. — E, ouso dizer, também suas virtudes.

— Com certeza ele veio para conquistar. — Sissi sufocou uma risada. Era bom, para variar, que alguém ocupasse seu lugar como assunto das fofocas nos jornais e nas rodas da corte, mesmo que não durasse muito tempo.

— E já é hora de nos prepararmos para o inverno russo — Franz suspirou como resposta.

O clima em Viena passou, de fato, de ameno e frívolo a gelado e severo com a partida de Edward e a expectativa pela chegada do czar russo e seu cortejo. Andrássy, diplomata e guia, desempenhando seu papel de ministro do exterior com serenidade, alertou Sissi e Franz para que se preparassem para dias exigentes.

— Não é justo, na verdade — Sissi reclamou para Franz na noite anterior à chegada do czar e da czarina — Eles vêm um de cada vez e têm toda a energia necessária para alguns dias frenéticos. Mas você e eu? Nós precisamos manter o espetáculo nesse ritmo alucinado, dia após dia, por meses a fio. E cada convidado pensa que *ele* é o visitante mais importante.

— Se não quisermos fazer inimigos — Franz suspirou —, então, de fato, cada visitante precisa continuar achando que é o convidado mais importante.

Mas Sissi se sentia mais uma marionete do que uma diplomata, dançando para entreter os outros e repetindo falas e atos ensaiados. Seu estômago tinha criado nós de tanto usar espartilhos e vestidos apertados; sua cabeça latejava por causa dos penteados complexos e dos diademas que puxavam seu couro cabeludo. Ela já tinha saturado sua cota de festas, bebidas, salões quentes e lotados, de trocas de afabilidades cansativas com convidados exigentes. E fazia semanas que mal via Valerie.

— Bem que eu queria poder fugir para Gödöllő e desfrutar o verão — ela murmurou na carruagem ao voltar para o palácio depois de mais um baile vienense.

Franz suspirou, talvez concordando com ela, embora nunca fosse admitir. Para ele, o conforto e a felicidade pessoal importavam pouco quando comparados às exigências do império e ao seu papel dentro dele.

Andrássy passou dias preparando minuciosamente a recepção do cortejo imperial russo. Ele avisou Franz e Sissi que os russos vinham atrás apenas dos alemães enquanto amigos mais importantes e aliados da Áustria-Hungria. Com seu vasto reino confrontando os Habsburgo ao leste, o Czar Alexander comandava um império de milhões de súditos, bem como plantações de trigo essenciais e grandes reservas minerais. E as águas navegáveis do czar se tornariam fundamentais para o comércio e para a segurança militar austro-húngara nas décadas seguintes. O Czar Alexander era um aliado dos mais desejáveis, mas podia se tornar um inimigo ainda mais indesejável.

— Para eles, soberanos hereditários há séculos, ritual e tradição são sagrados — Andrássy observou. Ele e Bellegarde aguardavam o cortejo russo com Sissi e Franz na plataforma ferroviária de Viena.

— Nós sabemos um pouco sobre ritual e tradição. — Sissi suspirou.

— Não. — Andrássy sacudiu a cabeça. Ele se aproximou e falou em uma voz baixa o bastante para que apenas Sissi o ouvisse por cima do rugido do trem que se aproximava: — Os Habsburgo acreditam que governam com a bênção de Deus. Bem, os Romanov convenceram seus súditos devotos e oprimidos de que eles próprios são deuses.

Sissi pensou nisso e arqueou as sobrancelhas quando o trem parou diante deles.

— Os Romanov fazem os Habsburgo parecerem tranquilos e flexíveis — Andrássy acrescentou.

— Meu Deus.

O Czar Alexander desceu para a plataforma, os lábios apertados e sérios por baixo do bigode. Sissi curvou a cabeça, tendo o cuidado de não olhar diretamente em seus olhos. Em seguida, ela se virou para beijar a mão da Czarina Maria, antes de receber beijos em sua própria mão das outras mulheres do cortejo imperial russo. Tudo ensaiado e executado com perfeição. Até ali, ela parecia ter evitado qualquer erro e Andrássy lhe deu um olhar de aprovação.

— Bem-vinda, Vossa Majestade Imperial. — Franz cumprimentou o czar, adiantando-se em sua própria versão imaculada e engomada do uniforme militar russo.

Sissi também tinha se arrumado para eles: usava um vestido de seda lilás justo na cintura por baixo de um casaqueto de pele de raposa branca da Sibéria. — É claro que não existe criatura mais linda do que sua raposa siberiana — ela disse para o czar, os olhos baixos, na esperança de que ele não reparasse nas gotas de suor que brotavam em sua testa. *Nem casaco mais quente*, ela pensou, em pânico. Sissi já estava com calor demais no tempo quente de verão, e eles nem tinham começado o dia na exposição lotada, para depois assistir com sorrisos encantados ao desfile programado. Será que o abençoado czar ficaria muito ofendido se ela tirasse o casaco de raposa siberiana?

O czar sorriu apenas uma vez durante toda sua estadia em Viena. Foi durante o jantar em sua última noite, quando Sissi lhe falou de sua vontade de cavalgar ao longo do Rio Neva, na Rússia.

— Você conseguiu enfeitiçar aquele velho Romanov carrancudo. — Andrássy elogiou, puxando-a de lado em um corredor do Hofburg no dia seguinte. — Muito bem, Sissi.

Em seguida, vieram os soberanos dos Bálcãs. Embora seus reinos não fossem tão vastos ou influentes quanto a Rússia e a Alemanha, essas regiões diversas possuíam uma história que se cruzava com a do Império Austríaco. Franz Joseph esperava que, ao se ligar aos líderes da região, pudesse conquistar apoio adicional para sufocar as populações rebeldes e frequentemente hostis de suas terras no sul. Primeiro veio o Príncipe Milan, da Sérvia, que chegou atrasado e sem se barbear a quase todos os compromissos agendados, com a aparência de quem tinha acabado de bagunçar os cabelos em uma briga com um rival de jogatina ou com uma amante furiosa. Talvez as duas coisas. Depois chegou o Príncipe Nikola, de Montenegro, um homem moreno e incrivelmente atraente, com feições coradas e uniforme montenegrino completo, coberto por uma coleção de lâminas e armas dispostas sobre o peito e a cintura.

Em seguida veio o Rei Leopold, da Bélgica, um homem atencioso e solícito cujo único defeito foi levar consigo a filha presunçosa, a Princesa Stéphanie. Sissi sentiu antipatia quase imediata pela princesa; ela considerou a garota inadequada, com roupas desmazeladas e constituição atarracada. E também não gostou de vê-la flertando abertamente com Rudolf na frente de todos, deixando claras suas intenções. Menos ainda da risada artificial e forçada da garota. Ela reparou que Stéphanie irrompia em acessos de risos sempre que Rudolf falava, parecendo mais querer bajular o príncipe herdeiro do que manifestar sua alegria genuína. Felizmente, Rudolf ainda pensava como um garoto imaturo, de modo que, assim como sua mãe, não ficou impressionado com os elogios falsos da princesa belga e com suas tentativas escancaradas de flerte.

Leopold e Stéphanie foram substituídos pela Rainha Isabella da Espanha, uma mulher alta e imponente com cabelo preto e pele amarelada. Isabella se vestia bem e se comportava com certa dignidade real, mas não era de convivência agradável, dando a Sissi a impressão de que preferiria estar em Madri. *Tudo bem,* Sissi pensou, *porque eu mesma preferiria estar em outro lugar.* A reticência de Isabella poupou Sissi de um pouco da conversa alegre e forçada que estava se tornando cada vez mais cansativa.

A exposição foi aclamada por todos— tanto por suas proezas arquitetônicas quanto por suas intermináveis fileiras de estandes. Mas embora as exibições e os salões deslumbrassem e impressionassem, as notícias dos problemas que ocorriam em outros lugares de Viena terminaram por se infiltrar na feira. O público não estava comparecendo na intensidade que os ministros de Franz haviam previsto. A feira não estava ganhando dinheiro no ritmo necessário para se tornar lucrativa, nem mesmo para pagar os custos. Somada a esses problemas, uma epidemia de cólera atingiu a cidade, fazendo com que muitos fugissem para o interior em busca de ar puro durante os meses mais quentes do ano.

Mais notícias ruins surgiram quando os condutores das carruagens de aluguel entraram em greve, impedindo que muitos visitantes fossem à feira. Conforme a notícia do desempenho ruim da exposição se espalhou, a bolsa de valores caiu, com um impacto que atingiu todas as camadas da sociedade, disparando uma onda repentina de suicídios; durante o verão em que se esperava que Viena fosse chamada de capital mundial da cultura, a cidade foi apelidada de capital mundial do suicídio.

Franz enfrentava esses golpes sucessivos e recorrentes com sua habitual resiliência, recolhendo-se sempre que não estava participando de algum evento público. Quando chegou o momento da visita do rei e da rainha da Saxônia, contudo, Sissi estava exausta e devastada. Ela não tinha energia para mais uma sequência de desfile, jantar, baile e passeio pela feira. Estava apavorada com a epidemia de cólera, preocupada com seu próprio bem-estar e com o de Valerie. Além disso, tinha desenvolvido uma inexplicável tosse de verão e sofria com dores de cabeça diárias.

— Por favor, podemos sair da capital, só por uma semana? Afinal, qual é a importância da visita dos reis da Saxônia? Peça a um dos seus ministros que os acompanhe. Eles não precisam do imperador da Áustria-Hungria. Bellegarde pode dar conta. Além disso, ele está mais no nível deles.

— Sissi, nós não podemos insultar os saxões dessa forma — Franz rebateu, a voz carregando um toque de reprovação, ou seria apenas fadiga? — A Saxônia foi nossa aliada mais fiel contra os prussianos. Eles sempre nos apoiaram.

Sissi se perguntou como Franz conseguia cumprir seu dever dia após dia. Subjugar todos os seus desejos e necessidades pessoais para servir, trabalhar e cumprir. Ela admirou a força dele, repreendendo-se por suas fraquezas humanas e por seu egoísmo mesquinho. Ainda assim, não conseguia se imaginar vivendo daquele modo.

— Além disso, depois dos saxônios, vamos receber o maior visitante de todos... — Franz disse, animando-se um pouco. — E tenho certeza de que você não vai querer perder isso.

— Quem?

— O xá da Pérsia.

⁂

— Conte-me mais uma vez. Eu mal consigo acreditar. — Sissi estava sentada em seu quarto, preparando-se para o jantar em que ela e Franz dariam as boas-vindas ao xá da Pérsia. Lá fora fazia uma noite quente de verão, e por dentro o palácio se agitava com uma corrente de vertigem antecipada causada pelo soberano estrangeiro antes mesmo que colocasse os pés no palácio.

— Nem eu consigo acreditar, imperatriz! — Marie Festetics mal conseguia segurar o riso enquanto preparava o vestido de festa de Sissi. — Dizem que ele viajou até aqui com seus próprios cavalos, cujas crinas foram tingidas de rosa, e também trouxe quarenta carneiros, um rebanho de gazelas e uma matilha de cães, tudo porque ele soube que Vossa Majestade adora animais. Ele planeja lhe dar as gazelas de presente.

— E quanto às pessoas com quem ele viaja? — Sissi perguntou.

— Ele trouxe a família inteira, dezenas de pessoas, e também várias "damas de prazer".

Sissi arregalou os olhos.

— Desculpe-me, imperatriz. Eu a ofendi.

— Não, Marie. — Sissi segurou o estômago, tentando não rir por medo do cruel aperto do espartilho. — Continue, continue.

— Seu cortejo também traz dezenas de ministros, oráculos, médicos, seu grão-vizir, que o xá insiste que precisa estar com ele o tempo todo, e seus astrólogos.

— Ah, sim, os benditos astrólogos! — Sissi exclamou, levantando-se da poltrona. — O xá cancelou o compromisso no início do dia, recusando-se a se encontrar comigo e com Franz na exposição porque seus astrólogos declararam que as estrelas não estavam propícias para o encontro.

Sissi caminhou até perto da cama para verificar o vestido prateado que escolhera para aquela noite.

— Além do mais — ela continuou —, você sabia que ele reclamou por estar hospedado no Castelo de Laxemburgo, pois queria estar mais perto de Franz... o imperador? Ainda assim, você sabe o que ele queria fazer em Laxemburgo?

— Devo perguntar? — Marie disse e permitiu que um indício de um sorriso arredondasse suas bochechas.

— Ele insistiu que construíssem uma fornalha em seu quarto, para que seus carneiros pudessem ser abatidos e assados bem na frente dele, sob chama aberta. E ele está usando o quarto vizinho como abatedouro!

Marie cobriu a boca com a mão, escondendo suas risadas. Ida, mais séria, ficou atrás preparando as joias de Sissi para o evento; ela nunca participava das fofocas.

— Eu acho que nunca mais irei visitar Laxemburgo... — Sissi comentou, sentindo a cabeça rodopiar. — E as pessoas dizem que eu sou exigente? E chamam Ludwig de excêntrico?

— Ele está dizendo para todo mundo, imperatriz, que está mais entusiasmado para conhecer você do que para visitar a exposição! — Marie continuou.

— Bem, então vamos terminar de me aprontar. Se as estrelas forem propícias para o encontro esta noite, eu finalmente vou conhecer o homem que com tanta humildade chama a si próprio de Bem-Aventurado Centro do Universo.

Sissi e Franz receberam o xá e seu imenso cortejo em um banquete naquela noite. Tendo ouvido falar do gosto exótico e extravagante do convidado, Sissi se vestiu de modo mais luxuoso que o habitual. Ela usava um leve vestido em tons de prateado e creme e um cinturão violeta. Fios de ametistas e diamantes enfeitavam suas madeixas castanhas que estavam soltas. Ao ser apresentado para sua anfitriã, o Xá Naser al-Din levou seu pincenê dourado à ponta do nariz e deixou que seus olhos passeassem, livres e descarados, por todo o corpo de Sissi. Então, voltando-se para o grão-vizir — um homem alto que usava kajal nos olhos pretos —, ele murmurou em francês, como se Sissi não pudesse ouvir ou compreender: — Meu Deus, ela é tão linda quanto dizem que é.

Sissi se virou para Franz, mal conseguindo conter o riso. Ela não sabia dizer o que achava mais engraçado: o descaramento do xá ou o evidente constrangimento de Franz.

Durante todo o jantar, o xá ficou ao lado de Sissi como um garoto tímido, olhando para ela, mas quase sem falar com ninguém, a não ser com seu vizir, que estava do seu outro lado.

— Está ansioso para visitar a exposição amanhã, Vossa Majestade? — Sissi perguntou em francês, tentando puxar conversa com o xá enquanto a sobremesa era servida. Mais adiante na mesa, Franz conversava, atencioso, com um dos muitos irmãos do xá. Mas como este não lhe respondeu, Sissi fez uma segunda pergunta: — Talvez você queira ver alguma exposição em particular?

— Não — o xá respondeu, a voz tão decidida quanto seu olhar.

— Oh? — Sissi se recostou na cadeira, perdida por um instante.

— Mas eu gostaria de convidá-la para visitar o local onde estou hospedado, em Laxemburgo. Ouvi dizer que Vossa Majestade é uma admiradora de cavalos, e eu ficaria honrado se me permitisse mostrar os meus.

— O senhor é muito gentil. — Sissi baixou a cabeça, aquiescendo. Ela foi salva então pelo anúncio da dança. A noite continuou com valsas e quadrilhas, as quais o xá observou, mas não participou. Depois da dança houve uma exibição de fogos de artifício nos jardins em homenagem ao xá.

A noite bem-sucedida foi seguida por um dia exaustivo, em que Sissi viu a hospitalidade bem ensaiada de Franz ser ineditamente desgastada até ele estar prestes a manifestar abertamente sua frustração com o convidado. O xá apareceu no local da exposição duas horas atrasado para a apresentação oficial com o imperador e a imperatriz, fazendo com que os dois o esperassem debaixo do sol inclemente do meio-dia sem qualquer explicação. Enquanto eles passeavam pela exposição, vendo atrações que Sissi àquela altura já tinha visto dezenas de vezes, o Xá Naser al-Din estava visivelmente menos interessado nas novidades expostas do que nas belas e elegantes mulheres vienenses pelas quais ele passava. Várias vezes, ele encarou uma jovem de frente e passou a língua pelos lábios de modo provocativo.

Os ministros dele garantiram para Sissi que o Bem-Aventurado Centro do Universo não pretendia ofender com aquele gesto, ainda que pudesse parecer libidinoso para quem não o compreendia; aquele era apenas o modo habitual de Sua Majestade dizer para uma mulher que sua aparência o agradava. A certa altura, o xá foi tão longe para expressar seu desejo que estendeu a mão para uma mulher que passava e agarrou seu braço, beliscando-a antes de deixar que seus dedos deslizassem até os seus seios.

A jovem soltou um guincho agudo, atraindo uma atenção constrangedora para o tumulto, e Sissi e Franz Joseph apressaram-se adiante enquanto os guardas imperiais intervieram para colocar a jovem em segurança ao mesmo tempo em que Andrássy se adiantava para tentar distrair o xá.

A parte mais embaraçosa do dia aconteceu quando uma mulher de busto particularmente grande apareceu diante dos olhos admiradores do xá, o qual sussurrou uma ordem para seu vizir. Este então se aproximou de seus anfitriões, ansioso para executar a ordem de seu líder. — Imperador Franz Joseph?

— Sim? — Franz se virou de Sissi para o ministro.

— Você tem uma oportunidade para fazer seu sagrado hóspede, o Bem-Aventurado Xá, muito feliz.

— Qualquer coisa — Franz disse com certa frieza, mas ainda assim demonstrando sua vontade de ser um bom anfitrião.

— Se você pudesse... aquela linda mulher ali... — o ministro apontou e tanto Franz quanto Sissi seguiram o dedo dele com os olhos até uma bela jovem que vestia menos camadas de tecido do que o decoro recomendaria. Mas era um dia bastante quente.

— Ela agradou enormemente o Xá Naser al-Din — o grão-vizir continuou —, e Sua Excelência gostaria de saber quanto teria de pagar para que pudesse desfrutar da companhia dela... em particular.

Depois da partida do xá, Sissi foi firme e disse a Franz que precisava sair da capital para uma breve estadia no interior. Sua tosse, em vez de melhorar com o calor do verão, estava piorando, e ainda apareceram manchas cor-de-rosa em seu peito. Uma dor incapacitante tomou conta de seu abdome. Além de tudo isso, ela começou a ter febre e dores de cabeça persistentes. O médico da corte diagnosticou febre tifoide combinada com exaustão e determinou que a imperatriz saísse da cidade. Sissi quase comemorou o diagnóstico; finalmente ela poderia se afastar. Nem o próprio Franz, com sua visão rígida do dever, poderia reclamar.

No dia anterior à sua partida para Gödöllő, Andrássy encontrou Sissi caminhando nos jardins de Schönbrunn acompanhada por Valerie, Srta. Throckmorton, Ida e Marie.

— Se não se importa, imperatriz, posso acompanhá-la em sua caminhada?

— Mas é claro — Sissi respondeu. Eles estavam diante da Fonte de Netuno, um tanque fantástico cheio de corpos nus de antigos deuses romanos, com seus corpos musculosos de pedra branca se contorcendo e lutando, com as bocas abertas cuspindo água gorgolejante. Cisnes deslizavam pela superfície vítrea abaixo das estátuas, sem se impressionar com a batalha épica dos deuses.

— Nós estávamos indo subir a colina até o Gloriette. — Sissi gesticulou na direção da magnífica estrutura de pedra que havia no alto da Colina de Schönbrunn. O palácio em miniatura enfeitava o monte como um delicado profiterole coberto de creme de confeiteiro. — Valerie disse que quer ver o bolo de casamento gigante.

Andrássy riu. — Nesse caso, vou acompanhá-las com prazer.

Ele se pôs a andar ao lado de Sissi. Enquanto subiam pela trilha tortuosa que escalava a encosta da colina, Sissi se lembrou de uma noite, anos antes, quando ela saiu do palácio às escondidas para subir aquela mesma colina. Estava escuro e chovia, mas ela não conseguia dormir, como acontecia com frequência. Naquela noite, ela ficou surpresa e encantada ao descobrir que Andrássy também tinha resolvido seguir sua insônia noturna até o mesmo local pitoresco. Eles ficaram sentados no cume, abrigados da chuva pela arcada de pedra cor de creme do Gloriette, conversando sobre o amor que sentiam pela Hungria e seus sonhos de paz entre os dois países. Sissi se perguntou se ele lembrava daquela noite. O que quer que estivesse pensando naquele momento, Andrássy parecia agitado.

De sua parte, fazia semanas que Sissi não se sentia tão bem-disposta; estava ansiosa por uma folga da corte, um descanso breve do ritmo exaustivo mantido durante todo o verão. Assim que sua febre estivesse curada e sua tosse sumisse, Sissi planejava aproveitar os meses quentes que restavam sobre uma sela, cavalgando pela floresta ao redor de sua propriedade na Hungria. Mas Andrássy parecia agitado ao lado dela enquanto caminhavam, como se precisasse confessar alguma coisa.

— O que foi? Por que você parece tão nervoso?

Andrássy não respondeu à pergunta. Nem mesmo se virou para olhar Sissi enquanto continuavam pela trilha de pedras.

— O que foi? — ela insistiu, estudando seu perfil, desanimada pelo silêncio.

— Imperatriz, eu gostaria... — Ele virou o rosto para ela pela primeira vez. — Eu solicito, humildemente... que você considere adiar sua partida da capital.

Sissi parou de andar, sem saber como responder. Era Andrássy, o burocrata, que estava diante dela naquele momento; ela podia ver isso com clareza e achou a situação muito frustrante. Ela inspirou profundamente, olhando para os magníficos jardins de Schönbrunn que se estendiam abaixo deles. — Andrássy, eu estou doente. O médico diagnosticou minha febre. Até Franz compreende que eu preciso me afastar um pouco.

— Mas... o momento não é bom, imperatriz. Não vai refletir bem se você...

— *Não vai refletir bem*? Eu me mantive obediente ao lado de Franz o verão inteiro. O que poderia ser mais importante agora do que minha saúde? — Sissi perguntou, a irritação em sua voz ficando mais aguda. — Os médicos concordam que eu devo ir para recuperar minhas forças.

— Mas nós teremos uma visita que pode se ofender.

— Nós já não bancamos os anfitriões para todas as cabeças coroadas da Europa... do mundo? Quem falta?

— O rei da Itália...

— Vittorio Emanuele? — Sissi cuspiu o nome como se fosse o de um criminoso. E era. — O homem que sitiou minha irmã Marie e depois a expulsou de seu reino? O homem que agora usa a coroa dela e se senta no trono dela enquanto Marie vive como uma exilada em Possenhofen? — Sissi não esperou que Andrássy falasse mais nada. Ela apenas agarrou a saia com as mãos e saiu em passo acelerado, o coração martelando dentro do peito enquanto continuava a subir a colina.

Ela não parou até chegar, ofegante, ao cume, que era um mirante do terreno e dos jardins do palácio. Lá embaixo, o labirinto real se desdobrava em uma série de sebes e arbustos bem aparados. Sissi viu a silhueta indistinta dos cortesãos que caminhavam pelo labirinto, talvez discutindo algum assunto sigiloso ou sussurrando a respeito de um caso de amor secreto. Sua cabeça girava como se ela própria estivesse presa em um labirinto muito mais complexo; o que Andrássy estava lhe pedindo? Ele lhe pedia não só para ficar, com risco para seu bem-estar, mas também que bancasse a anfitriã atenciosa para o homem que expulsou sua irmã? Como ele podia lhe pedir tal coisa? Ele tinha se transformado de tal modo em um burocrata que agora ignorava os sentimentos dela?

— Sissi, por favor espere. — Andrássy correu para alcançá-la. — Por favor, não fuja de mim. Ouça...

— Não, Andrássy, você tem muita coragem de me pedir isso. Esqueça que estou doente; tirando isso, como pode esperar que eu permaneça aqui para receber esse impostor? O algoz da minha irmã. Franz... o imperador sabe disso? Não, não é possível que ele saiba. Ele já me disse que não espera que eu receba aquele... *homem.* Não depois do que ele fez com a minha irmã. Franz nunca me pediria que...

— O imperador reconhece que essa é uma importante questão de Estado, não um jogo mesquinho de rancor.

— *Jogo... mesquinho... de rancor?* — Sissi repetiu as palavras para ele, baixando a voz.

Andrássy apenas olhou para ela, o rosto impassível, a atitude inflexível. — Você está permitindo que seus sentimentos pessoais interfiram em importantes assuntos de Estado.

Sissi jogou os ombros para trás, endireitando a postura. — Então, o que devo fazer? Trair minha irmã... pular para o lado de um revolucionário fora da lei apenas porque ele segura as rédeas do poder?

— Trata-se do que é melhor para o império. Seu marido concorda. Sua irmã devia compreender que esse é seu dever. E também... — Ele não concluiu o pensamento. Mas não era necessário. "E também você devia compreender", ele queria dizer. As palavras não ditas ficaram pairando no ar, seu significado os rodeando como um círculo de fumaça.

Sissi se remexeu onde estava, cerrando os dentes para evitar agredi-lo com palavras. E então, virando-se para suas damas, que estavam quase chegando ao cume com a pequena princesa, Sissi disse: — Ida? Marie? Preparem minhas malas. Srta. Throckmorton, prepare Valerie. Não quero esperar até amanhã. Vamos partir para Gödöllő esta tarde.

A Exposição Universal chegou ao fim bem quando os edifícios e as rotundas começaram a rachar e a se desmantelar. Quando os trabalhadores se lançaram à tarefa de desmontar a feira, o verão agitado já tinha dado lugar ao outono. A corte se mudou para Hofburg, acomodando-se para os meses mais frios de dias mais curtos, e Sissi voltou, relutante, para a capital. Andrássy encontrou-a de volta ao Hofburg pouco depois de ela retornar para as festas que se aproximavam e para a celebração do jubileu de prata de seu marido. Ele escreveu solicitando uma visita e Sissi a concedeu.

— Imperador por 25 anos, já — Andrássy disse, sentando-se no divã na sala de estar formal. Ida e Marie tinham acabado de sair, obedecendo às ordens da imperatriz de irem até o quarto de Valerie checar como a garota estava.

— 25 anos... — Sissi repetiu, olhando pela janela. Lá fora, o terreno congelado estava polvilhado com uma camada fina da primeira neve de inverno. Além dos portões do Hofburg, toda Viena aguardava em estado de agitação antecipada, preparando-se para os desfiles e festivais que a celebração do jubileu de prata do imperador prometia.

— E quase 20 anos que vocês estão casados. Parece que faz tanto tempo assim?

Sissi se virou para Andrássy, refletindo sobre a pergunta. A raiva que tinha sentido dele diminuiu ao longo dos últimos meses; a pontada aguda foi se transformando em uma dor difusa, mas persistente. Será que ele tinha ido até lá para conversar sobre o casamento dela com Franz? Sissi cruzou a sala e se sentou no divã de frente para ele.

— Casada há quase 20 anos, sim. Mas estou apenas nos meus 30, com essa ideia absurda de que ainda tenho muita vida para viver.

Andrássy balançou a cabeça e baixou os olhos para as próprias mãos. — E tem mesmo, imperatriz.

— Você sabe que eu odeio que você me chame assim.

Andrássy se remexeu em seu lugar, passando os olhos pelo quarto pela décima vez para ter certeza de que estavam a sós. Sissi se perguntou qual tinha sido a última vez que eles se sentiram à vontade um com o outro — e aonde tinha ido parar aquele sentimento.

— Você não deveria pedir chá? — Andrássy sugeriu, talvez apenas para preencher o silêncio.

— Você quer chá?

— Não exatamente. Mas não sei... — ele deu de ombros. — Me parece que uma visita à tarde deveria ser acompanhada de chá, não?

Sissi suspirou. — Andrássy, o momento da sua visita não poderia ser pior. Se você veio esperando me encontrar calorosa e agradável, receio que irá se frustrar.

— Por quê? Ainda está brava comigo por causa de Vittorio Emanuele? Eu esperava que você voltasse da Hungria e da Baviera com o ânimo recuperado.

— Bem... — Sissi revirou uma pilha de papéis diante de si; dezenas de cartas, pedidos e orações que aguardavam seu retorno à capital. — Ah, aqui está. Que bela recepção. — Ela mostrou para Andrássy um artigo recortado do jornal matutino. Era uma carta aberta redigida pelo editor em homenagem ao jubileu de Franz Joseph. Depois de elogiar o imperador por proporcionar ao seu povo as dádivas da paz, da estabilidade e do progresso, o editor foi adiante e comparou os sucessos de Franz Joseph com os fracassos, tanto pessoais quanto públicos, de sua esposa.

— "A Mulher Estranha" — Sissi leu o título do artigo em voz alta, escondendo a mágoa que sentia com um tom de amargura. Era mais fácil admitir amargura do que uma profunda tristeza, tanto para si mesma quanto para os outros. — Tem passagens muito boas aqui — ela disse, tentando manter a voz calma enquanto passava os olhos pelo artigo. — Vamos ver... Aqui eles me criticam por minhas longas ausências da corte. As "condições de saúde imaginárias" que eu uso para justificar minha negligência como esposa e como mãe. Então tem uma bela passagem sobre "meu amor ilógico e minha preferência perigosa pela minoria húngara". E então vem uma análise da minha vaidade. Em seguida, eles reproduzem ótimas entrevistas com cortesãos anônimos que juram ter ouvido eu e Franz "em meio a brigas violentas". Que humilhante, sejam essas entrevistas autênticas ou não. Mas esta é minha parte favorita: "No momento em que o imperador comemora os triunfos de seus 25 anos como soberano, ele tem todo direito de observar seus serviços prestados nessas décadas passadas com tremenda satisfação. Não podemos deixar de sentir, contudo, que o único erro grave cometido por ele em seu mandato exemplar foi o realizado em 1854". — Sissi levantou os olhos para Andrássy. — Casar comigo; você entendeu o que eles quiseram dizer, certo?

— Por que você lê esse lixo? — Andrássy estendeu o braço e arrancou o jornal das mãos dela, rasgando-o com um gesto rápido e decidido. Seu rosto não demonstrou emoção, mas ela percebeu que ele ficou pálido.

— Porque está na primeira página do jornal. Como posso não ver?

— Não deveriam deixar que você visse esse jornal.

— Oh, Andrássy, eu não sou como Franz. Não tenho alguém que leia os jornais antes de mim, recorte e coloque na minha escrivaninha apenas

as partes positivas. Eu *gosto* de saber a verdade. É só que... — Sissi olhou para as tiras de papel na mão dele. — Bem, eu pego os jornais para tentar ver o que eu perdi enquanto fiquei fora, e isso está aí. Para todo mundo ver.
— Franz já... o imperador já viu?
— Ah, sim. Eu disse que ele deveria ler.
— E?
— Ele está furioso. Está escrevendo uma resposta aberta e vai exigir que seja impressa na primeira página de todos os jornais e que seja lida no parlamento.
— Ótimo — disse Andrássy, concordando com a cabeça. — É só a opinião de um homem amargurado. Ele é pró-Áustria convicto e se ressente do seu apoio à Hungria; ele a ataca por você ter se afastado da corte, mas agora você está de volta. Eu não pensaria mais nisso, Sissi.
Ela inclinou a cabeça para o lado e o observou por um momento em silêncio. — Você não acha que ele é o único que se sente assim, não é? Eu sei que membros da corte pensam da mesma forma. Ora, ele até incluiu entrevistas com essas pessoas.
— Chega disso! — Andrássy exclamou, inquietando-se em seu assento. — Essas pessoas não merecem sua atenção. Como estavam as coisas em Possenhofen? E na Hungria?
Sissi refletiu a respeito, ponderando sua resposta. Na verdade, em vez de reanimá-la e fortalecê-la, como faziam no passado, suas viagens naquele outono a fizeram se sentir exausta e desmotivada. Enquanto esteve na Baviera, ela recebeu várias visitas de Ludwig e ficou desanimada ao ver como a saúde do primo estava debilitada. Apesar do que as pessoas pensavam da sua excentricidade, Ludwig sempre foi um homem atraente e elegante. Era possível que ele valorizasse a beleza acima de qualquer outra virtude, mas nesse último outono ele surgiu em Possenhofen parecendo um estranho. A primeira coisa que Sissi reparou foi que o primo, antes perfeccionista e vaidoso, estava gordo e inchado por falta de cuidados. Seus sorrisos, que tinham um ar efêmero e delirante, revelavam gengivas retraídas e dentes estragados.
Em vez de conversas agradáveis e longas caminhadas, o tempo que ela passou com Ludwig foi tomado pelos monólogos ilógicos do primo, cuja fala tendia, às vezes, para um discurso perturbador. Ele contou para Sissi de sua recente reconciliação com Wagner e das óperas que este apresentaria; falou também das obras que conduzia em seu castelo mais novo, feito para ser uma réplica do Palácio de Versalhes, da França. Quando ela lhe perguntou como tinha feito para conseguir financiar esses empreendimentos, Ludwig explodiu em uma gargalhada estridente.

— Não vou permitir que minha vocação divina seja frustrada por algo tão ordinário e vil como a necessidade de dinheiro, Sissi — ele lhe respondeu.

Quando chegou a hora de Ludwig voltar para Neuschwanstein, Sissi se despediu do primo com uma sensação de alívio e um mau pressentimento.

Na casa de sua família, o clima era sombrio. Valerie teve que enfrentar a mesma tosse que tinha acometido Sissi. Sua mãe e seu pai estavam mais infelizes que nunca: a Duquesa Ludovika sobrecarregada com as obrigações do ducado e da família, enquanto o Duque Max afirmava que queria partir em mais uma de suas expedições errantes de caça. Helene continuava fechada em silêncio e solidão. Ela quase não falava com ninguém, a não ser um padre vizinho que ia até a casa para confissões diárias. Mas Marie... o tempo passado com Marie foi, talvez, a parte mais difícil da estadia de Sissi. Marie andava pela casa em estado de completa negação. Com um sorriso altivo, ela dizia estar feliz por ter aquele "breve descanso" de seus afazeres na Itália, e previa ser apenas uma questão de tempo antes que a coroa fosse restituída ao seu "dono por direito". E de algum modo inexplicável, tanto Marie quanto a Duquesa Ludovika pareciam acreditar que era Sissi quem conseguiria devolver a coroa para a irmã.

Sissi se voltou para Andrássy, gemendo ao se lembrar da tarefa que lhe tinha sido dada pela família. — Não pense que vou deixar você e Franz se esquecerem de que nós devemos uma resposta para minha irmã. Vittorio Emanuele continua a...

— Por favor. — Andrássy ergueu a mão. — Chega. Nós já discutimos a Itália *ad infinitum*. Franz reconheceu o reinado de Emanuele. Quanto antes sua irmã aceitar isso, melhor. Está feito.

— "Feito"? Mas não pode estar feito! Ora, ele não é um rei legítimo. Minha irmã e o marido são os soberanos legítimos.

— Vittorio Emanuele... e o povo da Itália... pensam de modo diferente.

— Mas isso não pode ser tolerado! — Ainda que Sissi tivesse visto apenas negação da realidade e alucinações quando falou com a irmã, agora ela investia contra Andrássy em nome de Marie. Estava muito brava com ele, por tantos motivos... motivos que nem ela própria conseguia compreender, e naquele assunto achou um meio para manifestar sua frustração. — Você não tem lealdade — ela declarou. — Ora, minha irmã espera em Possenhofen como uma refugiada, foi expulsa da própria casa, teve a coroa roubada de sua cabeça. E aquele criminoso finge ter algum direito! Como Franz, um monarca legítimo, pode reconhecer aquele usurpador? E você não tem nenhum tipo de lealdade por mim? Se eu lhe digo que isso é importante para mim, não significa nada?

Andrássy deixou que ela direcionasse sua raiva contra ele, permanecendo imóvel e estudando-a com um olhar impressionado. Quando ela finalmente ficou em silêncio, ele falou: — E eu que sempre pensei que, dentre os Habsburgo, você era a populista.

Sissi ficou magoada com a resposta e com a calma cruel dele. Com o deboche velado que se escondia por trás daquelas palavras. Com o modo como ele evitou a última e mais importante de suas perguntas: "Se eu lhe digo que isso é importante para mim, não significa nada?".

Estreitando os olhos, Sissi respondeu: — Você sabe que eu coloco a lealdade à minha família acima de tudo.

Andrássy apoiou os cotovelos nos joelhos e soltou um suspirou demorado. — Você já se deu conta de que seu próprio marido... como foi que você disse? *Roubou* a coroa para si? Tirando-a de um tio fraco? E nós festejaremos o jubileu de prata dele este ano, para comemorar o fato de ele ter feito isso.

Sissi sacudiu a cabeça. — É diferente.

— Diferente como? — A voz de Andrássy era baixa e paciente. — Todas as coroas são roubadas, de um jeito ou de outro. Se não de um antecessor, então do povo, que constitui o único poder legítimo.

Sissi não se deu por vencida, sua cabeça procurando argumentos. — Mas você trabalha para o império — ela respondeu, a voz desafiadora, até mesmo provocativa.

Andrássy assentiu, juntando as pontas dos dedos diante do rosto pensativo. — Eu sou um realista que trabalha com ideais. Este é o império em que vivemos, então trabalho para o povo por meio da estrutura imperial. Eu apenas procuro levar poder e prosperidade para o meu povo, e achei que você pensava da mesma forma. Parece que o povo da Itália escolheu, sem dúvida, a autoridade para governá-lo. Se eles desejam rejeitar o poder de um rei ineficiente para substituí-lo por um soberano populista que representa melhor seus interesses, e se têm a força necessária para fazer isso... bem, não é a primeira vez em que um soberano é derrubado. E não será a última.

Sissi cruzou os braços. Era verdade; ela sempre defendeu o liberalismo, sempre se identificou como defensora da constituição, do parlamento e de direitos mais amplos para o povo. Ainda assim, ouvir Andrássy repudiar tão abertamente a reivindicação de sua irmã e ouvi-lo fazer pouco da autoridade de seu marido — e consequentemente da sua — fez com que ela questionasse se acreditava mesmo no que vinha dizendo todos aqueles anos.

Andrássy pareceu perceber a confusão dentro dela, porque ele se inclinou para frente, aproximando-se. — Talvez seja difícil para você ouvir isso, sendo uma Habsburgo?

※※※

No dia seguinte, Sissi foi cavalgar nos Bosques de Viena. O dia estava cinzento e muito frio — frio demais até para neve, e Sissi recebeu olhares de desaprovação de Ida e Marie enquanto as damas a ajudavam a vestir a capa e o chapéu de raposa branca.

Embora cavalgasse sozinha, ela passou a tarde brigando com Andrássy, ralhando com ele em sua cabeça e ofendendo-o em sua imaginação. Ela tinha saído para aquela cavalgada gelada porque estava desesperada; estar sozinha sobre a sela, livre de toda companhia, era o único modo com que ela conseguia lidar com suas emoções conflitantes. Ali, onde o vento a açoitava sem piedade e suas lágrimas congelavam e desapareciam antes de escorrerem pelas faces, ela podia investir contra ele de um modo que não poderia fazer pessoalmente.

Depois de várias horas, os pulmões doendo como se perfurados pelo frio, Sissi diminuiu a marcha do cavalo e conduziu o animal até uma pequena cabana de caça. Ela conhecia aquele lugar — Franz a levara ali nos primeiros dias de casados. O lugar se chamava Chalé Mayerling, e era um acampamento imperial escondido nos Bosques de Viena, reservado para uso exclusivo da família real como abrigo durante excursões de caça.

O terreno de Mayerling, uma antiga igreja, agora compreendia pouco mais que uma cabana de caça em mau estado e as ruínas de uma capela pequena e velha. A melhor coisa que havia ali era uma estrebaria. A propriedade era cuidada por uma equipe escassa de criados, mantida naquele lugar remoto devido à rara possibilidade de um membro da família imperial aparecer em uma visita inesperada como aquela. Quando Sissi se aproximou, ela viu uma coluna delgada de fumaça preta subindo da chaminé principal da cabana. Pelo menos estaria quente lá dentro.

No pátio, Sissi viu uma figura curvada carregando uma braçada de lenha na direção da porta principal da cabana. O homem se virou diante do inesperado som de cascos de cavalo.

— Boa tarde. — Sissi parou o cavalo diante da cabana e sorriu para o zelador, um homem pequeno e robusto, com a pele curtida pelo tempo e um casaco de inverno muito remendado. — Espero não estar incomodando. Pensei em parar um pouco para descansar.

O rosto do homem primeiro mostrou confusão, depois choque. — Vossa... Majestade Imperial... Imperatriz Elisabeth? — Ele deixou o feixe de lenha cair no chão ao se curvar. — Bem-vinda ao Chalé Mayerling, Vossa Majestade. Mas devo me desculpar. Não tenho carne. Não estava preparado para...

— Eu só quero fogo, por favor. — Sissi apeou da sela e entregou as rédeas para o homem. — Eu entro sozinha se você cuidar deste pobre cavalo com frio.

Dentro da cabana estava escuro e frio, com o pequeno fogo no canto contribuindo mais com fuligem do que com calor, enquanto crepitava na lareira, mal aquecendo o ambiente.

— Como você demorou! — Uma mulher magra com um pesado vestido de lã cutucava o fogo com um atiçador enferrujado, como se tentasse obrigar as brasas relutantes a fornecer mais calor. — A chaminé continua entupida. Mas me dê essa lenha assim mesmo, vamos tentar nos descongelar. O jantar vai ser cozido, de novo; mais raízes que carne, a menos que você tenha conseguido pegar alguma coisa.

Virando-se, ela viu que não era com seu colega criado que tinha falado de forma tão grosseira, mas com sua patroa imperial.

— Imperatriz Elisabeth! — O rosto da mulher demonstrou o mesmo choque manifestado pelo homem um instante atrás. — Será verdade? — Levantando-se, ela deixou o atiçador cair no chão de pedra, limpou as mãos e curvou a cabeça.

— Boa tarde — Sissi disse, entrando na sala.

— Nossa, a senhora é uma visão, toda de branco, entrando na nossa casa escura. — A mulher admirou a aparência de Sissi com olhos arregalados e espantados. — Mas devo me desculpar. Eu... nós... não fomos avisados da sua visita.

— Eu não avisei. — Sissi sacudiu a cabeça e retirou o chapéu de pele, deixando que seu cabelo se soltasse. — Por favor, não se preocupe. Tudo o que eu quero é fogo e talvez um pouco de chá quente. Só vou ficar algum tempo, uma hora no máximo, para me aquecer.

— Como desejar, Vossa Majestade. — A mulher assentiu e correu para a cozinha, murmurando para si mesma no trajeto: — Chá, chá, chá agora mesmo. Mas podiam ter nos avisado que Sua Majestade viria...

Sissi tirou as luvas e jogou-as com o chapéu em uma cadeira próxima, cujo estofamento estava gasto e empoeirado. De pé diante do fogo, descongelando seus dedos nus, ela ouviu outro cavalo do lado de fora. Sissi ficou rígida. Será que alguém tinha descoberto onde ela estava e foi procurá-la? Algum guarda imperial enviado por Franz? Um instante depois, a porta da cabana foi aberta e um homem alto bloqueou a luz cinzenta do dia que entrava.

— Andrássy? — Sissi o encarou, imóvel diante do calor fraco que o fogo emanava. Depois de um instante, ela desviou o olhar e se voltou para a lareira. — Feche a porta, você está deixando o calor escapar.

— Também estou feliz em vê-la, Sissi. — Andrássy disse, entrando na sala. Ela não lhe respondeu.

Andrássy olhou em volta, tirou o chapéu revestido de pele e colocou-o ao lado das coisas dela sobre a cadeira. Sissi olhou de soslaio e viu que as bochechas dele estavam rosadas de frio, e que seu corpo grande estava coberto por um longo casaco de pele. Ele atravessou a sala e se aproximou, também erguendo suas mãos diante do fogo. — Eu sei que você deve estar se perguntando como eu a encontrei.

Sissi não respondeu nada, apenas manteve o olhar fixo nas chamas.

— Marie Festetics me disse que você veio cavalgar nesta região.

Sissi ficou furiosa, elaborando mentalmente uma repreensão para sua dama de companhia. Mas Marie não tinha como saber o tamanho de sua mágoa com Andrássy, ou que Sissi fora cavalgar no Bosque de Viena para ficar longe dele. Mas agora ela estava ao lado dele, em uma cabana isolada no bosque coberto de neve, e Andrássy a encarava, o rosto a alguns centímetros do dela. Ela pensou em todas as vezes que desejou ficar sozinha com ele — e agora Andrássy estava a seu lado, a pessoa cuja presença ela mais temia.

— É realmente incrível — ele disse.

Sissi se virou para ele, sua curiosidade vencendo o orgulho. — O quê? — ela perguntou.

Ele demorou um instante para responder.

— O quanto o seu rosto me diz.

Ela franziu a testa ao ouvir isso, mas, ao perceber que só estava se tornando mais transparente, recompôs a expressão, adotando a máscara que era necessária na corte.

— Ah, aí está. — Andrássy assentiu, deixando-a constrangida com a intensidade com que a estudava. — Muito melhor. Esconda tudo.

— É insuportável ficar perto de você. — Ela se virou, tirou a capa e jogou-a sobre o sofá. Sissi já se sentia aquecida demais, só não sabia se por causa da lareira, da raiva que sentia ou de ambas as coisas. — Não fui eu que me tornei lacaio dos Habsburgo.

— Eu gostaria que você me dissesse como se sente de verdade.

— Nesse caso, vou satisfazer sua curiosidade. — Ela se virou, com a voz mordaz. — Recentemente, descobri que você é insuportável. Na verdade, eu sinto como se mal o conhecesse, de tanto que você mudou. Eu não queria vê-lo hoje. Foi por isso que saí do palácio. Vim até aqui para ficar só.

E, então, o rosto de Andrássy murchou por completo, e ela viu com clareza a mágoa em suas feições; Sissi sabia o que estava vendo, porque ela própria se escondia sob a raiva e a amargura. O que Sissi via no rosto de Andrássy era uma dor que ela conhecia muito bem; uma dor que não podia ser curada facilmente.

— Sissi. — Ele deu as costas para o fogo, tirou o casaco e se aproximou. Sissi podia sentir o cheiro dele; Andrássy cheirava a frio, a pinheiros e a fumaça de lareira. Ela fechou os olhos e virou o corpo para o lado, obrigando-se a continuar brava com ele. Se a raiva cedesse à tristeza angustiante, ela não teria como manter a compostura.

Andrássy estendeu a mão e colocou-a sobre o ombro de Sissi, mas ela deu um passo para o lado, tirando o corpo de seu alcance. Nesse momento a outra mulher entrou com o chá.

— Oh? — Ela quase derrubou a bandeja quando viu que outro visitante igualmente elegante tinha chegado, também sem aviso, ao Chalé Mayerling. — Outro? Minha nossa, nós não recebemos visita da corte há cinco anos, e esta tarde surgem dois. Eu... eu devo pegar mais uma xícara?

— Está tudo bem, ele não vai ficar. Pode deixar aí — Sissi disse, o tom inexpressivo enquanto indicava com a cabeça a bandeja que carregava uma única xícara de chá. A mulher fez o que a imperatriz mandou, depositando a bandeja e saindo da sala.

Sozinha com Andrássy mais uma vez, Sissi ficou em silêncio, caminhou até a janela e olhou para a vista congelada dos Bosques de Viena. Ela não tocou o chá nem olhou para Andrássy. Na lareira, um tronco estalou antes de se reduzir a cinzas, que se espalharam no chão de pedra. Depois que Sissi ficou vários minutos sem falar, Andrássy preencheu o silêncio. — Eu queria saber... como chegamos até aqui.

— A cavalo, parece-me — Sissi disse, lançando um olhar para a estrebaria diante da janela.

— Você sabe o que quero dizer, Sissi. Como nós... você e eu...

— Não! — ela interrompeu, erguendo a mão e virando o rosto para ele. Sissi sacudiu a cabeça. — Não.

Ela não conseguiu dizer mais nada; Sissi sabia que sua voz iria fraquejar se tentasse. Além disso, os dois sabiam como tinham chegado até ali. Eles se amavam, mas ambos serviam a um mestre que não ligava para amor, esperança ou aflição de indivíduos — o Império Habsburgo. Depois de uma pausa, ela conseguiu responder:

— Palavras não podem mudar nada agora, Andrássy. Talvez seja melhor se nós simplesmente... não dissermos nada.

Andrássy parecia estar lendo seus pensamentos, porque concordou. Sissi viu as lágrimas inundarem seus olhos escuros, conferindo-lhes aquele brilho aveludado que sempre lhe parecia tão irresistível, tão atraente. — Sim — ele concordou, a voz baixa. Andrássy engoliu em seco. — É melhor assim.

Sissi concordou com a cabeça, porque tinha decidido a mesma coisa. Ela sabia o que precisava ser feito; ela tinha que ir embora dali, cavalgando e chorando nos bosques congelados pelo relacionamento dos dois.

A voz dele soou sufocada ao continuar:

— Antes que nos machuquemos.

Ela riu para si mesma, um som engasgado. Ela estava absolutamente certa de que já tinha sido machucada pelo relacionamento. Mas pelo menos daquele modo eles poderiam escapar com dignidade. Com a lembrança do que tinham sentido e compartilhado intacta. O amor deles seria apenas o sacrifício mais recente deixado no altar do império, mas pelo menos seria deixado puro e lindo.

Dessa vez, quando ele estendeu as mãos, Sissi permitiu que ele pegasse as suas, sabendo que seria a última vez que o faria. Ela baixou os olhos e viu os dedos deles entrelaçados.

— Como tudo começou — ela disse, mantendo a voz baixa, mas ainda assim percebendo o tremor.

— Hum?

— Como tudo começou — Sissi repetiu, apertando suas mãos e as dele. — Quando eu peguei a sua mão. Tantos anos atrás.

Ele sorriu, de repente se lembrando também. A noite em que ele a encontrou sozinha, amargurada, nos corredores do Hofburg. A noite tinha sido complicada com Franz. Ela trombou em Andrássy quando voltava para seus aposentos, o ânimo abalado, a autoconfiança em pedaços. Ela segurou as mãos dele por desespero. Precisava que alguém, um amigo, a escutasse. Que lhe provasse que ela não estava sozinha. Mais tarde, Andrássy lhe confessou que foi naquela noite que se apaixonou por ela.

— Como tudo começou — ele concordou, acariciando o dorso da mão dela com os dedos. *E como tudo vai acabar, também*, ela pensou, procurando os olhos dele. Enquanto ele a fitava, naquele instante, Sissi se lembrou de todas as outras vezes em que Andrássy tinha olhado para ela daquela forma: o primeiro encontro na ópera de Viena; a noite quente de verão em que ele a tirou para dançar em Budapeste; a noite em que ele a encontrou nos corredores do Hofburg; a caminhada na noite chuvosa pelo terreno de Schönbrunn na véspera da paz com a Hungria; a noite em que ela o encontrou sozinho na Colina do Castelo, de onde era possível admirar Budapeste e o Rio Danúbio. Oh, esses momentos e tantos outros!

Andrássy inclinou, a voz tomada de angústia quando falou: — Sissi, é melhor que eu nunca lhe diga o quão profunda, dolorosa e eternamente amarei você. Que eu nunca lhe diga que você não apenas salvou meu país, mas minha vida. E que, sabendo disso, eu daria de bom grado minha vida por você, se soubesse que isso poderia lhe trazer alguma felicidade. — Ele fez uma pausa, lutando contra si mesmo. Até que, controlando a voz trêmula, conseguiu continuar: — Não bastaria para mim lhe dizer que tenho sofrido com isso, e que me dei conta de que não posso mudá-la, nem mudar com quem você é casada, nem alterar o propósito que Deus tem para você em sua vida e sua função. Que eu me dei conta de que continuar a amá-la é egoísmo da minha parte. Que eu penso que você, entre todas as mulheres, é perfeita. Ainda assim, conhecendo-a e amando-a, vejo que, de fato, o melhor que posso fazer por você, por mim e por todo este império, é deixá-la. — Ele parou, fechando os olhos ao fim das palavras, sufocado pelos soluços contra os quais lutava.

O modo como eles davam as mãos, os corpos um de frente para o outro, era como se estivessem fazendo votos sagrados. Afirmando que, como se amavam, passariam a vida juntos. Mas, de fato, eles estavam fazendo o oposto. Quando Andrássy falou em seguida, suas palavras confirmaram isso.

— Sissi, ao terminar com tudo agora, você continuará perfeita para mim.

Ela baixou os olhos, sentindo as lágrimas que escorriam pelas faces e lhe salgavam os lábios. Lábios que não encontraram palavras com as quais responder.

— Eu sempre te amarei — ele declarou, sussurrando. Era bom para ela saber disso tudo ou teria sido melhor se ele nunca tivesse falado? Sissi piscou e ainda mais lágrimas escaparam de seus olhos e traçaram linhas quentes em suas faces açoitadas pelo vento. As palavras dele, ainda que demolidoras, não foram surpreendentes. Na verdade, ecoavam exatamente o que ela própria tinha descoberto; o que ela tinha passado os últimos meses em Gödöllő se preparando para fazer. Seu retorno a Viena e a briga imediata deles só tinha tornado tudo mais evidente. Eles não podiam continuar daquele modo, Sissi afinal admitiu para si mesma. Ela não poderia continuar procurando satisfação ou liberdade ou felicidade naquele homem bom e maravilhoso que, apesar de sua bondade, não poderia lhe dar o que ela precisava, pois os dois tinham o dever de aplacar necessidades muito maiores do que os anseios de dois corações humanos. Aquele homem cujo amor tinha sido apenas o motivo mais recente de decepção e desilusão para Sissi. Isso não fazia bem a ela.

Sissi inspirou de forma demorada e revigorante e tirou suas mãos das de Andrássy, reparando que não estavam mais frias. Ela se voltou novamente para a janela. Ali, com a respiração embaçando o vidro, ela olhou para o pátio congelado. Mais adiante, os pinheiros se elevavam cobertos de neve, e além deles as colinas nuas tremiam sob o ameaçador céu de inverno. Observando aquela vista imensa, tão solitária e ameaçadora que a fez querer chorar de novo, Sissi pensou: *A vida tem que voltar em algum momento.* A primavera acabaria voltando, mesmo para aquela paisagem desolada e estéril. Tinha que voltar; isso era ordenado por um plano divino mais inabalável e inevitável do que qualquer coisa que ela pudesse compreender.

— Eu vou embora — ela disse depois de algum tempo, virando-se para Andrássy. — Pelo resto do inverno. Valerie está doente há meses. O médico me mandou procurar um clima diferente. Vou seguir o conselho dele.

Andrássy consentiu, sem se surpreender. Ele a conhecia bem o bastante para saber que ela emendava cada mágoa ou decepção com uma fuga. Sissi enfrentava os sofrimentos fugindo da corte, onde não tinha permissão para chorar. — Para onde você vai? — ele perguntou.

Sissi suspirou, e seu hálito saiu como vapor visível mesmo dentro da cabana.

— Para Possenhofen? — ele insistiu.

Ela negou com a cabeça. — Para a Baviera não... é difícil demais ficar lá. Com meu pai se matando de beber e minhas irmãs Marie e Helene tristes o tempo todo... E Ludwig... oh, pobre Ludwig. Ele piora a cada dia.

— Então para Gödöllő?

— Não. — Ela o encarou. Como ela podia lhe dizer que não aguentaria ficar lá, no lugar em que fora mais feliz? Que ele, Andrássy, estava em toda parte de Gödöllő, e por outro lado nunca mais estaria lá. Não como já esteve. — Não, para Gödöllő também não. Preciso ir para algum lugar muito, muito distante. Algum lugar em que não me conheçam, e onde eu não conheça ninguém. Algum lugar em que tudo seja novo. Novo e intocado por lembranças.

— Existe um lugar assim? — ele perguntou.

— Eu não sei — Sissi respondeu, seus olhos encontrando os dele pela última vez. — Mas se existir, eu vou encontrar.

VII

"The bright star of Europe" her kingdom has left,
And Austria mourns of its Empress bereft.
Firm seat in the saddle: light hands on the reins,
As e'er guided steed over Hungary's plains:
She has come — with her beauty, grace, courage, and skill —
To ride, with our hounds, from old Shuckburgh Hill.*

—Poema inglês a respeito da Imperatriz Sissi

---

* Em tradução livre: "A estrela brilhante da Europa" de seu reino partiu,/ E a Áustria chora a imperatriz que perdeu./ Com firmeza sobre a sela: mãos leves nas rédeas,/ Como conduzia seu corcel pelas planícies da Hungria:/ Ela chegou – com suas beleza, elegância, coragem e habilidade – / Para cavalgar, com nossos cães, na velha Shuckburgh Hill.

Capítulo 7

Casa Easton Neston, Northamptonshire, Inglaterra
Primavera de 1876

— Se ele insistir em dizer coisas tão odiosas a meu respeito, vou ter que insistir em provar que ele está errado.

Era uma manhã clara no começo da primavera luminosa e amena, e a vista do lado de fora do quarto de Sissi era como uma exuberante tapeçaria inglesa, com folhas recém-nascidas e sebes densas. A propriedade que ela tinha alugado para a temporada de caça, uma antiga mansão em Northamptonshire, parecia ganhar um tom mais vibrante de verde conforme o sol matinal subia, afastando-se do horizonte, secando o brilho molhado do orvalho que cintilava por toda a paisagem como esmeraldas e diamantes.

— Mas eu não consigo ficar brava, nem mesmo com essa fofoca desagradável.

Sissi suspirou e olhou pela janela para os jardins cercados por murta e povoados por pássaros alegres que iam dos arbustos para as sebes e para os galhos, enchendo o ambiente com sua música. Além dos jardins, ficavam as imensas estrebarias da propriedade, onde os cavalos recebiam seus cuidados matinais. Mais além ficava o bosque particular. Aquilo não era nada parecido com a vista de seus aposentos imperiais em Viena, e Sissi tinha o dia inteiro para montar seu cavalo e explorar aquele cenário pastoril.

— Esses ingleses têm muita sorte com suas paisagens, não é mesmo? — Sissi perguntou em voz alta para o quarto agitado; o grande espaço fervilhava com os membros do cortejo da imperatriz que viajaram com ela de Viena. Ela tinha levado consigo o Barão Nopcsa, que cumpria seus deveres como responsável pelo lar imperial, a Condessa Marie Festetics e Ida Ferenczy para atenderem suas necessidades diárias, e Franziska Feifalik, claro, para cuidar de seu cabelo. Valerie também viajou com o cortejo imperial, e ela e sua governanta estavam terminando a aula matinal no quarto ao lado.

Marie Larisch, uma jovem e bela condessa recém-chegada à equipe de Sissi, era quem tinha contado a fofoca que a imperatriz comentava. A Condessa Larisch foi a escolha de Sissi quando esta declarou a necessidade de uma integrante jovem em sua equipe. Na época, Ida e Marie não pareceram gostar da notícia de outra dama de companhia somando-se a elas (Sissi deduziu isso pelas caretas que fizeram), mas submeteram-se ao desejo da imperatriz com resiliência e comedimento. "Por favor, senhoras, nós precisamos de pelo menos uma jovem entre nós, para manter nosso entusiasmo", Sissi acrescentou com um tom decisivo.

A escolha de Sissi veio de sua pátria, a Baviera. A Condessa Marie Larisch era de fato jovem, da mesma idade que Rudolf, no auge de seus 18 anos. Esposa relutante de um alemão sisudo e bexiguento, um tenente chamado Conde Georg Larisch, a bonita condessazinha ficou muito feliz — quase tonta de gratidão — em aceitar o convite para integrar a equipe da Imperatriz Sissi e participar das viagens internacionais da monarca. Qualquer coisa para escapar do marido enfadonho e seu castelo solitário e arruinado, uma necessidade de fugir que Sissi entendia muito bem e com a qual até simpatizava. A Condessa Larisch parecia encarar cada viagem como teste para um papel que estava decidida a conquistar, e imediatamente se pôs a encantar Sissi com sua inteligência, sua risada contagiante e bocados de fofoca indecorosa.

A contratação de Marie Larisch causou um pequeno escândalo em Viena. A corte logo descobriu que ela era aparentada da imperatriz por parte de pai, mas que a mãe da moça era de origem humilde — uma *atriz*, ainda por cima. Sissi riu de pensar o que sua sogra teria falado da contratação de tal mulher, completamente inadequada, como ajudante da imperatriz.

Sissi *gostava* que a Condessa Larisch não tivesse sangue azul puro e uma linhagem nobre imaculada; isso garantia que a animada morena permanecesse leal e próxima à imperatriz. A jovem Marie sabia de onde vinha sua proteção e seu patronato. Além do mais, talvez fosse a ascendência questionável da Condessa Larisch que a tornava tão divertida e agradável de se ter por perto. Ela sabia cantar, dançar e fazer imitações como se fosse uma atriz shakespeariana. Desde que assumiu seu posto, a Condessa Larisch encheu os aposentos de Sissi com risadas, música e muita conversa deliciosa.

— Agora, Condessa Larisch, venha se sentar comigo. — Sissi bateu no assento vazio ao seu lado. Franziska estava penteando o cabelo da imperatriz, a última etapa de sua arrumação antes que fosse costurada no traje de equitação do dia. — E me conte tudo que ouviu sobre esse Capitão Middleton. Como ele sabe tanto a meu respeito se acabei de chegar à Inglaterra?

Na verdade, aquele era o terceiro dia completo de Sissi em Northamptonshire; o cortejo imperial tinha chegado no domingo ao repicar dos sinos da igreja sob vivas na praça do vilarejo. Embora estivesse viajando incógnita, ou assim tentando, a notícia de que a famosa Imperatriz Elisabeth da Áustria-Hungria tinha vindo testar sua habilidade de amazona na lendária estação de caça inglesa parecia ter se espalhado por toda região. Enquanto acenava, um pouco constrangida, para os curiosos sorridentes que se aglomeravam por toda a estrada até a propriedade alugada, Sissi se deu conta de que seria perseguida e observada ali da mesma forma que em qualquer outro lugar.

Na segunda-feira, o primeiro dia que passou inteiro ali, Sissi cavalgou pelos bosques particulares da propriedade. Seguindo os conselhos de Nicky Esterházy e de todos que já tinha cavalgado no interior da Inglaterra, Sissi procurou se familiarizar com o terreno irregular e lamacento, cujas características lhe eram totalmente estranhas e, como tinha sido alertada, muito mais desafiadoras do que as planícies da Hungria.

— Eu não vejo o que pode ser tão difícil — ela declarou ao voltar para casa no fim do primeiro dia. — A primavera descongela as planícies da Hungria do mesmo modo que os campos e riachos da Inglaterra. — Ida e Marie Festetics apertaram os lábios e baixaram os olhos, deixando que as testas enrugadas manifestassem suas preocupações.

Na terça-feira, Sissi aceitou o convite para almoçar no Palácio de Althorp, a propriedade vizinha de Lorde e Lady John Spencer. Lorde Spencer, conde de uma das famílias de elite da Inglaterra, era o aristocrata residente de Northamptonshire e anfitrião oficial de Sissi para a temporada de caça. Foi ele quem recomendou e reservou a estadia em Easton Neston para o cortejo imperial. Um homem enérgico com sorriso prestativo e farta barba ruiva levemente invadida pelo grisalho da meia-idade, Conde Spencer tinha decidido levar muito a sério seu dever de anfitrião da imperatriz.

O almoço em Althorp foi um banquete suntuoso regado a vinho clarete e uma discussão detalhada sobre o interior inglês: os obstáculos apresentados pelas paisagens do condado e as habilidades especiais necessárias aos cavalos que fariam a imperatriz superá-los. Mais uma vez, Sissi foi alertada para o desafio formidável que seria atravessar o terreno de Northamptonshire em perseguição a raposas e veados na primavera.

Foi também durante esse almoço em Althorp que Sissi conheceu o Capitão Bay Middleton. Sissi reparou no Capitão assim que chegou ao palácio do conde. Ele estava um pouco afastado dos demais convidados, um homem sisudo, de ombros largos, trajando o uniforme de oficial inglês. O Capitão Middleton parecia ser dez anos mais novo que ela. Lorde Spencer os apresentou formalmente antes de o almoço começar. — Nós sabemos, imperatriz, da sua habilidade com cavalos, então escolhi o Capitão Bay Middleton para ser seu guia na caçada de amanhã. Ele serviu na minha unidade de cavalaria na Irlanda e eu posso lhe dizer que não existe melhor cavaleiro no reino de Sua Majestade do que o Middleton aqui.

O Capitão Middleton mal deu atenção às palavras elogiosas de seu alegre anfitrião ou à convidada imperial a quem estava sendo apresentado. Ele simplesmente passou os olhos pela sala como se aquele almoço e a presença de Sissi fossem uma imposição no que de outra forma poderia ser um dia agradável.

Sissi lançou olhares rápidos e furtivos na direção daquele hóspede rude durante toda a refeição. Homem de estatura média — ele não chegava nem perto da altura de Andrássy —, o Capitão Middleton, apesar de tudo, tinha uma presença imponente. Ele apresentava uma constituição robusta, peito largo e musculoso, um rosto altivo com maxilar quadrado. Seu cabelo castanho acobreado era bem cortado e acompanhado por um bigode caprichado sob o qual seus lábios permaneciam fechados e sem sorrir. Sissi gemeu por dentro ao completar sua análise de Middleton, desanimando ao pensar que aquele homem arrogante e mal-educado seria seu companheiro no que deveria ser uma temporada agradável e divertida. Ela antipatizou com o Capitão Middleton imediatamente, e isso foi antes de saber as coisas maldosas que ele dissera a seu respeito.

E agora era quarta-feira, seu terceiro dia ali. Sissi tinha a manhã para se preparar antes de aparecer para ocupar seu lugar no grupo de caça de Lorde Spencer, cavalgando atrás dos cachorros pelos campos e pelas florestas de Northamptonshire com o Capitão Bay Middleton fazendo caretas atrás dela.

— Conte-me mais uma vez, Condessa Larisch. — Sissi estava sentada diante do espelho enquanto Franziska Feifalik trançava seu cabelo em uma série de tranças soltas que seriam domadas e enfiadas no chapéu de equitação.

— Tem certeza de que deseja ouvir essa fofoca, imperatriz? — Marie Festetics interveio de seu lugar junto à cama, onde escovava o traje de montaria de Sissi; uma saia e uma jaqueta azul-real com detalhes dourados.

— Silêncio, Marie. — Sissi ergueu a mão. — Minha experiência como alvo de fofocas me ensinou que é melhor saber o que estão falando de você do que ser pega desprevenida. — Com isso, Sissi acenou para sua jovem confidente e bateu de novo na cadeira a seu lado.

A Condessa Larisch se sentou no lugar que lhe era oferecido e deu um sorriso satisfeito para Marie Festetics antes de se inclinar para Sissi. — Bem, Imperatriz, ele é um capitão da cavalaria chamado George, mas seus amigos o chamam simplesmente de "Bay".

— E quantos anos tem esse *Bay*?

— Trinta anos, Madame.

— E é solteiro? — Sissi perguntou, sentindo o peso em sua nuca aumentar conforme Franziska juntava cada vez mais de seu cabelo castanho em um penteado alto.

— Solteiro, mas parece que é o queridinho das mulheres. — A Condessa Larisch deu uma risadinha enquanto Marie e Ida suspiravam alto no outro lado do quarto.

Sissi ignorou as damas de companhia descontentes. — É mesmo?

— Sim. — A Condessa Larisch balançou a cabeça. — Parece que ele terminou há pouco um caso com uma aristocrata. Uma aristocrata *casada*.

Sissi pôs a mão na frente da boca, escondendo o sorriso indecoroso que tentava lhe puxar os lábios. Ela sabia que era horrível fofocar daquele modo, mas a Condessa Larisch tornava aquilo tão delicioso!

A jovem continuou com a voz baixa, aproximando-se para que apenas Sissi pudesse ouvir: — Mas agora ele está se comportando bem porque ficou noivo recentemente.

— De quem? — Sissi perguntou, imaginando que mulher estaria disposta a se ligar a um sedutor tão infame, além de desagradável, ao que tudo indicava.

— Uma jovem chamada Srta. Charlotte Baird. Muito linda e herdeira de uma imensa fortuna oriunda de carvão e ferro do Norte. Foi o pai dela quem comprou as últimas terras dos Middleton. Parece que esse tal Bay, embora muito habilidoso para cavalgar todo tipo de... *puro-sangue* — Larisch fez uma pausa dramática, deixando que Sissi soltasse uma risada escandalizada — tem pouquíssimo dinheiro. Uma situação que ele corrigirá quando se casar com a herdeira de 22 anos, a Srta. Charlotte Baird.

— Oh, pobre Charlotte Baird. Isso é escandaloso demais! — Sissi jogou a cabeça para trás, abafando uma risada.

— Imperatriz, por favor! Fique parada!

— Desculpe, Franziska. — Sissi se endireitou, os pensamentos ainda agitados com a história contada por Larisch. De repente, a arrogância de Bay Middleton começava a lhe parecer mais confusa do que intimidadora. Ele não possuía terras nem dinheiro... que direito tinha, então, de mostrar tal presunção para com *ela*, Imperatriz Elisabeth da Áustria-Hungria? E como aquele homem carrancudo do almoço do dia anterior conseguia seduzir tantas mulheres diferentes? Mas o mais estranho de tudo: como as informações sobre a reputação e as aventuras de Middleton tinham chegado aos ouvidos de sua jovem dama de companhia? Sissi apertou os olhos, concentrando-se de novo na condessa. — Larisch, como você sabe de tudo isso?

A Condessa Larisch inclinou a cabeça para o lado, abrindo um sorriso deslumbrante, ao mesmo tempo encantadoramente inocente e perigosamente recatado. Sissi teve certeza de que qualquer homem que visse aquele sorriso não teria escolha senão se apaixonar pela jovem condessa.

— Eu tenho meus métodos, imperatriz.

— Deixe pra lá, acho que prefiro nem saber. Mas vamos ao que é mais importante, Larisch. — Sissi estendeu a mão e pegou a da jovem lady. Ela quase podia sentir a desaprovação vigilante de Marie e Ida, do outro lado do quarto, mas resolveu ignorá-las. — Conte-me mais uma vez que palavras indignas esse Bay Middleton disse a *meu* respeito.

Marie Larisch fez uma pausa e baixou os olhos emoldurados por cílios longos, como se lhe doesse ter de repetir o que diria a seguir. — Bay disse — ela pigarreou — quando foi informado pelo Lorde Spencer de que seria o guia de Vossa Majestade durante a estação de caça: "Uma imperatriz? Ela só vai me atrasar".

Embora Sissi já tivesse ouvido os insultos do Capitão Middleton quando Larisch lhe contou a respeito na noite anterior, ouvir de novo aquelas palavras ampliou sua indignação e acelerou seu coração, desafiado, dentro de seu peito. Ela sabia que Bay Middleton não era o único que duvidava das habilidades frequentemente elogiadas da imperatriz sobre a sela. Muitos outros a tinham avisado das dificuldades de se cavalgar pelos campos ingleses. Tanto Franz quanto Andrássy lhe imploraram para ter cuidado quando ela partiu de Viena. Rudolf pareceu estar com vontade de chorar quando soube da decisão da mãe de participar da temporada inglesa de caça. Até Franziska, a imperturbável Franziska, sugeriu um penteado que poderia servir de proteção para a nuca de Sissi, caso ela fosse lançada de sua montaria e jogada na terra.

Todo mundo parecia concordar que os cavaleiros ingleses eram insuperáveis em sua habilidade de seguir cachorros em perseguições, e que o interior da Inglaterra apresentava as condições mais desafiadoras entre todos os terrenos de caça. Eles não eram os campos planos e arados da Hungria. Os condados tinham quilômetros e quilômetros de campos selvagens, terra inculta para engordar gado dividida por sebes e cercas formidáveis de pedra e madeira. Além disso, a terra era coberta com o que os nativos chamavam respeitosamente de "buracos de Pytchley" — valetas e canais não sinalizados, escavados na terra para irrigação. Nesses locais, a terra se abria em vãos largos e profundos, que engoliam não só água, mas também cavalos galopantes e os cavaleiros que tivessem o azar de estar sobre a montaria no momento da queda. Essas ravinas ocultas podiam ter até três metros de profundidade e mais de seis de largura, e normalmente eram margeadas por cercas que escondiam sua presença e apresentavam obstáculos adicionais para o cavalo.

Os cães que conduziam os caçadores ingleses eram criados para correr mais que o vento. Eles conheciam o terreno por instinto e não demonstravam prudência nem medo ao correr pelos campos. Os cavalos, treinados por séculos para acompanhar os cães, mostravam a mesma despreocupação com a segurança. As quedas dos caçadores aconteciam em velocidades assustadoras, e muitas vezes eram fatais. Quando o acidente acontecia com uma amazona, esta enfrentava a desvantagem adicional de estar vestindo saias complexas, cujo tecido costumava se embaraçar na sela ou nos estribos, fazendo com que a mulher sofresse mutilações tenebrosas e um fim trágico ao atingir o chão.

Por todos esses motivos, Sissi sabia que o ceticismo do Capitão Middleton não era totalmente infundado, mas ele continuava sendo rude ao extremo por dar voz às suas dúvidas de modo tão descarado. Era provável que ele não fosse o único a duvidar que aquela imperatriz estivesse apta a participar de uma caçada inglesa. Ida e Marie não pararam de franzir o cenho desde que chegaram à Inglaterra.

Contudo, desde a mais tenra idade, Sissi sentia-se mais à vontade e confiante no alto da sela de um cavalo do que em qualquer outro lugar. Em vez de impedi-la, os medos e as dúvidas dos outros inflamavam sua determinação e seu desejo de ser bem-sucedida. Naquela manhã, ao enfrentar as preocupações de suas damas e as palavras ofensivas de Bay Middleton, ela decidiu que aquela temporada de caça seria um sucesso. Sissi provaria não só que merecia sua reputação de melhor amazona da Europa, mas também que estava no mesmo nível do próprio Bay Middleton.

A imperatriz ficou impaciente durante o resto de sua toalete matinal, e foi colocar o vestido depois que o penteado estava pronto. Para ficar mais leve e desembaraçada, ela resolveu não vestir as anáguas, o que provocou olhares escandalizados de suas damas de companhia. O traje foi costurado diretamente em seu corpo, e um chapéu azul que completava o conjunto foi colocado no alto de seu cabelo castanho. Ao se examinar no espelho, ajustando a fileira de botões dourados na frente de sua casaca, cujo brilho combinava com os detalhes dourados nos punhos e no colarinho, Sissi aprovou o que via.

— Bem, imperatriz — Ida Ferenczy disse enquanto todas no quarto admiravam sua figura firme e escultural. — Você com certeza é o modelo de amazona.

— Ainda não — Sissi rebateu, olhando de lado para sua silhueta impecável. — Serei quando estiver sentada, feliz, na minha sela.

O grupo de caça se reuniu logo após o meio-dia na propriedade Althorp, de Lorde Spencer. Assim que a viu, o anfitrião correu para perto de Sissi.

— Imperatriz Elisabeth, permita-me ser o primeiro a lhe dar as boas-vindas aos campos de Pytchley. — O aristocrata fez uma reverência completa, sua comprida barba ruiva refletindo o brilho do sol primaveril.

— Obrigada, Lorde Spencer — Sissi disse, analisando o cenário ao redor. Uma multidão imensa tinha se juntado, trazendo cavaleiros e observadores. Moradores da vila tinham aparecido em massa para ver a famosa imperatriz, e muitos davam vivas enquanto ela caminhava até os cavalos.

Sissi avistou Bay Middleton, que virou o rosto ainda sisudo quando ouviu o nome dela ser gritado. Ele pediu licença da conversa de que participava e se voltou para a imperatriz. Sissi se preparou mentalmente, empertigando-se enquanto estudava a figura que se aproximava. Para alguém que diziam não ter um tostão furado, com certeza Bay Middleton se vestia bem, parecendo um autêntico cavalheiro do campo. Ele vestia um casaco vermelho com cauda, calças justas de montaria que destacavam suas pernas grossas e fortes, e calçava botas de couro que subiam por suas panturrilhas. O cabelo estava penteado para trás e ele trazia o chapéu nas mãos enluvadas.

— Imperatriz Elisabeth. — Ele lhe ofereceu uma reverência incompleta ao parar diante dela, apenas o bastante para parecer educado.

— Boa tarde, Capitão Middleton.

Do outro lado do campo, diversas cornetas começaram a soar e as notas animadas ecoaram pelo ambiente iluminado pelo sol. Gritos de "Às selas! Em suas montarias!" juntaram-se às notas das cornetas.

Sem qualquer palavra, Bay estendeu os braços para auxiliar Sissi a montar. Sissi aceitou a ajuda, ciente de que muitos olhos a observavam e sem querer alimentar os boatos que circulavam sobre ela e as dúvidas que ele tinha a seu respeito. Ele a ergueu com facilidade, com braços fortes que a fizeram se sentir leve como uma pena enquanto era içada sobre o cavalo.

A multidão começou a berrar, dando vivas, acenando e aplaudindo. Sissi estava acostumada com isso; suas aparições em público sempre causavam tumulto. Mas, ao prestar atenção, ela percebeu, para seu espanto, que não era o nome dela que gritavam.

"Bay!" "Bravo, Bay!" "Bay Middleton!"

Sissi lançou um olhar furtivo para Bay, que continuava ao seu lado, ajeitando as botas dela nos estribos. Seria ele algum tipo de herói local? Uma celebridade, talvez? Bay Middleton olhou para ela e seus olhos mais uma vez pareciam expressar sua falta de fé, quase um deboche. Sissi se ajeitou na sela, ergueu o queixo e se empertigou. — Sabe, Capitão Middleton, contaram-me que...

— Pode me chamar de Bay.

Sissi parou de falar, estarrecida e emudecida por ter sido interrompida. E ainda por *ele*, um oficial de cavalaria falido e plebeu! Ela torceu as rédeas nas mãos enluvadas, fazendo uma pausa antes de continuar. — Certo, *Bay*... eu disse ao Lorde Spencer que sob nenhuma circunstância você deve facilitar para mim.

Bay a encarava diretamente, os olhos azul-claros cintilando sob o sol da tarde. Depois de um momento, ele sorriu para ela pela primeira vez. — Se é assim que deseja, Imperatriz Elisabeth.

Sissi se ajeitou na sela de sua montaria castanha enquanto Bay subia em seu próprio cavalo e se juntava a ela. Eles faziam parte de um grupo de trezentas pessoas, aparentemente. Sissi estudou seus companheiros, sabendo pelas conversas do dia anterior que daquelas multidões, que começavam com centenas de participantes, apenas quatro ou seis cavaleiros conseguiam terminar toda a caçada. Todos à sua volta cairiam, seriam jogados ou derrotados por algum obstáculo, ou desistiriam por causa da fadiga, ou se renderiam ao medo antes que o dia de cavalgada chegasse ao fim. Ela segurou as rédeas com firmeza, ajustando as luvas de couro e fazendo uma oração silenciosa para que pudesse estar entre os poucos que aguentariam até o final.

Enquanto Sissi se aprumava na sela, o cavalo debaixo dela começou a reagir ao seu nervosismo com movimentos ansiosos, então ela se lembrou de continuar calma. Sissi tinha crescido sobre uma sela; era ali que ela se sentia mais confortável. Ela fechou os olhos e inspirou fundo, permitindo-se entrar em sintonia com o cavalo e seus movimentos. Seus sentidos entraram no conhecido estado de alerta total, o corpo se unindo e comungando com a sela e com o animal debaixo de si, preparando-se para se mover como se fossem um só. Como se a montaria fosse uma extensão de seu corpo, obedecendo aos seus comandos.

Lorde Spencer pegou sua montaria e a multidão gritou ainda mais alto. Conforme os cavalos se mexiam e trotavam até o início do campo, uma onda de energia ansiosa pulsava de humanos e cavalos. As cornetas ecoaram mais uma vez e os cachorros foram trazidos, latindo e puxando as guias. A agitação dos cães parecia estimular ainda mais os cavalos — e os cavaleiros —, e Sissi conteve a agitação de sua montaria.

Os cachorros foram soltos e vários deles farejaram a raposa; antes que Sissi soubesse o que estava acontecendo, eles saíram em disparada, latindo e uivando como se corressem dos cavaleiros do Apocalipse. Sem dizer nada para ela, Bay saiu em disparada, fazendo seu cavalo seguir de perto os cachorros, e Sissi impulsionou sua montaria à frente, determinada a seguir o capitão de perto.

Eles atravessaram o primeiro campo à frente do grupo, o vento açoitando seu rosto enquanto Sissi ouvia o tropel de cascos e os uivos sanguinários dos cães à sua volta. Antes que ela se desse conta, a primeira cerca apareceu diante deles e Sissi sentiu o corpo todo enrijecer com a expectativa e cada músculo seu ficar alerta e pronto. Era uma cerca de estacas não muito alta. Ela já tinha saltado cercas assim antes, Sissi disse para si mesma, segurando firme as rédeas enquanto sincronizava o ritmo do cavalo com o do seu corpo. Bay alcançou a cerca um pouco antes. Ela o observou pelo canto do olho e então se preparou para o salto, jogando o peso para frente para se unir ao cavalo no impulso. O obstáculo foi superado sem dificuldade e Sissi não pôde deixar de rir, deleitada, quando sentiu que o cavalo tocava o chão sólido mais uma vez.

Ela viu quando Bay olhou por sobre o ombro para verificar se ela tinha conseguido, e então Sissi o encarou com um sorriso desafiador, erguendo as sobrancelhas como se perguntasse: "Você esperava algo diferente?".

Sissi se perguntou qual teria sido a expressão de Bay naquele momento. Aprovação? Surpresa? O que quer que fosse, Sissi apertou as pernas no cavalo, estimulando-o a acelerar, sem se contentar em continuar alguns metros atrás de Bay.

A multidão ao redor deles já tinha diminuído, pois alguns dos cavaleiros procuraram um modo de rodear a primeira cerca, enquanto outros enfrentavam o campo e suas cercas em ritmo mais lento. Sissi sentiu os efeitos inebriantes da adrenalina correndo por suas veias e respirou alegre, virando-se para olhar para Bay.

Eles cruzaram outro campo lado a lado, atravessaram um córrego a galope e superaram com facilidade diversas fileiras de sebes grossas. Ao fim da primeira meia hora, os dois lideravam sozinhos, os únicos cavaleiros que ainda seguiam o ritmo dos cachorros. Sissi saltou a cerca seguinte, uma barreira de pedra, bem ao lado de Bay.

— Ótimo! — ele gritou, a voz alta o bastante para sobrepor os cascos dos cavalos e a respiração ofegante dele e de Sissi.

Um campo amplo e desobstruído se abriu diante deles e o coração de Sissi martelava de prazer: o interior verdejante; o ar fresco e limpo; a dor bem-vinda dos músculos exercitados. Até o ceticismo de Bay diminuía visivelmente quando ele olhava para ela, sua rígida expressão facial dando lugar ao que parecia quase um sorriso. Quer ela terminasse a caçada do dia acompanhando os cachorros ou não, Sissi consideraria a expedição um sucesso. Pelo menos ela teria cavalgado bem o bastante para não passar vergonha nem comprometer sua boa reputação.

— Você já conseguiu, imperatriz. — Bay ofegava ao lado dela e Sissi percebeu, vitoriosa, que ele parecia respirar com mais dificuldade que ela. — Vossa Majestade pensa e o animal intui. Seu cavalo está em comunhão com seus desejos e comandos.

Sissi inclinou a cabeça para o lado, espantada com os elogios de Bay. — Quem me dera se fosse assim tão fácil com os homens da minha vida — ela disse. E seu coração pulou de alegria quando viu Bay sorrir com seu comentário.

No fim do campo, o ânimo de Sissi continuava elevado, mas embora ainda não estivesse cansada, ela sentiu sinais preocupantes de fadiga no cavalo. Sissi tinha feito o animal correr em velocidade máxima pela última hora; os passos dele atingiam o solo com peso crescente e sua respiração parecia mais alta e difícil a cada passo. Sissi e Bay entraram em um bosque denso e úmido.

— Vamos encontrar uns sulcos à frente — Bay gritou por sobre o ombro, seu corpo assumindo uma posição de prontidão enquanto o mundo ao redor deles mergulhava nas sombras de galhos frondosos e fechados.

Sissi firmou as mãos nas rédeas e apertou os olhos, tentando encontrar sinais de problemas na terra encharcada. O primeiro obstáculo foi uma sebe baixa. O cavalo a venceu, mas não com a mesma agilidade de antes. Sissi começou a ficar preocupada, desejando poder transferir parte de sua energia aparentemente inesgotável para o animal.

Ela foi ficando para trás de Bay, seu cavalo lutando para acompanhar o ritmo. Isso até que foi bom, porque ele avistou a vala seguinte vários metros antes dela, dando-lhe tempo para se preparar.

— Valeta! — Bay gritou, olhando para trás para avisá-la quando já estava em segurança do outro lado. — Venha com tudo!

Sissi se inclinou para frente, preparando-se ao mesmo tempo que estimulava o cavalo a correr. Ela fustigou o animal com os calcanhares, para acelerá-lo, mas suas patas estavam cansadas e ele não conseguiu o impulso necessário para saltar a vala. Antes que Sissi soubesse o que estava acontecendo, ela sentiu o cavalo refugar, inclinando o corpo para frente em um ângulo baixo. Sissi voou para frente, a inércia lançando seu corpo sobre a cabeça do animal que caía. Tudo aconteceu com tanta rapidez que seu corpo reagiu mais com instinto do que intenção. Ela não teve tempo de pensar em muita coisa — na verdade o único pensamento que cruzou vagamente sua cabeça naquele instante foi uma imagem fugaz de Valerie. Ela não podia morrer, ela não podia deixar Valerie.

Sissi retesou cada músculo de seu corpo, recolhendo-se em uma bola e rolando quando atingiu o solo. Ela fechou os olhos e pediu a Deus que não deixasse o cavalo cair sobre ela. *Que modo horrível de morrer*, ela pensou, *com os cascos de um cavalo esmagando meu crânio.* Sissi notou, com uma sensação de alívio, como a terra debaixo de si era macia, a cabeça virando de um lado para outro enquanto rolava pela grama e lama. Talvez isso diminuísse a probabilidade de ela quebrar o pescoço.

O cavalo aterrissou a poucos metros dela, por milagre não caindo em cima de Sissi, e logo se colocou outra vez de pé. Sissi parou de rolar e permaneceu imóvel no chão, piscando para os vislumbres de céu que via em meio aos galhos folhosos. Seu corpo e sua cabeça vagavam em um estado atordoado e perplexo de dormência. Ela estava viva, percebeu, mas estaria paralisada? Então seus pensamentos viajaram para a próxima questão lógica: seria preferível estar paralisada ou morta?

Bay desceu do cavalo e parou acima dela com o rosto retorcido de preocupação. — Imperatriz! — Ele se agachou, os olhos a poucos centímetros dos dela. Sissi reparou, distraída, que não tinha perdido a consciência. E que seus pulmões, temporariamente atordoados pelo impacto da queda, agora imploravam por ar. Ela inalou, sentindo o gosto de terra e grama nos lábios. Podia respirar; um sinal promissor, pensou.

— Imperatriz, não foi sua culpa! — Bay se debruçou sobre o corpo caído, falando com uma suavidade atípica. — Você se machucou? — Ajoelhando-se ao lado dela, ele retirou as luvas e esfregou as mãos,

aparentando não saber ao certo qual seria o protocolo para tocar sua companheira imperial em busca de sinais de lesões. — Será que... posso?
— Pode.
Bay estendeu as mãos hesitante na direção dela, apertando delicadamente suas pernas. Enquanto isso, Sissi fez sua própria avaliação do corpo.
— Você... você consegue sentir isto? — Bay perguntou, batendo de leve nos joelhos dela.
— Consigo — Sissi respondeu.
— Dói muito?
— Na verdade... não. — Ela percebeu, para seu completo alívio, que nada parecia doer.
— E quanto aos seus braços?
Ao mover os dedos, depois os pulsos e braços, Sissi ficou maravilhada com a possibilidade de ter escapado daquela queda sem nenhum ferimento. Ela não tinha quebrado o pescoço; não tinha quebrado nem um dedinho.
— Não foi sua culpa, imperatriz! — Bay ainda não estava seguro quanto ao seu bem-estar, permanecendo em um estado de visível angústia ao lado dela. — Nenhum cavaleiro teria conseguido continuar na sela em uma queda dessas. O cavalo estava esgotado. Tenho certeza de que ninguém conseguiria ter lidado com a situação melhor do que você.
Sissi absorveu o significado das palavras elogiosas de Bay enquanto percebia que estava ilesa. Ela ficou tão feliz ao se dar conta dessas duas coisas — e em êxtase por Bay estar livre do ceticismo que tinha em relação a ela — que começou a gargalhar, esticando a mão para se apoiar no braço de Bay e puxar o próprio corpo para se sentar.
— Obrigada, Bay! — ela exclamou, ainda tonta de alegria pela boa sorte de ter sobrevivido com o corpo e o ego intactos. — Oh, obrigada, muito obrigada!
— Mas... Imperatriz... você está... está ferida?
— Completamente ilesa! — Com a ajuda de Bay, ela se pôs de pé. Sissi examinou o corpo mais uma vez. Seu chapéu tinha caído e o cabelo se soltado, descendo agora em ondas desalinhadas sobre o rosto, mas fora isso estava tudo bem. Mais espantoso ainda, ela e Bay estavam sozinhos naquele bosque, pois a vantagem que tinham sobre o resto do grupo era tão substancial que continuavam alguns minutos de cavalgada à frente dos demais.
Bay se inclinou, pegou o chapéu dela caído no chão alguns passos adiante e o estendeu para Sissi.
— Mais uma vez eu digo que não foi sua culpa.

— Eu sei — Sissi disse, apoiando a mão no braço dele e se perdendo por um instante em sua alegria. Os olhos de Bay voaram para o lugar em que a mão dela descansava, e Sissi a retirou no mesmo instante, lembrando-se do decoro. Ela pegou o chapéu que ele lhe oferecia e o bateu na saia. Foi então que ouviu um latido no campo não tão distante do pequeno bosque. — Bay, acho que ainda podemos conseguir; nós podemos alcançar os cães.

Bay a encarou, e as feições dele deixaram claro que estava impressionado, talvez até um pouco incrédulo. Ele tinha algumas gotas de suor na testa e seu peito arfava com a respiração ofegante. — Tem certeza, imperatriz? Você está pronta para isso... para voltar à sua montaria?

Sissi fez que sim, andou na direção de seu cavalo e pegou as rédeas nas mãos. — Estou.

— Se... se você acha que sim... Mas não quero sobrecarregá-la...

— O que foi que eu disse, Bay? Você não deve facilitar para mim.

E então ele sorriu, relaxando as feições em uma expressão de aprovação. Olhando para o capitão, Sissi reparou em como as bochechas de Bay estavam rosadas pelo exercício, como seu cabelo cor de ferrugem, desalinhado, caía ao lado do rosto forte, e então entendeu por que Bay Middleton tinha a reputação que tinha. Por que as pessoas da vila davam vivas quando o viam, por que as mulheres achavam impossível resistir ao seu charme viril e altivo.

Bay, enquanto isso, estendeu os braços, segurando Sissi pela cintura com as mãos ainda sem luvas, e a ergueu sem esforço para colocá-la de novo na sela. Depois que ela já estava sobre o cavalo, bem acomodada, as mãos dele permaneceram um momento além do necessário na cintura de Sissi, seu corpo encostando nas pernas dela enquanto ambos se olhavam no fundo dos olhos. Então o capitão abriu um sorriso relaxado antes de falar: — Estou começando a pensar, imperatriz, que talvez eu deva pedir que *você* facilite para *mim*.

VIII

Genebra, Suíça
Setembro de 1898

— Não, ele não vem. — *O balconista olha para Luigi e meneia a cabeça.* — O duque de Orléans alterou seus planos. Quis ir à caça... e não acho que seja de animais selvagens. O homem adora suas mulheres, pelo que eu soube. — *O balconista sorri, levantando uma taça para verificar se estava com o brilho adequado.*

Luigi quis gritar de frustração; o enganador francês tinha fugido dele. Depois de tudo que ele planejou. Depois de arquitetar o Grande Feito. Agora, o que ele faria? Todo seu projeto parece uma tolice — o objetivo de sua vida repentinamente anulado. Como tudo isso é injusto! Aqueles nobres podem simplesmente mudar de planos de um dia para outro, por puro capricho. Eles sabem que suas carruagens douradas irão carregá-los de cidade para cidade, de país para país, como se as distâncias não significassem nada. Mas como Luigi faria para perseguir o duque se tudo que ele tinha para levá-lo eram seus pés cheios de bolhas?

Mas então ele é salvo no mesmo instante em que se perde. Ele baixa os olhos para o balcão do bar e vê, ao lado da sopa, o jornal. A primeira página traz a foto de uma linda mulher de cabelos escuros, seu belo rosto carregando um sorriso recatado, tímido. Abaixo da imagem, a manchete informa:

IMPERATRIZ ELISABETH DA
ÁUSTRIA-HUNGRIA EM GENEBRA!
SUA MAJESTADE IMPERIAL HONRA
O HOTEL BEAU RIVAGE COM SUA VISITA

O Hotel Beau Rivage. Ora, fica um pouco mais para acima naquela mesma avenida. O melhor e mais luxuoso hotel da cidade. O que tem os carregadores mais esnobes e os clientes mais arrogantes entrando e saindo por suas portas. A Imperatriz Elisabeth. A mulher mais linda do mundo. Esposa do Imperador Franz Joseph, o homem mais poderoso da Europa.

—Melhor ainda — Luigi sussurra. Quem é o duque de Orléans quando Luigi pode ter a Imperatriz Elisabeth da Áustria-Hungria? Ele não consegue acreditar em sua imensa sorte. Sente o coração acelerar e o sangue correr de forma tão desesperada em suas veias que ele precisa se esforçar para continuar calmo. É o segredo dele. Pelo menos por enquanto; logo o mundo todo saberá.

Capítulo 8

Casa Easton Neston, Northamptonshire, Inglaterra
Primavera de 1876

Naquela noite, Sissi insistiu, apesar da desaprovação de toda sua equipe, em continuar com seu plano de oferecer um pequeno jantar.

— Mas é aconselhável, depois de sua queda, Vossa Majestade? — Ida perguntou.

— Talvez Vossa Alteza prefira se recolher mais cedo esta noite, para que seu corpo se recupere do choque — sugeriu Marie Festetics.

— Eu não devia ter contado para vocês que isso aconteceu — Sissi respondeu, suspirando, enquanto as damas de companhia sugeriam mais uma vez que ela adiasse o jantar. — Eu sabia que vocês seriam tão repressivas quanto Franz. Deus, com certeza não vou contar para *ele*.

De fato, a queda não deixou sequer um arranhão em Sissi. Se aquilo causou alguma coisa, foi um aumento na sensação inebriante que o dia da cavalgada tinha lhe provocado. Apenas Sissi e Bay aguentaram a caçada inteira. O árido terreno inglês ofereceu a Sissi o que tinha de pior; seu cavalo teve dificuldades, mas ela continuou, até se exceder. Agora, enquanto o crepúsculo caía sobre os jardins e a noite se esgueirava pelas janelas abertas do quarto, os criados no andar de baixo corriam para preparar a refeição noturna, e Sissi sentia-se exausta, mas contente.

A imperatriz recebeu seus convidados naquela noite usando um vestido simples, preto e branco, justo ao corpo, com pétalas de rosas e camélias entrelaçadas no cabelo, e pérolas adornando seu colo e seus pulsos. Ela suspeitava, contudo, que seu acessório mais radiante fosse seu sorriso. Ela estava feliz e sabia que isso era evidente.

— Lorde Spencer, bem-vindo a Easton Neston. Como posso lhe agradecer pelo dia esplêndido que tivemos hoje?

— Eu é que devo agradecer a Vossa Majestade. Não acredito que Northamptonshire tenha sido alvo de tanta atenção e alvoroço como foi hoje. — A pele clara do aristocrata apresentava um tom rosado pela exposição ao sol, o que combinava com a barba e as costeletas.

— E Lady Spencer, boa noite. — Sissi virou-se e sorriu, calorosa, para a aristocrata diante de si. — Bem-vinda a Easton Neston.

— Obrigada, Imperatriz Elisabeth. — Lady Spencer fez uma reverência; seus modos eram graciosos, embora fosse mais reservada que o marido amigável.

Sissi tinha decidido convidar Bay para o jantar no último minuto, mencionando apenas depois que a caçada terminou. Quando chegou, vestindo mais uma vez o impecável uniforme de oficial, seu rosto estava mais relaxado do que quando cumprimentou a imperatriz, no almoço do dia anterior. Sissi sentiu o rosto corar, e não conseguiu deixar de sorrir ao lembrar-se da tarde que passaram juntos no campo.

— Capitão Middleton. — Ela o saudou, inclinando a cabeça para ele, que lhe fazia uma reverência. — Obrigada por se juntar a nós.

— O que foi que eu lhe pedi, imperatriz? Me chame apenas de Bay.

— Muito bem, seja bem-vindo, Bay! Por favor, permita-me apresentar a Condessa Marie Larisch. E estas são a Condessa Marie Festetics e minha ajudante, Ida Ferenczy.

Bay inclinou a cabeça para cada uma das damas de companhia antes de se voltar para Sissi.

— Tantas damas lindas — ele disse com um sorriso fácil no rosto. — Estou pensando em visitar Easton Neston com mais regularidade, imperatriz.

O jantar foi uma reunião casual, festiva. A distância de Viena e da corte permitia que Sissi deixasse de lado os procedimentos formais e a etiqueta que sufocavam esses eventos na capital da Áustria. Em vez de impor a regra imperial que permitia aos convidados conversar apenas com quem estivesse sentado à sua direita e esquerda, Sissi deixava a conversa fluir livremente, acompanhada pela comida e pelo vinho. Não demorou muito para que a conversa se transformasse em um diálogo ágil entre Spencer e Bay. Sissi pediu que servissem mais vinho enquanto a carne era retirada da mesa, e, quando a sobremesa foi servida, Spencer repreendia Bay, amistosamente, por causa de brincadeiras recentes do capitão. Bay lançava repetidos olhares na direção de Sissi, tentando se absolver diante da anfitriã, mas Spencer foi implacável.

— Vou lhes contar o que é mais complicado em dividir o alojamento com Bay Middleton — Lorde Spencer disse, limpando a barba lustrosa com o guardanapo antes de tomar um grande gole de vinho. — Nunca saber o que se vai encontrar debaixo do lençol.

Sissi e as outras mulheres baixaram o olhar, mostrando o recato necessário diante daquele comentário. Sissi serviu-se de mais vinho e riu dentro da taça.

— Ora vamos, Spencer, você está me fazendo parecer um vilão! — Bay retrucou, pedindo desculpas com o olhar para Sissi. Ele falava informalmente com Spencer, embora o homem mais velho fosse seu superior no exército e membro da nobreza, ao passo que Bay não era de origem nobre; e não tinha nem mesmo herança, se os boatos fossem verdadeiros.

Apesar de tudo, estava claro que Spencer tinha um carinho especial por Bay, e que mesmo a reclamação descontraída do subordinado não ofendeu o conde, pelo contrário, animou-o.

— Bem, você é um vilão, Middleton, não posso fazer com que você *pareça* algo que já é. Mas não, minhas senhoras, eu não quis ser vulgar. — Spencer ergueu as mãos, virando-se primeiro para Sissi e depois para sua esposa com um olhar de arrependimento exagerado. — Não se trata de nada tão grosseiro quanto parece. Nosso Capitão Middleton, aqui, é apenas um grande brincalhão.

— Oh, nós vivenciamos isso em Althorp, John. — Lady Spencer concordou, permitindo que uma risada contida escapasse de seus finos lábios aristocráticos.

Menos comedido então, Lorde Spencer continuou.

— Bay adora assustar os amigos deixando-lhes pequenas surpresas na cama, para que, depois de uma longa noite de bilhar e vinho do porto, quando eles deitam a cabeça para descansar, não saibam o que os aguarda. O que foi que você fez com o pobre George Lambton? Foi uma rã morta que colocou na cama dele quando estavam em Leicestershire?

— Um sapo! — Bay disse, o rosto ficando vermelho enquanto seus olhos procuravam os de Sissi. — Mas eu posso lhes garantir uma coisa: o sapo que eu pus naquela cama tinha a aparência melhor do que qualquer outra criatura que George já tenha levado para debaixo daqueles lençóis.

Uma gargalhada escandalizada, mas amigável, ergueu-se ao redor da mesa, e Sissi foi quem riu mais alto. Uma conversa daquelas nunca seria possível em Viena... nem mesmo na Hungria, aliás. Os ingleses tinham um modo jovial de brincar um com o outro; em suas reuniões havia uma tranquilidade que Sissi não encontrava desde sua infância em Possenhofen.

— Muito bem, Bay, conte-nos se Doggie Smith chegou a te perdoar pelo que você aprontou em Combermere! — Spencer o provocou. — Quando você trocou o casaco de montaria dele pelo casaco daquela dama?

Bay apoiou os cotovelos na mesa e descansou o queixo nas mãos, rindo para si mesmo.

— Você precisa acabar comigo desta maneira, Spencer? Eu esperava não chocar demais a imperatriz.

— E então? Ele o perdoou? — Spencer tamborilou a mesa com os nós dos dedos, rindo. — Vamos, Bay, você precisa contar para a imperatriz o que fez com o pobre rapaz. Eu insisto; ou então vou transferi-lo para a Irlanda, como punição por não cumprir minhas ordens.

Bay protestou, mas quando Sissi também insistiu, ele cedeu.

— Vou lhe contar, imperatriz, mas apenas se prometer acreditar em mim quando eu disser que ele fez por merecer.

Sissi inclinou a cabeça para o lado e sorriu para Bay.

— Vou decidir depois que ouvir a história.

Bay concordou.

— Doggie é um amigo nosso que...

— *Era* amigo seu! Acho que não é mais... — Spencer corrigiu.

Bay sorriu ironicamente.

— *Era* um amigo meu que... Como vou dizer isto, Spencer?

— Ele se orgulha muito de sua aparência. — Spencer ajudou, sugerindo as palavras e olhando para Sissi e depois para a esposa enquanto inclinava o decantador de vinho em direção à sua taça.

— De fato — Bay continuou, concordando com a cabeça. — A propósito, Spencer, deixe um pouco de vinho para nós, está bem? Enfim, Doggie é um homem que está sempre elegante. E ele gosta de destacar a superioridade de sua aparência sobre a dos demais.

Lady Spencer riu, demonstrando conhecer a pessoa. Sissi ouvia, ficando mais alegre a cada minuto que passava na companhia de Bay e Spencer.

— Então, em nossa última tarde em Combermere, nós íamos caçar, e havia uma dama que se juntaria a nós, uma lady por quem Doggie... Capitão Smith... havia demonstrado interesse.

— Ah, sim. Não foi Marjorie Thurston? — Spencer perguntou.

— Ela mesma — Bay confirmou.

— Marjorie sabe cavalgar muito bem — Spencer pensou em voz alta — mas não é como se ela...

— Ela não se compara à senhora, imperatriz — Bay interveio.

Sissi corou com o elogio, então se perguntou por que o comentário de Bay tinha provocado aquela reação nela.

Bay continuou.

— De qualquer modo, com a presença de Marjorie naquele dia, eu sabia que Doggie usaria seu casaco vermelho e se esforçaria para estar com ótima aparência. Então, eu subornei o criado pessoal de Doggie para me deixar trocar o casaco de montaria dele, muito benfeito e ajustado, por...

— Um casaco idêntico, só que feito para uma mulher! — Spencer gritou, inclinando-se para frente e irrompendo em uma gargalhada explosiva.

— Não se esqueça dos laços, Spencer!

— Os laços! — Agora Spencer praticamente segurava a barriga, o rosto ficando roxo enquanto ele perdia a compostura.

— John! — Lady Spencer levou a mão à testa, escandalizada, mas sorriu para Sissi como se para indicar que aquela explosão de alegria era uma ocorrência regular entre seu marido e Bay Middleton.

— Era um casaco muito bonito — Bay justificou, dando de ombros enquanto terminava sua taça de vinho. — Os laços na frente de fato deram certa classe a Doggie.

Spencer começou a engasgar de tanto rir.

— Ele não teve escolha, entende? Nenhum cavalheiro ousaria cavalgar sem seu casaco. Ele já tinha enviado os outros para serem lavados pelo criado, pois tinha reservado o melhor para o último dia com Marjorie. E ninguém tinha outro para emprestar. Bay garantiu isso.

— Mas como ele coube em um casaco feminino? — Larisch perguntou, abrindo seu sorriso mais doce ao se inclinar na direção de Bay. Sissi ficou um pouco irritada com a iniciativa da garota, e se deu conta, de repente, que se sentia um pouco possessiva em relação a Bay; não queria que sua jovem e bela dama de companhia chamasse a atenção dele. A imperatriz se empertigou.

— Digamos que ficou pouco... confortável — Bay respondeu e piscou para Larisch. — Eu receio que o casaco tenha rasgado nas costas antes do fim do dia.

— E o que a lady achou disso? — Sissi perguntou, virando-se na direção de Bay e notando, com satisfação, que ele imediatamente desviou sua atenção de Larisch para ela.

— Oh, ela gostou. Perguntou-lhe onde tinha mandado fazer. Ela disse que queria um igual.

Depois do jantar, o grupo se retirou para a sala de estar, e Spencer divertiu os convidados com uma recapitulação do dia de caçada.

— Honestamente, imperatriz, a senhora impressionou até mesmo aqueles que começaram o dia confiantes em suas habilidades. E aqueles que estavam céticos... — Sissi percebeu o olhar provocador que Spencer lançou a Bay. — Bem, Vossa Majestade conquistou completamente esses indivíduos.

Sissi teve de se segurar para não dar um sorriso muito exagerado.

— O senhor é muito gentil, Lorde Spencer. Não consigo me lembrar de outro dia em que tenha me divertido tanto, talvez em toda minha vida.

— Fiquei admirado! — Spencer disse, erguendo sua taça de vinho do Porto para ser reenchida. Ele olhou de Sissi para Bay. — Só restaram vocês dois no fim, dentre centenas. Bay, acho que você finalmente encontrou alguém à sua altura.

Bay, encontrando o olhar de Sissi, abriu um meio sorriso ao responder:
— De fato encontrei.

O dia seguinte amanheceu claro e ameno; Bay cumprimentou Sissi no campo com um sorriso caloroso em vez da carranca fria de deboche.

— Serei seu guia novamente, imperatriz, se me aceitar.

— Com prazer. — Sissi sentiu um frio na barriga quando Bay a ergueu até a sela, as mãos fortes dele segurando com firmeza sua cintura antes de pegar seus pés e colocá-los nos estribos.

Mais uma vez, eles se viram na frente do grupo depois da primeira meia hora de caçada. Eles trotaram alegremente por um campo, dando um breve descanso aos cavalos enquanto os cachorros tentavam encontrar o rastro perdido da raposa. Bay aproximou seu cavalo do de Sissi, de modo que eles pudessem cavalgar lado a lado.

— Como aprendeu a montar assim, imperatriz? — Bay perguntou.

À frente deles, os cachorros andavam com os focinhos junto ao solo, farejando a vegetação em busca do rastro do animal. Acima deles, grandes nuvens deslizavam lentamente pelo céu brilhante, como veleiros preguiçosos tripulados por marinheiros fantasmas. Sissi inspirou, maravilhada com as belezas do interior inglês à sua volta; com os brotos que nasciam e coloriam de verde os galhos das árvores, com os campos que se estendiam até o horizonte em ondas de terra fofa e fértil. Ela se virou para Bay.

— Que tal você me chamar de Sissi quando estivermos sozinhos aqui fora?

Bay levantou uma sobrancelha e abriu um sorriso contido no rosto de bochechas vermelhas.

— Se você insiste...

— Eu insisto.

— Muito bem, então. Como foi que aprendeu a cavalgar tão bem, Sissi?

Ela sorriu, gostando do modo como seu nome soava nos lábios ingleses dele.

— Foi quando eu era criança — ela respondeu. — Meu pai sempre brincava que, se não tivéssemos nascido nobres, ele e eu poderíamos ter sido cavaleiros de circo.

Bay refletiu em silêncio. Alguns passos adiante, os cães continuavam farejando o solo, desesperados para tentar localizar um indício da raposa.

— Confesso que aguardo com ansiedade o momento de voltar aos campos de caça — Bay disse um instante mais tarde. — Anseio por estes meses o ano todo. Eu fiquei desesperado quando Spencer me disse que eu seria seu guia, porque temia que você fosse me atrasar. Ou, o que seria ainda mais terrível, eu receava ter de seguir pela estrada com você, deixando os campos, os riachos e as cercas para os outros.

Sissi abriu a boca, fingindo indignação.

— Seguir pela estrada?

— Agora eu vejo que meus temores eram infundados — Bay emendou rapidamente, desfazendo qualquer ofensa.

— Eu sabia que acabaria por conquistá-lo — Sissi respondeu. — Mesmo sabendo das coisas que você andava dizendo a meu respeito.

Bay ficou de boca aberta, com uma expressão de pura vergonha.

— Mas... Vossa Majestade... soube?

Sissi assentiu.

— Mas... se não se importa que eu pergunte... como foi que ficou sabendo? Você acabou de chegar à Inglaterra.

Sissi deu de ombros, mantendo o rosto impassível.

— Meus espiões — ela disse.

Bay soltou uma exclamação.

— Então você *tem* mesmo espiões? Spencer e eu estávamos nos perguntando, mas eu pensei que...

Sissi não conseguiu segurar o riso, e cobriu os lábios com a mão enluvada.

— Estou só brincando. Por Deus, claro que não tenho *espiões*. Quem você pensa que eu sou?

— A imperatriz da Áustria-Hungria.

— Nada de espiões no meu cortejo. Sinto desapontá-lo. — Embora Larisch pudesse ser considerada uma espiã, dada a eficiência que ela demonstrava para descobrir fofocas.

— Então, como você soube? — Bay perguntou.

Sissi olhou de soslaio para ele, permitindo-se um sorriso irônico.

— Eu acho que você manifestava sua insatisfação tão alto que informações a esse respeito chegaram à minha casa.

— Bem, agora estou terrivelmente constrangido.

Sissi sorriu ao vê-lo corar.

— Pelo menos você não trocou meu casaco de montaria por algo que não me servia. Nem colocou um sapo na minha cama. Imagino que eu deva me considerar com sorte, em comparação aos outros.

Os cães não conseguiram reencontrar o rastro da raposa, mas Sissi e Bay ficaram cavalgando durante horas, correndo sozinhos pelo campo e saltando sebes e cercas como se estivessem em uma perseguição frenética. Quando voltaram, bem mais tarde, as pernas de Sissi ardiam, e seus pulmões pareciam ter sido lavados pelo ar fresco campestre. Ela ainda poderia ter cavalgado por muitas horas se o sol decidisse permanecer alto no céu.

De volta aos estábulos, Bay a ajudou a descer da montaria, e Sissi hesitou um instante, confusa pela expressão que viu no rosto dele quando ficaram frente a frente.

— Bay? O que foi?

— Nada, imperatriz... Sissi. — Mas ela ficou inquieta com a intensidade do olhar com que Bay a encarava, sem soltar suas mãos nem por um segundo.

— Diga-me, o que foi? Por que você está me olhando como se eu tivesse duas cabeças?

— É só que... — Bay engoliu em seco, parecendo lutar com as palavras enquanto seus olhos continuavam fixos nos dela.

— O quê?

— Seus olhos.

— Sim, o que tem eles? — Ela piscou.

— São cor de avelã, não são?

Sissi assentiu.

— Bem, neste momento eles parecem estar pegando fogo.

À noite, de volta a Easton Neston, Sissi muitas vezes se via agradavelmente cansada, pronta para dormir. O jantar — refeição que Sissi fazia somente na companhia de Valerie, a menos que os Spencer a convidassem para uma noite mais formal — era seguido do momento em que as pernas da imperatriz eram massageadas e suas roupas para o dia seguinte eram escolhidas. Tarde da noite, Sissi dispensava Ida, Marie, Franziska e Larisch e se dedicava ao seu diário. Ela escreveu todos os dias naquela primavera. Ao folhear as páginas anteriores, reparou na frequência com que o nome de Bay aparecia: em todas as entradas, geralmente mais de uma vez.

Hoje Bay me mostrou um bosque no qual, eu tive certeza, moravam fadas.

Bay me ensinou como saltar uma cerca dupla de pedras com pouquíssimo impacto na descida.

Hoje Bay e eu deixamos os outros para trás mais cedo que de hábito.

Muito sucesso para mim e Bay hoje.

Suas cartas para Franz e Rudy também mencionavam Bay, mas ela tomava o cuidado de esconder seu entusiasmo e diminuir a frequência com que incluía o nome dele nos casos que contava, embora não houvesse um minuto de suas cavalgadas em que ele não estivesse ao lado dela.

Eles cavalgavam o dia todo, todos os dias, exceto aos domingos. Mesmo essa pequena interrupção, exigida pela Igreja, começou a ser uma agonia intensa para Sissi. Em suas cavalgadas, quando se viam a sós, sem nenhuma companhia que não seus cavalos e os cachorros, Bay perguntava para Sissi sobre a vida em Viena e Budapeste. Ela lhe contava sobre Gisela e Rudolf, mas falava mais de Valerie. Ele contava de quando serviu na Irlanda sob o comando de Spencer. Era raro Sissi mencionar Franz, e nunca falou de Andrássy. Nenhuma vez Bay pronunciou o nome de Charlotte Baird, e Sissi nunca lhe perguntou sobre ela.

— Mas por que você não cavalga assim na Áustria? — Bay perguntou certa tarde, depois que Sissi já estava há várias semanas na Inglaterra. Era um dia instável de primavera, e uma grossa camada de nuvens cinzentas ameaçava fazer chover sobre eles a qualquer momento.

Sissi ponderou, ignorando o tempo enquanto seu cavalo a carregava para mais longe dos estábulos.

— Em Viena tudo é ditado pelo protocolo — ela disse enfim. — Até com quem você pode falar durante o jantar, ou quanto vinho pode tomar, é ditado por regras previamente escritas. O imperador decide quem pode provar quais pratos e em que ordem; decide quanto tempo permanecemos sentados à mesa. Nada é natural; nada é espontâneo. Isto... isto que é viver!

Franz escrevia todos os dias, mas as notícias que ele mandava eram tão horríveis que ela tinha pavor das cartas dele. Na Bulgária, as autoridades otomanas estavam matando pessoas para sufocar uma rebelião. A Turquia prometeu declarar guerra à Rússia depois que o czar ameaçou tomar o Estreito de Dardanelos. Andrássy e os húngaros pressionavam Franz a se aliar à Turquia, tamanho era o ódio que sentiam da Rússia desde que o czar ajudou a esmagar a revolução húngara de 1848. Mas Franz não estava disposto a criar uma inimizade com o mais poderoso reino ao leste. Ele também não queria fazer nada que desagradasse a Alemanha.

Rudolf, então com 17 anos, também era motivo de preocupação diária para o pai. Franz Joseph, normalmente tão frio e paciente, reclamava com Sissi das crescentes dívidas de jogo do filho, e também contava dos pais, irmãos e filhos ultrajados, que juravam vingança contra o príncipe herdeiro por ter seduzido suas esposas, irmãs, mães e filhas. Franz escreveu:

> *Parece que nosso filho, que adiou sua entrada na masculinidade por mais tempo do que qualquer outro garoto de sua idade, está agora abraçando os prazeres mais ordinários de sua condição viril. Aparentemente, ele possui apetite e habilidade que o equiparam a um homem com o dobro de sua idade e experiência. Parece que ele procura companhia não apenas entre as mulheres mais impressionáveis e discretas da corte, mas também entre todas as mulheres da capital, e talvez do império. É muito preocupante, para mim, ficar sabendo das indiscrições dele. Tudo isso revela o oposto do caráter e comportamento que eu esperava ver em meu filho. Uma contradição total ao exemplo que sempre procurei dar.*

Além disso, havia os artigos quase diários que a criticavam de modo contundente por sua ausência prolongada da corte e pelos custos exorbitantes de sua viagem à Inglaterra. Franz incluía comentários aos artigos: "Minha querida, hoje o jornal disse que você 'vive apenas para seus cavalos'. Quanto antes você consentir em voltar para casa, melhor para todos nós".

Mas, para Sissi, essas cartas apenas confirmavam que ela tinha tomado a decisão correta em partir. O que ela poderia fazer para ajudar Franz, mesmo se estivesse ao seu lado na corte? Ele não escutaria seus conselhos sobre política da mesma forma que Rudolf não acataria ordens de sua mãe a respeito de suas aventuras românticas.

Sem contar que seu amor pelo interior inglês se tornava mais intenso a cada dia. As pessoas a amavam e o terreno a desafiava de uma maneira que ela nunca tinha sido testada antes. Bay também a desafiava de um modo inédito. E ela vinha se mostrando à altura dos desafios! Como é que os dias podiam não encantar Sissi, quando seu forte companheiro de cavalgadas a fazia rir tanto e sentia tamanho prazer em mostrar para ela toda animação e beleza de sua terra nativa? Como ela podia voltar para casa naquele momento, quando finalmente começava a encontrar felicidade e satisfação? E de que serviria sua ida?

Quando a culpa a atormentava, chamando sua atenção para Viena e suas obrigações, Sissi se lembrava de que Rudy já era um homem. Ele era indecifrável, um estranho para ela; tão distante quanto Gisela tinha se tornado. Franz tinha seus ministros e burocratas — as únicas pessoas cujos conselhos ele aceitava. Não, apenas Valerie precisava dela àquela altura, e a filha estava com ela. Assim, ela continuou a desfrutar de sua liberdade e de seus dias nos campos ingleses.

— Eu só me preocupo com uma coisa — Sissi disse para Bay em uma tarde amena em meados de abril. A noite anterior tinha banhado os campos com uma chuva pesada, a terra estava encharcada e o ar continuava espesso, com uma umidade quente. — Que o meu cavalo não esteja à altura do desafio.

Ela tinha caído algumas vezes nas últimas semanas, quando seu cavalo não conseguiu saltar um riacho ou uma vala. Todas as vezes, Sissi tinha escapado sem se ferir, mas ela se perguntava até quando sua sorte duraria.

Bay refletiu sobre o que ela disse e concordou com um movimento de cabeça.

— Você tem razão — ele admitiu.

— Mesmo? — Ela se virou para ele, a surpresa evidente em sua voz. — Mas você nunca concorda comigo.

Bay sorriu diante da provocação.

— Neste caso você tem razão.

Depois disso, Bay insistiu que Sissi pegasse emprestado um de seus cavalos ingleses.

— Eu tenho mais do que preciso, Sissi. Seria uma grande honra se cavalgasse um dos meus animais. Além disso, assim você pararia de me atrasar com suas quedas frequentes.

O cavalo que ele lhe emprestou se chamava Merry Andrew, e se mostrou tão incansável quanto Sissi e Bay. Seu trote era suave e regular, e as cavalgadas sobre ele mostraram-se completamente diferentes. O que antes era divertido para Sissi tornou-se quase uma fonte de êxtase. Bay sempre brincava dizendo: "Merry Andrew, você é o macho mais sortudo no reino de Victoria!", e Sissi não conseguia evitar o riso, abrindo seu leque para esconder o rubor de seu rosto.

O que havia com Bay?, Sissi se perguntava a cada noite quando relembrava os pontos altos do dia. Ela se sentava diante do espelho e notava como suas faces brilhavam devido ao sol, ao ar fresco e à sensação intensa de prazer. Ela examinou seus próprios olhos, um pouco preocupada ao ver o que Bay tinha visto: o âmbar de suas íris parecia conter uma chama latente, sedutora. Ela se lembrava de algo engraçado de que os dois tinham rido juntos e se pegava sentindo a alegria do momento novamente, ansiosa para que a noite passasse logo e assim o novo dia pudesse nascer e levar Bay até ela mais uma vez. Ela pensava na pressão das mãos dele em sua cintura enquanto a içava suavemente até a sela. No modo como eles permaneciam no estábulo ao fim do dia, ambos querendo prolongar o tempo que ficavam na companhia do outro em vez de se despedirem.

Bay era diferente de qualquer homem que já tinha conhecido. Andrássy era todo alma, idealismo sofrido e poesia. Provavelmente esse era o motivo pelo qual os dois não deram certo juntos; eles eram uma dupla de sonhadores que não conseguiam lidar com a realidade dura do mundo em que viviam. Precisavam de uma interferência realista. Esse era o papel de Franz, ela pensava. O oposto do idealismo e da angústia de Andrássy. Franz era racional e inflexível. Uma dose de praticidade sólida, confiável e decidida. Não, não havia nada de excêntrico em Franz Joseph.

Mas Bay. Bay "O Mais Corajoso dos Corajosos" Middleton. Bay era completamente diferente. Ele tinha o porte de um homem forte, robusto, mas ria e se comportava como um garoto travesso. Tão absolutamente diferente de Franz, que nunca se comportou como um garoto, nem quando criança. Bay escapava à compreensão dela. Sissi não sabia por que desejava tanto a aprovação dele, mas desejava. Quando estavam nos campos, ele era explosivo e imprevisível. Ele podia ser solícito e alegre em um momento e, no minuto seguinte, se esconder por trás de uma careta de deboche, criticando a postura dela ou lhe dizendo que poderia ter um desempenho melhor. Gritava com ela várias vezes ao longo de uma tarde, a voz grave rugindo por cima do som dos cascos dos cavalos, ditando ordens que aos outros poderiam soar ríspidas ou até mesmo indelicadas: "Ataque a cerca de frente, Sissi!", "Para a esquerda, para a esquerda agora!", "Levante-se; você não se machucou".

Mas Sissi não se ofendia, aquilo fazia parte do acordo silencioso entre eles. Lá fora, ela queria estar livre das prisões de seu império. Ela queria ser tão boa quanto Bay. E se era para igualar-se a ele, Bay tinha que poder falar com ela como falaria com um colega de montaria, não como um ajudante se dirigindo à imperatriz. Sissi, portanto, não podia esperar a mesma adoração incondicional e cortesia constante que recebia de todas as outras pessoas em sua vida, incluindo o marido. Cavalos e cachorros não ligavam para protocolos e formalidades, se eles queriam dominar juntos os cavalos e os cachorros, Bay e Sissi também não podiam ligar para essas normas.

Bay era direto com ela de uma maneira que nenhum outro homem jamais havia ousado ser. Ele ficava à vontade com Sissi, e era sincero e franco, e ela se comportava do mesmo modo. Ao estabelecer sua dinâmica com ele, Sissi permitiu que Bay desempenhasse um papel em sua vida que nenhum outro homem teve, pelo menos não desde sua infância e sua ascensão a imperatriz. Depois de décadas em seu pedestal isolado e grandioso, sem nunca conhecer homem nem mulher que ousasse ser tão atrevido com ela, Sissi percebeu que o comportamento de Bay era revigorante e estimulante, da melhor forma possível. Sempre que ele levantava a voz para manifestar sua frustração sincera, ou que era enérgico ao discordar de algo que ela tivesse feito ou dito, Sissi sentia-se ainda mais próxima dele, e seu desejo por Bay aquecia e corava sua face com um calor mais intenso do que qualquer brisa de primavera ou horas de exercício pudessem provocar. Não havia nada que ela gostasse mais do que os sorrisos francos e largos de Bay, suas palavras de aprovação duramente conquistadas e a esperança de que, nos campos, onde ela prosperava e se excedia, poderia conquistar a admiração dele.

⁂

— Eu resolvi — Bay disse ao fim de uma das tardes que passaram juntos. Era um anoitecer de sábado, estava abafado com um calor fora de época, e o sol descia no céu claro enquanto, à volta deles, os pássaros cantavam suas últimas notas antes do crepúsculo. Sissi e Bay voltavam para os estábulos de Althorp depois de uma longa tarde. Seus casacos grudavam com o suor, e os cavalos marchavam lentamente, mas nem Sissi nem Bay tinham vontade de apressá-los. Como o dia seguinte seria domingo, Sissi sabia que teria de descansar e esperar um dia inteiro antes de ver Bay novamente.

— O que você resolveu? — ela perguntou, olhando de soslaio para Bay. Ela não sabia como, mas a aparência dele parecia ter mudado por completo desde a primeira vez em que se encontraram. Sissi não ficou impressionada quando foram apresentados; achou a aparência dele comum: um homem de estatura média com tronco largo. Agora, enquanto olhava para Bay montado em seu cavalo, ela enxergava o homem mais dolorosamente desejável que já tinha visto.

— O enigma que não saía da minha cabeça — Bay respondeu.

Sissi sorriu. Bay frequentemente preenchia o tempo deles com enigmas e piadas.

— E que enigma é esse?

— O que faz *você* ser tão mais linda que todas as outras mulheres? — Bay colocou a questão com naturalidade, seus olhos claros virados para frente. Sissi ficou rígida em sua sela. Bay nunca tinha comentado sua beleza antes, nem uma única vez. Era verdade que ela aparecia diante dele todos os dias com sua melhor aparência, dedicando mais atenção à sua toalete ali em Northamptonshire do que dedicava em Viena. Ela acreditava, sim, ser bem atraente. Sabia que despertava fantasias em outros homens; eles deixavam clara a admiração no modo como seus olhos a encontravam e se demoravam nela. Eles admiravam seu cabelo, sua cintura, o corpo longilíneo. Mas Bay nunca pareceu ter reparado. E, com toda certeza, nunca fez qualquer comentário. Ele a elogiava por um bom salto ou um bom galope, mas era o limite de seus elogios.

Foi por isso que Sissi ficou absolutamente surpresa com a fala dele, que continuou como se estivesse comentando algo tão trivial quanto o clima.

— Eu descobri — ele continuou. — Você tem um rosto lindo, é claro. Mas isso pouco importa.

Sissi olhou de soslaio para ele, achando estranha a observação. Mais à frente, os estábulos de Althorp estavam à vista. Ela sentiu um peso no estômago; não queria que o dia acabasse. Não queria se despedir de Bay. Ainda não.

Ele continuou a falar enquanto eles cavalgavam em direção à propriedade.

— Eu poderia encontrar um bom número de rostos tão bonitos quanto o seu... mais bonitos, até... em qualquer rua de Londres.

Sissi soltou uma risada espantada.

— E aqui estava eu pensando que, talvez, você estivesse prestes a me conceder um raro elogio.

— Não é o conjunto de características do seu rosto que a distingue — Bay continuou, sem se distrair com a interrupção. Ele se virou para ela e seus olhos se encontraram pela primeira vez. Sem sorrir, ele disse: — É a expressividade.

Sissi arqueou uma sobrancelha, sem entender o significado daquilo.

— Você mostra suas emoções de uma forma tão sincera em seu rosto.

— Eu... eu mostro? — Era exatamente isso que Andrássy sempre lhe dizia.

Bay continuou, fazendo Sissi parar de pensar em Andrássy e trazendo a atenção dela de volta para si.

— Você deixa transparecer algo mais profundo. Se lembra do que eu lhe disse no nosso segundo dia cavalgando juntos?

Ela sacudiu a cabeça. Tudo que Sissi se lembrava daquele dia era que não tinha caído e que Bay tinha lhe dito que ela cavalgava melhor do que qualquer mulher que ele conhecia.

— Não.

— Eu lhe disse que seus olhos pareciam estar pegando fogo.

— Ah, sim... — Sissi engoliu em seco e completou: — Agora eu me lembro.

— Bem — ele continuou —, agora que eu a conheço um pouco melhor... agora que já te vi brava, determinada, com medo... agora que já te vi tão feliz que até pensei que você desmaiaria de felicidade... Agora eu sei que esses seus olhos, que me fascinam tanto, são apenas uma sugestão do fogo que esconde bem no fundo. Uma chama muito mais poderosa, eu imagino. De vez em quando, você mostra indícios dessa chama, e isso tem um efeito irresistível. E extremamente convidativo.

Sissi desviou o olhar, ciente de que seu coração martelava, incontrolável, contra seu peito, ainda que ela e o cavalo não estivessem fazendo nada além de um passeio lento.

Os cavalariços começaram a rodeá-los, ansiosos por ajudar, mas Bay os dispensou com um gesto e eles sumiram, deixando os dois conversando sozinhos mais uma vez.

— Aí está.

Ela se virou para Bay.

— O que foi?

— Você está fazendo de novo. Está me mostrando exatamente o que sente.

Sissi se endireitou sobre a sela.

— E o que seria?

— Você está feliz porque eu admiti, afinal, que você é linda. E está se perguntando por que eu demorei tanto para admitir... para admitir o óbvio.

— Oh, por favor, Bay, você acha mesmo que eu sou tão convencida? — Ela zombou, remexendo-se.

— E agora está constrangida. E seu rosto ficou vermelho...

— Quer fazer o favor de parar de olhar para mim? — Ela se virou para o lado, sentindo-se tão recatada quanto uma garotinha.

— Não, não quero.

Ela engoliu em seco, segurando o cavalo com firmeza, chegando às portas do estábulo. Por que tinha que ser sábado à noite?

Bay desceu do cavalo, deixando-o para trás enquanto caminhava até o lado de Sissi e colocava as mãos na cintura dela para ajudá-la a descer. Ela deslizou para frente e ele a pegou, pousando-a sem esforço no chão, bem diante de si. Eles faziam aquilo todos os dias, duas vezes por dia. Por que, então, pareceu que estavam fazendo algo proibido?

As mãos de Bay permaneceram na cintura dela, e Sissi ficou imóvel, encarando-o. Era como se fossem começar a dançar. Será que ele podia sentir o batimento cardíaco dela? Será que percebia como estava acelerado?, Sissi se perguntou.

Seus rostos estavam indecorosamente próximos, mas nenhum dos dois se afastou. Quando Bay falou, sua voz saiu baixa.

— Imagino que pouquíssimas pessoas consigam conhecê-la sem se render aos seus encantos. — Ele fez uma pausa, encarando-a com os olhos azuis brilhantes. Ela ficou aterrorizada com a ideia de que ele poderia tentar beijá-la. O que ela faria se ele tentasse? Mas Bay se inclinou para frente e disse, ainda mais baixo: — Eu, com certeza, me rendi. — E com isso, fez uma reverência e se afastou.

☙❦❧

Quando os dois se reencontraram na segunda-feira, foi como se aquela conversa nunca tivesse acontecido. O sorriso de Bay estava leve e despreocupado, e ele assobiou enquanto ajudava Sissi a subir no cavalo.

— Como foi o seu domingo? — ele perguntou depois que os dois saíram na frente e se distanciaram dos outros. Sissi virou-se para ele, sabendo que Bay a provocava. Ele sabia como o domingo dela tinha sido; toda Inglaterra sabia, graças aos artigos maliciosos de jornais impressos na manhã de segunda. Talvez até os vienenses já soubessem de seu desastre; caso não, logo saberiam.

Há semanas na Inglaterra, Sissi não teve mais como adiar uma visita à Rainha Victoria. A velha e determinada matriarca deixou claro para seus conselheiros — que, por sua vez, deixaram claro para os conselheiros de Franz, em Viena — que considerava uma afronta que a imperatriz austríaca estivesse passando uma temporada em seu reino e ainda não tivesse ido lhe visitar.

"Mas eu não estou aqui em missão oficial", Sissi respondeu em carta ao marido. "Uma soberana furtiva não faz visitas de Estado".

"Não importa, Sissi", ele respondeu. "Você é uma chefe de Estado, reconheça isso ou não, e Victoria sabe que você está aí e que visitou membros da nobreza... mas, ainda assim, não visitou Sua Majestade Real."

Assim, sem desejar ofender mais ninguém, mas também sem querer perder um dia nos campos de caça — um dia com Bay —, escolheu o domingo para sua visita à rainha inglesa. Sissi, que considerava entediantes as visitas de Estado, achou que seu plano fosse bom. Pensou que Victoria também teria outras coisas a fazer nos dias da semana e, portanto, ficaria feliz de resolver logo aquela formalidade, assim como Sissi.

Mas quando chegou ao Castelo de Windsor, ao meio-dia de domingo, tendo comunicado com antecedência que havia escolhido aquele dia para visitar a rainha, ela foi informada de que a anfitriã não gostou de ter que recebê-la no domingo, um dia que normalmente era reservado para a igreja e para a família.

Quando foi anunciada na sala formal de recepções da rainha, um cômodo revestido de madeira escura que parecia gemer e ranger de velhice, Sissi fez uma reverência e abriu seu melhor sorriso, esperando desfazer qualquer ofensa que tivesse infligido sem intenção. O tique-taque do relógio daquela sala era mais alto que o normal. De onde estava sentada — uma poltrona estofada que a rainha, toda vestida de preto, ocupava por completo —, ergueu os olhos. Ela falou com o tom de uma avó repressora que chamava a atenção dos netos desobedientes.

— Elisabeth, que bom que você veio, afinal.

Sissi assentou na cadeira que lhe foi mostrada e aceitou, com um gesto de cabeça, o chá oferecido. Ela falou entusiasmada sobre a Inglaterra, mencionando numerosas vezes que estava em uma viagem de férias e não em qualquer missão oficial, derramando-se em elogios ao interior do país e à hospitalidade do povo inglês.

A sisuda matriarca respondeu mencionando diversas vezes que ela precisou fazer o ministro de sua paróquia abreviar o sermão para que ela pudesse estar de volta ao Castelo de Windsor a tempo de receber Sissi em sua mal-planejada visita dominical. Ao ouvir isso, Sissi decidiu encurtar a visita para não perturbar ainda mais o dia de sua anfitriã, uma decisão que foi facilitada pela atitude gelada de Victoria.

Quando as nuvens lá fora se tornaram ameaçadoras, enviando uma chuva pesada que batia nos vidros grossos das janelas e prometia se transformar em uma tempestade de primavera, Sissi decidiu que seria melhor voltar a Easton Neston antes que a estrada ficasse intransitável. Ela recusou o morno convite para o almoço feito por Victoria.

— Não vou detê-la por mais tempo, Vossa Majestade, pois estou certa de que gostaria de desfrutar em paz o restante de seu domingo.

Tudo isso foi mal calculado, como Sissi ficou sabendo quando viu as notícias nos jornais na manhã seguinte. Ela tinha ofendido Victoria em tudo, desde a escolha do dia da visita, passando pelo horário, pela curta duração do encontro e pelos tópicos da conversa que teve com a rainha. Franz, sem dúvida, estava em sua escrivaninha naquele exato minuto, escrevendo uma carta exasperada para a esposa, implorando-lhe para voltar para sua corte antes que provocasse mais danos, em Viena e no exterior.

Bay, que obviamente tinha visto as matérias nos jornais, fez uma piada a esse respeito enquanto os dois cavalgavam à frente dos outros.

— Eu percebi que as coisas estavam bem frias no Castelo de Windsor ontem, e não estou me referindo à chuva gelada.

Sissi não pôde deixar de franzir o cenho para o comentário, mantendo os olhos fixos à frente, mas, pela primeira vez, não apreciava o verdejante cenário inglês diante de si. A última coisa que ela queria era que seus deveres oficiais prejudicassem seu tempo livre nos campos; aquele deveria ser o lugar em que tudo aquilo não a aborrecia. Mas Bay continuou:

— As notícias dizem que você não recusou apenas um, mas dois convites da velha Vicky para jantar. E então você visitou Sua Majestade ontem, o que foi inesperado, e a irritou ainda mais ao recusar o convite para o almoço.

Sissi não disse nada, e Bay, afinal, pareceu perceber que estava sendo irritante.

— Só estou brincando, Sissi — disse olhando para ela, mas Sissi o evitou. — Mas uma coisa eu não entendi: em vez de arrumar essa confusão toda, por que você não ficou para o almoço? Ou aceitou comparecer a um dos jantares de Estado para os quais ela lhe convidou?

Ela se virou para Bay, perguntando-se como poderia explicar. Como seria possível que alguém compreendesse que seu tempo livre era sagrado? Que ela tinha lutado muito para conseguir aqueles momentos fugazes nos quais se via longe do peso esmagador de seu império? Que ela tinha adorado, nessas últimas semanas, sentar-se para fazer refeições simples com amigos, sem ter um protocolo ditando a ordem em que deviam cortar a carne, os assuntos que poderiam discutir... sem temer, sempre, que pudesse ter ofendido alguém por não seguir um roteiro que a perturbava e frustrava? E que, agora que ela tinha finalmente encontrado um vislumbre de felicidade, ela queria se apegar à sua liberdade e privacidade, por mais egoísta ou indelicada que isso pudesse fazê-la parecer?

Ela não podia fazer Bay, Franz, nem ninguém entender; ela não queria nem mesmo gastar seu tempo naquele dia tentando explicar. Não queria defender nem justificar suas ações, não ali; e não queria que lhe pedissem para fazê-lo. Então, simplesmente disse:

— Esse tipo de coisa me entedia. Se eu quisesse jantares de Estado, voltaria para Viena.

Bay, como era esperado, não compreendeu a profundidade de sua irritação.

— Por que você odeia tanto Viena?

— Bay, por favor... — Ela suspirou. — Não vamos falar disso.

— Tudo bem — ele concordou, adotando um tom brincalhão. — Bem, você é a imperatriz. Você é quem decide sobre o que nós devemos conversar.

E foi o que ela fez. Sissi preencheu as horas contando para Bay a respeito de Possenhofen, da Baviera e de seu pai. Confessou que, desde que chegou à Inglaterra e começou a cavalgar todo dia, como fazia quando era garota, estava sonhando com o pai com uma regularidade espantosa. E se lembrava do tempo que passaram juntos cavalgando no haras e no campo. Ela se pegava sentindo saudade dele de uma maneira que nunca tinha sentido antes. Confessou a Bay como o relacionamento com o pai tinha se tornado difícil. Ela, que já tinha sido tão próxima do Duque Max por causa da paixão que compartilhavam por cavalos, tinha desistido do pai devido aos seus anos de libertinagem e bebedeira.

Bay não tentou acalmá-la nem lembrá-la de assumir o controle de suas emoções, como Franz teria feito. Também não tentou lhe oferecer algum conselho sensato, nem consertar a situação para ela, como Andrássy faria. Ele não fez nada disso, e não falou nada. Apenas ouviu, assentindo de vez em quando. Então, quando ela terminou de se confessar, ele deu de ombros e mudou de assunto. Foi um jeito estranho e incomum de reagir, mas, mesmo assim, algo naquilo acalmou Sissi. Foi simples. Bay não tentou diminuir seus problemas, mas também não se demorou neles. E ela soube, de algum modo, que tudo o que contou para ele estava em segurança. Ela também achou incomum e revigorante o fato de o rosto dele não demonstrar qualquer reação, nenhuma crítica. Aquilo a fez querer continuar se confessando para ele.

Então Sissi também falou da Hungria. Descreveu a temporada de caça por lá, ressaltando as diferenças entre as florestas ao redor de Budapeste e os campos de Northamptonshire. Explicou como os bosques de Gödöllő facilitavam a fuga da raposa, tornando difícil para os cachorros farejarem o rastro. Ela explicou que lá era mais frequente saltar sobre valas do que por cercas de pastagens e sebes exuberantes.

— Você precisa ver pessoalmente como é a temporada de caça na Hungria, Bay! — ela declarou certa tarde no fim da primavera. — Você gostaria?

— Se você estiver lá, Sissi, então sim, eu gostaria muito.

Ela balançou a cabeça ao ouvir isso, torcendo as rédeas nas mãos enquanto tentava não sorrir.

— Mas eu estou convidado? — Bay perguntou, virando-se de lado para encará-la.

— Creio que acabei de convidá-lo.

— Então creio que acabei de aceitar o convite.

※※※※

Quando a primavera deu lugar ao magnífico verão inglês, Sissi soube, com uma profunda melancolia, que sua temporada no exterior estava chegando ao fim e ela teria de encarar a triste realidade de voltar a Viena. Ela tinha pavor só de pensar em retomar sua função oficial ao lado de Franz em jantares de Estado, conversando amenidades com ministros sisudos e cortesãos fofoqueiros. Tinha pavor à ideia de enfrentar o comportamento devasso de Rudolf e a maliciosa imprensa vienense, que se mostrava tão brava com ela por sua ausência prolongada. Sissi ficou tão angustiada com tudo isso que nem mesmo o tempo que passava sobre a sela, rodeada pelos campos verdes e esplêndidos, era capaz de animá-la.

Bay, percebendo a infelicidade de Sissi, propôs uma grande comemoração antes da partida dela, algo que a fizesse querer se empolgar com os dias que estavam por vir.

— Você deveria promover uma corrida de obstáculos! — Como Sissi não respondeu, ele continuou: — Easton Neston tem um terreno grande o bastante para fazer uma pista.

— Uma corrida de obstáculos? — ela foi tirada de seus devaneios infelizes e se virou para Bay, repetindo a sugestão dele.

— Sim, com cavaleiros, um prêmio e uma divertida festa ao ar livre. Convide todo mundo que você conheceu na Inglaterra. Você pode entregar uma taça ao vencedor.

— Mas eu nem saberia como começar a organizar uma pista de obstáculos.

— Eu te ajudo! — ele se ofereceu. — Vai ser divertido.

E assim, com o apoio entusiasmado de Bay e a assistência de Lorde Spencer, Sissi declarou sua intenção de promover uma competição que ela batizou de Corrida de Obstáculos Grafton Hunt. Com a aproximação do dia de sua partida, a pista foi montada e ela convidou toda a população de Northamptonshire.

Depois de uma semana de névoa e garoa, o dia da corrida de obstáculos amanheceu claro e quente, perfeito para cavalgar e festejar ao ar livre. Sissi mandou que erguessem uma tenda no jardim e, ali na sombra, ela serviu champanhe para as centenas de convidados que compareceram. Como ela fez um convite aberto, muitos que participaram de apenas uma das caçadas com ela, ou que trabalhavam nas residências vizinhas, apareceram para festejar. Enquanto a imperatriz cumprimentava os convidados, com o cabelo solto penteado para trás, formando uma delicada grinalda, o vestido leve de seda lilás exaltando sua figura, ela se deu conta da quantidade de rostos conhecidos ali presentes. Todos os visitantes manifestaram seu carinho por ela e lhe agradeceram efusivamente por honrar o condado com uma visita tão prolongada.

— Sou eu quem deve agradecer a todos vocês por me fazerem sentir tão em casa — Sissi disse, repetindo essa mensagem durante todo o dia.

Marie Larisch ria com Lorde e Lady Spencer, a jovem tinha encantado os dois por completo com suas perguntas sobre a moda e os costumes ingleses. Valerie sorria para os convidados e batia palmas com alegria ao ver os cavalos sendo reunidos para as corridas. Mais garrafas de champanhe eram pedidas e estouradas, e, olhando ao redor, Sissi soube que a festa era um absoluto sucesso. Mas o ponto alto do evento foi quando a multidão se reuniu ao redor da pista para a corrida de obstáculos. Bay, cavalgando seu puro-sangue Musketeer, tomou a dianteira só no último salto e venceu habilmente. Sissi não conseguiu esconder a felicidade quando ele se uniu a ela no pódio erguido especialmente para o evento, recebendo o troféu das mãos dela. A multidão aplaudiu e celebrou, gritando o nome dele e o dela. A comemoração era tão agitada que Sissi teve certeza que apenas Bay a ouviu quando ela se inclinou na direção dele e disse:

— Eu não queria que ninguém vencesse a não ser você, Bay.

Ele não esperou nem um instante para responder.

— Imperatriz, eu já fui convidado para visitá-la na Hungria neste outono. Já tinha vencido.

IX

Nossos sonhos são sempre mais belos quando não são realizados.
—Imperatriz Sissi da Áustria-Hungria

Capítulo 9

Palácio de Gödöllő, Hungria
Outono de 1876

Franz fez a pergunta para Sissi durante o café da manhã do dia em que estava programada a chegada de Bay à Hungria.

— Ele é só um plebeu, esse Capitão Middleton. E solteiro, ainda por cima. Ele vai ficar bem em um dos chalés externos, não vai?

Lá fora, o dia estava claro e ensolarado, os primeiros aromas do outono perfumavam a brisa suave. *Um dia perfeito para viajar,* Sissi pensou, animada e leve como o clima.

Dentro do Palácio de Gödöllő, a casa imperial funcionava com a mesma eficiência de qualquer outro dia, e as tarefas da preparação de quartos extras e dos chalés de hóspedes foram realizadas facilmente pela grande equipe de criados do imperador. Apenas Sissi parecia sentir, com a iminente chegada de Bay, Lorde Spencer e o restante dos convidados, que era um dia diferente de todos os outros. Será que Bay gostaria de Gödöllő? Como seria cavalgar com ele ali, um lugar tão diferente de Northamptonshire?

— Bem? O que você acha? — Franz interrompeu os devaneios da esposa, encarando-a por sobre a mesa cheia de linguiças, frutas no vapor e doces finos. — Será que um dos chalés é adequado ao seu famoso cavaleiro? Não acredito ser adequado que ele durma no palácio, sendo um plebeu, se isso estiver bem para você.

Sissi assentiu, absorta.

— Claro, com certeza. Bay... o Capitão Middleton ficará muito bem em um dos chalés de hóspedes. — Ela olhou para a mesa e tomou um gole de seu copo de leite, mas não tocou nos pratos de comida, a agitação de seus nervos não deixava espaço para o apetite.

Franz pensava em Bay como se ele fosse um cavalariço ou instrutor de equitação, isso era evidente. Com a forte crença de que o berço e a ordem social determinavam os hábitos e as pessoas, Franz não conseguia entender como um homem que não tinha nascido nobre podia ter tanta proximidade com figuras como Lorde Spencer — ou, o que era até mais surpreendente, com a Imperatriz Elisabeth da Áustria-Hungria —, a menos que interagisse com elas como um criado.

Era bom que Franz encarasse a situação daquela forma, Sissi lembrou a si mesma de quando o marido manifestou sua confusão sobre o convite que Bay tinha recebido para juntar-se ao seu grupo de caça. Foi isso que não deixou Franz sentir nem uma ponta de ciúme quando ela comentou, entusiasmada, a habilidade de Bay sobre a sela, e insistiu que o cavaleiro inglês se juntasse a eles em Gödöllő. Embora pudesse mostrar-se confuso, Franz jamais acharia suspeito que sua esposa, uma *imperatriz*, passasse tanto tempo com alguém que era como qualquer outro ajudante que não pertencia à nobreza. Na melhor das hipóteses, talvez ele visse Bay como um tipo de instrutor de equitação qualificado.

Mas se Bay *não* foi um ajudante ou instrutor, o que ele foi? Sissi não sabia se poderia responder a essa pergunta, nem mesmo para si. Imperatrizes não têm amigos, muito menos amigos homens com quem cavalgam sem acompanhantes. Então, se ele não era um amigo, e se não era um nobre de seu cortejo, e não era um ajudante, o que era Bay Middleton?

No mundo dela, em que todos sabiam seu lugar e compreendiam as regras que ditavam cada interação, Bay, de algum modo, existia fora dessa estrutura. Foi muito bom — na verdade, foi ótimo — quando *ela* também conseguiu existir fora dessa estrutura. Isso não tinha importância no ambiente relaxado e informal da zona rural inglesa, onde ela foi a senhora de sua própria casa, sem Franz, sem a corte e sem os protocolos para lhe dizer o que fazer. Mas Sissi não sabia dizer como seu relacionamento com Bay seria ali, dentro da casa imperial. Tudo que ela sabia era como estava ansiosa para vê-lo mais uma vez... e como seu estômago esteve agitado a manhã toda, na expectativa da chegada dele.

— Ah, você vai gostar de ver isto — Franz disse, abrindo o jornal matinal e chamando a atenção de Sissi de volta para a mesa do café da manhã. — O último sucesso de Ludwig.

— Hum? — ela se inclinou para olhar o jornal.

Franz leu em voz alta.

— "A nova obra-prima operística de Richard Wagner, *O Anel do Nibelungo*, estreou sob aplausos da crítica e do público em Bayreuth,

Baviera, em um novo teatro construído graças à generosidade e ao patrocínio do Rei Ludwig da Baviera. O rei estava tão envolvido, que até o cavalo de Sua Majestade fez parte da produção, aparecendo no palco para deleite de todos os presentes."

— É claro... — Sissi resmungou. — Agora que o espetáculo de Wagner é um grande sucesso, todos estão alvoroçados para fazer grandes elogios a Ludwig, os mesmos que há poucos meses o censuravam, chamando-o de gastador e excêntrico.

Franz tomou um gole de café, ainda olhando para o jornal.

— Bem, o homem entende de óperas e castelos, tenho que admitir. Embora não concorde com os milhões que ele investiu nisso. — Ele recolocou a xícara de café sobre o pires e pegou um pãozinho. — Mas, pensando bem, também me criticam pelos meus gastos com seus cavalos e viagens ao exterior.

Sissi não gostou do comentário e olhou torto para o marido. Embora tivesse acabado de defender Ludwig, não gostou da comparação que Franz fez entre ela e o primo. Com certeza, os jornais austríacos a tinham censurado pela duração de suas viagens e pelas quantias que eram gastas com isso. Mas o que ela gastava era só uma fração do que Ludwig esbanjava em suas empreitadas. Ela inspirou, preparando sua defesa, mas, em vez disso, suspirou alto, deixando a irritação de lado. Bay e Spencer chegariam dentro de algumas horas e ela estava na expectativa da temporada de caça húngara na companhia dos ingleses, e não deixaria que nada estragasse seu bom humor naquela manhã. Muito menos uma discussão com Franz.

***

Sissi ficou entre Franz e as mulheres da casa ao cumprimentar os convidados, ouvindo as risadinhas de Larisch enquanto mantinha a expressão equilibrada e devidamente imperial. Uma série de carruagens entrou em Gödöllő para trazer os visitantes, que chegaram a tempo para o jantar da noite anterior ao início oficial das semanas de caça. Nicky Esterházy foi o primeiro a chegar, trazendo consigo um alegre amigo chamado Rudi Liechtenstein, que dizia amar cavalos tanto quanto Esterházy e a imperatriz.

— Bem, então você veio ao lugar certo — Sissi disse, cumprimentando calorosamente o recém-chegado.

— É bom vê-la de novo. — Nicky deu uma piscadela, seguro de si, quando se colocou na frente do amigo e fez uma reverência a Sissi.

— Também acho, Nicky.

Em seguida, veio Rudolf, pálido e abatido depois de alguns dias aparentemente agitados em Budapeste. Sissi ouviu Franz suspirar ao seu lado quando notou o cabelo desgrenhado e os olhos cansados e vermelhos de Rudolf.

— Oi, pai.

— Filho — Franz respondeu, inclinando a cabeça para o jovem que não se parecia em nada com ele, e que lembrava a mãe apenas em seu biotipo e sua cor.

Rudolf se virou para Sissi com uma expressão indiferente.

— Mãe, que bom ver você.

— Olá, querido. Deixe-me ver meu garoto. — Sissi examinou o filho de alto a baixo, reparando em duas coisas ao fazê-lo. A primeira era que Rudolf vestia a túnica militar sobre as calças azuis de oficial da infantaria, uma provocação direta ao pai, que sempre vestia o vermelho da cavalaria, e que tinha visto o filho rejeitar seu pedido de que seguisse seus passos na cavalaria. A segunda coisa que ela reparou foi que Franz, ao perceber a provocação, fez uma careta de desdém, parecendo pouco feliz em receber seu filho e herdeiro.

— É muito bom vê-lo, Rudolf. — Sissi forçou um sorriso, já sentindo a tensão que tomaria conta da casa emanando tanto do filho quanto do marido. Ela só esperava conseguir manter o máximo de distância possível disso, e poupar Bay por completo.

— Então, quem é esse tal de Middleton? — Rudolf perguntou. — Sou totalmente a favor de recebermos um inglês, mas não devia ser o príncipe de Gales em vez de um militar *plebeu*?

Sissi ignorou o comentário, deixando que o filho continuasse os cumprimentos, reparando que Rudolf se demorou diante de Marie Larisch por tempo demais.

Finalmente, a carruagem que trazia Lorde Spencer e Bay chegou ao palácio. Quando os cavalos pararam diante deles, Sissi esqueceu o protocolo e se adiantou para cumprimentar seus últimos convidados.

— Bay! — ela chamou, ciente de que praticamente cantou o nome, tão feliz estava de pronunciá-lo outra vez.

Se o imperador notou o excesso de familiaridade presente na voz da esposa, não demonstrou, oferecendo apenas um sorriso formal e uma inclinação cortês de cabeça ao cumprimentar os dois ingleses, perguntando a respeito da viagem e lhes dando as boas-vindas a Gödöllő.

Rudolf, por outro lado, cumprimentou os convidados da mãe com os lábios apertados, sem sorrir.

— Lorde Spencer, é um prazer receber o *senhor* aqui, seja bem-vindo. Capitão Middleton.

Bay deve ter sentido a hostilidade no tom gélido de Rudy, Sissi pensou, remexendo-se desconfortavelmente enquanto os dois homens se encaravam.

— Príncipe Herdeiro Rudolf, é uma honra conhecê-lo. — Bay fez uma reverência curta, comedida.

— Nós ouvimos falar muito de você — Rudolf continuou. — O plebeu que cavalga melhor que os nobres da Inglaterra. Eu só me pergunto o que isso diz a respeito dos nobres ingleses...

Bay ignorou o comentário, virando-se para Sissi com seu sorriso alegre e confiante.

— Céus, como é bom vê-la!

Sissi sorriu e olhou apenas para Bay, mesmo que, ao seu lado, ela pudesse sentir o filho ficar rígido de raiva.

A caçada começou oficialmente no dia seguinte. O grupo montou em seus cavalos depois do almoço e cavalgou por campos e florestas ao redor do palácio. Embora não se comparasse ao tamanho dos grupos de Northamptonshire, a turma reunida pela imperatriz era razoavelmente grande, e havia sido dividida em pares: Sissi e Larisch, Franz e Rudolf, Nicky e Rudi Liechtenstein e, é claro, Spencer e Bay.

Era um dia ameno de setembro, e Bay disse estar se divertindo durante toda a tarde, mas Sissi não pôde deixar de admitir que, para ela, faltava algo naquele dia, calmo demais e sem empolgação, se comparado ao ritmo emocionante e aos obstáculos perigosos encontrados no condado inglês. Com Franz presente, não era Bay que a ajudava a subir e descer da sela, e ela sentia falta do arrepio de prazer que esses momentos a proporcionavam, ainda que fossem fugazes. Devido à densidade da floresta, os cachorros se mostraram incapazes de seguir qualquer rastro por tempo suficiente para que os cavalos desenvolvessem um bom galope os seguindo. Como resultado, o grupo de cavaleiros permaneceu junto o dia todo, sem se separar quando os cavaleiros mais hábeis desapareciam à frente. Como era um grupo pequeno, não era difícil que todos permanecessem juntos, mas isso de fato provocava um sentimento de maior aglomeração.

Como resultado, Sissi quase não teve tempo com Bay. Rudolf, que tomou vinho demais durante o almoço, e também no jantar da noite anterior, sentia-se desconfortável sobre a sela e culpava seu cavalo, xingando palavrões com seu hálito alcoólico e chutando o animal repetidas vezes com suas esporas. Nicky permaneceu ao lado de Sissi durante toda a caçada, como uma sombra ciumenta, recusando-se a ficar para trás e falando apenas húngaro, língua que ele sabia que Bay e Spencer não entendiam.

A noite também não tinha a mesma camaradagem despreocupada que Sissi tanto apreciou em Northamptonshire. Com a presença do imperador, a noite começou com um ritual necessário, o *Feuersitzung*, ou "sessão ao pé da lareira". Durante essa cerimônia, todos os presentes deviam se sentar ao redor de Franz Joseph, esperando até que ele se dirigisse pessoalmente a cada convidado com algum tipo de conversa ou cumprimento. Ninguém podia falar até ser abordado pelo imperador. Sissi cruzou o olhar com Bay, e esperava que ele percebesse seu pedido de desculpas pela natureza entediante e formal daquela reunião.

O jantar não melhorou nada. Sissi ansiava pelas risadas que vinham da troca bem-humorada de provocações entre Spencer e Bay, e tentou estimulá-los a começar a brincadeira, lembrando-os de quando estavam juntos em Northamptonshire, mas os dois ingleses pareciam intimidados pelo ambiente formal e por todas as regras que sem dúvida lhes pareciam totalmente incompreensíveis e exóticas. Rudolf estava emburrado, olhando feio para Bay durante toda a refeição; e Nicky dominou a conversa falando, ou melhor, se vangloriando de suas temporadas de caça passadas com Sissi. Ele, mais do que qualquer outro — exceto por Rudolf —, parecia sentir que a imperatriz gostava muito de Bay, e enquanto Nicky estivesse por perto, Sissi não teria nenhum momento para desfrutar da companhia de Bay.

— Larisch, eu preciso que você me faça um favor. — Sissi aprontava-se para o jantar, na noite seguinte, e esperava, desesperadamente, que a terceira noite do grupo se mostrasse menos desagradável que as duas anteriores. Ela tinha despachado Marie e Ida com tarefas rápidas nos aposentos de Valerie, tirando-as de seu quarto para que pudesse ter um momento a sós com Larisch; ela sabia que as outras duas damas de companhia nunca aprovariam o que ela queria pediria.

— Um favor? O que é, imperatriz? — Larisch ficou na frente do espelho de corpo inteiro, inspecionando a própria aparência enquanto Sissi terminava sua toalete.

— Eu quero que você encante Nicky Esterházy esta noite.

Divertindo-se, Larisch levantou uma sobrancelha, curiosa, e pegou um colar de pérolas sobre a cômoda de Sissi e o enrolou-o nas mãos.

— Por quê?

— Ah, não sei. Ele só está me cansando. Eu preciso de um tempo dele.

— Eu acho que sei o porquê — Larisch disse, com os olhos brilhando e abrindo um sorriso, a voz melodiosa demonstrando entendimento.

— Oh? — Sissi se empertigou no assento, entrando na brincadeira da garota. — E o que você acha que sabe?

— Eu acho que você quer mais tempo com o *Corajoso Bay Middleton*. — Larisch irrompeu em risadinhas e Sissi lançou um olhar para a porta, para garantir que nem Ida nem Marie tinham retornado e ouviam aquilo. Ela se voltou para a garota, que saboreava seu momento de vaidade despreocupada.

— Imperatriz, eu vejo o que acontece sempre que ele entra na sala. — Larisch se aproximou de Sissi, quebrando o protocolo ao colocar sua mão sobre a da imperatriz.

— O que você vê? — Sissi perguntou, relevando o atrevimento de sua ajudante. Era agradável poder falar de modo mais natural, para variar.

— Ora, imperatriz, você se ilumina sempre que Bay está presente.

Sissi absorveu as palavras de Larisch, notando como elas alimentavam uma chama pequena, mas forte, em algum lugar no fundo de seu peito.

— Talvez eu queira um pouco de tempo com Bay — ela admitiu, a voz baixa.

Larisch sorriu, os olhos grandes acesos com a expectativa da conspiração.

— Então eu conseguirei isso para você.

— Não se importa? — Sissi perguntou. — De distrair Nicky um pouco?

Larisch sacudiu a cabeça, ainda segurando as pérolas da imperatriz.

— Nem um pouco. Nicky é muito bonito. Eu posso ser casada... — Larisch fez uma careta de desdém por um momento, antes de a vivacidade voltar ao seu rosto. — Mas isso não significa que estou proibida de me apaixonar, desde que seja só por algum tempo.

Sissi assentiu.

— Muito bem, então. Obrigada.

— Qualquer coisa por Vossa Majestade. — Larisch apertou a mão de Sissi antes de segurar as pérolas em torno do pescoço da imperatriz para avaliar o visual. Sissi lembrou, nesse momento, de uma reclamação que Marie Festetics tinha feito há pouco tempo, depois que Sissi insistiu, em diversas ocasiões, que as outras duas damas de companhia dissessem por que não gostavam de Larisch. Ida se recusou a comentar, mas Marie acabou falando: "Eu tenho a sensação de que ela não é sincera. Como se tivesse talento para ser atriz".

Mas não era isso mesmo que Sissi precisava que a garota fosse agora?

Com os encantos e a cumplicidade de Larisch, a noite foi um pouco mais animada. Depois do jantar, Franz se envolveu em uma conversa com Spencer e Rudi Liechtenstein, o amigo de Nicky, na qual os três comparavam a política inglesa com a austro-húngara, notando como cada reino enfrentava uma minoria insatisfeita, mas forte, nos irlandeses e nos húngaros, respectivamente. Ida e Marie Festetics tentaram de tudo para tirar Rudolf de seu mau humor, oferecendo-se para jogar cartas com ele. Larisch, de acordo com o pedido de Sissi, grudou em Nicky Esterházy, implorando ao belo nobre que tocasse duetos ao piano com ela, cobrindo-o sem parar com perguntas e elogios.

Lentamente, ao longo da noite, Sissi e Bay foram se aproximando de duas cadeiras junto à janela até que se sentaram, um pouco afastados do resto do grupo, enquanto Larisch, tocando piano e cantando, produzia uma agradável barreira sonora para eles. Sissi soltou o ar devagar. Parecia um alívio e tanto estar perto de Bay mais uma vez. De algum modo, os últimos dias tinham sido mais difíceis para ela do que os meses que se passaram desde que voltou da Inglaterra. Ter Bay tão perto, mas sem poder desfrutar das conversas francas e despreocupadas que os dois tinham compartilhado antes era angustiante.

Sissi precisava ter cuidado, agora que tinha alguns momentos com ele, para não parecer empolgada demais. Ela percebeu que mesmo quando não conversavam, havia um magnetismo inconfundível entre eles. Larisch já tinha mencionado isso antes. Ida e Marie Festetics também tinham notado.

— Tenha cuidado, por favor, eu imploro, Vossa Majestade — Marie sussurrou mais cedo naquele dia, reparando como a imperatriz olhava encantada para Bay, quando ele chegou para o almoço.

— O que você quis dizer com aquele aviso no almoço, Marie? — Sissi perguntou mais tarde, ainda um pouco incomodada. — Eu não quis ofender. Eu só... eu só desejo o melhor para Vossa Majestade. — A mensagem não era tão descarada quanto a de Larisch, mas era a mesma. *Você se ilumina sempre que Bay está presente.*

O mau humor de Rudolf indicava que ele também tinha reparado. A insistência de Nicky em estar sempre ao lado dela também era um claro indício de que ele havia notado. Parecia que o único a não perceber a atração de Sissi por Bay era Franz.

— O que você acha disto tudo? — Sissi perguntou, mantendo o rosto calmo e a voz baixa. Ela queria, afinal, uma conversa só entre ela e Bay.

Ele mediu as palavras antes de responder.

— Com certeza é diferente de Easton Neston. Eu entendo, agora, o que você queria dizer.

Sissi soltou uma risada abafada.

— É diferente, sim.

— O fato de cada guardanapo ter de ser dobrado de modo tão elaborado, como se fosse uma questão de Estado. E que a dobra deve ser feita de acordo com diretrizes tão rígidas, que apenas duas pessoas vivas saibam como é! — Bay repetiu a curiosidade que tinha aprendido no jantar daquela noite a respeito do protocolo da "Dobra Imperial" dos Habsburgo. — Eu me sinto terrivelmente rebelde só por me sentar à mesa e desdobrar o guardanapo.

— Se você acha que isto aqui é complicado, deveria ver como é em Viena. Aqui é descontraído em comparação.

— Eu tremo só de pensar que *isto* é descontraído.

— Os *Feuersitzungen* são, para mim, a pior parte de tudo.

— O quê?

— Aquele ritual bobo no começo da noite — Sissi explicou. — Quando Franz recebe a corte, e nos sentamos ao redor dele, que fala de amenidades com cada um, um por vez. Isso é tão... *forçado*.

— Na verdade, essa parte da noite não me incomoda — Bay disse, inclinando-se na direção de Sissi com um sorriso.

— Sério? — Ela se remexeu na cadeira. Alguma coisa no modo como Bay a olhava fez com que ela passasse os olhos pela sala para garantir que ninguém mais estivesse observando. Satisfeita, ela se voltou para ele. — E por que não?

— Porque eu tenho a oportunidade de admirá-la. Embora pareça entediada e infeliz, você continua encantadora como sempre. — Bay fez uma pausa e a olhou com atenção. Sissi desejou que os dois estivessem sozinhos na sala... Que Bay pudesse se aproximar e puxá-la para um beijo. Quando ele falou a seguir, sua voz estava baixa, direcionada apenas para ela: — Eu poderia admirá-la para sempre.

Na manhã seguinte, Lorde Spencer ficou na cama, queixando-se do início de um resfriado; e Franz e Rudolf decidiram não cavalgar, justificando-se com trabalho e dor de cabeça, respectivamente. Quando o grupo reduzido preparava suas montarias, Sissi pediu a ajuda de Bay para montar, ignorando os protestos de Nicky.

Eles saíram para uma tarde cinzenta, de muito vento. Larisch, ainda dedicada à sua missão imperial, logo posicionou seu cavalo ao lado de Nicky. Um dos cachorros farejou um rastro e disparou. Os cavalos o seguiram. Embora nem Sissi nem Bay tivessem planejado, de algum modo, eles se viram sozinhos na floresta.

Eles cavalgaram lado a lado, em um silêncio incomum entre os dois. Sissi queria aproveitar esse momento inesperado que conseguiu a sós com ele; queria rir, brincar e sentir o calor conhecido que a companhia de Bay provocava em seu corpo. Mas, mesmo que os outros não estivessem com eles, a consciência de que logo seriam encontrados serviu para refrear seu ânimo. Sissi ainda não sentia que tinha Bay apenas para si. Ela se recolheu em um devaneio agitado, sombrio.

Bay foi o primeiro a falar.

— Você está... está diferente aqui.

Ela ouviu as palavras dele e refletiu. Depois de algum tempo, concordou.

— Menos à vontade — Bay continuou, olhando para ela. Sissi sentiu o estômago apertar; ele era mesmo lindo, seu casaco era como uma mancha vermelha de cor viva em meio à floresta marrom do outono húngaro.

Nesse momento, os cavalos de ambos pararam, como se assustados com alguma coisa à frente. Sissi puxou as rédeas. Será que eles tinham se deparado com uma matilha de cães selvagens como as que os criados e camponeses sempre falavam aterrorizados? Mas não, não era uma matilha de cães. Ali, à frente deles, nas sombras, dois corpos estavam encostados em uma árvore, entrelaçados em um abraço. Sissi apertou os olhos, o sangue lhe fugindo ao rosto enquanto ela tentava determinar exatamente o que observava. A teia de galhos e folhagens obscurecia a visão, mas Sissi ouviu um som familiar: a risada alegre de uma jovem. Em menos de um minuto, a risada se transformou em um suspiro baixo, amoroso. Sissi ficou rígida sobre a sela, certa, mesmo àquela distância, de que reconhecia a mais alta das duas silhuetas. Nicky tinha se despido do casaco de montaria. Outro som se seguiu, dessa vez um gemido gutural de um homem. Então o cabelo escuro da mulher foi ocultado por inteiro pelo arbusto.

— Vamos por ali — Bay sussurrou, direcionando tanto seu cavalo quanto o de Sissi para o lado, e seu movimento rápido deixou claro que ele também tinha visto o que acontecia à frente. Antes que pudessem ser vistos, e antes que Sissi percebesse o que estava acontecendo, Bay a conduziu para trás de um arvoredo na direção oposta. Os dois amantes da floresta continuaram a fazer o que faziam, sem perceber que foram vistos e sem serem interrompidos.

Naquela noite, sem oferecer qualquer explicação, Esterházy anunciou que encurtaria sua permanência no grupo de caça, declarando que precisava partir no dia seguinte. Sissi notou como Larisch ficou pálida ao ouvir o anúncio, mas manteve os olhos baixos e os lábios grossos fechados pelo resto da noite, mantendo um silêncio que não era usual da dama de companhia.

Sissi não protestou e não pediu a Nicky que reconsiderasse sua partida precoce. Ela queria que ele se fosse. Ela não sabia exatamente o que tinha se passado na floresta entre Larisch e o nobre húngaro, mas o que quer que fosse, Sissi sentia-se parcialmente culpada. Ela só tinha pedido a Larisch que flertasse com o homem, para distraí-lo e encantá-lo. Mas ela sabia que Larisch era uma sedutora desinibida e que Nicky era solteiro, e estava quase louco com suas tentativas frustradas de conseguir a atenção de Sissi; ela se sentiu nauseada ao perceber que praticamente tinha jogado a garota nos braços dele.

Sissi passou o dia seguinte inteiro na cama, sentindo-se pesada de culpa e deixando o quarto apenas para uma breve visita aos aposentos de Valerie. Ela evitou a dama de companhia por receio de ter que perguntar à garota o que tinha acontecido. Ou pior, ter que se desculpar por fazê-la acreditar que não tinha problema aquilo acontecer. Também evitou Bay, pois ele pareceu ficar muito constrangido quando os dois descobriram o encontro ilícito. Contudo, Larisch aparentemente recuperou sua disposição alegre e despreocupada em questão de dias, e Sissi achou melhor acreditar que o estrago não havia sido tão terrível.

O clima melhorou bastante depois que Esterházy partiu, e ao longo dos dias seguintes Sissi e Bay conseguiram cavalgar a sós algumas vezes. Pela primeira vez, desde sua chegada a Gödöllő, Sissi se viu desfrutando, de fato, da companhia de Bay. Eles passavam horas pelos campos, galopando e saltando valas na mesma velocidade estonteante de sempre. Quando se cansavam, permitiam que os cavalos diminuíssem o ritmo, e Sissi se deleitava com a fadiga enquanto admirava os tons de dourado e âmbar da paisagem de outono, saboreando a maneira livre e despreocupada com que Bay conversava com ela sobre sua postura e as diferenças entre o interior da Hungria e da Inglaterra. Lá fora, com os campos e os bosques entre eles e o palácio, Sissi reencontrou o velho Bay, e ele reencontrou a velha Sissi.

O lado triste era a rapidez com que esses dias passavam. Todas as tardes, ela temia o momento em que o sol começava a mergulhar no horizonte ocidental. Sissi reparou que ambos demoravam muito mais do que o necessário para voltar ao palácio, deixando que os cavalos cansados marchassem em um ritmo incrivelmente lento de volta aos estábulos. Quando Bay a ajudava a descer da sela, eles se demoravam parados um de frente para o outro, suas mãos permanecendo ao redor da cintura de Sissi por mais tempo que o necessário. Sissi se perguntava, noite após noite, se ele a beijaria; e o que faria se ele a beijasse. Ali, em sua casa, onde o marido e o filho a aguardavam à mesa de jantar. Ela teria força para resistir, se ele fizesse, afinal, o que ela desejava tanto?

Mas Bay nunca obrigou Sissi a tomar essa decisão, porque ele nunca a beijou. Também nunca lhe falou que tinha vontade de beijá-la. Tudo que fazia era olhar para ela com uma intensidade e uma aflição que a faziam corar mais do que qualquer beijo seria capaz. Ele não precisava expressar seu desejo em palavras, seus olhos claros diziam isso abertamente. O desejo de ambos parecia crescer a cada dia que passava. Sissi não sabia por quanto tempo mais eles conseguiriam continuar antes de serem descobertos. Mas... descobertos fazendo o quê? Eles não estavam fazendo nada de errado, estavam?

Depois de várias semanas transcorrerem dessa forma, Bay anunciou, durante um jantar, que não poderia viajar toda aquela distância e não conhecer Budapeste. Ele iria até a capital no dia seguinte. Sissi ficou magoada com aquela decisão, decepcionada por saber que Bay tinha feito esses planos sem lhe contar. Ele só tinha mais alguns dias na Hungria; por que perderia ainda que só uma hora longe dela? Mas Bay estava irredutível; a ponto de deixá-la se perguntando se teria acontecido algo que ele não queria lhe contar. Tudo que ele respondeu, quando Sissi o questionou, foi que tinha ouvido coisas maravilhosas sobre a capital húngara e precisava conhecê-la.

Franz concordou, entusiasmado, com os planos de Bay — talvez estivesse ficando cansado de ter tantos hóspedes. Tudo o que Sissi conseguiu foi convencê-lo a ir acompanhado de seu secretário, o Barão Nopcsa, alegando que ele serviria de guia e intérprete. Mas Sissi também tinha segundas intenções ao insistir que o velho acompanhasse Bay: ela não podia negar que exigiria um relatório completo do barão, quando ele voltasse, desejando saber tudo o que Bay tinha feito e quem tinha visto.

Quando Sissi foi se despedir de Bay em sua partida para Budapeste, sentiu uma tristeza que a assustou. Se ela temia dizer-lhe adeus por apenas uma noite, quando ele ia visitar uma cidade próxima, como seria quando ele se despedisse para retornar à Inglaterra?

Não querendo cavalgar sem Bay, Sissi passou a manhã seguinte inteira com Valerie, consolando-se o máximo possível na companhia da filha. Quando chegou a hora marcada para o retorno dos homens, naquela tarde, ela ficou diante da porta, pronta para recebê-los, arrumada com tanta elegância que parecia estar se preparando para dar uma festa. Mas viu, desanimada, apenas o Barão Nopcsa sair da carruagem.

— Mas onde está Bay... o Capitão Middleton? — Sissi perguntou ao seu assistente. O nobre, geralmente tão alinhado, parecia um pouco desarrumado, com as roupas amarrotadas e o cabelo despenteado.

— Vossa Majestade. — O barão encolheu os ombros, com a expressão cansada. — Eu gostaria de saber... Perdi o Capitão Middleton quase assim que chegamos à cidade. Foi como se ele quisesse mesmo me despistar.

Quando Sissi insistiu nas perguntas, o Barão Nopcsa confessou que Bay tinha sido irredutível ao afirmar que precisava de algumas horas sozinho, combinando que o encontraria mais tarde no cassino. Mas quando o barão apareceu na hora combinada, não havia sinal de Bay Middleton. O barão permaneceu ali a noite toda, ficando até o cassino fechar, mas ele não apareceu.

Ao retornar ao hotel onde eles tinham reservado quartos, o barão não encontrou o menor vestígio de Bay. Sem querer atrapalhar os planos que tinha feito com o imperador e a imperatriz, ele decidiu voltar a Gödöllő para relatar o acontecimento e ver o que mais podia ser feito para procurar Bay.

— Parece que você fez tudo que podia, barão — Franz declarou, dando de ombros como se para indicar que não entendia o modo de agir dos cavalariços. — Nós vamos ter de esperar pela volta do filho pródigo.

A noite chegou e Bay não retornou nem enviou qualquer mensagem sobre seu paradeiro. Larisch preencheu as horas com uma conversa leve, rindo com Rudolf sobre os lugares em que Bay poderia ter desaparecido.

— Talvez ele tenha se afogado nas casas de banho de Széchenyi — ela disse. — Ou quem sabe ele escalou a Colina do Castelo e mergulhou no Danúbio? Não, não, estou só brincando.

Rudolf entrou na brincadeira, beliscando o braço nu de Larisch ao se inclinar para frente e sussurrar, alto o bastante para que Sissi o ouvisse:

— Tenho certeza de que não há nada com que se preocupar. O *Corajoso Bay* deve apenas estar passando seu tempo da forma mais alegre possível: cavalgando uma das lendárias... éguas de Budapeste.

— Chega! — Sissi falou com a dupla de jovens, silenciando-os com a raiva em seu olhar. Ela se retirou para o quarto, furiosa. No dia seguinte, ao acordar, foi procurar o barão, que a informou ainda não ter notícias de Budapeste. Foi então que a raiva que ela sentia se tornou medo; e se algo de fato horrível tivesse acontecido com Bay?

No dia seguinte, Andrássy chegou para reuniões com Franz. Sissi o viu por breves instantes, e eles trocaram algumas palavras cordiais. Ele lhe perguntou como estava indo a temporada de caça até então. Ela indagou sobre Viena. O rosto dele parecia mais enrugado do que ela se lembrava, o cabelo escuro apresentava fios grisalhos. De qualquer modo, ele deu a Sissi seu conhecido sorriso gentil e encantador, e ela se perguntou se a idade tinha tornado Julius Andrássy ainda mais atraente. Com certeza, ele estava mais distinto.

Enquanto olhava para ele, Sissi percebeu que ainda havia algo nas profundezas mais secretas do seu ser, chamas nasciam de pequenas mas persistentes brasas, lembrando-a de que a chama dos dois ainda não tinha se apagado. Provavelmente nunca se apagaria. Será que estava condenada a carregar aquele amor profundo, incessante, por Andrássy como uma dor que poderia ignorar, mas não curar totalmente, até o dia de sua morte? Mesmo assim, Sissi não estava tão distraída pela presença de Andrássy como poderia, tamanha era sua preocupação com a ausência inexplicável de Bay. Talvez isso fosse até uma bênção. Lhe dava algo em que pensar com Andrássy ali, andando na mesma casa que ela, despachando seus deveres imperiais e se reunindo com o marido dela no escritório do imperador, o homem que ele servia com tamanha lealdade.

E então, afinal, um telegrama chegou do quartel-general da polícia de Budapeste, pouco antes do almoço. A mensagem dizia que certo Capitão Middleton estava sob custódia da polícia na capital. O chefe de polícia se desculpava por perturbar Suas Majestades Imperiais, informando-as que Middleton insistia que era, de fato, hóspede de Suas Majestades e que o esperavam em Gödöllő. Depois de muito deliberar, o oficial decidiu que seria melhor enviar uma mensagem sobre o paradeiro de Middleton, para o caso de o inglês estar mesmo sendo esperado por membros da casa imperial. Franz respondeu no mesmo instante, informando ao chefe de polícia que Middleton tinha falado a verdade e que era mesmo seu convidado. O oficial respondeu que Middleton estava bem, mas sem dinheiro após ter sido roubado por uma mulher cujos serviços havia buscado em uma casa de reputação questionável.

Franz irrompeu em uma gargalhada escandalizada ao ler o telegrama durante o almoço. Andrássy, talvez percebendo a palidez de Sissi, baixou o olhar e se recolheu a um silêncio discreto. Franz continuava a gargalhar, e Sissi sentiu o impulso de extravasar sua raiva de Bay em um rompante. A fúria aumentava somada a outras emoções violentas: ultraje, choque, constrangimento... e ciúme? Sim, um ciúme enlouquecedor. Mas ela se obrigou a se concentrar na fúria e no sentimento de ultraje.

— Como ele pôde? — ela exclamou, sentindo o sangue correndo com força por suas veias enquanto empurrava, enojada, seu prato para longe. Ela precisava sair da mesa.

— Ora, vamos, Elisabeth! — Franz disse, enxugando os olhos risonhos enquanto olhava mais uma vez para o telegrama indecoroso. — Você não imaginou que um jovem solteiro buscaria um pouco de diversão em sua viagem para a Hungria?

— Mas ele... — E então, reparando como os dois homens, seu marido e Andrássy, ficaram na expectativa de suas próximas palavras, Sissi gaguejou: — Ele... ele difama nossa imagem!

— Ele é um oficial da cavalaria e um adestrador de cavalos. — Franz deu de ombros. — O que você esperava?

Sissi digeriu a pergunta em silêncio, e então se levantou da mesa pedindo desculpas.

— Uma dor de cabeça repentina... — murmurou, deixando a sala sem olhar na direção de Andrássy. Sissi saiu da casa e foi para os campos, sozinha, caminhando em ritmo apressado. Franz tinha razão, ela pensou: o *que* ela esperava?

X

Hotel Beau Rivage, Genebra, Suíça
Setembro de 1898

Ele não fica surpreso com a grandiosidade do edifício. O Hotel Beau Rivage. É claro que ela escolheu o lugar mais luxuoso da cidade. Ele observa o local, estudando sua estrutura, suas bandeiras tremulando preguiçosamente sob a brisa do lago. A escadaria da frente coberta pelo tapete vermelho, a fachada de pedra calcária atestando a fortuna; fortuna tradicional, despreocupada, injustificável, dos clientes que entram e saem pelas portas da frente, vindos das compras ou de passeios de barco, indo ao teatro ou a jantares de oito pratos.

A luz do dia diminui até que a escuridão acaba descendo sobre a cidade. Enquanto os últimos fios de luz escondem-se atrás da Cordilheira do Jura, a oeste, ele permanece imóvel, no cais de frente para o hotel, como uma sentinela montando guarda. Só que ele não é uma sentinela; ele não está ali para proteger.

O preto aveludado toma conta da cena, e as luzes dos barcos aparecem na superfície lisa do lago. As janelas do hotel e dos edifícios próximos começam a se iluminar, o brilho quente escapando para a rua onde ele está. Ele cruza os braços à frente do peito, o ar do outono esfriando ao seu redor. Ele está com fome mais uma vez, agora que a sopa do dia foi completamente digerida, o grande nó do vazio retornando.

Ele está pensando na fome quando no canto do terceiro andar um quarto se ilumina, o espaço interior cintilando como uma brasa quente que reluz para a noite.

O coração de Luigi pesa quando ele encara aquele espaço iluminado e quente. Ela está lá? Preparando-se para dormir? Preparando-se para amanhã? Talvez fazendo suas orações noturnas, sem a menor ideia do que a aguarda.

Sem saber que Deus já a abandonou. Que ele, Luigi, um sombrio anjo da morte, é o único espírito com o qual ela precisa se preocupar.

A mão dele vai por instinto até o bolso, onde ele a sente, só para se certificar. Sim, a lâmina continua lá. Pronta. Mais uma noite escura para aguentar, e então, o amanhã chegará.

Capítulo 10

Casa Summerhill, Meath, Irlanda
Inverno de 1879

Não havia como escapar às notícias de Viena, Sissi percebeu, mesmo em um lugar tão distante e isolado como a Irlanda.

Informações sobre a renúncia de Andrássy alcançaram Sissi em sua chegada às Ilhas Britânicas, onde ela, Valerie e suas ajudantes passariam o fim do inverno e o começo da primavera, na região de Meath, na Irlanda. As cartas esperavam Sissi na propriedade alugada — formais, lacradas, trazendo notícias de lugares longínquos e conflitos distantes; como visitantes inesperados que exigem atenção imediata, indesejáveis, insensíveis aos dissabores que sua presença impõe. A cabeça de Sissi girava enquanto ela tentava absorver tudo o que lia: a Rússia tinha derrotado a Turquia ao leste e agora procurava aumentar ainda mais seu poder por toda a Europa. Dada a extrema aversão que sentia pela Rússia, e sua inabilidade em traçar um plano para a Áustria-Hungria que não fosse afetado por sua inimizade pelos eslavos, Andrássy decidiu se aposentar após uma vida dedicada ao serviço público.

Embora Meath fosse uma região ameaçada pela revolução e fervilhasse com o descontentamento da população irlandesa local, Sissi esperava encontrar ali um descanso temporário da política. A única coisa com a qual ela desejava se preocupar era o estábulo cheio de puros-sangues — adquiridos segundo o conselho especializado e a capacidade de fazer bons negócios de Bay— e os milhares de hectares de campos e colinas que rodeavam sua propriedade. Ela planejava deixar as tensões da política britânica com Victoria e o estresse da política austríaca com Franz, em Viena.

Quer dizer, esses eram seus planos até receber aquela notícia de Andrássy. O anúncio preencheu Sissi com um sentimento estranho e confuso de desorientação. Parecia uma perturbação da ordem natural das coisas. Andrássy, cuja presença pairava sobre a corte desde seus primeiros dias como uma jovem noiva, estaria ausente quando Sissi voltasse a Viena. Após trabalhar a vida inteira como um estadista incansável, primeiro a serviço da Hungria e depois da Áustria-Hungria, ele poderia, afinal, se aposentar. Retornaria à sua propriedade na Hungria e aproveitaria — ou pelo menos tentaria aproveitar — a paz que nunca antes lhe foi concedida. Ela não o veria mais. Sissi não cruzaria com ele nos corredores, não o encontraria no escritório de Franz, nem veria seus sorridentes olhos escuros.

Ela se consolou com os fatos de sua situação atual: estava muito longe, na encantadora mansão irlandesa de Summerhill, e ultimamente já não via muito Andrássy. A distância de Viena a Budapeste era oportuna, oferecendo-lhe um pouco de proteção, o que amenizava o golpe da ausência repentina e permanente dele. Ela já tinha se despedido de Andrássy, não? Ele já estava fora de seu alcance; que diferença faria ele estar fora de alcance em um remoto castelo húngaro ou em uma ala separada do Hofburg?

E assim Sissi pôs as cartas de lado e se obrigou a não ficar melancólica. Ela se virou e olhou pela janela, para um campo verde-esmeralda que se abria ao longe, desejando se lembrar do êxtase que essas vistas geralmente lhe provocavam. Os prazeres que tais paisagens lhe reservavam. Como ela podia ficar melancólica quando esperava Bay, que a qualquer minuto iria encontrá-la para a cavalgada à tarde?

※※※※※

— *A Rainha da Caçada!*
A Rainha! Sim, a Imperatriz!
Vejam, vejam, como ela corre,
Com as mãos que não fraquejam jamais,
E uma coragem que nunca morre.
Nem o melhor da Inglaterra a supera — ele está na grama!
As costas de Bay Middleton ficaram sujas de lama...

— Preciso interrompê-lo aí mesmo. — Sissi ergueu a mão, lutando para segurar a risada. — Bay, você percebeu como falam de você?

— Eu estou muito ofendido! — Bay se inclinou para frente, as faces rosadas, a voz rugindo alegremente através da mesa longa. — Fico feliz que vocês façam justiça à imperatriz, mas precisam debochar de mim? Minhas costas "ficaram sujas de lama"?

Eles estavam no salão de jantar de Summerhill: Sissi, Bay, os Spencer, as damas de companhia, e uma família rica que estava na região, os Rothschild. O jantar tinha sido tirado, mas eles continuavam sentados ao redor da mesa. A sala estava aquecida com a sensação de calor causada por uma boa e descontraída refeição, e Spencer lia em voz alta um poema que os habitantes da região tinham escrito em homenagem à chegada de Sissi a Meath.

— Devo dizer, imperatriz, que é bom tê-la de volta ao Reino Unido — Lorde Spencer disse, inclinando sua taça na direção do vinho para ser enchida.

— E eu fico feliz por estar de volta. Ainda mais aqui, onde as coisas escritas a meu respeito nos jornais são atipicamente favoráveis.

— Você é muito popular nas Ilhas Britânicas — Spencer continuou, assentindo. Sissi não conseguiu deixar de procurar os olhos de Bay, que olhava para ela com tanta intensidade que ela sentiu as faces pegando fogo.

Mais tarde, bem depois da meia-noite, Lady Spencer conseguiu convencer seu marido tagarela e o resto dos convidados a saírem do salão para as carruagens que os aguardavam.

— Temos que deixar a imperatriz descansar, John.

Sissi disfarçou sua necessidade de bocejar enquanto se despedia deles. Ela estava cansada, sim, mas lamentava vê-los partir. Ela, que era a primeira a se retirar de qualquer reunião em Viena, teria ficado acordada a noite toda para desfrutar da companhia de seus convidados de bom-humor fácil e contagiante. Ela não conseguia se lembrar da última vez em que se sentiu assim tão feliz. E ainda tinha toda a temporada de caça pela frente!

Na tarde seguinte, enquanto cavalgavam, Sissi e Bay foram pegos por uma chuva repentina; uma ocorrência comum, ele explicou, no clima úmido e imprevisível da Irlanda. Longe demais para voltarem aos estábulos sem ficarem totalmente ensopados, eles conduziram os cavalos para baixo da copa de um bosque denso, onde se refugiaram debaixo dos galhos frondosos.

— Você está muito encharcada? — Bay perguntou, ambos rindo enquanto assistiam à chuva furiosa castigar o solo lamacento ao redor.

Sissi baixou os olhos para a saia de montaria, a seda vermelha manchada de marrom na bainha.

— Só um pouco de lama — ela disse. — Não está pior do que nos dias em que eu caio da sela.

— Você não está protegida. Venha, aproxime-se. — Bay estendeu o braço, colocando a mão com delicadeza nas costas dela, tirando-a da chuva e trazendo-a para perto de si. Sissi se virou, a respiração ficando presa na garganta ao sentir a palma da mão dele em seu corpo. Bay retribuiu o olhar, os dois ficaram em silêncio. Por fim, ele se aproximou ainda mais e falou em voz baixa:

— É só um pé-d'água passageiro. Nada que venha assim de repente, com tanta fúria, pode demorar. Logo vai passar.

— Vai mesmo — ela concordou, baixando os olhos. Na verdade, ela não ligava nem um pouco para o atraso. De fato, Sissi esperava que a tempestade durasse horas, mantendo-os juntos naquele lugar.

— Sissi?

— Sim? — Ela ergueu os olhos para encontrar os dele.

— Eu tenho algo para você.

— Oh?

— Nada muito elegante, eu receio. — Ele levou a mão ao bolso do casaco de montaria vermelho e tirou algo pequeno, verde e brilhante. — Para você. Um presente de boas-vindas, eu acho.

Sissi olhou para os dedos de Bay.

— Um trevo? — Ela já sabia que a Irlanda era praticamente coberta por trevos com folhas tão verdes e brilhantes que causavam vergonha à coleção de esmeraldas dos Habsburgo.

— Não é um trevo comum — Bay explicou, levantando-o. — Você não reparou? Este aqui... é diferente. Especial.

Sissi soltou uma exclamação.

— Ele tem quatro folhas!

— Isso mesmo! — Bay assentiu. — É incrivelmente raro encontrar um. Dizem que traz boa sorte para quem o tiver.

Sissi olhou com mais cuidado, abrindo a mão para que Bay colocasse o trevo em sua palma. Foi o que ele fez, e seus dedos tocaram a pele dela antes que tomasse a mão de Sissi na dele, fechando os dedos sobre os dela. Então, Bay se inclinou para frente. A proximidade de seus lábios, o modo como sua respiração soprava a pele sensível do pescoço dela... Sissi sentiu um arrepio sacudir seu corpo inteiro. Ela fechou os olhos, hiperconsciente da presença dele, de como a proximidade de Bay fazia sua pele formigar.

— Mas... você não quer ficar com ele?

— Não — Bay sussurrou, deixando que seus lábios roçassem a orelha dela. — Minha sorte veio para a Irlanda na forma de uma mulher linda; a mulher que cavalga comigo de dia e ocupa meus sonhos à noite.

Então, antes que Sissi entendesse o que estava acontecendo, os lábios dele deslizaram para seu pescoço e pousaram ali por um instante; tão fugaz que Sissi até pensou estar imaginando. Antes que ela conseguisse abrir os olhos, Bay já tinha removido os lábios de sua pele nua e trêmula, afastando o rosto e soltando sua mão.

Sissi abriu os olhos e encarou-o, ciente de que o momento tinha passado. Uma sensação de tontura zunia dentro dela. Sissi teve vontade de perguntar: *Isso aconteceu mesmo?* Ela não tinha certeza, mas pensava... tinha esperanças de ter sentido Bay Middleton beijá-la.

O dia seguinte, no entanto, trouxe outra interrupção, uma que ameaçava perturbar sua frágil e preciosa felicidade ainda mais do que a notícia da renúncia de Andrássy: uma carta de Rudolf. Qualquer menção ao nome do filho atualmente fazia Sissi sentir uma onda desagradável de ansiedade misturada com culpa e inquietação. Ele e Franz estavam sempre em desacordo, e o jovem parecia viver para chocar os pais com seu comportamento indecoroso e declarações desagradáveis. Mas enquanto Sissi lia a mensagem de Rudolf, aquela sensação de pavor ficou mais forte, pesando em sua barriga como um tijolo.

Querida e estimada Madame,

Notícias da sua intimidade especial com o Capitão Middleton viajaram longe, chegando aos meus ouvidos. Expresso aqui minha profunda decepção com sua escolha de companhia, bem como meu desejo ardente de que você, no futuro, comporte-se de tal modo que possa, se não extinguir, pelo menos parar de inflamar as notícias maliciosas que estão prejudicando sua reputação e o nome de toda a família.

Sissi amassou o papel em suas mãos, correu para a lareira, jogou aquelas palavras sórdidas sobre a lenha e assistiu à carta queimar e se transformar em cinzas antes que alguém mais pudesse testemunhar sua vergonha e as palavras de censura do filho.

— Marie? — Sissi chamou, as mãos apertadas na cintura enquanto observava uma língua de fogo lamber os restos carbonizados do papel, devorando a mensagem de Rudolf com uma pequena chama.

— Sim, imperatriz? — Marie Festetics disse.

— Cancele meu passeio. Mande Bay embora. Não me sinto bem. — Essas palavras, ditas como uma série de súplicas frenéticas, provocaram uma agitação no quarto e fizeram Ida correr para ajudar Sissi a se deitar.

Horas mais tarde, apenas com Marie Festetics e Ida ao seu lado, Sissi repensou o ocorrido. Ela se arrependeu de ter queimado a carta; gostaria de poder ler a mensagem mais uma vez, para ver se, em uma segunda leitura, conseguiria entender melhor as palavras de Rudolf.

Rudolf estava enganado, essa era a verdade. Sissi e Bay nunca ultrapassaram os limites do decoro. Eles apenas se comportavam como amigos íntimos. Com certeza, ela não pensava em Bay da mesma forma que em seus outros amigos, mas eles nunca tinham feito nada de errado. Ela estava apenas desfrutando de alguns meses de liberdade longe de seu papel sufocante na corte. Ela não tinha esse direito?

Ainda assim, esses boatos existiam e eram insinuantes a ponto de terem alcançado seu filho. Boatos perigosos. E se alguém teve a audácia de sussurrá-los para o príncipe herdeiro, era só uma questão de tempo até que alguém os mencionasse na presença do imperador. E então, quer ela estivesse fazendo algo impróprio ou não, seus dias cavalgando com Bay chegariam ao fim.

— Mas quem ousaria dizer coisas tão infames para Rudolf? — Sissi perguntou em voz alta para o quarto, rouca por causa das horas que passou chorando. Ela estava constrangida por estar sendo tão claramente alvo de fofocas. E receava que, se Rudolf tinha ouvido esses boatos... será que Franz também tinha? Sissi ardia de vergonha por seu filho ter achado necessário repreendê-la; mas também estava indignada por Rudolf ter ousado fazer isso quando ele próprio levava uma vida tão devassa. Sentia-se ultrajada por ser censurada sem que ela e Bay nunca tivessem agido para satisfazer algo que os dois tanto desejavam... Mas ela logo interrompeu esse pensamento, abafando-o como se fosse uma chama perigosa.

— Quem ousaria? — ela perguntou mais uma vez.

Ida e Marie trocaram um olhar significativo antes de se virarem para Sissi. Marie suspirou.

— Imperatriz, existe uma pessoa em sua casa que fala regularmente com o príncipe herdeiro, com mais frequência até do que Vossa Alteza.

— Existe?

— Sim — Marie confirmou; Ida concordou, sombria.

— Quem é?

A aversão pesou nos lábios de Marie quando ela pronunciou o nome:

— A Condessa Larisch.

Sissi se mexeu na cama, amarrotando os lençóis em suas mãos. Não deveria ser uma surpresa. Os dois tinham a mesma idade, Rudy e Larisch. Rudolf, embora exibisse uma expressão perpétua de desgosto na presença de seus pais, parecia ser encantador com as mulheres. E ele era bonito, com o corpo esguio da mãe e os olhos cor de mel. E Larisch, bem, ela era uma jovem animada e alegre presa em um casamento sem amor. Era impossível não notar seus modos sedutores, ou como os homens admiravam seu corpo jovem e macio, seus sorrisos fáceis e frequentes. Ora, Nicky tinha se encantado por ela, Sissi pensou, e ela tinha ficado feliz de se deixar levar.

É claro que Larisch e Rudolf tinham gostado da companhia um do outro, ainda mais depois do tempo que passaram juntos em Viena e em Budapeste. Talvez eles tenham até começado algum tipo de flerte. Mas seria Larisch tão estúpida — ou má — a ponto de fofocar sobre Sissi para Rudolf?

Foi então que, como se tivesse ouvido seu nome ser pronunciado, Larisch entrou no quarto carregando lenços de equitação recém-passados para Sissi. A chegada da jovem trouxe consigo o aroma de seu agradável perfume floral, e ela sorriu, inocente, para a imperatriz e as duas mulheres reunidas à sua volta.

— Imperatriz. — A garota fez uma reverência antes de atravessar o quarto para guardar os lenços.

Larisch tinha sido a única com quem Sissi não havia comentado o conteúdo da carta de Rudolf. Por algum motivo que não soube explicar no momento, Sissi não queria se abrir com Larisch. E ela tinha certeza de que nem Marie Festetics nem Ida contariam nada para a moça, tamanha era a versão que as duas tinham pela condessa. Então, a garota não sabia nada sobre o assunto, algo raro.

— Larisch. — Sissi se esforçou para manter a voz calma enquanto pronunciava o nome da garota. — Deixe os lenços. Venha se sentar conosco.

Larisch obedeceu, largando a pilha de tecidos e deslizando alegremente até a cama.

— Está tudo bem, imperatriz?

— Tudo, só estou cansada — Sissi mentiu. — Estou tentando não ficar doente. Mas me responda uma pergunta, minha querida.

— Qualquer coisa, imperatriz. — Larisch sentou-se na beira da cama, ignorando a careta de insatisfação de Ida.

— Você se comunica regularmente com o príncipe herdeiro, não é?

— É verdade, Madame. — Larisch, a garota tola que era, nem tentou disfarçar o modo como suas faces coraram.

— Conte-me, então, quais são suas últimas notícias.

— Bem, você sabe que ele está perto, Madame — Larisch disse. — O príncipe herdeiro está fazendo sua própria viagem internacional.

— Sim, ele está em Londres — Sissi respondeu. Pareceu-lhe estranho, e um pouco triste, que embora ambos estivessem nas Ilhas Britânicas, nenhum dos dois se esforçou para que se encontrassem.

— Ele está fazendo muito sucesso em Londres — Larisch continuou, com um orgulho quase proprietário. — Dizem que as mulheres inglesas gostam mais dele do que do príncipe de Gales.

— Ele está...? Elas gostam...? — Sissi perguntou, a incredulidade tirando sua concentração por um instante.

— Ora, sim, Vossa Majestade! — Larisch disse, o peito estufado como o de um pombo atrevido. — Até a própria Rainha Victoria comentou abertamente o quanto acha Rudy... digo, o Príncipe Herdeiro Rudolf, atraente.

Sissi achou aquilo curioso e estranho. Rainha Victoria, a velha viúva sisuda, geniosa e ranzinza? Encantada com Rudolf? Mas como o filho dela tinha conseguido tal feito? E como ele conseguia apresentar em público uma imagem tão diferente do jovem teimoso e briguento que mostrava para seus familiares? Ele guardava suas virtudes para o mundo exterior e deixava os vícios apenas para as ocasiões em que estava com a família? Mas Sissi deixou essas questões de lado. Ela se preocuparia com Rudolf mais tarde. No momento, voltou seu foco para Larisch, que permanecia empoleirada ao seu lado.

— Eu fico tão feliz por você falar com o meu filho com tanta frequência. Vou depender de *você* para me manter informada sobre a vida dele.

— Ficarei feliz em fazê-lo, imperatriz! Nós escrevemos quase todos os dias.

Essa era a confirmação que Marie Festetics e Ida precisavam, Sissi pôde ver pelos olhares que as duas mulheres trocavam. Ela sentiu seu corpo ficar tenso por baixo das cobertas, mas se obrigou a mostrar um sorriso calmo quando se inclinou para frente e tocou a mão cheia de anéis da jovem.

— Boa garota.

Sissi decidiu, naquele instante, não confidenciar mais nada para a bela condessazinha. Na verdade, uma parte dela queria dispensar Larisch naquele exato momento e mandá-la de volta para o castelo sombrio e isolado de Georg Larisch, onde ela ficaria afastada, sem causar problemas. Mas não havia garantias de que aquela moça, tendo experimentado a agitação da casa da Imperatriz Elisabeth, fosse voltar para o castelo de seu marido. E se ela decidisse se instalar em Budapeste ou Viena? Ela era bonita e inteligente, e com certeza sabia conseguir o que desejava; algum cavalheiro rico se tornaria presa de sua sedução e ficaria feliz de sustentá-la. Sissi tinha certeza disso. Então, que tipo de problemas aquela garota descuidada arrumaria? Livre, à solta, com um protetor apaixonado para financiar seu estilo de vida e as credenciais de sua passagem pela corte. Como isso refletiria na imperatriz? E quais informações particulares de Sissi a garota divulgaria? Como não tinha mais confiança alguma em Larisch, Sissi decidiu que, por enquanto, o melhor a fazer seria manter a garota por perto. Só que não tão perto quanto tinha permitido antes.

Além disso, Sissi pensou, a jovem ainda era valiosa para fornecer fofocas *para* Sissi, pois a manteria muito mais informada do que conseguiriam a recatada Marie Festetics ou a religiosa Ida. Assim, ela manteve Larisch em sua casa, só tomando o cuidado de não confiar mais nenhum segredo à garota. Em vez disso, Sissi a usaria para descobrir o que queria saber.

É claro, a respeito de Bay Middleton. A pedido de Sissi, Larisch logo trouxe a notícia de que sim, apesar de não tocar no assunto, Bay Middleton continuava, com toda certeza, noivo de Charlotte Baird.

— Mas por que ele leva adiante esse noivado com a Srta. Charlotte Baird quando é tão claro que não a ama? Ora, ele nem mesmo a vê... — Sissi pensou em voz alta certa noite, na esperança de que Larisch ouvisse a pergunta e mordesse a isca. E, como um cão de caça criado para farejar a raposa, Larisch voltou alguns dias depois trazendo sua própria presa, que veio na forma de uma fofoca suculenta.

— Trata-se de uma questão de finanças, na verdade — Larisch declarou. — Bay Middleton só está noivo de Charlotte Baird porque a família dela comprou toda a terra da família dele, e o Capitão Middleton não possui absolutamente nada, a não ser o magro salário de oficial. — Larisch sentou-se de frente para Sissi enquanto a imperatriz se preparava para dormir. Lá fora, o relinchar de um dos cavalos de Sissi ecoou pela noite escura. Larisch continuou: — O que não é suficiente para viver como esportista e caçador profissional. Charlotte vai lhe proporcionar uma renda de vinte mil libras por ano.

Então Bay não amava Charlotte Baird, Sissi agora tinha certeza, embora não fosse capaz de perguntar a si mesma por que se importava tanto com isso, ou o que faria agora que possuía essa informação.

As notícias vindas de Rudolf pioraram quando ele escreveu de Londres para contar à mãe que tinha atirado acidentalmente na própria mão. "O rifle de caça deu problema", Rudolf explicou. Ele sentia muita dor e parecia constrangido que os jornais ingleses tivessem ficado sabendo do acidente, mas garantiu à mãe que estava recebendo o melhor cuidado possível dos médicos da Rainha Victoria. Sissi ficou furiosa com a carta. Sem dúvida, Rudolf devia estar entorpecido por excesso de álcool na hora do acidente.

A carta seguinte de Franz Joseph queixava-se do filho, chamando-o de "imprudente e irresponsável". A única solução, Franz declarou, era Rudolf se casar e assumir o papel de chefe de sua própria família. Afinal, com 20 anos, ele já tinha concluído sua educação formal. Se não tinha conseguido amadurecer por conta própria, estava na hora de forçar alguma responsabilidade sobre ele.

Sissi não sabia se aquela era a solução adequada; e não compartilhava da crença de Franz de que o matrimônio faria alguém amadurecer de repente. Bastava se lembrar do desastre que foi o começo do seu casamento para comprovar como aquela teoria era falha. Mas ela não queria ser incomodada por tudo aquilo, pelo menos não naquele momento em particular. Ela só tinha mais algumas semanas para aproveitar sua liberdade na Irlanda, e não permitiria que nada — nem a tristeza pela perda de Andrássy, a notícia desastrosa do ferimento de Rudolf, ou mesmo os resmungos de Franz em Viena — arruinasse sua temporada.

Sissi e Bay amaram a Irlanda. Eles ficaram maravilhados com a terra macia coberta por trevos, os muros de pedra que representavam desafios intermináveis, mesmo para eles. Ela adorava o ar salgado do oceano, que preenchia seus pulmões e a fazia sentir como se estivesse sendo purificada de dentro para fora. Ela se encantava com o ritmo melódico, engraçado, com que os moradores da região falavam. Sempre que podia, conversava com os camponeses, ignorava o protocolo e optava por apreciar refeições improvisadas em restaurantes públicos durante seus passeios. Ela sorria para as crianças, claras e com sardas, e para os fazendeiros ruivos que passavam por eles nas trilhas rurais.

— Estou apaixonada pelos irlandeses — ela declarou uma noite enquanto se despia, preparando-se para dormir. O fogo aquecia seu quarto, em contraste com a noite fria, úmida e de muito vento. — Eles me lembram os húngaros. Corajosos e animados, divertidos e até um pouco irreverentes. Não são nada parecidos com os austríacos, sisudos e sérios. E sabe o que é melhor? Não existe nenhuma "Alteza Real" nesta ilha esperando minha visita. — Sissi riu, lembrando de seu encontro desastroso com a Rainha Victoria.

Mas parecia que quanto mais Sissi se divertia, mais Franz pedia que ela fosse embora da Irlanda e voltasse logo para Viena. As reclamações começaram como declarações brandas; mais sugestões e insinuações implícitas do que queixas de fato. Ele começou dizendo que seus esforços para estabelecer a amizade entre a Áustria e a Inglaterra eram prejudicados pelo divertimento tão público de sua esposa na Irlanda, uma região que causava problemas constantes para a Rainha Victoria.

Sissi ignorava esses comentários, fingindo não ver as implicações por trás das palavras de Franz. Pelo contrário, ela escrevia páginas e mais páginas para ele com os detalhes de seus passeios diários e interações despreocupadas com os habitantes de Meath. Mas então as mensagens de Franz se tornaram mais incisivas. Não demorou para que as cartas diárias contivessem pedidos regulares e cada vez mais impositivos para que ela voltasse, até que, finalmente, alcançaram um nível de severidade que fazia Sissi praticamente sentir a raiva do marido escapando pela caligrafia compacta e formal.

Recebi com apreensão a notícia de que você compareceu à missa católica no seminário da Faculdade Maynooth e que fez uma visita formal para os padres locais. Eu aplaudo sua devoção, mas, ainda assim, imagino que você saiba que os padres católicos dessa região da Irlanda são alguns dos rebeldes mais inflamados e ativos na rebelião irlandesa dentro do império da Rainha Victoria. Seus agradecimentos e reconhecimento público a eles, unido ao fato de que você ainda não fez uma visita formal à Sua Majestade durante este passeio, causou grande ofensa à rainha e grande constrangimento para mim. Suas viagens, mais do que apenas me causarem tristeza pessoal e solidão, agora se tornaram fontes de tensões públicas para o império inteiro, ameaçando desfazer o trabalho que tenho empreendido na esperança de estabelecer amizade entre os dois tronos. Eu estava disposto a suportar enquanto eu era a única vítima de suas ausências prolongadas e frequente distanciamento da vida familiar, mas fico cada vez mais incomodado ao ver que outros também estão sendo prejudicados.

— Oh, pelo amor de Deus — Sissi resmungou, baixando o papel, sem precisar ler mais. — Eu sorrio para algumas pessoas em público, frequento uma missa na igreja ao lado, e isso se torna motivo de um escândalo internacional? — Sissi jogou a carta na lareira para que fosse engolida pelas chamas. Esse era o apelo mais recente de seu marido infeliz, cuja paciência começava a desmoronar. Haveria outra carta no dia seguinte, talvez com termos ainda mais fortes. A correspondência de Franz estava ficando tão entediante que Sissi começou a pensar que ela talvez devesse mesmo encerrar sua viagem antes do planejado. Quando ela mencionou a ideia para suas acompanhantes, tanto Ida quanto Marie Festetics concordaram com o imperador, deixando Sissi ainda mais irritada. Apenas Larisch parecia entender o quanto Sissi precisava daquele tempo afastada da corte.

Mas ela devia saber que aquilo não duraria. Tudo que era roubado tinha que ser devolvido um dia, e isso não se aplicava apenas a joias e bens, mas também ao tempo. Apenas alguns dias depois, Franz Joseph enviou outra carta severa. Essa, em vez de sugerir, insistia que Sissi partisse da Irlanda imediatamente. Dizia que toda a viagem tinha sido mal pensada desde o início, como ele a tinha avisado, e não poderia mais permitir que continuasse.

Sissi levantou os olhos do papel em pânico, imaginando se, de algum modo, aquela urgência significava que Franz havia tomado conhecimento de seus sentimentos por Bay. Será que ele tinha ficado sabendo da tarde debaixo das árvores, quando Bay colocou o trevo de quatro folhas em sua mão? Mas não. Quando continuou a ler, Sissi viu que os motivos de Franz eram, como sempre, de natureza exclusivamente política. Com as tensões crescendo até quase o ponto de violência entre Irlanda e Inglaterra, os ministros de Victoria deixaram claro para Viena que estavam, sem dúvida nenhuma, furiosos com o fato de Sissi permanecer na Irlanda.

> *Não podemos permitir que nossa amizade frágil – e muito necessária – com a Inglaterra seja comprometida, Sissi. Ainda mais com a recente renúncia de Andrássy e as incertezas que enfrentamos com as mudanças no nosso ministério e no conselho. Não temos escolha a não ser respeitar a posição de Victoria, submetendo-nos a sua superioridade de soberana desse reino, e assim preciso insistir que você retorne agora mesmo para seu próprio reino.*

A ofensa tinha sido tão grave, na verdade, que Sissi foi informada, em um telegrama que se seguiu, que deveria passar por Londres em sua viagem de volta para casa. Franz insistiu que ela fizesse uma visita — que mais parecia uma peregrinação, Sissi pensou — para homenagear a rainha insultada.

Seria um encontro tenso com a Rainha Victoria; Sissi sabia disso. Ela esperava que acabasse rapidamente, durando apenas o bastante para que fosse aceitável de acordo com o protocolo, mas que não durasse demais, para que ela não acabasse fazendo algo, sem querer, que pudesse aumentar a ofensa. Só o bastante para que Victoria visse o fato noticiado nos jornais de Londres. Só o bastante para que Victoria pudesse dizer que a rainha da Áustria era *sua* amiga, e não amiga dos rebeldes que amavam Sissi — e odiavam Victoria — em toda a Irlanda.

※※※

— Eu reconheço o valor de sua *sensibilidade* ao lidar com estas circunstâncias tão difíceis, tão infelizes. — A Rainha Victoria não se levantou quando Sissi se aproximou dela no salão de recepção em seu antigo assento no Castelo de Windsor. A rainha parecia mais velha do que durante a última visita, seu corpo grande coberto, como sempre, de preto, um tributo ao falecimento, há muito, de seu amado Albert.

— Eu não pretendia ofender, Vossa Majestade — Sissi desculpou-se, sentindo-se como uma criança repreendida. Mas Victoria virou o rosto ao ouvir, lançando seu olhar na direção das janelas. Elas ficaram sentadas por um instante enquanto a mulher mais velha se abanava com o leque, as mãos agitadas em um movimento sem fim. Sissi estudou o perfil da rainha, reparando na pele flácida que ficava pendurada sob seu queixo, parecendo a cera derretida que escorria por uma vela. A pele clara, gelatinosa, balançava enquanto a mulher continuava a se abanar. *Deus, não permita que eu engorde quando envelhecer,* Sissi pensou.

Ela afastou esse medo, reorientando seus pensamentos. Quanto antes aquela reunião acabasse, antes ela poderia ir embora. Até Viena parecia aconchegante se comparada àquele palácio inglês úmido e melancólico.

— Eu não estava viajando em missão oficial à Irlanda, Vossa Majestade.

Victoria então virou o rosto para Sissi, a pele flácida de seu queixo virando com um pouco de atraso quando ela se moveu. Sissi continuou:

— Eu não pretendia manifestar nenhum apoio formal aos exércitos rebeldes da Irlanda. Eu apenas desejava algumas semanas de descanso.

— Não viajava em missão oficial? — Victoria repetiu a afirmação de Sissi, batendo seu leque três vezes em uma mesinha ao lado, como uma diretora de escola pensando na punição para uma aluna indisciplinada. Enfim, a velha rainha abriu suas feições pálidas e carnudas em um sorriso comedido, o olhar de uma idosa indulgente e resignada que perdoa os erros de alguém jovem e desobediente demais para entender. Inclinando-se para frente, Victoria disse:

— Mas minha querida, você agora entende que uma rainha *nunca* está em qualquer missão que não seja oficial?

Não é de admirar que ela e Franz se deem tão bem, Sissi pensou, engolindo seu impulso de responder junto com um grande gole de chá quente.

◈

O sol da manhã se elevou sobre Londres, mas a luz do dia mal conseguia atravessar a cobertura espessa de nuvens cinzentas e uma garoa gelada. Nem mesmo a pesada capa de viagem com capuz de veludo forrada de pele conseguiu proteger totalmente Sissi do ar frio e úmido. A estação de trem fervia com uma agitação frenética, as locomotivas cuspiam suas colunas de fumaça enquanto os condutores apitavam e disparavam ordens em meio aos trilhos. Sissi e Marie Festetics se refugiaram no calor de uma sala afastada da plataforma pública enquanto o restante de seu cortejo imperial trabalhava ali perto, preparando o vagão particular que levaria a imperatriz de Londres.

O Barão Nopcsa entrou na sala, permitindo que um sopro de ar frio do exterior entrasse com ele.

— Vossa Majestade, isto vem do Príncipe Herdeiro Rudolf. — O secretário fez uma reverência e entregou um telegrama para Sissi. — Parece que teremos de alterar nossa rota de volta a Viena, fazendo uma parada em Bruxelas para ver o príncipe herdeiro.

— Bruxelas? Por que Bruxelas? — Sissi pegou o telegrama e olhou para a mensagem. Ela leu rapidamente as palavras enquanto o barão lhe respondia.

— Para encontrar o príncipe herdeiro e seus futuros sogros, Suas Majestades o Rei e a Rainha da Bélgica, que desejam que Vossa Graça os acompanhe nas comemorações.

As palavras do barão se misturaram às impressas no telegrama enquanto a notícia era assimilada por Sissi. Rudolf estava noivo. Sua futura esposa era a Princesa Stéphanie, filha do Rei Leopoldo da Bélgica.

— Princesa Stéphanie? — Sissi pensou na Exposição Universal de Viena e em seu primeiro encontro com Stéphanie. Ela se lembrou de uma garota comum, desinteressante e pretensiosa, que tentava encantar de forma vulgar, rindo demais, mas sem alegria autêntica. Uma sedutora tosca que, com certeza, não tinha atraído seu filho com beleza, inteligência ou doçura. Rudolf, um caçador voraz de encantos femininos, ia se casar com *essa* garota?

Não, era certo que não se tratava de um casamento por amor. Será que os Habsburgo estavam fazendo aquilo de novo? Repetindo os erros das últimas centenas de anos ao condenar mais uma geração a casamentos arranjados de Estado. Alianças políticas forjadas no altar e no leito nupcial, mas a que custo para os noivos? A que custo para a família? Para o império? A notícia veio com a sensação de que algo estava errado, caindo como uma pedra fria no fundo do estômago de Sissi.

Marie Festetics deu um passo à frente.

— Imperatriz, o que foi? A senhora ficou branca.

Sissi apoiou a mão no encosto de uma cadeira próxima e olhou de novo para o telegrama em sua mão.

— Rudolf está noivo.

Marie levou a mão ao peito e soltou um grande suspiro.

— Oh, graças a Deus. Pela expressão no seu rosto, pensei que fosse alguma desgraça.

Sissi piscou, baixando mais uma vez os olhos para a página, pensando em seu filho complicado, atormentado. Ele se tornaria o marido de alguém. Será que ele entendia o que significava o casamento? Ele iria unir sua vida à de Stéphanie, uma garota que causou em Sissi uma aversão inexplicável e profunda. A sua reação à jovem tinha sido rápida e instintiva — mas talvez ela não estivesse sendo justa, Sissi refletiu e suspirou, dobrando o telegrama e o guardando em um bolso da saia.

— Deus queira que não se transforme em uma.

※

A primavera florescia em Viena, e a cidade ganhava vida enquanto o palácio se preparava para o Festival das Bodas de Prata Imperiais. Durante esse período, Sissi e Franz comemorariam com o império seus 25 anos de casamento. Do lado de fora dos portões do Hofburg, a capital fervilhava com a empolgação da multidão que crescia com novos participantes que chegavam para o festival todos os dias dos cantos mais longínquos do reino.

Seria uma grande festa, que comemoraria a estabilidade e a continuidade dos Habsburgo; não havia nada que a família real comemorasse com mais pompa e alegria do que estabilidade e continuidade. Donos de restaurantes abriam seus terraços e estocavam suas adegas com mais bebidas, enquanto comerciantes e vendedores de rua se acotovelavam e brigavam pelos melhores espaços para seus estandes ao longo das rotas de desfile e festa.

Já eram 25 anos de casamento, Sissi refletiu enquanto Franziska penteava seu cabelo em ondas soltas que escorriam por suas costas. Era a manhã do desfile, durante o qual ela e Franz passariam pelas avenidas e alamedas de Viena, acenando para as multidões, do mesmo modo que fizeram um quarto de século antes, quando eram noivos. Eles tiveram quatro filhos; Gisela, a filha mais velha, também já era mãe. Eles viram o nascimento do príncipe herdeiro e a criação do Império Austro-Húngaro. Enfrentaram guerras, fome, a construção da Ringstraße e a loucura da Exposição Universal. Mas será que ela e Franz agora entendiam melhor um ao outro do que no dia em que se casaram, um par de jovens ingênuos e que mal se conheciam, 25 anos antes? Sissi não sabia dizer. Também não sabia o que mais 25 anos trariam. Mas o que ela sabia era que não queria parecer 25 anos mais velha do que no dia de seu casamento.

— Está vendo a manchete? — Sissi apontou para o jornal em seu colo, levantando-o para Franziska ver enquanto ela lia em voz alta. — "25 anos que deveriam ter sido gastos na construção de um lar foram gastos em cavalgadas." Oh, bem, deixe que me julguem. — Ela continuou a folhear o periódico, reparando como as manchetes se alternavam, ora criticando-a por ser uma estrangeira e gastadora, ora venerando-a por ser de uma beleza sem igual e oferecer um contraponto aos impassíveis Habsburgo. — Só que eles não conseguem se decidir... — Sissi suspirou.

— Fique parada, imperatriz. Estou quase acabando — pediu a cabeleireira, a voz sempre com paciência.

— Ah, aqui estão me chamando de "A avó mais linda do mundo".

— Você não parece uma avó, imperatriz — Franziska disse, o tom devidamente ambíguo.

— Eu espero mesmo que não. Por favor, Franny, hoje você precisa fazer tudo que puder para que eu pareça uma noiva.

Sabendo como precisava ficar deslumbrante para reconquistar a afeição pública que tinha perdido com suas ausências frequentes e prolongadas da corte, Sissi se arrumou para as festividades de Viena com extremo cuidado. Ela escolheu um vestido de cetim verde-claro que marcava sua cintura fina e cintilava sob o sol da primavera. Usou o cabelo solto nas costas, enfeitado com diamantes, esmeraldas e pétalas de flores. Joias combinando brilhavam em seus pulsos, orelhas e ao redor do pescoço.

O desfile por Viena conduziu Sissi e Franz pelo novo trecho da Ringstraße e através de parques públicos e jardins, com uma grossa cerca humana demarcando a rota inteira. A multidão — dez mil pessoas, segundo

Franz — agitava bandeiras e cantava os hinos nacionais da Áustria, Hungria e Baviera. A maioria gritava o nome de Franz Joseph, pois o imperador era o monarca mais popular do casal, mas também gritavam o nome de Sissi o bastante para que ela não se sentisse uma completa impostora.

Enquanto o casal imperial retornava ao palácio para um banquete e valsas com os membros da corte, o resto da cidade fervia com festas, fogos de artifício e dança nas ruas, cortesia dos Habsburgo. As pessoas tinham viajado grandes distâncias para estar ali, e agora pareciam determinadas a se divertir bastante para que sua árdua jornada valesse a pena. A imagem de Sissi tinha sido fixada junto à do marido na fachada de todos os cafés, clubes de dança, cervejarias e hotéis. Ao contrário do lado de dentro do palácio, onde Sissi era encarada por cortesãos e mãos enluvadas cobriam bocas que sussurravam, as pessoas do lado de fora pareciam ter esquecido as mágoas com a imperatriz quando as festividades começaram. Talvez porque ela e o marido tinham presenteado os súditos com dias de entretenimento gratuito regados a vinho e cerveja à vontade.

Foi durante a recepção que Sissi se deu conta de como seu filho Rudolf conhecia bem os cortesãos, e como ela já não reconhecia muitos rostos, principalmente os das mulheres. Sissi tinha perdido a apresentação formal das debutantes vienenses daquele ano, jovens donzelas de sangue azul que eram apresentadas na corte como opções para pretendentes. Nossa, como elas pareciam novas! E ela própria era ainda mais nova quando se tornou imperatriz! Não era de admirar que algumas das mulheres mais velhas da corte a tivessem desaprovado desde o início.

Uma mulher em especial produziu grande impressão em Sissi, mas não por causa de uma beleza jovem e viçosa. Essa mulher, de olhos grandes e escuros e cabelo castanho grosso, parecia ser de meia-idade. Ainda assim, ela admirava o salão com os olhos deslumbrados de uma debutante. Seu vestido era muito elegante, e seus braços e o pescoço estavam cobertos com tantas pérolas que apenas Sissi, e talvez a pequena e bela Larisch, a superavam em brilho. A mulher foi apresentada para Sissi como Baronesa Helene Vetsera; quando parou diante da imperatriz na fila de cumprimentos, ela teve a ousadia de fitá-la nos olhos e lhe dar um sorriso encantador com os olhos escuros.

— Larisch, quem era aquela mulher? — Sissi se retirou para seus aposentos pouco depois da meia-noite. Ela estava sentada diante do espelho, com Franziska e Larisch retirando os diamantes do seu cabelo enquanto Marie Festetics guardava o vestido e as joias, e Ida aprontava a cama.

— Qual mulher, Madame?

— Aquela linda mulher de meia-idade que eu conheci no fim da noite. Aquela coberta de pérolas.

Larisch assentiu ao se lembrar.

— Oh, aquela é a Baronesa Vetsera, Vossa Alteza.

Sissi pegou um pouco de creme de cera de abelha dentre a variedade de cremes e pomadas dispostos sobre sua penteadeira e massageou as mãos com ele, antes de passá-lo ao redor das pálpebras.

— E quem é a Baronesa Vetsera?

— Ela está em ascensão na sociedade vienense. Não é nobre de nascimento, mas casou bem. Agora, o que lhe é muito conveniente, é uma viúva rica, herdando tanto o título quanto a fortuna do marido.

Era estranho que Larisch contasse a história da baronesa de modo tão crítico, Sissi refletiu; será que a garota tinha esquecido que era a filha bastarda de uma atriz? Que se tornou nobre apenas por um casamento infeliz? Mas Sissi deixou isso para lá, pois tinha mais perguntas para a jovem fofoqueira.

— Rudolf parecia conhecer bem a Baronesa Vetsera — Sissi observou. — Ele conversou baixo com ela por quase meia hora.

Larisch baixou os olhos, mas não respondeu. Seu silêncio foi uma resposta muito mais eloquente do que as palavras que ela poderia ter falado.

— Como é que Rudolf conhece a Baronesa Vetsera? — Sissi perguntou, mantendo a voz indiferente, esperando extrair mais informações de Larisch.

— Ela oferece saraus em sua casa na Salesianergasse — disse a jovem depois de um instante, sem olhar para Sissi pelo espelho.

— Ah, saraus... — Sissi espalhou o creme pelos antebraços, massageando a pele dos cotovelos. — Sim, é claro, muitas das elegantes senhoras vienenses organizam saraus atualmente. E Rudolf participa dos saraus dela?

— Eu creio que sim.

— E que tipo de reputação tem os saraus da Baronesa Vetsera? As reuniões dela atraem pessoas interessadas em política? Arte? Música?

— Acredito que muitos... cavalheiros... desta corte frequentam os saraus da Baronesa Vetsera. Homens de interesses variados — Larisch disse, com a voz soando atipicamente tímida. — A baronesa... bem, dizem que ela faz de tudo para atraí-los para sua casa.

Sissi inclinou a cabeça para o lado.

— Oh?

Larisch assentiu.

— Dizem que quando homens ricos batem, a baronesa abre mais do que apenas a porta.

Sissi deixou cair o pote de creme, produzindo um barulho inesperado e uma poça de loção no chão. Suas outras ajudantes olharam para ela, assustadas, enquanto Sissi observava a sujeira que tinha feito. Depois de um instante, com a voz baixa e sem fôlego, ela falou:

— Eu peço desculpas. Oh, é só que... esta é uma cidade cruel. — Ela manteve o olhar no chão diante de si, onde o vidro quebrado e o creme derramado tinham manchado sua saia e o carpete. — Eu fiz uma sujeira terrível.

Sissi não pronunciou o que estava realmente pensando, aflita. *Oh, Rudolf, como eu pude errar tanto?! Como eu falhei com você.*

XI

Se ao menos você nunca tivesse visto uma sela.
—Franz Joseph para Sissi

Capítulo 11

Combermere Abbey, Inglaterra
Inverno de 1881

Proibida de retornar à Irlanda, Spencer e Bay encontraram para Sissi uma maravilhosa e pitoresca alternativa em Cheshire, no oeste da Inglaterra. Combermere Abbey era uma antiga propriedade, que passou de geração em geração na família Cotton desde o reinado de Henrique VIII, com aposentos mais velhos do que Guilherme de Orange. Marie Festetics mostrou-se bastante contrariada em ter de ficar no "Quarto Orange", pois diziam que o próprio Guilherme de Orange havia dormido ali. Em uma de suas frequentes brincadeiras, Bay jurou ter avistado o fantasma de Guilherme I à espreita no corredor fora do quarto, o que provocou grande angústia em Marie e crises de riso em Sissi.

— Que coisa feia, Bay! — Sissi o repreendia toda vez que ele aterrorizava sua dama de companhia, sorrindo para que ele soubesse que não a tinha irritado de verdade. — Você é malvado.

Bay. Ele ficou ao lado dela naquela temporada com a mesma dedicação de sempre, cavalgando com Sissi todos os dias. Ela descobriu que desejava a companhia dele mais do que desejava a luz do sol e os campos. Ela bebia a sua presença constante, sentindo um estado de embriaguez mais delicioso do que qualquer vinho conseguiria produzir. Ela ansiava pelos momentos em que ele pegava sua mão para ajudá-la a transpor uma poça de lama ou quando envolvia sua cintura para colocá-la sobre a sela. Bay confessou para Sissi, uma tarde, que adorava o modo como seu nome soava nos lábios dela, tocado pelo encantador sotaque alemão. *Bay.* Ela se pegava dizendo o nome dele em voz alta para si mesma, quando estava sozinha na cama à noite. Relembrava o momento em que ele havia lhe dado o trevo de quatro folhas, quando se aproximou e encostou os lábios no seu pescoço, de modo tão suave e fugaz. Aquilo foi o mais próximo que eles já estiveram; foi a única vez em que ele parecia ter perdido o autocontrole. Como Sissi desejava que ele o perdesse de vez!

Mas e quanto ao autocontrole *dela*? Sissi pensava em Bay no quarto dele, logo adiante no corredor, e lutava contra o desejo enlouquecedor de bater em sua porta. *Bay*. Imaginava o que diria quando ele abrisse, com o cabelo desgrenhado e o corpo coberto apenas por uma camisa de dormir. Mas alguma coisa sempre a mantinha em sua própria cama. Alguma coisa a impedia de ultrapassar o limite da decência, de agir segundo seus impulsos — na carne, mas não nos pensamentos e sonhos.

Se Bay tentasse vir ao seu quarto, bem, aí ela precisaria ver o que aconteceria. Sissi não estava certa de que teria a disciplina necessária para mandá-lo embora. Mas ela não podia dar o primeiro passo. Não ela, a imperatriz. Mãe quatro vezes. Não quando ele estava noivo de uma jovem. E se Bay a rejeitasse? Seu orgulho não conseguiria suportar, ela não se arriscaria.

Além do mais, Sissi não tinha dito a si mesma, anos atrás, que essa chama de paixão erótica era um caminho enganador? Um labirinto repleto de sinais promissores, mas que levavam rapidamente para a desilusão e nada mais? Será que ela não tinha aprendido a não transformar outras pessoas em ídolos? Não foi isso que arruinou Andrássy para ela? Não permitiria que isso também arruinasse Bay. *Bay*. Parte dela suspeitava de que a versão de Bay que existia em sua cabeça era mais perfeita do que o homem de carne e osso jamais seria. O Bay de sua cabeça era uma diversão deliciosa que a encantava, excitava e inspirava. E no que dependesse dela, continuaria assim para sempre, sem nunca satisfazer seu desejo, com receio de que isso só tornaria a chama menos ardente.

Ainda assim, Sissi não conseguia afastar a sensação perturbadora de que havia algo diferente em Bay nessa temporada. Às vezes, ela sentia que ele estava se segurando, como faria com um puro-sangue agitado. Obrigando-se a não sorrir demais. Interrompendo-se antes de dar sua risada calorosa. Ela reparou em como ele desviava o olhar, virando o rosto para outro lado e substituindo os olhares fixos de temporadas passadas pela determinação intencional e disciplinada de olhar para frente.

E, o mais preocupante de tudo, agora Bay com frequência encontrava oportunidades para introduzir o nome de Charlotte Baird nas conversas.

"Charlotte me disse que no norte o clima também é assim úmido."

"Charlotte e eu gostamos deste..."

"Charlotte e eu acreditamos que..."

Sissi ouvia esses comentários e assentia, engolindo o ciúme desagradável que o nome de Charlotte Baird provocava. Talvez ela não se importasse tanto se tivesse sentido que Charlotte era uma rival legítima, uma mulher sedutora que tinha conquistado o afeto de Bay. Se tivesse sentido que o coração dele pertencia mesmo à outra mulher, ela teria compreendido e se rendido aos sinais de sua preferência por outra. Mas quando Bay falava de sua noiva, parecia um grande esforço para lembrar a todos, e principalmente a si mesmo, que Charlotte existia.

Larisch, como sempre dedicada ao seu papel de espiã, tinha relatado para Sissi que Charlotte Baird estava louca de ciúme — todos em Londres sussurravam a respeito disso. Corria a notícia de que Charlotte tinha proibido o noivo de citar o nome da Imperatriz Elisabeth na presença dela. E não era só a noiva que considerava a amizade imperial de Bay uma fonte de desgosto. Diziam que os irmãos Baird, cada vez mais impacientes com o noivado prolongado da irmã, pareciam ter pedido a Bay que passasse aquela temporada de caça em qualquer lugar menos ao lado da imperatriz.

Bay tinha negado o pedido dos Baird, graças a Deus, como ficava evidente por sua presença diária nas cavalgadas de Sissi. Ele provavelmente lembrou os irmãos Baird de sua lealdade ao Conde Spencer, que precisava de alguém para guiar a visitante. Era seu dever, uma questão de diplomacia.

Mas será que ele conseguiria continuar desafiando a família Baird? Será que ele *queria* continuar? Com certeza, Bay teria de se casar com a garota em algum momento, Sissi admitiu para si mesma. E se Charlotte já estava com tanto ciúme — tão infeliz por ser deixada para trás enquanto seu noivo passava outra temporada com uma rainha estrangeira famosa por sua beleza —, como ela se sentiria depois que fosse a esposa dele? *Sra. Charlotte Middleton.* Como a Sra. Middleton faria para demarcar seu território e proteger o que era seu por direito depois que Bay se tornasse seu marido?

Conforme as semanas passavam, Sissi ficava mais horas acordada à noite sofrendo com essas questões, sentindo que de algum modo Charlotte Baird, com sua imensa fortuna e sua paciência chegando ao fim, assombrava muito mais os corredores de Combermere Abbey do que a alma penada de Guilherme de Orange.

Esses pensamentos, aliados ao pavor que Sissi sentia do casamento de Rudolf, que se aproximava, fizeram o fim do inverno e o início da primavera passarem em um clima de tensão palpável, muito diferente das temporadas de caça de outros anos. A fuga despreocupada que ela saboreava em suas viagens já não existia mais. Enquanto cartas escritas com a caligrafia elegante de Charlotte Baird chegavam diariamente para Bay, Sissi recebia correspondências de Viena com um tom cada vez mais urgente. O que a aguardava na corte prometia ser o maior evento de Estado desde a Exposição Universal. E o que viria *depois* preocupava Sissi ainda mais. Ela não sabia o que o casamento significaria para Rudolf, Stéphanie ou o restante da família, mas, ainda assim, por algum motivo, o receio que aquilo provocava nela se acumulava como a lama da primavera.

Enquanto Franz Joseph e seus ministros tomavam as providências para o casamento de Estado em Viena, Larisch cumpria, obediente, as ordens de Sissi, descobrindo tudo que podia a respeito da noiva belga de Rudolf. A notícia que Larisch trouxe só serviu para aumentar o desânimo de Sissi.

— Um dos jornais de Viena disse que o príncipe herdeiro faria melhor escolhendo qualquer dona de casa belga, porque, pelo menos, ela seria menos desinteressante e ainda saberia cozinhar.

— Minha nossa! Eu quase fico com pena da Stéphanie, mesmo não achando que ela seja a garota certa para o meu filho — Sissi comentou. Era uma manhã fria de março, e ela estava em seu quarto vestindo um casaco de caxemira para caçar. — Os vienenses estão sendo impiedosos com a princesa belga da mesma forma que foram comigo.

— Talvez até mais impiedosos, imperatriz — Larisch disse, estendendo para Sissi suas luvas de pelica. — Outra notícia dizia que os olhos de Stéphanie podem ser pequenos, mas pelo menos seu dote é grande.

Como Stéphanie aguentaria aquela onda de críticas que a aguardava? Ela tinha 16 anos, a mesma idade de Sissi quando se casou com seu noivo imperial. A princesa belga tinha começado a menstruar há pouco tempo; Sissi sentia pena da pobre garota pelo fato de que toda a família Habsburgo soubesse de algo tão particular, que a menstruação da garota fosse uma questão para ser discutida tão abertamente por embaixadores, ministros e cortesãos fofoqueiros. Tendo menstruado ou não, a garota era jovem demais para compreender o que casamento significava. Jovem demais, apesar de seu evidente desejo de conquistar aquela posição, para entender o que significaria estar casada com o Príncipe Herdeiro Rudolf do Império Austro-Húngaro.

Ainda que influenciada por seu amor maternal, Sissi tinha que admitir que Rudolf provavelmente não seria o mais sensível e atencioso dos noivos. Pelo menos Sissi e seu jovem noivo eram aliados. Pelo menos ela e Franz se casaram acreditando estar loucamente apaixonados. Pelo menos ela teve o consolo de confiar no afeto e na fidelidade dele durante os primeiros e dificílimos anos. É claro que depois ela viria a entender, de forma brutal, os erros e as armadilhas dessas suposições. Mas isso foi depois. Pelo menos, com 16 anos, ela entrou no casamento com uma ingenuidade nobre e esperançosa, unindo suas vidas sob o mais feliz dos sentimentos.

Rudolf não amava Stéphanie, e Sissi sabia disso. Ele não tinha cortado relações com outras mulheres nem tinha qualquer intenção de fazer isso depois de casado. Ele dizia isso em voz alta e com frequência o bastante para que todos soubessem. Até Stéphanie sabia — o que era mais preocupante, na opinião de Sissi. Ainda assim, a garota não parecia se importar. Relatos dos ministros de Franz indicavam que Stéphanie parecia mais empolgada com o título de Rudolf do que ele próprio. A garota não tinha nenhum sentimento genuíno?, Sissi se perguntou.

Rudolf tinha escolhido sua noiva após uma única e breve, absolutamente formal, visita de Estado. Uma conversa com o pai da garota e a verificação de uma lista de exigências fizeram, enfim, o príncipe herdeiro tomar sua decisão. Stéphanie era a jovem nobre menos inaceitável em uma lista de alternativas intragáveis.

O cenário de jovens reais virgens e elegíveis estava bastante escasso para Rudolf — bem diferente do que tinha sido décadas antes para o jovem Franz Joseph. As muitas filhas de Victoria tinham sido criadas na Igreja da Inglaterra, portanto não eram adequadas ao trono do mais poderoso reino católico do mundo. *Graças a Deus*, Sissi pensou. Imagine ter aquela vaca velha frígida como parte da família. Rudolf tinha rejeitado a corpulenta Mathilde, sobrinha do Rei Alberto da Saxônia, anunciando publicamente que nunca seria capaz de se submeter à missão de produzir um herdeiro em cima dela. E rejeitou a princesa da Espanha, a infanta de pele amarela e aparência doentia, por motivos semelhantes. A princesa da Bélgica não era bonita e não tinha encantos nem graça, mas ainda assim Stéphanie não parecia doente nem era feia. Seu pai ofereceu um dote generoso e ela era da religião certa. Perto das outras, Stéphanie era mesmo a única opção. Pobre Rudolf, Sissi pensava, conforme a primavera avançava e a data do casamento se aproximava. E pobre, pobre Stéphanie.

⚜

Como se Deus tivesse as mesmas dúvidas que Sissi a respeito do casamento, nevou na manhã de maio em que Rudolf se casou com Stéphanie.

O clima estava tão atipicamente gelado que os recém-casados trêmulos ficaram pouco tempo do lado de fora da Igreja de Santo Agostinho, dos agostinianos de Viena, cumprimentando a multidão que se reuniu na praça para aplaudi-los e abençoá-los.

De volta ao Hofburg, Sissi ficou ao lado de Franz enquanto recebiam um fluxo interminável de ministros, cortesãos e chefes de Estado. Ela bancou a anfitriã graciosa, a mãe sorridente do noivo. Mesmo assim, não pôde deixar de notar que Rudolf bebeu vinho demais no banquete. Sissi não conseguiu não se preocupar com a expressão nos olhos do filho — a expressão de um animal acuado — enquanto o fluxo de ministros e cortesãos o parabenizavam pelo início da vida de casado. Ela manteve os olhos fixos nos recém-casados enquanto se lembrava do lema da família Habsburgo: "Deixe que os outros façam guerra; tu, feliz Áustria, casa-te".

Feliz Áustria? Como os Habsburgo ainda não tinham entendido que, enquanto seus herdeiros fossem forçados a se casar apenas em nome dos interesses de Estado, ninguém na casa imperial seria *feliz*?

Stéphanie, por sua vez, tinha um sorriso permanente em suas feições redondas, cumprimentando cada ministro com o título correto e uma breve conversinha. Era evidente que a garota tinha se preparado e, baseando-se no olhar distraído do noivo que tinha ao seu lado, alguém até poderia pensar que Stéphanie era a herdeira mais experiente, a que tinha sido criada e instruída naquela corte. *Que diferença*, Sissi pensou, lembrando de seu próprio casamento décadas atrás. Pensando em como tremeu a cada passo no imenso corredor da igreja. Ficando corada de vergonha ao lembrar de como se atrapalhou e esqueceu os nomes dos importantes dignitários e embaixadores, provocando a ira visível de Tia Sophie em vários momentos ao longo do dia. Tudo que ela queria era se despedir da multidão e fugir com o homem que amava, sem ser observada nem julgada.

Ao fim da noite, Sissi e Franz abençoaram os recém-casados e se despediram deles. Uma carruagem esperava para levá-los até Laxemburgo, onde passariam a lua de mel como marido e mulher. O mesmo lugar em que Sissi tinha passado sua infeliz lua de mel. Ela suspirou, lembrando-se de como Franz a deixava sozinha com a sogra. Sissi decidiu ali que não se comportaria como Sophie, não importando as ressalvas que tinha nem o fato de que não aprovava Stéphanie para seu filho. Ela seria educada e até respeitosa com a princesa; e não se intrometeria nos assuntos domésticos do casal. Ao passo que Sophie tinha se imposto desde os primeiros dias de casada de Sissi, uma força invasora e sempre presente. Sissi faria o oposto.

Seu filho e a esposa teriam que encontrar harmonia em sua união, e ela lhes daria todo o espaço de que precisavam para fazer isso.

— Talvez o frio seja uma bênção — Sissi disse, virando-se para Franz Joseph quando eles entraram no palácio, depois de se despedirem do jovem casal.

— Neve em maio? Como isso pode ser um sinal auspicioso? — Franz perguntou.

Sissi suspirou.

— Talvez os dois queiram ficar mais tempo juntos na cama.

— Duvido — Franz respondeu, demonstrando uma emoção rara (ansiedade, talvez?) no rosto que carregava, normalmente, uma máscara.

De acordo com sua intenção de deixar os recém-casados se ajustarem à nova vida doméstica e permitir que Stéphanie se acomodasse ao seu papel na corte, livre da sombra de uma sogra intrometida, Sissi passou a maior parte do verão na Hungria, na Villa Imperial de Bad Ischl, com Valerie, recebendo visitas ocasionais de Franz quando ele conseguia se afastar do trabalho.

Valerie, então com 13 anos, era a companheira diária de Sissi. A imperatriz ficava espantada de ver a garota se transformando diante de seus olhos, como se aquele fosse o verão em que Valerie se despediria da infância e desabrocharia em uma jovem. Essa percepção produziu um surto de pânico em Sissi. Stéphanie, a mulher de seu filho, era apenas três anos mais velha que Valerie que, dado o tamanho de seu dote e o poder do império de seu pai, seria, com toda certeza, uma das noivas mais desejáveis e disputadas de toda a Europa, assim que atingisse idade suficiente para se casar. Esse dia chegaria mais cedo do que Sissi gostaria. Para onde esses anos tinham ido? Quanto tempo faltava para que os enviados estrangeiros começassem a chegar, disfarçando seus olhares para a princesa e fazendo perguntas quanto à expectativa de seu pai para um casamento adequado? Quanto tempo antes que perdesse Valerie, a única filha da qual ela pôde cuidar?

E assim, Sissi decidiu que por muitos anos ainda não estimularia Valerie a se casar. Se é que algum dia faria isso. Se Valerie declarasse uma esperança de nunca se casar, isso seria perfeitamente aceitável. E quando — e *se* — chegasse a hora do casamento, Valerie, sob circunstância alguma, seria obrigada a caminhar pela igreja na direção de um noivo escolhido *para* ela. Valerie não seria oferecida como prêmio em negociações do Estado Habsburgo ou de seus governantes. *Deixe que os outros façam guerra;*

tu, feliz Áustria, casa-te. Não, nada disso para sua querida bebezinha. Os anos dessa visão mercenária dos casamentos dos Habsburgo terminariam ali mesmo. Valerie teria permissão para escolher seu próprio noivo; para isso, ela teria o apoio e a proteção da mãe.

Sissi ficou ainda mais próxima de Valerie naquele verão, sentindo que a maturidade estava à espreita, talvez nos primeiros dias do outono que se aproximava. Sua filha, Sissi descobriu, era como uma linda melodia, que a fazia querer adivinhar os próximos acordes. E, às vezes, chegava a surpreender sua dedicada mãe. Valerie tinha o lindo cabelo de Sissi, mas em quase nada se parecia com ela. Tinha os lábios e os olhos do pai, e — o que era mais chocante, pois passava muito mais tempo com a mãe — parecia compartilhar do temperamento equilibrado de Franz. Ela tinha um modo franco e prático de ver o mundo. Sissi percebeu que Valerie fazia a mesma expressão séria de Franz quando pensava, e a concentração pesava nas belas feições herdadas do imperador. Para Sissi, a filha parecia mais madura que seus 13 anos, sendo muito pragmática e pouco dada a caprichos. Valerie não gostava de escrever poesias com a mãe, nem demonstrava grande interesse quando Sissi lia para ela as poesias de Shakespeare ou de seu escritor favorito, Heinrich Heine.

Ainda que visse pouco de si mesma em Valerie, nada, absolutamente nada, podia diminuir o amor maternal que Sissi sentia por sua garotinha. A menina que Rudolf, de cenho franzido, tinha chamado em tom de piada de "a Pequena Favorita". A filha a que Franz uma vez se referiu como "a única Habsburgo que ela ama".

Sissi não corrigiu o filho nem o marido quando eles comentaram sua preferência. Valerie *era* realmente sua favorita. Ela foi a única coisa que Sissi conseguiu preencher com seu imenso amor e afeto maternal. O objetivo principal de sua vida era proteger Valerie, garantir que a menina se sentisse amada. Desde que Valerie fosse feliz, Sissi estaria contrariando todos que, logo no início de seu casamento, disseram que ela não seria capaz de cuidar de seus filhos. Valerie era o repúdio a isso tudo.

O inverno levou mãe e filha de volta à Inglaterra, e Sissi sentia-se quase tonta de felicidade por retornar a Combermere Abbey. Ela adorava as janelas grandes de seu quarto, a visão que tinha ao olhar para o lago próximo e, para além dele, a floresta. Ela considerava aconchegantes e acolhedores até os quartos com paredes manchadas pela chama das velas e os corredores frios; eles evocavam tantas memórias de sua última temporada ali, e pela companhia que ela teve dentro daquela casa. Mais do que tudo, ela ansiava pela reunião de logo mais, quando seria recebida, mais uma vez, pelo rosto forte e sorridente de Bay Middleton.

Mas quando Sissi saiu para cavalgar na manhã seguinte, em seu primeiro dia de caçada, Bay não estava entre os cavaleiros animados e falantes.

Era um dia gelado e cinzento do início de fevereiro, com nuvens baixas e um vento forte que tornava difícil para os cachorros farejarem os rastros. Isso não importava; Sissi ligava muito pouco para de fato pegar uma raposa. Tudo o que ela precisava para que sua caçada fosse bem-sucedida era a oportunidade de cavalgar por algumas horas sem interrupção na mesma velocidade dos cachorros, para desfrutar sozinha da companhia de Bay.

Lorde Spencer já estava lá, discutindo o clima e as condições de caça com uma pequena multidão. Ao avistar a imperatriz, ele pediu licença aos demais e foi em sua direção.

— Imperatriz Elisabeth! Como é bom vê-la onde é o seu lugar.

— Digo o mesmo, Lorde Spencer. — Sissi sorriu para o amigo, cuja barba vermelha exibia o mesmo tom de suas bochechas açoitadas pelo vento. Com certeza Bay tinha vindo com ele, não? Sissi olhou mais uma vez na direção da multidão, procurando o casaco vermelho de montaria e o único rosto que ela desejava ver.

— Como nós sentimos a sua falta, imperatriz. A caçada nunca é a mesma sem Vossa Majestade. — Spencer parecia ligeiramente incomodado, se remexia, olhava para o cavalo, para o campo, para o céu coberto de nuvens. — Vai ser um dia frio... — ele acrescentou, pigarreando.

— É verdade — Sissi concordou.

— Vai ser difícil para os cães com este vento...

— Lorde Spencer, onde está Bay? — Sissi perguntou, ouvindo o tom de pânico que ela tentou — e não conseguiu — disfarçar.

— Bay, ah, sim, Bay! — Spencer puxou as luvas de couro. — Você ouviu falar que o casamento dele está se aproximando? Ele e a Srta. Charlotte Baird vão se casar este ano.

Sissi sentiu um peso no coração, mas se obrigou a sorrir ao responder:

— Eu... Não, eu não sabia que eles tinham marcado uma data... Que maravilhoso para eles.

— É verdade! — Spencer exclamou, parecendo aliviado por conseguir dar a notícia e vendo que a imperatriz parecia tê-la recebido bem.

— Preciso dar os parabéns ao Bay. — Sissi enrolou as rédeas nas mãos. — Quando ele deve chegar?

— Ah! — Spencer cruzou os braços. — Receio que o planejamento das núpcias não permitirá que nosso amigo, o Capitão Middleton, dê uma escapadinha para o campo esta temporada.

Sissi sentiu a cabeça doer, como se açoitada pelo vento forte que varria os campos à volta deles.

— Ele não... ele não virá?

Spencer soltou uma gargalhada forçada.

— É preciso que o noivo mantenha a noiva feliz, eu tenho certeza de que o imperador sabe bem disso.

Sissi assimilou o golpe em silêncio: Bay não estaria com ela nessa temporada, de jeito nenhum. Charlotte Baird exerceu sua autoridade de noiva. Bay, sendo o cavalheiro que era — ou, talvez, tendo esgotado todas as outras opções —, cedeu à futura esposa. E agora Sissi estava sozinha, participaria da temporada inglesa de caça sem a única pessoa que tornava aqueles momentos correndo pelos campos os mais felizes em sua vida atualmente.

— Não tema, Imperatriz Elisabeth! — Lorde Spencer continuava ao lado dela, e falava com um tom de alegria forçada. — Nós nunca a colocaríamos em mãos que não fossem as melhores! E foi por isso que pedi ao Major Rivers-Bulkeley para que fosse seu guia nesta temporada.

Nesse momento, um homem ao qual Sissi não tinha dado a mínima atenção, aproximou-se a pé. Ele parou diante dela, mantendo os olhos no solo marrom e gelado. Sissi sentiu o vento de fevereiro sacudir seu corpo, transformando o calor da empolgação em gelo. Bay iria se casar. Aquele homem seria o substituto de Bay, que não a acompanharia nessa temporada. E nunca mais.

Enquanto isso, o homem parado diante dela — que nome Spencer tinha dito, mesmo? — parecia inexpressivo de todas as maneiras. Ele não possuía o corpo robusto e forte de Bay. Em vez de ter a atitude convencida e confiante do antigo companheiro, ele era apático a ponto de parecer entediante. Parado ali, esperando que a imperatriz lhe dirigisse a palavra; o bigode sobre seus lábios parecia tremer.

Spencer se remexeu no lugar.

— Imperatriz Elisabeth, permita-me apresentar-lhe o Major Rivers-Bulkeley.

— Major — Sissi disse, inclinando a cabeça, desejando poder virar o cavalo e galopar de volta para casa.

— Imperatriz Elisabeth. — O homem fez uma reverência diante dela, a voz tão baixa que Sissi mal o ouviu.

Quando saíram para o campo, Rivers-Bulkeley se mostrou um ótimo cavaleiro. Do contrário, Spencer não o teria colocado com ela. Mas aí terminavam as semelhanças entre Rivers-Bulkeley e Bay. Ele era tão entediante quanto Sissi receou que seria. Poderia estar nervoso por estar na presença da imperatriz, ou ser sempre assim, mas ele se mostrou incapaz de se comunicar com ela. Enquanto Bay gritava comandos e orientações o tempo todo, guiando Sissi pelos obstáculos com sua voz forte e seu humor irreverente, Rivers-Bulkeley parecia tímido demais para se dirigir a ela diretamente.

Assim, quando eles se aproximavam das cercas e valas, em situações que Bay teria gritado, a voz rugindo com empolgação — "Vá com tudo, Sissi! Incline-se! Não me envergonhe!" — Rivers-Bulkeley murmurava declarações hesitantes, que ela mal conseguia ouvir: "Eu vou a todo galope, imperatriz".

Depois de várias dessas ocorrências, Sissi deduziu que Rivers-Bulkeley fazia essas afirmações como orientações de guia, e que *ela* devia fazer o que ele dizia que iria fazer. Essas frases ditas entredentes eram o mais próximo que ele conseguia chegar de lhe dar ordens ou conselhos. Algumas vezes, ela nem mesmo conseguiu ouvir o que ele dizia, e gritou, contrariada, que ele precisava falar mais alto. Rivers-Bulkeley parecia tão constrangido com aquela situação quanto Sissi. A tarde se passou em horas tensas e desagradáveis, tão deprimentes quanto o clima que os envolvia. Pela primeira vez desde que começou a participar das temporadas no Reino Unido, Sissi desejou que o dia de caçada acabasse logo.

No dia seguinte, em vez de enfrentar outra cavalgada como aquela, Sissi permaneceu na cama, declarando-se adoentada e indisposta para cavalgar.

— Digam a Spencer que podem ir sem mim.

— Imperatriz, nós precisamos mantê-la aquecida. — Ida se debruçou sobre a cama de Sissi para colocar outro cobertor sobre ela. — Nunca, em todos os seus anos na Inglaterra, a senhora faltou a um dia de caça.

— Não estou bem.

— Devo chamar o médico?

— Não.

— O que a aflige, Madame?

Como Sissi poderia explicar... Como poderia responder a essa pergunta? Ela não podia, então não tentou. Simplesmente rolou para o lado e, com os olhos bem abertos, imaginou o que Bay estaria fazendo naquele momento. Será que ele desejava estar ali com ela? Sissi fechou os olhos e implorou ao sono que a roubasse por algumas horas.

Como se para aumentar sua melancolia, o tempo gelado de fevereiro pairou dentro e ao redor de Combermere, mantendo a terra congelada enquanto o vento uivava pelos corredores de pedra da casa. Esta, que já tinha sido tão acolhedora e aconchegante para Sissi, começou a parecer a casa mal-assombrada que os moradores locais afirmavam ser. Mesmo assim, até uma casa escura e com fantasmas era preferível aos campos de caça sem Bay ao lado dela. Então, Sissi faltou por muitos dias, e culpou o clima por sua ausência, embora um pouco de vento e frio nunca tivessem sido impedimentos para ela no passado.

Spencer, parecendo perceber a tristeza de Sissi, convidou-a para jantar em sua casa, com ele e os Rothschild, que Sissi já tinha familiaridade de temporadas passadas. Ela recusou tantas vezes quanto era aceitável sem parecer rude. Mesmo a alegre mesa de jantar dos Spencer parecia um pouco sem graça sem a presença de Bay.

Ela continuava pensando nele, esperando que aparecesse. A cada manhã que ela comparecia à caçada, vestindo seus melhores trajes de montaria feitos de seda e pele — só para o caso de aquele ser o dia em que Bay finalmente apareceria —, Sissi sentia uma nova onda de desespero ao deparar-se com Rivers-Bulkeley à sua espera, o rosto tímido virado para baixo. Pobre homem, não era sua culpa que ele não fosse Bay. Sissi não estava com raiva dele, ainda que odiasse vê-lo. Mas ela era grata por uma coisa: ele sempre desviava o olhar em vez de encará-la diretamente como Bay fazia. Dessa forma, o homem não via as lágrimas que aqueciam o rosto de Sissi antes de congelarem com o vento cortante, transformando-se em caminhos duros em seu rosto pálido e triste.

Conforme os dias passavam, Sissi estava cada vez mais determinada a não ir embora da Inglaterra sem ver Bay pelo menos uma vez. Ele logo se casaria e então, com certeza, ela *nunca* mais o veria. Essa poderia ser sua última chance. Mas como faria para fazê-lo ir até ali, quando ele não podia cavalgar com ela? Então decidiu que ofereceria um grande jantar, uma reunião que marcaria sua última noite na Inglaterra. Ela enviaria um convite para Bay e, se ele decidisse levar a noiva junto, tudo bem. Tudo que importava era que ela precisava vê-lo.

Sissi dedicou-se ao planejamento do jantar com a mesma devoção com que tinha se dedicado à montaria nas temporadas passadas. Ela já não usava tanto sua sela, mas a ideia de rever Bay a fazia sentir uma pequena chama de esperança. Será que ele viria? Apavorada com a possibilidade de ele recusar, Sissi pediu a Spencer que lhe implorasse em seu nome. Lorde Spencer depois confirmou que Bay se sentia honrado com o convite e que estaria presente no jantar.

— Como uma mariposa atraída pela luz, ele virá, imperatriz — Spencer previu, sorrindo gentilmente.

Sabendo que Bay estaria presente, Sissi passou a tarde se preparando para a ocasião. Ela hesitou diante do guarda-roupa por quase uma hora antes de escolher a roupa mais deslumbrante que tinha levado, um vestido leve de crepe de seda violeta. Ela pediu a Franziska que lavasse seu cabelo e o perfumasse com água de rosas antes de prendê-lo em um coque solto enfeitado com diamantes e cristais. Ela pendurou safiras nas orelhas e ao redor do pescoço, e coloriu as faces pálidas com ruge.

Quando avistou Bay naquela noite, sentiu o corpo inteiro estremecer de alívio. Ele tinha ido, e sem Charlotte.

— Bay! — Ela sorriu para ele, mantendo a voz baixa.
— Sissi!

Ele estava lá. Charlotte, onde quer que estivesse, provavelmente estava furiosa, mas pelo menos ele tinha aparecido.

— Como eu senti sua falta — ela disse. — Você foi muito cruel em ficar longe.

O olhar de Bay sustentou o dela, com a mesma intensidade de que se lembrava.

— Eu também senti sua falta. — Ele a admirou com ar de aprovação, e Sissi sentiu o rosto todo esquentar.

— Eu devia estar muito brava com você, Bay. — Ela lembrou então do que ele disse uma vez, sobre adorar o modo como o nome dele soava em seus lábios.

— Por favor, não fique brava comigo.

Ele se inclinou para frente e ela absorveu aquela proximidade, sentindo como se todo seu corpo ganhasse vida na presença dele. *Você se ilumina sempre que Bay está presente.*

— Já sofri bastante, Sissi, apenas por ter que ficar longe de você. Se você me punir, talvez eu não sobreviva.

Ela baixou os olhos ao ouvir isso, tonta com o alívio de saber que ela não tinha sido a única a sofrer nas últimas semanas.

Como uma mariposa atraída pela luz, ele virá. Foi assim que Spencer falou, e ele estava certo. O tempo que estiveram afastados pareceu apenas intensificar a atração magnética entre eles. Bay permaneceu ao lado de Sissi a noite inteira, às vezes permitindo que suas mãos roçassem por acidente a pele nua dos braços dela, olhando rapidamente para sua cintura ou costas, enquanto se mantinha bem próximo. Cada vez que percebia o calor dele tão perto de si, quase sentia a cabeça girar, embalada pela encantadora bruma do desejo. Sissi o sentou ao seu lado durante o jantar e concentrou toda a conversa nele, sem se importar com o que suas damas de companhia, os Spencer ou os Rothschild pudessem pensar de sua negligência como anfitriã.

Depois do jantar, enquanto os outros se retiravam para a sala de estar para ouvir Marie Festetics tocar, Sissi e Bay, nervosos com o fim iminente da reunião, foram caminhar pelos corredores de Combermere Abbey.

— Devemos ir procurar Guilherme de Orange? — Bay perguntou, olhando de soslaio para Sissi. Ela concordou com um movimento de cabeça.

Era uma noite escura e gelada, e a casa parecia gemer ao redor deles, seus ossos antigos rangendo sob o inexorável vento inglês. Sissi não ligava para o frio. Seus passos estalavam e ecoavam nas velhas paredes enquanto os dois perambulavam pelos corredores iluminados por velas, rindo ao se lembrarem do terror de Marie Festetics no passado, quando Bay falava de fantasmas.

— De qualquer modo, se o velho Guilherme *realmente* se importasse em levantar a carcaça para vir assombrar alguém, duvido que seria *Marie* que ele visitaria. Não tenho dúvida de que ele iria querer espiar você, Sissi.

Sempre que eles riam juntos, sempre que seus olhos se encontravam em momentos tensos, significativos, Sissi desejava que Bay pegasse sua mão. Queria que ele a pegasse nos braços e a puxasse para qualquer um desses quartos vazios e sombrios, que a deitasse em uma cama e... Ela piscou, parando de andar e se apoiando na parede. Bay parou ao lado dela.

— Você está bem?

— Estou... — ela respondeu, abrindo um sorriso fraco para ele. — Só um pouco tonta. Acho que exagerei no vinho durante o jantar.

Ele assentiu, abrindo um meio sorriso.

— É, acho que foi o vinho.

Quando eles voltaram a andar, Bay retomou sua conversa dispersa e agitada, contando para Sissi sobre um novo cavalo que ele tinha adquirido, um puro-sangue chamado Dominó. Sissi não ligava para os cavalos dele, não naquele momento.

— Como está Charlotte? — ela acabou perguntando, deixando-se dominar pelo ciúme. Queria ver qual seria a reação dele, queria exorcizar o fantasma de Charlotte que pairava entre eles, sabendo que continuaria sendo uma ameaça até que ela o enfrentasse.

A reação de Bay ao nome de sua noiva sendo dito em voz alta foi curiosa. Ele parou e fechou os olhos por um instante. Então, ao abri-los, ele se voltou para Sissi.

— Ela está furiosa comigo neste momento.

Sissi recomeçou a andar e ela a acompanhou.

— Espero que o desentendimento não seja sério — Sissi falou, olhando para o corredor cheio de sombras, segurando a respiração enquanto aguardava a resposta dele.

Bay sacudiu a cabeça.

— Ela vai me perdoar. Ela é uma garota muito paciente e tolerante. — Então ele se virou para Sissi, movendo a mão para apontar de um para o outro. — Isso é evidente.

Sissi achou o comentário estranho, e isso causou um sobressalto em seu coração. Será que Bay queria dizer que ele sabia que existia algo — algo maravilhoso e inegável — entre os dois, e que a pobre e paciente Charlotte Baird também sabia? Ou ele queria dizer que aquilo que estavam fazendo era errado, e que se sentia culpado por abusar da garota compreensiva? Sissi não sabia o que ele realmente pensava ou sentia — sobre ela, sobre Charlotte, sobre si mesmo. Eles foram tão próximos durante todos esses anos, e mesmo assim ele nunca lhe revelou nada disso.

Ela engoliu em seco, forçando sua voz a continuar calma enquanto perguntava:

— Então amanhã você vai voltar para sua noiva e lhe implorar por perdão?

Bay concordou e enfiou as mãos nos bolsos da calça.

Sissi parou de andar e apoiou as costas na parede. Ela sentiu a pedra fria na pele nua dos braços, ombros e pescoço. Acima dela, a chama de uma vela tremulou, fazendo o mundo estremecer, e Sissi fechou os olhos. Sentindo um aperto na garganta, ela levou as mãos ao rosto, cobrindo-o enquanto lágrimas acabavam com seu autocontrole.

Bay, parecendo perdido, não disse nada quando ela começou a chorar.

Depois de um instante, Sissi continuou.

— E amanhã... — ela disse, lutando para conter as lágrimas. — Amanhã eu volto ao cativeiro.

Bay posicionou o corpo de modo a ficar totalmente de frente para ela. Ele não falou nem a tocou, mas seu corpo estava tão perto que, mesmo com os olhos fechados atrás das mãos, Sissi o sentiu ali, sentiu como ele estava perto. Depois de algum tempo, ela baixou as mãos, enxugou as lágrimas e abriu os olhos. Bay estava diante dela com os braços erguidos, as mãos apoiadas na parede atrás dela, deixando-a cercada. Seu olhar intenso sustentava o dela a poucos centímetros de distância. Ela o encarou através do véu de suas lágrimas. Bay falou primeiro.

— Se dependesse de mim... Se eu pudesse, eu... — Ele suspirou, mudando a abordagem. — Você está realmente tão triste?

— Eu sempre fico triste ao ir embora. — Ela parou e passou as mãos em suas bochechas molhadas. — Mas pelo menos, no passado, eu partia com lembranças maravilhosas, suficientes para que me fizessem suportar a tristeza que me esperava em Viena. — Ela inspirou, desejando que não voltasse a chorar. — Mas este ano, sem você, nem isso eu tenho.

— Sissi, o que você quer de mim? — ele gemeu, passando a mão pelo cabelo cor de ferrugem. Ele continuava a poucos centímetros dela, mas baixou os olhos, indo de seu rosto para seu corpo. — Faz *anos*. — O tom dele estava pesado, carregado de... o que era? Desejo? Frustração? Ele voltou a encará-la nos olhos. — Nós sabemos o que podemos ser um para o outro... e o que não podemos ser. Quanto tempo mais você espera que eu continue assim?

Ele tinha razão e ela sabia. Ela era casada com o imperador e ele era noivo de Charlotte Baird. A... amizade deles tinha se tornado insustentável. Era claro que ela precisava libertá-lo para que vivesse sua própria vida. Como ela poderia explicar o tamanho de seu egoísmo? Como explicar que, muito embora não pudesse tê-lo e não pudesse se entregar a ele, não queria que ninguém o tirasse dela? Não era justo, ela sabia. Mas mesmo assim, como deixá-lo ir?

— Bay, estes meses são... — Como ela faria para dizer que vivia o ano inteiro por aqueles poucos meses com ele? — Estes meses me fazem suportar o resto do ano.

Bay pensou nisso e estufou as bochechas de ar antes de soltar um suspiro audível.

— Sissi, não posso viver minha vida esperando por alguns poucos meses ao ano.

Aquelas palavras a atingiram como um golpe, no mesmo instante em que uma rajada de vento atravessou o corredor e apagou a vela que tremeluzia acima de sua cabeça. Sissi fechou os olhos e assimilou o que ele dizia, os dois agora envolvidos pelas sombras no corredor silencioso. O que eles tinham — aquela dança perigosa com a qual vinham se iludindo — não bastava mais para ele, que estava decidido a ter algo mais. Bay se casaria com Charlotte Baird, e ela, Sissi, sairia da vida dele como uma onda que atingiu sua altura máxima e agora não tem mais força para continuar. Ele tinha escolhido o caminho que lhe daria satisfação, contentamento e uma vida agradável. Mas ela não tinha esperança de conseguir o mesmo. As decisões dela foram tomadas décadas atrás; sua vida já estava determinada, ajustada em um curso que ela nunca compreendeu de verdade.

Sissi sentiu ciúme, não apenas de Charlotte Baird, mas também de Bay. Ele podia deixá-la para trás. Ele podia, e faria isso, enquanto ela não tinha tal liberdade. Sissi olhou por cima do ombro dele para o corredor escurecido da casa, que se abria nas duas direções. Um vasto labirinto de corredores, antigos e misteriosos, percorrido pelos pés dos mortos e dos vivos. Sissi começou a tremer quando se deu conta de que não seria apenas ali, naquela casa, que de agora em diante ela se sentiria assombrada.

XII

Genebra, Suíça
Setembro de 1898

Enquanto fica de vigília do lado de fora do hotel, e a noite suíça escurece ainda mais, ele recorda um momento de anos atrás. Se dá conta de que já a viu. Uma vez antes. Foi em uma estrada poeirenta no leste da França. Nessa época, ele não sabia quem ela era. Apenas uma mulher nobre, elegante e rodeada por um grupo de assistentes. Eles se encontraram em uma estrada onde ele trabalhava com uma equipe que cavava um fosso. Ela caminhava por prazer. Porque tudo que os pobres fazem por necessidade, os ricos fazem por prazer. Provavelmente em uma de suas viagens luxuosas, excursões em que ela alugava castelos e cavalgava pelo campo.

Ele deu um passo adiante para se aproximar quando ela passou por ele na trilha. Estendeu a mão e pediu:

— Madame, uma moeda para que eu possa comer algo? Meu trabalho aqui acabou e não vou receber mais nenhum pagamento.

Ela parou, congelada, olhando para ele com olhos suaves e oblíquos. Olhos cor de mel. Calorosos, até. Mas antes que ela pudesse responder, um guarda arrogante se adiantou, o braço erguido para um golpe.

— Para trás, vagabundo!

Uma mulher se colocou à frente dela, dizendo algo sobre continuarem.

— Esses pedintes locais não têm respeito. — E ela assentiu, absorta, para sua acompanhante. E continuou, depressa, pela estrada, sem se voltar para olhar para ele.

Ele desejou naquele momento que ela passasse fome. Que ela conhecesse, algum dia, a fome que ele conhecia. Que todos — a acompanhante arrogante, o guarda violento, a mulher bonita com olhos bondosos cor de mel —, que todos eles soubessem o que era dor e privação. Que direito eles tinham às riquezas que preenchiam suas vidas? Que trabalho pesado fizeram na vida? Que fizeram por merecer o alimento? Não, não, não. Apenas aqueles que trabalham deveriam poder comer.

Capítulo 12

Palácio de verão de Schönbrunn, Viena
Primavera de 1884

— Não consigo comer. — Sissi suspirou, acenando na direção da mesa. — Você pode tirar o café da manhã.

Sissi estava em sua "Capela de Montaria", uma sala de estar de bom tamanho, ao lado do seu quarto, que ela tinha convertido em um tipo de museu ou santuário particular. Nesse espaço, Sissi reuniu as várias lembranças de seus dias felizes, passados na Inglaterra e na Irlanda. As paredes estavam cobertas de retratos de seus cavalos de caça e puros-sangues ingleses, bem como de pinturas dos campos verdes por onde tinha cavalgado. Ali, também, ela guardava os diários que fez, bem como pequenas recordações — as luvas de montaria, o trevo de quatro folhas que Bay tinha lhe dado.

Bay. Não havia nenhum retrato dele pendurado naquelas paredes, e ainda assim, sua presença pairava naquele lugar sagrado. Talvez aquilo fosse tanto um altar para consagrá-lo quanto um santuário para celebrar seus dias cavalgando com os cães de caça ingleses. Isso servia para lembrar Sissi de que, sim, Bay Middleton tinha existido. *Bay*, cuja perda significava que a Inglaterra também estava perdida para ela. Sissi não poderia voltar ali, não sem ele. Não depois que Bay transformou Charlotte Baird em Charlotte Middleton.

— Vamos, Imperatriz Elisabeth, eu não aguento vê-la assim tão desanimada. — Marie Festetics movia-se pelo quarto, ocupando-se com as pequenas tarefas de arrumar os livros e tirar pó das molduras douradas. — O dia está lindo lá fora. Que tal se caminharmos pelo *Tiergarten*? Você adora o parque na primavera, quando tudo está florescendo. — Como se estivesse convidando a primavera a entrar, Marie atravessou a Capela de Montaria e abriu uma das janelas, deixando entrar a mais suave das brisas.

Sissi virou-se para a dama de companhia, sorrindo agradecida, mas negando lentamente com a cabeça.

— Eu não consigo tolerar... as pessoas. Todas apontando, encarando e gritando coisas vulgares.

— Nós poderíamos ir de carruagem coberta... — Mas a sugestão de Marie foi interrompida quando, nesse instante, ouviram um estampido alto, como o disparo de uma arma de fogo, seguido por algo que parecia o guincho aterrorizado de uma criança ou de um gato, e então diversos outros tiros se misturaram ao grito rouco de um homem. Sissi levantou-se de sua poltrona e correu até a janela para ver a causa da agitação lá embaixo. Uma coisa era ouvir os guardas imperiais marchando como sempre ou fazendo a troca de turno, mas ela não estava acostumada a ruídos altos e aterrorizantes.

— Céus! Será que os guardas estão brigando? — Sissi olhou para o pátio. Lá embaixo, para sua surpresa e seu horror, ela não viu nenhum guarda, mas Rudolf, de pé diante da carcaça ensanguentada do que parecia ser um gato-selvagem gigantesco. — Meu Deus, esse é...?

— O príncipe herdeiro. — Marie postou-se ao lado de Sissi diante da janela.

— Com um dos gatos-selvagens do nosso zoológico imperial? — Sissi perguntou, apertando os olhos.

— Imperatriz, receio que esteja correta.

As duas mulheres olhavam para Rudolf, que apontava sua arma para o gato. Um último disparo foi dado, o som ecoando pelo pátio sem que o animal oferecesse mais nenhum protesto. A carcaça sem vida do gato jorrava sangue, que empoçava nos paralelepípedos diante da jaula vazia. Rudolf gritava e ria, como um demônio que dança diante de uma fogueira, enquanto agitava o rifle acima da cabeça. Vários guardas o observavam de suas posições no pátio, os rostos impassíveis como de costume, mas pálidos.

— Eu o peguei! Eu o matei! — Rudolf gritou, as palavras emboladas pelo que parecia ser efeito do álcool.

Sissi assistia à cena, horrorizada, quando começou a entender o que tinha acontecido: Rudolf ordenou que um dos gatos-selvagens do zoológico fosse levado ao palácio apenas para que ele pudesse matar o animal a sangue frio. Mas por quê? Por que ele se divertia com coisas desse tipo? Sim, ela caçava raposas, e seu marido gostava de perseguir caças grandes nas florestas, mas o que ela via diante de si parecia de uma crueldade nada natural.

— Venha, afaste-se daí, imperatriz. — Marie pôs os braços ao redor de Sissi. — Por que não se senta?

Sissi se deixou levar até o sofá ricamente estofado, sentindo a cabeça girar. Por mais que tentasse, ela não conseguia entender a brutalidade irracional de seu filho que havia acabado de testemunhar. O que o tinha levado a esse ato? Depois de vários momentos, ainda com a voz fraca, tudo que ela conseguiu dizer foi:

— Ele é tão... ele é tão infeliz. E casar com Stéphanie só ajudou a selar seu destino. — Ela estava dando essa explicação para Marie... ou para si mesma?

Será que a culpa do comportamento estranho — por vezes aparentemente sádico — de Rudolf podia ser atribuída a alguém que não fosse ele? Era claro que o casamento dele era infeliz, tão infeliz quanto Sissi receava que seria. A tinta da certidão de casamento mal tinha secado quando Rudolf saiu da suíte dos recém-casados e voltou para seus aposentos de solteiro no Hofburg. Mesmo o nascimento de sua primeira filha, que batizaram de Elisabeth, trouxe pouca alegria à união. Na verdade, Rudolf tinha há pouco tempo sido enviado pelos médicos para longe da corte para tratar de "infecção de bexiga" e "reumatismo", doenças que todos sabiam que haviam sido contraídas das muitas amantes, e que na verdade seriam melhor descritas como gonorreia. Eram tantas as amantes: atrizes, duquesas, cortesãs vulgares o bastante para requisitar pagamento aos secretários imperiais quando Rudolf não as recompensava pelos serviços prestados. O comportamento de Rudolf tinha se tornado tão infame que até Sissi, sempre afastada da fofoca da corte, acabou ouvindo os sussurros a respeito de seu filho. Franz mal conseguia olhar para seu herdeiro, e eles quase não tinham interação diária.

— Imperatriz, talvez você possa falar com ele? — Marie Festetics sugeriu, a voz hesitante trazendo Sissi de seus devaneios atormentados para o presente. Para o lugar em que ela ouvia, abaixo de sua janela, a risada maníaca de Rudolf comemorando o abatimento de sua presa.

Sissi olhou, atordoada, para a dama de companhia.

— O que você disse, Marie?

— Rudy. O príncipe herdeiro. Talvez Vossa Majestade possa falar com ele.

Sissi ficou olhando para sua ajudante, reparando pela primeira vez como o rosto de Marie tinha perdido todo o brilho da juventude, como sua pele não possuía mais elasticidade, como suas bochechas estavam caídas e seus olhos perdidos em meio a rugas de preocupação. Não havia limites às crueldades impostas pelo tempo? Sissi suspirou enquanto Marie continuava a falar.

— Se o príncipe herdeiro é tão infeliz, talvez você possa lhe proporcionar algum conforto, imperatriz. Talvez ele se abra com a Madame; e você possa lhe oferecer algum conselho que o ajude a encontrar paz de espírito. Como mãe, você pode, talvez...

— Não — Sissi a interrompeu, sacudindo a cabeça. — Não vou interferir na vida deles, no casamento. Eu fiz essa promessa no dia em que eles fizeram os votos de casamento. Não vou fazer com Rudolf e Stéphanie o que Sophie fez comigo.

— Então não fale com Stéphanie — Marie continuou, mostrando uma ousadia atípica ao insistir no assunto. — Fale apenas com seu filho. Eu acho que ele é um garoto bom, *homem*, um homem bom. Talvez ele seja apenas incompreendido. Talvez ele precise de alguém para guiá-lo de volta... bem... — Marie desviou o olhar para a janela aberta, através da qual elas podiam ouvir que Rudolf continuava rindo lá embaixo, vangloriando-se sobre a carcaça do gato-selvagem. Sissi se perguntou se Marie estava pensando a mesma coisa que ela, se lembrando de quando Rudolf ainda era um garotinho e foi trancado por seu sádico tutor em jaulas com aqueles mesmos felinos, o que aterrorizou o menino. Não era de admirar que agora ele quisesse matá-los.

— O estrago foi feito há tanto tempo, Marie — Sissi suspirou. — Ele era tão novo, e eu não podia dizer nada. Eu culpo Franz e a mãe dele. Espero que Deus saiba que a culpa não está sobre os meus ombros.

— Mas não é tarde demais, imperatriz. Rudolf... pense nele. Você não se lembra daquele garoto doce? Ora, eu me lembro. Quando conseguíamos tirar um sorriso dele era como se tivéssemos deixado o sol entrar na sala. Ele é como você, imperatriz, tão sensível. Ele sabe como ser carinhoso.

— Oh, Marie, ele realmente é como eu. Você não vê? Esse é o problema. Rudolf é como eu: ele precisa ser livre. Como isso nunca vai ser uma opção, ele nunca vai ser feliz. Não há nada que eu possa fazer. Eu aprendi isso há muito tempo.

Sissi conhecia Marie muito bem, depois de todos esses anos, para saber o que ela estava pensando. A acompanhante se manifestou claramente com uma expressão triste, ainda que não tivesse dito mais nada. A mulher pensava que Sissi estava sendo egoísta. Egoísta e fria. Que ela estava usando sua própria sogra, usando seus antigos ressentimentos e cicatrizes para justificar o fato de que, agora, não queria enfrentar aquela luta. Que ela não tinha energia para outra batalha contra os Habsburgo, a corte e suas regras sufocantes, contra o *modo como as coisas são feitas*. Ela estava muito atolada e ferida por sua própria infelicidade para intervir, para ser uma boa mãe para um filho que era, evidentemente, tão infeliz quanto ela sempre tinha sido.

Mas quem poderia culpá-la? Ora, Rudolf não era o único a sofrer naquela corte. Ele não era a única vítima de fofocas cruéis. Não fazia muito tempo que ela tinha ouvido a última fofoca que os cortesãos espalhavam sobre *ela* — que Nicky Esterházy era seu amante. Que ele tinha ido à capital e se enfiado no palácio para fazer visitas ilícitas à imperatriz, vestindo-se de padre para ganhar acesso aos aposentos reais para encontros amorosos em uma comunhão nada sagrada.

— *Pior ainda, Marie, estão dizendo que você é cúmplice! Dizem que os encontros secretos acontecem no seu quarto, longe de meus outros criados, enquanto você vigia a porta.*

— *Isso é desprezível demais para ser entendido, imperatriz* — Marie disse quando Sissi lhe contou o boato. — *Não deixe que isso te abale.*

Mas é claro que a abalou. Esse último boato, aliado a um novo conjunto de problemas de saúde — dor nas juntas e nas costas, tão severas que às vezes ela não conseguia dormir à noite — tinha convencido Sissi de que ela não poderia ficar ali.

— *Tudo nesta corte me deixa doente. Eu preciso me afastar.*

Mas aonde ela poderia ir para encontrar paz?

<hr />

— Vamos para a Hungria por alguns meses, minha querida — Sissi propôs a Valerie uma semana depois. Os dias estavam longos e quentes, e ela sentia a vontade de sair da capital mais forte do que nunca. — Estou com saudade de Gödöllő. Sinto falta da tranquilidade de lá, da privacidade e das paisagens intocadas.

Elas tomavam café da manhã, só as duas, mas a concentração de Valerie parecia estar na xícara de café diante dela.

— Eu não quero ir para a Hungria — Valerie disse, a voz atipicamente firme.

Sissi se endireitou na cadeira e encarou a filha.

— Não quer? Mas por que não?

— Eu odeio a Hungria.

Isso foi uma completa surpresa para Sissi.

— Você... odeia?

Valerie confirmou com a cabeça, o rosto sério enquanto ela tomava o café, sem elaborar sua resposta.

— Por quê? Como você pode odiar a Hungria? Gödöllő é o único lugar que nós duas podemos chamar de lar.

Valerie olhou para a mãe pela primeira vez naquela manhã.

— Gödöllő não é meu lar. Eu *não* sou húngara. Embora eu saiba tudo que dizem a meu respeito. E o que dizem sobre *ele* ser meu pai.

Sissi sentiu como se o sangue congelasse em suas veias. Ela sabia exatamente do que Valerie estava falando. *Andrássy*. Os boatos existiam desde a época do nascimento da filha, o apelido que deram a ela: "a criança húngara". As afirmações por toda a corte de que é claro que Sissi tinha decidido criar a filha na Hungria, pois a criança era *húngara por nascimento e paternidade*. Não era verdade. Ela, Andrássy e Franz sabiam disso. Era só olhar para Valerie! Ela tinha mais do pai austríaco em sua aparência e personalidade do que todos os outros filhos juntos. Ainda assim, Valerie ouvindo aquelas conversas maliciosas... enfurecia Sissi. Ela desejou gritar, bater em quem quer que tivesse sido sórdido o bastante para passar esse boato para aquela pobre criança inocente. Mas quem teria repetido aquela imundície venenosa para uma garota tão nova?

Foi então que Marie Larisch entrou na sala, cantarolando uma música alegre.

— Olá, imperatriz! Olá, Valerie. Bom dia.

Sissi sentiu náuseas. Teria sido Larisch? Quem mais tinha acesso tão fácil a Valerie? Quem mais teria a oportunidade de sussurrar tal mentira? Quem teria essa audácia? E a completa falta de vergonha?

Sissi foi ficando cada vez mais desconfiada de Larisch com o passar do tempo; ela começou a acreditar que Ida e Marie Festetics estavam certas desde o início sobre a garota: ela era traiçoeira e interesseira. Ainda assim, Sissi tinha medo de mandá-la embora. Larisch sabia demais àquela altura. Ela tinha acompanhado Sissi durante anos, participado de todas as viagens com Bay. Conhecia Rudolf melhor que os próprios pais do príncipe herdeiro. Talvez ela até soubesse mais coisas a respeito de Valerie, pois era muito boa em extrair segredos e observar comportamentos. Sissi não podia deixar aquela mulher solta. Não, a melhor opção — a única opção — era mantê-la por perto ao mesmo tempo em que a deixava de fora dos assuntos pessoais. Mas isso precisava ser feito de modo que Larisch não se ofendesse, que não percebesse o que estava acontecendo, para não se tornar hostil. E, mais importante que tudo, Sissi precisava se certificar de que Larisch não tivesse mais nenhum contato direto com Valerie, nunca mais.

— Olá, Larisch, querida — Sissi respondeu, virando-se para a ajudante, a voz doce. — Minha filha e eu estamos discutindo um assunto particular. Você se importa de nos dar um momento?

— Oh... bem... — Larisch hesitou um instante, procurando as palavras. — Claro, ora, é claro. — Larisch fez uma reverência e saiu da sala. Sissi virou-se para a filha. Valerie, com a caneca de café entre os dedos, demonstrou sua surpresa.

— Mas você nunca pede para Larisch sair, mamãe.

Sissi falou muito baixo, para que apenas Valerie pudesse ouvir no caso de Larisch estar escutando atrás da porta.

— Eu quero algum tempo sozinha com você, minha querida. Nós estávamos tomando uma decisão importante. Muito bem, não iremos para a Hungria, então. Não posso mesmo cavalgar com essa dor nas costas tão forte. Os médicos da corte me disseram que é dor ciática. Com isso e meu reumatismo, preciso ir para um lugar em que possa ser tratada. Existe um médico holandês de que me falaram, ao norte, perto de Amsterdã, chamado Dr. Metzger, que trata de pacientes com condições parecidas com as minhas. Podemos ir até lá?

Valerie baixou a caneca com café e apoiou as mãos na mesa diante de si. *Nossa, como ela se parece com o pai quando junta as sobrancelhas para se concentrar,* Sissi pensou.

Valerie, enfim, levantou os olhos, ainda refletindo sobre a proposta da mãe.

— Sair daqui para ir a Amsterdã? E abandonar de novo meu pobre papai?

As palavras acertaram Sissi com uma punhalada de culpa, mas ela afastou o sentimento. Suspirando, respondeu:

— Oh, querida, é verão. Papai sabe que nós gostamos de viajar no verão.

Sissi alugou uma casa de campo fora de Amsterdã, no Mar do Norte, perto da vila de Zandvoort. Durante as primeiras semanas ali, percebeu que sua disposição melhorou e que as noites se tornaram menos intermináveis e insones. A paisagem marinha, açoitada pelo clima selvagem, era semelhante à sua agitação. Ela via o Dr. Metzger em visitas periódicas e, sob os cuidados dele, sua dor nas costas e nas articulações começou a diminuir. Ela e Valerie faziam longas caminhadas pela praia rochosa, ouvindo as gaivotas e observando os grandes barcos que deslizavam na direção do horizonte.

O céu estava quase sempre instável, tomado por uma camada espessa de nuvens cinzentas que pairavam sobre a região, sempre ameaçando com chuva, e havia sempre um vento gelado soprando do norte. À noite, Sissi sentava-se perto da lareira, que crepitava com o fogo alto, enrolada em um cobertor de lã enquanto lia poesias de Heine em voz alta, com frequência pegando uma caneta para brincar com alguns versos seus.

Quando Valerie não quis mais acompanhá-la nas caminhadas na praia, Sissi usou o tempo para se entregar aos devaneios e pensamentos, enquanto os pés marchavam, determinados, até ela perder o fôlego. Sissi pensava em Andrássy e em como deveria estar a vida dele agora que havia se retirado da política. Pensava em Bay, imaginando o que ele achava da vida de casado com Charlotte. E pensava em Franz. O incansável e responsável Franz, lá em Viena, sentado diante da escrivaninha pesada, rodeado de papéis, enquanto ela e Valerie fugiam para o mais longe possível da corte. Sissi começou a se sentir cada vez mais culpada pelo espaço que tinha posto entre eles; pela facilidade com que frequentemente o deixava em seus deveres intermináveis. Ela nunca havia sentido essas pontadas de culpa. Não desde que eles concordaram, anos atrás, que ela era livre para buscar sua própria felicidade como compensação pelos anos que sofreu. Mas agora que essa culpa veio, ficou com ela, pesando sobre seus ombros como um fardo que ela seria obrigada a carregar, até mesmo em suas viagens mais distantes. Isso se devia, em parte, às constantes menções que Valerie fazia a Franz. *O que será que papai está fazendo hoje? Espero que papai não esteja triste demais pela nossa ausência. Pobre e querido papai, deve estar tão sozinho.*

Valerie, como mulher, era um enigma para Sissi. Durante toda a vida, a garota esteve ao seu lado — amada, protegida e mimada pela mãe. Ainda assim, ela parecia nutrir um afeto enorme pelo pai, de quem tinha estado longe com tanta frequência. Talvez esse fosse o modo mais fácil de amar Franz, Sissi pensou. Talvez assim ele não pudesse decepcioná-las. Talvez, ao manter a filha longe de Franz, Sissi tivesse, sem querer, feito com que Valerie sentisse um profundo amor idealista pelo homem que, pessoalmente, podia ser burocrático e frio. O que quer que fosse, a ligação entre a garota e seu pai persistia. Ela falava dele todos os dias, mencionando sua vontade de voltar para perto dele. Ao fim do verão, Valerie tinha convencido Sissi de que elas deveriam voltar para Viena. O acordo foi feito com uma condição proposta por Sissi, e aceita por Valerie: elas voltariam desde que pudessem viajar para casa passando pela Baviera.

— Creio que devemos uma visita ao primo Ludwig — Sissi falou. Algo no ambiente ermo e desolado de Zandvoort e do Mar do Norte a tinha feito pensar com frequência em Ludwig durante o verão. Pobre Ludwig. A ópera de Wagner estreou com sucesso total e entusiasmo popular, mas tinha, finalmente, falido o Tesouro da Baviera. Como Ludwig estaria enfrentando essa realidade?, Sissi se perguntou. Teriam o reconhecimento e os louvores mundiais sido suficientes para saciar seu impulso insano de construir, gastar e criar?

Sissi, Valerie e o restante de seu pequeno cortejo de viagem chegaram a Neuschwanstein no fim do verão, quando apenas uma sugestão de neve tingia o ar perfumado pelos pinheiros. Um atraente criado acenou para que a carruagem delas passasse pelos portões da frente, e Sissi fixou os olhos adiante. Embora já tivesse ido ali antes, a visão do castelo lhe tirou o fôlego outra vez, com sua beleza majestosa e imponente, exatamente como ela se recordava. Ao lado dela, Valerie exclamou com prazer juvenil.

— Mamãe, olhe!

— Eu sei — Sissi concordou. — É de tirar o fôlego, não é?

Por mais que o castelo a deslumbrasse, o encontro com Ludwig teve o efeito oposto, provocando em Sissi um incômodo imediato e profundo. Ludwig recebeu Sissi e Valerie na grande porta da frente. Ela se lembrou de suas visitas passadas, quando ele mal conseguia conter a empolgação por recebê-la, alegre por poder exibir sua casa. Dessa vez, contudo, ele a cumprimentou com uma expressão abatida, os olhos indiferentes e sérios.

— Olá, Sissi. Entre.

Acima, a placa continuava pendurada na entrada do castelo: "Bem-vindos, viajantes! Damas distintas! Deixem as preocupações de lado! Entreguem vossas almas ao júbilo da poesia!", mas as letras estavam gastas e desbotadas; a placa mostrava os sinais do tempo e dos invernos rigorosos no topo daquela montanha remota.

— Ludwig, querido, é ótimo poder vê-lo. — Sissi forçou um sorriso enquanto abraçava o primo alto, mas ela se afastou dele o mais rápido que pôde. Um sentimento desagradável de medo se apossou dela. Estaria Sissi com medo *de* Ludwig? Ou com medo *por* Ludwig? Ela não soube dizer. Mas enquanto estudava a aparência do primo, via como seus dentes começavam a ficar escuros e cariados por falta de cuidados, notando como aquele homem, que já tinha sido extremamente perfeccionista ao se vestir, agora parecia desmazelado com roupas puídas e apertadas; ela percebeu que tudo a respeito de Ludwig estava em desordem, arruinado. Sissi estremeceu ao se lembrar que aquele homem quase havia sido o marido da sua irmã. Graças a Deus Sophie-Charlotte tinha sido poupada! Imagine se tivesse vivido com aquele homem no alto desse pico isolado? Sissi, de repente, se arrependeu de ter levado Valerie consigo, ainda que para uma visita muito breve. Ela deu um olhar significativo para Marie Festetics, Ida e o Barão Nopcsa, esperando ter conseguido fazer com que entendessem a mensagem urgente: *Vocês devem ficar ao meu lado o tempo todo.*

— Entrem. — Ludwig olhava para ela sem piscar. — Vou mandar que cuidem de seus cavalos, e que seus criados comam algo na cozinha.

— Obrigada, Ludwig. — Sissi o seguiu até dentro do castelo. — Contudo, seus criados não precisam se preocupar com a carruagem; nós não poderemos passar a noite, infelizmente.

Ludwig parou e virou os olhos cor de avelã para ela.

— Mas você falou que passaria.

Sissi se remexeu, olhando para o teto alto. Ela viu como Valerie, ao seu lado, estava encantada com o castelo. Ela se inclinou na direção do primo com uma expressão de pesar.

— Sinto muito. Bem que eu gostaria de poder ficar, mas meu tempo na Baviera é limitado. Franz quer que eu volte para Viena. E prometi à minha mãe que passaria a noite em Possenhofen.

Ludwig assentiu, passando a mão pelo cabelo grisalho e desgrenhado, que já tinha sido do mesmo tom vibrante de castanho que o dela. Teria ele percebido que ela estava mentindo?

— Como quiser, Sissi.

Eles pararam no salão frontal, e ela ficou novamente abismada com o tamanho do lugar; devia parecer maior ainda para Ludwig, sozinho todas as noites. Ele ofereceu bebidas a Sissi e Valerie, e então Sissi sugeriu que eles fossem caminhar. Enquanto passeavam pelos jardins que circundavam o castelo, Ludwig respondeu às perguntas de Sissi sobre a estreia de *O Anel do Nibelungo*. Ele contou do sucesso estrondoso de Richard Wagner em Bayreuth, e falou que pediu que Richard fizesse apresentações especiais, em particular, só para ele, para que pudesse assistir às óperas e apreciá-las em paz, protegido dos olhos fofoqueiros das multidões, que só sabiam observá-lo de boca aberta e o faziam se sentir como se *ele* fosse o espetáculo, não o espectador.

Sissi contou para Ludwig dos problemas de saúde de Rudolf; da nova neta, Elisabeth; de sua estadia em Zandvoort.

— Eu acho que você adoraria o lugar, Ludwig. Eu adorei. É tão natural e rústico.

Ludwig olhou à frente deles, depois se voltou para as muralhas do castelo, depois para Sissi, com os olhos apáticos. Como se esperasse que alguém surgisse de algum lugar, a qualquer momento. Quanto mais eles caminhavam, mais ele parecia ficar agitado ao lado dela.

— Você acha que gostaria de visitar essa região? Zandvoort? Ou talvez ir me visitar na Hungria? — Sissi perguntou, tentando fazer Ludwig se acalmar.

Ele sacudiu a cabeça.

— Não tenho nenhuma vontade de sair do meu palácio.

— Não posso culpá-lo por isso — Sissi concordou. — Afinal, aqui é incrivelmente lindo.

— Mais do que isso, eu temo o resto do mundo. Esse mundo cruel, brutal e aterrorizante que há lá fora.

Sissi deixou esse comentário sem resposta. Depois de vários momentos, Ludwig perguntou:

— O que você fazia lá? Em Zandvoort.

Sissi olhou na mesma direção que ele, contemplando a vista com os picos, descendo para os campos, o lago e, mais além, os cumes cobertos de neve.

— Bem, é uma paisagem completamente diferente desta. Nós estávamos no Mar do Norte. Eu caminhava na praia todos os dias. Ia ao médico. Fazia massagens com água do mar. Lia, escrevia. Na verdade... — ela remexeu no bolso e retirou um papel. — Eu escrevi isto para você.

Ludwig pegou o papel e colocou um par de óculos sobre o nariz, e então leu alto:

"Para a águia das montanhas, que em meio às neves eternas habita,
A gaivota, de seu rasante sobre o mar, fervorosas saudações não hesita."

Ludwig leu duas vezes antes de soltar uma gargalhada vertiginosa, e seu humor, de algum modo, tornando-se alegre em questão de segundos.

— Eu adorei! — Ele riu mais uma vez, um cacarejo estridente que saiu aos solavancos, ecoando pelas montanhas que os circundavam.

— A águia, sou eu! A gaivota, você!

Sissi continuou andando ao lado dele, virando o corpo só um pouco para o outro lado. Ela não sabia o que a incomodava mais, aqueles momentos de profunda tristeza ou os surtos repentinos de risos histéricos. Ela continuou em um tom contido:

— Eu ficava observando as gaivotas durante horas. Eu nunca tinha visto tantos pássaros. Em alguns momentos me peguei invejando-os. Tanta liberdade... Cada gaivota pode alçar voo e ir atrás de sua próxima aventura sem nada... ninguém... para segurá-la.

Sissi esperava que Ludwig entendesse, ouvindo-a contar isso, que ele não era o único que sofria de solidão. Que não era o único a lutar contra ondas de desespero, que Heine chamava de *Weltschmerz*, "cansaço do mundo". Que ela também sabia o que era melancolia. Mas o primo não pareceu entender o que Sissi queria dizer, se virou para ela, os olhos agitados e frenéticos, e bateu palmas.

— Falando do mar... — Ludwig parou de andar e olhou para o lago lá embaixo, cavado por antigas geleiras no pé da montanha. — Que tal um passeio de barco antes de você ir?

Sissi olhou por sobre o ombro para Valerie, que vinha logo atrás, acompanhada de Marie Festetics, Ida e o Barão Nopcsa. Ela se virou para o primo.

— Você acha que cabemos todos?

Eles desceram a montanha na carruagem de Ludwig e subiram em seu barco particular. Era um dia calmo de verão, sem vento, e as águas estavam assustadoramente plácidas, como uma superfície de vidro colocada entre os montes cobertos de pinheiros. O barco cortou a superfície imóvel do lago enquanto Ludwig remava na direção da imagem oposta.

Ao remar, Ludwig cantarolava para si mesmo. Uma melodia romântica, lamuriosa... algo de Wagner, Sissi supôs. Valerie conversava com Marie Festetics e Ida, e as mulheres apontavam para diferentes pontos de interesse naquele cenário deslumbrante. Olhando para o primo, Sissi sentiu um incômodo crescente no estômago; ela queria apenas que aquela excursão de barco acabasse logo para que pudesse se despedir de Ludwig e ir embora daquele lugar.

Ele então olhou para ela, focando seu olhar cor de âmbar em Sissi, suas feições pareciam pulsar com intensidade enquanto ele cantarolava a música. Sissi se remexeu no banco de madeira.

— O que você está cantarolando, Ludwig?
— É do Richard.

Sissi assentiu.

— Richard... — Ludwig continuou, ainda encarando Sissi. — Ele não está bem.

Você também não, Ludwig.

— Nós não temos muito tempo — Ludwig disse.

Sissi engoliu em seco, cruzando e descruzando as mãos sobre as pernas. Quando falou, teve que se esforçar para manter a voz controlada.

— Tempo para quê?

Ainda remando, Ludwig sorriu para Sissi. Um sorriso febril, trêmulo.

— Ora, para nosso trabalho divino, é claro.

— A música?

Ludwig assentiu.

— Existe algo mais?

Ele assentiu outra vez.

— É Richard. É claro que existe mais; sempre existe mais. Nunca acaba. E o mundo precisa do que ele tem.

— Mas, Ludwig... eu pensei que... eu ouvi dizer que sua fonte de recursos secou. Você tem sido o patrocinador mais generoso, mas talvez deva fazer uma pausa breve no financiamento dessas obras, para que seus ministros...

Ludwig ergueu a mão grande, de dedos longos, interrompendo-a.

— Não, Sissi. — Ele sacudiu a cabeça, um gesto nervoso, que tremulou seus cachos. — Não me diga que você também passou para o lado deles?

— Eu não estou do lado de ninguém que esteja contra você, Ludwig. Você sabe disso. Eu só quero que você fique...

— Não se junte a eles, não se junte a eles. Você *precisa* compreender. Você sabe o que é divino, Sissi. Você sabe o que eu preciso fazer. Eu tenho um trabalho importante, e não posso ficar esperando para sempre que eles decidam.

Eles eram os ministros, os homens que tocavam o governo em Munique, Sissi deduziu. Os homens que recolhiam impostos e pagavam as despesas do governo, que cortaram o acesso do Rei Ludwig ao Tesouro da Baviera, colocando um fim naqueles gastos ilimitados até o governo se tornar firme outra vez.

Quando Ludwig falou novamente, sua voz tinha uma calma assustadora, uma suavidade tensa que deixou Sissi ainda mais incomodada do que a ebulição de alegria do primo alguns instantes atrás.

— Richard e eu estamos ficando sem tempo...

Sissi ouviu aquela declaração sem dar uma resposta. Ela olhou do primo para o Castelo de Neuschwanstein, lá no alto, onde se erguia acima do penhasco como um cisne de pedra preparado para alçar voo. Era mesmo de tirar o fôlego. Ludwig tinha alcançado a perfeição. *O Anel do Nibelungo* estava sendo saudado como a mais perfeita obra-prima da ópera já escrita. Os castelos dele eram as moradias mais impressionantes já construídas por qualquer soberano. As obras de Ludwig inspirariam a imaginação e tocariam corações pelos séculos que viriam, Sissi tinha certeza. Ainda assim, ele queria continuar a construir, gastar e criar, ainda que estivesse falido, ainda que suas ambições o estivessem levando à beira da loucura. Mas será que existia algum modo de colocar bom senso em uma cabeça e um coração como os dele? Uma cabeça que imaginava e um coração que sonhava como os dele faziam? Sissi se virou para o primo, lutando para manter a voz calma.

— O que mais você sente que precisa realizar, Ludwig?

— O que mais? — ele repetiu a pergunta como se fosse uma acusação, com os olhos inflamados. — Ora, tudo!

— Mas você financiou os melhores castelos e as mais belas óperas do nosso tempo. E agora está sem dinheiro, primo querido.

— Eu só preciso de mais dez milhões.

— *Dez milhões?* — Sissi exclamou, incapaz de ocultar seu espanto. Ela sabia, pelas informações do Barão Nopcsa e pelos comentários de Franz, que seu primo já devia pelo menos dez milhões de marcos. E ainda queria *mais* dez milhões?

Ludwig continuou, destemido.

— Mas eles me dizem que não posso ter essa quantia. E eu devo ficar parado escutando o que eles dizem? Se eu tivesse ouvido o que dizem, nunca teria construído isto. — Ele gesticulou na direção do castelo sobre a montanha. — Eu nunca teria dado a Richard a liberdade para... — Ele engasgou com essas últimas palavras, deixando os remos caírem na água, perturbando a calma da superfície. Sissi se voltou para Valerie, tentando tranquilizar a filha com um olhar reconfortante. Marie Festetics se debruçou sobre a lateral do barco e recuperou os remos, enquanto Sissi deixava Ludwig chorar. Enfim, quando se recuperou, ele levantou o rosto, os olhos ainda brilhantes com as lágrimas. — Eu não vou deixar que ninguém nos atrapalhe. Não posso. Não agora. Vou ter que demiti-los.

Sissi refletiu sobre o que ele disse, incrédula.

— Vai demitir seus ministros? O governo inteiro?

Ludwig fez um gesto com a mão e deu de ombros, como se quisesse dizer que era algo fácil de fazer.

— Tenho homens aqui que podem me servir melhor do que eles. Ora, meus cavalariços e cabeleireiros têm mais capacidade. Eles compreendem minha missão sagrada.

Sissi se inclinou para frente e segurou as mãos dele.

— Oh, Ludwig, meu querido. — Ela adorava o romantismo dele; admirava sua capacidade de sonhar, seu desejo de criar coisas belas. Ainda assim, a mesma paixão que o levou a conceber tanto esplendor seria o seu fim, deixando-o totalmente incapaz de viver no mundo real. Ela temia por ele.

Mas a inquietação dela ia mais fundo que isso, e Sissi não podia se enganar. Em seu primo, ela teve uma visão aterrorizante do que ela poderia se tornar, se o tempo fosse tão cruel com ela como tinha sido com outros membros de sua família. Afinal, não tinha sido ela sempre a mais capaz de compreender Ludwig? Seu próprio pai, o Duque Max, de tantas maneiras semelhante à filha, também não lutava com suas próprias obsessões? Sissi sabia que as sementes dessa loucura se escondiam também dentro dela, ameaçando brotar como uma erva daninha, sufocante e paralisante.

Pensando nisso, ela fez uma oração silenciosa a Deus, pedindo que nunca se perdesse da mesma forma que o primo. Ela olhou para a filha, a Valerie sensata e equilibrada, e não pôde deixar de sorrir. Graças a Deus sua filha era tão parecida com o pai — física e mentalmente —, Sissi pensou, pela primeira vez na vida. E então, como a filha, teve um repentino desejo de voltar para casa, para Franz Joseph.

XIII

*A princípio eu estava quase desistindo;
Pensei que jamais conseguiria suportar. Mas, apesar de tudo, eu suportei...
Só não me pergunte como.*

—Citação de Heinrich Heine mantida sobre a escrivaninha de Sissi.

Capítulo 13

Morávia, Áustria-Hungria
Verão de 1885

— Agora vamos ver. Você encantou o imperador da Áustria-Hungria, é óbvio. Nós sabemos que ele é o marido mais dedicado da Europa. E você está conseguindo esquentar meu frio sangue russo. Mas como vai se sair o inconquistável Chanceler Bismarck, da Alemanha, frente aos seus famosos encantos, Imperatriz Elisabeth? — Com isso, o Czar Alexander III irrompeu em uma gargalhada de balançar a barriga, com sua própria piada, o olhar indo de Sissi para Franz antes de se servir de outra grande dose de vinho.

Sissi e Franz estavam sentados à frente do czar e da czarina no jardim do palácio de verão de Kremiser, na região Norte da Morávia. Era uma noite abafada de fim de verão, e as fontes gorgolejavam enquanto os pássaros preenchiam o jardim com seu canto, sassaricando entre as árvores e os canteiros de flores. O pequeno grupo imperial conversava sob o sol poente; depois que a escuridão descesse por completo, uma dupla de atrizes de Viena faria uma apresentação ao ar livre. *Até que a noite poderia não ser totalmente desagradável,* Sissi pensou, *se não fosse pela companhia cansativa e constrangedora.*

Acompanhando os soberanos russos e austro-húngaros estava o terceiro elo da nova aliança, o Chanceler Otto von Bismarck, representando os interesses da Alemanha no lugar do kaiser enfermo. Sissi não tinha como não se espantar com aquele grupo, tão improvável quanto desagradável. Uma aliança que, anos atrás, ela teria considerado impossível. Mas com Andrássy e sua administração liberal fora de Viena, os novos ministros de Franz o pressionaram para que percebesse a necessidade de a Áustria-Hungria se realinhar com sua antiga amiga, a Rússia, enquanto mantinha laços íntimos com a Alemanha. Com aliados poderosos em suas fronteiras, ocidental e oriental, a Áustria-Hungria poderia ficar tranquila quanto a sua segurança; ninguém sonharia em começar uma guerra com esse trio. Franz havia concordado. E agora os três líderes estavam juntos, brindando à chamada *Kaiserbund*, a Liga dos Três Imperadores, reunidos nesse verão para fortalecer as ligações entre eles e estabelecer juntos sua agenda de política externa.

Enquanto os homens conversavam sobre Inglaterra, França e a distante e vasta nação na América, Sissi estudava seus acompanhantes, ansiosa para que a noite caísse logo, o espetáculo começasse e o czar parasse de piscar na direção dela. O soberano russo estava ficando animado demais. As bochechas tinham inchado ao lado das finas costeletas ruivas. Uma barba da mesma cor preenchia o restante do rosto, e o bigode estava molhado por ter sido enfiado na taça de vinho, enchida vezes demais naquele fim de tarde. Ao lado dele estava a Czarina Maria, que parecia ser o oposto do marido de todas as formas possíveis. Maria tinha o rosto comprido, cabelo preto puxado para o alto da cabeça e olhos igualmente pretos. Ela, como Bismarck, não sorria, e também não falava.

Herdando o trono após o assassinato de seu pai, Alexander era conhecido por sua paranoia, e tinha viajado para Morávia com um grande número de guardas imperiais. Aqueles homens de aparência séria tinham tomado conta do jardim, espalhados pelo espaço exuberante, de guarda ao lado das roliças estátuas barrocas de mármore do local. Seus olhos atentos pareciam indicar que os guardas russos temiam uma nova tentativa de assassinato a qualquer momento. Foi por isso, também, que a *Kaiserbund* tinha escolhido um canto tão remoto e pouco frequentado para essa reunião; Viena, Berlim ou São Petersburgo apresentavam riscos demais.

Como seus guardas, Alexander usava o uniforme militar russo, uma pesada casaca em azul-escuro e dourado, e seu peito ostentava diversas faixas e medalhas. Hereditárias, Sissi supôs, herdadas em seu nascimento no berçário imperial de São Petersburgo, e não conquistadas em batalhas.

Ao lado do czar estava o Chanceler Bismarck. O ministro formidável, outrora inimigo jurado de Franz Joseph, agora permanecia sentado em silêncio. Seus olhos severos passavam de Franz para Alexander, como se os medisse, ainda que agora fossem, supostamente, seus amigos. Embora o cabelo tivesse recuado de suas têmporas e da testa, Bismarck ostentava um bigode cheio sobre os lábios sérios. Ele vestia o uniforme militar prussiano — o azul cinzento de sua casaca destacava seu atento olhar, claro e penetrante. Mas enquanto ele parecia economizar palavras, seu amigo russo seguia na direção oposta.

— Sabe o que o kaiser alemão certa vez me confessou, Imperatriz Elisabeth? — o Czar Alexander continuou, a voz ficando mais alta e animada a cada taça de vinho.

— Se foi dito em segredo, Vossa Majestade, talvez fosse melhor não repetir — Sissi respondeu, tentando esconder seu tédio.

Alexander fez um aceno de pouco caso com a mão carnuda, que mais parecia a pata de um urso.

— Ele me disse que não podia olhar por muito tempo para você, Imperatriz Elisabeth. Ele disse que... *isso inflama demais a alma dele.* — Com isso, Alexander soltou outra gargalhada. Bismarck baixou os olhos, apertando os lábios por baixo do bigode.

Sissi percebeu a reprovação de Franz, ela quase podia sentir como o corpo do marido ficava mais rígido ao lado dela a cada momento que passava. Ele era sempre o mais gentil dos anfitriões, mas o flerte do czar estava exigindo demais até da paciência ilimitada de Franz. Sissi se inclinou para frente, mantendo a voz baixa enquanto respondia para Alexander:

— Que necessidade eu tenho, Vossa Majestade Imperial, da admiração russa ou alemã, quando já tenho o coração que faz o meu valsar? — Ela lançou um olhar carinhoso para Franz, que respondeu com um aceno de cabeça. Sissi esperava que isso pudesse, enfim, acalmar Alexander.

Aquilo era uma farsa, mas apenas Franz e Sissi sabiam. Na verdade, os dois estavam cansados da companhia um do outro naquele verão, quase tanto quanto Sissi estava cansada daquele maldito encontro de cúpula com os líderes estrangeiros. Franz, por mais que declarasse sentir saudade da esposa durante suas ausências, ficava rapidamente irritado com Sissi depois de passar períodos muito prolongados na companhia dela. Ele não entendia a agitação da mulher, sua necessidade de sair para caminhadas demoradas nos bosques. Nem seu desejo de passar as noites sozinha, lendo a poesia deprimente de Heine ou conversando com Marie Festetics e Ida em vez de ir aos jantares de Estado com ele.

Enquanto Franz a considerava sentimental demais e desconcertante, Sissi achava que a vida com ele era entediante e dolorosamente difícil. Ele a acusava de sonhar acordada e evitar a realidade; ela não entendia como ele conseguia viver com pouquíssima curiosidade e imaginação. Como ele aguentava, quando tudo que fazia era folhear seus papéis, discutir assuntos de governo com ministros e comparecer a entediantes jantares de Estado nos quais nunca discutia assuntos interessantes ou profundos com ninguém.

Eles tinham passado as últimas semanas do verão desagradavelmente juntos em Bad Ischl. Sissi queria partir para a Hungria ou para outra viagem enriquecedora, mas Valerie, sem qualquer explicação, tinha escolhido ficar ao lado do pai. A filha tinha se tornado bastante teimosa, Sissi percebeu quando a garota se recusou a viajar com ela, sugerindo que a família deveria passar o verão unida pela primeira vez em anos.

O que tinha resultado de bom daquilo? Eles estavam no fim do verão e Sissi quase chorava de tédio naquela reunião, enquanto sentia o alívio de Franz com o fim iminente da temporada. Pelo fato de logo poder retornar a Viena. De volta ao Hofburg, os dois sabiam que ele se atiraria com mais dedicação ainda aos papéis, às reuniões e aos deveres imperiais, e os dois passariam dias sem se ver nem discutir.

Sissi supunha que parte da frustração de Franz vinha do fato de que ele teria adorado um convite para voltar à cama dela. Ele voltaria naquela noite mesmo se a esposa desse o sinal de que essa era uma opção. Mas isso não iria acontecer. Não quando Franz, anos atrás, tinha convidado tantas outras para a sua cama. Não, fazia mais de uma década que Sissi não conseguia pensar nele dessa forma. Aquela chama no coração dela, a fagulha que esquentava seu corpo de desejo por ele, tinha há muito diminuído e apagado. Ainda mais sabendo que ele continuava a buscar prazer em outros locais.

O melhor que ela podia dar a Franz, no momento, era sua companhia, mas mesmo isso estava se mostrando dolorosamente entediante e cansativo. O que ela queria fazer mesmo era mais uma viagem. Embarcar em outra aventura. Mas como poderia convencer Valerie a ir com ela, e Franz a deixá-la partir, sem uma briga terrível?

O céu foi ficando rosado e então escureceu, enquanto os passarinhos foram silenciando e os vaga-lumes surgindo, espelhando o brilho das velas recém-acesas. Mas embora a noite estivesse quente e uma brisa agradável se espalhasse pelo jardim exuberante e os envolvesse, a conversa à mesa foi interrompida. Alexander, sem encontrar um parceiro para suas brincadeiras regadas a vinho, recolheu-se à sua taça, e um silêncio desconfortável dominou o grupo. Finalmente, as atrizes foram anunciadas, para alívio visível do pequeno grupo.

— *Agora* nós vamos nos divertir, não é mesmo? — O Czar Alexander observava, interessado, as duas jovens serem conduzidas por criados do palácio. Trazê-las tinha sido ideia de Franz: as atrizes eram do Teatro da Corte de Viena e foram levadas até lá para interpretar uma série de cenas para a reunião imperial. Sissi, que não tinha ido ao teatro na temporada passada, não conhecia as moças, mas elas foram apresentadas como Josephine Wessely e Katharina Schratt.

— Ah, sim, Srta. Schratt. — Franz movimentou a cabeça em sinal de aprovação de seu lugar ao lado de Sissi. — Ela é muito boa. Fez uma Catarina esplêndida em A *megera domada*. Eu tento não perder os espetáculos no Burgtheater quando ela faz o papel principal.

Franz levantou o copo pedindo mais champanhe. Sua expressão se acendia enquanto ele mantinha os olhos na bela e jovem atriz, cujo cabelo escuro emoldurava o rosto redondo antes de cair solto pelas costas. Sissi reparou, achando um pouco de graça na súbita mudança do humor de Franz, em como seu marido carrancudo se tornou falante, até mesmo entusiasmado como um jovem estudante.

Ela percebeu que sua própria atenção começou a ser atraída por Katharina Schratt durante a apresentação — concordando com o marido que, sim, a atriz possuía certo carisma. Katharina Schratt não era uma grande beleza, mas sua figura curvilínea e a pele cor de marfim destacavam um estilo de interpretação muito feminino e atraente. Foram os olhos da Srta. Schratt que mais impressionaram Sissi — eram grandes, brilhantes e iluminados, e quando ela sorria eles pareciam transbordar sua energia juvenil.

O champanhe foi servido novamente enquanto o jardim escurecia, e as moças interpretavam várias cenas do espetáculo A *cidade e o Estado*. Bismarck, embora muito menos conversador que o czar, se mostrou capaz de acompanhar os outros na bebida. Mas ao contrário de seu companheiro russo, cuja língua se soltava mais a cada taça, Bismarck parecia se recolher cada vez mais em seu silêncio obstinado conforme a noite progredia.

As fontes borbulhavam no escuro, ecoando as risadas do grupo imperial que se divertia com a apresentação. Ao fim do espetáculo, o czar parecia completamente bêbado, enquanto Franz, por sua vez, parecia absolutamente intoxicado pela atuação encantadora da Srta. Schratt. Franz, então, fez algo chocante, sem qualquer precedente: ele convidou as Srtas. Wessely e Schratt — ambas plebeias e *atrizes* — para jantar com três dos líderes mais poderosos da Europa. As jovens, mudas de espanto, aceitaram com humildade enquanto dois lugares adicionais eram postos à mesa.

A noite estava amena e repleta de estrelas, e o ruído agradável das fontes se misturava com o estourar das rolhas de champanhe e a conversa animada de Franz. Sissi reparou que ele parecia, de repente, tão alegre e à vontade quanto o czar.

— Eu me lembro bem de você, Srta. Schratt. Você fez o papel principal em A *megera domada* — Franz comentou, os olhos claros sorrindo para uma Katharina que apenas corou, sem saber o que responder.

Sissi observava o episódio com uma mistura de admiração e perplexidade. Ela nunca tinha visto o marido tão à vontade, fazendo algo tão desligado do protocolo quanto a interação com uma plebeia — que convidou para jantar em sua própria mesa!

Ao longo do jantar, Alexander e Franz extraíram da Srta. Schratt sua biografia completa, deixando a pobre Srta. Wessely quase ignorada. Schratt era atriz há mais de dez anos. Ela tentou a sorte nos palcos dos Estados Unidos, mas havia retornado há pouco para Viena.

— E existe... existe um Sr. Schratt? — Franz perguntou, o olhar de repente fixo em seu próprio guardanapo. A mulher também baixou os olhos e respondeu que estava separada do marido, suas faces ficando ruborizadas com essa confissão.

Conforme a noite progredia, Franz fazia perguntas respeitosas à Sra. Schratt a respeito de sua vida profissional e pessoal em Viena. O Czar Alexander foi visivelmente mais atrevido, projetando todo o corpo na direção da Sra. Schratt. A atriz, corada pelo vinho e pelo calor da noite, parecia sufocada por toda a atenção imperial que recebia.

Mais tarde naquela noite, depois que todos haviam terminado de comer e beber, houve um show de fogos de artifício. Em meio à luz tremeluzente das velas e às explosões coloridas no céu, Sissi viu o soberano russo aproximar seu corpo imenso da Sra. Schratt. Quando uma bola de luz laranja explodiu acima deles, notou que a mão gigantesca do homem tinha ido parar na parte de baixo das costas da atriz. Ela viu o rosto pálido e horrorizado de Katharina Schratt um instante depois, e poderia jurar ter ouvido o guincho de protesto que a atriz soltou, se não fosse pela explosão seguinte que sacudiu a noite.

Então, Sissi virou-se e viu, pela primeira vez, a expressão do marido ao seu lado — ele olhava para Katharina Schratt e o czar, e suas feições estavam tensas, contraídas por um ciúme furioso.

Na manhã seguinte, Franz estava de mau humor quando se sentou à frente da esposa para tomar café da manhã.

— Bom dia, Franz.

— Bom dia. Como você dormiu? — ele perguntou.

— Bem, obrigada, e você?

Franz ignorou a pergunta e juntou as pontas dos dedos à frente de seu prato.

— Você sabe o que me disseram? Sabe o que meus guardas me contaram esta manhã? Um escândalo.

Sissi arqueou uma sobrancelha enquanto mastigava um pedacinho de sua torrada. Ela reparou na tensão atípica nas feições normalmente calmas de Franz.

— O que aconteceu? — ela perguntou.

— Aquele Alexander... — Franz disse o nome do czar como se pronunciasse o nome de uma doença terrível. — Ele tentou se enfiar nos aposentos da Sra. Katharina Schratt na noite passada. Consegue imaginar isso? É imperdoável.

Sissi pôs a torrada no prato, aturdida com a revelação do marido. Franz continuou:

— Ainda bem que eu tive o bom senso de mandar alguns guardas para os aposentos das moças na noite passada; do contrário, eu tremo só de pensar... — Franz cortou um pedaço de linguiça antes de continuar. — Eu convido a pobre moça para vir aqui fazer uma apresentação e ela é tratada de forma tão grosseira pelo meu outro convidado. Estou envergonhado... é um comportamento indefensável.

Sissi assentiu, pigarreando enquanto Franz continuava:

— E então, quando Alexander não conseguiu entrar no quarto da Sra. Schratt, sabe o que ele fez? Ele declarou, do lado de fora, que estava apaixonado por ela. E ainda, sendo o sem-vergonha que é, mandou seu criado entregar cem rosas e um colar de esmeraldas para ela. E tudo isso enquanto a esposa dormia em uma cama ali perto!

Será que Franz estava furioso por se sentir ultrajado em nome da Sra. Schratt?, Sissi se perguntou. Ou seria algo completamente diferente? Ela viu, então, como Franz era ciumento. E imaginou o quão ciumenta a Czarina Maria também seria. Percebendo, para sua considerável surpresa, que ela, ao ver o claro entusiasmo que o marido nutria por outra mulher, não sentia nada parecido com ciúme.

⁂

De volta a Viena, quando o outono transformava as castanheiras e as figueiras em uma mistura de bordô, laranja e dourado, a Corte Imperial se instalou no Hofburg para a estação fria que se aproximava. O ano-novo passou com um aumento na tensão familiar, pois Rudolf havia sofrido uma queda assustadora durante uma cavalgada. Embora sua vida não tenha corrido perigo, o príncipe herdeiro estava sendo tratado pelos médicos da corte com morfina e outros medicamentos potentes, uma prescrição que Franz considerava excessiva.

Conforme Viena caía nas garras geladas do inverno, Sissi reparou que o marido ia com regularidade ao Burgtheater, quase uma vez por semana. Aquele parecia ser o único momento de alegria de Franz em meio a seus dias entediantes e sombrios. Sissi também reparou que o humor dele piorava com o passar dos meses. Seu marido, normalmente impassível, foi ficando cada vez mais carrancudo com o comportamento excêntrico de Rudolf, a maneira grosseira que a Alemanha tratava seus aliados e a instabilidade nos estados dos Bálcãs.

Ao perceber isso, Sissi tomou uma decisão. Ela escreveu para Katharina Schratt dizendo o quanto tinha gostado de conhecê-la na Morávia, e como ela e o imperador admiravam sua atuação. E concluiu a carta amistosa perguntando se a mulher faria a gentileza de conceder uma visita à imperatriz no palácio.

A Sra. Schratt, lisonjeada, logo fez o que a imperatriz solicitou, e Sissi providenciou para que Franz se juntasse a elas na sala de estar de seus aposentos na tarde em que a visita aconteceu. Reparando como o marido ficou inibido e envergonhado durante os 45 minutos do encontro, Sissi declarou que os três deveriam se encontrar com mais frequência. Ela retribuiu a visita de Katharina algumas semanas depois, indo vê-la em sua própria casa, na periferia da capital.

— Por que você visitaria Katharina Schratt, se ela é a atriz favorita do imperador? — Larisch perguntou na noite daquela visita, com sua capacidade para farejar uma fofoca voltando a irritar Sissi. Elas estavam no quarto da imperatriz, que vestia seu robe após declarar sua intenção de jantar em particular, recusando o convite de Franz para um jantar de Estado. Ela olhou para Larisch procurando disfarçar a repulsa que sentia pela dama de companhia.

— Oh, meu marido só admira o talento da Sra. Schratt porque *eu* a admiro tanto. Eu disse a ele que desejo torná-la minha amiga, e ele, marido gentil que é, vai colaborar. — Na verdade, o que Sissi planejava era algo bem mais complicado, mas Larisch era a última pessoa em quem ela poderia confiar.

Sim, Sissi queria transformar Katharina Schratt em sua amiga. Ela, a imperatriz, não podia ser amante nem companheira de Franz. Por mais que pensasse no assunto, simplesmente não conseguia aceitar a ideia de ter alguma intimidade com ele ou de ser o seu consolo diário, como deve ser uma esposa. Ele não a fazia feliz, e o pior, Sissi sabia que não fazia o marido feliz.

Mas ela sabia que a paciência de Franz com a solidão estava chegando ao fim. Os seus dias eram difíceis e ele ansiava por certa normalidade doméstica ao fim de cada expediente. Desejava intimidade com uma mulher, um toque feminino em sua vida; precisava de algo mais do que os casos rápidos que seus ministros providenciavam para ele. Franz se sentia solitário; ele queria dar e receber afeto, mesmo que fosse a seu modo engessado e sério. Mas Sissi não podia lhe dar isso. Ela não conseguia suportar a ideia de permanecer sempre em Viena, levando aquela vida entediante e entregando seu corpo como uma égua reprodutora sem outro objetivo que não gerar herdeiros reais. Não, esses dias tinham acabado. Ela queria viajar, explorar o mundo e conhecer gente interessante.

Mas ela sabia o que sua ausência e seu abandono significavam. Sabia que Franz, ao não receber amor da esposa, não podia evitar procurar carinho em outros lugares. Ele estava sozinho e vulnerável, e isso provocava muita pena — e ansiedade — em Sissi, mas nada parecido com ciúme. Ela não podia permitir que ele se apaixonasse por outra aristocrata da corte. Isso seria perigoso demais. Se ele se apaixonasse por uma mulher rica, nobre e poderosa, a amante poderia se tornar uma rival de Sissi. Poderia até colocar ideias perigosas na cabeça de Franz, como uma anulação e outro casamento. Teriam mais herdeiros, um filho para substituir o instável Rudolf. Alguns dos ministros de Franz, com toda a hostilidade que tinham por Sissi, poderiam até apoiar a outra mulher. Havia muitos cortesãos que prefeririam uma imperatriz mais presente e maleável — e muitas mulheres nobres dispostas a se candidatar ao cargo. E a imprensa, bem, era provável que a imprensa vienense também ficasse contra Sissi, pedindo sua substituição se outra opção fosse oferecida. Então, o que aconteceria com ela — e com Valerie?

Não, se Franz não recebia o que precisava de sua mulher, e se era inevitável que procurasse preencher sua ausência de alguma outra forma, ele precisava se apaixonar por uma mulher que não representasse nenhuma ameaça a ela nem a sua filha. Uma mulher que oferecesse a Franz um pouco de conforto doméstico, permitindo que Sissi mantivesse sua liberdade sem que fosse substituída na corte.

E por isso Katharina Schratt era perfeita. Enquanto Sissi era escultural e majestosa, a Sra. Schratt era roliça e graciosa, com um jeito caseiro. Enquanto Sissi era nobre, a Sra. Schratt era plebeia, uma atriz — nunca poderia ser rainha. Sissi era complicada, nervosa e agitada; a Sra. Schratt era simples, amistosa e tranquila. E o fato de ela ainda ser casada, mesmo que separada, era outra vantagem. Franz e Katharina nunca se permitiriam considerar a ideia de casamento, pois isso significaria a dissolução de votos anteriores.

Os meses se passaram. Sissi convidou Katharina Schratt para visitas ainda mais regulares ao palácio. Frequentemente, providenciava para que fosse chamada a seus aposentos devido a alguma "urgência", deixando o marido desacompanhado com a convidada. Ela sempre saía dizendo algo gentil como "Por favor, Kathi, fique à vontade. Pode pegar qualquer coisa minha que desejar. Fique quanto quiser; vou demorar horas para voltar".

Enquanto os três desenvolviam aquela amizade estranha, mas de algum modo harmoniosa, Sissi se convenceu, mais do que nunca, de que a Sra. Schratt poderia ser a chave para a felicidade de Franz — e para sua própria liberdade. Sissi poderia manter sua independência e continuar com suas aventuras, sem sentir culpa nem medo por deixar o marido para trás. Aquilo não era normal nem convencional, não era nada que ela pudesse, algum dia, ter pensado que seria capaz de aceitar — mas muito pouco de sua vida com Franz tinha sido normal ou convencional. Tudo não se resumia a fazer o que fosse necessário para que Franz pudesse cumprir seus deveres?

E o plano de Sissi funcionou. No verão seguinte, Franz liberou a mulher mais uma vez, dando-lhe sua bênção sincera para que ela saísse da cidade e viajasse pela Baviera durante os meses mais quentes do ano.

— Você tem certeza de que não se importa? — Sissi perguntou vários dias antes de sua partida programada.

— Minha querida esposa, eu aprendi há muito tempo que tenho a mesma capacidade de impedir que uma rolha escape da garrafa de champanhe que tenho de segurar você na corte — Franz constatou como se fosse uma piada, e pelo brilho alegre nos olhos claros dele, Sissi percebeu uma recém-descoberta descontração no marido. Eles se entendiam e, mais uma vez, tinham concedido a liberdade um ao outro.

— Muito bem, Franz. Obrigada. E por favor dê meus cumprimentos a Kathi quando você a vir esta tarde — Sissi disse, sorrindo para que o marido soubesse que ela estava sendo sincera.

Valerie, ao ver como o pai estava mais feliz nos últimos meses, até concordou em viajar com Sissi. Desse modo, quando junho chegou, mãe, filha e o resto do pequeno cortejo da imperatriz se encontravam na cidade bávara de Feldafing, em uma casa de campo alugada perto da margem do Lago Starnberg. O local era perto o bastante de Possenhofen e Neuschwanstein para que Sissi pudesse visitar e voltar no mesmo dia. Mesmo assim, as semanas passavam e Sissi continuava relutando em visitar Ludwig, sempre inventando alguma desculpa para não ir. Eles se escreviam quase diariamente; Sissi sabia, pelas mensagens do primo, que Ludwig brigava — através de cartas e telegramas — com seus ministros furiosos em Munique.

Caríssima Sissi,

O abuso continua, querida prima! E tem se tornado tão intolerável que ameacei dissolver o parlamento e governar sozinho em Neuschwanstein. Como eu lhe contei, não posso permitir que eles interfiram na minha missão sagrada, e tampouco posso continuar com a farsa desses assim chamados ministros que não são mais competentes que um bando de macacos vestidos elegantemente.

Reze por mim enquanto continuo no alto da minha montanha. Querida prima, minha gaivota, envie suas preces para sua águia! Quando nós nos alinhamos com o divino, o restante feio do mundo não consegue compreender, e não consegue deixar de se sentir ameaçado e mostrar hostilidade. Eles dizem coisas horrorosas sobre mim, mas eu me mantenho firme em meu objetivo sagrado. Não vou deixar que me silenciem! Eu não vou deixar que aqueles macacos digam para mim, o rei legítimo, como governar! Não preciso me justificar! Eu permaneço forte de espírito, mesmo que essas disputas exaustivas me deixem com o corpo fraco.

Seu criado dedicado e fiel,
Seu primo,
Ludwig

Antes de redigir uma resposta, Sissi leu os jornais do dia, nos quais vários artigos discutiam a briga do rei com Munique. O governo de Ludwig estava ameaçando depor o monarca e entregar a coroa para o próximo na linha de sucessão. O apelido "o Louco" não era mais um xingamento que as pessoas sussurravam em particular, tinha se tornado um apelido aceito e usado com frequência. Sissi suspirou, os olhos indo e voltando entre a mensagem atormentada do primo e as notícias sensacionalistas nos jornais.

— O pobre Ludwig está encurralado — Sissi comentou. *Tanto por seus ministros quanto por ele mesmo*, ela pensou.

Ela deveria ir visitá-lo, Sissi disse a si mesma. Seus sentimentos por Ludwig a enchiam de uma mistura indecifrável de culpa, desconforto e ansiedade. E se ela fosse a única pessoa capaz de fazer o primo ouvir a razão? Mas então uma voz a mandou ter cautela — seria a voz de Franz? De Andrássy? Ou do racionalismo equilibrado de Marie Festetics? Talvez fosse a voz de seu próprio discernimento, pedindo cautela, pelo seu próprio bem e pelo bem de Valerie. *Não é da sua conta*, a voz dizia. *Nós não podemos salvar Ludwig, não quando ele próprio não vê necessidade de salvação.* E assim, Sissi pôs os jornais de lado, esperando que as notícias do dia seguinte pudessem, afinal, trazer um pouco de esperança para aquela situação pavorosa.

Na tarde do domingo de Pentecostes, Sissi e Valerie voltaram para a casa de campo depois da missa. Era um dia ameno e o ar da Baviera estava tão limpo e claro quanto as águas cintilantes do Lago Starnberg que se estendia diante delas. Mãe e filha tinham acabado de se sentar para jantar quando o Barão Nopcsa entrou na sala sem ser convidado, o rosto tenso de preocupação, um telegrama em suas mãos trêmulas.

Sissi baixou lentamente o garfo até o prato, inspirando profundamente para reunir forças antes de perguntar:

— Rudolf sofreu outro acidente?

— Não, Vossa Alteza.

Isso a surpreendeu.

— Então foi algo com Franz?

— Imperatriz, é seu primo, Rei Ludwig da Baviera.

— Ludwig? — Sissi acenou para que o secretário se aproximasse, pegou o telegrama de suas mãos e o leu depressa. — Ludwig, deposto? — Ela deu um olhar interrogativo para o ajudante, esperando que ele pudesse esclarecer aquilo.

— Imperatriz, os ministros em Munique consultaram médicos especialistas que declararam o rei da Baviera incapaz de governar. Foi uma decisão unânime.

— Baseados em quê?

— Disseram que ele é incapaz porque... bem...

— Barão, por favor, diga logo.

— Eles o declararam louco.

— Rei Ludwig, o Louco. — Sissi falou, repetindo em voz baixa o apelido pelo qual ele era conhecido há anos. Ainda assim, que aquelas ameaças de deposição tivessem sido levadas adiante, e de modo tão repentino... isso a assustou. — É um ato extremo depor um rei legítimo — ela pensou em voz alta—, quando ele não fez nada para prejudicar o reino. Está certo que ele gastou além do que podia, mas os ministros podem simplesmente controlá-lo. Outros reis continuaram a governar mesmo causando muito mais prejuízo do que ele. Ludwig não está começando guerras, torturando seus súditos, nem nada do gênero...

— Imperatriz, ele declarou a intenção de dissolver o parlamento e exonerar todos os ministros. Em resposta, os ministros em Munique votaram, e foi unânime: eles o declararam incapaz de governar e o rei foi deposto.

Sissi sentia a cabeça girar.

— Por quanto tempo?

— Majestade, ele não foi suspenso. Foi *deposto*. É permanente. Ludwig não será mais o rei da Baviera.

Sissi apoiou os cotovelos na mesa, deixando o telegrama cair.

— Então... o que vai acontecer com ele?

— Ele foi levado de Neuschwanstein para a residência de Berg, para onde os ministros enviaram uma equipe de médicos para examiná-lo. Eles pediram que Ludwig continuasse lá, no Castelo de Berg, onde os médicos vão prestar assistência e tratamento.

— Pobrezinho, eu deveria convidá-lo para ficar aqui, em vez de Berg. Ele deve estar precisando de companhia.

— Os ministros... pediram que ele continuasse lá, pelo menos por enquanto.

— Pediram que continuasse lá?

— Ordenaram... creio que podemos dizer.

— Então eles o colocaram em prisão domiciliar — Sissi declarou, sentindo o corpo enrijecer. — Bem, eu preciso pelo menos ir visitar meu primo. Hoje. Peça que aprontem a carruagem.

— Madame... receio que isso seria... — o Barão Nopcsa gaguejou — não apenas desaconselhável, mas também impossível.

Sissi ergueu uma sobrancelha, exigindo mais explicações.

— Colocaram guardas no castelo, Vossa Majestade. Tanto para a segurança do Rei Ludwig quanto dos outros.

— O que isso quer dizer, barão?

— Eles temem que Ludwig, ou pessoas leais a ele, tentem iniciar uma resistência armada à sua deposição. Que levantem um exército para restaurá-lo como rei.

Sissi fez uma careta de deboche e pensou em voz alta:

— Isso sim é loucura. Ludwig pode ser excêntrico, mas não tem nada de violento. Ora, ele não saberia nem como começar a liderar um exército.

O Barão Nopcsa mudou o peso do corpo de um pé para outro.

— Vossa Majestade conhece bem o rei, é claro. Vamos esperar que os médicos, ao visitá-lo, pensem como a imperatriz e decidam que tudo foi um grande mal-entendido.

— Deus permita que assim seja — Sissi concordou, baixando os olhos para a mesa, sentindo-se incapaz de ajudar o primo. Talvez ela pudesse escrever para Franz e pedir o conselho dele, perguntar se algo poderia ser feito a partir de Viena. — E... quem irá ocupar o lugar dele?

— Bem... — O barão se mexeu de novo. — Como o irmão dele, o Príncipe Otto, está legalmente louco e já vive confinado... a coroa não pode passar para ele.

— Não — Sissi concordou, sentindo a garganta ficar seca como uma estrada poeirenta.

— Os ministros convidaram o tio de Ludwig, Luitpold, para servir de príncipe regente da Baviera.

Sissi sacudiu a cabeça, sentindo-se um pouco tonta. *Que confusão*, ela pensou. Para a Baviera. Para Ludwig. Para sua família inteira. Oh, quem foi que disse que era bom ser de família real?

— Isso é tudo... Obrigada, barão. — O secretário fez uma reverência e saiu. Sissi voltou-se para a mesa, reparando que seu apetite tinha sumido.

Ela saiu de casa e passou a tarde sozinha, olhando fixamente para a superfície do Lago Starnberg iluminada pelo sol. Os dias duravam mais nessa época do ano, com o sol demorando até as nove da noite para se pôr. Sissi permaneceu lá fora, imóvel, enquanto o céu desbotava de azul pastel para uma paleta de rosados e alaranjados. Finalmente, a noite aveludada desceu, mas ela continuou encarando o lago, impotente em sua angústia pelo primo cheio de problemas. Em algum lugar não muito distante, a poucos quilômetros de onde ela meditava, Ludwig estava enclausurado em sua prisão palaciana, o Castelo de Berg. Prisão domiciliar para o rei que tinha dado ao mundo seus castelos mais lindos e suas óperas mais amadas. Bem, pelo menos ele estava em um de seus lugares favoritos, Sissi tentou se consolar. Ainda assim, aquele lugar devia estar sendo um inferno para ele, tão sozinho e vigiado por guardas que um dia antes lhe eram leais. O sensível Ludwig, tão inocente e ingênuo quanto uma criança, o que estaria pensando daquilo tudo?

— Oh, Ludwig! — Sissi exclamou, chorando na escuridão. Ela pensou em um verso de sua peça favorita, *Sonho de uma noite de verão*, de

Shakespeare: *"Oh, mas então, tais encantos que meu amor traz internos, transformaram um paraíso em inferno!"*. Em seus palácios, Ludwig tinha construído o mais próximo que o ser humano podia chegar de uma residência celestial. Mas agora ele estava destinado a ficar em uma de suas obras de arte, para sempre, como prisioneiro — observando seu paraíso ser transformado em inferno. Estaria ele realmente louco? Ah, mas até em Shakespeare os loucos eram sempre os mais sensíveis. *Veja só os líderes mais respeitados do mundo: o kaiser da Alemanha, a Rainha Victoria da Inglaterra, Franz Joseph também. Não é loucura que eles, com todo o poder que detêm, vivam encarcerados por vontade própria?*, ela pensou. Acorrentados por protocolos, etiqueta, petições e tradições seculares. Ludwig não ligava para nada disso. Ludwig desprezava ministros e burocratas bajuladores, e também tradições antiquadas e sem sentido. Ele usava sua riqueza e seu poder para trazer beleza ao mundo. Então, quem poderia dizer que Ludwig não era o único dentre todos esses soberanos que *não* estava louco?

Como ela queria poder ir até ele, dar um pouco de conforto para o garoto doce que nunca teve amor de mãe, nunca desfrutou do abraço amoroso de um pai orgulhoso. Dizer-lhe que ela o entendia — que ele, assim como ela, era um pássaro selvagem que não podia evitar de enlouquecer dentro das gaiolas em que os outros insistiam em colocá-lo. Como ela desejou que Ludwig pudesse ouvi-la chorando por ele, sentir sua alma sofrendo por ele na margem oposta do lago, seu coração se partindo com o dele e por ele. Pobre Ludwig. O que seria dele, agora que o mundo todo acreditava que ele estava louco demais para continuar?

Sissi não conseguiu descansar naquela noite, sua mente permanecendo do outro lado das águas, na margem oposta, com o primo. A alvorada trouxe outro dia magnífico de verão e Sissi levantou assim que o sol começou a tingir o céu de lilás e rosa com seus primeiros raios. Naquela manhã, Sissi colheu um punhado de jasmins em seu jardim e enviou o buquê para o primo, esperando que Ludwig pudesse encontrar algum conforto no fato de saber que ela estava pensando nele.

O Barão Nopcsa lhe deu bom dia com a notícia de que os médicos que declararam Ludwig louco tinham feito isso de Munique, sem examinarem o rei pessoalmente.

— Não o examinaram pessoalmente? Então isso tudo é uma farsa! — Sissi exclamou, brava mas um pouco aliviada com a notícia. — Uma decisão médica dessas não tem valor, é claro. O pobre Ludwig sofreu um golpe dos ministros porque ameaçou exonerá-los.

Que coisa abominável era uma coroa, Sissi pensou. Quando é que aquela joia trazia a felicidade que as pessoas que corriam atrás dela acreditavam? Tudo o que ela trazia era sofrimento e uma lista crescente de rivais e inimigos.

— Os médicos estão com ele agora, em Berg — o barão continuou. — Vamos ver o que dizem, depois que o examinarem de fato.

Sissi sentiu a esperança crescendo dentro de si; talvez nem tudo estivesse perdido, afinal. Talvez aquilo pudesse ser revertido. Com certeza aqueles médicos ficariam encantados com Ludwig. O primo devia saber que precisaria conquistá-los, não devia? Oh, ela esperava que sim!

No fim da manhã chegaram mais notícias da situação de Ludwig em Berg.

— Imperatriz, posso entrar? — pediu o Barão Nopcsa.

Sissi estava se preparando para almoçar com Valerie.

— Sim, entre. Diga-me, alguma notícia? Será que esses médicos mais legítimos reverteram aquela declaração falsa de Munique?

— Ele... eles... bem... — o barão hesitou um momento, gaguejando, até que relaxou o corpo inteiro. Sissi notou que ele ficou com o rosto pálido enquanto falava. — Lamento informá-la, Madame, que o Rei Ludwig da Baviera está... morto.

Sissi caiu sentada em sua cadeira, mais desabando do que realmente sentando. Ela precisou de vários minutos antes de poder encontrar palavras, ainda que simples:

— Ludwig, morto?

O Barão Nopcsa fez o sinal da cruz.

— Sim, Vossa Majestade.

— Morto? Mas, como?

De novo, o barão fez o sinal da cruz.

— Parece que por iniciativa própria, Majestade.

— *Suicídio?* — Sissi suspirou a palavra, arregalando os olhos, horrorizada.

— E não é só isso — o barão disse, o rosto sinistro. — Tem coisa pior.

— O que poderia ser pior? Como pode ser possível existir algo pior?

— Parece que, noite passada, pouco antes do pôr do sol...

— Enquanto eu estava parada junto ao lago, desejando vê-lo... — Sissi disse, as veias em seu pescoço pulsando e latejando freneticamente. — Desejando estar com ele...

— Ludwig pediu ao seu médico que fosse caminhar com ele. Para longe do castelo, até o lago. Eles saíram. O médico, aliviado por ver que a disposição de Ludwig tinha melhorado, dispensou a companhia de guardas. Eles foram encontrados, horas depois, dentro do lago. Os dois. Ludwig parece ter tirado a própria vida, mas antes disso, pode ter tirado a vida do médico. Ele foi encontrado ao lado do rei, de bruços na parte rasa do lago, o rosto e a garganta mostrando marcas de estrangulamento.

Suicídio *e* assassinato? Sissi agarrou a borda da mesa e olhou, horrorizada, para o rosto pálido e aterrorizado de Valerie, desejando que a filha não tivesse ouvido aquele relato. Desejando que sua filha, pura e inocente, nunca tivesse que descobrir as profundidades da desgraça e do horror humanos.

XIV

Genebra, Suíça
Setembro de 1898

As duas mulheres saem do hotel para a rua, e ele sabe de imediato que é a imperatriz. Ela é a mulher magra de preto, segurando o para-sol e caminhando com superioridade, uma postura inexplicável de autoridade. Ele fica feliz por serem apenas as duas mulheres — feliz porque o conhecido hábito dela de deixar os guardas para trás lhe apresentava uma oportunidade. Sua chance de cometer o Grande Feito.

O sol brilhante da manhã banha o passeio, e ela pisca, com a expressão assustada de um animal caçado. O que ela é, claro: caçada. Não só por ele, mas por todos. Ela, assim como ele, é uma fugitiva. Por toda sua vida, foi perseguida e observada, destruída e recomposta, assumindo qualquer identidade que o povo precisasse lhe impor. Pelo modo como agarra o para-sol agora, ele suspeita que o objeto sirva mais para proteger a imperatriz dos olhares e das palavras das pessoas que da luz de outono. O para-sol pode vir a ser um problema para ele.

A imperatriz caminha em passo rápido, enquanto conversa com a mulher ao seu lado, mantendo-se ao lado da avenida. Ela fala com uma autoconfiança fácil, inata, de quem sabe que está sendo escutada, de que suas palavras têm importância. Como será, ele imagina, ter tanta certeza de que suas palavras importam? Falar sabendo que alguém irá escutar, alguém irá se importar? Até mesmo responder?

Ele caminha pelo cais na direção do passeio. Não sabe por que, mas acha o para-sol quase deslumbrante, um borrão branco sobre um cenário quase inteiramente preto. Ela veste uma jaqueta de seda com colarinho alto e uma saia preta comprida e um chapéu preto sobre o cabelo escuro. Aqueles cabelos — tão famosos que até ele já tinha lido a respeito — escuros, ondulados e ornados com fios grisalhos perdidos. Ela parece mais preparada para um funeral do que para um passeio despreocupado. Ele ri para si mesmo, um som gutural, sinistro. Vai ser um funeral, e não vai demorar.

Capítulo 14

Palácio de Hofburg, Viena
Dezembro de 1888

Toda Viena estava em um estado de expectativa febril, mas ninguém estava mais ansioso do que o Maestro Johann Strauss. O compositor tinha desenvolvido o hábito de andar batendo os pés pelos corredores do Hofburg, seus braços acompanhando o ritmo da melodia em sua cabeça, seus olhos cintilando com a fúria alimentada pela valsa que bailava, quase completa, em sua cabeça. Ele fazia uma careta para qualquer um que ousasse tentar falar com ele, replicando que estava elaborando as notas finais do que seria sua maior obra-prima.

Ela se chamava *Valsa do Imperador*, a obra que comemoraria 40 anos do reinado de Franz Joseph, e o Maestro Strauss a apresentaria para o mundo em Viena. Como aquele gênio da música faria para capturar a essência de um homem tão seco e impenetrável como Franz Joseph, ninguém sabia, muito menos a mulher que estava casada com ele há três décadas e meia.

Lá fora, o tempo estava gelado. As imponentes figueiras e castanheiras da cidade tremiam com os galhos depenados pelas garras geladas do inverno ao cair a primeira neve da estação. Pedestres, vendedores ambulantes, donas de casa e estudantes usavam cachecóis e luvas de lã para atravessar a *Stephansplatz*, a Praça de Santo Estevão, coberta de gelo. As fachadas neogóticas e neorrenascentistas dos imponentes edifícios de Viena estavam recobertas por uma fina camada de branco, o que os deixava ainda mais parecidos com doces e bolos com cobertura.

Sissi ansiava pela liberdade de poder se aventurar pelas ruas além dos muros do palácio, onde o ar estava carregado com o aroma de castanhas assadas e o som dos sinos dos trenós. Ela queria poder vagar pelas ruas da capital sem ser reconhecida; rir ao ver as crianças implorando às suas mães por moedas para comprar biscoitos de gengibre; sorrir para as mães que vasculhavam o Mercado Christkindl, ao lado da prefeitura, em busca de iguarias de Natal; observar os jovens estudantes cortejando suas namoradas entre xícaras de café e de chocolate quente coberto com creme. Mas esses prazeres simples não eram possíveis para ela em Viena; não existia a opção de vagar, observando os outros, quando se tinha um rosto tão conhecido por todos.

Dentro do palácio, Sissi e Valerie estavam sentadas com a família para o jantar particular semanal nos aposentos imperiais. Os grandes salões e corredores do Hofburg estavam sossegados naquela noite, pois a corte se preparava para as festividades programadas para a noite seguinte, quando o Maestro Strauss finalmente estrearia sua nova valsa.

— Eu soube que ele a chama de *Mãos dadas*, e não de *Valsa do Imperador* — Franz, como sempre, mesmo nas reuniões familiares, era o primeiro a falar, e o fez enquanto partia um *Semmelknödel*, um bolinho de pão cozido.

— *Mãos dadas* — Sissi repetiu. Ela não sabia que o Maestro Strauss tinha mudado o nome da composição. — Ele se refere a você e eu?

— Talvez ele se refira a Rudolf e eu — Stéphanie palpitou, a colher parada sobre o *goulash*. Rudolf bufou dentro de sua taça de vinho. Sissi manteve os olhos no marido, sem olhar para Stéphanie ou Rudolf.

— Nada disso, na verdade — Franz respondeu. — O Maestro Strauss se refere a mim e... ao kaiser da Alemanha. — O seu tom o traía, o que não era comum, expondo seu aborrecimento com o fato de que uma valsa a princípio dedicada apenas a ele agora era compartilhada com outro imperador.

— Que diplomata astucioso, o Maestro Strauss... — Sissi comentou com o marido.

— De fato.

— Eu acho que vou usar o título original e continuar chamando a peça de *Valsa do Imperador* — Sissi disse.

— De qualquer modo que a chamar, creio que iremos gostar muito dela — Franz concluiu, limpando a barba espessa com um lenço, enquanto o tom formal, desapaixonado, retornava à sua voz. — Com essa obra, Strauss pretende provar que ele, o filho, afinal superou o legado do pai. E tirar Liszt e Bruckner do caminho, estabelecendo-se de uma vez por todas como o melhor.

— O melhor? — Rudolf falou pela primeira vez e Sissi olhou para o filho. Com apenas 30 anos e uma constituição que poderia ter feito dele um homem devastadoramente lindo, Rudy já apresentava um rosto que dava a impressão de ter sido maltratado, e muito, pela vida. A face amarelada não tinha nada do brilho da juventude. Os olhos estavam injetados, com olheiras de falta de sono ou sabe Deus o quê. Ele sustentava uma expressão desafiadora ao falar com o pai, seu tom de deboche como um convite a uma briga. — Alguns dizem que Wagner já conquistou esse título.

Wagner. A menção a esse homem — o amigo de Ludwig, beneficiário de sua generosidade enlouquecida — trouxe uma tristeza familiar a Sissi. Uma melancolia que se recusava a ser enterrada. Rudolf continuou:

— E Wagner está dando trabalho ao seu Strauss, apresentando *O Anel do Nibelungo* nesta temporada na Ópera da Corte de Viena.

— Rudolf, por que você tem essa postura tão desleixada à mesa? — Franz parecia absolutamente calmo, não fosse o toque de vermelho que coloria sua face por baixo da barba. — Você não tem respeito pelas damas presentes?

— Oh, eu sinto muito. Assim está melhor? — Rudolf perguntou com a voz azeda enquanto se endireitava com rígida formalidade, a postura exagerada de tão empertigada. Parecida com a do pai.

— Sim, na verdade está — Franz respondeu, ignorando o deboche evidente. — Obrigado. E, de qualquer modo, ele não é o *meu* Strauss. As realizações do maestro são só dele.

— Ele é o compositor da sua corte.

— Sim, bem, seja como for, o império só tem a ganhar com essa pequena competição entre os compositores — Franz argumentou, como se não quisesse deixar o filho continuar com o assunto. — E uma coisa é certa: quando o Mestre Strauss levanta o arco de seu violino, toda a Europa valsa. Acredito que todos podemos nos beneficiar disso.

Era verdade; eles precisavam de um pouco de música, tanto dentro dos aposentos da família imperial quanto em toda a capital. Embora fosse um período festivo, a época de celebrar o nascimento do Salvador e o ano-novo, uma tensão perceptível pulsava ao redor deles. Com certeza não era tão severa quanto em Londres, onde uma ameaça sem nome, conhecida como Jack, o Estripador, assombrava a cidade assassinando jovens mulheres e mutilando seus corpos de maneiras que desafiavam a imaginação. Embora não tivesse nenhum Jack Estripador à espreita em suas ruas, Viena também sofria. Era a cidade mais rica da Europa, mas ainda assim possuía o número mais alto de suicídios. Os hospícios estavam cheios além da lotação máxima com mentes doentias e corpos debilitados. O surto de jovens estudantes se jogando no Danúbio era quase uma epidemia. Como uma cidade podia ser tão promissora e ao mesmo tempo sofrer de tal desespero?

E ainda havia o mal particular, mais pessoal, do qual Sissi sofria. Ela agora vestia preto na maior parte do tempo; estava de luto pela morte recente de seu pai, bem como pela morte abrupta e chocante de Ludwig. Mesmo com o passar do tempo, a perda do primo ainda persistia como uma dor profunda e perturbadora que ela tinha dificuldade para suportar. Sissi, como tantos outros súditos leais e desolados por toda Baviera, simplesmente não conseguia aceitar que Ludwig tivesse cometido suicídio. Não fazia sentido, não quando testemunhas se apresentavam para dizer que ele tinha sido encontrado em águas rasas. Todos deveriam mesmo acreditar que Ludwig, um homem alto e nadador habilidoso, tinha se afogado daquele modo? Será que ela estava destinada a viver com essa incerteza — ouvindo testemunhos conflitantes e teorias conspiratórias que pareciam muito mais plausíveis que o laudo rápido e conveniente da autópsia — sem nunca entender os dias e as horas finais de seu primo atormentado?

Mas a principal causa da ansiedade de Sissi, a fonte mais maligna de inquietação nos aposentos da família era Rudolf. A relação tensa entre pai e filho tinha piorado quando, há pouco tempo, Rudolf quase atirou em Franz enquanto estavam caçando. Todos os envolvidos afirmaram que o incidente não foi nada além de uma infelicidade. Rudolf, apesar da frequência com que usava rifles e pistolas, e apesar do orgulho que tinha de sua imensa coleção de armas, nunca foi bom atirador nem um caçador bem-sucedido, pois lhe faltava a paciência e a firmeza do pai habilidoso. Até mesmo o próprio Franz declarou que tudo não passou de um acidente sem maior significado. Porém, por influência de seus ministros excessivamente cautelosos, ou por uma decisão própria, Franz Joseph ordenou que a polícia secreta começasse a seguir o filho a partir daquele momento. Sissi não entendia como eles podiam ser chamados de polícia "secreta", já que, poucos dias depois que o príncipe herdeiro começou a ser seguido, a corte inteira parecia saber do fato — incluindo o próprio príncipe. Isso não ajudou em nada a reabilitar a relação de confiança entre pai e filho.

Rudolf contra-atacou com sua própria maneira mal disfarçada: começou a redigir artigos "anônimos" em um dos jornais de Viena, o *Neues Wiener Tagblatt*, tecendo críticas cruéis ao pai. Em seus artigos, ele pintava o "imperador" como alguém que sofria de uma cegueira intencional com relação aos problemas do império. Um velho antiquado, irrelevante, que se opunha, teimoso, ao progresso e ao liberalismo. Rudolf nunca assinava os artigos que escrevia, mas sua amizade com o editor-chefe do jornal era um indício forte o suficiente para todos na corte. E embora ninguém no Hofburg mencionasse esses ataques, todos, inclusive Franz, os liam.

Sim, não havia como negar: a família imperial necessitava urgentemente de um pouco de diversão para suavizar as tensões que borbulhavam sob a superfície forçada de cordialidade familiar. Talvez a música do Maestro Strauss pudesse ajudar. Ele era, afinal, conhecido como o melhor.

E assim, no começo da noite de dezembro em que Strauss deveria estrear sua nova peça, Sissi estava decidida a encorajar um clima de alegria, em seus aposentos e em sua família. Ela se vestiu com perfeição, escolhendo um vestido exuberante de brocado cor de ametista, usou joias combinando e enfeitou o cabelo com penas de pavão, para que ficasse deslumbrante em meio ao ambiente dourado do grande salão.

A apresentação aconteceria no Musikverein de Viena, a maior sala de concertos da capital e sede da orquestra filarmônica. Quando a família imperial entrou, o espaço lotado irrompeu em aplausos. Os guardas reais se espalharam ao redor deles, formando uma parede de proteção. Os lustres brilhavam com centenas de velas, cuja luz refletia nas paredes e nos balcões dourados. As roupas dos vienenses presentes se mostravam tão luxuosas e refinadas quanto o salão. As pessoas se viravam para observar a família imperial e exibiam uma coleção de vestidos adornados por joias, pérolas reluzentes, diamantes inestimáveis e penteados complexos.

Sissi exibiu um sorriso tímido ao sentir centenas de olhos atentos sobre si. No dia seguinte, todos os jornais de Viena noticiariam cada detalhe de seu vestido, seu cabelo, até suas expressões faciais. Ao lado dela, Valerie parecia menos incomodada pela multidão, conversando, animada, enquanto olhava ao redor.

— Isto tudo é lindo! Olhe o tamanho da orquestra. Aposto que Salvator adoraria isso. Talvez ele venha da próxima vez.

Sissi então se virou para a filha, esquecendo por um momento da multidão, surpresa com o comentário de Valerie. Não era típico dela dizer algo assim. Salvator? O distante parente Habsburgo? O jovem oficial do exército italiano que as tinha visitado em Bad Ischl no verão passado? Sissi não tinha notado qualquer atração especial de sua filha pelo reservado arquiduque de cabelos escuros. Mas, na verdade, Sissi não tinha prestado atenção, certo? Nunca lhe passou pela cabeça reparar nisso. Não lhe parecia plausível que Valerie reparasse em um jovem, pois nunca tinha feito isso antes. Mas ela já estava com 20 anos e era natural que começasse a notar os homens. E Salvator era atraente, Sissi ponderou. Mas Valerie teria mesmo se encantando com o primo quieto e tímido? Pensando nisso, Sissi se deu conta de que podia haver muita coisa a respeito de sua filha favorita que ela não sabia. Tudo isso agitou sua mente com reflexões que provocaram surpresa, confusão e até um pouco de pânico. Mas quando ela respondeu à filha, conseguiu manter a voz calma.

— Salvator, minha querida?

Valerie assentiu, um tom atípico de vermelho colorindo suas faces claras.

— Sim, o primo Franz Salvator. Eu contei para ele que viríamos à estreia do Maestro Strauss esta noite. Ele disse que gostaria muito de fazer algo assim. Talvez venha conosco da próxima vez.

— Você escreve para seu primo Salvator, minha querida?

— Escrevo.

— Desde quando? — Sissi perguntou.

— Desde o verão. Mamãe, por que está olhando assim para mim? Não posso escrever para...?

— É só que... Bem, eu não sabia, é só isso.

E então, a sensata Valerie deu de ombros.

— Você nunca perguntou — ela respondeu.

Era verdade. Sissi *não tinha* perguntado. Mal tinha tocado no assunto de corte ou amor com a filha. Talvez uma parte dela — uma parte muito egoísta, ela admitia — esperava que Valerie nunca fosse se interessar por tais assuntos, que nunca desejaria deixar a mãe para se casar e constituir uma família. E então, como se captando os pensamentos diretamente da cabeça de sua mãe, Valerie disse, com um tom de desafio na voz:

— Eu não tenho 15 anos, mamãe. Estou com quase 21. E eu não estou sendo *vendida*. Eu posso querer, de vontade própria, me casar. Com certeza você refletiria sobre seu sentimento a respeito dessa instituição se visse que as circunstâncias são diferentes?

Sissi ficou sem fala. A filha estava respondendo a algo que a própria Sissi tinha dito, há pouco tempo, sobre seu próprio casamento. Talvez essa tenha sido a única vez em que ela discutiu, de fato, o assunto com a filha. Mas era óbvio que Valerie tinha escutado, pois suas palavras ecoavam a confissão da mãe: *O casamento é uma instituição ridícula. Ora, quando penso em mim mesma, uma criança de 15 anos, fazendo um juramento que não entendia...*

Valerie suavizou as feições e abriu um sorriso carinhoso quando ela e Sissi sentaram-se uma ao lado da outra.

— Mamãe, você vai ficar bem. Eu não vou morrer; vou apenas me casar.

Sissi engoliu em seco, e um peso frio de compreensão se assentou em seu estômago. Sua filha, a prática, sábia e sensata Valerie, estava preparando a mãe. Ela dizia para Sissi que aquilo iria acontecer, que era inevitável. Ela, Valerie, o único amor verdadeiro e constante de sua vida, estava amando um homem e acabaria saindo de casa. Confusão e surpresa se transformaram em puro pânico.

— Mamãe?

Sissi piscou várias vezes.

— Sim, querida?

— Você está pálida como um fantasma. Você vai desmaiar?

Sissi negou com a cabeça, sentindo que as ametistas ao redor de sua garganta iriam sufocá-la.

— Mamãe? — Valerie pôs a mão sobre a de Sissi. — Você *vai* ficar bem, não vai? Você sabia que isso aconteceria algum dia, não é?

Sissi fechou os olhos por um momento, tentando controlar a tontura. Se pelo menos ela conseguisse tirar o espartilho, e o colar pesado demais do pescoço. Oh, o que todos aqueles espectadores pensariam, se a vissem desmaiar?

— Mãe, estou ficando assustada. Você parece doente.

— Sissi, você está se sentindo mal? — Franz interveio, debruçando-se sobre a esposa pelo outro lado.

Sissi inspirou fundo, devagar, obrigando-se a controlar aquela tempestade de emoções.

— Estou bem. — Ela abriu os olhos, fez um gesto com a mão para tranquilizar Franz e se virou para encarar a filha. — É claro. Vou ficar encantada se você me disser que... que deseja se casar. — Ela conseguiu dar um sorriso, ainda que frágil. — É claro, minha querida.

Valerie inclinou a cabeça para o lado, como um ancião indeciso observando uma criança que não está falando a verdade.

— Você está sendo sincera, mamãe?

— É claro, Valerie, minha querida. Eu vou ficar muito feliz... desde que você fique feliz. — Sissi imaginou que, no fim, essa seria a verdade. Ela amava tanto Valerie que a felicidade da garota era mais importante que todo o resto. Mesmo que partisse seu coração perder a companhia diária da filha. Ela forçou outro sorriso, mais determinado dessa vez. — E, bem, isso vai ser bom.

Valerie apertou a boca, ainda desconfiada.

— *Vai* ser, Valerie querida. Isso vai me dar mais tempo para me dedicar ao meu novo projeto de construção.

— Oh, mamãe. — Valerie arregalou os olhos. — Você não vai *mesmo* se mudar para uma casa nova em Corfu, vai? Eu pensei que esse projeto de construção na Grécia era só mais um de seus devaneios fantásticos. Você não quer *mesmo* se mudar para tão longe, quer?

Sissi estava refletindo sobre a pergunta, mas logo foi distraída pela entrada do Maestro Strauss, que se colocou diante da orquestra fazendo a multidão irromper em aplausos. O compositor se curvou em várias reverências à família imperial antes de agradecer ao restante da plateia, e então todos ficaram em silêncio. Embora o tivesse visto centenas de vezes antes, Sissi observou o músico com atenção. Ele parecia ter enfrentado um vendaval, com o cabelo desgrenhado e o bigode mais rebelde que Sissi já tinha visto. Como se o trabalho com aquela obra tivesse sido, de algum modo, um enfrentamento divino, como Jacó nos braços de Deus.

Voltando-se para a orquestra, o Maestro Strauss levantou o arco de violino, sua ferramenta favorita de regência. Um último momento de expectativa pulsou no teatro e, então, a *Valsa do Imperador* começou.

Sissi fechou os olhos para escutar, deixando-se levar pelo embalo da música. A melodia começou devagar, com os acordes de abertura de violino e flauta abrindo-se em sons delicados, suaves, em compasso ternário. Era adequado, Sissi pensou, lembrando-se de muitos anos atrás, no jardim de Bad Ischl. Franz, por ela, também *tinha* começado delicado e gentil, sustentando seu olhar sob o brilho fraco do luar. Carinhoso como um namorado precisava ser, delicado e suplicante como toda garota espera.

Conforme Strauss conduzia a orquestra adiante, os metais e a percussão se tornaram mais proeminentes. O volume também cresceu e, assim, a potência da música. Uma energia latente dava lugar a uma explosão completa de um som lindo, alto, avassalador. Os sopros emitiam seus trinados e gorjeios, sendo engolidos por uma marcha regular e imponente. Sissi foi conquistada. Ela sentiu sua pele arrepiar toda, reconhecendo que o Maestro Strauss, sendo o gênio que todos diziam, tinha obtido sucesso em fazer algo que ela nunca imaginou ser possível: Sissi sentia Franz em todas as notas.

A música entrou em um crescendo triunfante ao som dos metais, da percussão e dos violinos, e todas as linhas divergentes se juntaram formando um conjunto perfeito. Strauss uniu tudo isso, produzindo uma harmonia rica, da mesma maneira que Franz teceu seu império improvável com todos aqueles povos e países. E então, inesperadamente, a melodia altiva e imponente voltou aos acordes lânguidos, suaves, de violinos e sopros.

Strauss, mantendo o tempo de três quartos com seu arco e sua energia febril, com o cabelo esvoaçante, levou os músicos a alternarem entre esses momentos delicados e ternos, e os vigorosos e suntuosos. Isso acontecia de forma fluida. O ânimo da plateia crescia e diminuía conforme as notas carregavam todos por essa jornada inesperada, cujo trajeto era tão surpreendente e encantador que Sissi sentia vontade de chorar e rir ao mesmo tempo.

Ela ficou espantada como Strauss conseguia dizer tanta coisa com aquelas notas e instrumentos. Era Franz. Era o império dele. Aquela valsa era a música da neve que caía suavemente sobre os edifícios novos e imponentes da Ringstraße. Era as tulipas da primavera cobrindo os gramados na frente do Palácio de Schönbrunn. Aquela música era os picos majestosos e imponentes dos Alpes; era os pastores de cabras, de faces avermelhadas, colhendo flores de edelvais nas montanhas. Era o riso animado dos estudantes vienenses, flertando e debatendo nos cafés e nas cervejarias. Era o majestoso Danúbio azul, era as catedrais, os chalés nas montanhas e as vilas antigas que surgiam ao redor de torres de igrejas, riachos e córregos. Era tudo isso, e era totalmente Franz Joseph.

No fim, depois de uma última explosão exultante de metais, percussão e cordas, Strauss retornou à suavidade. A valsa ficou tão lenta e baixa que pareceu quase frágil, e Sissi se inclinou para frente para garantir que não perderia nem uma nota.

Quando, afinal, os instrumentos silenciaram, as últimas notas ecoando pela plateia atônita, Sissi olhou para o lado para ver como o homem personificado naquela obra-prima estava reagindo. Lá estava o imperador, imóvel como uma estátua. Encantado. Sissi ficou olhando para ele, admirada. Ela nunca viu Franz emocionado daquela forma, não desde a morte de sua mãe. Antes disso, as únicas outras vezes em que ela viu Franz abalado foi quando eles perderam a primeira filha, uma bebê querida, e quando ele esperava por ela, um noivo nervoso, em frente ao altar. Johann Strauss era mesmo um gênio, um mestre que tinha conseguido o impossível — levar lágrimas aos olhos do Imperador Franz Joseph.

<hr />

De volta ao Hofburg, os membros da família real subiram pela escada privativa de mármore, e se desejaram boa noite, bocejando, antes de ir cada um para seus respectivos aposentos. No alto da escadaria, contudo, Franz se demorou um instante além do que de costume. Sissi parou e olhou para ele. Visivelmente ainda emocionado, ele encheu as bochechas e soltou um suspiro longo e audível. Ela o viu recuperar a compostura perdida na sala de concertos. E, então, com as feições recompostas e impassíveis mais uma vez, ele falou:

— Bem, Sissi, agora que isso passou, aguardamos nossa próxima celebração, o Natal. E seu aniversário.

Sissi suspirou e tirou as luvas. Sua cabeça doía devido ao peso dos cabelos puxados para cima, que tensionava o couro cabeludo, e queria ir logo para o quarto. A noite foi repleta de emoções: primeiro a revelação de Valerie, então a homenagem comovente a um marido pelo qual ela nutria tantos sentimentos conflitantes. Ela desejava sua privacidade para poder refletir sobre tudo aquilo.

— Nós vamos celebrar com um jantar em família na Véspera de Natal — Franz disse, já completamente recomposto.

— Precisamos celebrar meu aniversário?

— Por que não celebraríamos?

Sissi pensou um pouco.

— Um ano mais velha? Eu não comemoro o fato de que o tempo está apertando suas garras ao meu redor. — *Afastando Valerie de mim. Roubando-me de meu vigor e minha beleza*, ela pensou. Mas ela não deu voz a esses pensamentos.

— Também um ano mais sábia — Franz sugeriu, amável.

Sissi sorriu para ele.

— Ora vamos, meu marido, nós dois sabemos que isso não é verdade. — Eles começaram a caminhar lado a lado para os aposentos da família na ala Amália do Hofburg. Os outros já estavam bem a frente, de modo que a conversa entre eles era particular.

— Então me diga, imperador, gostou de sua valsa?

— Gostei. Imensamente.

— Eu acredito que essa valsa o traduza para a música de modo bastante preciso.

— É mesmo? Como?

— Ela é tudo que você é, Franz. Imponente. Respeitável. Equilibrado. Inspirador.

Franz refletiu a respeito e só falou depois de uma longa pausa.

— Obrigado.

Sissi relembrou a melodia, murmurando-a para si. Teve vontade de ouvi-la outra vez.

— Sabe, se você fosse uma música, Sissi... — Franz parou de andar. Sissi se virou para ele.

— Sim?

A luz das velas tremeluzia sobre eles e refletia nos suportes dourados à volta toda, conferindo aos olhos dele um brilho quase triste.

— Você não seria metais, percussão ou trompas.

Sissi baixou os olhos.

— Não, eu imagino que não seria. — Como seria a música dela?, Sissi imaginou. Franz respondeu aquela pergunta muda, a voz mais delicada do que ela tinha ouvido em anos.

— Você, Sissi, seria... — Ele jogou a cabeça para trás, pensando por um instante antes de olhar outra vez para ela. — O trinado suave da flauta, misturado ao canto da cotovia e dos pássaros da manhã. — Ele engoliu em seco e continuou: — O toque suave da harpa em harmonia com um riacho correndo por entre as pedras.

Sissi reparou, surpresa, como seu rosto ficou quente, seus olhos arderam com a ameaça de lágrimas. Para Franz, o racional Franz, ser levado à poesia... Johann Strauss devia mesmo ter mexido em algo em suas profundezas. Franz continuou:

— Você seria o mais delicado dos violinos em um jardim, banhado pelo luar, com o aroma doce do jasmim perfumando o ar noturno.

— Franz... — Ela olhou para baixo quando ele pegou sua mão, fazendo uma rápida pressão em seus dedos.

— Você, para mim, Sissi, é a obra de arte mais perfeita que eu já vi.

A família se reuniu na Véspera de Natal, que também era o aniversário de Sissi, na sala de estar particular dela. O aquecedor de porcelana branca aquecia o ambiente enquanto Marie Festetics e Ida colocavam as últimas decorações em um pinheiro imponente, cujos galhos perfumados estavam pesados com velas e guirlandas. Sissi usava um exuberante vestido azul-escuro, com suas longas madeixas penteadas para trás, e recebeu os membros de sua família com um sorriso.

— Entrem, entrem. Estão vendo como Marie e Ida... e Larisch deixaram meus aposentos aconchegantes?

O humor de Rudolf parecia atipicamente bom quando ele foi anunciado à porta de Sissi, com Stéphanie ao seu lado e a pequena Elisabeth, apelidada Erzsi devido à pronúncia húngara, em seus braços.

— Feliz Natal e feliz aniversário, mãe! — Ele parecia disposto e relaxado, com o cabelo castanho arrumado e o indício de um raro sorriso puxando seus lábios.

— Obrigada, querido Rudy — Sissi respondeu, deixando que o filho a beijasse no rosto. — Stéphanie, por favor, entre. — Ela deu um sorriso para a nora antes de se debruçar sobre a pequena neta. — Espere até você ver o que a vovó tem para você, minha pequena Erzsi.

— O que nós lhe ensinamos a dizer, Erzsi? — Rudy disse, praticamente se derretendo para a filha.

— Feliz aniversário, vovó — a garotinha murmurou, antes de aplaudir seu próprio sucesso. Ao redor dela, os adultos irromperam em uma risada de satisfação.

— Ora, obrigada, minha queridinha — Sissi disse. — Você está vendo a minha árvore de Natal ali no canto? Vá lá perto ver a decoração!

Valerie chegou em seguida, quase irrompendo pela porta.

— Feliz aniversário, mamãe.

— Valerie, minha querida, olá! — Sissi abraçou a filha. — Querida, você está quente. Está com febre?

As bochechas da garota estavam rosadas, como se aquecidas por brasas ardentes.

— Não, eu estou bem. — Ela evitou o olhar da mãe, afastou a mão que Sissi tentou encostar em sua testa e seguiu para o interior da sala. — Olá, Rudolf, Stéphanie, Erzsi carneirinha!

Se era atípico que Rudolf parecesse animado e Valerie afobada, Franz também parecia não ser o mesmo. Sua chegada foi anunciada pelo criado e por seus próprios passos pesados e agitados. Ele não sorriu ao entrar no quarto de Sissi. Kathi Schratt tinha viajado para visitar sua família no feriado de Natal; Franz sempre ficava mais irritado quando sua *amiga* ficava longe dele.

— Feliz Natal, Franz. — Sissi tentou animá-lo, recebendo o marido com um sorriso e uma taça de champanhe enquanto o restante da família se reunia ao redor da árvore. Rudy mostrava as guirlandas para Erzsi. Stéphanie e Valerie conversavam com Larisch, Marie Festetics e Ida.

— Feliz aniversário, Sissi. — Franz estava, como sempre, engomado e vestindo impecavelmente seu uniforme de oficial da cavalaria, mas seu rosto fechado revelava algum problema que ele não conseguia disfarçar. Talvez fosse algo mais sério que a simples saudade de Kathi. Haveria algum problema de Estado que o preocupava?, Sissi imaginou. Ou teria acontecido alguma discussão entre pai e filho que ela desconhecia?

— Ora, mamãe, você precisa abrir seus presentes — Rudy interrompeu seus pensamentos ao lhe estender um grande pacote embrulhado com papel vermelho e fita. Ele pôs o presente nas mãos de Sissi, o rosto animado e juvenil, quase envergonhado. — É uma coisa que eu queria muito compartilhar com você.

— Ora, obrigada, querido Rudy — Sissi agradeceu, olhando do filho para o presente que ele lhe entregava. — É pesado.

— Eu demorei meses para encontrar.

— É? Bem, você conseguiu me deixar curiosa. — Sissi fez menção de rasgar o papel.

— Esperem! — Valerie deu um passo à frente, olhando do irmão para a mãe. — Perdão! Antes dos presentes, eu quero contar uma coisa para vocês.

Sissi sentiu um aperto no estômago. O que quer que fosse a novidade de Valerie, era claro que aquilo era responsável pela agitação da garota, a razão para as faces coradas.

— O que foi, Valerie? — Sissi perguntou, apoiando o pacote na mesa ao lado, seu conteúdo completamente esquecido.

Valerie mudou o peso do corpo de um pé para outro, olhando para a mãe e o pai.

— Eu não sei como dizer. Oh, eu acho que... que devo falar logo... Eu e Salvator vamos nos casar!

A sala ficou em completo silêncio, a não ser pelo estalo de um pedaço de lenha no aquecedor de porcelana.

— Salvator? — Sissi sentou-se na cadeira mais próxima. — Você e Salvator estão noivos?

— Ele pediu a minha mão e eu aceitei.

Sissi olhou de Valerie para Franz. Seu marido estava tão chocado com a novidade quanto ela, considerando os olhos fixos e arregalados. Como as coisas estavam diferentes, Sissi pensou. Ora, o noivado dela foi assunto de praticamente todo mundo, *menos* dela. Sissi só ficou sabendo de seu próprio noivado depois que seus pais, ministros do governo, embaixadores, padres e até o *papa* discutiram, consideraram e aprovaram os termos. E ali estava Valerie, dizendo para os pais como seria o noivado dela.

— Salvator, nosso primo? — Rudolf franziu o rosto, descrente. — Você quer se casar com *ele*? Um italiano insignificante?

Stéphanie fez uma careta ao lado de Rudolf.

— Sim — Valerie afirmou, a voz desafiadora ao encarar o irmão. — Eu quero me casar com ele.

— Mas ele está no exército. Na Itália — Sissi observou.

— Então eu vou me mudar para lá para ficar com ele — Valerie respondeu, dando de ombros. — O que foi? Até parece que eu sou a primeira jovem a se casar. Por que vocês todos estão me olhando como se eu tivesse dito que pretendo me mudar para a América?

— Bem... — Franz falou pela primeira vez desde que ouviu a notícia, e pigarreou para limpar a garganta. — Isso pede um brinde.

— Eu diria que sim, embora vocês pareçam ter ouvido que eu acabei de morrer, e não de anunciar que estou apaixonada.

— Ida, champanhe, por favor? — Franz acenou para a ajudante.

Várias garrafas foram abertas e Franz fez um brinde à saúde e felicidade da filha, mas o grupo tinha abandonado o clima festivo de antes. Apenas Erzsi permanecia imune à mudança no humor, e se aproximou da avó e puxou sua saia. Sissi baixou os olhos para a garotinha.

— Sim, minha querida?

— Lá! — Erzsi disse, apontando para o pacote que Sissi ainda tinha que desembrulhar. — O presente do papai para você. Abra!

— Ela quer brincar com a fita — Stéphanie explicou.

— Bem, então é melhor eu abrir logo — Sissi falou, a voz sufocada embora ela tentasse parecer entusiasmada. A verdade era que agora ela já não ligava para o presente de Rudy ou qualquer outro. Não depois de ficar sabendo que Valerie tinha aceitado um pedido de casamento e se mudaria. Para longe. Quando, ela ainda não sabia.

Sissi pegou o pacote pesado em suas mãos e rasgou o papel, arrancando-o com dois movimentos rápidos. Em suas mãos havia uma pilha de livros com encadernação em couro. Ela os observou e demorou vários instantes para formar uma resposta.

— Livros — ela disse, afinal, a voz sem emoção. — Que lindos. Obrigada, Rudolf.

— Não são quaisquer livros, mamãe — Rudolf disse, largando sua taça de champanhe e se aproximando. — Olhe aqui. — Ele apontou para a capa do livro de cima.

— Heinrich Heine — Sissi leu em voz alta, fazendo um movimento com a cabeça.

— São as cartas originais, mamãe, escritas pelo próprio Heine. Cartas pessoais que ele mandou para seus parentes em todo o mundo. Eu sei o quanto você venera Heine. Coloquei meus agentes procurando estas cartas durante meses. E esta — Rudy mexeu na pilha de livros — é uma coleção chamada A Monarquia Austro-Húngara em Palavras e Imagens.

Sissi fez que sim com a cabeça, absorvendo talvez metade do que o filho tinha dito. Como ela não disse nada, Rudolf cruzou os braços à frente do peito e a encarou.

— Este é um material inestimável, mãe... — ele disse depois de um instante, a voz completamente murcha.

Sissi piscou, tentando encontrar um pouco de entusiasmo para retribuir o do filho. Em qualquer outro dia ela teria concordado com Rudolf, aquele *era mesmo* um material inestimável. E, com certeza, não era fácil de ser encontrado ou adquirido. Ela teria ficado em êxtase de possuir algo tão raro de seu escritor favorito. Ela teria sido levada às lágrimas pela demonstração de amor e consideração do filho. Ainda assim, o que importava uma coleção de cartas quando sua filha mais querida estava indo embora?

— Obrigada, Rudolf. — Ela deu um sorriso desanimado e colocou os livros sobre a mesa. — Eu estou ansiosa para começar a ler.

Rudolf continuou a encará-la, e sua expressão mudou como o céu quando nuvens cinzentas escurecem o sol resplandecente.

— Eu pensei que você adorasse Heine — ele disse, mais para si mesmo do que para ela. E com isso ele se virou, pegou a taça de champanhe e atravessou a sala para pedir que a completassem.

Os presentes restantes foram entregues e abertos. Franz não estava mais sozinho em seu mau-humor, agora que Rudolf tinha se retirado para um canto e conversava apenas com Larisch, em um tom tão baixo que ninguém entendia o que eles falavam. A certa altura, ela riu em voz alta, quando Rudolf se aproximou para beliscar a pele nua de seu braço, e Sissi notou o olhar preocupado de Franz ao ver aquilo. Sissi não sentiu muito prazer ao entregar para Erzsi o conjunto de móveis de jardim que ela tinha encomendado, nem quando abriu o desenho que Stéphanie lhe deu, uma representação medíocre do oceano feita pela nora.

Eles foram para a sala de jantar de Sissi para a ceia de Natal. Criados uniformizados trouxeram a comida em uma sucessão interminável de pratos, depositando-os sobre a mesa enquanto um conjunto de músicos imperiais tocava em um canto. O banquete de Natal formava uma cena deslumbrante. Os pratos de porcelana branca brilhavam, com a águia de duas cabeças do brasão dos Habsburgo gravada nas bordas douradas. Centros de mesa de bronze cintilavam debaixo de pilhas de frutas e doces, e divertidos anjinhos seguravam candelabros que lançavam um brilho etéreo sobre a refeição abundante. Os chefs tinham preparado *foie gras*, peixe empanado e a carne cozida favorita de Franz, *Tafelspitz*, guarnecida com maçãs e rabanetes. Em seguida veio filé *rindfleisch*, *schnitzel* e macarrão de batata, além de bolinhos cozidos *Salzburger Nockerln*. Franz direcionava os pratos pela mesa, e a comida ficava mais aromática quando começavam a cortá-la. O som dos talheres se misturou às notas doces dos violinos, mas ninguém à mesa falou.

Finalmente, Rudolf quebrou o silêncio, depois de ter tomado meia dúzia de taças de champanhe.

— Temos um médico novo na cidade. Eu pude ler alguns de seus artigos; são simplesmente fascinantes, seus avanços científicos — Rudolf disse, limpando o bigode fino com o guardanapo. — Dr. Sigmund Freud. Você conhece o trabalho dele? — Seus olhos procuraram primeiro o pai.

— Não conheço — respondeu Franz, mais concentrado em cortar o filé em seu prato do que na pergunta do filho.

— Você deveria pesquisar o assunto, pai. Ele tem algumas teorias interessantes. — Rudolf tomou um longo gole de vinho. — É interessante o que ele diz a respeito de pais e filhos.

— Hum. — A resposta de Franz foi mais um grunhido do que uma verdadeira manifestação de interesse; não havia nada naquele som para encorajar o filho a continuar conversando.

Nesse instante, Erzsi ficou de pé em sua cadeira e se debruçou sobre a mesa, estendendo as mãos para as chamas do candelabro mais próximo. Um instante antes de o acidente acontecer, Marie Festetics afastou a garotinha, puxando-a de volta para a cadeira. Sissi olhou para Stéphanie, que ria como se não tivesse reparado no desastre que quase aconteceu.

Rudolf insistiu na conversa com o pai.

— Além do mais, o Dr. Freud tem algumas teorias interessantes a respeito de melancolia. Ele se refere a essa condição como *depressão*. Ele acredita que é uma doença física, na verdade, e não uma opção ou questão de humor. Ele defende um tratamento à base de cocaína para quem...

— Isso é bobagem — Franz resmungou, erguendo os olhos, o garfo e a faca suspensos sobre o prato. Sissi e Valerie trocaram um olhar significativo; elas tinham testemunhado aquela cena se desenrolar dezenas de vezes, sobre inúmeros assuntos. Sissi baixou os olhos para o prato, sentindo o apetite diminuir.

— O que é bobagem, pai? Que as pessoas possam sofrer de períodos prolongados de profunda melancolia dos quais elas não são capazes de sair?

— Isso mesmo. É uma questão de força interna. Todos nós enfrentamos tragédias; é a vida. Através de força moral, cumprimento do dever e fé no Todo-Poderoso, bem, a pessoa não pode *permitir* se tornar tão indulgente a ponto de sucumbir à melancolia. Mas...

— Não é bobagem, pai. É algo real. Não é uma escolha que a pessoa faça.

— Não, mas eu me refiro mais à ideia de dar cocaína aos pacientes como parte do tratamento.

— Você já experimentou, pai?

— Experimentei o quê?

— Cocaína.

— Não, mas não preciso experimentar para saber que é bobagem. Como a pessoa pode colocar uma substância dessas dentro do corpo e esperar que...

— Você deveria experimentar algo antes de se lançar em uma crítica tão categórica — Rudolf argumentou, os lábios se curvando em um sorriso de deboche. — Se não, como você poderia se defender de alguém que o acuse de estar sendo ignorante?

Erzsi, que estava mexendo na comida com as mãos, o rosto enfezado depois que sua tentativa de agarrar as velas foi frustrada, interveio:

— Vovó?

Sissi se virou para a criança, grata pela distração.

— Sim, querida?

— Mamãe me disse que ninguém na corte gosta de você, e que você não gosta de ninguém além de si mesma e da Tia Valerie.

Sissi ficou de boca aberta enquanto seu olhar corria da neta para a nora. Stéphanie levantou de sua cadeira no mesmo instante e voou na direção da filha, pegando-a nos braços e apertando o rosto da menina contra o peito, para que qualquer palavra adicional fosse abafada.

— Está na sua hora de dormir, carneirinha — Stéphanie disse e praticamente correu da sala, segurando firme sua filha que protestava com chutes. Rudolf tomou um gole demorado de sua bebida, sem se importar com a mulher e a filha que saíam.

— Você não vai acompanhar sua esposa, nem desejar Feliz Natal para sua filha? — Franz perguntou, observando o filho com um desdém óbvio.

— Diga o que quiser a respeito do Dr. Freud... — Rudolf se virou para o pai, ignorando a pergunta. — Mesmo que não reconheça os avanços que *ele* faz, você precisa admitir, pai, que nós precisamos nos modernizar no campo das ciências, bem como em várias outras áreas.

Franz se voltou para seu prato, demorando bastante tempo para mastigar sua próxima garfada antes de perguntar:

— Por exemplo?

— Tudo — Rudolf disse, deixando os talheres e levantando as mãos. — Ciências, educação, o tratamento que damos aos doentes mentais, nosso antiquado sistema aristocrático, a estrutura injusta de impostos. — Rudolf listava os tópicos com os dedos enquanto falava.

— Rudolf, filho. — Franz ergueu a mão espalmada, e Rudolf, surpreendentemente, ficou quieto. — Vá até a janela e olhe para a minha capital.

— Eu sei como é Viena. Não preciso olhar pela janela para ver — Rudolf disse, apertando o maxilar.

— Ótimo. Então você sabe que eu modernizei Viena de tal forma que nos tornamos motivo de inveja para todas as outras capitais da Europa. Veja só a Ringstraße. E aproveite para admirar qualquer um dos teatros, salas de concerto ou óperas, e escute os melhores músicos do mundo executar peças compostas aqui mesmo, na minha cidade.

— Artes, artes, artes! — Rudolf exclamou, sacudindo as mãos. — Ótimo, então você pagou por alguns edifícios esplêndidos e encomendou algumas belas óperas. Mas e quanto ao nosso futuro? O que algumas belas pinturas irão nos trazer de bom se não encorajarmos o povo a se importar com algo além de prazeres decadentes?

— É interessante que você agora assuma uma posição tão forte contra esses prazeres decadentes. — Franz lançou um olhar para a taça vazia do filho. — Você, com seus tratamentos à base de cocaína, suas dívidas de jogo e o álcool para aliviar sua... *melancolia*.

Sissi se encolheu na cadeira enquanto Rudolf absorvia o ataque, suas faces ganhando um vermelho profundo.

— Vá para Londres, pai. Vá para Paris. Vá para Nova York. Essas cidades olham para o futuro! Essas cidades buscam o progresso. Elas pertencem às classes médias emergentes: os comerciantes, estudantes, profissionais. Lá as pessoas querem ser *modernas*!

— Eu acho que já chega... — Sissi começou, mas Franz ergueu a mão, silenciando-a.

Ele falou então, os olhos claros fixos no filho.

— Você conhece meu lema pessoal, Rudolf? — Franz mantinha um tom irritantemente calmo, mesmo com Rudolf falando mais alto.

O filho não respondeu, então Franz disse:

— *Ich weiss nicht ändern*.

— Eu não mudo — Rudolf repetiu, com os lábios contraídos.

— Isso mesmo — Franz confirmou, enquanto balançava a cabeça afirmativamente. — Eu sigo firme. Eu mantenho a ordem. E *isso* é o que tem mantido este império unido. Eu nunca fui de seguir modismos.

— Modismos? — Rudolf jogou as mãos para cima. — Pai, o mundo está mudando, quer você goste disso ou não. Você pode comandar um império com passado glorioso, mas se você se recusar, por teimosia, a olhar para o futuro...

— Você poderá me dar sermões, Rudolf, *depois* de passar 40 anos trabalhando para manter unido um império turbulento. Depois de ter esmagado rebeliões, restaurado a paz e a mantido. Depois de ser responsável por uma era sem precedentes de prosperidade, crescimento e harmonia. Depois de ter encarado sua própria mortalidade em combate, ou frente à lâmina de um assassino. Até lá... bem, até lá, divirta-se com seus rifles, tratamentos com cocaína e salões, e deixe o governo comigo. — Franz largou o garfo com estardalhaço, indicando que estava satisfeito. Assim, todos os outros também estavam.

Valerie permaneceu nos aposentos de Sissi mais tempo que os outros, esperando que os demais familiares se retirassem.

— Quero conversar em particular com você, mamãe.

— Sim, querida? — O jantar tinha sido pavoroso; Sissi não conseguia se lembrar da última vez em que tivesse se sentido tão esgotada. E o dia seguinte seria repleto de celebrações oficiais, missa e banquetes. A família, por mais que detestasse a ideia, seria forçada a passar o Dia de Natal inteiro junta, sorrindo como se houvesse muito motivo para alegria.

Valerie estava agitada.

— Eu só queria ter certeza de que... bem, de que você me disse a verdade, antes, quando falou que estava em paz com a minha notícia.

Sissi ergueu a mão e passou pelo rosto da filha.

— Minha querida, é como eu sempre disse: desde que você esteja feliz, eu fico feliz.

— Mesmo?

— Mesmo.

Valerie sorriu então, o alívio transparecendo em suas feições.

— Ótimo, porque eu, bem, eu *estou* feliz, mamãe. Muito feliz.

— Então eu também estou. — Sissi acompanhou Valerie, levando-a até o corredor. Ali, para seu espanto, ela encontrou uma figura encolhida ao lado da porta. — Rudolf? Céus, você me assustou. O que... está tudo bem?

Rudolf se virou quando foi avistado, e assentiu rapidamente. Seus olhos estavam injetados, como se tivesse chorado.

— Qual é o problema, Rudolf? — Sissi levou a mão ao peito.

Ele não respondeu à pergunta da mãe, apenas se virou para a irmã, puxando-a para um abraço brusco.

— Parabéns por seu noivado, Valerie — ele exclamou. — Desculpe-me por ter debochado de Salvator antes. — Valerie olhou para Sissi por cima do ombro do irmão, arqueando as sobrancelhas para demonstrar seu choque. Mas Rudolf se virou e, então, da mesma forma abrupta que fez com a irmã, caiu na direção da mãe, envolvendo-a em um abraço. — Feliz aniversário, mamãe. Eu te amo tanto.

Sissi percebeu como ele lutou para não chorar enquanto falava.

— Ora, obrigada, meu querido — Sissi disse, dando tapinhas nas costas do filho. Ele parecia realmente muito magro por baixo do uniforme de oficial, quase frágil.

Ele teve dificuldade para pronunciar as palavras seguintes:

— Mãe, espero que tenha ficado feliz ao receber...

— Sim, fiquei muito feliz ao receber a notícia de Valerie.

— ...o volume de Heine que lhe dei.

Rudolf se afastou, de boca aberta, mas nenhuma outra palavra saiu. Sissi percebeu seu erro tarde demais, e gemeu internamente ao ver a decepção contorcer ainda mais o rosto já atormentado do filho. Ele jogou os ombros para trás e puxou a bainha da casaca enquanto assentia, olhando mais uma vez para cada uma das mulheres. E então, virando-se, saiu andando pelo corredor, sua figura sumindo aos poucos nas sombras até ele não ser nada além de uma aparição fantasmagórica, não inteiramente presa a este mundo, mas também sem estar em paz para poder deixá-lo.

Sissi continuou pensando em Rudolf ao fazer sua toalete noturna. Enquanto Marie Festetics lhe ajudava a vestir a camisola, Sissi contou a história sobre o estranho diálogo no corredor, omitindo apenas a parte em que ela ignorou o presente do filho. Marie escutou com atenção, e as rugas em sua testa ficaram mais fundas enquanto refletia sobre o comportamento de Rudy.

Envolvida por sua pesada roupa noturna, Sissi atravessou o quarto até a janela e encostou a testa no vidro frio, tingido de branco pelo gelo. Era quase meia-noite. Lá fora, a neve caía sobre a capital e pessoas encapotadas se dirigiam à igreja para a Missa do Galo. Os sinos da Catedral de Santo Estevão tocavam, convocando os fiéis. Dentro de milhões de lares por todo reino, pais colocavam crianças agitadas em suas camas aconchegantes, enquanto elas não paravam de pensar nas comidas, nos presentes e nas festas prometidas para o dia seguinte. Sissi lembrou da sensação, enfiada na cama ao lado de Helene, sussurrando sobre o que elas gostariam de encontrar quando acordassem na manhã de Natal. Ainda assim, na situação em que estava naquele momento, ela achou difícil reunir alguma alegria ou empolgação.

— Marie? — Suas palavras produziram vapor, embaçando a janela diante de si. Sissi a limpou com a mão.

— Pois não, imperatriz? — Marie Festetics falou em voz baixa, aproximando-se da cama de Sissi. — Vossa Majestade vai pegar um resfriado. Afaste-se da janela.

Sissi virou e caminhou na direção da dama de companhia.

— Você acha que eu falhei com Rudolf?

Marie Festetics franziu a testa ao refletir sobre a pergunta.

— Falhou com o príncipe herdeiro, Vossa Majestade?

Sissi subiu na cama e se enfiou sob as cobertas. Marie já as tinha aquecido com tijolos do aquecedor de porcelana. Sissi bocejou.

— Seu silêncio parece dizer que sim — a imperatriz disse.

— Você está cansada, Majestade. Talvez seja melhor conversarmos outra hora. Com certeza a Véspera de Natal não é o momento para pensamentos tão tristes.

— Então você acha que sim. Você pensa que eu falhei com Rudolf.

Marie Festetics se remexeu ao lado da cama e olhou para a porta do quarto, como se ansiasse fugir por ali. Enfim, ela se virou para Sissi com o tom pesaroso.

— A imperatriz não falhou com ele. Mas... eu acho que... talvez você tenha sido mais uma linda aparição do que uma mãe.

Sissi ficou olhando para a ajudante, sem saber o que ela queria dizer. A exaustão dominava seu corpo, mas a cabeça dela não parava.

— O que você quer dizer com isso?

Marie Festetics suspirou alto.

— Você tem sido como uma fada para ele. Você vem, depois some, e então volta, para depois sumir de novo. Mas você sempre parte antes de poder fazer sua mágica, que é muito necessária.

Sissi desabou sobre o colchão macio de penas de ganso, encarando as cortinas da cama ao refletir sobre essas palavras. Talvez Marie estivesse certa; talvez tenha sido *assim* que aconteceu. E talvez a única coisa que pudesse salvar a todos eles agora fosse um pouco de mágica.

XV

Nós vivemos em uma época atrasada, com a validade expirada. Quem sabe quanto mais isso irá durar. Cada ano que passa me torna mais velho, menos perspicaz e apto... E viver em eterna preparação, uma espera eterna pela grande época de reformas, enfraquece o que se tem de melhor.

— Príncipe Herdeiro Rudolf da Áustria-Hungria

Capítulo 15

Viena
Janeiro de 1889

O novo ano tinha começado há apenas alguns dias, o brinde de felicidades mal havia sido feito e a temporada social ainda engatinhava. Mesmo assim, o ano já alcançava seu ponto alto em Viena. Fora do Hofburg, o clima estava atipicamente ameno. Em vez de neve, um cobertor formado por uma neblina espessa e quente pairava sobre a capital, atraindo os moradores para longe de suas lareiras, levando-os para as ruas, para desfrutar aquela rara trégua das garras geladas do inverno.

As pessoas aglomeradas nos cafés e dentro dos restaurantes e salões de dança discutiam apenas um assunto: a noite de inauguração do novo prédio do Teatro da Corte. A cidade toda fervilhava com previsões e fofocas. Os jornais de todo continente já anunciavam o Teatro da Corte, conhecido pelos vienenses como Burgtheater, como a melhor sala de espetáculos da Europa. Todo aristocrata de sangue azul, empresário burguês e artista emergente queria um ingresso para a noite de abertura, na esperança de estar na multidão ao lado da família imperial e, mais ainda, de conquistar o direito de se vangloriar desse feito nos dias que antecediam a apresentação de estreia. Quem teve a felicidade de garantir um camarote para a temporada parecia andar pelas ruas com o queixo ligeiramente erguido, os olhos cintilando com a certeza da superioridade.

Um jovem artista com seus vinte e poucos anos chamado Gustav Klimt tinha sido contratado para remodelar o interior do teatro. Franz Joseph empregou Klimt para fazer um mural que seria batizado de *Carruagem de Téspis* e representaria o primeiro ator da Grécia Antiga. Conforme o prazo de Klimt ia chegando ao fim, apostadores e frequentadores de teatro especulavam se a tinta do artista secaria a tempo, e os jornais noticiavam que o jovem Klimt passava dias e noites pendurado no teto, com tinta pingando nos seus cabelos e no rosto enquanto ele corria para completar sua missão imperial.

Para uma cidade que apreciava fofocas como Viena, havia muito para se discutir a respeito da noite de abertura, e os moradores da capital encarregavam-se dessa tarefa com um prazer admirável. Eles debatiam as roupas adequadas para o público, a seleção de espetáculos a serem apresentados na temporada, opinavam sobre o projeto do novo interior e o elenco de atores escalado para os papéis. Ainda assim, um assunto consumia a imensa maioria das discussões naquele janeiro; uma fofoca em particular que mostrava-se presente em jantares e saraus da alta sociedade, na Burgplatz e nas cervejarias próximas à Ringstraße. E não tinha nada a ver com o mural de Gustav Klimt nem com a fachada neorrenascentista do teatro, escondida atrás de andaimes, esperando para ser desvendada. Não se tratava da polêmica sobre a estranha notícia de que milhares de lâmpadas elétricas iriam iluminar o interior do teatro, tampouco do luxo com que se vestiriam os membros da plateia. Não era nem mesmo o fato de que a "amiga" do imperador, Katharina Schratt, iria se apresentar para o imperador *e* para a imperatriz na noite de abertura. Não, toda Viena estava ansiosa pela noite de inauguração do novo Teatro da Corte por *uma* razão: todos queriam dar uma espiada na mulher que agora desempenhava o papel principal na vida do Príncipe Herdeiro Rudolf.

Embora atores e atrizes fossem desempenhar seus papéis no espetáculo daquela noite, uma outra mulher era a estrela do drama mais libertino da cidade. A Baronesa Mary Vetsera, relatavam os jornais, tinha adquirido um camarote no térreo do teatro para a noite de abertura. Ela podia pagar, estando entre os novos-ricos do império, já que não tinha sido aceita como integrante da antiga aristocracia.

A população inteira da capital, ao que parecia, tinha se reunido do lado de fora do edifício ao meio-dia da data em que as portas do teatro estavam programadas para se abrir; mesmo aqueles que não tiveram a felicidade de conseguir ingressos compareceram para testemunhar o espetáculo que seria realizado do lado de *fora* do teatro. Homens e mulheres liam há meses a respeito da bela baronesa, cujo nome frequentava as notícias de sociedade e moda com a mesma frequência que ela frequentava os braços incansáveis do príncipe herdeiro.

No início da noite, a multidão nas calçadas já chegava aos milhares, e guardas foram chamados para montar barricadas do lado de fora do teatro e controlar a multidão. Policiais montados gritavam pedindo ordem, decididos a não deixar que o povo atrapalhasse, de maneira alguma, a procissão de carruagens douradas que era esperada, e muito menos os nobres que tais veículos em breve deixariam em frente ao edifício. Os andaimes tinham sido removidos há pouco, revelando pela primeira vez a nova fachada, e quando a luz do sol enfraqueceu, milhares de luzes elétricas foram acesas, iluminando o magnífico exterior neorrenascentista.

As carruagens começaram a se aproximar do teatro pouco antes das seis da tarde. Cada chegada estimulava na multidão um novo frenesi de fofocas, cotoveladas e pescoços esticados. Sissi, Franz e o resto da família imperial, cuja viagem do Palácio de Hofburg ao Burgtheater demorava poucos minutos, chegavam em uma carruagem secreta que os deixou em uma entrada lateral. Dali foram levados por uma passagem exclusiva que terminava em um salão privativo, reservado apenas para o imperador, sua família e seus ajudantes. Então, sem serem percebidos ou incomodados, foram até o camarote imperial.

Se a locomoção deles foi sigilosa, a entrada no camarote imperial atraiu a atenção do teatro inteiro. Os membros da plateia, ocupados um momento antes com trocas de cumprimentos e olhares para avaliar as roupas uns dos outros, viraram-se em sincronia quando os anfitriões chegaram. Milhares de pescoços foram esticados, mãos começaram a aplaudir e bocas soltaram gritos de apoio e saudação.

— Imperador Franz Joseph!
— Imperatriz Elisabeth!
— Príncipe Herdeiro Rudolf!

Sissi estava entre Rudolf, incrivelmente atraente em seu uniforme de oficial da infantaria, e Franz, que vestia seu traje vermelho e branco da cavalaria. Sissi usava um vestido justo de brocado dourado com detalhes em renda e cristais. Franz, Rudolf e Stéphanie acenaram para a multidão, enquanto Sissi, Valerie e Larisch atravessaram o camarote e se sentaram com sorrisos tímidos e breves acenos de cabeça.

As luzes elétricas que tinham substituído as velas tremeluzentes banhavam o salão com um intenso brilho artificial, tornando mais fácil espiar e bisbilhotar os outros. Quando Sissi se ajeitou em seu lugar, notou que Rudolf tinha focado sua atenção, através dos binóculos de teatro, em um ponto baixo na lateral esquerda do salão. Ali, em um camarote no térreo, havia duas mulheres vestidas impecavelmente. Uma delas parecia mais velha — uma atraente mulher de meia-idade — e Sissi teve a impressão de que seu rosto largo e sorridente era familiar. Mas foi a outra mulher, a mais nova, que atraiu a atenção da imperatriz. Ela usava um vestido de tule branco, cujo decote profundo era ornamentado por suas amplas curvas femininas e uma grossa gargantilha de diamantes. Uma tiara também de diamantes — que parecia quase uma coroa, Sissi notou — brilhava em contraste com o volumoso cabelo preto. Ela então jogou a cabeça para trás, rindo, sem perceber ou ligar para o fato de estar sendo observada pelo príncipe herdeiro e pela imperatriz. Mas Sissi reparou que não eram só ela e o filho que estavam interessados naquela jovem beleza — todo mundo no teatro fazia o mesmo. A maioria dos homens imitava o príncipe ao virar seus binóculos para ela.

— Larisch? — Sissi tirou os olhos do camarote distante. — Aquela mulher de meia-idade no camarote lá embaixo, à esquerda, não é Mary Vetsera? A mulher desagradável que promove saraus em sua mansão na Salesianergasse? — Para variar, Sissi ficou feliz de ter a fofoqueira Larisch ao seu lado para esclarecer sua confusão.

A ajudante se aproximou para responder.

— Você chegou perto, imperatriz. A Baronesa *Helene* Vetsera está lá embaixo, e você a conheceu. Ela é a viúva de meia-idade famosa por sua... *hospitalidade*... para com os cavalheiros de Viena. Mas *Mary* Vetsera está sentada ao lado dela. Mary é a filha.

Sissi sentiu um aperto no peito quando voltou a olhar para as duas mulheres. A mais nova usava um vestido justíssimo e passava os olhos com cílios muito compridos pelo teatro, como se desafiasse — e até mesmo convidasse — todos os olhares famintos que admiravam suas curvas.

— A filha? — Sissi repetiu.

Larisch assentiu.

Sissi falou baixo para que Stéphanie e Rudolf, sentados do outro lado do camarote, não ouvissem.

— A mulher por quem Rudy diz estar apaixonado... é aquela bonita garota de branco? A filha?

— Sim, a mais nova.

Sissi observou o camarote distante, compreendendo então o motivo da presunção e da luxuosidade da garota de olhos escuros.

— Quantos anos ela tem, essa Mary Vetsera?

— Acredito que 18, Vossa Majestade.

Poucos anos mais nova que Valerie. E uma alpinista social nova-rica, em vez de uma mulher de berço nobre. Mas nada disso era tão perturbador quanto o fato de Rudolf já ter se envolvido em um romance com a mãe e agora se declarar apaixonado pela filha. E talvez o mais bizarro de tudo fosse o fato de que essa Mary Vetsera estava sentada ao lado da mãe, enquanto a mulher mais velha, orgulhosa, parecia mais do que disposta a oferecer a filha para o prazer de um príncipe herdeiro casado e expô-la às críticas da impiedosa sociedade aristocrática.

Sissi fechou os olhos, sentindo-se repentinamente tonta, não pelo zumbido das luzes elétricas nem pelo tumulto de centenas de vestidos e joias brilhantes. Quando ela reabriu os olhos, um instante depois, e piscou para readquirir o foco, Sissi viu que a garota, Mary Vetsera, estava com um sorriso descarado, o olhar voltado para Rudolf, que estava sentado entre a esposa mortificada e o pai carrancudo.

— Minha nossa! — Sissi exclamou, pegando a mão de Larisch. — A garota, em vez de se encolher com a fofoca e a atenção, parece desabrochar com tudo isso!

— Oh, sim, imperatriz. Nem fofoca nem intriga social são novidade para a pequena baronesa e sua mãe. Elas parecem, na verdade, gostar disso tudo. A única coisa que elas parecem buscar com mais empenho do que a companhia de homens ricos é escândalo.

— Eu imagino que as duas ajam sempre em conjunto — Sissi comentou, lançando um olhar desconcertado para o filho. Ela notou, com tristeza, que ele retribuía o olhar desavergonhado de Mary Vetsera.

Conforme o resto da multidão entrava, ocupando os últimos assentos vazios, os músicos começaram a afinar seus instrumentos. Sissi desviou o olhar de Mary Vetsera e admirou o esplendor à sua volta, os vestidos imaculados e os trajes de gala dos nobres e dos novos-ricos, espectadores que pareciam muito mais preocupados com as fofocas e os dramas de que eles e seus vizinhos participavam do que com o espetáculo de arte que estava para acontecer no palco. Sissi não pôde deixar de pensar, enquanto seus olhos assimilavam a cena decadente, em um banquete de frutas esplêndidas. Um buquê de rosas recém-cortadas. Até mesmo em uma garrafa do melhor vinho. Ali estavam os homens mais ricos e as senhoras mais refinadas de Viena, talvez até da Europa. Aquele era o evento mais disputado da capital. Aquela era, portanto, a nata da sociedade reunida no lugar mais luxuoso da cidade. Anos de progresso nas artes, nos avanços arquitetônicos e na sofisticação humana tinham levado todos àquele momento, àquela reunião. Franz comandava o que parecia ser, com certeza, uma era de ouro, Sissi refletiu.

Ainda assim, se a natureza era o modelo a ser seguido, o que eles podiam esperar? Como acontecia na natureza? A beleza amadurece, tornando-se ainda mais linda. As flores desabrocham, as frutas ficam maduras. E então? Se eles tinham alcançado, ali em Viena, a perfeição da maturidade, o que viria a seguir? Esse era um estado de fragilidade rápida e precária;

frutas, vinhos e flores, depois de atingirem a perfeição, começam o declínio inevitável. As frutas estragam, ficando manchadas e podres. As flores murcham e seu aroma agradável torna-se o hálito nocivo da decadência. Quando o vinho passa do ponto, seu gosto é o mesmo do vinagre azedo.

Onde, então, estaria Viena? Será que Viena se equilibrava em algum ponto efêmero? Será que todo o império pairava naquele momento frágil — lindo, maduro e glorioso, mas a ponto de apodrecer? A conquista da perfeição sempre levava a um declínio inevitável? Se fosse assim, Sissi testemunharia isso durante sua vida? E seus filhos? Seus netos? Ela se perguntou quem pagaria o preço por todo esse esplendor, essa decadência e esse abandono fútil; quem estaria pronto quando as forças inevitáveis chegassem para cobrar seu preço?

Mas aqueles devaneios preocupantes foram interrompidos quando as luzes elétricas se apagaram em um instante perfeitamente coordenado. O condutor assumiu seu lugar no fosso ao som de aplausos e, quando ergueu as mãos, os músicos prepararam seus instrumentos. Então, a real cortina daquela noite subiu, e os olhares se desviaram de Sissi e Franz, Rudolf e Mary Vetsera para os verdadeiros atores.

A estreia do Teatro da Corte foi declarada um sucesso completo. Os jornais do dia seguinte aplaudiram Franz Joseph por ser um visionário ao reformar um teatro tão importante, os atores por sua habilidade, Gustav Klimt por sua arte. Ainda assim, dentro do Hofburg, o clima era tenso.

Sissi foi para seu escritório depois do café da manhã e folheava os jornais. A matéria principal, não era de admirar, tratava da noite de abertura do Burgtheater. Ela leu a descrição de suas roupas e aparência, bem como o exame minucioso da aparência de Valerie e Stéphanie. Logo depois vinha uma ode à beleza de Mary Vetsera. Sissi grunhiu e passou para a matéria seguinte.

A notícia era completamente diferente da primeira: Sissi leu o relato macabro de um assassinato seguido de suicídio cometido por um jovem estudante que tirou a vida de sua namorada antes de mergulhar nas águas geladas do Danúbio. A pior parte do artigo era o jornalista ressaltar que aquele evento não era incomum; durante todo o outono passado e no presente inverno, reportagens como aquela enchiam os jornais. Números assombrosos de profissionais, estudantes, artistas e trabalhadores de Viena que se atiravam no Danúbio, transformando um rio que era motivo de orgulho da capital — inspiração para valsas de Strauss e telas de pintores — em uma via macabra de cadáveres e horrores.

Abaixo do artigo pavoroso que detalhava o assassinato e suicídio do estudante vinha um editorial comentando a notícia. Nele, o editor falava do que chamou de "um ar geral de insatisfação, um sopro de melancolia que atravessa nossa sociedade. Os ricos não apreciam sua abundância. Os pobres suportam sua miséria menos do que em qualquer outro momento".

Sissi colocou o *Neue Freie Presse* de lado e fez uma careta. Essa sensação de infelicidade, esse "ar de insatisfação", não era um descontentamento que atacava apenas os plebeus e os burgueses. Aquilo também infestava o palácio. Esse fato ficou ainda mais claro quando Sissi recebeu um bilhete incomum de Franz no meio do dia. Era um convite, um pedido do imperador para que Sissi se juntasse a ele para uma reunião particular durante o almoço.

Sissi estudou a mensagem, franzindo a testa, enquanto considerava aquela convocação. Franz gostava de trabalhar em sua escrivaninha durante o almoço; ela aprendeu esse hábito de forma dura quando ainda era uma jovem e solitária recém-casada. Era a rotina dele, e Franz era meticuloso em sua rotina, mantendo-a por décadas. Que ele quisesse — ou melhor, precisasse — da companhia dela no meio do dia deixou Sissi preocupada.

Franz passou a primeira metade do almoço enumerando para Sissi suas dificuldades na política externa. O imperador enfermo da Alemanha tinha morrido, passando seu poder absoluto para o filho. Wilhelm era, segundo todos os relatos, um jovem de pavio curto, e ele planejava fazer uma visita oficial a Viena.

— E o pior de tudo — Franz disse, comendo rapidamente seu almoço —, o jovem imperador alemão, mais jovem que Rudolf, quer ser homenageado e festejado como um velho amigo enquanto estiver na cidade.

Sissi gemeu por dentro. Aquela visita prometia dias entediantes.

Franz continuou com sua lista de infortúnios. O czar da Rússia, um aliado importante, estava com a saúde cada vez pior. A questão era se o filho — um garoto mimado e tímido chamado Nicholas, com uma corte cheia de charlatões — seria capaz de manter o vasto império do pai.

— A Rússia está doente por dentro. Seu povo está morrendo de fome e há grupos radicais tentando, todos os dias, aumentar a insatisfação. Estão se manifestando pelos direitos dos trabalhadores presos... pela derrubada de todas as monarquias. A única coisa que impede esse barril de pólvora de explodir é o poder absoluto do czar. Se os Romanov perderem as rédeas, nós podemos perder a Rússia. E uma Rússia instável pode ser um desastre para nós, ou melhor, um desastre para toda Europa. — A expressão facial de Franz ficou sombria com esse pensamento.

Mas Sissi suspeitou que houvesse mais alguma coisa naquele convite para o almoço, algo além da lista de problemas dos países além das fronteiras de Franz. E ela estava certa. Quando os pratos finais foram tirados, antes da sobremesa, Franz tocou no assunto de suas dificuldades com o filho e herdeiro.

— Eu fiquei sabendo que Rudolf — Franz limpou a boca com um movimento agitado —, o príncipe herdeiro... procurou o Vaticano para obter uma dissolução papal de seu casamento.

Sissi ficou boquiaberta.

— Ele fez isso? Você sabia... Você sabia que ele pretendia fazer algo assim?

Franz negou com a cabeça.

— Ele agiu sem minha permissão.

Embora fosse uma questão sensível para a família e de grande importância para a dinastia, Rudolf tinha escrito para Roma sem falar com ninguém, implorando ao Papa Leão que anulasse sua união com Stéphanie. O objetivo daquilo, obviamente, era tornar sua nova amante, Mary Vetsera, sua esposa.

— Que Deus nos ajude se ela já estiver grávida... — Sissi disse, olhando sem interesse para o prato de doces que foi colocado diante dela. Rudolf ousaria tanto? Ele teria a audácia de largar sua legítima esposa, filha de um rei? De transformar sua filha batizada, Erzsi, em uma bastarda?

A voz de Franz estava baixa quando ele falou a seguir.

— O papa, que Deus o abençoe, em vez de responder diretamente a Rudolf, encaminhou a solicitação para mim, manifestando estar confuso por ter recebido tal pedido de nosso filho. Ele não vai considerar sem a minha resposta, é claro.

Sissi concordou, sentindo a cabeça girar enquanto tentava entender aquilo tudo. Isso vinha poucos dias depois de um vienense amargurado aparecer nos portões do Hofburg pedindo para falar com o imperador. O homem estava inconsolável, e logo Franz Joseph entendeu sua angústia quando soube que o príncipe herdeiro tinha pulado com seu cavalo por cima do cortejo fúnebre da amada esposa daquele homem.

— Se você tivesse visto o pobre homem, Sissi, quando ele veio me contar o motivo de seu desgosto. O comportamento vergonhoso, insensível do meu filho... — Franz lamentou, jogando o guardanapo na mesa, revoltado demais para comer a sobremesa. — Rudolf usou o caixão da falecida como um obstáculo em sua corrida de cavalos pela capital...

Sissi fechou os olhos e Franz parou de falar, sabendo que ela compreendia o tamanho de seu descontentamento. Eles estavam sentados de frente um para o outro, e ficaram em silêncio, Franz apoiando o queixo nas mãos, um lapso raro em sua postura sempre tão impecável. Depois de um instante, Franz suspirou.

— E esse é apenas o último incidente em um padrão crescente de mau comportamento.

— O que nós vamos fazer, Franz?

— O que nós *podemos* fazer?

— Talvez uma anulação não fosse a pior coisa... — Sissi pensou em voz alta. — Ele e Stéphanie nunca vão ser felizes.

— *Felizes?* Ninguém anula uma união feita com e diante de Deus só porque está *infeliz*, Sissi. Ora, nós dois sabemos muito bem que não havia nenhum impedimento para o casamento, e não há nenhuma razão para que seja anulado. Não, eu não vou constranger Stéphanie perante o mundo todo, provocando a Bélgica, e o Todo-Poderoso, apenas para satisfazer meu filho inconsequente.

Sissi pensou nisso enquanto massageava a ponte do nariz em uma tentativa de diminuir a dor de cabeça que sentia.

— Eu não entendo onde... ou quando... ele...

Franz soltou um suspiro audível.

— E eu sei que ele usa ópio. Ele diz que é para tratar a dor nas costas devida à queda do cavalo. Mas ele toma todos os dias, misturado a conhaque e champanhe.

Sissi sentiu o estômago se revirar em um emaranhado de nós ao perceber que a situação do filho já estava além de qualquer intervenção que os pais pudessem tentar estabelecer. Que Rudolf já era um homem, além do alcance de Sissi ou de Franz Joseph. E que a última vez que eles, pai e mãe, tinham falando assim tão honestamente sobre o filho problemático foi quando ela insistiu que aquele tutor sádico fosse demitido. Eles tinham mesmo passado tanto tempo sem falar, aberta e francamente, sobre a criação do filho? Sissi borbulhava de raiva, de si mesma e de Franz. Raiva daquela mulher, morta há muito tempo, que tinha criado seu garotinho e o colocado naquela rota trágica em direção à desconfiança, à raiva e ao nervosismo.

Franz estava diante dela pensando, sem saber o que falar. A negligência com seu tempo — sentado à mesa de almoço ainda que não estivesse mais comendo — mostrava o tamanho de sua preocupação. Havia documentos para serem lidos e assinados, ministros para serem ouvidos. Ainda assim, lá estavam eles, marido e mulher, em um silêncio pesado, pensando no filho.

Franz falou primeiro, suas palavras saindo em um suspiro desanimado, mas firme.

— Bem, só temos uma solução. Nós temos que fazer o que sempre fizemos, eu imagino.

Sissi levantou a taça de vinho e a esvaziou antes de perguntar:

— E o que é?

— O que eu lhe disse no dia do nosso casamento? *Repräsentationspflicht*.

— Manter a fachada — Sissi disse, repetindo a máxima da corte.

Franz não respondeu com nada além de um movimento sombrio com a cabeça, então se levantou. O almoço tinha terminado.

***

As gráficas da capital imprimiram jornais a todo vapor durante o inverno, soltando notícias, todos os dias, sobre a paixão do príncipe herdeiro pela carismática baronesinha. Estranho, Sissi pensou ao ler os artigos; ninguém imaginaria que Rudolf era um homem "inflamado pelo amor" pelo modo como ele se comportava dentro do Hofburg. Conforme janeiro passava, o clima voltou a ficar gelado, e uma cortina de nuvens cinzentas cobriu a cidade. O comportamento de Rudolf dentro do palácio estava mais sombrio que nunca.

No último fim de semana do mês, Franz Joseph ofereceu um jantar grandioso. A recepção era em honra ao novo e jovem Kaiser Wilhelm, da Alemanha, cuja visita a Viena era considerada por membros da família imperial como parte substancial do motivo pelo qual Rudolf estava tão carrancudo. Na noite seguinte, a família imperial era esperada na embaixada alemã, onde outro jantar seria oferecido em homenagem ao Kaiser Wilhelm. Sissi compareceu com Franz, Rudolf e Stéphanie. Embora estivessem em sua própria cidade, o costume ditava que tanto Franz quanto Rudolf deviam usar o uniforme militar alemão em honra ao visitante.

Era uma noite gelada, com muito vento e ameaça de neve. Dentro da embaixada alemã, centenas de pessoas muito próximas geravam algum calor, mas o clima estava longe de ser caloroso. Funcionários da corte e do governo, tanto de Berlim quanto de Viena, andavam de um lado para outro, tentando mascarar interações afetadas com uma cordialidade forçada.

O Kaiser Wilhelm, um jovem sério, tinha trazido com ele para Viena o que parecia ser um pequeno exército de ajudantes e criados. Rudolf não falava nada, deixando que Franz, Sissi e Stéphanie cumprimentassem os convidados. Só tarde da noite os olhos dele ganharam algum brilho, quando a Baronesa Helene Vetsera foi anunciada, acompanhada da filha, Mary.

Sissi sentiu a aproximação das Vetsera, que abriam caminho pela fila de recepção, da mesma forma que alguém sente uma doença tomando conta do corpo lentamente. Quando Mary Vetsera parou diante dela, Sissi esforçou-se para não deixar que suas mãos tremessem. Com a voz fria, ela cumprimentou a mulher com um evasivo aceno de cabeça enquanto as duas Vetsera faziam uma reverência diante da imperatriz. Franz reagiu do mesmo modo. Quando Mary e a mãe deslizaram para o lugar à frente de Rudolf, Sissi as acompanhou com o olhar.

— Há quanto tempo. — Mary sorriu para Rudolf, sem mostrar nada da humildade exigida diante do príncipe herdeiro da Áustria-Hungria, ainda mais sendo uma garota presunçosa e nova-rica. Mary estava de fato linda, Sissi admitiu de má vontade para si mesma. As faces dela brilhavam, usava um vestido justo azul-claro com detalhes em amarelo-limão que caía com perfeição sobre cada uma de suas curvas.

— Baronesa Vetsera. — Rudolf ofereceu seu primeiro sorriso da noite. Ao lado de Rudolf, o rosto tenso de Stéphanie parecia estar da mesma cor de seu vestido cinzento. Embora ela tivesse se arrumado com o mesmo requinte de Mary Vetsera, a comparação fazia Stéphanie parecer caipira e sem graça. Até as flores do seu cabelo pareceram murchar quando ela observou a amante do marido.

Mary, que não tinha escolha a não ser passar por Stéphanie, não fez uma segunda mesura, nem manifestou qualquer reconhecimento à princesa herdeira, apenas voltou seus olhos para o homem que tinha acabado de cumprimentar, dando mais um sorriso para o amante antes de passar pela esposa largada. Todos no salão abarrotado pareceram soltar uma exclamação coletiva — todos menos o príncipe herdeiro, sua amante e a mãe da mulher. Sissi olhou para a nora, cujos olhos estavam impossivelmente arregalados. E então, um instante depois, Stéphanie se recompôs. Ela fechou a boca, perdeu as feições chocadas e se virou para o sogro.

— Pai, quando nós vamos dançar? — ela perguntou para Franz, em um tom de alegria completamente anormal.

Brindes foram feitos por Franz e pelo embaixador alemão. Valsas foram dançadas. Franz, sempre apegado ao dever, estava ansioso para ir embora, tirar o uniforme alemão e estar longe da presença do jovem e presunçoso kaiser. O humor de Rudolf voltou a azedar assim que Mary e sua mãe deixaram a festa, talvez com alguma instrução sobre onde Mary se encontraria com Rudy ainda naquela noite, Sissi pensou. Stéphanie deu um espetáculo e tanto a noite toda, conversando e rindo, com uma determinação quase frenética de parecer alegre, mas quando chegou, afinal, a hora de voltar para o Hofburg, Sissi não conseguia dizer quem, no pequeno grupo imperial, estava mais aliviado por ir embora.

Enquanto os cavalos os puxavam pela curta distância através da cidade, o humor dentro da carruagem estava tão frio quanto o ar gelado lá fora.

— Que fardo insuportável! — Rudolf grunhiu, quase rasgando a casaca alemã enquanto a tirava do corpo.

— Eu achei que você ficou bonito nesse uniforme — Stéphanie disse.

Rudolf soltou um grunhido de pouco caso. Franz olhava pela janela, sem ligar para a reclamação do filho. Isso fez Rudolf falar mais alto a seguir, parecendo um pouco mais agitado.

— Eu não sei como você consegue, pai.

Franz então se virou, os olhos claros refletindo a luz de um poste de iluminação.

— Como eu consigo o quê? Agir como um anfitrião amável? — Rudolf deu um sorriso irônico e uma risada curta escapou de seus lábios tensos. — Não, você nunca saberia, não é, Rudolf? Você nunca entenderia como eu faço qualquer coisa que envolva dever ou amabilidade.

— Amabilidade? É assim que você se vê? Um anfitrião amável? — As palavras de Rudolf estavam pesadas de deboche. — Parecia mais que você bancava um fantoche na frente daquele palhaço. Este uniforme... esses ministros presunçosos... Anote minhas palavras, pai: uma aliança com esse homem, com a Alemanha, só vai nos causar problemas. Isso só nos levará à guerra. Uma guerra enorme.

— Não seja tolo, Rudolf! — Franz xingou o filho. Sissi percebeu a fúria silenciosa que o marido só conseguia conter porque era dotado de um autocontrole hercúleo. — Eu forjei essa aliança com a Alemanha para *evitar* uma guerra.

— Mas com eles como amigos, nós seremos arrastados para uma guerra.

Franz riu, uma risada sem graça, exasperada, do jeito que alguém manifesta frustração com uma criança pequena, incapaz de compreender.

— Ninguém ousaria. Contra Áustria-Hungria, Alemanha e Rússia unidas?

— A Rússia está cheia de problemas internos. O czar abusa de seu próprio povo, que vai se unir para derrubá-lo. Eu sei disso, e você também.

Franz deu de ombros.

— Conversa tola de um garoto tolo. Você não sabe nada do que é preciso para liderar um império.

— Não, não sei. Porque você nunca me deixa aprender. Você guarda tudo para si, torna tudo tão secreto. A não ser a sua polícia secreta, que me segue tão abertamente.

— Quando você começar a demonstrar que merece o cargo, irei recompensá-lo envolvendo-o na administração.

— Merecer o cargo? O que merecimento tem a ver com isso, quando você reina por *direito divino*? Você não é o *escolhido de Deus*, meu senhor?

— Seu deboche, para mim, é só mais uma prova de que você ainda é um garoto. Seria melhor se você se comportasse como Wilhelm. Diga o que quiser sobre a arrogância ou a presunção dele; pelo menos o kaiser age como um soberano.

— Wilhelm é mais novo que eu! Mas ele tem a coroa. Ele tem um objetivo. E eu? Tudo que eu faço é esperar e esperar. Não suporto mais. Cada dia que passa, cada ano que passa é como...

— Você não merece ser meu sucessor! — Franz rugiu. Isso, afinal, conseguiu silenciar Rudolf, que desbotou para um tom inatural de branco. Entre as sombras da carruagem escura, Sissi pôde ver como a fadiga tinha criado olheiras profundas sob os olhos do filho, ainda que seu olhar estivesse em chamas. Exausto, mas alerta; um animal sendo caçado.

Um murmúrio de tensão zunia dentro da carruagem praticamente silenciosa quando os cavalos os puxaram para dentro dos portões do palácio.

— Chegamos — Sissi disse, quebrando o silêncio, levantando-se quando a porta da carruagem foi aberta. Ela nunca pensou, sequer imaginou, que seria possível ficar tão aliviada por retornar ao Hofburg.

No dia seguinte, uma segunda-feira, Sissi quis ficar isolada, cansada pelas festas para o kaiser durante o fim de semana, e ainda mais exausta pela discórdia contínua dentro da sua família. Ela sabia que Rudolf pretendia caçar com alguns homens de sua equipe no Bosque de Viena e se hospedaria no Chalé Mayerling. Ele saiu sem se despedir de nenhum dos pais, mas através das janelas congeladas de seu quarto, Sissi observou o cortejo do filho partindo. Ótimo, ela pensou, *que ele tire algum tempo longe do pai, algum tempo para espairecer com o ar frio e as atividades ao ar livre.*

A noite seguinte era a do jantar familiar semanal, nos aposentos privados de Franz. Quando Sissi e Valerie chegaram, encontraram Stéphanie pálida e Franz furioso. Rudolf tinha enviado um telegrama ao pai dizendo que faltaria à reunião familiar, afirmando que um resfriado impedia que ele voltasse do Chalé Mayerling. A refeição foi rápida e silenciosa. Somente Franz podia iniciar uma conversa, mas ele não fez isso. Como resultado, ninguém falou.

Mais tarde, depois de terminar suas orações noturnas em seu quarto, Sissi se despiu para dormir.

— Marie?

— Pois não, imperatriz? — Marie Festetics levantou os olhos de onde estava agachada pegando os tijolos que tinha colocado diante do aquecedor de porcelana. Ela os carregou até a cama da imperatriz, para que aquecessem os lençóis.

— Rudolf parece estar cada vez mais longe da nossa influência — Sissi pensou em voz alta.

Marie franziu o rosto; ela não precisava dizer nada para que Sissi soubesse o que ela pensava.

— Você acha que eu devo falar com ele, não acha? — Sissi perguntou.

Marie se ergueu de onde estava, debruçada sobre a cama, e caminhou devagar até Sissi.

— Imperatriz, há muito eu penso que o príncipe herdeiro sente falta da mãe. Ele agora pode parecer um homem adulto, mas por dentro ainda é um garotinho assustado e tímido.

— Você tem razão — Sissi disse, suspirando. Ao subir na cama, reprimindo um bocejo, ela tomou uma decisão. — Amanhã. Quando Rudolf voltar de Mayerling, vou falar com ele. Pode ser que eu fale também com Stéphanie. — Ela se recostou nos travesseiros aquecidos, aliviada por soltar o cabelo e ter o corpo livre do espartilho apertado. Ela imaginou que o sono viria facilmente nessa noite, sem sua resistência habitual. Mas então um pensamento lhe ocorreu: — Onde está Larisch? Eu não a vi o dia todo.

A careta de Marie Festetics ficou visível sob a luz da vela que ela segurava.

— Larisch disse que precisava ir à cidade... Tinha que cuidar de alguns *compromissos*. — Era evidente que Marie não aprovava o compromisso de Larisch, qualquer que fosse.

Sissi acordou na quarta-feira com a dor de sempre, causada pelo reumatismo. Ela fez suas orações, pediu que lhe preparassem um banho e se demorou ao fazer a toalete matinal. Ela beliscou chá com torrada no café da manhã, antes de receber o professor de grego em seus aposentos.

Pouco antes das onze, quando estava nos minutos finais de sua aula, alguém bateu em sua porta. *Que estranho*, Sissi pensou. O Barão Nopcsa e suas damas de companhia respeitavam sua privacidade com firmeza — e os criados sempre afastavam visitantes que apareciam sem convite ou hora marcada. Kathi Schratt deveria aparecer mais tarde para visitar Sissi e Franz, mas com certeza não chegaria tão adiantada.

Então Ida irrompeu no quarto, boquiaberta como se estivesse engasgada com palavras que não conseguia pronunciar. O Barão Nopcsa entrou logo atrás dela.

— O que significa isso? — Sissi exclamou, levantando-se com o livro de grego ainda em mãos. Ela não estava acostumada com essas interrupções abruptas. — Eu não chamei nenhum de vocês aqui. — Mas quando ela viu o rosto pálido do barão, sua irritação sumiu, substituída por uma sensação de puro pavor. — O que... o que foi?

— Seu filho, o Príncipe Herdeiro Rudolf... — o barão começou.

— Sim, o que tem Rudy? Ele está em Mayerling, no chalé de caça, com seus acompanhantes.

— Ele estava caçando em Mayerling, de fato. Mas não com os acompanhantes. Ele estava com aquela mulher.

Sissi piscou, reprimindo o gemido que se formou no fundo de sua garganta.

— O que me importa a companhia feminina dele?

— Vossa Alteza... — O Barão Nopcsa engoliu em seco, como se as palavras não pudessem passar por seus lábios.

O livro de grego escorregou das mãos de Sissi, caindo no chão.

— Sim? O que foi, barão?

— O príncipe herdeiro e Mary Vetsera...

— Sim, o que têm eles?

— Estão mortos.

<hr />

NOSSO PRÍNCIPE HERDEIRO ESTÁ MORTO!

A manchete se espalhou como uma epidemia pelas primeiras páginas de todos os jornais da Áustria-Hungria. Ao mesmo tempo, tudo escureceu na capital. Bandeiras negras foram erguidas e cobriram as janelas do Hofburg, de todas as fachadas na Ringstraße e das igrejas da cidade. As pessoas que caminhavam, de cabeça baixa, pelas ruas silenciosas, vestiam trajes pretos.

Fora do palácio, a multidão chorava e rezava, em uma reunião muito diferente daquela de 30 anos antes, quando as pessoas apareceram diante dos portões externos do Hofburg para dançar e celebrar. Quando Sissi, uma jovem mãe, levou o recém-nascido Rudy no colo; apaixonada por ele e feliz com as festas além das janelas de seu quarto, comemorando o nascimento do menino. Agora ela fechava as cortinas daquele mesmo quarto, deixando do lado de fora a luz e a vista dos cidadãos de luto, restando apenas a escuridão.

Mais sombrias ainda foram as notícias que chegaram no dia seguinte. Enquanto em toda a capital e por todo o império corriam os primeiros relatos, dentro do palácio Sissi e Franz Joseph começaram a entender a causa da morte de seu filho. O repentino falecimento de Rudolf não foi resultado de algum acidente de caça nem de um ataque realizado por algum louco separatista eslavo, como se imaginou a princípio. Não era caso de envenenamento por algum inimigo da corte ou criado vingativo. Não foi ataque de um marido traído querendo se vingar do príncipe devasso. Não foi um ataque cardíaco nem uma mistura fatal dos remédios do príncipe. Não foi nem mesmo, como alguns relatos indicavam, resultado de uma apaixonada Mary Vetsera assassinando seu amante real, como Sissi tinha acreditado.

Não, a verdade era pior do que tudo isso. Pior do que o pior dos relatos tinha sugerido. A morte deles era resultado de um pacto suicida — um acordo macabro iniciado e executado pelo próprio Rudolf. O príncipe, sem a autoridade e o respeito do pai e de sua corte, exerceu sua autoridade sobre a única pessoa que o tinha como um deus. O príncipe herdeiro da cidade conhecida como "a capital mundial do suicídio" tinha realizado um ato definitivo e irreversível de desobediência. Ao atirar em sua amante e em si mesmo, ele finalmente se achou corajoso e poderoso. E, ao menos uma vez, conseguiu a atenção do pai.

Rudolf tinha deixado uma carta para sua mãe, desculpando-se por não ter sido um filho melhor. E tinha deixado um bilhete também para Valerie, falando que ela devia ir embora da Áustria com seu noivo. O mais revelador de tudo, porém, foi que ele não deixou mensagem alguma para o pai, o Imperador Franz Joseph.

Os golpes continuaram a atingir o Hofburg, como ondas que devastam o litoral. No dia seguinte, a confusa e angustiada Baronesa Helene Vetsera chegou aos portões do Hofburg implorando por informações. Sua filha estava sumida há dias e ela não tinha recebido qualquer notícia. A última coisa que soube era que a garota tinha saído com uma amiga para fazer compras. Essa garota, uma confidente do príncipe herdeiro, planejava levar Mary para encontrar Rudolf, e os amantes, juntos, viajariam até o

Chalé Mayerling. A Baronesa Vetsera se demorou no palácio, chorando e implorando para ver a imperatriz. Implorando por qualquer informação sobre o paradeiro de sua filha.

Enquanto isso, em sua suíte, Sissi recebeu mais uma notícia terrível: os ajudantes do palácio e os médicos tinham terminado de vasculhar os aposentos e os pertences do príncipe herdeiro, incluindo as roupas que ele estava usando na noite fatídica de seu suicídio. No bolso do uniforme estava uma carta da mulher que serviu de intermediária entre Mary Vetsera e Rudolf — a mulher que facilitou o encontro dos dois e a viagem até Mayerling para que realizassem aquele plano mórbido. O nome dessa mulher: Condessa Marie Larisch.

Essa última informação, somada aos choques e às descobertas do dia anterior, deixou Sissi em um estado de quase paralisia. Alguém a carregou até a cama — Marie? Ida? — onde ela foi deitada, a cabeça latejando de dor enquanto os pensamentos passavam por sua mente em uma sucessão rápida, implacável. A culpa era dela, de Sissi! Ela tinha trazido Larisch para sua casa. Ela, a mãe que passou para Rudolf seu espírito sensível e melancólico, absteve-se de falar com o filho sobre o comportamento perigoso dele. Ela se recusou a enxergar como os problemas eram profundos, sempre se escondendo atrás de sua própria infelicidade. Ela tinha contribuído, de muitas formas, para aquele resultado pavoroso e sinistro. Aquilo era sua culpa; como se ela própria tivesse disparado a arma que matou seu único filho!

Valerie e Franz concordaram que Sissi não estava em condições de participar do funeral, que prometia ser um evento muito público e exaustivo, com o comparecimento de chefes de Estado de toda a Europa, bem como milhares de plebeus que tinham viajado para a capital. Então, Sissi passou o dia na cama, com as cobertas sobre ela e as cortinas cerradas. Mesmo com as janelas fechadas e a luz do dia bloqueada, Sissi conseguiu ouvir os tambores lúgubres lá fora quando o cortejo fúnebre passou. Franz, o responsável Franz, estava lá, marchando com o caixão de seu filho. Suportando aquele fardo, desempenhando seu papel imperial. Quando o cortejo se afastou, substituído por um silêncio inquietante, Sissi ficou mais uma vez a sós com seus pensamentos. Sua própria compreensão inevitável de que ela, mais do que qualquer outra pessoa, poderia ter salvado seu filho. Mas não salvou.

Tarde naquela noite, depois que todos os presentes no funeral se dispersaram, Franz Joseph retornou ao Hofburg. Enquanto ele se trancava no quarto para se lamentar em particular, Sissi se vestiu. Ela se cobriu de preto, puxando um véu pesado sobre o rosto, e escapou do palácio por uma porta lateral. Sob a cobertura da noite escura de inverno, em seu traje de luto, ela caminhou, anônima, até a Cripta dos Capuchinhos, onde o corpo de Rudolf descansava. *Estranho*, ela pensou, seu corpo dormente devido ao ar gelado e ao vento frio da meia-noite. *Eu consegui, afinal, descobrir um modo de escapar do palácio para andar invisível pela cidade.*

Sissi bateu nos portões externos do antigo monastério. Acima dela, os sinos começaram a tocar doze vezes na torre da igreja. Uma figura encapuzada emergiu na porta distante, e o rosto envelhecido do homem demonstrou seu choque ao ver a figura coberta de preto que esperava junto ao portão, como se fosse uma assombração da meia-noite.

— Boa noite, padre.

O sacerdote se aproximou, hesitante.

— Posso ajudá-la, Madame?

— Por favor, padre, pode me deixar entrar para visitar o túmulo do príncipe herdeiro? — Sissi sentiu que falar aquelas palavras tinha exigido tanto de sua energia que ela poderia desmaiar. Ela se segurou no portão de ferro enferrujado.

O padre olhou para a torre do sino, que ainda badalava, como se para confirmar a hora avançada.

— O príncipe herdeiro? Mas... você chegou muito tarde. E quem é a senhora, Madame?

— Eu sou a mãe dele. E você tem razão. Eu cheguei tarde, tarde demais.

XVI

Ela está deitada imóvel na cama, escutando um gorgolejo suave, como se fosse água escorrendo. Com certeza ela está sonhando, porque está dentro de casa, em seu quarto, onde nenhum som de riacho poderia alcançá-la. O fluxo de água aumenta até que não é mais um riacho, mas uma inundação, entrando pelas janelas e pela porta. É um sonho? Ela se senta, horrorizada, olha pela janela e vê o luar brilhando através da água. Aquela não é uma lua comum, ela brilha com a mesma intensidade que o sol do meio-dia, e o quarto, de repente, está banhado por uma luz fria, sobrenatural.

— Irma! — Ela chama, aterrorizada. O fluxo de água para, mas as portas são abertas lentamente, rangendo e gemendo, chafurdando na água sobre o piso de tacos. Irma teria entrado correndo, teria vindo com o grito aterrorizado de sua senhora. Mas não é Irma que para diante dela, em meio ao luar ofuscante. — Ludwig? — ela diz o nome com uma mistura de choque e incredulidade. — Ludwig? Não pode ser você. Pode?

Ludwig fica ali, sem responder, seu corpo todo molhado, suas roupas e seu cabelo pesados com a água.

— Ludwig! Por que você está todo molhado?

Então ele responde, a voz calma:

— Eu venho do lago.

Ela sente a pele ficar toda arrepiada. Com certeza está sonhando. Mas por que não consegue se obrigar a acordar, como sempre faz durante seus pesadelos?

— O lago? Mas... você está morto.

Ludwig a encara com os olhos claros iluminados pela lua que parece um sol.

— Morto, mas ainda não estou livre.

Ela está sonhando... só pode ser.

— Não está livre? — ela repete. — Por que não está livre?

— Porque... meu destino está ligado ao de outros.
Ela estremece sob as cobertas, mas não diz nada.
— Logo você se juntará a mim — Ludwig continua, ainda parado à porta —, e estaremos livres, ficaremos juntos.
— Eu e você?
— Isso — ele assente, o cabelo molhado grudado a seu rosto belo e jovem.
— Com você... onde?
Ludwig se vira e sai pela porta. Se ele não é real, se ele não está mesmo ali, por que suas botas ecoam no chão, fazendo as poças de água tremerem? Antes de ir embora, Ludwig para junto ao batente e se volta para Sissi.
— No paraíso. Não vai demorar muito.

Capítulo 16

Palácio de Gödöllő, Hungria
Primavera de 1889

A tristeza perseguia Sissi, acompanhando-a até Gödöllő, transformando o lugar de tantas alegrias anteriores em uma ruína assombrada, inabitável. Ver os brotos de açafrão abrindo caminho em meio à terra congelada lembrou Sissi de que a vida continuava, embora seu filho estivesse morto. Ela se lembrou de como se divertia durante a primavera na Hungria — o aroma das acácias, as cores vívidas do rio, os estábulos e os riachos rodeados por tulipas —, mas até mesmo essas lembranças agora lhe causavam dor e faziam seus olhos vermelhos arderem com lágrimas novas. Aquele era, afinal, o país que mais amou Rudolf e que mais foi amado por ele. Eles o amavam devido ao seu relacionamento com Sissi. Eles o amavam por sua semelhança física e emocional com ela. A lembrança desse amor doeu em seu coração, sufocando-a, carregando consigo a mistura nociva de arrependimento e repreensão. Em nenhum lugar ela estaria a salvo de suas lembranças. E assim, da autocensura.

Sissi também não estava a salvo dos artigos que eram escritos em Viena. Matérias cruéis afirmavam que a imperatriz, enlouquecida pela tristeza, não saía de seus aposentos, e que ela aninhava um travesseiro em seu colo, murmurando e falando com o objeto como se fosse seu filho ainda bebê, o príncipe herdeiro. Quando o público soube a verdade a respeito do suicídio de Rudolf — uma verdade que os ministros de Franz tentaram a todo custo esconder —, os jornais soltaram matérias e comentários a respeito da ligação de Sissi com a loucura dos Wittelsbach, um traço genético que havia persistente e pacientemente se espalhado para além da família da Baviera, envenenando até mesmo os sensatos e equilibrados Habsburgo, como uma praga. Sempre punham a culpa nela, Sissi; os escritores nem mencionavam que Franz, um Habsburgo, também era metade Wittelsbach. Que a mãe dele, a Arquiduquesa Sophie — a mais sensata dentre eles todos — tinha passado o sangue Wittelsbach para o filho. Não, tinha que ser sempre a linhagem contaminada de Sissi; a loucura tinha que ser contribuição *dela*. A loucura dos Wittelsbach — que primeiro tinha levado seu pai, então seu primo Ludwig, e agora Rudolf —, com certeza a levaria a seguir, era o que diziam.

Em Viena, Franz, que buscava conforto em sua conhecida e testada forma de terapia — enterrar-se no trabalho —, fazia um grande esforço para contestar essas matérias. Ele até mesmo fez um pronunciamento no parlamento, desmentindo os boatos de que sua esposa agora somava à tristeza e ao fardo dele o comportamento instável *dela*. Mesmo assim, as calúnias continuaram a sair das gráficas para as mãos de leitores vorazes de todo o continente e, até, de lugares longínquos como a América.

— Eu deveria me entregar à loucura, para deixar todos felizes em vez de deixá-los parecendo mentirosos — Sissi ironizou certa manhã no começo da primavera, ao folhear os jornais enquanto seu café da manhã esfriava diante dela sobre a mesa. — Bem, pelo menos todos aqueles que sempre me odiaram tanto podem ter a satisfação de saber que meu filho nunca se sentará no trono Habsburgo. — Ela disse isso, apoiou os cotovelos na mesa e chorou.

Em meio a esse estado de melancolia, enfim, uma notícia agradável chegou, como um raio de sol que penetra uma nuvem cinzenta. Andrássy escreveu para Sissi. Ele ficou sabendo que ela estava na Hungria e desejava, depois de tanto tempo, fazer-lhe uma visita. Ela respondeu que ele seria muito bem-vindo.

Sissi recebeu Andrássy em seus aposentos privados. Embora tenha se levantado para recebê-lo, ela sentiu as pernas trêmulas ao olhar para seu convidado. Ali estava ele, depois de tanto tempo, depois que tanta vida tinha sido vivida — e perdida — em sua ausência.

— Olá, Sissi. — Ele parou junto à entrada, olhando hesitante para ela, como se sentisse uma timidez que nunca antes mostrou, nem mesmo quando se conheceram.

— Andrássy, olá! Por favor, entre. — Ela o observou se aproximar, estudando sua aparência. Notou que o cabelo, antes tão grosso e escuro, agora caía, fino e branco, ao redor do rosto. Seus olhos, um veludo preto no passado, agora pareciam afundados, a pele enrugada à volta deles.

Com uma nova pontada de tristeza, Sissi percebeu que Andrássy tinha se tornado velho.

Mas é claro que sim, ela pensou, repreendendo-se pela nostalgia. Fazia anos, décadas, que eles tinham se conhecido, dois jovens idealistas que se apaixonaram um pelo outro e pela ideia da autonomia húngara. Mesmo assim, vê-lo tão mudado, ver como a versão atual dele era tão diferente da versão que ela guardava na memória, era espantoso.

— Obrigada por vir — Sissi disse, a voz um pouco ofegante. Se ele lhe parecia tão envelhecido e maltratado, como será que Andrássy a via? De repente, pela primeira vez em muito tempo, ela sentiu um calor aquecer suas faces, uma sensação que ele sempre provocava nela, mas que ela não sentia havia uma eternidade.

— Sissi. — Ele sorriu para ela. Sissi percebeu um brilho fraco nos olhos dele, como se fosse a última chama de um fogo que está morrendo.

— É bom vê-lo, Andrássy. Você está muito bem.

Ele ergueu um dedo, que balançou para ela.

— Você nunca soube mentir. Nunca conseguiu esconder seus pensamentos.

O que ela não conseguiu foi segurar uma risada.

— Pelo menos não de você — ela disse. — Sente-se por favor.

Foi o que ele fez, mas ela reparou que ele fez uma careta, e levou a mão à barriga enquanto se ajeitava na cadeira.

—Posso pedir chá para nós? — ela perguntou.

Ele negou com a cabeça, então Sissi pediu chá apenas para ela.

— Que tal outra coisa? Champanhe? Talvez nós tenhamos algo para comemorar. Não é todo dia que encontro meu velho amigo, ainda mais depois de tanto tempo.

— Eu gostaria de poder, mas beber me causa uma dor terrível. — Ele franziu a testa ao pensar nisso. — Não vou sujeitá-la a isso.

— Você está doente?

— Estou. Meu médico chama isso de câncer. — Andrássy apontou para a parte de baixo da barriga.

— Isso é... é sério?

— Eles não sabem. Não conhecem muita coisa a respeito. Então, imagino que, da mesma forma que todas as questões sem resposta, somente o tempo poderá revelar a verdade.

Ela concordou e bebericou o chá enquanto um silêncio cresceu entre eles. Andrássy e doença eram duas coisas que nunca tinham se misturado na cabeça dela, dois fios de cores contrastantes que nunca poderiam ser entrelaçados. Andrássy, para ela, significava força, perpétua e inabalável. Mesmo assim, agora até ele fraquejava.

Suas palavras seguintes tiraram Sissi de seus devaneios.

— Não consigo lhe dizer como eu, todos nós, ficamos devastados ao saber da notícia.

Sissi se remexeu na poltrona e seus olhos começaram a arder. Tomando um gole de chá, ela enfrentou a ameaça de novas lágrimas.

— Nós todos o amávamos aqui.

— Eu sei — Sissi respondeu, baixando a xícara. — Obrigada.

Mas ele se inclinou para frente e continuou:

— Espero que você não esteja se culpando. Nenhuma mãe deveria ter que ver... Não era algo que...

Ela ergueu a mão, implorando em silêncio para que ele parasse. Sabendo que não seria capaz de enfrentar a tristeza que ameaçava tomar conta dela se ele continuasse.

— Eu sei, Andrássy. Ele era... Rudy era... um homem atormentado. — Foi tudo que ela conseguiu dizer.

Andrássy passou as mãos pelo cabelo fino e branco, e Sissi se esforçou muito para escapar da névoa de desespero que ameaçava envolvê-la. Ela olhou de novo para Andrássy e se obrigou pensar em outra coisa, em qualquer outra coisa que não Rudy. Ela se concentrou no homem diante de si, forçando-se a lembrar do cabelo castanho que esvoaçava ao redor daquelas feições entusiasmadas.

Quando ele falou em seguida, ela ouviu uma lembrança do antigo ardor:

— Eu tenho vontade de esfolar as pessoas que ousam escrever a seu respeito. Eles não a deixam em paz, nem em um momento desses?

Com isso, ela se sentiu menos triste. Era mais fácil falar de sua própria raiva — que tinha endurecido e cicatrizado ao longo de todos esses anos — do que da dor recente e excruciante que a morte de Rudolf lhe causava.

— Eu não sei como você consegue, Sissi. Como você enfrenta isso. — Andrássy, distraído, tamborilou os dedos na mesa baixa entre eles. — As coisas que dizem a seu respeito. Eu só queria poder corrigir essas injustiças. Eu poderia contar para eles sobre você, sobre a versão de você que eu conheço.

Sissi o viu contrair o rosto e percebeu que aquelas palavras, e a paixão por trás delas, causavam uma dor profunda nas entranhas doentes de Andrássy. Ela sorriu, triste.

— Obrigada, Andrássy.

— Às vezes eu sinto como se... — ele começou. — Quando eu leio essas matérias horríveis, mentirosas... sinto que sou a única pessoa neste mundo que realmente a conhece.

Isso era verdade. Ou, pelo menos, havia uma parte dela que apenas ele conhecia. Ela baixou os olhos para sua xícara e assentiu.

— Como é o novo sujeito? — ele perguntou. — Seu sobrinho?

— O Arquiduque Franz Ferdinand? — Andrássy assentiu. Sissi recolocou a xícara sobre o pires. — Ele é um burocrata austríaco absolutamente previsível. Muito educado, até demais, excessivamente preocupado com sua própria linhagem e com a tradição do posto para o qual vai começar a se preparar. Ele faz Franz parecer criativo e flexível.

Andrássy soltou um suspiro longo e lento.

— Então é assim que vai ser...

— O que você quer dizer com isso? — Sissi perguntou.

— Nós temos o rígido e tempestuoso Wilhelm no trono da Alemanha. E agora perdemos nossa única esperança, o príncipe herdeiro que teria nos modernizado... que teria nos aproximado da Inglaterra, em vez da Alemanha. — Sissi gemeu e Andrássy continuou, sua mente inflamada pela política, a outra antiga amante em sua vida. — Rudolf foi substituído por um líder sem imaginação, um linha-dura. Eu sempre soube que a Europa como conhecemos providenciaria seu próprio colapso com essas insanas monarquias hereditárias.

— Franz é um bom imperador — Sissi disse.

— Ele é um ótimo imperador. Mas a era dele logo vai acabar. E nós precisamos de alguém jovem e moderno. Nós precisávamos de Rudolf! — ele exclamou. — Rudolf seria bom, porque era seu.

Sissi levou as mãos ao rosto e cedeu ao choro que não podia mais ser reprimido.

— Que idiota eu sou. Desculpe-me. — Andrássy estendeu uma mão, colocando-a sobre a perna dela. — Oh, Deus, como eu pude ser tão insensível? Por favor, perdoe-me. Você me conhece; eu não consigo me segurar quando começo a falar de política. Ou quando falo de suas qualidades. — Ele tirou um lenço do bolso e enxugou o rosto dela. Sissi deixou que ele fizesse isso enquanto mantinha os olhos fixos nos dele. Enfim, ele falou. — Por favor perdoe-me e à minha conversa deprimente. Você tem, apesar de tudo, uma notícia boa.

Sissi aceitou o lenço que ele lhe estendia e o apertou nas mãos, certa de que ainda precisaria dele.

— Eu tenho?

— Claro. — Andrássy confirmou com a cabeça. — Ora, eu li que Valerie está noiva.

— Oh, essa notícia. Sim, está noiva de Salvator.

— Você não está feliz com isso?

Sissi suspirou e olhou para as próprias mãos.

— Acho que não estou feliz com nada ultimamente. Mas Salvator é um bom homem. E Valerie o ama. Estou feliz que ela vá se casar por amor, e não para servir de instrumento a alguma barganha dos Habsburgo. Só que a pobrezinha teve de colocar seus planos de casamento em espera, por causa de... tudo isso. Vai ser no próximo verão.

— Você pode lhe transmitir meus votos de felicidade? Diga-lhe que eu desejo o melhor... — Ele abriu um sorriso contido. — Embora eu saiba que ela não vai querer ouvir isso. Eu sei que Valerie nunca teve muita simpatia por mim.

Sissi olhou para Andrássy e lhe devolveu o lenço, permitindo que sua mão descansasse na dele enquanto falava.

— Só porque ela sabia que, a não ser por ela, você era a pessoa que eu mais amava neste mundo.

Meses depois, Sissi recebeu a notícia de que o Conde Andrássy tinha morrido de câncer na bexiga. O homem cuja perda Sissi tinha lamentado tantos anos atrás agora estava perdido para sempre, e o caráter definitivo da perda acertou Sissi como uma facada. A notícia devastadora vinda da Hungria chegou pouco depois do primeiro aniversário da morte de Rudolf. Então, três meses mais tarde, Sissi viajou para Possenhofen para se despedir de sua amada irmã Néné.

Ao deixar a cabeceira de Néné sentindo-se fraca e completamente esgotada, Sissi sussurrou para Marie Festetics:

— A morte vai ser minha companheira constante até se tornar minha senhora. Eu não posso me entregar agora e nos poupar essa luta prolongada?

Na sequência desses golpes, Sissi viajou a Bad Ischl para o casamento da filha. Franz, cedendo aos apelos de sua esposa e da filha, deixou o protocolo de lado e permitiu que Valerie tivesse o casamento privado que ela tanto queria, e não um evento de Estado. Em vez de se casar na Igreja de Santo Agostinho, na capital, Valerie escolheu a modesta igreja de Bad Ischl para a cerimônia, que não contou com a presença de embaixadores estrangeiros e magnatas, mas apenas de familiares e plebeus da congregação.

As floristas imperiais não foram requisitadas. No lugar delas, Sissi e Valerie colheram rosas alpinas e edelvais para enfeitar o altar. Mãe e filha chegaram em um cabriolé aberto, em vez de uma carruagem folheada a ouro, e desceram na praça da cidade, onde moças dançavam ao redor de postes decorados e senhoras jogavam pétalas de flores sobre a noiva e seus pais.

Dentro da pequena igreja do campo, Sissi e sua família assistiram a Valerie fazer seus votos para Salvator.

— Ela está linda — Gisela sussurrou, ajeitando seu bebê no colo. — E tão feliz.

— Está — Sissi concordou. Ela olhou de uma filha para outra. Nenhuma das suas garotas era linda. Mas as duas eram felizes. *O que era melhor do que ser linda*, Sissi pensou; elas tinham sorte pela aparência comum. Beleza não era um dom para se cobiçar. A beleza tinha sido lhe dada aos montes, mas não lhe trouxe nenhuma felicidade. Não lhe permitiu ter paz. Sissi refletiu sobre as mulheres lindas que conhecia — cujas histórias tinham sido as mais trágicas. Ela própria, claro. A Imperatriz Eugénie. Marie Larisch. Mary Vetsera. Até a vida de Sophie-Charlotte foi mais tumultuada devido aos seus encantos. Enquanto aguardava na frente do altar, observando sua filha mais nova se casar, Sissi não pôde deixar de pensar em quanto sua vida teria sido diferente se ela tivesse nascido com a aparência comum de Néné em vez da sua própria?

Sissi ajudou Valerie a tirar o vestido de casamento e a vestir a roupa de viagem, e a acompanhou, com a família, até a plataforma da estação ferroviária de Bad Ischl. Os recém-casados iriam viajar durante algum tempo antes de se estabelecerem em Lichtenegg, onde Salvator estava com o exército. Valerie constituiria um lar com sua nova família, Sissi se deu conta, obrigando-se a sorrir e acenar, embora, por dentro, sentisse vontade de chorar. A partida de Valerie lhe doía como uma grande perda, como mais uma despedida e outro motivo para chorar. Mas ela tinha feito seu trabalho de mãe, não tinha? Ela amou e criou sua filha, protegendo-a da dor que espreitava as crianças da corte. Ela ensinou Valerie a confiar e amar, e a filha se entregou para o homem que escolheu. Isso não era motivo de grande comemoração? Era sim, Sissi reconheceu, ficando imóvel enquanto o trem sumia de vista, deixando para trás apenas uma fina coluna de fumaça escura, que subia para o imenso céu.

Que lugar, agora, Sissi chamaria de lar? Bad Ischl a lembrava muito de sua juventude, de seus verões com Franz quando era uma noiva jovem e feliz. Agora, o lugar parecia grande e quieto demais, o que era amplificado pela ausência de Valerie. A Hungria estava assombrada por Andrássy. Pelas vitórias de antigamente e as derrotas que se seguiram. Os palácios de Hofburg e Schönbrunn abrigavam mais fantasmas do que ela gostava de lembrar. Ela precisava de um lugar intocado por Rudolf ou Andrássy, por Néné ou seus pais. Um lugar intocado até mesmo por Valerie ou Franz. Mas um lugar assim poderia ser encontrado? Para procurá-lo, Sissi sabia que precisaria viajar para mais longe do que em qualquer outra viagem que tinha feito. E essa promessa de uma nova aventura alimentou uma chama latente dentro dela, que ainda não estava pronta para se apagar.

XVII

Um homem que passou por experiências difíceis e viajou para longe aprecia seus sofrimentos depois de algum tempo.

—Homero, A Odisseia,
Um dos épicos favoritos de Sissi

Capítulo 17

Palácio de Achilleion, Corfu
Primavera de 1894

Navios de passageiros e cargueiros oceânicos passavam a intervalos irregulares, soltando colunas de vapor e tocando suas buzinas melancólicas enquanto deslizavam pelo horizonte. Caso contrário, na maior parte do tempo, Sissi olhava para um imenso mar azul-safira, intocado e não afetado por atividades humanas. Em sua mansão na ilha grega de Corfu, Sissi tinha finalmente conseguido o que se dispôs a procurar por toda a vida adulta: paz, solidão, sossego. Ali, em sua propriedade extensa, banhada de sol, ela havia se separado de toda vida humana, e podia passar dias sem ver ou ser vista pelo mundo exterior. O som que preenchia seus dias, tirando-a de seus devaneios solitários, era o sussurro da brisa salgada deslizando pelo bosque de oliveiras. O trinado suave de uma andorinha que saltava pelas buganvílias. A tesoura de um jardineiro oculto aparando as laranjeiras e os limoeiros. O grasnido estridente das gaivotas voando acima dos penhascos e sobre o cintilante Mar Jônico.

Até mesmo as vozes com as quais Sissi tinha se acostumado tinham silenciado; quase toda sua equipe tinha se aposentado. Marie Festetics, Ida Ferenczy e o Barão Nopcsa tinham, enfim, declarado sua incapacidade de continuar com Sissi em suas viagens intermináveis. Assumindo o lugar deles, vieram dois novos ajudantes: uma jovem condessa húngara chamada Irma Sztáray, como sua dama de companhia, e um jovem cavalheiro chamado Frederick Barker que atuava como seu secretário.

Valerie, antes companheira constante de Sissi, agora só era presente em cartas. Ela havia se acomodado em sua vida doméstica com uma facilidade que espantava a mãe. Escrevia, feliz, sobre a casa e o marido, e os bebês que teve em rápida sucessão depois do casamento. Primeiro veio uma menina, Elisabeth, que já estava uma garotinha. Depois Valerie teve dois filhos em sequência, Franz Karl e Hubert Salvator. Sissi sabia que aquela vida familiar plena e satisfeita de Valerie era o motivo para que seu sonho nunca se realizasse. Ela tinha sonhado que, se construísse uma mansão magnífica em Corfu, onde os dias eram preenchidos pelo sol constante e o azul cintilante do mar, Valerie e o marido a seguiriam até lá. Ali, com Valerie e sua família, Sissi poderia finalmente se estabelecer. Mas Valerie não a seguiu.

Aquele lugar, que Sissi batizou de Achilleion em homenagem a seu amado Homero, a princípio lhe trouxe um pouco de paz. Suas horas passavam em um ritmo tranquilo, agradável. Quando sua dor nas costas permitia, ela passava o dia caminhando pelas trilhas da montanha com Irma. Depois se banhava nas banheiras de mármore e ouro que despejavam água salgada nela, massageando óleo em suas articulações doloridas, e enrolava algas marinhas no corpo para manter a maciez e elasticidade da pele. Sissi supervisionava o paisagismo de seu novo jardim na encosta da colina, onde mandou fazer um monumento a seu poeta favorito, um busto de mármore de Heinrich Heine. E estudava grego antigo, recebendo aulas de um jovem e solícito grego chamado Constantine Christomanos.

Tudo no Achilleion foi concebido e construído de acordo com as preferências e os desejos de Sissi. Franz lhe concedeu todos os caprichos, até mesmo negociou com o governo grego questões envolvendo o uso da terra. Ansioso para que sua esposa inquieta tivesse ao menos um lugar onde pudesse ter sossego, onde ele soubesse que poderia encontrá-la, Franz concordou com tudo, até mesmo com os milhões que Sissi precisou para a construção. Embora ele preferisse que a casa fosse dentro de seu vasto império, e não em um país distante, ele apoiou o projeto de construção e enfrentou seus ministros nas questões orçamentárias, bem como a fofoca e a imprensa vienense, e também autorizou a fabricação de novos conjuntos de jantar em porcelana, cristal e prata, tudo marcado com o novo brasão pessoal de Sissi, formado por golfinhos. Franz até cedeu à vontade dela de instalar fiações elétricas na propriedade, o que exigiu uma usina de força particular. Ele aprovou os projetos de jardins suspensos e colunatas, e até mesmo fruteiras que se acendiam com lâmpadas elétricas, como se por mágica. Mesmo assim, quando as obras chegaram ao fim, depois que os trabalhadores terminaram os últimos detalhes de decoração e se preparavam para guardar as ferramentas, quando o Achilleion estava quase pronto e os afazeres de Sissi na propriedade diminuíram, ela sentiu a conhecida inquietação voltando.

Depois que o imenso projeto ficasse pronto... o que ela faria o dia todo? Ela não era uma velha, ainda tinha muitos anos. Sissi não tinha nem 60 anos. Embora sentisse dores, seu corpo ainda vibrava com um vigor infantil. Sua figura mantinha as proporções esguias da juventude, preservadas por décadas de exercícios e dieta cuidadosa. Ela não podia conceber uma velhice em que ficaria parada, esperando que o corpo cedesse, lenta e voluntariamente, ao humilhante e degradante avanço do tempo. Ela desejava permanecer ocupada, ativa, viajando. Ver coisas interessantes e lindas. Ansiava por companhias intrigantes, que afastassem seus pensamentos do tédio e da melancolia.

Mas quem poderia lhe fazer tal companhia? Franz nunca se afastaria dos deveres, nunca deixaria a capital, ainda mais agora que tinha encontrado um pouco de paz doméstica com Kathi como sua companheira diária. Andrássy tinha morrido. Assim como seus pais, Néné, Ludwig e Rudy. Ela até mesmo leu em um jornal inglês que o famoso cavaleiro, Capitão "Bay" Middleton, tinha morrido. Ele caiu do cavalo em um acidente fatal, deixando viúva a mulher, Charlotte Middleton. Sissi passou aquela tarde na cama, sonhando acordada com os campos e as colinas da Inglaterra, com as temporadas de caça que passou, em um estado de felicidade abençoada, ao lado de Bay. Ela lamentou sua morte sozinha, rodeada de pessoas que nem sabiam que ele existia. Pessoas que não lembravam do belo esportista inglês de casaco vermelho, que não podiam compreender o modo como ele a amparou naquela época ativa e feliz de sua vida. Bay, assim como todo mundo, entrou em sua vida com muita paixão e expectativa, mas ele também tinha partido.

E Valerie não iria visitá-la, não na distante Corfu. Quanto mais Sissi permanecia em Achilleion, mais certeza tinha desse fato. E embora ela buscasse paz e isolamento, as paredes de mármore da mansão vazia ecoavam alto sua solidão. A imensidão da casa só servia para lembrar-lhe de como lhe faltava companhia. Ela pensava com frequência no verso de Heine: "Onde eu não estou, aí reside a felicidade". Ela também pensava em Shakespeare, que observou, com tanta sabedoria: "Oh, mas então, tais encantos que meu amor traz internos, transformaram um paraíso em inferno". Agora que estava sozinha, sem nada além de seus próprios pensamentos, o paraíso de Sissi em Corfu tinha se transformado em um inferno solitário e infrutífero. Ela precisava ir embora.

Franz ficou furioso; suas palavras contidas deixaram isso muito claro quando respondeu à carta em que Sissi informava que pretendia vender a mansão de Achilleion para continuar com suas viagens. Ele destacou as dificuldades que precisou enfrentar por ela, tanto com o governo grego quanto com seu próprio, enquanto Sissi supervisionava construção e decoração, lembrou-a dos milhões gastos naquele palácio e encerrou a carta lamentando: "Eu nutria uma esperança vã de que, após tê-lo construído com tanto gosto e zelo, você permaneceria sossegada nesse lugar que é sua criação. Agora, contudo, vejo que isso não adiantou nada, e que você vai continuar vagando pelo mundo".

E Franz estava certo, pois era isso que ela pretendia fazer. As próximas estações levaram Sissi em uma jornada desgovernada, sem itinerário nem destino. Ela explorou as terras antigas ao redor do Cairo, andando anônima por velhas ruas tortuosas, inebriando-se com os aromas de especiarias, tabaco doce e couro, com as vistas de ruínas históricas em meio à vida agitada da cidade. Ela caminhou pela Baía de Nápoles, parando nas ruínas de Pompeia aos pés do Monte Vesúvio, onde se maravilhou com afrescos de milênios passados, ainda vívidos em vermelho, ocre, roxo e turquesa. Apreciou as paisagens e as montanhas no litoral de Sorrento e Ravello, onde se podia ficar horas em um terraço na encosta, saboreando sorvete aromatizado com limões frescos e escutando os pássaros que pulavam de uma oliveira para outra. Ela visitou Biarritz, a pequena cidade balneária francesa nos Pireneus, onde ilhas rochosas emergiam de um mar safira e a maresia lambia sua pele e limpava seus pulmões.

Durante essas jornadas, ela escrevia para Franz, sempre terminando suas cartas dizendo que esperava que sua próxima viagem fosse a mais longa, que desejava cruzar o vasto Atlântico para explorar aquele continente imenso e indomado que era a América, ou navegar em direção aos confins do Pacífico Sul. Franz respondia sempre relatando os detalhes de suas atividades cotidianas em Viena, contando-lhe as novidades sobre Erzsi, Gisela, Valerie e os filhos cada vez mais numerosos de sua caçula. Ele sempre manifestava o desejo de que Sissi pudesse voltar para casa ou, pelo menos, que considerasse passar um verão com ele em Bad Ischl. E nunca encorajava, nem mesmo mencionava, o desejo de Sissi ir para a América ou Ásia.

O inverno levou Sissi e Irma para o Sul da França, para a cidade litorânea de Cap-Martin. Durante sua primeira semana ali, Irma voltou agitada de uma tarefa, relatando com alegria para Sissi que a Imperatriz Eugénie também estava em Cap-Martin, onde passaria o inverno hospedada em um hotel próximo.

— Você quer dizer a *ex*-imperatriz Eugénie? — Sissi disse, lembrando-se da mulher que tinha sido deposta durante uma guerra brutal com a Alemanha.

— Isso mesmo — Irma confirmou. — A viúva de Napoleão e ex-imperatriz da França. Talvez Vossa Majestade queira lhe fazer uma visita?

Sissi refletiu um pouco e acabou concordando.

— Parece uma boa ideia. Por que não vamos fazer uma visita para a velha Eugénie?

E assim começou a breve e improvável amizade de Sissi com sua antiga rival. As duas mulheres da realeza passaram tardes juntas caminhando pelo cais, olhando para as águas azuis do Mediterrâneo enquanto falavam, saudosas, do passado. Eugénie ainda prestava muita atenção na política, principalmente no que dizia respeito a seu antigo império francês. Sissi — que ligava ainda menos para política do que antes — tentava despertar em Eugénie a paixão pela poesia e filosofia. Ela citava Heine, Shakespeare e Goethe, mas parecia que Eugénie não compartilhava do mesmo interesse. O único assunto que as duas mulheres tinham o mesmo entusiasmo para abordar era equitação, a paixão de suas juventudes perdidas.

— Você consegue imaginar o que aconteceria se nós tentássemos subir em um cavalo nos dias de hoje? — Eugénie suspirou, sentada ao lado de Sissi em um banco na praia. Ao contrário dela, Eugénie tinha engordado com a idade e ficava cansada mesmo nos passeios mais curtos.

Sissi riu ao pensar nisso. Seu reumatismo tinha tornado as cavalgadas impossíveis há tantos anos, mesmo antes da morte de Bay, que tornou a montaria um passatempo menos interessante. Apesar disso, lembrar de sua antiga habilidade, sua agilidade, e comparar suas histórias com as de Eugénie lhe deu uma breve folga de pensamentos tristes. Não demorou muito para que Sissi começasse a gostar de seus passeios diários com a imperatriz deposta, uma companhia muito agradável e tranquila.

Mas mesmo esses simples prazeres não duravam, pois a tristeza sempre a perseguia, indo ao seu encalço através do globo com o rigor de uma sombra. Dessa vez, a tristeza veio na forma de um telegrama de Paris. Nele, Sissi recebeu a notícia de que sua irmã mais nova, a linda Sophie-Charlotte, a garota que foi noiva de Ludwig, tinha morrido em um incêndio em Paris.

No verão seguinte, Sissi retornou a Bad Ischl. Aquela deveria ser uma estadia de duas semanas da família imperial, um reencontro de Franz e Sissi antes que eles voltassem à capital para os preparativos da celebração do jubileu de ouro que se aproximava. Naquele outono Franz completaria 50 anos no trono. Eram 50 anos de relativa paz, prosperidade, ordem e progresso — não era pouco para um homem cujos colegas imperadores tinham sido derrubados e substituídos.

Valerie chegou a Bad Ischl com Salvator e suas crianças alegres e agitadas. Sissi adorou estar de novo na companhia da filha, e as duas frequentemente saíam para longas caminhadas pelo campo e pelas montanhas, explorando a natureza como tinham feito durante tantos verões passados. Uma tarde, durante uma pausa para descansar no alto de uma colina, Valerie se virou para a mãe.

— Você está feliz aqui em Bad Ischl, mamãe?

Sissi sorriu para sua filha e pegou a mão de Valerie.

— É claro que estou, minha querida. Estou sempre feliz de estar com você.

Mas o rosto de Valerie continuou sério, com as feições tensas enquanto ela pensava.

— E *você*, minha querida, sente-se feliz por estar aqui?

Valerie permaneceu quieta por um instante, medindo as palavras antes de responder.

— É claro que estou feliz por ver você e o papai. É só que...

— Sim? O que é?

— Eu tinha esquecido... como tudo isso é forçado — Valerie confessou. — Como tudo é restrito. A vida com Salvator é tão boa. E confortável. Aqui, qualquer chance de alegria espontânea é oprimida por protocolos fossilizados e sufocantes.

Sissi tirou seus olhos da filha e observou a vista, surpresa com a observação de Valerie. Bad Ischl era o lugar onde a família imperial ficava mais *relaxada*, onde Franz permitia um breve alívio no protocolo. Ainda assim, Valerie achava que aquela breve estadia estava sobrecarregada de regras e procedimentos? Sissi abriu um sorriso fraco de cumplicidade.

— Talvez agora você entenda, Valerie, por que eu contestei tanto. Por que eu fugia sempre que podia.

Valerie assentiu.

— Foi a vovó Sophie que instituiu tudo isso? — ela perguntou depois de uma pausa. — Que não deixou meu pai sequer conhecer o que é o afeto simples, não forçado?

Sissi cruzou os braços e refletiu sobre a pergunta. Claro que a resposta era sim. Sophie tinha introduzido esses procedimentos rígidos na corte, regras que seu filho ainda seguia, sempre obediente e fiel. Mas Sophie não tinha feito isso por crueldade. Ela fez o que fez por pensar que seria o melhor. Que era correto e respeitável. O que se esperava da família Habsburgo. Sissi suspirou.

— Fico contente que você esteja feliz, Valerie — ela respondeu. — Isso é tudo que importa agora: que você se casou por amor.

— Eu estou feliz, mamãe.

— Então eu tive sucesso como mãe. — A filha estava feliz. E durante aquelas duas semanas ela também se obrigaria a ser feliz.

Mas essa decisão durou até a manhã seguinte, quando Sissi acordou com uma sensação de coceira em toda a pele. Ela afastou as cobertas, olhou para baixo e exclamou horrorizada quando viu marcas vermelhas em seu corpo. Ela gritou e Irma entrou correndo em seu quarto.

— Vossa Majestade? O que foi?

— Vá chamar o médico, Irma, agora mesmo!

O Dr. Widerhofer chegou e examinou as manchas vermelhas na pele de Sissi. Ele ficou em dúvida quanto à sua condição repentina, mas declarou que a imperatriz estava doente demais para ir à capital e participar do jubileu de ouro de Franz. Em vez disso, ela deveria viajar para a cidade alemã de Bad Nauheim para um tratamento.

— Mas... eu não posso ir para Bad Nauheim! — Sissi protestou. — Eu tenho que voltar com o imperador para Viena.

— Receio que isso seja impossível, Madame — o médico respondeu, inflexível. — Essas erupções só vão piorar enquanto Vossa Majestade ignorar. E esse é o único lugar de que sei onde os médicos podem tratá-la.

— Isso vai... vai se espalhar? — Sissi perguntou, estremecendo.

— Vai, se Vossa Majestade não se tratar. E pode até passar para os outros.

Sissi ficou duplamente desesperada com aquele diagnóstico — tanto pela notícia de ter uma doença séria como pela sua incapacidade de acompanhar Franz em seu jubileu. Ao contrário de todas as vezes em que inventou ou exagerou doenças para fugir de suas obrigações oficiais, dessa vez ela queria muito participar, estar com Franz. Celebrar seu marido e a vida admirável que ele teve como servidor de seu povo. Em vez disso, ela teria que deixá-lo voltar sozinho para a capital. Franz recebeu a notícia com sua impassibilidade habitual, insistindo para que Sissi fizesse todo o necessário para se curar. Enquanto ele falava, ela chorava.

Naquela noite, Sissi ficou imóvel na cama, ouvindo um gorgolejo baixo, como se água estivesse escorrendo. Com certeza devia ser um sonho, porque ela estava dentro de casa, em seu quarto em Bad Ischl, onde nenhum som de riacho poderia alcançá-la. Ainda assim, a água se infiltrou por baixo da porta do quarto. O fluxo foi ganhando volume até não ser mais uma infiltração, mas uma inundação, que entrava pela porta e pelas janelas. Foi um sonho? Sissi sentou-se na cama, horrorizada, olhou pela janela e viu a luz brilhar através da água. Aquela não era uma lua qualquer: ela brilhava como o sol do meio-dia, e o quarto de repente foi banhado por uma luz fria, sobrenatural.

— Irma! — Sissi chamou, aterrorizada. O fluxo de água tinha parado, mas a porta abriu lentamente, rangendo e gemendo, chafurdando na água pelo chão de tacos. Irma teria entrado correndo ao ouvir o grito de terror de sua senhora. Mas não foi Irma quem parou diante dela em meio ao luar ofuscante. — Ludwig? — Sissi disse o nome com uma mistura de choque e incredulidade. — Ludwig? Não pode ser você. Pode?

Ludwig ficou parado sem responder, o corpo inteiro ensopado, a roupa e os cabelos pesados com a água.

— Ludwig! Por que está tão molhado?

Então ele falou, a voz calma.

— Eu venho do lago.

Ela sentiu a pele toda arrepiar. Claro que ela estava sonhando, mas por que ela não conseguia se obrigar a acordar, como fazia sempre durante outros pesadelos?

— O lago? Mas... você está morto.

Ludwig a encarou com os olhos claros iluminados pela lua que parecia um sol.

— Morto, mas ainda não estou livre.

Ela estava sonhando... era óbvio que só podia estar sonhando.

— Não está livre? — Sissi repetiu. — Por que não está livre?

— Porque... meu destino está ligado a dois outros. Um é o da mulher que queimou. Eu sei que ela me amava, então esperei que ela se juntasse a mim.

— A *mulher que queimou*. — Sissi sentiu seu coração acelerar, como se tentasse escapar de seu peito. — Sophie-Charlotte, minha irmã. Queimada no incêndio em Paris.

Ludwig assentiu.

— E... o outro?

— O outro destino é o seu, Sissi.

Ela estremeceu sob as cobertas, mas não disse nada.

— Assim que você se juntar a nós — Ludwig continuou, ainda parado à porta —, nós três estaremos livres e ficaremos juntos.

— Juntos com você?

— Isso — ele assentiu, o cabelo molhado grudado a seu rosto belo e jovem.

— Com você... onde?

— No paraíso. — Com isso Ludwig deu meia volta e saiu pela porta. Se ele não era real, se não estava mesmo ali, por que suas botas ecoaram no chão, agitando as poças de água? Antes de sair, Ludwig parou e se voltou para Sissi. — Não vai demorar muito.

❧

Parecia que Franz ia chorar, mas ele manteve a firmeza muito treinada enquanto se despedia da esposa na estação ferroviária de Bad Ischl.

— Adeus, minha querida Sissi. Fique bem e cuide-se.

Sissi abraçou Franz, querendo lhe contar seu sonho com Ludwig. A estranha e aterrorizante profecia de Ludwig. Mas ele não perderia tempo ouvindo uma tolice como uma história de fantasmas. Franz, o sensato, imperturbável, era o oposto mais perfeito de uma pessoa supersticiosa. Ele riria dela, dizendo-lhe que aquilo era apenas fruto de sua grande imaginação. Até poderia fazer com que a esposa se sentisse melhor por um breve momento, poderia convencê-la de que a visita de Ludwig em seus sonhos não significava nada; mas ela não queria ser tranquilizada por Franz, porque... por algum motivo que não sabia explicar, Sissi parecia mais inclinada a acreditar nas previsões de Ludwig do que no ceticismo de Franz.

— Envie um telegrama quando chegar, para que eu saiba que está bem e acomodada, por favor? — Franz pediu.

— Claro, vou enviar — Sissi concordou.

— E, por favor, faça tudo que os médicos mandarem, sim?

Ela sorriu, sentindo a preocupação de Franz naqueles pedidos amáveis, mas urgentes.

— Sinto muitíssimo que não vou poder estar com você em Viena durante o jubileu.

Ele deu de ombros.

— Isso importa pouco, comparado à sua saúde.

Ela encarou os olhos claros do marido.

— Franz, você é um bom imperador.

Ele se remexeu, como se o elogio o deixasse sem jeito.

—Ora, obrigado. E você é uma boa imperatriz.

Ela negou com a cabeça.

— Não, não sou tão boa como deveria ter sido. Não como você. Você é um bom imperador, um bom homem e um bom pai, e também um marido bom e paciente. Eu... Obrigada.

Ele inclinou a cabeça por um instante, emocionado. À volta deles, os carregadores trabalhavam, embarcando os baús e obedecendo às ordens de Irma para aprontar o carro do trem. O condutor assoprou seu apito e a locomotiva roncou anunciando a viagem que estava para começar.

Em meio a tudo isso, os dois permaneceram imóveis, indiferentes à atividade à sua volta, os olhos travados um no outro antes da separação iminente. Até que, depois de um longo silêncio, Franz ergueu a mão e a colocou delicadamente na testa da esposa, como se estivesse lhe dando uma bênção. Então, com a voz suave, disse:

— Que Deus a acompanhe, minha querida Sissi.

A cidade foi ganhando contornos mais nítidos conforme o barco deslizava pelas águas calmas e cristalinas do Lago de Genebra. À volta deles, a paisagem suíça estava no auge de um outono glorioso: as colinas pintadas em tons de dourado, âmbar e cobre, com uma cobertura de neve sobre os picos irregulares dos Alpes.

Sissi não pôde deixar de se maravilhar com a vista ao seu redor, com a beleza natural e indomada daquela cidade junto ao lago. Ela não podia acreditar que o marido e os outros tinham lhe escrito tantas coisas terríveis a respeito de Genebra: que era uma colônia de atividade criminosa e anarquista. Que ela era louca de viajar até lá sem seu cortejo completo, recusando suas ajudantes e uma escolta policial. Ao olhar para a vista naquele momento, para o campanário de pedra da igreja; a famosa e recém-construída Jet d'Eau, uma fonte que espirrava água a uma altura impressionante; aos edifícios alinhados, enfiados entre o lago e as montanhas — Genebra parecia um local maravilhoso. Sissi ficou contente por ter ignorado os alertas e avisos dos outros e mantido seu plano de viagem; ela e Irma estariam em perfeita segurança ali.

Irma tinha reservado quartos no Hotel Beau Rivage, de frente para o lago, sob o pseudônimo de Condessa Hohenembs. Sissi viajava anônima e leve, tendo consigo apenas uma dama de companhia e alguns baús. Para a tristeza de Franz e com a reprovação dos ministros dele, ela se recusou até a alertar a polícia suíça sobre sua visita à cidade. Se o fizesse, as autoridades insistiriam em escoltá-la, o que acabaria com seu disfarce, pois a cidade toda perceberia sua presença. Ela não teria sossego nem privacidade, que era exatamente o que ela precisava naqueles poucos dias de folga em seu tratamento entediante.

Quando o barco se aproximou do ancoradouro, Sissi olhou para o convés, iluminado com a tímida luz do sol de setembro. Ali perto, um garotinho brincava com uma bola, alheio à presença imperial, sem saber que podia estar incomodando Sissi com suas risadas e brincadeiras. Mas Sissi não ligava para o barulho, não achava que a criança causaria uma de suas habituais dores de cabeça. Ela se sentia bem nesse dia — alegre e otimista. Até sorriu para o menino, calculando que ele deveria ter a mesma idade do pequeno Hubert, de Valerie.

Sissi se voltou para a carta que tinha em mãos e terminou de ler as últimas palavras de Franz. Percebeu, enquanto lia, que estava com saudade do marido. Ela sentia a falta dele de um modo que não sentia desde... ela não conseguiu lembrar há quanto tempo não sentia isso. Franz também estava com saudade, como ficou evidente em sua carta. Ele contou como, recentemente, estando fora do palácio, olhou para a janela do quarto dela e sentiu uma grande pontada de tristeza, desejando o retorno da esposa. Ele encerrava a mensagem com uma frase especialmente carinhosa: *Confio você a Deus, meu anjo amado.*

Sissi sentiu os olhos ardendo enquanto lia e relia a última linha da carta. Uma lágrima escorreu por seu rosto, indo parar em seus lábios sorridentes. Ela levantou os olhos do papel e observou as montanhas, deixando que a brisa suave de outono secasse sua lágrima. Ela se voltou para a dama de companhia, que estava ao seu lado no convés.

— Irma?
— Sim, Imperatriz Elis... Hmm, Condessa Hohenembs?
— Estou com saudade do Franz.

Irma assentiu, talvez sem saber como reagir a uma declaração daquelas. Marie Festetics e Ida teriam dado sorrisos sinceros, e talvez até batessem palmas, pois fazia tempo que esperavam ouvir aquelas palavras de Sissi. Marie teria mandado o barco voltar naquele momento e traçaria uma rota direta para Viena. Mas Sissi e Irma ainda não tinham a mesma intimidade, aquela compreensão mútua que vinha com anos de convivência e não exigia palavras, apenas olhares.

— Eu preciso melhorar — Sissi disse, suspirando. — Eu preciso melhorar, e rápido. Preciso voltar para o Franz.

Então as feições de Irma se abriram em um sorriso doce.

— E vai melhorar, imper... condessa. Está mais forte a cada dia. Você logo vai estar em casa com o imperador.

Naquela tarde, depois de se instalarem na suíte do hotel, Sissi e Irma foram almoçar com a Baronesa Rothschild na mansão de sua família no subúrbio da cidade. O lindo tempo de outono continuou, bem como o bom-humor de Sissi. A baronesa era uma velha amiga, e Sissi ficou feliz não só de estar na companhia dela, mas também por estar em um local tão belo.

A baronesa serviu uma refeição deliciosa, uma receita de frango envolto em uma fina massa adocicada e regada a champanhe. Quando a sobremesa foi servida, um sorvete húngaro, a anfitriã fez um brinde a Sissi.

— Imperatriz Elisabeth, vejo que a Suíça lhe faz bem.

Sissi inclinou a cabeça para agradecer e tomou um gole do champanhe frio.

A baronesa, pensativa, franziu as feições aristocráticas e envelhecidas.

— Mas viajar assim, anônima, sem uma escolta de guardas e ajudantes, não quer dizer que você também deve abrir mão de conforto e luxo — a senhora idosa disse se aproximando, como se as duas estivessem conspirando. — Eu lhe ofereço, com prazer, nosso iate para levá-la ao seu próximo destino.

— É muita gentileza, Baronesa Rothschild — Sissi agradeceu, sacudindo a cabeça. — Mas fico feliz em pegar o barco público.

— Para onde você vai depois daqui? — a mulher perguntou, pegando com delicadeza a colher de sorvete de sua sobremesa.

— Montreux — Sissi respondeu.

— Então, por favor, permita que eu lhe empreste nosso iate. Não é longe; fica um pouco mais acima no lago, ao leste.

— Como você mesma diz, não é longe. Eu já reservei passagem no barco para amanhã. Está tudo bem, baronesa.

A baronesa levantou uma sobrancelha, incrédula, sem se deixar convencer.

— Mas as pessoas poderão *incomodá-la*.

Sissi sorriu.

— É por isso mesmo que estou viajando anônima; eu me pareço com uma velha qualquer.

A anfitriã largou a colher e cruzou as mãos sobre a mesa diante de si.

— Eu não gosto da ideia de permitir que qualquer um se aproxime de você, imperatriz. Principalmente aqui, no momento em que vivemos, quando estamos lidando com um surto desagradável de atividades criminosas.

— Você está parecendo meu marido, o imperador. Ele me implorou para evitar Genebra, a menos que eu concordasse com uma escolta policial.

— E você recusou? — A baronesa ficou de boca aberta, mostrando seu choque por Sissi ter ignorado o pedido do imperador.

— Estou cansada de todo tipo de escolta. Eu só quero ser deixada em paz.

Sissi voltou à cidade depois do almoço. Ela passou a tarde caminhando pela Vieille Ville, o bairro mais antigo da cidade, onde comprou chocolates e doces para seus netos. Ela só voltou para o hotel depois de escurecer, e então pediu que lhe servissem um jantar leve no quarto e se preparou para dormir.

— Deixe-as abertas, Irma — Sissi disse enquanto tirava o robe pesado e subia na cama.

— As cortinas?

— Isso, deixe-as abertas. É noite de lua cheia. Adoro dormir com o luar.

— Mas... Imperatriz... — Irma se virou para a janela. Abaixo delas, a cidade continuava agitada naquela noite quente. Pescadores e capitães riam e gritavam no cais do lago, enquanto o tráfego seguia ruidoso por sobre a Pont du Mont-Blanc levando casais para jantar, estudantes para bistrôs e bares, e homens de negócios para suas casas e hotéis.

Irma, ainda olhando para a cidade, parecia relutar em se afastar da janela.

— Mas a cidade sabe que você está aqui, imperatriz. Eu acho que deveríamos fechar as cortinas.

— Como podem saber que estou aqui?

Irma suspirou quando, abaixo delas, lá na rua, alguém soltou uma risada alta que subiu e ecoou pela janela aberta do quarto.

— Seu pseudônimo só durou algumas horas, imperatriz. Está em todos os jornais. Alguém sempre dá com a língua nos dentes.

— Bem, não vou deixar que algumas línguas perturbem minha noite de sono. O lago e o ar das montanhas me fazem bem.

Na manhã seguinte, Sissi tomou café da manhã em seu quarto. Irma estava certa; quando o solícito gerente do hotel apareceu com os jornais matinais, Sissi viu seu nome e sua imagem estampando as primeiras páginas dos jornais suíços.

A IMPERATRIZ ELISABETH ESTÁ AQUI!
A FAMOSA IMPERATRIZ AUSTRÍACA VISITA GENEBRA!
A IMPERATRIZ ELISABETH HONRA O HOTEL BEAU RIVAGE
COM UMA VISITA!

— Parece que eu estou indo embora na hora certa — Sissi murmurou. O gerente do hotel parecia muito satisfeito consigo mesmo, todo sorridente, perguntando a Sissi se havia alguma coisa que ele poderia fazer por ela em suas últimas horas no hotel. Pelo modo como ele pronunciou seu pseudônimo, *Condessa Hohenembs*, Sissi sentiu que o homem acreditava fazer parte de alguma conspiração muito particular.

— Não, eu estou bem, obrigada — Sissi disse, e o homem foi embora.

Ela se demorou em sua toalete matinal enquanto Irma terminava de fechar os baús, que despachou com os carregadores do hotel para a doca. A imperatriz se demorou prendendo o cabelo grosso em um coque baixo, pois não estava com pressa de voltar para a cidade termal onde deveria terminar seu tratamento. Ela queria que a dor nas articulações fosse curada, bem como as manchas que ainda cobriam boa parte de sua pele — e ela detestava que tudo isso a mantivesse afastada de Franz.

Afinal, após os repetidos avisos de Irma de que elas iriam perder o barco — "Embarcações públicas não esperam ninguém, e como Vossa Majestade recusou a oferta do iate particular da Baronesa Rothschild..."—, Sissi começou a se vestir. Ela escolheu uma saia e uma jaqueta de colarinho alto de seda preta, fazendo questão de guardar a carta mais recente de Franz em seu bolso. Ela passou a mão na dobra da saia em que a carta estava guardada. Depois que estivesse a bordo do barco, escreveria a resposta. Ela já sabia como iniciaria sua mensagem: *Franz, logo estarei em casa com você...*

Então, como os jornais confirmaram o que Irma tinha dito na noite anterior — que a cidade já sabia de sua estadia naquele hotel —, Sissi empunhou um leque com uma mão e um para-sol com a outra. Os dois objetos eram acessórios femininos bem comuns, mas também eram ferramentas úteis com as quais ela poderia se esconder, sutilmente, de perseguidores e curiosos. Sissi olhou-se mais uma vez no espelho de corpo inteiro, aprovando a imagem refletida com um movimento de cabeça. Em seguida, saiu do quarto.

Se a equipe do hotel já não tivesse avisado a cidade toda da presença dela, a despedida que prepararam avisaria. A equipe inteira, pelo que parecia, estava alinhada com o gerente na entrada frontal do edifício. Todos fizeram uma reverência sincronizada conforme Sissi passou na direção da rua ensolarada.

— Condessa Hohenembs! — O gerente do hotel deu um passo à frente e fez uma reverência com um floreio da mão. — Esperamos que Vossa Graça tenha apreciado sua estadia no Hotel Beau Rivage. Nós lhe desejamos, sinceramente, uma viagem segura, e esperamos, com humildade, que possamos ter o prazer de servir Vossa Graça outra vez no futuro.

— Obrigada. — Sissi sorriu, inclinando a cabeça enquanto passava por todos aqueles rostos sorridentes. — Foi ótimo. Muito obrigada.

Enquanto ela e Irma saíam para a rua iluminada, Sissi parou para abrir o para-sol.

— Precisamos nos apressar, imperatriz — Irma alertou em voz baixa. — Estamos atrasadas. Vamos perder o barco.

— É perto, bem ali adiante. Estou vendo daqui — Sissi respondeu, sentindo-se grata por isso. Se alguém tivesse ido até o hotel para espiá-la, não teria muito tempo para vê-la durante o curto trajeto.

Andando apressada pelo cais com Irma, Sissi mantinha o para-sol branco bem perto de si, bloqueando o rosto da visão dos curiosos, mas também tapando sua própria visão de tudo que não estivesse bem à sua frente. Vozes ecoaram do outro lado da rua quando uma pequena multidão de curiosos adivinhou sua identidade, e Sissi percebeu que seu nome estava sendo gritado. Ela ficou tensa e segurou o para-sol com mais força. Irma, bem ao seu lado, a guiaria para onde precisava ir.

Com a visão bloqueada, ela não viu o homem baixo e forte se aproximar. Não sentiu a proximidade dele até o sujeito a atingir, batendo firme com o punho em seu peito. A força do golpe desferido pelo homem a pegou desprevenida, tirando seu equilíbrio e jogando-a para trás. O mundo girou e Sissi sentiu seu cabelo, longo e grosso, preso em um coque baixo, amortecer a força com que sua cabeça atingiu o chão. Ela piscou. Tudo ao seu redor era um borrão desordenado. Um rosto que ela reconheceu, de um carregador do hotel, debruçou-se sobre ela.

— Está machucada, Madame?

Irma resmungava em húngaro.

— Como ele pôde fazer isso? Aquele canalha bateu de frente com Sua Majestade! Ele não olhava por onde ia?

Sissi permitiu que o carregador a ajudasse a se levantar. De pé, ela ajeitou o chapéu e passou as mãos pela saia.

— Nós iremos encontrá-lo, eu prometo, Madame — disse o gerente do hotel, parado perto dela vasculhando com o olhar a rua na direção em que o homem tinha saído andando rapidamente. Então, voltando-se para Sissi, ele perguntou: — Mas ele a machucou, imperatriz?

Sissi olhou para seu corpo, depois para a rua. A pequena multidão que tinha se juntado no cais começava a ficar mais ruidosa, agora que tinham visto algo que valia a pena. Ela se virou dos curiosos para o gerente.

— Machucou? Não, acho que não. Só estou um pouco assustada. — Era verdade. A queda não tinha sido tão severa, embora o peito doesse no local em que o homem a tinha atingido com o punho. Aquilo passaria logo.

— Vossa Majestade não quer voltar para o hotel e descansar um pouco? — o gerente sugeriu. — Talvez tomar uma taça de vinho para acalmar os nervos?

Então o barco tocou sua buzina retumbante.

— Não, obrigado. Eu gostaria de conseguir embarcar — Sissi disse, passando as mãos pela saia mais uma vez. — Estou bem, mesmo. — Ela olhou para Irma, que assentiu, parecendo concordar com o plano de pegar o barco enquanto ainda era tempo. — Vamos, Irma.

— Como quiser, imperatriz.

— Obrigada — Sissi agradeceu, acenando para o pequeno grupo que se formou para ajudá-la. As duas mulheres seguiram em frente, mas Sissi percebeu que estava ficando sem fôlego. Quando subiu na prancha que conduzia ao interior do barco, estava ainda mais difícil respirar. Ela chegou ao convés interior no momento em que os marinheiros içaram a prancha e deram ordens para zarpar.

— O que ele queria, afinal? — Sissi perguntou, apertando o abdome enquanto forçava a respiração para dentro e para fora em movimentos irregulares.

— O gerente do hotel? — Irma perguntou, mantendo-se perto de Sissi. As duas foram abrindo caminho em meio à multidão junto à grade do convés. — Eu acho que ele queria que você voltasse para o hotel e descansasse um pouco.

— Não, o outro — Sissi disse, olhando em volta à procura de um banheiro onde pudesse soltar o espartilho para respirar melhor. — Aquele homem horrível que me atingiu. Ele queria dinheiro? Ou talvez quisesse roubar o meu relógio?

Irma pôs a mão enluvada no braço de Sissi, a preocupação de repente visível nas feições da ajudante.

— Imperatriz, você está pálida.

Sissi esqueceu da respiração difícil ao perceber que sua visão piorava, que o convés e o rosto preocupado da sua dama de companhia se misturavam em um borrão diante de seus olhos.

— Irma, me dê seu braço. Rápido, eu acho que vou desmaiar.

Sissi estava semiconsciente quando Irma praticamente carregou seu corpo fraco até o convés superior.

— Ar, nós precisamos de ar fresco! — Irma exclamou quando Sissi fechou os olhos e ficou inconsciente.

Ela acordou com o gosto de algo doce, e sua visão voltou com Irma debruçada sobre ela, colocando um pano embebido em água com açúcar em seus lábios. Sissi percebeu que estava deitada de costas no convés superior do navio. Atrás de Irma, mais rostos pairavam contra o céu claro de outono.

— O que foi? — Sissi perguntou, tentando se sentar, mas descobrindo que não tinha força para fazer isso.

— Ela precisa de mais ar! — alguém disse enquanto mexia em seu corpete. — Deixem-na respirar! — Normalmente ela teria protestando contra ser despida assim por um estranho, mas Sissi ficou grata a ele por tentar retirar seu corpete apertado naquele momento, porque ela sentia que não podia mais respirar.

Irma se virou para um homem de quepe, com certeza o capitão do barco, e disse:

— Por favor, leve o barco de volta. Nós precisamos retornar à cidade. Ela precisa de um médico.

— Retornar? Não podemos retornar. — O capitão fez pouco caso, franzindo a testa, contrariado. — Nós temos mais de cem passageiros pagantes a bordo desta embarcação que querem ser levados a Montreux! Nós não damos meia-volta toda vez que uma senhora idosa fica um pouco enjoada com o movimento.

Irma se empertigou, o corpo rígido de indignação quando ela gritou com o homem.

— Esta não é "uma senhora idosa", meu senhor, e irei lhe agradecer se mostrar o respeito adequado, pois está na presença da Imperatriz Elisabeth da Áustria-Hungria, e Sua Majestade precisa de um médico imediatamente!

A blusa de Sissi estava desabotoada por completo. Irma virou-se na direção dela.

— Tem sangue! — a dama de companhia exclamou, ficando pálida. — Sangue, na roupa de baixo dela! Aquele homem não a acertou com a mão... foi com uma faca. Ele esfaqueou a imperatriz!

Todos os rostos se aproximaram, examinando Sissi e soltando um coro indistinto de exclamações horrorizadas. Sissi fechou os olhos e, mais uma vez, tudo ficou preto.

Quando acordou, estava em seu quarto no Beau Rivage, deitada na cama enquanto um homem com uniforme de médico e outro vestido de padre estavam lado a lado. Eles falavam em sussurros baixos, inaudíveis, sem perceber que ela estava acordada. Sissi teria aberto os lábios para se dirigir a eles, mas o esforço pareceu grande demais, então ela manteve a boca fechada, decidindo gastar o restante de suas forças para encontrar o papel em seu bolso. A carta mais recente de Franz. As últimas palavras que ele escreveu para ela apareceram diante de seus olhos sem foco: *Confio você a Deus, meu anjo amado.*

O farfalhar da carta deve ter atraído a atenção dos dois homens, pois eles se viraram para a cama a tempo de ver Sissi largar o papel e fechar os olhos, exalando um suspiro forçado, pesado. Um deles, Sissi não soube distinguir se foi o homem preocupado com seu corpo ou o preocupado com sua alma, disse:

— Meu Deus, ela é linda. Até parece que está sorrindo.

E Sissi teve certeza de que estava mesmo sorrindo, porque ao fechar os olhos ela se viu deixando aquele quarto de hotel e entrando em outro lugar, onde foi tomada por uma alegria repentina e inexplicável. Ela olhou para trás uma vez, ponderando se devia retornar ao quarto, mas essa ideia não era nada atrativa. Não, ela desejava ver aquele lugar novo. Sua dificuldade para respirar, o peso que sentia nos pulmões um instante atrás, de repente sumiu. Sua visão borrada ficou instantaneamente clara, revelando um lugar muito mais bonito que o quarto de hotel em Genebra. Mais lindo até do que o salão mais magnífico de Schönbrunn, ou a vista mais arrebatadora do alto dos Alpes. Sissi não sabia dizer com certeza onde estava, mas ela sabia, de algum modo, que não estava sozinha. Então ela entendeu o porquê: Rudolf estava diante dela, sorridente, o rosto sem nenhuma preocupação. Seu corpo estava leve e jovem, e os olhos antes injetados agora brilhavam como âmbar derretido. Rudy, como ela nunca tinha visto. Era mesmo Rudolf, e ele estava íntegro. E lá, ao lado dele, estava a pequena Sophie, o anjinho de cabelos ruivos, sua primeira garotinha amada, levada cedo demais. A pequena Sophie a cumprimentou, saudável e forte. E Andrássy também estava lá, e foi deslizando ao encontro dela, as mãos erguidas em saudação, os olhos escuros acesos e vivos. Andrássy, não sofrendo, mas em paz. Depois Sissi viu Sophie, sua sogra. A velha arquiduquesa tinha recuperado a força e o vigor de sua juventude, e abriu os braços em um abraço carinhoso, sorrindo para Sissi, um sorriso sem críticas e cheio de bondade. Ludwig também estava lá, o magnífico e alegre Ludwig, seu rosto lindo não mais assombrado. Sissi quis rir de felicidade, e foi o que ela fez. Viu que ali também estava sua mãe, livre de qualquer preocupação; ao lado dela estava seu pai, sem sofrer nem causar sofrimento aos outros. Com eles, estavam Néné e Sophie-Charlotte, as lindas irmãs de Sissi, com corpos fortes e saudáveis, parecendo cintilar sob uma luz vívida e indescritível.

Enquanto Sissi olhava para aquelas pessoas que amava, ela reparou que Franz Joseph, Valerie, Marie Festetics, Ida e Gisela ainda não estavam ali. Ainda assim, naquele momento, Sissi não teve saudade deles. Não, não havia como ter saudade de alguém ou alguma coisa naquele lugar. Ali havia muito amor para que se sentisse falta de algo. Sissi simplesmente sorriu ao pensar nos outros, desejando-lhes paz no tempo que ainda tinham, o tempo que precisavam aguentar antes que também pudessem se juntar a ela ali, naquele lugar em que se podia largar seus fardos e viver à luz da graça.

Franz viria para ela, Sissi sabia disso. E quando ele viesse, ela o ajudaria a largar todas as preocupações que sempre carregou com valentia, durante todos aqueles anos. E juntos eles sairiam cavalgando e correndo pelos campos e pelas colinas, sem nunca se cansar. Eles parariam em riachos cristalinos, não por sede, mas para provar a água doce e se encantar com o reflexo de dois rostos jovens e felizes que sorriam para eles na superfície tranquila daquela água.

À volta de Sissi, a maré de amor recuava e se expandia, em um oceano sem fim. E pela primeira vez Sissi sentiu aquilo integralmente. Pela primeira vez, ela pôde se entregar a esse amor, que é dela para confiar e aceitar. Não existem condições, nenhum motivo para ela não acreditar nele. Nada que ela faça agora poderá fazer com que esse amor a abandone. Ele não vem dela ou de outras pessoas machucadas; não é nada que ela tenha conquistado, e ainda assim ela é convidada a partilhar dessa perfeição, e ela sabe, de algum modo, que esse amor nunca irá terminar.

Ela, que já foi tão atormentada por sua fragilidade, por suas imperfeições frente àqueles que esperavam perfeição dela, estava, afinal, livre para saborear toda a felicidade que vem de um amor puro e perfeito. Chega de procurar, fugir, chorar. Ela se lembra, vagamente, de quando sentia dor. Mas como uma nuvem tênue, essa lembrança some; ela não sabe mais dizer o que significa dor.

Agora, alguém pega sua mão. Alguém que ela nunca viu antes, mas ainda assim, alguém que ela sempre conheceu. Ou melhor, que sempre a conheceu. Quando ele sorri para ela, erguendo as mãos para abraçá-la, Sissi se sente completa. Bondade e misericórdia a envolvem, tornando-a mais perfeita do que qualquer ritual embelezador que ela pudesse imaginar. O amor das pessoas que estão diante dela, ainda que vasto e rico, empalidece em comparação com o amor perfeito que envolve a todos nesse momento. Ela está em casa. Suas andanças finalmente terminaram. Ela está, enfim, livre.

Epílogo

Viena
10 de setembro de 1898

O Imperador Franz Joseph estava sentado à sua escrivaninha admirando o grande retrato de sua mulher. Lembrando do dia, décadas atrás, em que ela o presenteou com aquela obra-prima. Oh, como Franz desejava ver aquele rosto amado que inspirou sua pintura favorita. O rosto verdadeiro, que constrange até aquela celebrada obra de arte. Falta pouco, ele disse para si mesmo. Ele notou uma mudança em Sissi nos últimos meses. Ele sentiu — e desejou com ardor — que sua mulher estivesse disposta, afinal, a voltar para ele. Que ela poderia tê-lo perdoado, enfim, pelo sofrimento dos primeiros anos de casamento. Apenas a ideia, a esperança, de que ela pudesse retornar fez com que seu coração envelhecido acelerasse dentro do peito. Ela sempre provocou esse efeito em Franz, seu coração nunca se acostumou de verdade com ela, nunca parou de acelerar quando ele a via ou pensava nela.

Uma batida na porta. Ele gemeu. Relutou em ser tirado de seus agradáveis devaneios sobre a beleza de Sissi; não estava disposto, nesse momento, a voltar ao trabalho árduo que é governar. Mas, como fez milhares de vezes ao longo da vida, ele se curvou ao dever. Deixou Sissi de lado para retornar ao cuidado de seu império.

— Sim, o que foi?

— Vossa Majestade, um telegrama. — O rosto pálido de um ajudante aparece, incerto, à porta do imperador. — De Genebra.

— Genebra? — Franz se endireita, rígido, à escrivaninha. — Sissi. — Ele acenou para que o homem entrasse. Eles vinham escrevendo cartas um para o outro todo santo dia. Por que ela enviaria um telegrama, a menos que fosse um assunto urgente? Ao olhar para a mensagem, Franz sentiu o corpo todo ficar tenso debaixo da armadura rígida que era seu pesado uniforme.

SUA MAJESTADE A IMPERATRIZ FALECEU.

Franz encarou o papel, incrédulo. É isso? Só isso? Como pode ser? Toda felicidade — sua própria vida — apagada com apenas cinco palavras em um pedaço de papel? Sissi, morta? Seu coração parou dentro do peito e os olhos buscaram mais uma vez o retrato no qual ela sorri para ele, as faces coloridas com aquele rubor dolorosamente sedutor, o incomparável cabelo castanho caindo sobre a curva perfeita do ombro nu. Como ela podia estar morta? Franz Joseph soltou um lamento baixo, gutural, e jogou a cabeça para trás para encarar o teto onde se escondia, atrás da pintura dourada, um Deus que se mostrava mais incompreensível do que nunca. Não pode ser. Sissi, morta?

— Não me restará nada neste mundo? — Ele ergueu as mãos, como se tentasse alcançar o céu para puxá-la de volta, para arrancá-la das garras da morte. Mas o poder do imperador de repente se revelava ridículo. O poder dele era terreno, e nem mesmo ele, o Imperador Franz Joseph, podia fazer algo assim, a menos que o Todo-Poderoso permitisse.

Quando ele chorou, seus ajudantes e ministros observaram, chocados. Nenhum deles conseguiu segurar as lágrimas; nenhum deles nunca tinha visto o Imperador Franz Joseph esquecer seu autocontrole férreo, e ainda assim, ele estava soluçando. Ele chorou com tanta intensidade que os outros receavam que Franz sufocasse enquanto seu corpo todo sacodia com convulsões de tristeza. Os ajudantes juraram que, entre seus soluços, ouviram o imperador gemer as palavras: "Ninguém jamais saberá o quanto eu a amava".

O Imperador Franz Joseph aguentou esse golpe do mesmo modo que aguentou tantos outros antes. Dias mais tarde, ele recebeu o corpo de sua esposa assassinada, a Imperatriz Elisabeth, e supervisionou os preparativos para o funeral de Estado e o sepultamento na Cripta Imperial, na Igreja dos Capuchinhos em Viena. A "Fada Madrinha" dos Habsburgo fez um último desfile pelas alamedas da capital, dessa vez sem nada do esplendor ou do entusiasmo com que as multidões, sempre imensas, costumavam saudar sua passagem. Com Sissi colocada para descansar ao lado de Rudolf, perto do espaço que o imperador sabia que ocuparia um dia, Viena baixou suas bandeiras a meio mastro. Bandeiras pretas foram desfraldadas em casas, igrejas e edifícios públicos. Em Budapeste e por toda a Hungria, as pessoas afundaram em profunda melancolia coletiva ao chorarem a perda de sua rainha, a Habsburgo mais amada a sentar em seu trono no alto da colina.

Franz Joseph continuou a governar por mais dezoito anos. Ele recebeu o novo século mantendo as velhas tradições e o modo de vida que defendeu com tanto afinco durante seus primeiros cinquenta anos de governo. Ele manteve fielmente sua aliança com a Alemanha, mas sua amizade com a Rússia perdeu força.

Dezesseis anos após o assassinato de sua esposa, quando seu sobrinho e herdeiro, o Arquiduque Franz Ferdinand, foi morto pelo anarquista Gavrilo Princip, em Sarajevo, Franz Joseph declarou guerra contra a Sérvia. A Alemanha o acompanhou, declarando guerra à Rússia, aliada da Sérvia. França e Inglaterra, aliadas da Rússia, entraram no conflito e começaram assim a Primeira Guerra Mundial. Essa guerra tornou-se um dos conflitos mais devastadores que o mundo já vivenciou, custando mais de dezesseis milhões de vidas e afundando a Europa em décadas de depressão econômica. As cicatrizes da Grande Guerra criaram condições catastróficas em todo o globo, o que fez surgir movimentos sociais radicais, agitação e ditaduras brutais, resultando, vinte anos depois, na Segunda Guerra Mundial.

O Imperador Franz Joseph, morto aos 86 anos de idade, em 1916, não sobreviveu à Primeira Guerra. Seu Império Habsburgo também não.

Observações da autora sobre a história

Que experiência foi esta, mergulhar no mundo imaginado de uma imperatriz encantadora, ilusória e temperamental, que é amada em todo o mundo. Acrescente a isso as pessoas que conviveram com ela: um elenco dinâmico e cativante que inclui o imperador impassível, dedicado e incansável; um conde húngaro idealista e passional; um príncipe herdeiro determinado, trágico e viciado em drogas; e um sonhador atormentado que reinava do alto dos penhascos da Baviera em meio a um esplendor sublime. E isso tudo sem falarmos no elenco de apoio.

Eu frequentemente digo, como escritora de ficção histórica: esse é o tipo de coisa que ninguém consegue inventar. Ninguém precisa procurar além das páginas da história para encontrar o material mais extraordinário, inspirador, delicioso e dramático com o qual formar sua narrativa. Com Sissi e o mundo Habsburgo, eu senti centenas de vezes que esse era o caso.

Escrever este livro foi um exercício de humildade, por muitas razões, mas em especial porque as personagens e os eventos que se desenrolam ao seu redor pareciam muito *grandes*. Este é o material com que se constrói esse épico: Primeira Guerra Mundial, valsas de Strauss, castelos de estilo Disney, a era de ouro da Viena imperial e uma imperatriz que corria de cavalo e deixava o cabelo crescer até chegar ao chão — é uma mistura de conto de fadas, tragédia Shakespeariana, novela de televisão e saga internacional.

Não é exagerado dizer que em meio a todo esse drama e esplendor os indivíduos retratados aqui tiveram um impacto não apenas no período em que viveram, mas em todo o curso da história. Todos os livros de História que tratam dos Habsburgo deveriam vir com o alerta: "Manuseie com cuidado". Este é um material importante, espantoso e denso. E tudo isso aconteceu de verdade!

Nenhum de nós pode saber, de verdade, o que cada um desses momentos significou para Sissi ou qualquer um dos outros personagens envolvidos. Faz mais de um século que muitos historiadores meticulosos e especializados têm estudado esses indivíduos e eventos, costurando uma narrativa complexa com várias abordagens, formada a partir de inúmeras fontes e perspectivas que foram ficando disponíveis ao longo dos anos — cartas, diários, testemunhos, notícias de jornal, documentos de governo e outras.

Como escritora de ficção histórica, eu tenho muita sorte de ser beneficiada por toda essa pesquisa e todo esse trabalho. A matéria-prima está lá; a história e os indivíduos se tornam os fios coloridos com os quais eu teço a minha narrativa. Com os fatos e personagens históricas servindo de vento inspirador que me impulsiona, eu tracei uma rota imaginária através desse material, e ofereço aqui uma visão ficcional de como pode ter sido fazer parte dessas cenas; qual pode ter sido a sensação de passear por esses aposentos com Sissi e vivenciar esses momentos ao mesmo tempo tão grandiosos e íntimos.

Sissi foi uma pessoa maior que a própria vida. Mesmo em seu tempo, a imperatriz amada e controversa inspirou mitos e lendas. Gráficas gastaram quantidades incalculáveis de tinta registrando suas idas e vindas, dramatizando seus sofrimentos verdadeiros e exagerando seus escândalos. Multidões apareciam aos milhares apenas para ver Sissi. Mulheres queriam se vestir e se pentear à maneira da imperatriz. Ela foi um dos raros titãs que passaram por este mundo na forma de uma mortal simpática e acessível, ao mesmo tempo em que cavou seu lugar ao lado daqueles poucos cujo destino foi imortalizado para sempre no panteão dos imortais mais brilhantes e indefiníveis. Como nós, devotos de ficção histórica que somos, temos sorte, então, de poder passar centenas de páginas com ela! Eu não poderia querer uma protagonista mais fascinante, mais intrigante e mais sedutora para me inspirar.

Como este é um trabalho de ficção histórica, e como Sissi foi uma figura que inspirou narrativas tanto reais quanto fabulosas, houve momentos em que, por questões de trama e ritmo, eu adaptei detalhes históricos, utilizando a licença poética que nós, escritores, temos à nossa disposição. Cada decisão foi resultado de muita deliberação. Determinar quando e como tomar a liberdade que o rótulo de ficção nos permite é, provavelmente, o maior desafio para mim enquanto escritora de ficção histórica, e algo que eu preciso negociar a cada novo tópico, romance e cena que desenvolvo.

Dito isso, teria sido tolice minha não aproveitar ao máximo os fatos históricos ao construir a narrativa de Sissi em sua incrível vida com os

Habsburgo. Todo o material bruto necessário para produzir (o que eu *espero* que seja) um romance envolvente já está nos livros de História.

Pegue o personagem do Príncipe Herdeiro Rudolf, por exemplo. A história nos fornece a narrativa verdadeira e trágica de uma alma atormentada e um sombrio desastre familiar. Sim, Sissi de fato interveio quando soube do abuso sofrido pelo filho pequeno nas mãos de seu sádico tutor militar, o Conde Leopold Gondrecourt. Todos os métodos horripilantes que menciono no livro — os esforços de Gondrecourt para "fortalecer" a "constituição delicada" do príncipe herdeiro — foram tirados da história real, assim como as palavras do ultimato que Sissi deu a Franz Joseph: "ou Gondrecourt vai embora, ou eu irei". Franz Joseph e a Arquiduquesa Sophie encaravam as medidas tomadas por Gondrecourt como necessárias e adequadas, mas quando Sissi soube, por meio de empregados e ajudantes do palácio, dos métodos cruéis que eram utilizados, e dos problemas de saúde que o garoto enfrentava, ela interveio e, de fato, substituiu Gondrecourt pelo Coronel Joseph Latour.

Os momentos mais problemáticos de Rudolf apresentados neste romance são verdadeiros. Ele realmente atirou no gato selvagem do zoológico a sangue frio. E também atirou no pai, errando por pouco, quando os dois saíram para caçar. Detalhes do consumo de ópio e álcool pelo príncipe herdeiro, bem como sua notória libertinagem, vêm diretamente de relatos históricos. Assim como os detalhes relacionados à tensão que existia entre pai e filho, que piorou muito quando Rudolf começou a publicar nos jornais críticas severas ao imperador. Franz Joseph colocou mesmo sua polícia secreta para seguir o herdeiro, e há relatos de que ele se exaltou com o filho algumas vezes, e parece que foi ouvido dentro do palácio gritando: "Você não merece ser meu sucessor!". Quando Rudolf tirou a própria vida e a da amante Mary Vetsera, ele deixou bilhetes suicidas para a mãe e para a irmã, mas não para o pai.

Também problemática — bem como incrivelmente frustrante e desconcertante — foi a aparente recusa de Sissi em se envolver quando ficou claro o quanto o filho estava, de fato, perturbado. Depois de intervir na crise educacional do pequeno Rudolf, a imperatriz parece ter permanecido distante, de um modo alarmante, das questões relativas ao príncipe. Ela também não teve um relacionamento íntimo com a filha mais velha, Gisela. Seja por acreditar em sua própria incompetência, por uma mágoa com a sogra, que a princípio tirou os filhos dela, por egoísmo, depressão ou qualquer outro motivo, não tenho como saber, mas considero trágico e frustrante esse aspecto da personalidade de Sissi. Ela viu como o casamento de Rudolf com Stéphanie era infeliz, e embora tivesse muitas críticas à esposa do filho — algumas de suas declarações a respeito disso no romance são citações precisas —, Sissi nunca tentou ajudar nenhum dos dois. Ela afirmava que, ao contrário de sua sogra, não interferiria na vida doméstica do casal. A ironia de cortar o coração é que Sissi, mais parecida com Rudolf do que qualquer outro dos Habsburgo, com sua natureza sensível e temperamento difícil, era, talvez, a única pessoa que poderia ter compreendido, e salvado, seu filho atormentado.

Infelizmente, a cena envolvendo o pouco caso de Sissi com o presente de Rudolf — as cartas de Heine — em seu aniversário foi tirada dos registros históricos. Naquela noite, Sissi estava tão consumida pela notícia do noivado entre sua amada Valerie e o Arquiduque Franz Salvator que ela quase não deu atenção para o gesto extremamente atencioso do filho. Rudolf de fato irrompeu em lágrimas naquela noite, a última Véspera de Natal que ele passou em vida.

A personagem de Marie Larisch também foi tirada da história real. As acompanhantes leais e de longa data, Ida Ferenczy e Marie Festetics, não gostavam da jovem e lamentavam a presença dela no cortejo da imperatriz — uma desconfiança que se provaria tragicamente profética quando se descobriu que a Condessa Larisch serviu de intermediária entre Rudolf e Mary Vetsera na fatídica viagem que fizeram a Mayerling para executar o pacto suicida. Os detalhes desse evento pavoroso foram tirados de fontes históricas, assim como as circunstâncias após a morte do príncipe herdeiro, como a confusão inicial quanto ao que tinha de fato acontecido, os esforços do palácio para esconder a notícia de que tinha sido mesmo um suicídio e a proliferação de artigos caluniosos retratando Sissi como uma mãe enlouquecida que aninhava um travesseiro e falava com ele como se fosse um bebê. Estando muito desolada para comparecer ao funeral do príncipe herdeiro com Valerie e Franz Joseph, Sissi fez mesmo uma peregrinação solitária à meia-noite até a Cripta Imperial para visitar o túmulo do filho, conforme descrito no romance. E Franz ficou ao lado da esposa, dando-lhe seu apoio convicto enquanto a imprensa e a corte criticavam a imperatriz durante aqueles dias sombrios de luto.

Sissi nunca mais foi a mesma depois que Rudolf morreu. Em uma vida repleta de tantas tristezas, esse foi o golpe do qual a imperatriz nunca se recuperou por completo. O filho cujos problemas ela tanto evitou se tornou o fantasma que permaneceu com ela até sua própria morte trágica. Eu não consigo deixar de imaginar: como teria se desenrolado a história se Rudolf tivesse sido um membro mais efetivo e funcional do regime Habsburgo? E se ele tivesse relações harmoniosas com os pais, e desempenhando seu papel dentro da família? Ele, que defendia maior proximidade com a Inglaterra, e não com a Alemanha, mais liberdades e reformas modernizantes em uma sociedade mais liberal — será que teria conseguido influenciar a política posterior do pai? Será que teria conseguido evitar a Primeira Guerra Mundial, salvando milhões de vidas e evitando uma catástrofe global? Nós nunca saberemos, mas, de qualquer modo, podemos lamentar essa terrível tragédia e o desperdício que foi tudo isso. Eu mesma derramei muitas lágrimas por Rudolf, sua família e toda essa dor excessiva e desnecessária.

Ainda em relação às almas torturadas, é necessário que eu fale um pouco sobre o personagem do Rei Ludwig da Baviera. Os detalhes relativos ao castelo de Neuschwanstein foram tirados diretamente da realidade, e eu usei muitas citações do rei a respeito de seu relacionamento com Richard Wagner, suas disputas com seus ministros de governo, seu noivado interrompido com Sophie-Charlotte, e suas reflexões sobre vida, beleza, realeza e arte. A primeira ida de Sissi a Neuschwanstein neste romance não é baseada em nenhuma visita que ela tenha realmente feito naquele exato momento, mas Sissi de fato visitou o primo em seus vários e magníficos castelos em várias ocasiões. Ela se viu entre o primo amado e a irmã mais nova abandonada, como um tipo de alma gêmea do "Rei Louco", e sofreu muito na época da deposição e de sua morte misteriosa — um evento que até hoje inspira teorias da conspiração e investigações independentes. A respeito do primo, Sissi pensava, como retratado neste livro, que o problema de Ludwig era "não ser louco o bastante para que o trancafiassem, mas ser louco demais para se adaptar a este mundo". Alguns relatos alegam que Sissi descreveu um sonho bizarro no qual Ludwig aparecia para ela, encharcado, no meio da noite, poucos meses antes da morte dela, profetizando que ela logo se juntaria a ele e outra mulher (cuja descrição parecia muito com Sophie-Charlotte) no paraíso.

A respeito da relação turbulenta entre Sissi e sua sogra, é verdade que a Arquiduquesa Sophie interferiu no casamento do filho e assumiu a criação dos três filhos mais velhos de Sissi. Sophie, muito mais que a sobrinha/nora, comandava todos os aspectos da vida na corte dos Habsburgo, como se ela fosse de fato a imperatriz legítima e matriarca da família. Os diários e as cartas de Sissi deixam muito claro que ela via Sophie como uma das principais — se não a principal — antagonistas em seu casamento, sua família e sua vida na corte. Mas também é verdade que Sissi chorou intensamente a morte de sua sogra e passou os últimos dias de Sophie junto à sua cabeceira (como acontece neste livro). Eu não posso deixar de me perguntar: depois de tanto conflito e tanta animosidade, o que amoleceu o coração de Sissi em relação à velha senhora em suas últimas horas? Será que Sissi se deu conta de que existiam dois lados naquele relacionamento trágico e que talvez sua sogra tivesse seus motivos para se comportar da forma como fez? E embora este romance seja contado a partir do ponto de vista de Sissi, a Arquiduquesa Sophie também não merecia que seu lado fosse apresentado?

Essas questões me deram a ideia de fazer Sissi se deparar com o diário de Sophie e ficar sabendo um pouco a respeito dos pensamentos e sentimentos íntimos da sogra. A arquiduquesa de fato passou mal enquanto escrevia em sua escrivaninha. As citações que incorporei na cena da morte de Sophie foram tiradas das fascinantes páginas de seu diário, e é intrigante que as páginas relativas a Sissi fossem mesmo as mais manuseadas e marcadas do diário. Descobrir esse detalhe fez meu coração disparar e abrandou meu entendimento de Sophie. Eu não sei se Sissi algum dia soube dessas coisas que sua sogra pensou e escreveu a seu respeito, mas eu precisava que meus leitores conhecessem o outro lado da história. E o fato de Sissi ter essa atitude inesperada, ficando junto à cabeceira da sogra prestes a morrer, chegando ao ponto da exaustão, significa que ela devia saber que a arquiduquesa não era apenas a intrometida e malvada que Sissi criticou durante boa parte de sua vida.

A leitura das palavras tocantes da arquiduquesa a respeito do filho e da nora certamente tornam Sophie uma figura mais complexa e humana para mim. Em seu último suspiro, ela manifestou seu amor pelo imperador e sua esperança de que ele cumprisse seu dever, e eu fiquei feliz por ver que ela faleceu rodeada tanto pelo dedicado Franz Joseph como por Sissi. Isso dito, e embora Sissi tivesse demonstrado uma tristeza autêntica com a morte da arquiduquesa, na época ela foi alvo (como mostra este livro) de ataques da imprensa e de fofocas cruéis, histórias falando do egoísmo e da incompetência da imperatriz, descrevendo dolorosamente a disputa antiga dela com sua sogra Habsburgo — mais digna e mais capaz. Qualquer boa vontade que Sissi poderia ter conseguido após demonstrar tanto afeto no leito de morte de Sophie foi logo deixada de lado e a imprensa e a corte só lembraram de como a relação entre as duas havia sido hostil.

Essa não foi a única vez em que Sissi se viu atacada pela imprensa austríaca. O artigo "A Mulher Estranha", incluído neste livro, foi tirado diretamente dos jornais, assim como o artigo de aniversário intitulado "Vinte e cinco anos que deveriam ter sido gastos na construção de um lar foram gastos em cavalgadas". O Conde Bellegarde foi um crítico declarado e contumaz da imperatriz, assim como os poderosos conselheiros Conde Grünne e Conde Crenneville.

Sissi também teve seus momentos de impopularidade com o povo, em geral resultados de suas frequentes e caras viagens para longe da corte e do marido. A ironia disso era que, quanto mais a aristocracia criticava Sissi por viajar, menos ela queria permanecer em Viena em meio a uma corte que ela percebia como hostil. Uma pessoa extremamente sensível, ao suspeitar da menor reprovação, Sissi começava a ver censura e antagonismo em toda parte, mesmo quando não existia. Assim, as críticas a suas viagens costumavam induzi-la a mais viagens. Comentários a respeito de sua incapacidade maternal a levavam a um maior distanciamento dos filhos. Críticas à sua vaidade a faziam se refugiar no conforto de seus tratamentos de beleza. Alguém poderia argumentar que esse é um exemplo disfuncional do paradoxo do ovo e da galinha acontecendo em um palco imperial.

Alguns dos momentos mais leves e divertidos — cenas que parecem tão bizarras que só podem ser ficção ou, no mínimo, adaptadas — foram tirados palavra por palavra da história real. Por exemplo, no capítulo que descreve a Exposição Universal de Viena, os detalhes pitorescos da visita do xá vieram diretamente dos registros históricos. O mesmo vale para o caso em que o príncipe de Gales joga uma cadeira na janela durante o baile, o apelido de "Madame Trombeta" conquistado pela imperatriz alemã, o imenso protocolo exigido pelos russos etc. E foi durante a Exposição Universal que o interesse de Sissi pelas caçadas inglesas foi despertado, embora isso tenha surgido em uma conversa com o príncipe de Gales, não com a Princesa Victoria.

O que nos leva ao tempo que Sissi passou no Reino Unido e ao esportista impetuoso e malandro de casaco vermelho, o Capitão Bay Middleton. As críticas de Bay feitas para Lorde Spencer antes da chegada de Sissi à Inglaterra são citações diretas. Assim como são os fatos relativos à sua rápida mudança de atitude ao ver Sissi em toda sua beleza e testemunhar as habilidades de montaria da imperatriz. A química entre eles foi instantânea e inegável. Detalhes das propriedades alugadas por Sissi, das experiências nas caçadas, das quedas do cavalo, da corrida de obstáculos e do demorado noivado de Bay com Charlotte Baird foram tirados da história real. Os fatos relativos à visita de Bay à Hungria, sua rivalidade com Esterházy e ao passeio desastroso a Budapeste também são baseados em acontecimentos reais, até mesmo a parte em que ele foi roubado por uma prostituta. Assim como os detalhes da relação tensa de Sissi com a Rainha Victoria, e de suas visitas à monarca inglesa, além da controvérsia gerada pelo carinho de Sissi pela Irlanda e as ofensas involuntárias que ela causou ao pensar que poderia viajar anônima. Até o fato de ela chegar cedo demais ao castelo da Rainha Victoria, fazendo com que a matriarca ficasse aborrecida por ter que sair de uma missa, foi tirado da história real.

Eu salpiquei o máximo de fatos históricos divertidos que pude, apenas porque os registros eram muito abundantes e, espero, interessantes e informativos para os leitores. A "Dobra Imperial", especial e ultrassecreta, do guardanapo existiu de fato — e foi mesmo um segredo de Estado passado oralmente para um pequeno grupo de pessoas de cada vez. É evidente que essa era uma questão de grande importância! Detalhes das regras que ditavam a etiqueta durante as refeições, como Franz decidindo quem podia falar, quem podia servir que prato e quando, e assim por diante, também são verdadeiros. Os detalhes da música de Strauss, do trabalho artístico de Klimt e da arquitetura na Ringstraße e seus arredores saíram da história rica e vibrante do império. Assim como a declaração que o kaiser da Alemanha teria feito, de que não podia olhar para Sissi durante muito tempo sem que sua alma ficasse inflamada demais.

E quanto à nossa protagonista esquiva, fantástica, desconcertante? Sissi era, de fato, inteligente, instruída, temperamental, charmosa, intrépida e complexa como acreditamos. Ela adorava recitar Shakespeare, Heine e os épicos gregos antigos — que sabia de cor. Sua toalete e seus rituais de arrumação eram tão complexos como eu os descrevo; demorava horas para lavar e pentear aquele cabelo que chegava ao chão. As medidas extremas que ela tomava para preservar sua beleza lendária também são historicamente precisas. Sissi sempre se preocupou muito em manter o peso e o físico jovem. Ela comia pouco, exercitava-se com vigor e usava o espartilho tão apertado que, hoje, quando vemos os vestidos que ela usava, é chocante constatar suas medidas — mesmo depois de quatro filhos.

Sissi ficava quase paralisada de medo ao pensar em envelhecer ou perder a famosa boa aparência, e cuidava do físico com a dedicação de uma cientista que busca um elixir mágico antienvelhecimento. Eu adorei caminhar por seus aposentos nos palácios de Hofburg e Schönbrunn, e ver suas receitas manuscritas para diferentes misturas caseiras com o objetivo de nutrir a pele e domar suas madeixas volumosas. Acho que meus dois segredos de alcova favoritos sobre a Sissi são (1) ela dormia com vitela crua no rosto para combater as rugas e (2) prendia o cabelo ao teto com um cordão para aliviar o peso de sua cabeleira abundante.

Além da equitação, dos tratamentos de beleza e de seus estudos, viajar se tornou uma das obsessões e distrações favoritas de Sissi. Mais tarde na vida, ela se tornou tão maníaca em seu impulso de fugir, buscar entretenimento e viajar que eu não teria como incluir aqui todos os lugares que ela de fato visitou. O livro teria se transformado de romance em guia de viagem, e nós ficaríamos com a cabeça girando com a vida itinerante que ela teve. Sissi foi de Amsterdã ao Cairo às mais distantes ilhas gregas. Os detalhes da extensa mansão Achilleion, em Corfu, são historicamente precisos, assim como a frustração de Franz Joseph quando Sissi abandonou seu palácio grego recém-construído.

Enquanto Sissi saía para suas frequentes viagens, Katharina Schratt, "a amiga", mantinha Franz Joseph feliz no lar imperial. Por mais bizarro que possa parecer esse relacionamento a três, eu o descrevi conforme o encontrei na história real. Franz Joseph começou a admirar Katharina Schratt quando ela desempenhou o papel de Catarina em *A megera domada*. A Sra. Schratt então foi se apresentar na reunião da *Kaiserbund*, na Morávia. O czar russo ficou apaixonado pela jovem atriz, e a presenteou do modo que é mostrado neste romance, o que deixou Franz Joseph com evidente ciúme. Sissi, notando o interesse do marido, percebeu que Katharina Schratt poderia ser a resposta para o impasse matrimonial entre ela e o imperador. Então, cultivou com empenho um relacionamento com a Sra. Schratt, deixando muito claro, tanto para seu marido quanto para a atriz, que Katharina era muito bem-vinda em sua casa e no círculo familiar. O relacionamento com Katharina Schratt foi, provavelmente, muito mais importante na vida real do que eu descrevo no meu livro. "A amiga" logo ganhou uma casa em Bad Ischl, ao lado da mansão imperial, e Franz Joseph a visitava todas as manhãs quando estava lá. Embora os historiadores debatam se a ligação deles teve envolvimento físico, não se pode negar a longa relação de compromisso que os dois tiveram, e o amor profundo que manifestavam abertamente um pelo outro. Também não se pode negar o fato de que Sissi nunca demonstrou o menor ciúme pela presença diária de Katharina na vida do marido. Na verdade, isso pareceu melhorar a harmonia do casamento imperial; as cartas de Franz Joseph para Katharina Schratt transbordavam declarações de afeto pela atriz ao mesmo tempo que registrava poeticamente seu amor resoluto por sua linda esposa. Como eu disse, ninguém consegue inventar algo assim.

Conforme eu ia me aproximando do dia trágico de 10 de setembro de 1898, fui ficando cada vez mais triste por Sissi e Franz Joseph. Eu descrevi a programação e as circunstâncias dos últimos dias de Sissi na Suíça praticamente do modo que ocorreram. Ela de fato visitou a Condessa Rothschild e recusou a oferta do iate particular da amiga. E também recusou a escolta de seguranças, apesar dos vários avisos de que Genebra fervilhava de atividade criminosa e anarquista. Suspeita-se que alguém no Hotel Beau Rivage tenha vazado a notícia da visita de Sissi, porque a cidade soube rapidamente de sua presença apesar do pseudônimo que ela usava. Luigi Luccheni, que foi até a cidade para assassinar o francês duque de Orléans, mudou de plano e enfiou sua lâmina na imperatriz da Áustria-Hungria. O incrível é que o grosso cabelo de Sissi amorteceu mesmo sua queda, e ninguém que viu o ataque, nem ela mesma, percebeu que uma pequena lâmina tinha sido enfiada em seu peito. Sissi e Irma continuaram seu caminho e embarcaram no barco, e Sissi falou mesmo, como faz no romance, que talvez o homem estivesse tentando roubar o relógio dela. Só depois que ela desmaiou que as pessoas perceberam que ela sangrava e tinha sido vítima de uma facada que logo se revelaria fatal.

Neste romance repleto de alegria e tristeza, talvez nada tenha me comovido mais que encontrar as palavras carinhosas e proféticas da última mensagem de Franz Joseph para Sissi: "Confio você a Deus, meu anjo amado". Eu reproduzi a dolorosa reação de Franz ao assassinato com precisão histórica, porque, de fato, seria difícil inventar algo mais comovente e desolador. O imperador soube da morte de Sissi por meio de um telegrama enquanto trabalhava em seu escritório, rodeado pelos retratos da mulher que adorava. Apesar de tudo, Franz Joseph nunca deixou de adorá-la. E então, depois de todas as tristezas e separações, o líder impassível mostrou uma angústia sem precedentes ao saber que a mulher que ele tanto queria consigo, de quem sentia tanta saudade, jamais retornaria para ele. Franz protestou contra Deus e, de fato, perguntou, "Não me restará nada neste mundo?"; além de ter murmurado, entre lágrimas, "Ninguém jamais saberá o amor que tínhamos um pelo outro".

Com lágrimas nos olhos, eu procurei concluir o livro com um pouco de paz e esperança, confiante de que Sissi, afinal, tinha se reunido com aquelas pessoas que amava e tinha perdido. Nossa heroína, enfim, pôde descansar na vida após a morte do modo que sempre esperou e pelo qual rezou e, finalmente, ela e Franz Joseph se juntaram na harmonia perfeita que não conseguiram encontrar ao longo da vida.

Fontes

 Escrever este livro foi uma jornada incomparável que mudou minha vida e que, literalmente, envolveu muitas jornadas. Eu viajei de Budapeste a Gödöllő; fui dos palácios de Schönbrunn e Hofburg às colinas de Salzburg; de Munique à Madeira e além. Seguir as pegadas de Sissi foi o modo mais inspirador de entrar em seu mundo e imaginar como deve ter sido. Eu saboreei tantos momentos, andando pelo corredor da igreja em que ela se casou, olhando pela janela de seu quarto para sua vista diária, admirando sua mesa de jantar e sua escrivaninha, imaginando-a sentada diante de sua penteadeira.

 Sou muito grata aos inúmeros e notáveis historiadores, curadores e pesquisadores que mantiveram as residências imperiais tão bem preservadas e que honram esses ícones dos Habsburgo ao permitir que observemos o mundo que eles habitavam. Também tenho uma dívida de gratidão com os estudiosos que se debruçaram sobre incontáveis jornais, diários, cartas e testemunhos que traduziram, destilaram e deram vida aos pensamentos, palavras e experiências originais de Sissi.

 O trabalho acadêmico sobre Sissi e os Habsburgo é infinito, rico e merece ser estudado. Além das minhas viagens às residências imperiais e minhas conversas com os historiadores locais, utilizei exclusivamente relatos de não ficção — todos com extensas bibliografias e referências a fontes. Agradeço a esses historiadores talentosos por permitirem que meu trabalho fosse de puro encantamento e descobertas inspiradoras. Embora a lista a seguir não seja, de modo algum, completa, os leitores interessados em aprender mais a respeito da vida dessa imperatriz extraordinária podem gostar destas obras:

A Nervous Splendor: Vienna 1888-1889, por Frederic Morton.
Empress Elisabeth of Austria 1837-1898, por Renate Hofbauer.

Viena fin-de-siècle: política e cultura, por Carl E. Schorske.

Franz Joseph and Elisabeth: The Last Great Monarchs of Austria-Hungary, por Karen Owens.

The Fall of the House of Habsburg, por Edward Crankshaw.

The Habsburg Monarchy, 1809-1918, por A. J. P. Taylor.

The Lonely Empress: Elizabeth of Austria, por Joan Haslip.

The Reluctant Empress: A Biography of Empress Elisabeth of Austria, por Brigitte Hamann.

The Sporting Empress: The Story of Elizabeth of Austria and Bay Middleton, por John Welcome.

The Swan King: Ludwig II of Bavaria, por Christopher McIntosh.

Twilight of the Habsburgs: The Life and Times of Emperor Francis Joseph, por Alan Palmer.

Agradecimentos

Embora escrever seja uma atividade quase sempre solitária, o processo de transformar essa *escrita* em um *livro* não tem nada disso. Sou muito grata às pessoas que me ajudaram a dar vida a *Sissi*.

Meu agradecimento especial à minha agente literária Lacy Lynch e à equipe da Dupree Miller & Associates; minha editora Kara Cesare, e também a Susan Kamil, Avideh Bashirrad, Leigh Marchant, Sally Marvin, Nina Arazoza, Allyson Pearl, Gina Centrello, Loren Noveck e toda a equipe da The Dial Press e Random House; Lindsay Mullen, Katie Nuckolls, Alyssa Conrardy e todo o pessoal da Prosper Strategies; Beth Adams, Jonathan Merkh, Carolyn Reidy e todos na Simon & Schuster/Howard Books — eu lhes agradeço por terem começado esta jornada comigo e continuarem sendo parceiros inestimáveis.

Aos inúmeros historiadores, curadores, tradutores e biógrafos que escavaram a história da Sissi, permitindo que ela ganhasse vida na minha imaginação: minhas palavras nunca serão suficientes para expressar o tamanho da minha gratidão.

E, é claro, agradeço aos meus pais, irmãos, sogros e queridos amigos: cada um de vocês me apoiou e me encorajou, alimentando não só minha paixão pela Sissi, mas pela vida, pela escrita e por contar histórias.

E para meu marido, melhor amigo e cocriador Dave: você me inspira todos os dias. Eu não consigo imaginar minha jornada pela vida sem você ao meu lado.

Este livro foi composto com tipografia Electra Std e impresso
em papel Off-White 70 g/m² na Formato Artes Gráficas.